Les DERNIÈRES HEURES

DU MÊME AUTEUR

Aux éditions Robert Laffont

Le Sang du renard, 2004
La Disparue de Colliton Park, 2005
Les Démons de Barton House, 2006
L'Ombre du caméléon, 2008
Dans la cave, 2018

MINETTE WALTERS

Les DERNIÈRES HEURES

roman

Traduit de l'anglais par Odile Demange

Robert Laffont

Titre original : THE LAST HOURS

ISBN 978-2-221-21711-5
(édition originale : ISBN 978-1-76063-213-7, Allen & Unwin, an imprint of Atlantic Books, London)
Dépôt légal : septembre 2019

Pour Madeleine et Martha

Avec tous mes remerciements au Dorset History Center pour l'aide qu'il a apportée à la réalisation de ce livre.

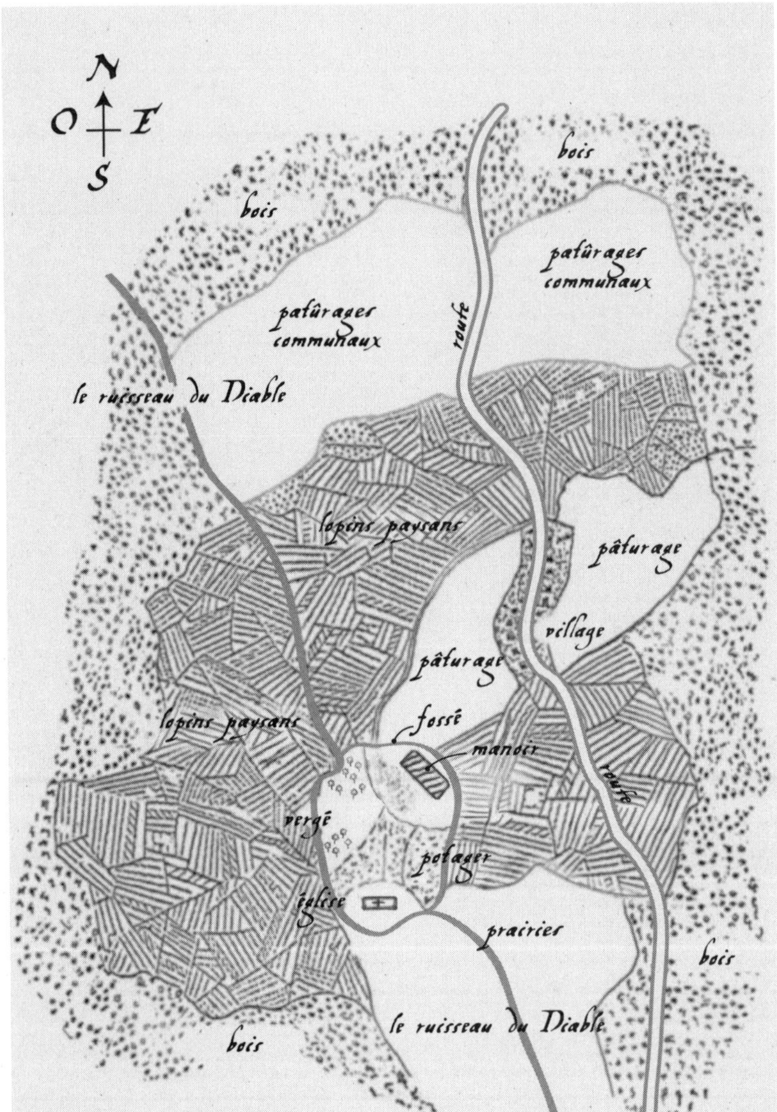

Develish, 1348

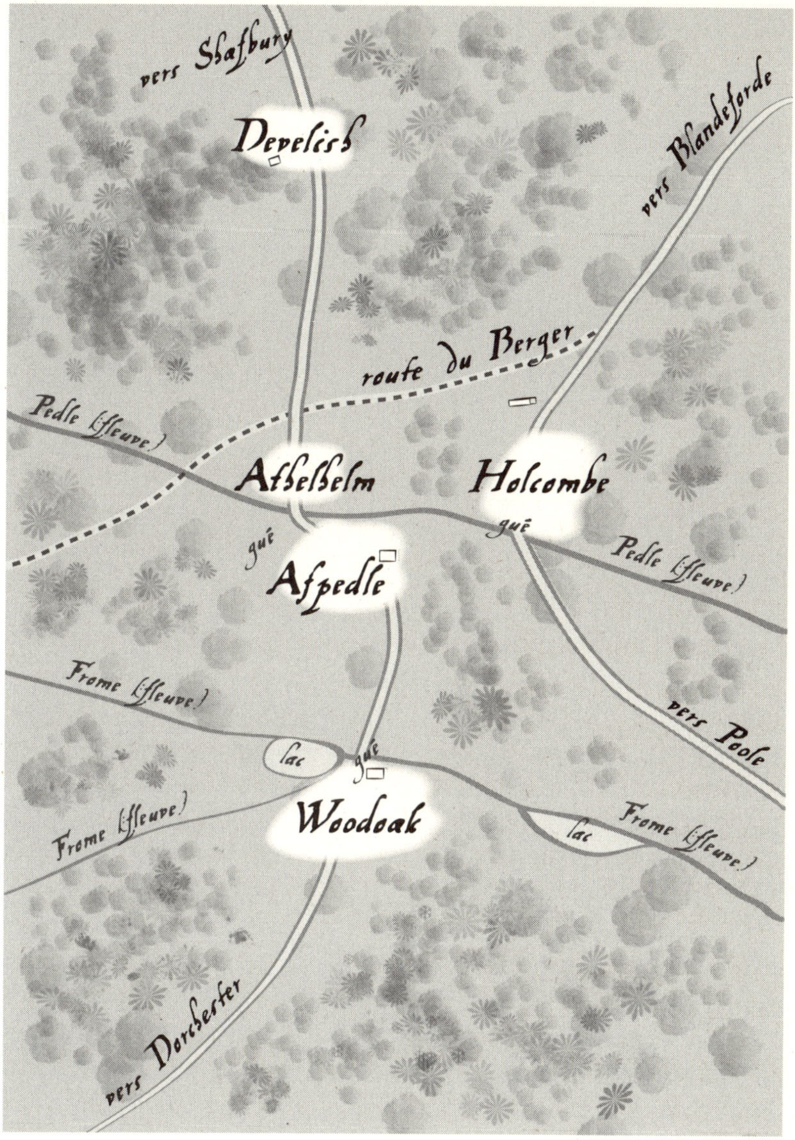

Centre du Dorseteshire, 1348

Dans le Dorseteshire, la pestilence vida peu ou prou le pays de ses habitants au point qu'il n'en demeura presque aucun de vif. De là elle gagna le Devonshire et le Somersetshire, se répandant jusqu'à Bristol, où elle fit rage de telle sorte que les hommes du Gloucestershire ne souffraient pas que ceux de Bristol s'approchassent d'eux sous aucun prétexte. Mais elle arriva avec le temps jusqu'à Gloucester, oui-da, et même jusqu'à Oxford et Londres, et s'étendit finalement sur toute l'Angleterre, ravageant si bien la population que sur dix personnes, il en demeura à peine une en vie.

Geoffrey le Baker,
Chronicon Angliae temporibus Edwardi II et Edwardi III

Nous voyons la mort venir parmi nous telle une fumée noire, un fléau qui abat les jeunes, un fantôme sans racine qui n'a ni merci ni belle mine. Elle est furieuse, terrible, partout où elle frappe, une tête prise de douleurs qui fait pousser grande clameur, un fardeau porté sous les bras, une enflure rouge et douloureuse, un bubon. C'est une affreuse éruption qui survient avec une hâte inconvenante. L'ornement précoce d'une Mort Noire.

Jeuan Getin († 1349)

Et il y en avait qui étaient si sommairement recouverts de terre que les chiens les traînèrent plus loin et dévorèrent de nombreux corps à travers la ville.

Agnolo di Tura,
Cronica Senese

N'ayant souci de rien d'autre que d'eux-mêmes, beaucoup d'hommes et de femmes abandonnèrent la cité, leurs maisons, leurs demeures, leurs parents et leurs biens [...] comme s'ils avaient pensé qu'il ne devait plus rester personne dans une ville dont la dernière heure était venue.

Boccace,
Le Décaméron
(trad. Francisque Reynard, 1879)

TROISIÈME JOUR
DU MOIS DE JUILLET
DE L'AN 1348

Un

Develish, Dorseteshire

À Develish, la chaleur estivale tarissait toute vie. Les feuilles fanaient sur les arbres, les chevaux inclinaient la tête, trop las pour brouter, les poules se blottissaient dans la poussière, les yeux clos, tandis que dans les champs, les serfs s'appuyaient pesamment sur leurs faux. Seules les grosses mouches prospéraient, tourbillonnant par essaims autour des tas de fumier devant les étables et emplissant de leur bourdonnement exaspérant toutes les pièces du manoir.

La journée n'était pas propice aux voyages, ce qui expliquait la contrariété de Sir Richard de Develish. La colère lui faisait hausser le ton chaque fois que son régisseur ou ses serviteurs ne réagissaient pas à ses exigences avec la promptitude requise et, n'ayant pas désiré entreprendre ce déplacement, il avait maintes occasions d'enrager. Seule l'influence apaisante de son épouse, Lady Anne, permettait aux préparatifs d'aller leur train. Calmement, elle contremandait tous les ordres de Sir Richard et enjoignait à ses gens de faire les bagages de son époux selon ses propres instructions.

Eleanor, leur fille de quatorze ans, suivait le branle-bas depuis la chambre de Lady Anne, à l'étage. Ce départ l'irritait autant que son père et elle vouait sa mère aux gémonies parce qu'elle y contraignait Sir Richard. La jeune fille aurait dû se consacrer à son ouvrage, un oreiller brodé destiné à son trousseau, mais elle se tenait à la fenêtre, observant un chariot couvert que l'on chargeait de coffres remplis de provisions et de vêtements, ainsi que de l'argent de sa dot.

Eleanor était une jeune fille gâtée et irascible dans ses meilleurs jours, et la chaleur la rendait plus acariâtre encore. Son regard fut attiré par un serf en train de tresser de nouveaux scions dans la palissade qui entourait le verger. Il travaillait habilement, ployant le bois vert de ses puissants bras hâlés par le soleil avant de glisser les rameaux verts entre les branches patinées de l'année précédente. Il fallait être niais comme un vilain pour travailler aussi dur par une chaleur pareille et un sourire satisfait éclaira le visage d'Eleanor quand elle le reconnut. Rien ne lui plaisait davantage que de trouver des motifs de rabaisser Thaddeus Thurkell.

Comme tous les paysans du domaine, il était sale et dépenaillé, mais il avait une demi-tête de plus que la plupart des hommes du Dorset et, avec son teint basané, ses longs cheveux noirs et ses yeux en amande, il ne présentait aucune ressemblance avec celui qu'il appelait père – Will Thurkell, au visage de fouine et aux membres courtauds. Une rumeur prétendait qu'Eva Thurkell s'était enfuie à Melcombe pour coucher avec un marin, une autre que Thaddeus était le fruit d'une étreinte furtive avec un bohémien de passage.

Quelle que fût la vérité, le père détestait le fils autant que le fils détestait le père. Durant son enfance, le garçon avait été battu quotidiennement, mais Will avait désormais trop peur de lui pour lever son bâton, car on disait Thaddeus capable de tordre une barre de fer sur son genou et de mettre à terre un homme d'un unique coup de poing. Il faisait mine d'accepter la position méprisable qu'il occupait à Develish, baissant la tête quand le devoir l'exigeait, mais toute son attitude démentait ce feint respect. Son regard se portait au-delà des gens comme s'ils n'existaient pas, surtout quand il s'agissait de celui qui l'avait reconnu pour son fils.

Will Thurkell était un fainéant et les corvées auxquelles il était tenu au profit du manoir en échange de ses lopins de terre ne lui inspiraient que ressentiment. Dès son plus jeune âge, Thaddeus avait dû trimer à la place de son père, celui-ci menaçant de fouetter sa mère s'il n'obéissait pas. Femme triste et malheureuse dépourvue d'une once de cervelle, Eva avait reçu plus que sa part de corrections au fil des ans. Seuls les avortons pâlots nés après Thaddeus avaient échappé au courroux de son mari.

Eleanor n'éprouvait pourtant pas la moindre compassion pour Eva. Cette catin n'ignorait pas les règles quand elle avait commis le péché de chair, elle n'avait à s'en prendre qu'à elle-même s'il était impossible à quiconque de croire que son bâtard était le fils de Will. Elle avait prétendu, disait-on, que Thaddeus était le fruit d'un viol, mais rares étaient ceux qui y ajoutaient foi car elle n'avait jamais déclaré avoir été prise de force avant l'arrivée de ce petit noiraud, si différent de son mari. Si les stigmates de l'illégitimité souillaient Thaddeus au même titre que sa mère, on ne l'aurait jamais cru à le voir. Il tenait la tête haute, alors qu'il aurait dû la baisser de honte.

Eleanor aurait voulu mettre Thaddeus à genoux. Il était son aîné de six ans et elle rêvait de l'humilier. La chaleur continuant à monter, il retira sa tunique et continua à travailler en chausses courtes recouvertes d'une chemise ample aux manches retroussées. La jeune fille prenait plaisir à l'espionner ; et son plaisir était plus grand encore de songer qu'il le savait. Quand il noua un lambeau de tissu autour de son front pour empêcher la sueur de ruisseler dans ses yeux, son regard se dirigea vers la fenêtre d'Eleanor, dont les joues s'empourprèrent d'un désir coupable.

Quelle idée avait eue son père de la promettre au fils disgracié, au visage grêlé, d'un seigneur des environs dont le domaine, plus vaste que celui de Develish, se trouvait à deux journées de cheval ! Un avenir fort sombre l'attendait si elle devenait l'épouse de Peter de Bradmayne, si malingre qu'il pouvait à peine tenir sur un cheval. La monture d'Eleanor, une jolie petite jument baie à chaussettes blanches, paissait dans la partie des terres de son père située au-delà des douves. Elle avait envie d'aller demander à Thaddeus de la seller et de l'aider à monter. S'il avait l'audace de porter les yeux sur elle, elle lui cinglerait le visage de sa cravache.

Ce plaisant fantasme fut interrompu par le bruit des pas de sa mère dans l'escalier. Eleanor rejoignit précipitamment son tabouret et sa broderie, simulant le zèle. Ses sentiments à l'égard de Lady Anne frôlaient la haine, car Eleanor savait parfaitement que c'était elle qui était responsable du choix de Peter de Bradmayne. Sa mère faisait passer le devoir et la discipline avant l'amour. Elle avait été élevée par des religieuses et aurait mieux fait de prononcer ses vœux puisque son passe-temps favori consistait à harceler sa fille et à lui reprocher ses moindres peccadilles.

Au silence qui régnait, Eleanor comprit que Lady Anne comptait le nombre de points ajoutés au motif de sa broderie depuis sa dernière inspection. « Il fait trop chaud, dit-elle d'un ton rebelle. L'aiguille ne cesse de me glisser des doigts.

— Ce n'est pas pour moi que vous faites cet ouvrage, ma fille, c'est pour vous. Si vous n'y trouvez pas d'intérêt, choisissez-en un qui vous satisfera davantage.

— Aucun ne me plaît. »

Par la fenêtre ouverte, Lady Anne entendait le trépignement des chevaux sur la boue durcie de la cour en contrebas, tandis que la suite de Sir Richard se rassemblait pour le départ. Dans les champs qui s'étendaient au-delà des douves, elle voyait les serfs s'éreinter à faire les foins ; plus près du manoir, Thaddeus Thurkell besognait sur son treillage. Il n'était pas difficile de deviner à quoi Eleanor avait passé son temps. « Votre père vous demande. Il veut vous dire au revoir, annonça-t-elle. Son absence durera une quinzaine de jours. »

La jeune fille se leva. « Je lui dirai que je ne veux pas qu'il parte.

— À votre guise. »

Eleanor tapa du pied. « C'est à cause de vous qu'il s'en va. Vous contraignez toujours les autres à faire ce dont ils n'ont pas envie. »

Les yeux de Lady Anne se plissèrent d'amusement. « Pas votre père, Eleanor. Il peut s'emporter afin de nous rappeler les efforts qu'il consent pour nous, mais il ne se rendrait pas à Bradmayne si cela ne servait pas ses intérêts.

— Ses intérêts ? En quoi ?

— Le bruit court que le mal dont Peter de Bradmayne a souffert dans son enfance aurait récidivé. Sir Richard tient à s'assurer lui-même qu'il n'en est rien avant d'apposer son sceau sur le contrat de mariage. » Elle secoua la tête en voyant une lueur d'espoir éclairer le visage de sa fille. « Soyez plus prudente dans vos vœux, Eleanor. Si Peter venait à trépasser, vous risqueriez de vous retrouver sans aucun époux.

— Je n'en serais guère marrie.

— Vous le serez le jour où votre cousin héritera de cette demeure. Mieux vaut, et de loin, être la châtelaine de Bradmayne qu'une vieille fille solitaire contrainte de faire appel à la charité d'un parent pour son gîte et son couvert.

— Le monde est rempli d'hommes, rétorqua la fille d'un ton provocant. Et il ne manque pas de maris infiniment plus plaisants que Peter de Bradmayne.

— Peut-être, mais aucun qui soit à la portée de la bourse de votre père, lui fit remarquer Lady Anne. Develish est l'unique domaine de Sir Richard, et on ne lui en a jamais octroyé d'autre. Ne croyez-vous pas qu'il offrirait une dot plus conséquente s'il le pouvait? Sa faiblesse pour vous est si grande! Contentez-vous de Bradmayne et priez que Peter soit suffisamment vigoureux pour vous donner des fils dont l'un pourra devenir seigneur de Develish. »

Eleanor détestait les sermons que sa mère ne cessait de lui infliger. « Peut-être serai-je maudite comme vous, murmura-t-elle fielleusement. Père dit que c'est votre faute s'il n'a pas d'héritier.

— Si tel devait être le cas, préparez-vous à un triste avenir. Je déplore chaque jour de n'avoir pas de fils, et vous seriez bien avisée de partager mes regrets.

— Je ne vois pas pourquoi, lança la jeune fille en balançant sa longue jupe d'un geste altier. Je n'y suis pour rien si vous êtes bréhaigne. »

La stupidité de sa fille faisait le désespoir de Lady Anne. Eleanor était incontestablement une beauté, avec son teint pâle, ses cheveux blonds et ses yeux d'un bleu remarquable – une version miniature de son père – mais, malgré des années de patient enseignement, elle était incapable de ne pas dire tout ce qui lui passait par la tête. « Si vous aviez eu des frères, le seigneur de Blandeforde aurait prêté une oreille favorable aux demandes de votre père et lui aurait accordé des terres plus vastes à leur intention; les redevances de ces domaines lui auraient alors permis d'assurer votre avenir, expliqua-t-elle calmement. Les choses étant ce qu'elles sont, il a été impossible à

Sir Richard de persuader un seigneur fortuné de fermer les yeux sur la médiocrité de votre dot. Nous avons reçu maints visiteurs ici, mais aucun n'a fait d'offre pour vous. »

Les yeux d'Eleanor s'étrécirent. « Ils craignent que je ne devienne maigre et laide comme vous, Mère. Père lui-même ne supporte plus de vous toucher.

— C'est exact, acquiesça Lady Anne. J'y vois une des rares bénédictions qui m'aient été accordées, bien que je désapprouve que vous encouragiez votre père à poser les mains sur vous.

— C'est la jalousie qui vous fait parler. Il ne faut pas me blâmer si Sir Richard éprouve pour moi plus d'amour que pour vous. Vous auriez dû veiller à ne pas le décevoir. »

Une étincelle d'humour brilla brièvement dans les yeux de Lady Anne. « Votre père aime maintes femmes, or il n'a pas d'autre enfant que vous. Si vous ne lui ressembliez pas tant, il pourrait douter être votre père.

— Vous mentez. »

Lady Anne la dévisagea avec curiosité. « Qu'est-ce qui vous offense, Eleanor ? Que votre père soit incapable d'engendrer des fils ou qu'il affecte que je sois la seule susceptible de vous disputer son affection ? Où croyez-vous qu'il se rende quand il part à cheval dans l'après-midi ? Qui croyez-vous qu'il voie ? Il n'a pour les serfs pas moins de goût que vous. »

La jeune fille tapa à nouveau du pied. « Je vous *déteste* », siffla-t-elle entre ses dents.

Sa mère se détourna. « Dans ce cas, priez pour que Lord Peter soit exempt de maladie et accepte, comme le souhaite Sir Richard, que vous soyez mariés avant la fin de l'été. Si votre mari réussit à ignorer l'égoïsme de votre nature, vous le trouverez certainement plus aisé à supporter que moi. »

Observant du coin de l'œil les adieux de la fille à son père, Thaddeus Thurkell veilla soigneusement à dissimuler son mépris. Rien chez elle n'était sincère. Sir Richard et Lady Eleanor étaient trop semblables – imbus d'eux-mêmes et réclamant l'attention d'autrui, parés l'un et l'autre d'atours richement brodés – et le seul objectif de leur grandiloquente séparation était d'attirer les regards de tous. Comme toujours, leur comportement et leur tenue reléguaient dans l'ombre leur entourage plus discret et, comme toujours, Lady Anne se tenait à l'écart, inaperçue et délaissée. Elle n'avait rien de l'extravagance ostentatoire de son mari et de sa fille, et Thaddeus ne l'en estimait que davantage. Il savait qu'elle avait passé plusieurs années de son enfance dans un couvent où elle avait été élevée par des religieuses et attribuait à leur enseignement sa sagesse modeste et sa connaissance des remèdes.

Thaddeus n'avait pas à s'apitoyer sur Lady Anne – il n'était pas censé penser à elle du tout –, mais il ne pouvait la voir en présence de son mari et de sa fille sans se sentir blessé pour elle. Ils lui manifestaient aussi peu de respect que son beau-père à sa mère mais, à la différence d'Eva, Lady Anne était trop fière pour montrer que cela l'atteignait. Elle faisait comme si c'était par choix qu'elle se tenait à distance et détourna le regard quand Sir Richard empoigna sa fille de ses mains grosses comme des jambons, l'attirant contre lui et lui plantant des baisers mouillés sur les lèvres avant de hisser sa lourde carcasse sur son destrier noir et de crier à sa suite de se ranger derrière lui.

Thaddeus garda la tête baissée lorsque le convoi s'ébranla, et continua à tresser les branches vertes de noisetier dans la palissade. Le grincement des roues du chariot sur la piste grossière n'était pas assez bruyant pour couvrir le froufroutement de la robe brodée de Lady Eleanor lorsqu'elle traversa la cour dans sa direction, mais Thaddeus refusa de lui donner la satisfaction de faire demi-tour pour mettre genou en terre. Son impudence lui vaudrait un coup de pied et un chapelet d'insultes, mais il préférait cela plutôt que de rendre hommage à quelqu'un qu'il méprisait. S'il y avait en Lady Eleanor une once d'humanité, il ne l'avait pas encore décelée.

Comme pour lui donner raison, la jeune fille ramassa un des scions qui traînaient par terre et l'en frappa. « Comment peux-tu avoir l'audace de me tourner le dos ? » lança-t-elle.

Thaddeus se redressa et cette fois, le coup, asséné de bas en haut, l'atteignit sous le menton.

« Tu devrais savoir rester à ta place. Baisse la tête et ploie le genou. Tu n'as pas le droit de poser le regard sur moi. »

Au lieu de répondre, Thaddeus s'inclina pour ramasser un nouveau scion qu'il entreprit d'ajouter à sa palissade, ignorant la badine qui s'abattit sur ses épaules. Il était certain que le nouveau régisseur de Sir Richard le surveillait depuis la demeure et que la peine infligée s'il interrompait son travail pour contenter Lady Eleanor serait sévère. La rumeur disait que cet homme avait été embauché afin d'accroître les revenus nécessaires aux extravagances de Sir Richard, et Thaddeus ne se sentait pas enclin à l'obliger en payant une amende. Il éprouvait une aversion égale pour Lady Eleanor et pour le régisseur, mais pouvait supporter les brutalités d'une drôlesse de quatorze ans plus facilement que sa famille ne pouvait se permettre de perdre une livre de grain.

Lady Anne mit un terme à la punition. Attrapant sa fille par le poignet, elle l'obligea à baisser le bras, lui retirant la baguette des mains tout en félicitant le serf pour son excellent travail. « Il faut pardonner à ma fille, Thaddeus. Elle est incapable de distinguer une tâche bien faite d'une besogne négligée. Ce que tu fais mérite des éloges. »

Il se tourna et s'inclina devant elle. «Je vous remercie, Milady. J'espère que ce jour vous trouve en bonne santé.

— Certes. » Elle posa la main sur le bras d'Eleanor. « Venez, mon enfant. Nous avons à faire à l'intérieur. »

Thaddeus les regarda s'éloigner, se demandant pourquoi la fille tenait aussi peu de la mère. Elle avait tout de son père – cruauté comprise – hormis son allure soignée, qui évoquait celle de Lady Anne. La mère était brune, la fille blonde comme son père. La situation personnelle de Thaddeus le rendait particulièrement sensible aux ressemblances familiales et il recherchait les différences entre générations avec la même avidité qu'un bossu à l'affût de distorsions de la colonne vertébrale d'autrui. L'esprit humain s'apaise de savoir que d'autres partagent son malheur.

Enfant, Thaddeus priait pour que ses cheveux changent de couleur et que ses os cessent de s'allonger afin qu'un matin, en le regardant, Will contemple en lui quelque chose de familier. Mais en grandissant, alors que les corrections redoublaient de violence, il en vint à se féliciter de n'avoir aucun lien avec cette brute. Le hasard n'y était pour rien si les rejetons de Will étaient chétifs et lents d'esprit, contrairement à Thaddeus. Il n'aurait su dire combien de fois sa mère l'avait supplié de feindre l'imbécillité en présence de Will. C'était l'intelligence de Thaddeus qui mettait son mari en rage, et non son teint basané ni sa haute taille. *Dissimule ton regard et tais-toi,* l'exhortait Eva. *Ne le provoque pas par l'agilité de ta langue et par le mépris qui flamboie dans tes yeux. Il n'a rien de ton jugement, et il le sait. Si tu ne le fais pas pour toi, fais-le pour moi.*

Sa mère inspirait à Thaddeus des sentiments mêlés. Elle lui manifestait rarement son amour de crainte d'éveiller la jalousie de Will, mais l'attachement maladif qu'elle lui portait se révélait de façon criante dans ses regards suppliants et dans son habitude de s'accrocher désespérément à sa tunique dès qu'elle entendait Will approcher. Elle avait beau faire promettre tous les jours à Thaddeus de ne jamais l'abandonner, il lui reprochait intérieurement de n'avoir jamais eu le courage de le protéger des agressions physiques et verbales de Will.

Ayant entendu traiter sa mère de catin toute sa vie, il avait peine à la considérer autrement. Quand il avait dix ans, il lui avait demandé qui était son vrai père, mais elle avait refusé de le lui dire, lui expliquant que Will le frapperait jusqu'à ce qu'il le lui avoue et que leur situation n'en serait que pire. La fureur de son mari serait incontrôlable s'il pouvait ruminer sur un nom au lieu d'imaginer que Thaddeus était né du viol commis par un inconnu.

Thaddeus en avait conclu que son père devait être un homme que Will connaissait. Il avait alors scruté ses propres traits dans la plaque de métal martelé qui servait de miroir dans la chaumière familiale, puis dévisagé tous les hommes de Develish – riches ou pauvres –, espérant surprendre des yeux, un teint et un nez semblables aux siens. Il n'en avait pas trouvé et, le temps passant, il avait fini par ajouter foi aux rumeurs faisant de son père un marin étranger. Cette idée n'était d'ailleurs pas pour lui déplaire. Un homme qui sillonnait les mers méritait plus de respect que le serf d'un seigneur féodal.

Le rang précis de Thaddeus dans le domaine de Sir Richard n'avait jamais été clairement défini. En tant que bâtard d'Eva, il n'avait aucun droit sur la succession de Will – quelques lopins de terre et l'habitation qui les accompagnait –, mais quand

Thaddeus avait demandé au curé ce qu'il deviendrait après la mort de Will, le vieux prêtre avait haussé les épaules et lui avait dit de travailler dur et de continuer à perfectionner ses talents. Tant que Sir Richard appréciait la qualité de son travail, Thaddeus n'avait aucune raison de s'inquiéter de son avenir. Les esclaves eux-mêmes étaient correctement traités quand leur maître les estimait.

Will prenait au demeurant un plaisir singulier à traiter le bâtard d'Eva d'esclave. Il prétendait avoir droit de propriété sur Thaddeus corps et âme et affirmait que sans sa protection, l'enfant aurait été abandonné dans un fossé des alentours de Develish où il aurait péri. Il semblait ne pas comprendre que le servage lui-même était une forme d'esclavage et que le serment qu'il avait prêté à Sir Richard – « Je ne me marierai ni ne quitterai cette terre sans la permission de mon seigneur et j'assujettirai mes enfants et les enfants de mes enfants à cette promesse… » – l'attachait, lui et sa progéniture légitime, à Develish par des chaînes auxquelles Thaddeus échappait.

C'était Lady Anne qui le lui avait expliqué. Le jour de l'Annonciation de sa treizième année, alors qu'il nettoyait les poulaillers, elle l'avait pris à part et lui avait annoncé que le bailli venait pour lui. « Veille à ce qu'il ne te trouve pas, lui avait-elle conseillé. C'est le jour où Sir Richard reçoit les serments de ses serfs. Comme tu ne saurais être tenu par les engagements que Will a pris, je ne puis que t'aviser d'éviter d'en prendre toi-même. N'ayant ni terre ni chaumière, tu dépendrais du bon vouloir de mon mari pour le vivre et le couvert, et ce n'est pas un sort que je te souhaite, Thaddeus. »

Il ne comprenait pas pourquoi Lady Anne s'intéressait à lui, mais il lui était plus redevable qu'à quiconque et elle ne lui avait jamais rien demandé en échange. « Si j'échappe au bailli cette année, Milady, il me trouvera la suivante.

— Le régisseur de mon mari est souffrant et il est peu probable qu'il soit encore parmi nous dans douze mois. Or c'est lui qui s'interroge sur ta position. Sir Richard aura oublié cette affaire dans une semaine et un nouveau régisseur sera dans l'ignorance de ta condition. Chaque année qui passe te fait gagner une année de liberté. Ne l'oublie pas. »

Thaddeus avait pensé au châtiment qu'il subirait s'il abandonnait son travail pour se cacher. Quand le bailli en aurait fini avec lui, Will prendrait le relais. Était-il censé endurer pareille douleur simplement pour éviter de prononcer quelques paroles de servitude ? « Les hommes libres supportent-ils la faim plus facilement que les vilains, Milady ? »

Lady Anne avait souri. « Tu sais bien que non, Thaddeus, mais un serf mourra toujours avant son maître. Si tu accordes quelque prix à ta vie, veille à ne pas y renoncer en prononçant trop hâtivement un serment et veille davantage encore à ne dire mot à ce sujet. Si mon mari est averti que tu as le droit de te déclarer libre à son égard, il consultera l'évêque et se servira de la loi de l'Église pour prendre des mesures contre toi. »

La correction avait été plus sévère que toutes celles que Thaddeus avait jamais reçues mais, comme Lady Anne l'avait prédit, le vieux régisseur mourut et tout le monde oublia ses interrogations sur les liens susceptibles d'assujettir un bâtard en vertu d'un serment prêté par un homme qui refusait de le reconnaître comme sien. La vie de Thaddeus n'en avait pas été changée, si ce n'est qu'il avait commencé à s'imaginer un avenir hors de Develish. Ses rêves étaient forcément limités par son ignorance de ce qui s'étendait au-delà du village, mais ils avaient fait naître en lui un espoir inconnu jusqu'alors. Il prêtait plus grande attention aux récits des colporteurs et des marchands qui traversaient Develish et tendait l'oreille à ce que les chefs des serfs disaient quand ils menaient les moutons dans d'autres domaines ou à des foires voisines.

Il s'intéressait avant tout aux descriptions de la mer qui se trouvait, il le savait, plus au sud. Son ambition était de s'y rendre un jour et d'embarquer vers un port étranger où il pourrait se faire connaître pour autre que le bâtard d'Eva Thurkell ou l'esclave de Will Thurkell. En hiver, quand les arbres se dépouillaient de leurs feuilles et qu'il gravissait les pentes boisées au fond de la vallée pour ramasser des branches tombées qui alimenteraient les feux du manoir, il apercevait des collines courant jusqu'à l'horizon. Elles semblaient prendre de l'altitude au fur et à mesure qu'elles s'approchaient de la lueur violacée du lointain, et il s'était persuadé que la porte d'un autre monde s'ouvrait au-delà. Mais à quelle distance, et combien de temps il lui faudrait pour s'y rendre à pied, il n'en avait aucune idée.

Eleanor dégagea son bras de l'étreinte de sa mère lorsqu'elles entrèrent dans la demeure. « Ne vous avisez pas de me reparler ainsi devant un vilain, vitupéra-t-elle. Thaddeus s'était montré insolent. Il méritait d'être fouetté. »

Lady Anne s'éloigna d'elle. « Vous vous êtes mal conduite, ma fille. Soyez heureuse que je vous aie épargné honte plus grande encore. »

La jeune fille la rejoignit. « C'est vous qui avez le goût des serfs, ce n'est ni Père ni moi. Croyez-vous que je ne vois pas comment Thaddeus se conduit avec vous ? Quand il s'incline devant Sir Richard, il le fait pour éviter d'être battu, alors que les révérences qu'il vous fait sont sincères. Pourquoi ? »

Lady Anne fut surprise par la perspicacité de sa fille. « Je lui ai donné un onguent pour soigner ses contusions l'une ou l'autre fois quand il était enfant. Sans doute en a-t-il gardé le souvenir.

— Vous lui faites pitié. Voilà pourquoi il agit de la sorte. Je le lis dans ses yeux. »

Lady Anne s'arrêta avant d'atteindre la cuisine. Un silence étrange régnait, comme si tous les domestiques épiaient leurs propos. « Dans ce cas, tu as la vue mauvaise, Eleanor. Dieu seul sait ce qui se passe dans la tête de chacun. »

La jeune fille sourit. « Thaddeus se hausse à votre niveau s'il a l'audace d'éprouver de la pitié pour vous. Qu'est-ce, sinon de l'insolence ? Père dira-t-il que je me suis mal conduite si je lui apprends que le bâtard d'Eva Thurkell s'arroge les droits d'un homme libre ? »

Lady Anne l'observa un moment. « Sans doute feriez-vous mieux de vous soucier du déplaisir de Sir Richard lorsqu'il saura l'intérêt que *vous* portez à Thaddeus Thurkell, Eleanor. On peut en lire aussi long dans vos yeux que dans ceux de quiconque. »

(EXTRAIT D'UN JOURNAL INTIME TENU PAR LADY ANNE)

Le troisième jour du mois de juillet de l'an 1348

Sir Richard est parti pour Bradmayne, accompagné de 10 hommes d'armes et du bailli, maître Foucault. Ils ont emporté l'or que j'avais si soigneusement mis de côté pour la dot d'Eleanor. Je me demande si cet effort était justifié quand, du même souffle, elle me maudit de n'avoir pas épargné suffisamment pour lui acheter meilleur mari et me reproche d'empêcher Sir Richard de perdre son argent à des jeux de hasard. Sans dot, elle ne pourrait pas se marier du tout, et elle m'assure qu'elle préférerait cela plutôt que d'épouser Lord Peter.

Au fond de mon cœur, j'espère que les rumeurs sur la maladie de ce garçon sont véridiques, car je ne vois aucun bonheur pour Eleanor à Bradmayne. Son père l'a tant abreuvée de mensonges qu'elle est mal préparée à ce qu'elle y trouvera. Cela amuse Sir Richard de rabaisser Lord Peter aux yeux de sa fille, car il est jaloux de ses affections, ce qui ne l'empêche pas de dépeindre Bradmayne comme un lieu de beauté, de richesse et de merveilles.

Ces descriptions sont fort différentes des récits que m'en a faits Gyles Startout. Si je pensais qu'Eleanor pût me croire, je m'efforcerais de la conseiller, mais Sir Richard est arrivé à ses fins en la persuadant que je suis responsable de cette union. Rien de ce que je dis n'est entendu et toutes mes tentatives pour représenter Lord Peter sous un jour plus favorable sont vaines. Si elle parvient à lui donner un fils, je crains que cet enfant ne soit conçu et naisse dans la haine.

J'ai parlé à Gyles en privé avant le départ de Sir Richard. Il est plus loyal que nous ne le méritons, Develish et moi, tolérant les affronts tant de mon mari que des hommes avec lesquels il chevauche pour nous informer de ce qui se passe dans le monde qui s'étend à l'extérieur du domaine. Je l'ai prié de s'enquérir auprès des serviteurs de Bradmayne afin de savoir comment Eleanor pourrait au mieux se lier d'amitié avec la châtelaine de Bradmayne – savoir que celle-ci apprécie les rubans serait déjà de quelque utilité. Je crains que si elle doit se passer de toute confidente, Eleanor ne souffre d'une profonde solitude.

QUATORZIÈME JOUR
DU MOIS DE JUILLET
DE L'AN 1348

Deux

Bradmayne, Dorseteshire

Gyles Startout se désintéressa rapidement du goût éventuel pour les rubans de la future belle-mère de Lady Eleanor. L'appréciation de la situation qu'il observait lui causait un souci plus pressant. Il savait grâce à de précédentes visites que l'inimitié entre le seigneur de Bradmayne et ses gens était grande – les condamnations au fouet étaient fréquentes, les redevances élevées et la méfiance générale –, mais le fossé semblait s'être singulièrement élargi.

Depuis l'arrivée de Sir Richard neuf jours auparavant, Gyles avait vu les serfs se rassembler par petits groupes sur le seuil de leurs chaumières, débattant avec animation sans cesser de tourner les yeux vers le portail solidement barricadé du mur d'enceinte du manoir. Ils paraissaient agités et furieux, bien qu'à trois cents pas, ils fussent trop loin pour que Gyles pût déchiffrer leurs expressions ou surprendre leurs propos. Aucun ne faisait mine de s'approcher du portail.

Seuls le régisseur, le bailli et le curé étaient libres d'aller et venir à leur guise. Le prêtre se déplaçait à pied, dispensant ses bénédictions et recevant des politesses en retour; le régisseur et le bailli étaient à cheval, l'un criant des ordres, l'autre les faisant exécuter à l'aide d'un nerf de bœuf. Une ou deux fois, Gyles avait vu des femmes esquisser un geste en direction de l'église située dans l'enceinte du manoir, comme si elles demandaient au curé pourquoi elles ne pouvaient pas aller lui parler dans la maison du Seigneur, mais l'autre avait obstinément secoué la tête. Apparemment, tout l'espace situé à l'intérieur des murailles était interdit aux paysans.

Gyles s'était livré à ces constatations durant les interminables heures où il restait confiné avec les autres hommes d'armes dans une grange ouverte de la cour. Tous les invités du seigneur de Bradmayne étaient venus avec leur propre suite, et l'espace était exigu. Ils logeaient à cinquante dans ce bâtiment de planches et tous, sauf Gyles, étaient français. S'il parlait et comprenait leur langue, il n'avait cependant pas grand-chose en commun avec eux. C'étaient des mercenaires qui échangeaient des histoires de leur pays et ne manifestaient aucun intérêt pour le Dorseteshire ni pour ses habitants, se plaignant que le grasseyement du dialecte local empêchât toute conversation.

La canicule estivale, aggravée encore par l'intransigeance avec laquelle Sir Richard exigeait que ses hommes portent leur lourd uniforme de laine par tous les temps, minait leur énergie. Au moindre mouvement, la sueur ruisselait dans le dos des soldats. De plus, avec deux puits seulement dans l'enceinte du manoir et une foule de seigneurs invités et de gardes qui campaient sur les terres disponibles, l'eau commençait à se faire rare. Gyles le savait parce qu'il entendait et comprenait ce que disaient les domestiques, mais les Français, dont les boissons de prédilection étaient la bière et un vin acide, l'ignoraient.

Assis à l'ombre de la grange, ils jouaient aux dés et se gaussaient de Gyles qui préférait rester à l'écart contre le mur du manoir. Ils l'appelaient *grand-père* à cause de ses quarante-cinq ans et de ses cheveux grisonnants et le raillaient de faire le soldat sans y être obligé. Ils le croyaient lent d'esprit parce qu'il était né serf, et Gyles ne cherchait pas à les détromper. Il avait essuyé les quolibets des hommes d'armes depuis qu'il avait été admis dans la suite de Sir Richard.

Il était là parce que Lady Anne avait réussi à persuader son mari d'élever un serf de Develish à la condition d'homme d'armes ; sa naissance servile et le plaidoyer d'une femme en sa faveur n'avaient rien fait pour lui valoir le respect d'autrui. Même les soldats qui étaient venus récemment compléter la suite de Sir Richard le regardaient de haut et on ne lui confiait que des tâches subalternes. Il ne s'en plaignait pas. Sa loyauté envers Lady Anne compensait largement la frustration d'avoir à servir de palefrenier à ses collègues ou de devoir vider le pot de chambre de son maître normand.

Il était les yeux et les oreilles de Lady Anne lors de chaque voyage de son mari, et tout Develish tirait profit des informations qu'il lui rapportait. Lady Anne était curieuse de savoir comment les autres domaines étaient administrés – bien ou mal – et consignait secrètement les exposés détaillés de Gyles sur du vélin. En privé, elle faisait usage de ce qu'elle avait appris pour influencer les régisseurs de Sir Richard. En public, elle feignait de s'intéresser aux descriptions futiles de banquets ou de combats de coqs, qui étaient tout ce que son mari jugeait bon de relater de ses visites.

En vérité, Gyles doutait que Sir Richard fût capable de dépeindre autre chose. Son intelligence était médiocre, ses appétits exclusivement charnels et il se souciait si peu de l'administration de son propre domaine qu'il ne risquait guère de relever les progrès des autres. Il était capable de tracer une croix au bas des lettres et des actes que son régisseur lui présentait mais, ne sachant pas lire, il n'avait pas la moindre idée de leur contenu.

Gyles devait l'essentiel de son savoir à ses conversations avec des serfs. Né et élevé à Develish, il n'avait pas de mal à se faire accepter par les hommes du Dorseteshire. Ils connaissaient sa famille et lui faisaient confiance bien qu'il fût soldat d'un seigneur normand. Pourtant, Gyles n'avait pas encore trouvé à Bradmayne un seul être – même parmi ceux avec qui il s'était lié lors de précédentes visites – qui fût disposé à lui parler. Les domestiques secouaient la tête d'un air inquiet quand il les abordait, et le portail barricadé l'empêchait d'adresser la parole aux serfs paysans.

Le troisième jour, il s'approcha des gardes en faction devant la porte. Il leur dit qu'il avait une cousine qui avait épousé un homme de Bradmayne, ce qui était exact, et leur demanda de pouvoir se rendre au village afin de passer une heure en sa compagnie. Ils refusèrent, se retranchant derrière les ordres du seigneur de Bradmayne qui exigeait que les invités et les membres de leurs suites restent à l'intérieur de l'enceinte.

Quand Gyles demanda des explications, on lui fit savoir qu'une redevance exceptionnelle avait mis les serfs en émoi.

La réponse était plausible. Les festivités organisées par le seigneur de Bradmayne pour célébrer son alliance avec Develish étaient ostentatoires et somptueuses, car il tenait absolument à s'assurer l'or de la dot de Lady Eleanor que Sir Richard avait apporté. Si Bradmayne régalait ses invités aux dépens de ses gens, le sentiment d'injustice ne pouvait qu'être vif.

Lors de tels déplacements, Gyles veillait à ne jamais manifester la désapprobation que lui inspiraient les excès qu'il observait. Voir Sir Richard jeter à une meute un cuissot de gibier à peine entamé ou s'effondrer parce qu'il avait trop bu le scandalisait car il savait que les serfs avaient faim, mais il aurait grandement compromis sa position s'il avait révélé son dégoût. Il n'ignorait pas que ses collègues français n'hésiteraient pas à le trahir s'ils devinaient son mépris pour l'homme qu'il servait. Ou, en réalité, pour toute la classe gouvernante.

Les seigneurs vivaient du travail des paysans et les poussaient à redoubler d'efforts en les menaçant de châtiments. Aucun mercenaire français ne le savait aussi bien que Gyles qui avait transpiré dans les champs de Develish pendant de longues années. Les serfs travaillaient d'arrache-pied et sans relâche, et la famine menaçait dès que les récoltes n'étaient pas bonnes ou que des impôts étaient levés inopinément. Gyles se rappelait la colère qui s'emparait de lui quand les régisseurs de Sir Richard venaient confisquer les modestes réserves de céréales et de haricots secs de sa famille pour les gaspiller en bombances comme celle-ci. Mais il se prit à douter qu'une redevance imprévue fût cause de la colère des villageois quand il s'éloigna pour faire le tour de l'enceinte et remarqua que les lopins des paysans de l'ouest n'avaient pas encore été moissonnés. Les impôts étaient plus faciles à supporter l'été quand la nourriture abondait, et les arpents réservés au seigneur de Bradmayne, au sud, étaient eux-mêmes couverts de blé et de haricots presque mûrs. Gyles ne comprenait pas qu'il pût prendre le risque d'exciter ses gens alors qu'il ne manquait pas de grain.

Le sixième jour, il constata qu'au village, l'agitation avait cédé la place à la peur. Quand les femmes portaient leurs regards vers la demeure, c'était pour chercher le prêtre. Dès qu'elles voyaient sa silhouette ensoutanée franchir le portail et prendre la direction du village, elles tombaient à genoux, tendant vers lui des mains suppliantes. À voir leur attitude, on avait l'impression qu'elles demandaient collectivement l'absolution et les amples signes de croix du curé donnaient à entendre qu'il la leur accordait.

Il portait une sacoche de cuir qui devait contenir, devina Gyles, des fioles d'eau bénite, des onguents et des remèdes. Quand il entrait dans une habitation, ce qu'il faisait fréquemment, il s'attardait longuement à l'intérieur et même l'esprit le plus borné ne pouvait qu'en conclure qu'il venait assister les malades. Gyles supposait que les potions et les prières du prêtre étaient efficaces puisqu'on ne voyait jamais sortir aucun cadavre. La peur manifeste des serfs n'en était que plus étrange. Quel que fût le mal qui frappait Bradmayne, on en réchappait visiblement.

Il changea d'avis en ce matin du neuvième jour, lorsque son regard aiguisé s'arrêta sur un monticule de terre fraîchement retournée sur les communaux, à l'est du domaine. Sa forme faisait songer à une sépulture, mais ses dimensions étaient démesurées si celle-ci contenait un seul corps. Il ne se rappelait pas que cette tombe eût été là la veille, et se demanda quand elle avait été creusée. Pendant la nuit ? Si tel était le cas, pourquoi pareille discrétion ? Et de quel droit le seigneur de Bradmayne refusait-il à ses gens d'être inhumés en bons chrétiens, en terre consacrée ?

La maladie avait été au premier plan des préoccupations de Sir Richard au cours de ce voyage. Il avait mentionné les rumeurs selon lesquelles le futur époux de Lady Eleanor était souffrant et avait donné ordre à ses hommes d'ouvrir les yeux et les oreilles à tout ce qui semblait confirmer ces bruits. Il était convaincu qu'on lui exhiberait un Lord Peter au visage fardé pour lui donner l'apparence de la santé. Il était conscient des avantages d'une alliance avec Bradmayne, mais n'avait pas l'intention de verser une dot pour une union condamnée à ne pas produire d'héritiers.

Comme il était prévisible, Sir Richard avait perdu toute aptitude à juger de la vigueur de Peter de Bradmayne quelques heures à peine après leur arrivée. Gris, il aurait estimé qu'un serf unijambiste faisait un époux convenable pour sa fille. Cela dit, Gyles n'avait rien relevé de suspect chez le jeune homme. Il avait l'air aussi bien portant que lors de leurs précédentes visites. De stature chétive, il avait le visage marqué par la petite vérole contractée dans son enfance, mais sa peau ne portait pas trace de fard et il buvait d'aussi bon cœur que les invités de son père.

À Develish, nul n'ignorait que Lady Eleanor ne voulait pas de ce mariage, et Lord Peter inspirait à Gyles une certaine pitié. Il en viendrait peut-être à regretter le choix qu'avait fait son père en son nom quand il essuierait les humeurs changeantes et les colères d'Eleanor. Si son époux lui-même la décevait, Bradmayne présenterait bien peu d'attraits pour elle. Sans doute apprécierait-elle que les serfs se fassent fouetter à la moindre incartade, mais Gyles ne doutait pas qu'elle fût atterrée par la saleté repoussante du domaine.

Les hommes urinaient où l'envie les prenait, les femmes vidaient les pots de chambre devant leur seuil tandis que les chiens et la vermine fourrageaient dans les excréments. La situation n'était pas plus attirante à l'intérieur de l'enceinte, où les eaux usées s'écoulaient dans un chenal ouvert juste à côté de la demeure, répandant une telle puanteur que Sir Richard lui-même l'avait remarquée. Les rares fois où il était assez sobre pour franchir la porte en titubant, il tenait une orange piquée de clous de girofle devant ses narines. Gyles trouvait les traces d'infestation par les rats plus dérangeantes encore. Leurs déjections se retrouvaient dans la cuisine et dans les greniers à grain, mais personne ne faisait rien pour se débarrasser des rongeurs. Milord de Bradmayne semblait ignorer que les déjections humaines voyageaient dans les pelages et sur les pattes de ces mammifères pour se retrouver dans sa nourriture. Peut-être après tout n'en avait-il cure.

Du coin de l'œil, Gyles vit le curé se présenter au portail comme chaque matin et interrompit l'inspection du tertre pour suivre ce qui se passait. L'échange ne fut pas le même que les jours précédents. Son capuchon rabattu sur sa tête pour dissimuler son visage, le prêtre paraissait voûté par la fatigue et les gardes s'écartèrent de lui précipitamment. D'une main tremblante, il les bénit d'un signe de croix avant de lever la barre lui-même et de se diriger vers le village d'une démarche chancelante.

Gyles ne vit pas trace du régisseur ni du bailli qui avaient pourtant l'habitude de quitter l'enceinte au même moment, selles et brides sur le bras. Leurs chevaux, entravés sur une pâture à l'extérieur des murailles en compagnie des montures des invités du seigneur de Bradmayne, continuaient à brouter paisiblement au soleil. Étaient-ils encore au lit après avoir passé la nuit à surveiller ceux qui avaient été chargés de creuser et de remplir une fosse commune ? Ou, chose plus effrayante, étaient-ils affaiblis par la maladie comme le curé ?

Il observa et attendit jusqu'à midi avant d'aller chercher Pierre de Boulet, le capitaine d'armes de Sir Richard. S'il n'avait pas jugé indispensable de parler au Français, Gyles aurait gardé ses soupçons pour lui, car il n'avait aucun mal à deviner comment son avis serait reçu. Boulet, qui n'avait pas encore trente ans et était capitaine depuis deux ans seulement, ne dissimulait jamais la contrariété que lui inspirait la présence d'un serf anglais parmi les hommes d'armes de Sir Richard.

« Que veux-tu ? » demanda-t-il en français alors que Gyles, immobile et silencieux, avait passé plusieurs minutes à le regarder jouer aux dés sur le sol de la grange avec trois autres capitaines.

Gyles répondit dans la même langue : « Un moment de votre temps, monsieur.

— Je suis occupé.

— C'est important, monsieur.

— Parle.

— En privé, je vous prie. Cette affaire concerne Sir Richard. »

Boulet, qui ne cessait de perdre, lui jeta un regard noir. « Tu te hausses du col, dis-moi. Les affaires de Milord ne te regardent pas. »

Gyles s'inclina légèrement. « Préférez-vous que je m'adresse à maître Foucault, monsieur ? En tant que bailli de Develish, c'est lui qui est responsable de l'or de notre maître. »

D'un air hargneux, le Français pria ses compagnons de jeu de l'excuser et se redressa. Foucault était de ceux qui contestaient le droit de Boulet de choisir les membres de la suite de Sir Richard. La place normale du bailli était à l'intérieur du domaine, où il devait aider le régisseur à faire respecter les ordres de son maître ; or il les avait accompagnés et avait été chargé de conserver la cassette contenant le trésor de Sir Richard jusqu'au moment où celui-ci jugerait bon de le remettre au seigneur de Bradmayne. Pour quel motif ? À seule fin que les hommes d'armes de Sir Richard, exemptés de cette obligation, puissent se mettre en haie chaque fois qu'il lui prenait l'envie de faire un pas dehors.

Gyles comprenait l'exaspération de Boulet mieux que le Français ne le pensait. Être capitaine d'armes de Sir Richard vous exposait à d'infinies humiliations. Nul ne pouvait ignorer les sourires narquois qui se communiquaient d'un bout à l'autre de la grange chaque fois que ses hommes et lui étaient contraints de s'aligner parce que leur maître enivré sortait dans la cour pour pisser dans la rigole. Les prédécesseurs de Boulet n'avaient jamais conservé longtemps leur charge, préférant chercher un emploi ailleurs plutôt que de faire appliquer les ordres dégradants de Sir Richard.

« Comment peux-tu te permettre de parler de l'or de Milord en présence d'autrui ? glapit Boulet en suivant Gyles à l'extérieur. Je te ferai fouetter si tu recommences. Que sais-tu ?

— Je sais que Sir Richard désire que la dot reste sous bonne garde jusqu'à ce qu'il soit certain que Lord Peter n'est pas souffrant, monsieur. »

Les yeux de Boulet se plissèrent. « As-tu des raisons de penser qu'il pourrait l'être ?

— Non, mais je crois qu'un mal fatal frappe le village, monsieur. Cela fait plusieurs jours que le prêtre veille ceux qui en sont atteints et, pendant la nuit, une tombe a été creusée dans un des champs. »

Le Français grimaça de plus belle. « Tu me fais interrompre ma partie de dés pour m'annoncer qu'il y a des paysans qui meurent ? En quoi cela m'intéresse-t-il ? Dix ont succombé à la fièvre et au flux de ventre à Pedle Hinton l'année passée.

— Mais aucun ne s'est vu refuser une sépulture chrétienne, monsieur. Si vous portez votre regard à l'est du terrain communal, vous distinguerez une butte suffisamment vaste pour contenir bon nombre de corps. La fosse a été creusée en cachette pendant notre sommeil. Apparemment le seigneur de Bradmayne souhaite fermer l'église aux morts aussi bien qu'aux vifs. »

Boulet regarda dans la direction qu'avait indiquée Gyles. « À quelle fin ?

— Je ne sais, monsieur. Peut-être craint-il que ce mal ne se répande à l'intérieur de l'enceinte. Peut-être préfère-t-il tenir ses invités dans l'ignorance que ses serfs périssent. Ou encore les deux. Il ne servirait pas ses intérêts que Sir Richard tombe malade avant que la dot ait été versée… ou qu'il se demande s'il est raisonnable de la payer.

— Sir Richard se soucie de la santé de Lord Peter, et non de celle d'une poignée de paysans. »

Gyles s'inclina légèrement comme pour manifester un acquiescement respectueux. « En effet, monsieur, mais ce tertre me semble mesurer trente pas de long sur deux de large, suffisamment pour qu'on y dispose quarante corps côte à côte. Plus encore s'il y a des enfants parmi les morts. Cela fait bien plus qu'une poignée.

— Il n'est pas possible d'évaluer ses dimensions à pareille distance. Qui t'a farci la tête de pareilles balivernes ? À qui as-tu parlé ?

— À personne, monsieur. Les serfs paysans n'ont pas le droit de pénétrer dans l'enceinte et les domestiques ne m'adressent pas la parole. La longueur du tertre peut être estimée par comparaison avec les chênes qui poussent à sa droite. Abattus, ces arbres font plus de soixante pas, et la fosse mesure largement la moitié de cette longueur… sinon plus. »

Le Français reporta son regard vers le terrain communal et constata que Gyles avait raison. « Peu importe. Si la maladie est au village, elle ne nous menace pas. Notre séjour ici prend fin dans trois jours. »

Gyles baissa à nouveau la tête, plus pour dissimuler son irritation devant la fatuité de Boulet que pour feindre le respect. « Le curé ne paraît pas en bonne santé du tout, monsieur. Quant au bailli et au régisseur, ils ne se sont pas montrés ce matin. Si ces trois hommes sont atteints, le mal exerce déjà ses ravages à l'intérieur de l'enceinte. Je ne saurais dire quelle est sa nature, mais il semble se répandre rapidement. Le nombre de paysans qui travaillent aux champs aujourd'hui est bien moindre que la semaine dernière. Quatre cents personnes sont attachées au seigneur de Bradmayne et pourtant, ce matin, je n'en ai guère dénombré que dix douzaines sur les lopins. Les femmes, les enfants et les vieillards restent au village, mais ils m'ont paru moins nombreux, eux aussi.

— Pour un serf, tu m'as l'air de t'y entendre remarquablement bien en chiffres. »

Gyles releva la tête. « Si vous faites le compte vous-même, monsieur, vous reconnaîtrez que j'ai raison.

— Et quand bien même ? C'est le problème du seigneur de Bradmayne, pas celui de Sir Richard.

— S'il en était informé, Sir Richard jugerait certainement que c'est un problème, monsieur. Sans travailleurs, un domaine perd rapidement de sa valeur. Les morts ne peuvent pas rentrer les récoltes ni faire les semailles pour l'année suivante, et le seigneur de Bradmayne aura bien du mal à lever des redevances si ses gens périssent. En pareilles circonstances, il serait risqué de nouer une alliance avec lui. »

Boulet ne se montra guère impressionné. « Tu feins un savoir que tu ne possèdes pas.

— Je me soucie autant de Develish que de Bradmayne, monsieur. Nous ne rendrons pas service à nos gens si nous rapportons ce mal avec nous. Nous ferions mieux de repartir tant que Sir Richard et les onze membres de sa suite sont en bonne santé.

— Ce mal ne saurait mettre notre domaine en danger. Par la grâce de Dieu et la pureté de notre air, nous jouissons d'une excellente santé. La piété de Sir Richard en répond. »

Boulet ne se leurrait pas moins que Sir Richard s'il croyait que la grâce de Dieu se gagnait aussi aisément, mais Gyles vit quelque avantage à exploiter sa crédulité. « En effet, monsieur, et le seigneur de Bradmayne doit savoir qu'il ne saurait approcher la vertu de notre maître. Autrement, il n'aurait pas à dissimuler ce qui se passe ici. Ne convient-il pas d'en parler à Sir Richard avant qu'il ne lui remette son or ? Les hommes pieux ne se lient pas volontiers à ceux que Dieu a choisi de châtier. »

Boulet se détourna et Gyles ne put que se convaincre de sa réticence à aborder le sujet avec Sir Richard. «Je m'enquerrai du régisseur et du bailli, bien que je doute qu'il y ait une once de vrai dans tes propos, lâcha-t-il enfin. Les serfs de vile extraction sont enclins à s'effrayer eux-mêmes avec de telles chimères.»

Gyles le regarda se diriger vers la porte du manoir et reprit sa place à l'abri du mur. Il espérait très sincèrement que Boulet avait raison. Il préférait se faire railler pour des craintes imaginaires plutôt que de revenir à Develish porteur d'un mal capable de tuer plus de quarante personnes en une semaine. Si Lady Anne savait peut-être ce qu'était ce fléau, Gyles l'ignorait. La famine, la redoutable petite vérole et la dysenterie prenaient un certain temps pour faire des victimes et les affaiblir au point qu'elles y succombent.

Lorsque le soleil s'inclina vers l'ouest et que les ombres s'allongèrent, une femme monta la route qui venait du village. Elle pleurait et se tordait les mains. Les gardes lui ordonnèrent de s'arrêter alors qu'elle était encore à une cinquantaine de pas du portail.

«L'père Jean, l'a b'soin d'aide, cria-t-elle, tombant à genoux de désespoir. Al froncles d'sa gorge ont claté, et l'a pris foible. Milord, l'doit mander des hommes pour l'porter d'dans l'église.»

Un des archers baissa son arc. «Cesse tes jacassements et rentre chez toi, dit-il en français. On vous a donné des ordres très clairs.

— Mais l'père Jean l'a b'soin d'une maison et pis d'un lit. Faut d'mander à Milord d'avoir marci d'lui.»

Gyles s'écarta du mur et héla l'archer. «Elle demande de l'aide, expliqua-t-il en s'approchant du portail. Elle essaie de vous dire que le père Jean s'est évanoui et elle supplie le seigneur de Bradmayne d'envoyer des hommes pour le porter dans l'église.

— Qu'a-t-elle dit d'autre?

— Que les furoncles de son cou ont percé. Il faut qu'il regagne sa maison et son lit. Elle voudrait que vous priiez votre maître d'avoir pitié de lui.»

L'archer semblait sur le point de rendre de la bile. « C'est inutile, murmura-t-il. Le curé sera mort avant la nuit. Il le savait ce matin. Il a relevé son capuchon pour dissimuler les pustules qui avaient envahi son cou, mais j'ai vu les signes de la mort sur son visage. Si tu peux te faire entendre de cette femme, dis-lui de le soigner de son mieux. »

Gyles réfléchit un moment, puis éleva la voix et parla en patois du Dorset, choisissant délibérément des mots incompréhensibles pour les Français. « Bonne vieille, je suis Gyles Startout, parent d'Aggy Bushrod. Ces Français ont trop peur de leur seigneur pour lui demander grâce pour le curé. J'ai vu une tombe sur la pâture. Combien sont morts ? Combien sont atteints du mal ? »

Les réponses de la femme le firent frémir. Trois douzaines de morts et autant atteints de fièvre et de grosseurs pleines de pus sur le cou et à l'aine. Il lui demanda si elle savait de quel mal il s'agissait, mais elle répondit que non. Personne n'avait encore jamais vu chose pareille. Le sang des malades noircissait au moment de la mort, et tous ceux qui observaient cela étaient frappés de terreur.

Gyles lui demanda ensuite comment et quand la maladie avait débuté, et elle lui répondit que des marchands et des colporteurs avaient prétendu qu'elle avait fait son apparition dans le port de Melcombe le jour de la fête de saint Jean-Baptiste au mois de juin. Un enfant était mort à Bradmayne douze jours auparavant – de la petite vérole, très certainement –, mais Milord, par crainte pour lui-même et redoutant qu'il ne s'agisse du mal de Melcombe, avait fait barricader son portail et interdit aux serfs de s'en approcher.

Le prêtre les avait réconfortés en prétendant qu'ils n'avaient rien à craindre d'une maladie qui sévissait à Melcombe, mais il se leurrait. Quelques jours après le début des festivités, beaucoup s'étaient plaints de fièvre de la tête et de terribles douleurs dans le cou, en haut des jambes et sous les bras. Les furoncles remplis de pus devenaient gros comme des œufs de poule et personne ne survivait plus de trois jours. On avait laissé les morts au milieu des vivants jusqu'à ce que le régisseur persuade son maître d'autoriser ses gens à creuser une fosse. Ils avaient gardé espoir tant que le père Jean avait été en bonne santé et avait reçu leurs confessions, mais à présent, ils n'avaient plus personne. Dieu avait envoyé ce fléau pour les châtier.

Les gardes, qui commençaient à s'impatienter, firent comprendre à Gyles qu'il mettait la sécurité de la femme en danger en lui parlant aussi longuement. Les instructions du seigneur de Bradmayne étaient claires : aucun serf n'était autorisé à s'approcher aussi près. Gyles répéta leurs propos à la femme, ajoutant une dernière question de son cru. Quels péchés les villageois avaient-ils commis pour mériter pareil châtiment ?

Elle s'écria d'une voix pleine d'angoisse qu'elle n'en savait rien. Ils avaient vécu selon les enseignements de l'Église et avaient honoré leurs obligations à l'égard de leur seigneur bien qu'il les traitât fort mal. Il les méprisait parce qu'ils étaient anglais et leur reprochait d'avoir apporté ce fléau dans son domaine. Il les condamnerait plus cruellement encore quand il saurait que le curé était atteint.

Ses paroles, étouffées par les cris furieux des gardes, devinrent inaudibles ; et avec un regard lourd de désespoir, elle se redressa et reprit misérablement le chemin du village.

Le garde posa son arc contre la poitrine de Gyles, l'empêchant de s'éloigner. « Tu ne dois pas parler de ce que tu as appris ici. »

Gyles haussa légèrement les épaules. « La vérité éclatera que je parle ou non. L'heure des vêpres approche et le père Jean n'est pas à l'église. Les invités du seigneur de Bradmayne ne manqueront pas de se demander pourquoi. »

Il guetta la suite des événements depuis son poste d'observation préféré, le long du mur du manoir. Apparemment, le seigneur de Bradmayne était prêt à laisser officier n'importe quel homme d'Église, même le jeune acolyte du père Jean, pourvu que ses visiteurs restent dans l'ignorance que Bradmayne était un lieu de mort. Se pavanant dans les vêtements sacerdotaux de son maître mourant, le garçon – seize ou dix-sept ans à peine – accueillit le châtelain et la châtelaine à la porte de l'église.

Cependant, ses traits encore enfantins exprimaient une indicible terreur.

Peut-être savait-il sa propre fin proche.

Trois

La nuit tomba mais Gyles ne bougea pas. Son esprit était trop préoccupé pour qu'il pût trouver le sommeil. S'il avait pu croire un instant que Boulet persuaderait Sir Richard de se remettre en route, ses espoirs s'évanouirent lorsque le capitaine ressortit de la demeure. Ayant reçu du chambellan du seigneur de Bradmayne l'assurance que le régisseur et le bailli avaient quitté le domaine pour affaires, il refusa d'écouter le récit que Gyles voulait lui faire des propos de la paysanne, déclarant qu'il n'était pas insensé au point d'ennuyer son maître avec les idées de serfs ignorants.

Gyles n'insista pas, car il y avait trop de questions auxquelles il ne savait répondre. Pourquoi Sir Richard n'avait-il pas été informé qu'une maladie fatale sévissait à Melcombe avant son arrivée à Bradmayne ? Cela faisait onze jours qu'ils avaient quitté Develish et, pourtant, même au cours de leur voyage, ils n'avaient pas entendu un mot à ce sujet. Un tel mal pouvait-il réellement se propager de Melcombe à Bradmayne en l'espace d'une semaine seulement ? Cela expliquait-il que les invités du seigneur de Bradmayne n'en aient rien su non plus ?

Surtout, Gyles se demandait si la paysanne avait raison de parler d'une plaie envoyée par Dieu. Jamais Lady Anne n'aurait donné créance à pareille idée, mais Gyles ne voyait pas d'autre explication à l'apparition de sang noir et de furoncles gros comme des œufs de poule. L'Église n'enseignait-elle pas qu'un tel châtiment avait été envoyé aux incroyants d'Égypte ?

Le bruit d'un soldat qui vomissait et gémissait à l'intérieur de la grange glaça le sang de Gyles, car il redoutait d'en connaître la cause. Il imaginait son propre cou enflé, pustuleux, et le palpa d'une main tremblante. Ses doigts ne rencontrant aucune grosseur, il s'exhorta à réfléchir calmement. Lady Anne n'avait-elle pas dit et répété que la superstition était l'ennemie de la raison ? Dieu avait donné un cerveau aux hommes dans un dessein précis ; seuls les ignorants et les obstinés refusaient de s'en servir.

Elle était arrivée à Develish, jeune épouse, près de quinze années auparavant. À ce moment-là, peu décelaient en elle quoi que ce fût d'admirable. Âgée de quatorze ans à peine, elle était quelconque et modestement vêtue. Aussi nul n'avait-il douté que Sir Richard l'avait prise pour épouse afin de mettre la main sur sa dot. De vingt ans son aîné et fort bel homme, il ne dissimulait pas le peu d'affection qu'il lui portait, la considérant comme un bien meuble et l'insultant sans plus de retenue qu'il n'en mettait pour injurier ses serfs.

Tous en étaient réduits à essayer de deviner ce que Lady Anne pensait de sa situation, parce qu'elle parlait peu et que son visage manquait d'expression. On ne savait pas grand-chose de son passé, sinon qu'elle avait été envoyée au couvent à six ans au moment où son oncle avait hérité des domaines de son père, et la déférence avec laquelle elle appliquait la volonté de Sir Richard semblait révéler que l'obéissance était tout ce qu'on lui avait enseigné. À l'abri des contraintes qu'une épouse plus vive aurait pu lui imposer, Sir Richard avait continué à se livrer à ses excès habituels aux dépens de ses gens avec autant d'insouciance qu'auparavant.

Il était difficile de déterminer quand et comment l'influence de Lady Anne avait commencé à se manifester. La femme de Gyles, Martha, l'avait constatée à l'habileté avec laquelle elle avait repris discrètement en main l'administration de la demeure, évitant des châtiments aux serviteurs en corrigeant leurs erreurs avant que Sir Richard n'en ait eu connaissance. Gyles, quant à lui, l'avait constatée dans le choix surprenant d'un régisseur anglais – peu après la naissance de Lady Eleanor – qui avait donné ordre de creuser des fosses d'aisances sous le vent par rapport au village et de construire une habitation de trois pièces éloignée des autres maisons pour y soigner les malades.

Quand les serfs s'étaient plaints du surcroît de travail que cela leur imposerait à la fin de leurs longues journées de labeur aux champs, le régisseur leur avait répondu que c'était pour leur propre bien et il leur avait montré un décret portant la marque de Sir Richard. Aucun d'eux n'avait cru que leur seigneur savait ce qu'il avait signé. Son indifférence au bien-être d'autrui et son ignorance des lettres donnaient à penser qu'il s'était fait berner par sa femme ; nul n'ignorait en effet que l'adresse de Lady Anne à manier la plume n'avait d'égale que son habileté à lire.

Ces mesures ne lui avaient pas fait d'amis. Creuser et construire étaient des tâches fatigantes et les serfs avaient maugréé contre les idées stupides qu'elle avait rapportées de son couvent. Leur résistance s'était faite encore plus bruyante une fois que les fosses et la maison de quarantaine avaient été achevées et que le régisseur les avait obligés à s'en servir sous peine d'amendes. Les femmes avaient maudit l'arrogance de Milady qui s'imaginait mieux savoir qu'elles comment s'occuper des malades tandis que les hommes renâclaient à l'idée de devoir pisser et déféquer dans des tranchées collectives. Une jeune femme à peine formée n'avait pas à donner de leçons à ses aînés.

Leur ressentiment n'avait pas duré plus d'une saison. De tous les progrès réalisés au cours des quatorze années suivantes, aucun n'avait été aussi bienvenu et n'avait eu d'effet aussi immédiat que l'amélioration de la santé due à l'utilisation de latrines et aux soins que Lady Anne avait apportés aux malades à l'intérieur de son hôpital. Quand ses gens faisaient mine de la louer de ses bontés, elle secouait la tête et les exhortait à se taire. Il n'était pas raisonnable d'attirer l'attention sur tout ce qu'elle pouvait accomplir à Develish, car la nature versatile de Sir Richard le poussait à prendre autant de plaisir à détruire qu'à construire.

Elle avait transmis à ses serfs de nombreux savoirs dont celui que la maladie se répandait plus rapidement quand ceux qui étaient atteints se mêlaient aux bien portants. Pourtant, en écoutant les gémissements étouffés du soldat, Gyles ne se rappelait pas que le prêtre, le régisseur ou le bailli fussent entrés dans la grange. Seules les filles de cuisine étaient venues leur apporter à manger et à boire, et aucune n'avait montré de signes de fièvre. Il nourrissait le faible espoir que l'homme avait simplement mal à la tête à la suite d'un excès de vin mais, au fil de la nuit, alors que d'autres commencèrent à geindre, il lui fallut abandonner cette illusion.

Depuis son poste de guet, il observa le va-et-vient des torches entre le village et la pâture communale. Il ne voyait pas ceux qui les portaient ni ce qu'ils faisaient, mais devinait que les familles sortaient leurs morts. Le défilé se poursuivant pendant que la lune parcourait trois heures de temps dans le ciel, Gyles préféra ne pas penser au nombre de malheureux qui étaient venus rejoindre les autres au tombeau. La rapidité et l'ampleur des événements le laissaient perplexe. Il ne connaissait aucun fléau qui pût faire autant de victimes en un seul jour – hormis la guerre.

Néanmoins, il s'inquiétait plus pour Develish et pour sa famille que pour Bradmayne. Dans l'ignorance de ce qui se passait ici, Lady Anne et ses gens seraient sans défense si leur seigneur rapportait le mal à son retour au domaine. Gyles savait que Sir Richard n'aurait aucun scrupule à le faire pourvu qu'il puisse aller voir le prêtre corrompu qui, tous les matins, purifiait sa conscience noircie en lui administrant le corps et le sang du Christ. Un homme sincèrement repentant de ses péchés luimême répugnerait à quitter ce monde sans les secours et la bénédiction de l'Église, or Sir Richard n'était pas un tel homme.

Durant l'heure qui précédait l'aube, Gyles prit la décision de porter la nouvelle en personne. En coupant à cheval à travers la campagne, il était possible de faire le trajet en un jour, ce qui laisserait à Lady Anne une journée et demie pour se préparer. Il pouvait s'attendre à être écorché vif si Sir Richard regagnait Develish en bonne santé, mais il refusa de s'appesantir sur le châtiment qu'il encourait. Son seul regret était de n'être pas parti dès cette nuit-ci et de devoir attendre la suivante pour se lancer dans cette entreprise. Tenter le coup de jour serait folie alors que les chevaux de tous les hommes d'armes étaient entravés à portée de vue des gardes du seigneur de Bradmayne.

Gyles eut des raisons de remâcher ses regrets dès le lever du soleil, car il sut alors qu'il avait laissé passer sa chance. Trois soldats brûlants de fièvre gisaient, inconscients, sur le sol de la grange et cinq autres étaient adossés contre le mur d'enceinte, le visage tordu de douleur, leurs tuniques souillées de vomissures. Cette vision troubla suffisamment un capitaine pour qu'il se mette en quête de son seigneur, et Gyles ne doutait pas que d'autres seraient bientôt atteints.

À l'intérieur de la demeure, des voix de femmes poussaient de douces lamentations et, quelques minutes plus tard, une servante courut jusqu'à l'église pour aller chercher l'acolyte du prêtre. Soutane au vent, il se précipita sur le chemin, l'huile des malades en main, sa peur se reflétant sur les visages des domestiques qui s'étaient rassemblés en groupes dans la cour. On chuchotait que Lord Peter était souffrant.

Boulet n'avait plus grand-chose de l'homme furieux qui la veille au soir avait condamné tous les serfs au purgatoire en ordonnant à Gyles de garder ses craintes pour lui. Il traversa la cour, l'air conciliant. « Tes idées m'ont l'air plus vraisemblables aujourd'hui, admit-il. François Valennes a vomi toute la nuit et se plaint de douleurs sous les bras. Deux autres, Gérard et Simon, sont baignés de sueur. S'agit-il du mal dont tu parlais ?

— Vous devriez poser la question au chambellan, monsieur. Sa parole de Normand pèse plus lourd que la mienne.

— C'est à toi que je m'adresse. Hier soir, tu voulais me parler d'une paysanne qui était venue du village. Le moment était inopportun, mais je suis disposé à t'entendre maintenant. »

Un sourire cynique retroussa les lèvres de Gyles. « Les idées de cette pauvre ignorante ne seront pas plus sages aujourd'hui qu'elles ne l'étaient hier, monsieur... et vous ne serez pas plus empressé de les rapporter à Sir Richard. Moins peut-être, car il pourrait vous demander pourquoi vous lui avez celé cette information. »

Boulet serra le poing. « Garde ton insolence pour toi. Raconte-moi ce qu'elle t'a dit. »

Gyles obtempéra.

« Le prêtre est-il mort ?

— Les gardes étaient convaincus qu'il ne passerait pas la nuit. Peut-être a-t-il rejoint les autres dans la fosse commune.

Selon mon estimation, trois douzaines de morts ont été ajoutés cette nuit à ceux qui s'y trouvaient déjà. J'ai vu les torches défiler lorsqu'on a sorti les corps. Melcombe est touché pareillement. D'après la femme, les morts s'y chiffreraient par centaines. »

L'effroi de Boulet fut tempéré par l'incrédulité. « C'est impossible, protesta-t-il. Pareille nouvelle aurait été transmise à Sir Richard avant notre départ de Develish.

— Je le pensais, moi aussi, avant de lui demander quand la maladie avait touché Melcombe. Le jour de la Saint-Jean-Baptiste, a-t-elle dit... ce qui fait à peine trois semaines. Le seigneur de Bradmayne a barricadé son portail il y a dix jours, mais il se leurre s'il croit que seuls les serfs anglais seront touchés. À l'intérieur de l'enceinte, ce sont des Normands qui sont atteints. »

Boulet frémit. « Il faut partir. Je vais chercher Sir Richard. »

Gyles porta le regard au-delà du capitaine, vers la porte d'entrée. « Inutile », murmura-t-il en voyant leur seigneur sortir en titubant, avant de bâiller en se grattant l'entrejambe. Il se déboutonna pour pisser dans la rigole. « Le voici et il ne lui faudra qu'un instant pour remarquer l'absence de sa haie d'honneur. Je crains qu'il ne la juge plus contrariante que les mises en garde d'une inconnue. »

Un autre seigneur aurait pu chercher à savoir pourquoi ses hommes n'étaient pas là, mais Sir Richard se contenta de maudire son capitaine en le traitant de bâtard et de coquin, et exigea que ses soldats se mettent en haie comme ils le devaient lorsqu'il se rendrait à la messe du matin. Pour faire bonne mesure, il donna ordre à Boulet qu'ils restent en position toute la journée, qu'il soit ou ne soit pas dans la cour. Il se reboutonna et s'apprêta à rentrer.

Comme Boulet gardait le silence, Gyles prit la parole. « Il n'y aura pas d'office, Messire. La cloche de l'église n'a pas sonné et il n'y a personne pour dire la messe. Le curé est mort, et son acolyte a été appelé à l'intérieur de la demeure. »

Le dos de la main de Sir Richard s'abattit brutalement sur sa joue. « Tu as l'audace de m'adresser la parole sans que je t'y invite ?

— J'ai fait serment de vous protéger, Messire. Le devoir me commande de parler. Le seigneur de Bradmayne vous dissimule que soixante-dix de ses gens sont morts d'un mal inconnu. Trois de vos hommes en sont atteints désormais. François Valennes, Gérard Dubois et Simon Arcourt. D'autres soldats sont touchés, eux aussi. »

Il regarda droit devant lui tandis que Sir Richard le frappait à nouveau.

« Si je vous offense en cherchant à vous sauver la vie, Messire, je vous en demande pardon, mais vous vous mettez en péril, vous-même et votre or, en restant ici. Les serviteurs murmurent que l'acolyte du prêtre est venu dans la demeure administrer l'extrême-onction à Lord Peter qui est souffrant. Au moins, efforcez-vous de savoir la vérité avant d'apposer votre sceau sur le contrat de mariage. »

Il aurait dû mentionner Lord Peter plus tôt, songea-t-il, en voyant Sir Richard baisser le bras pour se frotter la jointure des doigts. La santé du jeune homme était la seule chose dont il se souciait. Il se tourna vers Boulet. « Dit-il vrai ?

— Je le crois, Messire.

— Alors, pourquoi est-ce lui qui s'adresse à moi et non toi ? »

Boulet inclina la tête dans une manifestation ostentatoire de respect. « Son savoir est plus grand que le mien parce qu'il comprend le discours des gens d'ici, Messire. Il tient ce qu'il sait des serfs – paysans ou domestiques. Je ne sais que ce que j'ai appris en observant les soldats tombés malades durant la nuit. »

Sir Richard dévisagea Gyles d'un air soupçonneux. Il n'avait jamais caché son aversion et sa méfiance pour le serf que sa femme lui avait imposé. « Lord Peter paraissait en bonne santé hier. S'il est souffrant ce matin, ce sera d'un excès de vin. Il a bu avec les meilleurs d'entre nous la nuit dernière.

— Il n'a pas assisté aux vêpres, Messire.

— Quel est le fond de ta pensée ? »

Gyles se prépara à recevoir un nouveau coup. « Vous tenez la boisson aussi bien qu'un autre, Messire, mais vos souvenirs de ce qui s'est passé hier soir ne sont peut-être pas tout à fait précis. Depuis notre arrivée, Lord Peter n'a pas manqué un service divin, et pourtant il n'a pas assisté aux vêpres d'hier. Je me demande pourquoi. »

Sir Richard fronça les sourcils, fouillant dans sa mémoire. « Tu me brouilles l'esprit. Quelle forme prend cette maladie ?

— Fièvre, douleurs et furoncles, Messire. Lorsque le malade meurt, son sang noircit. Nul ne survit au-delà de trois jours. Le seigneur de Bradmayne en a une peur bleue. Il a cherché à maintenir le mal à distance en barricadant son portail, mais il n'y est pas parvenu. Son prêtre, son régisseur et son bailli ont péri et voici que les hommes d'armes de ses invités sont atteints, eux aussi. »

Le coup de poing qu'il reçut dans le ventre fut violent et le plia en deux de douleur.

Sir Richard sourit, fort content de lui. « Bradmayne m'assure que son régisseur et son bailli ont quitté le domaine pour affaires alors que le prêtre assiste un vieillard qui a été à son service pendant de longues années. Dois-je te faire entrer afin que tu puisses traiter le seigneur de Bradmayne de menteur face à face ? Il serait divertissant de te voir fouetter jusqu'au seuil de la mort. »

Gyles se redressa et prit une profonde inspiration. Son regard se posa sur celui de Sir Richard et, pour une fois, il ne chercha pas à masquer sa propre aversion. « Un divertissement plus profitable consisterait à prendre des paris sur l'invité qui aura le bon sens de partir le premier, Messire. Je pencherais pour Chaldon. Son capitaine est parti à sa recherche voici un quart d'heure. »

Sir Richard cracha par terre. « Je t'écorcherai le dos moi-même si tu m'abuses, menaça-t-il. Cela fera un joli morceau de vélin à offrir à Milady à mon retour. »

Leur départ eut lieu peu après. Convoqué dans la grande salle par un serviteur terrifié, Boulet en ressortit avec ordre de préparer sur-le-champ le chariot de Sir Richard. Lord Peter, semblait-il, n'était pas le seul à être atteint de fièvre. Un invité âgé, le chambellan et plusieurs domestiques avaient eux aussi succombé. Boulet murmura qu'une terrible querelle avait éclaté entre le seigneur de Bradmayne et son épouse. Accablée de chagrin du fait de la maladie de son fils, elle hurlait des imprécations à son mari, qui lui avait promis qu'ils étaient en sécurité dans sa demeure. Elle n'avait rien celé, criant que Dieu leur avait infligé ce fléau en châtiment des péchés de son époux.

À en croire Boulet, elle avait révélé que leur domaine était grevé de dettes et que la dot d'Eleanor était tout ce qui les séparait de la ruine. Tous les soirs, son malfaisant de mari avait gavé Sir Richard d'hydromel, l'exhortant à sceller le contrat de mariage avant l'aube et, tous les soirs, Dieu avait donné à Sir Richard la sagesse de résister. Develish était béni d'avoir pareil seigneur. Bradmayne était maudit d'avoir le sien. Ils seraient tous morts avant la fin de la semaine.

L'émoi qu'avait inspiré à Boulet la scène dont il avait été témoin se manifesta par l'incohérence de ses ordres. La colère de Sir Richard avait été terrible, et Boulet craignait qu'elle ne devînt incontrôlable si le chariot couvert n'était pas dans la cour quand son maître sortirait de la demeure. Il ne savait apparemment plus quels chevaux il convenait d'atteler et ordonna à quatre de ses hommes de rassembler les montures devant la muraille.

Gyles s'avança. « Avec tout le respect qui vous est dû, monsieur, ne serait-il pas plus raisonnable d'attraper et de seller nos chevaux une fois que nous aurons quitté l'enceinte ? Le destrier de Sir Richard, le chariot et les deux chevaux de trait qui le tirent sont dans le verger, où maître Foucault les a surveillés d'aussi près qu'il surveille l'or. Si vous donnez ordre aux serviteurs de porter les vêtements et les possessions de Sir Richard jusqu'à la porte d'entrée, ceux d'entre nous qui sont en assez bonne santé veilleront à ce que le chariot soit là pour les y charger. »

Boulet ne semblait que trop disposé à s'en remettre au serf, comptant sans doute le blâmer si l'affaire tournait mal. « Et Valennes, Dubois et Arcourt? demanda-t-il. Sir Richard s'attend-il à ce qu'ils fassent le trajet à cheval ? »

Gyles lança un coup d'œil vers la grange. « Certainement pas s'il lui reste une once de bon sens, répondit-il l'air impassible. Personne ne peut plus rien pour eux. Quand nous partirons, il nous faudra les laisser ici. »

Comme ils étaient obligés de traverser le village de Bradmayne, Sir Richard commanda à maître Foucault de faire passer le chariot couvert en tête, devant ses hommes et lui lui enjoignant de faire librement usage de son fouet contre tout serf qui s'approcherait trop. Aucun ne s'y aventura. Les vivants étaient tapis derrière leurs portes, seuls les morts étaient dehors.

Gyles chercha autant que faire se pouvait à détourner les yeux des malheureux petits cadavres – beaucoup étaient des enfants – allongés dans la poussière à côté de leurs chaumières, mais il fut saisi d'un affreux chagrin en passant devant la maison de Bushrod et en apercevant sa cousine Aggy les yeux vides tournés vers le ciel. Il la reconnut à la broderie de sa cotte – le même motif que celui que choisissait toujours sa femme –, mais ses traits étaient méconnaissables. Le sang noirci formait une croûte sur ses lèvres, son nez et ses yeux, comme si le fluide visqueux s'était échappé par tous les orifices de son corps. Il distingua les visages de ses enfants dans la pénombre de sa chaumière, et la honte lui serra le cœur lorsqu'il passa sans retenir son cheval. Un homme meilleur, plus courageux, se serait arrêté pour les secourir.

Sir Richard fit remonter son destrier à l'avant du convoi dès qu'ils eurent quitté le village, murmurant des prières tout bas et se signant abondamment. S'il suppliait Dieu de se montrer clément, Gyles doutait que ce fût pour quiconque sinon lui. Sir Richard ne gaspillait jamais ses prières pour des vilains et ne semblait guère affligé d'avoir dû laisser trois de ses hommes à Bradmayne, condamnés à y mourir. Maître Foucault, à califourchon sur un des gros chevaux qui tiraient le chariot, chercha plusieurs fois à croiser le regard de Gyles en quête d'explications, mais celui-ci l'ignora. Il ne comprenait pas mieux que le bailli ce qu'ils avaient vu. Il devinait qu'Aggy avait dû mourir le matin même – elle aurait été enterrée dans la fosse pendant la nuit si elle avait succombé plus tôt –, mais il restait abasourdi par la rapidité et l'ampleur de ce qui se passait.

Il sentait la présence de la mort autour d'eux tandis qu'ils traversaient la campagne au pas. Les oiseaux eux-mêmes se taisaient. Seuls le claquement des sabots sur la boue séchée de la route et le grincement des roues du chariot dans les ornières rompaient le silence de l'air estival. Ils étaient à deux heures de route de Dorchester, une ville de foire, vaste centre de commerce et d'échanges où bétail et denrées agricoles passaient de main en main quotidiennement. À l'aller, la grand-route avait été encombrée de marchands, de colporteurs et de bergers, mais il n'y avait plus personne désormais. La voie était déserte aussi loin que portât le regard de Gyles.

Il redoutait de penser au nombre de morts ou de mourants que devait abriter Dorchester, située sur la route qui se dirigeait vers le nord depuis Melcombe – la seule à sortir du port. D'autres voies de circulation, telles que celle qu'ils avaient empruntée, s'y croisaient. Si la maladie était à Bradmayne, raisonna Gyles, elle devait également avoir atteint Dorchester, et l'absence de voyageurs sur la route semblait lui donner raison. Au fond de son cœur, il espérait pourtant se tromper. Si la mort circulait sur les routes, nul n'y échapperait.

Un voile de peur pesait sur la ville de foire lorsqu'ils s'y engagèrent. Des silhouettes spectrales reculèrent dans l'ombre quand le convoi de Sir Richard passa, le bas de leur visage enveloppé de chiffons pour éviter de respirer l'air infecté. Leurs yeux étaient méfiants et soupçonneux, et les gens s'évitaient réciproquement avec autant de zèle qu'ils s'écartaient des étrangers à cheval. La plupart portaient des vêtements de serviteurs ou de serfs, et Gyles devina que leurs maîtres les avaient fait sortir pour aller acheter du pain, de la bière ou de la viande chez les rares commerçants assez courageux pour ouvrir boutique. Foucault avait son fouet à la main, mais il n'eut pas à s'en servir davantage qu'à Bradmayne.

Ils passèrent devant des portes marquées de croix tracées à la peinture rouge sang, certaines maintenues fermées par de lourds blocs de pierre. Derrière celles qui ne portaient pas de signe, ils aperçurent des figures dissimulées par les volets mi-clos. Personne ne parlait. Personne ne les héla pour demander des nouvelles. Une brouette en bois chargée de cadavres avait été abandonnée sur le côté d'un passage et la puanteur qui s'élevait des corps enveloppés de linceuls était si atroce que deux des plus jeunes hommes d'armes, le teint gris, se penchèrent sur le côté pour vomir.

Sir Richard brandit le poing en direction des maisons enténébrées qui les entouraient. « Êtes-vous des païens pour laisser ainsi vos morts sans sépulture ? » rugit-il.

Il poursuivit sa route, appelant la malédiction du Seigneur sur la tête de tous les pécheurs, et Gyles se demanda s'il existait un seul homme capable de croire à sa vertu. À l'angle de la grand-route menant vers le nord, Sir Richard tourna à peine les yeux vers la porte d'une église qui, solidement barrée, affichait une croix accompagnée des mots QUE DIEU AIT PITIÉ DE NOUS écrits à la peinture rouge brillant. Les lettres lui étaient peut-être inintelligibles, mais il ne pouvait manquer de comprendre que des hommes de Dieu mouraient à l'intérieur de cette bâtisse. Était-il, dans sa piété, si sûr de lui pour s'imaginer plus favorisé qu'eux ?

Gyles ne nourrissait pas pareilles illusions. Quand il mourrait, ce serait en pécheur, car il ne s'était pas confessé depuis bien longtemps. Il cherchait encore à se convaincre qu'il était possible d'échapper à ce fléau, mais le doute l'accablait.

En douze jours, le monde avait changé au point d'en être devenu méconnaissable.

DEUXIÈME ET TROISIÈME SEMAINES
DU MOIS DE JUILLET
DE L'AN 1348

Quatre

Develish, Dorseteshire

Une semaine après le départ de Sir Richard, un messager se présenta à Develish de la part de l'évêque de Sarum, pour annoncer qu'un fléau mortel s'était abattu sur Melcombe et sur les villages voisins de l'embouchure de la Wey. Le maître des lieux étant absent, l'homme s'adressa au régisseur de Sir Richard et parla en termes bibliques de bubons, d'effusions de sang et de communautés dévastées. Ce qu'il avait à dire l'effrayait au point que sa langue trébuchait sur les mots.

Inquiet, le régisseur l'accompagna auprès de Lady Anne. « Il vient de la part de l'évêque, Milady. Dieu nous a envoyé un châtiment. »

Lady Anne se trouvait dans sa salle de filage, où deux servantes cardaient la laine tandis qu'elle-même tordait et enroulait les fils peignés sur son fuseau. Posant son ouvrage, elle fit signe aux filles de s'éloigner, fronçant les sourcils afin d'intimer à Hugh de Courtesmain l'ordre de garder le silence jusqu'à ce que la porte se fût refermée derrière elles. Il n'avait été nommé régisseur que deux mois auparavant, et Lady Anne ne savait pas grand-chose de lui sinon qu'il était venu du Nord, sur la recommandation de la sœur de Sir Richard. Elle regrettait son prédécesseur, un homme plus âgé, qui lui demandait son avis et le suivait plus souvent qu'il ne l'aurait dû. Hugh de Courtesmain ne ferait jamais preuve de la même obligeance. Les seules conversations que Lady Anne avait eues avec lui s'étaient tenues en présence de son mari, et l'empressement du nouveau régisseur à respecter toutes les instructions que lui donnait Sir Richard sans poser la moindre question ne l'avait pas disposée en sa faveur.

« Quel genre de châtiment, monsieur ?

— Un fléau qui provoque une éruption de pustules sanglantes sur la peau et tue en l'espace de moins d'une semaine, Milady. On pense qu'un navire l'a apporté à Melcombe, mais nul n'a encore jamais vu pareille pestilence. Elle se répand à la vitesse d'un cheval au galop. » La panique fit monter sa voix dans les aigus. « Dois-je envoyer quelqu'un demander à Sir Richard de rentrer au plus vite ?

— Calmez-vous, répondit-elle. Nous serons morts d'effroi avant de mourir de ce mal si vous parcourez cette demeure en annonçant que la mort est à notre porte. »

Le messager mit un genou en terre. « Il ne dit que la vérité, Milady. Sa Grâce m'a donné instruction de passer de manoir en manoir pour avertir tout le monde du danger. » Il sortit de son pourpoint un rouleau de parchemin. « Tout est écrit ici pour ceux qui savent lire. J'ai reçu ordre de vous accorder une heure pour copier cet écrit avant de reprendre ma route. »

Lady Anne acquiesça d'un signe de tête. « Vous trouverez à dîner à la cuisine. Maître de Courtesmain vous y conduira. Mangez à satiété, mais n'effrayez pas mes domestiques par des propos sur ce mal. Je leur parlerai moi-même après votre départ. »

Elle attendit que les hommes soient sortis pour dérouler le parchemin. Le texte, écrit en français, faisait état d'une maladie qui avait fait son apparition à Melcombe peu après la fête de saint Jean-Baptiste et se propageait désormais vers l'est, l'ouest et le nord. Elle se manifestait par des maux de tête, de la fièvre, suivis de l'apparition d'enflures sombres, remplies de sang, au cou, aux aisselles et à l'aine, qui coloraient le sang en noir et faisaient succomber ceux qui en étaient atteints en moins d'une semaine. La douleur était atroce. Nul n'en guérissait. Tous ceux qui entraient en contact avec ce mal périssaient. On déplorait déjà plusieurs centaines de morts.

Sa Grâce parlait de plaie envoyée par le Seigneur pour débarrasser la terre des pécheurs, et le seul remède que l'évêque pouvait offrir figurait dans les derniers mots de son écrit.

Une Mort Noire s'est abattue sur notre pays. Peu seront épargnés. Repentez-vous de vos péchés et priez que Dieu vous pardonne lorsque vous vous présenterez devant Lui pour être jugés. Puisse-t-Il avoir pitié de vous et vous éviter la damnation éternelle de l'Enfer. Il n'est de salut qu'en Notre-Seigneur Jésus-Christ.

Lady Anne s'approcha d'une table à écrire disposée dans l'angle de la pièce et plongea une plume dans l'encrier, s'apprêtant à retranscrire le document sur un morceau de vélin. Cependant, sa main tremblait si fort que les lettres qu'elle traçait étaient illisibles. Elle s'interrompit, cherchant à reprendre ses esprits. Elle ne doutait pas de la réalité du mal, ni que la douleur et la mort qu'il entraînait fussent aussi effroyables que Sa Grâce le donnait à entendre. Mais était-ce véritablement un châtiment envoyé par Dieu ?

Une Mort Noire s'est abattue sur notre pays.

Que voulait dire Sa Grâce ? Que des ténèbres plongeraient le pays dans une nuit éternelle ?

Peu seront épargnés.

Elle relut les symptômes de la maladie, cherchant à se rappeler si l'abbesse de son couvent avait jamais décrit pareille pestilence.

Nul n'en guérit.

Comment était-ce possible, alors que mère Maria lui avait appris qu'il était possible de survivre même aux pires cas de variole et à la plus invalidante des fièvres ? Les vieux et les très jeunes se défendaient moins bien contre le mal, mais pourvu que les signes fussent décelés suffisamment tôt, on pouvait rafraîchir leurs têtes fiévreuses avec des linges mouillés et leur administrer des infusions d'herbes à la cuiller afin d'atténuer leurs souffrances et de faciliter leur sommeil. *Tranquillisez l'esprit et le corps se soignera de lui-même,* disait toujours mère Maria.

À Develish, Lady Anne avait pu à maintes reprises se convaincre de la valeur de ce conseil, en plus des autres leçons qu'elle avait apprises sur l'importance de la propreté, la nécessité de séparer les malades des individus sains pour empêcher l'infection de se répandre, et l'importance de l'éducation. Sir Richard faisait l'envie de ses amis pour la vigueur et l'habileté de ses serfs, mais nul n'y voyait d'autre effet que celui de la grâce divine, et particulièrement Sir Richard qui prenait grand soin de faire étalage de sa dévotion au pied de l'autel tous les matins.

Bien qu'elle eût été élevée chez les religieuses – ou peut-être à cause de cela? –, Lady Anne n'avait jamais jugé aisé de croire en Dieu; et moins encore au Dieu qu'adoraient son mari et l'évêque. Elle était constamment en guerre contre Lui, une guerre secrète, qu'elle livrait en esprit. En public, elle jouait les femmes pieuses, prononçant docilement les réponses à la messe et confessant ses péchés au curé sans jamais laisser personne, et moins encore son mari et sa fille, deviner ses doutes. Sir Richard n'aurait pas eu besoin de meilleur prétexte pour faire annuler leur union que d'affirmer aux dignitaires de l'Église qui siégeaient à la Chambre des lords qu'il avait épousé une hérétique.

Reprenant sa plume, elle se remit au travail, consciente que le temps passait et que le messager risquait d'être de retour avant qu'elle fût prête. Prête pour quoi? Pour informer ses gens que Dieu avait décrété leur mort et que leur seul espoir était de Le convaincre, en Le suppliant à genoux, de leur accorder une place au paradis? Se pouvait-il que ce que lui avait enseigné mère Maria fût erroné?

« Ne crois pas en un Dieu vengeur, avait déclaré la religieuse à sa jeune élève. Jésus n'est pas venu dans la haine mais dans l'amour. Les évêques parlent de damnation parce qu'ils sont aussi rapaces s'agissant de leurs dîmes que le roi l'est de ses impôts, et qu'ils savent que des hommes qui redoutent la colère de Dieu s'en acquitteront de meilleur gré. »

Lady Anne appuya son poignet contre le bord de la table pour affermir sa plume.

Une Mort Noire s'est abattue sur notre pays.

Comment pouvait-elle écrire ces mots alors que le soleil brillait encore, que les oiseaux chantaient toujours et que les bruits de la vie et les rires montaient jusqu'à elle depuis les salles du rez-de-chaussée? Elle regarda par la fenêtre et constata que le ciel était bleu et dégagé jusqu'à l'horizon. Quelle que fût cette Mort Noire, elle n'apparaissait pas au firmament.

Elle se rappela les récits que lui avait faits mère Maria sur les tribus de Cynocéphales et d'Ichtyocéphales – des êtres dotés d'un corps humain et d'une face de chien ou de poisson – qui vivaient, disait-on, dans les contrées situées aux confins de la Terre. L'Église avait cru à ces mythes durant des siècles, et il avait fallu attendre qu'un marin vénitien appelé Marco Polo relate ses voyages en Orient jusqu'à Cathay et précise qu'il n'avait pas rencontré un seul homme à tête de chien pour que l'idée même que de telles créatures pussent exister devienne source d'embarras pour l'Église.

Lady Anne avait été captivée par ces histoires quand l'abbesse les lui avait racontées, et dès qu'elle avait été assez grande, elle avait été autorisée à les lire elle-même. Le manuscrit fané intitulé *Les Voyages de Marco Polo* avait été traduit de l'italien par l'abbesse elle-même, et les aperçus culturels qu'il contenait – si différents des idées qui avaient cours en Angleterre – avaient apporté à la jeune fille une ouverture d'esprit que la Bible ne lui avait jamais offerte. Qui pouvait dire que cette Mort Noire n'était pas aussi fabuleuse qu'un Cynocéphale ou un Ichtyocéphale ? Ou que ces autres personnages favoris de l'Église, des anges qui dansaient sur des pointes d'épingle ?

Mère Maria, toujours disposée à débattre avec Anne pendant son séjour au couvent, l'avait cependant mise en garde, lui conseillant la prudence quand elle en était sortie pour se marier. Plus une femme était intelligente, plus elle devait feindre de ne point l'être en présence d'un homme à l'esprit inférieur, qui exerçait sur elle les mêmes droits de propriété que sur tous ses biens meubles. « Si votre père avait été en vie, il aurait trouvé un parti plus digne de vous, mon enfant, mais votre oncle ne vous a guère témoigné d'intérêt depuis qu'il vous a confiée à ma garde. C'est à vous de choisir entre Sir Richard, qui ne veut de vous que pour votre dot, et une vie tout entière vouée à l'Église. »

Trop curieuse du monde pour rester cloîtrée derrière les murs d'un couvent, Lady Anne avait préféré la vie de châtelaine de Develish, dût-elle n'y être pas plus considérée qu'un bien meuble. Rien pourtant ne l'avait préparée à l'épreuve d'être l'épouse d'un homme aussi ignorant et bestial que Sir Richard. Combien de fois n'avait-elle pas souhaité sa mort ? Combien de fois avait-elle dû se remémorer les paroles d'adieu de mère Maria ?

« Ne laissez pas la haine vous aigrir le cœur, Anne. Manifestez votre amour à ceux qui en ont besoin, en étant assurée qu'il vous sera rendu au centuple. »

Prise d'une détermination soudaine, Lady Anne écarta le premier morceau de vélin, en prit un nouveau et écrivit un autre texte en anglais. Si les paroles de Sa Grâce lui avaient véritablement été dictées par Dieu et si l'évêque disait vrai en affirmant que l'unique remède contre cette pestilence était l'absolution, elle commettait un péché inexpiable en prétendant autre chose, mais elle estimait que répandre la panique dans tout Develish eût été une offense à Dieu plus grave encore. La vie des serfs était déjà suffisamment misérable sans qu'on les condamne à passer leurs derniers jours dans une insupportable terreur.

Sarum fait savoir qu'un mal étrange a été apporté il y a trois semaines au port de Melcombe par un navire étranger. Il provoque des maux de tête, de la fièvre et de douloureuses grosseurs sous les bras et à l'entrejambe. Ne vous alarmez pas. Herbes et onguents sauront vous soulager.

Sarum exhorte ses fidèles serviteurs à ne pas sortir du domaine de leur seigneur de crainte de répandre ce mal. Par charité, déposez de la nourriture devant votre porte pour les étrangers de passage, mais gardez-vous de les laisser entrer. Dieu protégera ceux qui se protègent.

Pour le salut de tous, confessez vos péchés et priez quotidiennement pour que ce mal s'éloigne. Bénis ceux qui ont le cœur pur quand ils demandent miséricorde pour les autres.

Votre frère dans le Seigneur Jésus-Christ

Sarum

Le régisseur de Sir Richard lut à deux reprises le texte copié par Lady Anne. Il avait l'air perplexe. « Est-ce là ce qui a été écrit, Milady ? » Il s'exprimait en français.

Le connaissant depuis trop peu de temps pour lui faire confiance, elle lui répondit par une demi-vérité. « Pas à la lettre, reconnut-elle, également en français. Sa Grâce a écrit dans votre langue, monsieur, mais Sir Richard ayant moins de mal à lire l'anglais, il m'a paru plus sage d'en faire une traduction à son usage. »

Hugh de Courtesmain n'ignorait pas que Sir Richard savait à peine lire ou écrire, mais il hésita à traiter cette femme de menteuse. Il n'ignorait pas non plus que la connaissance de l'anglais que possédait son maître était rudimentaire et que seule Lady Anne maîtrisait couramment les deux langues. « Le ton me surprend, remarqua-t-il prudemment. Il est question d'un mal bénin que des herbes peuvent soulager, alors que les propos du messager de Sa Grâce m'avaient conduit à penser le contraire. Il a évoqué une pestilence effroyable dont nul ne saurait guérir. Ceux qui en sont atteints sont condamnés à mourir.

— Et ces paroles vous ont-elles apporté quelque réconfort, maître de Courtesmain ?

— Non, Milady. Elles ont été pour moi cause de grande inquiétude.

— Dans ce cas, Sa Grâce a été avisée de faire preuve de mesure et d'offrir de bons conseils dans sa missive. Quelle que soit la forme que prend ce mal, il est certainement sage de rester chez nous, de fermer nos portes et de nous méfier des étrangers. Si nous pouvons maintenir ce fléau à distance, nous aurons plus de chances de l'éviter. »

Hugh s'écarta pour regarder par la fenêtre. Il avait presque le même âge que Lady Anne, vingt-neuf ans contre vingt-huit pour elle, mais il était de lignée normande à l'image de Sir Richard, alors qu'elle était d'origine saxonne. Aussi s'était-il persuadé qu'elle n'éprouvait aucune amitié pour lui et la soupçonnait-il de mettre ses absences à profit pour prendre connaissance de documents qu'il gardait dans son bureau. Elle était trop habile à dissimuler pour qu'il pût savoir quel usage elle faisait des informations ainsi glanées, mais il percevait son influence en tout lieu à Develish, et surtout dans la haute estime qu'elle inspirait aux paysans de Sir Richard.

Il ne la considérait pas pour autant comme une femme intelligente. Bien qu'elle sût lire et écrire, il voyait en elle, comme dans toutes les représentantes de son sexe, une créature inférieure aux hommes et pleine de la duplicité avec laquelle Ève s'était jouée d'Adam. « En l'absence de Sir Richard, c'est à moi qu'incombe la responsabilité du domaine, lui fit-il remarquer avec froideur. Si j'avais pu imaginer que vous altéreriez le contenu de la lettre de Sa Grâce, je l'aurais recopiée moi-même. »

Lady Anne observa la raideur du dos tourné vers elle. Qu'il était bien mis dans sa belle tunique de laine et ses hauts-de-chausses assortis, avec ses cheveux bruns et lisses, et comme il était sûr de sa position en ces lieux ! Dès leur première rencontre, elle avait su qu'il n'hésiterait pas à la trahir auprès de Sir Richard si elle lui proposait de l'assister dans l'administration du domaine. Ses prédécesseurs anglais n'avaient été que trop heureux d'accepter son aide, et la seule tromperie qu'elle leur avait demandée – minime au demeurant – avait été de convaincre Sir Richard qu'il était plus approprié que ce fût son épouse qui lui fît lecture des documents plutôt que ses régisseurs. Elle n'avait jamais cessé de s'étonner que son paresseux de mari – trop fainéant pour apprendre son abécédaire puisqu'il avait une épouse capable d'accomplir cette tâche à sa place – admît sans sourciller que les phrases qu'elle lui lisait tout haut étaient bien celles qui étaient écrites sur la page.

« Vous m'offensez, maître de Courtesmain, répondit-elle doucement. Je pourrais tout aussi bien vous faire reproche d'avoir mis dans les propos du messager plus qu'il ne s'y trouvait. Doutez-vous de la sagesse des conseils de Sa Grâce ?

— Je doute qu'il s'agisse de *ses* conseils, Milady. » Il se tourna vers elle avec un sourire cynique. « À quoi bon fermer nos portes pour nous défendre d'un mal bénin qui ne tue personne ? Pour ma part, je préférerais être informé de la manière dont cette pestilence touche nos voisins plutôt que de leur refuser l'entrée au risque de contracter un mal de tête.

— Peut-être changerez-vous d'avis quand vous commencerez à avoir mal à la tête pour de bon. L'expérience m'a appris que le meilleur remède à un mal est de ne jamais le contracter.

— Avec tout mon respect, Milady, ce que vous pensez est sans importance. Le messager de Sa Grâce a évoqué un châtiment envoyé par Dieu pour punir les pécheurs du Dorseteshire. Vous priverez les gens de Sir Richard du salut si vous les persuadez qu'ils n'ont rien à redouter. »

Il ne s'attendait pas à la froide dérision du regard qui se posa sur le sien. « Sans doute espérez-vous que Dieu vous épargnera parce que vous êtes français, maître de Courtesmain ?

— Il est question de Develish, Milady. » Il tendit le doigt vers le vélin. « J'ai trouvé dans le bureau du régisseur plusieurs lettres de Sa Grâce adressées à Sir Richard et aucune ne se rapproche de celle-ci. À chacune de ses visites en ces lieux, Sa Grâce y a décelé suffisamment de péchés pour alimenter les flammes de l'enfer jusqu'à la fin des temps. Ses écrits font plus grand cas du devoir de Sir Richard d'éviter à ses gens la damnation éternelle que de l'amour et de la protection de Dieu.

— Il se divertit sans doute à taquiner Sir Richard en parlant de démon à Develish[1], rétorqua Lady Anne avant de se lever de son tabouret et de secouer l'ourlet de sa cotte qui descendait jusqu'au sol. Les évêques eux-mêmes aiment à plaisanter de temps en temps.

— Ses lettres expriment plus de colère que d'amusement, Milady. Il écrit que la classe paysanne de Develish est aussi méprisable qu'il se peut être. Peu de vos gens vont à confesse et ceux qui y vont sont loin d'être sincères dans l'aveu de leurs péchés. »

Lady Anne se reprocha de n'avoir pas mis à l'abri les parchemins de Sa Grâce avant l'arrivée de ce nouveau régisseur. Elle aurait dû se douter qu'il éprouverait une vive curiosité pour le lieu où il était désormais amené à vivre. « Les secrets du confessionnal restent entre un pécheur et son prêtre, maître de Courtesmain. Nous n'avons pas à en discuter, vous et moi. Si vous êtes un homme pieux, vous devriez le savoir. »

Il esquissa une petite courbette compassée. « Je suis un homme pieux, en effet, Milady, raison pour laquelle je serais heureux de savoir quels sont les conseils véritablement envoyés par Sa Grâce. »

Un léger sourire joua sur les lèvres de Lady Anne. « S'il se trouvait avec nous ici, il vous rappellerait le serment sacré que mon mari a prononcé quand il a hérité de ces terres et par lequel il s'est engagé à protéger ses gens. En tant que régisseur

1. Jeu de mots sur *devilish*, « diabolique ». (*Toutes les notes sont de la traductrice.*)

de Sir Richard, vous devez faire tout votre possible pour que cette promesse soit respectée puisque, comme vous le dites fort justement, vous le représentez en son absence. »

Hugh éprouva la déplaisante impression qu'elle lui damait le pion. « Ce serment ne concerne que les voleurs et les bandits, Milady. Il n'y est pas question de pestilence.

— Ni de damnation éternelle, compléta-t-elle sèchement. Le père Anselm fait de son mieux, au nom de Sir Richard, pour extirper le démon de notre sein, mais il semble trouver la tâche plus facile quand il est pris de boisson. Les desseins de Dieu ne sont pas toujours aisés à comprendre. »

Le malaise de Hugh grandissait. Dans les rares occasions où il avait entendu parler cette femme, ses commentaires avaient été brefs et guindés, et il n'avait pas perçu l'esprit aiguisé qui se dissimulait derrière sa guimpe ajustée et ses vêtements grossiers et disgracieux. La sœur de Sir Richard lui avait confié avant son départ de Foxcote pour Develish que l'existence austère et disciplinée d'une nonne aurait mieux convenu à Lady Anne que la vie d'épouse d'un homme aussi turbulent que son frère, et en huit semaines, Hugh n'avait rien relevé qui pût contredire cette opinion. Il n'avait pas été surpris que Sir Richard préférât des lits plus chauds à la couche de sa femme.

Il baissa les yeux vers la lettre. « Vous aurez certainement songé que cette infection pourrait être transportée par des amis aussi bien que par des étrangers. Bradmayne n'est qu'à une journée de cheval de Melcombe et à moins de trois d'ici. Vous attendez-vous à ce que je refuse l'entrée à Sir Richard à son retour ?

— Vous devrez faire ce qui vous paraîtra juste. Mon mari est certainement assez indifférent à autrui pour ne pas hésiter à contaminer les gens du domaine. Il s'attendra à ce que je le soigne, comme toujours, et ne se préoccupera aucunement de savoir si quelqu'un d'autre est atteint de son mal. »

Hugh se demanda s'il ne commettait pas un péché du seul fait de l'écouter. « Je n'ai pas l'autorité nécessaire pour lui fermer sa porte.

— En effet, mais la question ne se pose pas pour le moment. Notre devoir présent est de communiquer les propos de Sa Grâce aux domestiques et aux paysans. Souhaitez-vous le faire vous-même ou dois-je m'en charger ? »

Le Français secoua la tête, enroulant le vélin avant de le lui tendre. « Ce sont vos mots, Milady. Vous les prononcerez avec plus de sincérité que je ne saurais le faire. »

Une lueur d'ironie brilla dans les yeux de Lady Anne. « Si vous les croyez mensongers, votre devoir est de m'empêcher de les prononcer. Vous devriez dire à nos gens que Dieu a décrété qu'ils méritaient une mort terrible et douloureuse et donner instruction au père Anselm de leur accorder l'absolution à la chaîne pour tous les forfaits dont ils se sont rendus coupables. Ils mourront couverts de bubons suppurants et douloureux mais au moins, ils auront confessé leurs péchés… à condition que le père Anselm soit suffisamment sobre pour se rappeler le sacrement de pénitence. »

Hugh fut profondément scandalisé, non seulement par son ton sarcastique, mais par l'hérésie implicite de sa dernière phrase. Il se considérait comme un homme pieux parce qu'il respectait les enseignements de l'Église sans les remettre en question. « Il est prêtre, Milady. Il a le pouvoir de nous absoudre quel que soit son état.

— Dans ce cas, n'oubliez pas de le préciser à nos gens. S'ils doivent mourir d'une telle plaie, qu'ils bénéficient au moins du réconfort de savoir que même en état d'hébétude, le père Anselm peut leur assurer une place au paradis. Il consacre plus de temps à ses ruches pour fabriquer de l'hydromel qu'à réciter son bréviaire. »

Hugh baissa les yeux. Il n'avait jamais entendu personne parler d'un membre du clergé en des termes aussi désobligeants. Le système qui gouvernait leur société reposait sur la foi des serfs dans ce que leur disaient leurs prêtres à propos de la récompense qui les attendait dans l'au-delà. « Il n'en est pas moins homme de Dieu, Milady.

— Sans doute, mais il en est de meilleurs, maître de Courtesmain. Avant mon arrivée, il cherchait à séduire les femmes de nos serfs sous prétexte de les entendre en confession, et ce n'est que parce qu'elles ont eu le bon sens de m'en aviser que j'ai pu réfréner ses appétits. » Elle rangea le rouleau de vélin dans la poche de sa cotte. « Le conseil qui figure ici est sage. Je suggère que nous le suivions. »

Il trouva son calme surprenant. N'avait-elle donc pas vu l'effroi qu'exprimait le visage du messager ni entendu le tremblement de sa voix ? « Pourquoi ne redoutez-vous pas ce fléau, Milady ? Si Dieu décide de nous châtier, nous n'y échapperons pas.

— Je serais plus encline à croire qu'Il nous aime, maître de Courtesmain, et qu'Il nous a accordé raison et sagesse pour nous aider à vivre.

— Ce que vous avez écrit à propos d'herbes et d'onguents est-il exact ?

— Vous devriez espérer que oui. Si vous en doutez, accordez au moins à autrui la pensée réconfortante qu'une boisson narcotique atténuera ses souffrances. Le meilleur remède, je vous le répète, est de fermer notre porte au mal.

— Pensez-vous que telles seraient les instructions de Sir Richard ?

— Vous savez bien que non, répliqua-t-elle. Sir Richard ne se soucie pas de ses gens. Il vous donnerait ordre de faire venir son chariot et ses chevaux afin qu'il puisse s'éloigner au plus vite de ce fléau. Le sort de Develish serait alors entre nos mains, à vous et à moi. Comme c'est le cas à présent. »

Hugh de Courtesmain était un homme d'une duplicité innée. Ce trait de caractère lui avait été fort utile dans son précédent emploi, où il avait gagné la faveur de la sœur de Sir Richard aux dépens de ses serviteurs. Il se flattait d'être assez joli garçon pour s'emparer du cœur de n'importe quelle femme – domestique *ou* châtelaine – et assez astucieux pour tourner à son avantage le moindre de ses propos. Il ne doutait pas de sa capacité à en faire autant à Develish.

Il inclina la tête dans un geste de déférence respectueuse. « Dans ce cas, nous devons offrir notre protection à ceux qui ont fait allégeance, Milady. Il serait indigne d'en faire moins. »

Remarquant le sourire qu'elle lui adressa, il se félicita d'avoir su gagner sa confiance aussi aisément. Lady Anne lui mangerait dans la main avant le retour de Sir Richard.

Une heure s'écoula avant que les deux cents domestiques et serfs paysans – hommes et femmes, jeunes et vieux – soient rassemblés dans la grande salle. Lady Anne passa ce temps à la cuisine, à goûter les bouillons que les cuisinières préparaient pour le repas du soir. Adossé au mur du fond, Hugh de Courtesmain feignait un calme qu'il était loin d'éprouver. Sa profonde méfiance à l'égard des serfs l'incitait à éviter leur proximité.

Il eut du mal à en croire ses yeux quand il vit Lady Anne sortir de la cuisine et se promener parmi ses gens, leur prenant la main et les saluant par leur nom. Elle semblait n'avoir aucune notion de son rang et les traitait en égaux, écoutant aimablement ce qu'ils avaient à dire. Dans une société où les paysans constituaient la classe inférieure et étaient attachés pour la vie à leur maître et à sa terre, Hugh jugeait déraisonnable et dangereux de les autoriser à s'exprimer.

Son incrédulité se mua en colère quand elle prit place à son côté et fit signe à sa petite femme de chambre de s'approcher. « Accepterais-tu de faire quelque chose pour moi, Isabella ? Sa Grâce, monseigneur l'évêque, a écrit aux gens de Develish et j'aimerais que tu lises sa lettre à haute voix afin que tous puissent l'entendre et sachent que ces mots sont vrais. » Elle tira le rouleau de vélin de sa cotte.

Hugh s'interposa entre la servante et sa maîtresse, tournant le dos à la salle. « Vous faites de votre autorité un objet de raillerie, Milady, siffla-t-il entre ses dents. Les écrits de Sa Grâce ne sont pas destinés aux yeux d'une paysanne. »

Lady Anne l'ignora et s'écarta pour tendre le vélin à la jeune fille. « Veille à parler fort, Isabella. Le titre de monseigneur l'évêque au début du texte se prononce "Sairum". » Elle frappa dans ses mains pour obtenir le silence.

La scène qui suivit inspira à Hugh un profond désarroi. Il n'avait jamais entendu personne lire avec plus d'aisance qu'Isabella. Elle prononçait chaque phrase avec intelligence et s'exprimait d'une voix douce et claire, apportant une insistance toute particulière à *Bénis ceux qui ont le cœur pur quand ils demandent miséricorde pour les autres.* Il observait les visages de l'auditoire, et il lui parut que nul ne trouvait son exploit inhabituel, comme si le fait qu'une servante sût lire était ordinaire dans ce domaine.

Les pensées les plus confuses se bousculaient dans son esprit, allant de l'indignation face à ce renversement de l'ordre social à la colère devant la tromperie exercée aux dépens de Sir Richard. Comment ces serfs avaient-ils trouvé le temps d'apprendre leurs lettres alors qu'ils devaient toutes leurs heures de veille à leur seigneur ? Pourquoi avaient-ils pris soin de cacher ce talent à tous hormis à Lady Anne ? Quelle autre graine de sédition avait-elle semé dans leur âme ? Qui avait lu les documents conservés dans son bureau ? Étaient-ce là les péchés qu'ils dissimulaient à leur prêtre ?

La voix de Lady Anne interrompit le cours de ses pensées. Isabella avait terminé sa lecture et un silence de plomb régnait dans la grande salle. Aucun bruit, pas même un glissement de pieds, ne couvrit les propos que prononça alors Lady Anne : « Vous paraissez surpris, maître de Courtesmain, mais Isabella sait lire depuis ses huit ans. C'est une bonne élève et un bon professeur. » Son regard se posa sur lui un instant. « Vous pensez peut-être que l'apprentissage des lettres est si difficile qu'il ne peut être maîtrisé que par les régisseurs et les seigneurs ?

— Je n'ai jamais travaillé dans un domaine où les serfs étaient instruits, Milady. La pratique est inhabituelle. Dans la vie, le rôle d'un vilain est de travailler pour son maître, et non de lui dérober du temps pour apprendre les lettres.

— Avez-vous eu quelque raison de vous plaindre du travail accompli à Develish ? Je sais que vous vous êtes enquis de la situation de nos voisins de Funtenel et de Pedle Hinton, mais je n'ai pas connaissance que leurs récoltes soient supérieures aux nôtres. »

Bien au contraire, comme il le savait. L'étude des documents laissés par son prédécesseur révélait que le rendement des terres de Develish était plus élevé. Hugh avait été incapable de l'expliquer, à moins de l'imputer à la composition du sol, mais la conséquence était que le montant des redevances perçues, tant par le manoir que par l'Église – la moitié de l'ensemble des récoltes –, était supérieur à celui qui était levé à Funtenel et à

Pedle Hinton. Les coffres de Sir Richard en avaient évidemment bénéficié.

Cela n'avait pourtant pas empêché Sir Richard de harceler Hugh afin qu'il augmente les impôts des paysans et réclame plus de la moitié de la moisson quand elle serait rentrée, prétextant que les précédents régisseurs avaient été trop couards pour tenir tête aux serfs. Ne possédant qu'un domaine, Sir Richard cherchait à en tirer le maximum, rappelant à Hugh que sa sœur s'était portée garante de la dureté avec laquelle il avait su traiter les fainéants et les voleurs à Foxcote. Sir Richard attendait de lui la même inflexibilité à Develish, mais ses exigences avaient placé Hugh dans une situation difficile. Son emploi de bailli auprès du régisseur incompétent d'un domaine médiocrement administré dont les serfs n'éprouvaient qu'hostilité pour leur maître n'avait rien à voir avec sa situation dans le domaine de Develish où régnait l'abondance et où la paix semblait dominer.

Il avait relevé certains termes des notes prises par son prédécesseur – *Sir Richard m'exhorte encore à tuer la poule aux œufs d'or. Il ne voit pas la folie de pareille action* – et avait tenté d'avancer quelques arguments raisonnés pour maintenir les redevances à leur niveau actuel. Il avait fait valoir que les récoltes souffriraient si les serfs n'avaient plus de quoi nourrir leurs familles. La mauvaise santé et la mauvaise volonté feraient leur apparition au sein de la communauté et la valeur de la part revenant à Sir Richard déclinerait.

Ces explications étaient tombées dans l'oreille d'un sourd. Si un serf ne pouvait pas payer ce qu'on lui réclamait, il n'y avait qu'à le fouetter. L'arithmétique la plus élémentaire – la valeur de cinq dixièmes d'une centaine de boisseaux de blé était supérieure à six dixièmes de quatre-vingts boisseaux – n'avait pu faire changer d'avis Sir Richard, et Hugh savait qu'un jour ou l'autre, il recevrait l'ordre de mettre la main sur les deux tiers de tout ce qui était produit à Develish.

Observant les visages alignés devant lui en cet instant – tous guettant attentivement sa réaction –, il se demanda si ces gens ne possédaient pas de meilleures notions de logique et de fractions que leur maître. Était-il pensable qu'ils travaillent pour eux-mêmes autant que pour Sir Richard ? Comprenaient-ils qu'il était avantageux de gonfler les coffres de leur maître parce qu'ils savaient que les leurs se remplissaient du même coup ? Si tel était le cas, les curieux chiffres qu'il avait relevés dans les dossiers s'en trouveraient élucidés : selon toute apparence, des marchands de passage avaient acheté à Sir Richard plus de grain qu'il n'en était consigné dans les reçus de redevance ou en provenance de ses propres champs. Les serfs vendraient-ils une partie de leur production personnelle avec la sienne ? Avaient-ils l'ambition de racheter leur liberté ? Et qui les aidait à agir de la sorte ? Il n'y avait à Develish qu'une personne capable de leur avoir inculqué des idées aussi radicales.

Il se tourna vers Lady Anne. « Je n'ai aucun sujet de grief touchant le travail accompli à Develish, Milady, dit-il, si ce n'est que les régisseurs de Funtenel et de Pedle Hinton m'accablent de questions sur le secret de nos rendements. Comme je n'ai pas pris mes fonctions depuis longtemps, je suis convaincu qu'ils cherchent à me tirer les vers du nez… mais dans l'ignorance de la réponse, je ne puis rien leur dire. »

Lady Anne reprit le vélin des mains d'Isabella et lui fit signe de rejoindre les autres serviteurs. « Il n'y a aucun secret, monsieur, sinon que les gens de Develish sont meilleurs travailleurs que la plupart. Vous pourrez constater la vérité de ce fait dans les efforts que nous manifesterons pour faire appliquer les instructions de monseigneur l'évêque. Par charité et par hospitalité, nous déposerons de la nourriture pour les voyageurs… par pureté de cœur, nous demanderons miséricorde pour autrui… et grâce à la sagesse que nous a accordée Sa Grâce, nous nous tiendrons à l'écart de ce mal. »

Hugh avait conscience d'avoir trouvé plus habile que lui. « Je m'incline devant la supériorité de votre savoir, Milady, murmura-t-il, et je consignerai dans mes livres que vous avez pris les destinées de Develish entre vos mains. Attendons l'heure où Sir Richard et Sa Grâce, monseigneur l'évêque, auront motif à vous en remercier. »

S'il avait espéré intimider Lady Anne et la convaincre de lui rendre les rênes du domaine de son époux, il en fut pour ses frais. Au cours des journées suivantes, elle s'affirma comme l'unique autorité de Develish, le reléguant au rôle de spectateur. Il voulait envoyer un messager à Bradmayne afin de porter une lettre à Sir Richard, mais nul n'était prêt à entreprendre ce voyage sans la permission de Lady Anne. Et elle refusa de la donner. Ses ordres étaient clairs : nul ne devait sortir du domaine, et nul ne devait y entrer.

À cette fin, elle commanda à tous les serfs de venir s'établir sur les terres situées à l'intérieur des douves. On construisit au bord du chemin menant à l'église, dans les vergers et les enclos, de petites habitations que les adultes devaient se répartir de leur mieux, tandis que le cimetière était divisé en parcs destinés aux moutons, aux porcs et aux bovins. Le centre de la grande salle – où dormaient généralement les domestiques – fut transformé en dortoir pour les enfants et les vieux fragiles, tandis que les quatre angles de la pièce servirent à entreposer le blé, les autres céréales, la viande séchée et les légumes. Les servantes reçurent l'ordre de se partager les appartements de Lady Anne tandis que Hugh et les serviteurs seraient logés dans ceux de Sir Richard.

Afin de justifier la nécessité absolue de maintenir ce mal inconnu à l'extérieur du domaine, Lady Anne fit répandre la rumeur que le messager de Sa Grâce avait parlé de morts à Melcombe, mais elle préserva le conte de l'efficacité de certains remèdes. Elle ordonna qu'on aille récolter des feuilles, des racines et des pétales de fleurs dans les prairies – herbe de la Saint-Jean, linaire, jusquiame noire, digitale, grande ciguë, ail sauvage et bien d'autres plantes – et chargea deux de ses servantes de les mettre à sécher et de les ranger dans des bocaux étiquetés. Hugh lui-même, qui ne croyait pas à la véracité de ses propos, trouva un certain réconfort dans l'étalage impressionnant de descriptions affichées dans la grande salle. *Lavande et sauge : soulagent les maux de tête. Herbe de la Saint-Jean : apaise les esprits agités. Jusquiame noire : apporte le sommeil aux malades. Digitale : renforce le cœur.*

En plusieurs occasions, Hugh aperçut de petits groupes de serfs qui se parlaient tout bas. Ils se dispersaient à son approche, le saluant avec la politesse requise en baissant la tête par respect pour sa position, mais nul ne lui adressait la parole.

Il avait l'impression de lire l'angoisse sur certains visages et en entendit un qui disait avoir vu le messager de Sa Grâce « filer au galop comme s'il avait le diable sur le dos », mais si les serfs avaient conscience qu'on leur mentait, ils le gardèrent pour eux.

En l'espace de trois jours, le manoir et les terres sur lesquelles il se dressait furent transformés en forteresse, et le nombre de gens regroupés à l'intérieur de son enceinte s'éleva à deux cents. S'il s'était agi d'un château, tel que Restormel en Cornouailles, l'espace eût été amplement suffisant pour loger cette multitude, mais la demeure était une construction plus modeste érigée sur une poignée d'arpents entourés d'un fossé, et l'exiguïté se faisait sentir.

Les douves étaient alimentées par un tributaire de la Pedle qu'on appelait le ruisseau du Diable. Il occupait le fond de la vallée, se dirigeant au sud vers les domaines plus vastes d'Afpedle et de Woodoak, mais Sir Richard avait eu l'idée de détourner son cours autour de son domaine afin de prêter un caractère plus grandiose à Develish. Il avait obligé ses serfs à travailler plusieurs longs mois pour creuser une imposante tranchée – malgré les mises en garde de Lady Anne rappelant à son mari qu'ils étaient épuisés après leurs longues journées de labeur aux champs –, prétendant que le prestige du seigneur de Develish ne devait pas être inférieur à celui du seigneur d'Afpedle et du seigneur de Woodoak.

Le fossé était terminé depuis une dizaine d'années, mais c'était la première fois qu'il était appelé à jouer un rôle plus utile qu'exalter l'amour-propre de Sir Richard. Dans une ultime mesure pour couper les habitants de Develish du monde extérieur, Lady Anne ordonna que le pont de bois qui le franchissait fût démoli et brûlé, condamnant ainsi à l'abandon le village des serfs et les hectares de champs qui s'étendaient jusqu'à l'horizon. La chaleur des flammes avait été intolérable en ce mois de juillet torride, mais tous étaient venus assister à la mise à feu symbolique du pont, même Hugh de Courtesmain. Lorsque les flammes moururent, il écouta les commentaires qui s'échangeaient autour de lui. Il n'était pas le seul, apparemment, à comprendre les conséquences de cette décision.

« Elle se fera un ennemi de son mari si elle a l'intention de l'empêcher d'entrer...

— Vous feriez mieux de vous inquiéter de la colère de notre maître contre nous parce que nous avons pris le parti de Milady... »

Hugh connaissait les noms des serfs de Sir Richard par les documents du domaine, mais il n'avait pas encore appris à mettre un visage dessus. Jusqu'à présent, lorsqu'il y avait des corvées à effectuer à l'intérieur de l'enceinte, il avait chargé le bailli, Foucault, de convoquer les hommes et il regrettait à présent de n'avoir pas pris la peine de leur parler lui-même. Il n'en reconnut qu'un, un grand serf à cheveux noirs qui avait provoqué la colère de Lady Eleanor le jour du départ de son père. L'incident avait suffisamment éveillé sa curiosité pour l'inciter à demander à une servante qui était cet homme, et elle lui avait appris qu'il s'appelait Thaddeus Thurkell.

Thurkell semblait s'être chargé du feu, que ce fût sur ordre de Lady Anne ou par choix. « Sir Richard nous infectera tous s'il est atteint du mal, dit-il calmement en se penchant pour ramasser et rejeter dans les braises un rondin à demi calciné qui avait roulé à l'écart. Il faut un grand courage à Lady Anne pour prétendre le tenir à distance. Sa colère s'abattra sur Milady avant qu'elle ne s'abatte sur nous, et nous entendrons toutes les invectives dont il l'accablera par-delà les douves avant qu'il n'essaie de nous obliger à contrevenir aux instructions de Milady.

— Tais-toi, mon garçon, siffla un autre homme, furieux. Tu ferais mieux de garder tes idées pour toi.

— Laisse-le parler, Will, cria une femme à l'arrière. Nous avons plus de motifs de faire confiance à Lady Anne qu'à Sir Richard. Qu'as-tu d'autre à dire, Thaddeus ?

— Si Sir Richard veut bien écouter, il apprendra qu'il y a suffisamment de nourriture dans la chaumière de John Trueblood pour que sa suite et lui puissent tenir quinze jours. Si au bout de ce temps, le mal ne s'est pas déclaré, nous pourrons les laisser entrer en toute sécurité. Le messager de l'évêque a parlé d'une maladie qui dure trois ou quatre jours. Deux semaines seront amplement suffisantes pour prouver que Sir Richard et sa suite n'en sont pas atteints. »

Cet homme avait quelque chose de convaincant, songea Hugh, et cela ne tenait pas seulement à sa taille et à sa vigueur supérieures à celles des autres serfs. Il semblait également posséder un plus grand savoir qu'eux.

« Et s'il ordonne à ses hommes de prendre le fossé d'assaut ? demanda un autre.

— Il faudra les empêcher de le franchir. » Les yeux noirs de Thurkell scrutaient les visages alignés devant lui. « Le serment qu'a fait Sir Richard de nous protéger était aussi sacré que celui que nous avons prêté. Il sera jugé devant le tribunal de Dieu s'il apporte la pestilence et la mort à ses gens.

— Tu es bien hardi de parler au nom de Dieu, Thaddeus.

— Je vous rappelle seulement ce qui figure dans le contrat de servitude. Rappelez-vous les paroles que vous avez prononcées et les conditions auxquelles vous vous êtes asservis, vous et vos enfants, à la volonté de Sir Richard : il est censé *vous* être attaché aussi fermement que vous *lui* êtes attachés.

— Ce n'est pas un homme raisonnable. Il nous fera fouetter quoi que nous fassions. »

Thaddeus tendit le bras vers un radeau de bois qui gisait sur la berge du fossé et dont Lady Anne avait ordonné la construction avant que le pont ne fût brûlé. « Alors prenez cette embarcation, regagnez vos chaumières dès à présent et faites-lui soumission à son retour. Vous vous épargnerez le fouet, mais vous risquez d'être contaminés.

— Dis-nous ce que tu sais de ce mal, Thaddeus. Certains ne croient pas que l'herbe de la Saint-Jean puisse le soigner et ne comprennent pas pourquoi Lady Anne est si déterminée à le tenir à distance. »

Une autre femme prit la parole. « Les servantes de cuisine ont vu le messager de monseigneur l'évêque. Elles ont dit que c'est à peine s'il parvenait à manger tant les nouvelles qu'il apportait le faisaient trembler. Serait-il possible que Lady Anne nous abuse ? »

Hugh était aussi impatient que les autres d'entendre la réponse de Thaddeus, car le serf semblait parler au nom de sa maîtresse. La colère de Lady Anne quand sa fille avait porté le fouet sur Thaddeus Thurkell n'avait pas échappé à Hugh, et il s'était demandé alors si leur relation se limitait réellement à celle de vilain à châtelaine.

Thaddeus prit une fourche pour attiser le feu. « Elle ne nous a encore jamais menti, répondit-il calmement. Tous les maux peuvent tuer si le corps est faible ou vieux. Vous le savez. Vous avez tous perdu des enfants de la petite vérole avant l'arrivée de Lady Anne à Develish.

— C'est faire preuve de grande audace d'empêcher son mari de franchir le fossé de crainte que nous n'attrapions une fièvre.

— Si tous les petits de Develish tombent malades en même temps, nous pourrons en soigner vingt, mais pas cinquante. Vous demandez des miracles à Lady Anne si vous la pensez capable de tous les sauver. Imaginez qu'elle attrape elle-même cette fièvre.

— Il faut qu'elle nous montre comment préparer les infusions, reprit la femme du fond.

— Alors, demandez-lui des instructions. Plus nous lui apporterons d'aide, plus nous nous aiderons nous-mêmes. »

Après cela, les conversations se firent plus décousues. L'assistance se divisa en petits groupes puis se dispersa. Seul Thurkell resta pour s'occuper du feu mourant. Hugh de Courtesmain l'aborda. « Tu parles en homme libre, remarqua-t-il en anglais, mais les archives du manoir indiquent que tu es un serf. »

Thaddeus s'inclina légèrement. « Pardonnez-moi, monsieur, répondit-il en français. J'ignorais qu'il y eût une différence dans la manière dont les hommes parlent… sinon dans le choix de la langue qu'ils préfèrent. »

Il n'était pas inhabituel que les serfs parlent français, cette langue étant d'usage courant depuis Guillaume de Normandie, mais Lady Anne avait donné l'impression à Hugh que la classe paysanne de Develish ne parlait qu'anglais. Il songea alors avec déplaisir que tout ce qu'il avait dit à Sir Richard depuis son arrivée avait pu être entendu et compris. « Seuls les hommes libres disposent de choix dans l'existence, dit-il sèchement. Ce n'est pas le cas des serfs… et pourtant, tu as incité tes compagnons à prendre eux-mêmes des décisions.

— Nos esprits sont libres, monsieur. Personne n'a encore inventé de loi pour nous interdire de penser. »

Le régisseur se trouvait en position d'infériorité, obligé de lever les yeux vers un serf. Cet homme ne devait pas mesurer loin d'une toise, dépassant Hugh de huit bons pouces. « Qui t'a dit que j'entends plus aisément ma propre langue ? Les domestiques éprouvent-ils un tel intérêt pour ma personne qu'ils transmettent à l'extérieur ce qu'ils savent à mon sujet ?

— Tous s'intéressent à vous depuis le jour de votre arrivée, maître de Courtesmain. Vous connaissez mieux l'Angleterre que nous. Seul Sir Richard est allé aussi loin au nord que le domaine de son beau-frère. »

Le mécontentement et la méfiance de Hugh s'accrurent encore. Il n'avait rien dit aux serviteurs sur lui-même depuis son arrivée à Develish – et n'avait certainement pas fait savoir qu'il était venu sur la recommandation de la sœur de Sir Richard – et pourtant, ce fait semblait être de notoriété publique. « D'où tiens-tu cette information ?

— Il n'a guère été question d'autre chose depuis huit semaines. Tous les nouveaux arrivants éveillent la curiosité.

— Que sais-tu d'autre ? »

Thaddeus porta le regard au-delà du fossé vers les champs qui s'élevaient en pente douce en direction du bois. La plupart étaient divisés en lopins, mais les plus éloignés étaient réservés à la pâture et l'on y voyait quelques petits chevaux qui agitaient la queue avec indolence dans la chaleur. « Que vous n'avez pas de liens qui vous retiennent ici, maître de Courtesmain, et n'êtes l'obligé de personne. Si vous décidez de prendre une de ces montures et de partir pour le nord afin d'échapper à la pestilence, nul ne vous en fera grief. »

Hugh suivit son regard. « Tu te leurres. Un engagement me lie à Sir Richard et je ne saurais abandonner ma charge sans sa permission, de crainte d'affronter un jugement plus tard. »

Du pied, Thaddeus repoussa une autre bûche dans le feu. « L'homme sage vit pour aujourd'hui et affronte le lendemain quand il se présente.

— Lady Anne semble pourtant fort inquiète des effets que ce mal pourrait avoir sur nous. À voir la ténacité avec laquelle elle cherche à nous en préserver, on pourrait croire que ce mal nous a été envoyé pour nous tuer. » Il scruta le visage de son cadet en quête d'une réaction, mais n'aurait su dire si

Thaddeus était conscient que la mise en garde de l'évêque portait sur une affection plus grave que de simples maux de tête et de la fièvre. « Si le dessein de Dieu est de nous punir, seule une femme insensée – ou un démon – pourrait prétendre Le contrarier. »

Le regard du serf se posa sur lui un instant. «Je ne prétends pas connaître les desseins de Dieu, maître de Courtesmain, dit-il en se retournant vers le feu, mais vous êtes tout aussi libre de partir vers le sud pour Bradmayne afin d'avertir Sir Richard de ce qui se passe ici que de vous diriger vers le nord. S'il est en bonne santé et indemne de ce mal, il saura vous récompenser de votre loyauté. Dans le cas contraire, vous aurez le privilège de mourir à son côté. »

(EXTRAIT D'UN JOURNAL INTIME TENU PAR LADY ANNE)

Le seizième jour du mois de juillet de l'an 1348

Ce que Dieu donne d'une main, il le reprend de l'autre. Je Le remercie très humblement de m'avoir fait don de la présence de Thaddeus Thurkell, mais je suis profondément inquiète pour mon ami Gyles Startout. Nous avons organisé et réalisé tant de choses ensemble. Il devrait être ici à mon côté.

Je ne peux croire que Bradmayne ne soit pas touché par cette Mort Noire, car ce domaine n'est qu'à une journée de cheval de Melcombe. Personne ne pleurera la perte de Sir Richard, mais des cœurs – dont le mien – se briseront si Gyles ne regagne pas Develish. Je prie pour qu'il nous revienne sain et sauf.

Cinq

La loyauté de Hugh de Courtesmain à l'égard de son maître fut mise à l'épreuve plus tôt qu'il ne s'y attendait. En début d'après-midi, le jour où le pont fut incendié, un cri s'éleva annonçant que des cavaliers approchaient sur la route de terre venant du sud. C'était la seule voie importante de la vallée, le long du cours du ruisseau du Diable, et tous ceux qui l'empruntaient étaient visibles de loin. Un sentier qui se dirigeait d'est en ouest et franchissait les collines était utilisé occasionnellement par des colporteurs ou des ménestrels venus de Pedle Hinton et de Funtenel, mais il fallait un cœur solide et des jambes robustes pour venir à bout des pentes escarpées et de la forêt touffue qui les couvrait.

Comme il en avait pris l'habitude depuis plusieurs jours, Hugh courtisait Lady Eleanor dans les appartements de sa mère, prêtant l'oreille aux malheurs de la jeune fille et supportant ses caprices. À quatorze ans, c'était une proie facile pour un homme du double de son âge, prêt à lui dire ce qu'elle voulait entendre en échange de ses confidences. Elle était aussi bavarde qu'il l'avait espéré, répétant tout ce qu'elle savait, ou croyait savoir, à propos de Develish.

Il découvrit que les talents d'Eleanor en lecture et en écriture ne dépassaient pas ceux de son père, qui l'avait apparemment encouragée à les considérer comme un savoir réservé au clergé et aux hommes tels que Hugh, employés pour tenir les comptes d'un domaine. Son opinion – influencée par Sir Richard – était que l'éducation était inutile quand on disposait d'autres personnes, de rang inférieur, pour accomplir les tâches rébarbatives qui lui étaient associées.

Hugh fut également dûment informé de l'aversion de Lady Anne pour son mari et de l'insistance avec laquelle elle avait exigé une chambre à coucher séparée afin de pouvoir lui refuser l'accès à son lit. Ainsi que du goût de ladite dame pour la compagnie des paysans, et plus particulièrement de Thaddeus Thurkell, le bâtard né d'Eva la catin et d'un marin étranger. Eleanor ne voyait pas le moindre défaut en Sir Richard, sinon d'avoir laissé sa harpie d'épouse choisir Peter de Bradmayne comme époux pour sa fille.

Les cris ayant repris de plus belle au-dehors, Hugh cessa d'écouter les doléances d'Eleanor pour s'approcher de la fenêtre donnant au sud. Il plissa les yeux pour mieux distinguer les cavaliers encore lointains et sentit son ventre se tordre d'angoisse lorsqu'il reconnut le destrier de Sir Richard et aperçut un homme affalé sur la selle. Un membre de la suite tenait les rênes de l'animal et le menait au pas, deux autres – tout ce qui restait du groupe de onze qui étaient partis – suivaient derrière. Il n'y avait pas trace du chariot.

« Qui est-ce ? demanda Eleanor sans quitter son tabouret.

— J'aurais peine à en juger à pareille distance, Milady. »

La jeune fille le rejoignit à la fenêtre. « C'est mon père, déclara-t-elle avec satisfaction. Je savais qu'il reviendrait. Il sera furieux de ce que ma mère a fait. J'espère qu'il l'enverra vivre au village avec les serfs, pour qu'elle sache ce que c'est que de dormir avec des gens au-dessous de sa condition. »

Hugh se demanda comment elle pouvait être aussi certaine de ce qu'elle voyait. « Êtes-vous sûre que c'est bien Sir Richard, Milady ? Onze hommes l'escortaient à son départ, or je n'en vois que quatre à présent.

— C'est son cheval, rétorqua-t-elle avec impatience. Le destrier noir. Là, regardez. »

Les seuls attraits que Hugh reconnaissait à Eleanor étaient la délicatesse de son visage, l'azur de ses yeux et la blondeur soyeuse de ses cheveux. La médiocrité de son esprit, en revanche, était loin de le charmer. « S'il s'agit bien de votre père, il ne parvient à rester en selle qu'à grand-peine, fit-il remarquer prudemment. Lady Anne ne le laissera pas franchir les douves s'il est souffrant.

— Elle n'aura pas le choix. Il donnera ordre qu'on envoie le radeau et nul n'osera lui désobéir. »

Hugh était convaincu que l'ordre serait effectivement donné et tout aussi convaincu qu'il ne serait pas suivi. S'approchant de la fenêtre qui donnait sur la cour, il vit Lady Anne traverser la foule qui s'y était massée. Elle adressa quelques mots à Thaddeus Thurkell, lequel fit signe à un groupe d'hommes, tous armés de fourches, de prendre position sur la rive du fossé. Le régisseur se demandait s'il fallait admirer le courage de cette femme qui se glissait entre les serfs pour faire face, seule, aux cavaliers qui approchaient, ou condamner l'insolence de celle qui osait défier ainsi l'autorité de son mari.

Il avait prévu de se tenir confortablement hors de portée de voix au moment où Sir Richard reviendrait, s'il revenait un jour – en s'enfermant peut-être dans l'église avec le père Anselm –, mais sa présence auprès de Lady Eleanor le compromettait. Il pourrait difficilement prétendre avoir ignoré le retour de son maître. Comme pour confirmer ses craintes, la jeune fille déclara alors son intention de sortir pour accueillir son père.

Hugh s'avança pour lui barrer le chemin. « Votre mère a manqué d'honnêteté à propos de ce mal, Milady. Il n'existe pas de remède. Si Sir Richard en est atteint, il répandra l'infection dans tout Develish et nous serons tous morts avant la fin de la semaine. La seule manière d'éviter cela est de tenir votre père à distance. »

Eleanor écarquilla les yeux. « Je ne vous crois pas. Pourquoi prenez-vous soudain le parti de ma mère ? C'est la première fois que je vous vois le faire.

— J'espérais que les informations sur cette pestilence étaient exagérées et que votre père nous reviendrait en bonne santé… mais si huit de ses hommes ont déjà succombé, il est à craindre que Bradmayne n'ait déjà été atteint par l'infection lorsqu'il y est arrivé. »

Les lèvres de Lady Eleanor esquissèrent un très léger sourire. « Dois-je en conclure que Lord Peter est mort ?

— Très probablement, Milady.

— Tant mieux. » Elle se tourna à nouveau vers la fenêtre.

Par-dessus son épaule, Hugh suivit des yeux le convoi qui s'avançait lentement et atteignait la première chaumière des serfs. Le cavalier de tête sauta à terre et frappa à la porte. N'obtenant pas de réponse, il l'ouvrit toute grande. Les appels qu'il lançait en passant de maison en maison étaient suffisamment sonores pour porter jusqu'au manoir, mais aucun des serfs rassemblés dans la cour ou de ceux qui étaient près du fossé ne réagit. On aurait pu croire qu'ils retenaient collectivement leur souffle dans l'espoir que le silence persuaderait les voyageurs de s'éloigner.

Hugh vit les deux autres serviteurs descendre de cheval et s'avancer pour retenir Sir Richard avant qu'il ne glisse de sa selle. Le premier l'attrapa par les épaules tandis que le second lui dégageait les pieds des étriers. Ils le gardèrent dans leurs bras un bref instant, cherchant où le poser avant de se résoudre à l'allonger sur le dos sur la route poussiéreuse et de s'affaler à côté de lui. Hugh eut l'impression qu'ils tenaient à peine mieux sur leurs jambes que leur maître, mais ils étaient trop loin pour qu'il pût dire si c'était la fatigue ou la maladie qui les terrassait ainsi.

L'homme qui avait mené le convoi, le seul qui parût conserver quelque vigueur, franchit les deux cents pas qui séparaient le village du manoir. Il parcourut lentement du regard les visages alignés sur l'autre berge, comme s'il les dénombrait, puis s'inclina devant Lady Anne.

« Je suis heureux de vous trouver en bonne santé, vous et vos gens, Milady. Puis-je vous demander pour quelle raison le village a été abandonné ? » Il s'exprimait dans un anglais soutenu que Hugh pouvait comprendre.

« Tu le peux, bien sûr, Gyles. Nous suivons les conseils que Sa Grâce, l'évêque de Sarum, nous a donnés. Il nous a informés qu'un mal se répandait depuis Melcombe et que ceux qui ont l'infortune d'en être atteints souffrent de fièvre et de maux de tête. Il nous a exhortés à fermer nos portes et à rester à l'intérieur de notre enceinte jusqu'à ce que cette pestilence soit passée. Elle peut être guérie grâce à des herbes et des onguents, mais elle est douloureuse aussi longtemps qu'elle dure. »

Le doute qu'exprima le visage de l'homme n'échappa pas à Hugh. Gyles ouvrit la bouche comme pour dire à Milady qu'elle se trompait.

Elle reprit la parole sans lui laisser le temps de réagir. « Nos cœurs se réjouissent de te voir, Gyles. Ce soir, nous inviterons les enfants à danser de joie de te savoir revenu sain et sauf. Dans leur innocence, ils demandent tous les jours pourquoi ils ont dû quitter leurs maisons. Il y a tant de choses propres à les effrayer ici, ne fût-ce que les ombres de la grande salle la nuit. Nous faisons de notre mieux pour leur éviter les cauchemars et nous espérons que tu en feras autant. »

L'homme esquissa un sourire las. « À Dieu ne plaise que j'effraie quiconque, Milady. » Il tendit le bras en direction du village. « Que souhaitez-vous que je fasse pour Sir Richard ? Il souffre de fièvre depuis son réveil ce matin.

— Quand avez-vous quitté Bradmayne ?

— Il y a trois jours, Milady, mais nous avons voyagé lentement. Quand la fièvre se manifeste, elle survient rapidement et prive le corps de toute force. Des huit hommes suffisamment robustes pour chevaucher avec Sir Richard, cinq ont succombé en chemin. »

Un frisson d'effroi parcourut l'échine de Hugh, et il observa la foule, attendant sa réaction. N'allaient-ils pas céder à la panique à présent ? Mais non. Les serfs qui s'étaient rangés à côté de Thurkell – et qui étaient tous, Hugh les reconnut, ceux qui avaient pris l'initiative de construire les cabanes et de mener les bêtes à l'intérieur de l'enceinte avant que le pont ne fût brûlé – firent signe aux femmes qui étaient derrière eux de calmer leurs voisins. Lady Anne fit de même, posant des mains apaisantes sur les épaules de deux enfants tout proches, les attirant contre elle. « Et toi Gyles ? demanda-t-elle avec un calme imperturbable. As-tu la fièvre ?

— Je suis le seul à ne pas l'avoir, Milady. Le capitaine de Boulet et maître Foucault, le bailli, souffrent autant que Sir Richard.

— Dans ce cas, je vais t'envoyer des remèdes par le radeau et tu devras les leur administrer. Tu trouveras dans la chaumière de John Trueblood des paillasses de jonc et de la nourriture. Vous pourrez vous y abriter jusqu'à ce que vous soyez tous guéris. Nous vous demandons seulement d'attendre quatorze jours avant de nous rejoindre de ce côté-ci des douves.

— Sir Richard exige de traverser immédiatement, Milady. Il réclame l'assistance de son confesseur.

— Dis-lui que le père Anselm va venir le voir, Gyles. En attendant, qu'il prenne de la jusquiame et de l'herbe de la Saint-Jean pour faire baisser la fièvre et afin qu'il ait l'esprit clair lorsqu'il recevra le corps et le sang du Christ. » Elle fit signe à l'une de ses servantes. « Apporte-moi une corbeille de flacons et j'expliquerai à Gyles comment les administrer. Sir Richard n'a rien à craindre de cette fièvre. »

En observant le déroulement de cette petite comédie, Hugh ne put qu'admirer la fourberie de Lady Anne. Convaincue que les bouteilles de liquide jaunâtre pouvaient vaincre la maladie, la foule cria des encouragements tandis qu'un système de poulies faisait traverser le fossé au radeau chargé de la corbeille. Tous exhortaient Gyles à rester fort et à attendre le jour où Sir Richard serait suffisamment rétabli pour regagner le manoir. L'événement prit un caractère festif – aussi gai qu'une fête des moissons – et Hugh se demanda si un seul parmi eux comprenait que Lady Anne condamnait le malheureux qui était de l'autre côté des douves à mourir avec son maître.

Son regard se porta sur Thaddeus Thurkell qui, seul, tirait sur la corde manœuvrant le radeau. Le serf savait quel sort attendait Gyles, songea Hugh, et était prêt, au besoin, à servir de bourreau à sa maîtresse. Tout en manipulant le système de poulie de la main gauche, il tenait un couteau dans la droite, et sa fourche était plantée dans la rive du fossé. Si, pris de peur, Gyles cherchait à monter sur le radeau, Thaddeus n'hésiterait pas à utiliser ce poignard et cette lance fourchue pour veiller à ce qu'il n'atteigne jamais l'autre rive.

« Pourquoi Thaddeus tient-il un couteau ? demanda Eleanor avec curiosité.

— Pour dégager le radeau s'il se prend dans les roseaux. »

L'explication était faible, mais Eleanor l'accepta. Elle semblait incapable de nourrir la moindre pensée qui ne la concernât pas personnellement, et son esprit inconstant avait déjà oublié la mise en garde de Hugh contre une infection virulente qui tuait en moins d'une semaine. « Pourquoi Mère n'a-t-elle pas cherché à savoir si Peter est encore en vie ? demanda-t-elle d'un ton contrarié. Elle est vraiment *méchante* avec moi. Il n'est pas juste de me faire attendre que Père soit rétabli pour savoir si je vais tout de même être obligée d'épouser cet affreux Bradmayne. »

Deux jours passèrent avant que Lady Anne ne convoquât Hugh de Courtesmain dans le bureau du régisseur pour lui annoncer que Sir Richard était mort et que Boulet et Foucault rendraient l'âme avant le lever du jour. Elle avait repris le lieu de travail de Hugh avec autant d'aisance que ses tâches, et Hugh la trouva devant sa table, étudiant une liste de rations. Penché au-dessus de son épaule, Thaddeus Thurkell lui suggérait des points figurant sur une liste que lui-même tenait à la main. Si Hugh avait pu croire un instant qu'Isabella était la seule à savoir lire dans ce domaine, tous ses doutes étaient désormais dissipés.

Cette découverte ajouta à la stupeur que lui inspira la scène intime qui s'offrait à ses yeux. Lady Anne avait retiré sa guimpe, laissant ses longs cheveux bruns encadrer librement son visage, tandis que Thurkell était bras nus, les manches de sa chemise retroussées et les pans lâchés sur ses hauts-de-chausses. On aurait eu peine à dire lequel était le plus âgé des deux, car tête découverte, la châtelaine paraissait plus jeune, et le serf, avec une semaine de barbe naissante noire, plus âgé.

Hugh fut encore plus scandalisé par le pragmatisme avec lequel Lady Anne lui annonça la mort de son mari. Elle s'exprima en français. « Vous devez savoir que vous n'avez plus d'obligation à l'égard de Sir Richard, maître de Courtesmain. Il a succombé à la maladie hier et nous nous attendons à ce que le capitaine et le bailli le suivent avant la fin de la nuit. Vous êtes libre de partir si tel est votre désir. »

Il mit un moment à répondre. Avait-elle perdu l'esprit pour parler aussi légèrement du trépas de son époux ? Pouvait-elle avoir oublié ce que le messager de l'évêque avait dit à propos de pustules et d'effusions de sang ? Le village n'était qu'à deux cents pas et il sentit la bile lui monter à la gorge à l'idée que le cadavre de Sir Richard fût aussi près. Combien de temps faudrait-il à la puanteur pour se faire sentir jusqu'au domaine ?

« Pourquoi vous obstinez-vous à jouer cette comédie ? demanda-t-il avec colère. N'avez-vous donc aucune crainte du châtiment ? Vous induisez délibérément vos gens en erreur en parlant de guérison possible. »

Elle leva ses yeux sombres vers les siens, le front plissé par un léger doute. « Est-ce *vous* que j'ai induit en erreur, maître de Courtesmain ? Si tel est le cas, je vous prie très sincèrement de me pardonner. J'étais certaine que vous aviez compris que Sir Richard ne pouvait pas guérir. Autrement, il n'y aurait eu aucune raison de le priver de son lit. Gyles a pu apaiser ses souffrances grâce à l'herbe de la Saint-Jean et à la jusquiame… mais c'est tout. Il agit de même avec le capitaine de Boulet et maître Foucault, mais ils mourront aussi sûrement que leur maître.

— Dans ce cas, nous sommes tous perdus, s'écria-t-il au désespoir. Dieu ne prendrait pas un seigneur en épargnant ses serfs. »

Lady Anne secoua la tête. « Je doute que ce mal reconnaisse le rang d'un homme, monsieur. À Bradmayne, les serfs ont été les premiers à périr, mais la maisonnée a commencé à souffrir peu après. Lord Peter recevait les derniers sacrements à l'instant même où Sir Richard est reparti. »

Hugh lui jeta un regard atterré. « Comment pouvez-vous le savoir ? Gyles ne s'est pas approché des douves depuis que vous lui avez envoyé les remèdes.

— Thaddeus s'est rendu au village quand tous dormaient et il a parlé à Gyles en tête à tête. Autant éviter d'alarmer les gens inutilement. Et il est indispensable que Gyles enterre les corps afin d'éviter qu'ils ne deviennent une source d'infection pour autrui. »

Le régisseur recula précipitamment, relevant la manche de sa tunique pour se couvrir la bouche et le nez. « Qu'est-ce qui a pu empêcher Thurkell de rapporter le mal avec lui ? »

Ce fut le serf qui lui répondit, en français, comme Milady. « Je suis resté à bonne distance de Gyles. Nous avons de la chance que ce soit Gyles Startout qui nous soit revenu en bonne santé. Il fait partie de nos aînés, puisqu'il a presque atteint la moitié d'un siècle, et il a l'expérience du monde. Il a une femme et des enfants, et suffisamment de bon sens pour comprendre l'intérêt d'isoler les bien portants des malades.

Il a constaté avec quelle rapidité la pestilence s'est répandue à Bradmayne et ne souhaite pas qu'il en soit de même ici.

— Est-il atteint ?

— Pas encore.

— Comment est-ce possible ? » demanda Hugh à Lady Anne.

Elle prit la question au sérieux. « J'ai appris au couvent que les maladies ne touchent pas tout le monde pareillement. Si elles agissaient à l'identique sur chacun d'entre nous, nous souffririons nous-mêmes d'une éruption chaque fois que nos enfants attrapent la petite vérole. Or ce n'est pas le cas. Si nous contractons la vérole dans notre enfance, elle nous épargne à l'âge adulte. Les religieuses ne savaient pas l'expliquer, et je ne le sais pas mieux qu'elles, mais ma propre expérience m'a montré que c'est exact. » Elle s'interrompit un instant avant de poursuivre. « Peut-être Gyles a-t-il de la chance ou possède-t-il une force intérieure qui empêche la maladie d'envahir son corps.

— Mais c'est une plaie mortelle avec des bubons putrides, Milady, ce n'est pas une simple éruption de boutons ! Le messager de l'évêque a parlé de Mort Noire.

— Dans ce cas, faites-moi bénéficier de vos conseils, maître de Courtesmain. Si nous sommes de toute façon destinés à mourir, que voulez-vous que je fasse ?

— Dire à vos gens de se mettre en paix avec Dieu. Leur rappeler que la confession et l'absolution sont les seules voies du salut. Les exhorter à demander miséricorde. »

Elle le dévisagea un instant. « Et quels péchés dois-je leur dire qu'ils ont commis pour mériter pareil trépas ? Quelles prières doivent-ils prononcer qui soient susceptibles de faire changer d'avis leur Créateur à propos de leur sort ? Ne pensez-vous pas que mon mari a imploré miséricorde à l'instant où il a senti sa vie lui échapper ?

— Vous lui aviez promis de lui envoyer le prêtre, Milady.

— Le père Anselm a refusé d'y aller. Il a préféré se réfugier dans l'inconscience de l'ivresse plutôt que de mettre sa vie en péril. »

Hugh serra les lèvres devant ce blasphème. « C'est de l'hérésie, Milady. Il n'est pas surprenant que Dieu veuille vous punir, vous et votre domaine. »

Lady Anne esquissa l'ombre d'un sourire. « Il distribue ses châtiments avec un remarquable arbitraire, monsieur. Si ce sont mes péchés qui ont apporté ce mal dans le Dorseteshire, Dieu s'est montré bien cruel en ravageant d'abord Melcombe et Bradmayne. Si j'en crois ce que Gyles a confié à Thaddeus, il y a peu de chances que quiconque soit encore en vie dans l'un ou l'autre de ces lieux. »

Thaddeus releva la tête. « Penser que la confession puisse tenir la pestilence à distance n'est qu'extravagance, fit-il remarquer raisonnablement. La maisonnée de Bradmayne demandait l'absolution chaque jour – Sir Richard pareillement – et ils sont tous tombés malades. Pourtant, Gyles, qui ne voyait le prêtre que de loin, est toujours en bonne santé. »

Cette interruption offusqua Hugh, car elle donnait à entendre que Thurkell se plaçait sur un pied d'égalité avec sa maîtresse et avec le régisseur de son maître. « L'arrogance de cet homme et son irrespect à l'égard de ses supérieurs est une raison suffisante pour attirer le mécontentement de Dieu, fit-il remarquer à Lady Anne. Il devrait apprendre à rester à sa place. Un vilain n'a pas à donner son avis. »

Le même petit sourire joua sur les lèvres de la châtelaine. « J'ai fait de maître Thurkell mon nouveau régisseur et j'apprécie l'aide qu'il m'apporte. Nous nous connaissons depuis de longues années et il est aussi instruit que vous et moi. Je ne cherche pas à vous diminuer aux yeux de Develish en confiant votre poste à Thaddeus, mais c'est Sir Richard qui vous avait choisi, et non moi. Sa mort nous a dégagés de toute dette l'un envers l'autre. »

Le cœur de Hugh tressaillit d'effroi. Il chercha une réponse pertinente, aussi inquiet à l'idée d'être chassé du domaine que d'y rester. Il s'inclina. « Je suis tout prêt à reporter mon allégeance sur vous, Milady.

— Vous auriez tort de le faire si vous me jugez hérétique, maître de Courtesmain. Si Dieu a décidé de punir Develish à cause de mes péchés, Il vous punira également. » Comme il ne répondait pas, elle poursuivit : « Votre cœur est-il si pur d'intrigue et de tromperie que vous puissiez accuser les autres en toute confiance ? Lady Eleanor me dit que vous êtes son seul ami, mais je me demande quel intérêt un homme de votre âge peut trouver à ma fille de quatorze ans. »

Le visage de Hugh s'empourpra, prenant une teinte rouge terne. « Elle s'inquiétait pour son père, Milady. Je n'ai cherché qu'à la réconforter.

— Ma femme de chambre, Isabella, s'inquiète pour le sien. La réconforterez-vous pareillement ?

— Je ne connais pas le père d'Isabella.

— Mais si, maître. Il s'appelle Gyles Startout et, loin d'être un pécheur, il a fait preuve de courage et de générosité, d'abord en soignant Sir Richard et maintenant en veillant sur le capitaine de Boulet et sur maître Foucault. Gyles les enterrera très profondément au-delà du village, tout en disant des prières pour le salut de leur âme, mais il sait que si *lui-même* est condamné à mourir, il souffrira seul et que son corps pourrira à l'air libre jusqu'à ce que ses os soient décharnés et secs. »

L'idée d'une telle mort terrifia Hugh. Il avait observé de temps en temps le village durant les dernières quarante-huit heures et avait vu Gyles sortir à maintes reprises de la chaumière de John Trueblood pour s'accroupir dans la poussière et tourner son visage vers le soleil. Chaque fois, il avait cherché à distinguer sur lui des signes de pestilence, mais la distance était trop grande. L'après-midi précédent, un cavalier s'était approché par la route, et Gyles avait couru vers lui en agitant les bras pour le mettre en garde. Hugh n'aurait su dire s'ils avaient échangé quelques mots, mais l'étranger était reparti sur-le-champ. « D'où venait le visiteur d'hier ? demanda-t-il. A-t-il apporté des nouvelles ?

— Il venait d'Afpedle, répondit Thaddeus. Ce mal y a fait plus de cinquante victimes et une centaine à Woodoak. Gyles a dit que l'homme avait été mortellement effrayé quand il avait appris que certains ici en étaient atteints.

— Où allait-il ?

— Vers le nord. Il n'y a plus un seul lieu sûr dans le Sud. Gyles a rapporté avoir entendu dire, pendant leur voyage de retour, que tous les villages sont atteints sur huit lieues à l'est et à l'ouest de Dorchester. »

Hugh s'étonna du calme avec lequel s'exprimaient Lady Anne et Thaddeus, comme si la teneur de leurs propos n'était pas plus inquiétante qu'une prévision de pluie. Fallait-il y voir quelque défaut d'imagination ? Ne redoutaient-ils ni la souffrance ni la mort ? Ses propres terreurs, enracinées dans les visions cauchemardesques de l'enfer qui lui avaient été inculquées depuis l'enfance, faisaient palpiter son cœur comme un oiseau en cage.

Il passa sa langue sur ses lèvres sèches. « Pourquoi n'as-tu pas peur ? demanda-t-il au serf. As-tu si grande confiance en Lady Anne que tu es convaincu d'avoir la vie sauve ? »

Thaddeus tendit la main vers un morceau de vélin posé sur le bureau. « Voici un document établi par votre prédécesseur. Il vous indiquera comment nous avons fait face à une maladie mortelle qui a affecté nos moutons il y a cinq ans. » Il tourna le parchemin vers le régisseur. « Si nous n'avions pas séparé les bêtes bien portantes des malades, nous les aurions toutes perdues. Cette méthode est pratiquée dans les monastères depuis de longues années. Souhaitez-vous que je vous le traduise de l'anglais ? »

La haine de Hugh à l'égard du serf lui serrait la gorge. « Ce ne sera pas nécessaire s'il est écrit dans l'anglais que parlent les nobles, répondit-il sèchement.

— C'est le cas, monsieur, confirma Thaddeus avec un petit sourire. Le patois du Dorset est difficile à écrire, mais encore plus ardu à lire et à comprendre. »

24 avril. 3 nouvelles brebis sont tombées malades aujourd'hui, ce qui fait 12 au total. Les 5 achetées à Pedle Hinton sont mortes mardi. J'ai donné ordre que les animaux atteints soient abattus et brûlés, et que les bien portants soient mis à paître sur l'herbe propre de Short Halves.

6 mai. Il paraît qu'à Pedle Hinton, tout leur troupeau a succombé. Il est manifeste que ce sont leurs 5 brebis qui ont apporté la maladie à Develish. J'ai donné instruction que les nouvelles bêtes soient toujours tenues à l'écart aussi longtemps que nous ne nous sommes pas assurés qu'elles sont saines.

3 juin. 120 bêtes sont toujours en bonne santé, et j'espère que le pire est passé. Les pertes totales s'élèvent à 12 brebis, 2 béliers et 8 agneaux. J'ai donné ordre qu'à l'avenir, les bêtes malades soient abattues sur-le-champ. Le troupeau est trop précieux pour que nous laissions l'infection se répandre.

Hugh était incapable d'admettre la moindre équivalence entre êtres humains et animaux. Il claqua des doigts avec mépris. « Quelles leçons en tires-tu ? demanda-t-il d'un ton sarcastique. Qu'un homme malade doit être traité comme un mouton malade ? As-tu l'intention de tuer tous ceux de Develish qui se plaindront d'un mal de tête ? »

Thaddeus baissa le regard, mais Hugh eut le temps de distinguer un éclat moqueur dans ses yeux. « La leçon de ce document est qu'on peut faire face au mal par l'isolement, répondit-il. Il n'est pas question d'assassiner des gens. Si vous avez lu la Bible, vous saurez que Dieu a donné instruction à Moïse d'empêcher le mal de se répandre en séparant les bien portants des malades.

— Vraiment ? s'étonna Hugh en se tournant vers Lady Anne. Je n'ai connaissance d'aucune instruction en ce sens.

— Vous la trouverez dans les Nombres, confirma-t-elle. Un lépreux devait vivre seul, séparé de son peuple. Il n'était pas requis de le tuer, mais de le tenir à distance afin de contenir le fléau de la lèpre. »

Disait-elle vrai ? se demanda Hugh. « Et s'il est impossible de maintenir la pestilence à l'écart, Milady ? Il n'y a pas suffisamment d'espace à l'intérieur des douves pour séparer les malades des bien portants. »

Elle acquiesça. « Si cela devait advenir, nous enverrions les malades au village et demanderions des volontaires pour les soigner. Nous ne pouvons faire que de notre mieux, maître de Courtesmain.

— C'est à Dieu de décider ce qui est le mieux, Milady.

— En effet, et vous êtes un bon chrétien de me le rappeler. L'humilité avec laquelle vous acceptez ce que Dieu a décidé pour vous sera un bon exemple pour les autres quand viendra l'heure de rassembler les bonnes volontés. »

Un bref silence lui répondit.

« Je ne serais d'aucune utilité au village, observa enfin Hugh, désagréablement conscient de son hypocrisie patente. Je n'ai aucune connaissance médicale.

— Dans ce cas, vous devriez réfléchir sérieusement à l'opportunité de rester à Develish, dit-elle, amusée. Si vous ne trouvez en nous aucune vertu et ne pouvez nous être d'aucune aide, il serait plus raisonnable de partir, ne croyez-vous pas ? Nos rations dureront plus longtemps si nous avons une bouche de moins à nourrir, et vous vous trouverez mieux à Foxcote, où les gens sont de moins grands pécheurs qu'ici. »

Hugh se maudit de lui avoir ainsi donné l'occasion de le railler. Il était convaincu qu'elle avait lu la lettre de la sœur de Sir Richard, exposant dans le détail comment Hugh avait réagi aux bagarres, aux adultères et aux vols commis dans le domaine du seigneur de Foxcote. Hugh avait trouvé cette missive soigneusement rangée sur une des étagères de son bureau et s'en rappelait parfaitement la teneur.

Mon frère, vous pouvez avoir confiance en Hugh de Courtesmain. C'est un bon bailli et il fera un régisseur meilleur encore. Il use de son fouet contre la racaille avec l'énergie vertueuse d'un zélateur. Si seulement ils étaient plus nombreux de son espèce, prêts et désireux de dénoncer les scélérats à leurs maîtres. Il est mon unique source d'informations et il me manquera.

Hugh avait interprété ces lignes comme un éloge sans faille et en avait été flatté. Sir Richard n'avait vu, lui aussi, que mérites dans ce que sa sœur lui écrivait, promettant à son nouveau régisseur de grandes récompenses s'il rapportait aux oreilles de son maître les torts qui se commettaient sur ses terres. Cependant, au service d'une femme qui ne voyait jamais rien à redire chez ses serfs, Hugh était moins convaincu d'avoir fait preuve de vertu en fouettant un paysan affamé qui avait dissimulé un petit sac de farine pour nourrir ses enfants, ou en dénonçant ce délit à l'épouse colérique d'un seigneur brutal.

Il se trouvait devant un dilemme. Il n'avait pas plus envie de regagner Foxcote – ayant réussi à s'en échapper une fois – que de voyager seul en traversant des villages où la maladie faisait rage ; mais il ne se voyait pas non plus d'avenir à Develish. Quel rôle pourrait-il jouer si Lady Anne avait confié la charge de régisseur à Thaddeus Thurkell ? Envisageait-elle de réduire Hugh au même rang qu'un serf abhorré ?

Il ploya le genou. « Me permettrez-vous d'y réfléchir ? »

Elle acquiesça d'un signe de tête. « Bien entendu, maître de Courtesmain, mais je vous suggère de prendre votre décision sans tarder. Les routes seront encombrées de gens désespérés dès que cette plaie se répandra vers le nord. »

Lorsqu'il fut sorti de la pièce, Hugh eut le déplaisant sentiment de s'être ridiculisé en se méprenant sur l'objectif de cette conversation. Pourquoi Lady Anne lui avait-elle dit que rien ne l'obligeait plus à rester dans le domaine, pour lui demander son avis juste après ? Pourquoi lui donner le choix, au lieu de lui ordonner de partir ? Avait-elle cherché à sonder sa faculté de réfléchir par lui-même au lieu de donner le genre de réponses que Sir Richard aurait attendues de lui ?

Devant lui, au fond de la grande salle, il vit une des domestiques montrer à un groupe de femmes comment préparer et infuser des herbes séchées. Certaines avaient les cheveux gris et étaient bien plus âgées que tous les serfs de Foxcote, mais elles paraissaient encore robustes. Sur sa droite, des mères étaient assises et allaitaient leurs nouveau-nés, tandis qu'Isabella, treize ans, enseignait l'alphabet à des enfants ; et sur sa gauche, dans la cuisine qu'il apercevait par la porte ouverte, des cuisinières préparaient un repas pour deux cents personnes. Le parfum du ragoût de mouton embaumait l'air et Hugh chercha à imaginer une scène comparable à Foxcote. Cela n'arriverait jamais, songea-t-il, et cela ne serait pas arrivé ici non plus si Sir Richard avait regagné Develish en bonne santé.

Ses réflexions sur son avenir lui faisaient battre le pouls irrégulièrement. S'il restait, il n'aurait ni position ni statut, il serait à la merci des serfs. D'un autre côté, s'il partait, c'était la mort assurée. Il avait été pris d'un terrible effroi en constatant que le seul Anglais à accompagner Sir Richard avait eu la vie sauve, alors que tous les Français avaient succombé.

Six

L'église de Develish était un joli petit édifice de pierre surmonté d'un clocher, avec un plafond voûté, un autel taillé dans du chêne massif et un sol recouvert de nattes de jonc. Une fresque de l'Annonciation – l'archange Gabriel portant les traits d'un précédent seigneur et la Vierge ceux de son épouse – prêtait des couleurs vibrantes au mur nord, tandis que sur le mur sud, des fenêtres à meneaux laissaient pénétrer le soleil, mouchetant d'or la peinture.

L'odeur des cierges allumés était puissante, mais pas suffisamment pour masquer l'haleine avinée du père Anselm ni la puanteur d'urine qui émanait de sa soutane. Il dormait dans une chambre située à l'intérieur du clocher, et si Lady Anne n'avait pas chargé ses servantes de la nettoyer quotidiennement, ses exhalaisons auraient empesté toute l'église. Contrairement à la plupart des serfs, il ne suivait pas les conseils de propreté qui leur avaient été donnés, trop paresseux pour aller chercher l'eau au puits lui-même.

Hugh hésita un instant après avoir franchi la porte, voyant soudain le prêtre à travers les yeux de Lady Anne. Il accomplit même l'effort d'imagination de se demander si le père Anselm n'abrutissait pas son esprit dans l'alcool parce qu'il était conscient de ses propres insuffisances. Il ne s'élevait au-dessus des autres que par la connaissance de quelques bribes de latin, une certaine aisance dans le maniement de la plume et la bénédiction d'un évêque. Était-il sensé, s'interrogea Hugh, de confier ses secrets à pareil individu ?

Il était venu se confesser, mais sa réticence instinctive à poursuivre se renforça quand il constata que Lady Eleanor était arrivée à l'église avant lui. Elle était debout devant l'autel, son corps menu tremblant de chagrin, et Hugh n'avait nulle envie de jouer le rôle d'ami et de consolateur.

Il était cependant trop tard pour se retirer. Le père Anselm l'accueillit avec un soulagement enivré et lui fit signe d'avancer. «Je disais justement à cette enfant que monseigneur l'évêque entendra parler de la vilenie de sa mère, souffla-t-il à l'oreille de Hugh.

— Quelle vilenie, mon père ? »

Le vieil homme tourna vers Eleanor un regard vitreux, comme s'il avait oublié ce qu'elle lui avait dit, et la jeune fille tapa du pied, la colère ayant raison de son affliction. « Elle refuse que la dépouille de mon père franchisse les douves pour être ensevelie. Elle prétend que c'est pour le bien de tous, mais elle ment. Elle n'agit que par haine envers Sir Richard. »

Hugh se tourna vers le prêtre, se demandant s'il savait à quel point la pestilence était mortelle. «Je compatis de tout cœur, Milady, dit-il en s'inclinant légèrement. La nouvelle de la mort de Sir Richard m'afflige profondément.

— Alors, faites entendre raison à ma mère, implora-t-elle. L'âme de mon père ne peut être accueillie au paradis si les rites ne sont pas accomplis et ses péchés pardonnés. » Une terreur sans nom se lisait dans ses yeux. «Je ne peux supporter l'idée qu'il reste au purgatoire. »

Il y eut un bref instant de silence gêné avant que le père Anselm ne prenne la main de la jeune fille et ne la tapote maladroitement. « Nul n'a l'esprit plus pur que votre père, lui dit-il. Il venait ici tous les matins confesser ses péchés. Soyez sûre que Dieu l'a accueilli à ses côtés dès à présent. »

Eleanor repoussa sa main. « Vous ne pouvez l'affirmer aussi longtemps que ses paupières et ses lèvres n'ont pas reçu l'onction, s'écria-t-elle. Il faut que vous alliez voir Sa Grâce de Sarum et obteniez d'elle un édit ordonnant à Lady Anne de reconduire la dépouille de mon père dans l'enceinte du manoir. »

Le prêtre se tourna vers Hugh, un éclat calculateur dans ses yeux chassieux. « Peut-être maître de Courtesmain pourrait-il s'en charger ? Vous êtes toujours l'homme lige de Sir Richard, et vous avez prêté serment de secourir sa fille, n'est-ce pas ? Elle me confirme que son unique bonheur est de s'entretenir avec vous. »

Il était moins saoul qu'il ne le feignait, songea Hugh, maudissant le prêtre qui cherchait à rejeter cette responsabilité sur lui. « Je suis au service de Lady Eleanor, murmura-t-il, mais je crains fort que me rendre à Sarum et en revenir ne prenne trop longtemps pour permettre à son père d'être enterré au cimetière. Par cette chaleur, et avec toutes ces mouches (il haussa les épaules d'un air navré), on ne peut pas le laisser hors de terre pendant plus d'un jour.

— Il dit vrai, soupira le père Anselm en se tournant vers la jeune fille. Il faut vous résigner, mon enfant. Nous ne pouvons rien faire pour le moment. Quand le temps sera venu, nous ensevelirons ses os avec toute la pompe que vous désirez.

— Il sera trop tard. » Les larmes ruisselaient sur les joues d'Eleanor. « Apportez au moins les huiles saintes jusqu'à son corps afin que son âme puisse trouver le repos. »

Hugh garda les yeux au sol, se demandant comment le prêtre réagirait alors qu'il avait refusé d'administrer l'extrême-onction à Sir Richard de son vivant.

« Sa Grâce s'y opposerait, objecta le père Anselm d'un ton chagrin, se frottant les mains devant sa panse. Je suis le berger de toutes les âmes de Develish. Si je franchis le fossé, Lady Anne m'empêchera de revenir et tous seront privés de l'absolution, vous-même comprise. N'ai-je pas raison, maître de Courtesmain ? »

Le Français avait une folle envie de démentir les propos du prêtre et de dénoncer son hypocrisie. Un authentique homme de Dieu eût été au côté de Sir Richard dès l'instant de son retour, avec ou sans la bénédiction de la châtelaine, mais Hugh craignait de s'attirer des ennuis sans fin si Eleanor le croyait disposé à prendre sa défense. « En effet, mon père. Le domaine ne saurait se passer de la présence d'un prêtre. »

Eleanor serra les poings. « Peu m'importe. Ma mère enfreint les lois de Dieu en agissant de la sorte. » Elle scruta leurs visages. « Ne la condamnerez-vous pas pour cela ?

— Nous gaspillerions notre salive, Milady, fit valoir Hugh. Ses gens la soutiennent dans toutes ses entreprises. »

Les yeux d'Eleanor flamboyèrent de colère. « Ce ne sont pas ses gens, fulmina-t-elle. Ce sont ceux de Sir Richard. » Elle s'en prit alors au père Anselm. « Vous savez parfaitement qu'elle n'a ni biens ni droits à Develish, car elle n'a jamais été assez plaisante pour qu'on lui en accorde. Sir Richard avait de bonnes raisons de les lui refuser, et il est de votre devoir de le rappeler à tous.

— Et qui administrera le domaine si les serfs écoutent ce que je leur dis et lui retirent son autorité ? demanda raisonnablement Hugh. Préférez-vous être gouvernée par Thaddeus Thurkell ? »

La laissant cracher son mépris pour toute la classe paysanne, Hugh regarda au loin par la fenêtre située derrière l'autel qui donnait sur un tronçon des douves à l'est. Plusieurs hommes consolidaient le mur qui longeait la rive, utilisant de l'argile mouillée pour intégrer des silex et de grosses pierres dans la construction existante. Ils chantaient en travaillant – un air populaire mélodieux du Dorseteshire – et leurs voix étaient assez sonores pour porter jusqu'à l'intérieur de l'église. La croix de bois qui surmontait l'autel lui masquait partiellement la vue et, par habitude, Hugh porta les doigts à son front et à sa poitrine.

« Peut-être le refus de Lady Anne de permettre à la dépouille de Sir Richard d'entrer dans le domaine est-il un moindre péché que de mettre en danger les gens qu'il s'était engagé à protéger, avança-t-il prudemment. Ce mal est pire que quiconque n'aurait pu le croire. Le cavalier qui est arrivé hier a rapporté que des villages entiers sont perdus à plusieurs lieues à la ronde. Il a dit qu'un terrible fléau balaie le pays. Les gens l'appellent la Mort Noire. »

Il avait oublié qu'Eleanor était à son côté quand il avait regardé Gyles parler au cavalier. Furieuse, elle tapa du pied. « Vous mentez pour servir vos propres intérêts, siffla-t-elle. Vous ne pouvez pas savoir ce qu'il a dit. Gyles Startout est le seul à l'avoir entendu. »

Hugh fit un geste en direction de la fenêtre. « Pourquoi pensez-vous que les hommes fortifient les murailles, Milady ?

Ils chantent pour convaincre leurs enfants que rien ne les menace, mais ils savent que nul ne restera en vie si le mal s'introduit ici. J'ai vu hier soir Thurkell poster des gardes au nord et au sud. Ils sont certainement chargés d'empêcher quiconque d'entrer.

— Dans ce cas, ma mère a menti en disant que la guérison est possible. »

Il ne lui avait pas dit autre chose deux jours auparavant. « Ses motifs étaient honorables, Lady Eleanor. Elle a usé de ce subterfuge pour éviter que tous soient pris de peur, mais je serais surpris qu'un seul croie encore à cette fable. La mort de votre père leur aura appris que cette fièvre est fatale. » Il désigna à nouveau la fenêtre. « Ces hommes, au-dehors, font preuve de courage en gardant leur calme, à l'image de votre mère. Chacun sait qu'une mort terrible nous attend si la pestilence nous touche. »

Le père Anselm opina du chef. « Maître de Courtesmain parle sagement, ma fille. Permettre au corps de votre père de franchir les douves nous mettrait tous en péril. »

Eleanor posa alternativement sur l'un et sur l'autre un regard chargé de rancune. « Vous préférez prendre le parti de ma mère plutôt que le mien. »

Sous ses paupières mi-closes, Hugh scruta son visage, s'interrogeant sur la cause d'une telle aversion pour Lady Anne. Il lui était déjà arrivé, en écoutant Eleanor réciter la litanie de ses reproches, de se demander si ce n'était pas un amour farouche qu'elle éprouvait pour cette femme, déformé et altéré par son impuissance à obtenir ses louanges. Elle était indéniablement jalouse de ceux qui y parvenaient, et de Thurkell plus que de tout autre.

C'était un sentiment que Hugh était prêt à exploiter, car il l'éprouvait pareillement. « Il ne s'agit pas de prendre parti, Milady. Nous ne pouvons rien entreprendre aussi longtemps que Thaddeus Thurkell fait garder les douves et respecter les directives de votre mère en empêchant quiconque de traverser. »

Une lueur calculatrice apparut dans les yeux d'Eleanor. « Ce n'est qu'un serf de vile naissance. Il ne peut pas m'interdire de traverser, *moi*... pas plus que vous, maître de Courtesmain. »

Elle s'approcha de Hugh et le tira par sa tunique. « Me conduirez-vous à Foxcote afin que je puisse exposer mes griefs à mon oncle ? Il ne demeurera pas sans rien faire lorsqu'il saura quel sacrilège ma mère commet contre le frère de son épouse. »

Hugh se dégagea et recula, la pression de son jeune corps contre le sien le mettant mal à l'aise. « Vous savez que c'est impossible, Milady. Votre mère m'a délié de mes obligations afin que je puisse regagner le Nord si tel était mon désir, mais elle ne vous laissera pas faire le voyage avec moi. Ce serait inconvenant, et les routes ne sont pas sûres. »

Eleanor le jaugea du regard, les yeux plissés. « Dites-vous la vérité ou cherchez-vous des excuses pour justifier qu'elle ne veuille plus de vous comme régisseur ? Vous devez être offensé de voir le bâtard d'Eva Thurkell à votre place.

— Je dis la vérité, Milady.

— Fort bien, acquiesça-t-elle avec satisfaction. Dans ce cas, il vous faut partir immédiatement pour Foxcote. Quand mon oncle apprendra la mort de Sir Richard, il dépêchera des soldats pour veiller à l'inhumation de mon père et il enverra un chariot pour m'emmener loin de ce péril. Ma mère elle-même hésitera à s'opposer aux ordres du seigneur de Foxcote s'ils sont appuyés par des hommes d'armes. »

Hugh esquissa une légère révérence comme pour lui signifier son accord. Il n'avait ni la volonté ni l'énergie de discuter avec la jeune fille, mais celle-ci se leurrait pitoyablement si elle croyait que son oncle dépenserait le moindre sou pour se porter à son secours ou que sa tante, Lady Beatrix, verrait d'un bon œil l'arrivée d'une jeune et jolie nièce. Et elle se leurrait plus encore si elle croyait que tous les domaines ressemblaient à Develish. Eleanor n'avait aucune raison de craindre les serfs du domaine, mais il en irait bien différemment s'ils nourrissaient autant de haine pour la classe dirigeante que les gens de Foxcote.

Il s'esquiva poliment, laissant Eleanor se confesser, et se dirigea vers le fond du verger où l'on creusait des latrines. Cette pratique était nouvelle pour lui. La coutume à Foxcote et dans d'autres domaines qu'il avait visités était de vider les baquets dans le cours d'eau le plus proche ou de déféquer dans les champs. L'air de Develish était plus pur grâce à cette façon d'évacuer les immondices – Hugh l'avait remarqué dès son arrivée –, mais il s'étonnait à présent de l'avoir attribué sans plus de réflexion à la piété de Sir Richard.

Une fosse, destinée aux domestiques, existait depuis des années, mais elle était trop petite pour satisfaire aux besoins de deux cents personnes. L'aménagement de quatre nouvelles tranchées semblait servir une double fonction, car le sol d'argile retiré était immédiatement emporté pour renforcer le mur des douves. Il regarda les travailleurs peiner pendant quelques minutes, jusqu'à ce que l'un d'eux jette une pelle de bois par terre, juste à ses pieds. « Voulez-vous vous rendre utile, maître de Courtesmain, ou êtes-vous venu nous admirer ? »

L'homme arborait un grand sourire, mais les nerfs de Hugh réagirent comme chaque fois qu'un serf manifestait un comportement inattendu : ils se contractèrent de peur. Il se pencha pour ramasser la pelle. « Comment t'appelles-tu ?

— Je suis Alleyn Startout, le frère de Gyles et le cousin de John Trueblood. » Il posa la main sur l'épaule de son voisin. « Voici Adam Catchpole, le cousin de Clara Trueblood, et à côté de lui, c'est James Buckler, le cousin de Will Thurkell. Vous êtes le bienvenu dans cette fosse à nos côtés si vous souhaitez creuser un peu, maître. »

Il s'exprimait dans le même anglais intelligible que son frère. « Tous les hommes du Dorset sont-ils aussi faciles à comprendre ? s'étonna Hugh. Dans le dernier domaine où j'ai travaillé, le patois était incompréhensible.

— Le nôtre le serait pareillement si nous décidions de le parler.

— Pourquoi ne le faites-vous pas ?

— Par respect pour Milady. Quand elle est arrivée ici, le langage du Dorset n'avait pas plus de sens pour elle que pour vous, et aucun de nous ne voulait qu'elle aille imaginer que nous lui dissimulions des secrets. Aujourd'hui, nos enfants ne parlent presque plus le patois. »

Hugh appuya la pelle contre son genou et entreprit de retrousser les manches de sa tunique de laine. « Peut-être ont-ils appris l'anglais du roi grâce aux leçons de lecture qu'elle leur donne ? »

Alleyn Startout le dévisagea avec amusement, mais ne répondit pas à la question. « Vous devriez retirer votre tunique, maître. Vos hauts-de-chausses aussi. Il fait très chaud et c'est un travail salissant. Il serait dommage d'abîmer une belle étoffe comme celle-ci. Vous serez plus à l'aise en chemise. Vous trouverez des chiffons à côté du tas de terre. Je vous conseille de les enrouler autour de vos mains pour éviter d'avoir des ampoules. »

Hugh se demanda plus tard pourquoi il n'était pas parti en déclinant l'invitation. Qu'avait-il cherché à prouver ? Qu'il avait quelque chose à offrir ? Qu'il n'avait pas peur de ces gens ?

Ils étaient plus grands et plus forts que les serfs de Foxcote et riaient de bon cœur, échangeant plaisanteries et taquineries qui sonnaient comme autant de railleries aux oreilles de Hugh. Il reconnut les hommes qui avaient accompagné Thurkell aux douves et savait qu'ils étaient les chefs des serfs. Il dut faire un effort sur lui-même pour les rejoindre dans la tranchée, mais ils lui firent place et lui montrèrent comment trouver le rythme pour fendre les lourdes mottes et les rejeter sur le tas de terre. Il travaillait quatre fois plus lentement qu'eux et au moment où le soleil atteignit son zénith, il était épuisé.

Il reposa sa pelle et se plia en deux. « Je n'en peux plus, haleta-t-il.

— Il n'y a pas de honte à cela, répondit Alleyn Startout. Vous vous en êtes bien tiré, bien que vos mains n'aient pas l'habitude de pareil labeur. Vous souffrirez demain, j'en ai peur, mais vous pouvez être fier de la besogne que vous avez abattue ce matin. »

Il posa une paume amicale sur l'épaule de Hugh qui se déroba, levant le bras dans un geste instinctif de défense.

Startout recula d'un pas. « Je vous demande pardon, maître, mais vous n'avez rien à craindre de nous. Personne ici ne vous veut de mal. »

Hugh inspira profondément pour se calmer. Il avait honte de s'être montré aussi transparent. « Nous devrions tous souhaiter avoir le courage de votre frère, Startout.

— Il est vain de souhaiter l'impossible, maître. Seule Milady peut prétendre être aussi vaillante que Gyles. Si nous échappons à ce péril, nous saurons à qui en rendre grâce.

— Ne rendrez-vous pas grâce à Dieu, Startout ? »

Hugh crut déceler une légère hésitation avant que l'homme ne réponde. « Bien sûr que si, maître. Je le remercie chaque jour de nous avoir donné la vie, à ma famille et moi. Nous sommes particulièrement bénis à Develish. Il est rare qu'on y meure de maladie, même les enfants. »

Hugh l'avait constaté en consultant les archives du domaine. Au cimetière aussi, les inscriptions des pierres tombales révélaient une plus grande longévité qu'à Foxcote. Là-bas, un homme pouvait s'attendre à rendre l'âme avant d'avoir atteint trente-cinq ans, alors qu'ici, certains vivaient jusqu'à cinquante ans et davantage. Il ne se l'expliquait pas davantage que le meilleur rendement des cultures. Il examina tour à tour le visage de tous les hommes. « Pourquoi êtes-vous ainsi bénis ? Dans le domaine où j'étais précédemment, seuls les plus vigoureux des enfants dépassaient les cinq ans.

— C'est sans doute parce que les serfs de là-bas manquent d'instruction, répondit James Buckler comme si le fait était notoire. Quand un homme a appris à attacher de la valeur à la santé de son enfant et qu'une femme a appris à prendre soin d'elle-même, les petits se portent bien.

— Par quoi cela passe-t-il ?

— Par une bonne alimentation. Les mères ont besoin de manger comme il convient pour avoir des enfants sains, et les petits doivent se nourrir correctement pour avoir des os solides. Les parents sont récompensés de leurs soins quand les enfants sont assez grands pour les aider aux champs. Des bras plus nombreux veulent dire des récoltes plus abondantes, et tout le monde y gagne. »

L'idée que des serfs puissent voir au-delà de la journée présente était nouvelle pour Hugh. Il avait grandi dans l'enseignement de l'Église disant qu'il fallait supporter la faim et la souffrance ici-bas en espérant jouir dans l'au-delà de la béatitude du paradis. « Comment un homme peut-il travailler si ce n'est pas lui qui se sert le premier ? Sa famille périra s'il n'est pas assez vigoureux pour cultiver son lopin.

— C'est là qu'intervient l'éducation. Un homme sage apprend à maîtriser ses appétits. Il préférera avoir quatre enfants en bonne santé que huit au cimetière. »

Hugh n'était pas certain d'avoir bien compris. « Ses appétits de nourriture ? »

Les trois hommes éclatèrent de rire. « Ses appétits *charnels*, expliqua Startout. Un homme inconsidéré dans ses exigences d'intimité épuisera sa femme et s'imposera trop de bouches à nourrir.

— Comme le cousin de Buckler, Will Thurkell, murmura Catchpole. Si le jeune Thaddeus n'était pas là pour mettre à manger sur la table, toute la nichée serait morte.

— Will n'est un exemple pour personne, lança Buckler d'un ton sans appel. Il n'hésiterait pas à scier la branche sur laquelle il est assis s'il pensait nuire ainsi à Eva et à Thaddeus. »

Hugh songea aux appétits incontrôlés des hommes de Foxcote qui prenaient leurs femmes quand bon leur semblait, et parfois leurs filles aussi. « Par quels moyens un homme réfrène-t-il son désir d'intimité alors que les moines eux-mêmes trouvent l'abstinence difficile ? » demanda-t-il.

Sa question fut accueillie par un nouvel éclat de rire. « Une femme peut donner du plaisir à son mari de bien des façons sans devenir grosse, déclara Catchpole. Un homme peut répandre sa semence sur le sol s'il le veut. »

Hugh fut visiblement scandalisé. « Mais c'est un péché ! L'Église interdit qu'un homme se satisfasse lui-même. »

Un bref instant de silence accueillit ses propos avant qu'Alleyn Startout ne reprenne la parole. « Un serf devrait-il se conduire autrement qu'un prêtre ou un moine, maître ? Chacun sait que le père Anselm se donne du plaisir tout seul. Son pot de chambre en contient la preuve. »

Hugh fut encore plus choqué. « La classe paysanne n'a pas à critiquer le clergé. Vous offensez Dieu en professant de telles idées et c'est vous qui attirez cette plaie sur Develish. »

Adam Catchpole l'observa un moment avant de se remettre à creuser. « Je ne m'étonne plus que vous n'ayez pas eu l'audace de nous parler, maître de Courtesmain. Vous avez dû vous croire dans un enfer d'impiété ces dernières semaines. »

Haussant légèrement les épaules devant l'expression de Hugh, Alleyn Startout croisa les mains et se pencha pour former un marchepied. « Vous serez plus heureux ailleurs », remarqua-t-il en encourageant le régisseur à accepter son aide.

Hugh secoua la tête d'exaspération. « Pourquoi ne redoutez-vous pas la colère de Dieu ? Sir Richard est mort, et votre frère risque fort de le suivre avant la fin de la semaine. Estimez-vous donc que vous n'y êtes pour rien ?

— En effet, maître. Si mon frère meurt, ce sera parce qu'il aura attrapé la maladie à Bradmayne... comme Sir Richard. Reprocheriez-vous aux malheureux morts de Bradmayne de *nous* infliger le châtiment de leurs péchés ? »

James Buckler envoya une motte sur le tas de terre, manquant de justesse la tête de Hugh. « Je vois plus de colère en vous qu'en Dieu, remarqua-t-il. Vous devriez regagner votre domaine du Nord. Alleyn a raison de dire que vous seriez plus heureux ailleurs. »

Il était impossible de trouver la solitude où que ce fût. Avec une telle multitude rassemblée dans un espace aussi confiné, Hugh ne pouvait faire cinquante pas sans se trouver nez à nez avec des serfs. Il avait l'impression qu'ils riaient de lui sous cape, souhaitant son départ et se moquant bien qu'il succombe en chemin. La perspective d'une mort solitaire le terrifiait. Qui l'enterrerait ? Qui pleurerait son trépas ? Pour ajouter à ses malheurs, il sentait s'annoncer un mal de tête, et son cœur se serrait d'effroi à cette idée.

Eva Thurkell le découvrit terré derrière le mur arrière du manoir, là où il jouxtait l'eau. Elle était partie à sa recherche à la demande de son fils, mais il lui avait fallu une bonne demi-heure pour le trouver. Il avait à peine la place de se tenir sur l'étroite bande d'herbe séparant le mur de l'eau, et elle devina à juste titre qu'il avait choisi cet endroit parce qu'il ne voulait pas qu'on le vît.

Il se balançait d'avant en arrière, ses doigts fuselés appuyés contre ses tempes et ses lèvres formant des paroles inaudibles. Devinant qu'il priait, elle se retira derrière l'angle de la maison par discrétion. Elle ne savait rien de Hugh de Courtesmain hormis les commérages qu'elle avait entendus quelques semaines auparavant. *Sir Richard fait venir un régisseur de Foxcote pour augmenter nos redevances.*

Eva avait demandé à Thaddeus si c'était vrai, mais il avait secoué la tête et répondu qu'il n'en savait rien. C'était la réponse qu'il faisait à toutes ses questions. *Pourquoi le bailli n'a-t-il pas pu te trouver aujourd'hui, mon fils ?* Je n'en sais rien. *Comment Lady Anne devine-t-elle que tu as besoin d'un onguent ?* Je n'cn sais rien. *Est-il vrai que certains serviteurs de maison savent lire ?* Je n'en sais rien. *Qu'entends-tu dire quand tu fais des travaux dans la demeure ?* Rien…

Elle avait compris à présent que Thaddeus lui mentait depuis des années, ce qui lui inspirait un cruel sentiment de trahison. Elle avait fait tant de sacrifices pour lui et était profondément blessée de n'obtenir que méfiance et dissimulation en retour. Il n'avait même pas pensé à lui annoncer que Lady Anne l'avait nommé régisseur et l'avait laissée le découvrir elle-même. Se figurait-il qu'elle apprécierait de le voir au côté de cette femme ou d'apprendre par Clara Trueblood, Rosa Catchpole ou leurs semblables que son fils était plus instruit que tous les autres hommes de Develish ?

Toujours encline à imputer ses maux à autrui, Eva n'avait guère de mal à trouver une cible à ses griefs. Elle avait toujours su que Thaddeus était intelligent, mais n'avait pas songé que cette intelligence était due à l'enseignement ni que son professeur pût être Lady Anne. Elle remarquait les regards respectueux qu'il adressait à Milady et en était terriblement jalouse. Le seul sentiment qu'il manifestait à l'égard de sa mère était une irritation épuisée quand elle lui faisait promettre, une fois de plus, de ne jamais la quitter.

Elle entendit Hugh de Courtesmain pousser un cri de douleur et s'écarta de l'angle pour le regarder. Sentant probablement sa présence, il se retourna vers elle, visiblement alarmé. « Qui est là ?

— Eva Thurkell, maître, la mère de Thaddeus. Il m'a demandé de vous mener à lui. »

Hugh fronça les sourcils, se demandant comment une femme aussi frêle et aussi blonde avait pu donner naissance à un homme aussi grand et brun que Thaddeus. Il n'y avait aucune ressemblance entre eux, aucune qu'il fût capable de déceler en tout cas. Il leva la main pour la tenir à distance.

« N'approche pas. J'ai comme des battements dans la tête. Je crois que j'ai la fièvre de Sir Richard. »

Eva recula précipitamment d'un pas. « Je m'en vais quérir Lady Anne. »

Hugh secoua la tête. « Va chercher ton fils. »

Eva n'aimait pas recevoir d'ordres, et encore moins d'un homme qui avait perdu sa position à Develish. « Mon fils n'entend rien à la médecine.

— Peu importe. La médecine est sans pouvoir contre cette fièvre. Il me faut quelqu'un d'assez robuste pour manœuvrer le radeau. Fais ce que je te dis, femme Thurkell. Faute de quoi, l'infection risque de se répandre dans toute l'enceinte. »

Eva lui obéit par crainte, mais elle avait l'esprit agité de pensées rebelles en regagnant la demeure. Il n'y avait donc à Develish personne pour dire la vérité ? Lady Anne aurait-elle menti, elle aussi ? *La médecine est sans pouvoir contre cette fièvre...*

Elle trouva Thaddeus seul dans le bureau du régisseur. Il calculait sur un boulier combien de jours dureraient leurs réserves, et Eva éprouva un regain de ressentiment devant cette nouvelle compétence qu'il lui avait cachée. « Tu aurais pu apprendre à tes frères à en faire autant, remarqua-t-elle.

— J'aurais pu, approuva Thaddeus, si j'avais été prêt à me faire rosser par ton mari parce que je possédais un talent qu'il n'avait pas. Ils apprendront à le faire s'ils ont l'esprit à cela. Isabella Startout leur enseigne les lettres et Amelia Buckler l'utilisation du boulier. » Il releva la tête. « As-tu trouvé maître de Courtesmain ? »

La colère d'Eva grandit encore. « Tu es devenu si froid, Thaddeus. Est-ce à Lady Anne que je dois en faire reproche ? Est-ce elle qui t'a monté contre moi ? »

Il soupira, les traits crispés par l'expression d'agacement qu'elle connaissait si bien. « Tu es ma mère. J'ai pour toi les mêmes sentiments que toujours.

— Comment peux-tu dire cela alors que tu me dissimules tant de secrets ? s'écria-t-elle. Pourquoi dois-je apprendre par d'autres que Lady Anne a décidé de te donner de l'instruction ?

— Tu l'aurais dit à ton mari et il aurait trouvé le moyen de l'empêcher. »

Une étincelle de malveillance s'embrasa dans l'âme d'Eva. « Tu es seul responsable de l'attitude de Will à ton égard. Si tu t'étais montré moins arrogant avec lui, le bâton nous aurait été épargné à tous. »

Comme Thaddeus l'ignorait pour se replonger dans ses comptes, la rancœur d'Eva déborda.

« C'est ta faute si tout le monde me méprise, poursuivit-elle. Il aurait mieux valu que tu meures et que je puisse vivre en paix. Au lieu de quoi, j'ai sacrifié mon bonheur pour toi, et voilà ma récompense, être évincée de ton affection par une femme qui est elle-même incapable de porter des fils. »

Thaddeus avait entendu ces mots toute sa vie. Eva les utilisait aussi efficacement et aussi fréquemment que Will sa trique et dans la même intention, obtenir ce qu'elle voulait. « Tu n'as rien sacrifié du tout, rétorqua-t-il. Avec un mari tel que Will, tu aurais mené une vie de misère que je sois né ou non. Sois heureuse qu'il ait passé davantage de sa colère sur moi que sur toi. »

Eva pinça les lèvres. « Et qui l'a persuadé de te donner un toit ? Sans moi, tu aurais été jeté dans un fossé et tu y serais mort.

— Sache que je t'en remercie », dit Thaddeus tranquillement. Plongeant sa plume dans l'encre, il nota un chiffre sur le vélin posé devant lui. « Pourquoi maître de Courtesmain n'est-il pas avec toi ? »

Le visage d'Eva se durcit. « Tu es le bâtard d'Eva Thurkell, lâcha-t-elle. Il n'a pas plus de respect pour tes ordres que quiconque ici, à Develish. »

Thaddeus la dévisagea un moment. « Vous avez d'autres enfants, madame, dit-il en se levant. Je vous suggère de leur demander assistance à l'avenir et d'oublier tous les droits que vous estimez avoir sur moi. Je ne suis pas un Thurkell, ce qui est, et a toujours été, la source d'un grand bonheur pour moi. »

Le régisseur faisait pitié à voir quand Thaddeus le trouva. Il était à vingt pieds de l'angle du mur, appuyé à un contrefort de pierre.

« Quel mal vous afflige, maître de Courtesmain ? » cria Thaddeus.

Hugh tourna vers lui des yeux terrifiés. « Je présente tous les signes de la pestilence, murmura-t-il d'une voix éraillée, la bouche sèche. Tu ferais mieux de rester à distance, Thurkell. »

La peur de l'homme était si violente que Thaddeus n'y demeura pas insensible. Il sentit la panique lui tenailler les tripes tandis qu'il s'interrogeait sur ce qu'il convenait de faire. C'était une chose d'empêcher le mal de franchir les douves, c'en était une autre de l'avoir à l'intérieur même de l'enceinte. Mais pour quelle raison Hugh de Courtesmain aurait-il été infecté avant tout le monde ? Le régisseur n'avait guère quitté la demeure de toute la semaine, préférant regarder les autres travailler depuis une fenêtre de l'étage.

« Cela n'a aucun sens, dit-il, exprimant ses pensées tout haut. Si ce fléau est transporté par le vent, les hommes qui gardent les murailles auraient dû être les premiers à tomber malades. Ainsi que moi, à force de franchir le fossé pour aller parler à Gyles Startout.

— Dieu a décidé de faire un exemple de moi, afin que les autres en tirent les leçons », répondit Hugh d'une voix larmoyante.

Thaddeus secoua la tête avec impatience. « Vous croyez-vous plus important que Sir Richard ? La mort d'un seigneur n'a-t-elle pas été un exemple suffisant pour nous tous ? » Il fixa le sol du regard, cherchant des réponses. « Vous êtes-vous rendu au village contre les ordres de Lady Anne ? Avez-vous cherché à voir Sir Richard lors de son retour ? »

L'homme resta muet.

« Vous devez me répondre, maître de Courtesmain. Si je ne peux comprendre pourquoi vous êtes atteint, tout le monde ici est en péril. Avez-vous été en relation avec Sir Richard ou un membre de sa suite ?

— Non.

— Alors comment expliquez-vous la fièvre qui agite votre corps ?

— Mes péchés m'ont rattrapé. »

Thaddeus émit un petit rire sec. « Si vos péchés peuvent vous tuer, maître, ce ne sera que si vous êtes pendu par le cou pour vol ou pour meurtre. S'il en était autrement, Dieu vous aurait étendu raide mort la première fois que vous avez prononcé un mensonge. »

La colère rendit quelque énergie au régisseur. « Si quelqu'un mérite de mourir, c'est toi, cracha-t-il entre ses dents. Tu es le produit du stupre et tes railleries sont une offense.

— Mais je suis bien portant alors que vous êtes malade. Comment l'expliquez-vous ?

— C'est le diable qui te soutient.

— Vous jouez alors doublement de malchance, maître. Il semblerait que vos péchés soient assez graves pour que Dieu vous frappe mortellement, mais pas suffisamment pour que Satan décide de vous laisser vivre. »

Hugh baissa la tête, réprimant la nausée qui lui montait à la gorge. Il s'était convaincu qu'il était l'homme le plus pieux de Develish, et l'injustice de sa position le frappait cruellement. « Que dois-je faire ? » murmura-t-il.

Thaddeus retira sa chemise et s'accroupit pour la tremper dans le fossé. « La fraîcheur soulage un peu la fièvre. Si vous approchez d'un pas vers moi, la berge est assez large pour que vous puissiez vous asseoir en plongeant vos jambes dans l'eau. Quand vous serez installé, je vous jetterai cette chemise pour que vous puissiez vous en couvrir la tête et les épaules.

— Et ensuite ?

— Restez là où vous êtes jusqu'à ce que je revienne avec Lady Anne. Il se peut que certains de ses remèdes vous soient de quelque utilité. »

L'homme lui jeta un regard désespéré. «Je n'ai pas reçu l'absolution. Lady Eleanor était dans l'église quand je suis allé parler au père Anselm. »

Thaddeus se remit debout, roulant sa chemise mouillée en boule. « Il y a un temps pour tout, dit-il calmement en jetant le ballot au Français. Sir Richard lui-même n'est pas mort sur-le-champ… bien qu'il l'eût mérité. »

Hugh ne croyait qu'à la vengeance de Dieu et non à son amour, et l'idée du jugement qui l'attendait ne laissait pas son esprit en repos. Il n'était pas juste qu'il ait à se justifier devant un homme d'aussi vile extraction que Thurkell. Malgré la fraîcheur glaciale de la chemise du serf contre sa peau, il était en feu – un avant-goût de l'enfer? – et maudissait son Créateur de lui infliger ce châtiment. Quel mal avait-il fait, lui, un homme de foi, que n'avaient pas commis son hérétique de maîtresse et les serfs menteurs de Develish?

Son esprit échauffé cherchait désespérément des explications. Le condamnait-on à expier des actes remontant à Foxcote? Était-ce un péché de fouetter un homme affamé en public, sous les yeux de sa femme et de ses enfants aux orbites creuses? Mais comment pouvait-on le reprocher à Hugh? Un bailli était tout aussi tenu que les serfs d'obéir aux ordres du seigneur auquel il avait prêté allégeance. Si le prêtre et l'évêque avaient critiqué ces châtiments, Hugh aurait peut-être sondé sa conscience, mais l'Église approuvait et encourageait que l'on punisse les pécheurs. La haine qui régnait à Foxcote contre la classe des maîtres était telle que seuls des châtiments sévères avaient permis d'obtenir le versement des redevances, et l'évêque réclamait sa dîme avec autant d'empressement que le roi ses impôts.

Hugh avait vécu dans le respect des règles – inscrites dans les serments d'allégeance prêtés devant Dieu – voulant que chaque classe fût au service de celle qui se trouvait au-dessus d'elle. Mais Sir Richard était mort avant ses serfs, et Thaddeus Thurkell, le plus vil d'entre les vils, avait été élevé si haut qu'il accomplissait les tâches d'un régisseur. Thurkell n'était guère plus qu'un esclave – un bâtard sans biens ni droit d'héritage –, et pourtant il se tenait désormais au côté de Lady Anne. Comment était-ce possible dans un ordre social béni par Dieu? L'idée troublante que les enseignements de l'Église pussent être erronés, et peut-être même une source de mal, commença à s'insinuer dans l'esprit de Hugh.

Poussant un gémissement de désespoir, il replia les bras autour de sa tête couverte et pressa la chemise humide de Thurkell contre sa peau fiévreuse. Les relents de sueur étaient puissants, et Hugh se rappela l'affreuse puanteur de peur et de crasse qui émanait des corps nus des hommes qu'il avait fouettés. Rempli de remords pour ces actes passés, il murmura des *mea culpa* avant de prononcer tout bas le Credo en latin. « *Credo in unum Deum, Patrem omnipotentem, factorem caeli et terrae, visibilium omnium et invisibilium...* »

Fut-ce à cet instant que le martèlement cessa dans sa tête ? Ou la douleur s'était-elle déjà dissipée depuis un certain temps ? Il n'aurait su le dire. Il n'était conscient que d'une chose : sa déclaration de foi en un seul Dieu, le Père tout-puissant, créateur du ciel et de la terre, du monde visible et invisible, avait apaisé son angoisse. Et dans son esprit confus et excessivement superstitieux, il en vint à croire qu'un miracle l'avait sauvé.

Sept

Cette nuit-là, au clair de lune, Thaddeus se laissa glisser dans les eaux sombres des douves au nord de l'enceinte, au pied du poste de guet d'Alleyn Startout, et s'éloigna en longues brasses lentes, cherchant à éviter tout remous. Il se hissa sur la berge opposée et resta allongé dans l'herbe, parfaitement immobile, jusqu'à ce qu'Alleyn lève la main pour lui confirmer que personne n'avait remarqué son départ. Par précaution, il préféra tout de même traverser les lopins paysans courbé en deux, se dissimulant quand il le pouvait derrière le blé et l'orge encore sur pied. Moins il y aurait de gens informés de ses visites nocturnes à Gyles, mieux cela vaudrait. Il deviendrait difficile de faire respecter les règles de Lady Anne si l'on savait que Thaddeus les enfreignait sur son ordre.

Dès qu'il fut à l'abri des habitations du village, il retira sa chemise trempée et l'essora. Il ne portait rien d'autre. Il avait même confié ses bottes à la garde vigilante d'Alleyn de crainte que le regard soupçonneux d'Eva ne remarque qu'elles étaient humides le lendemain. Elle était prête à faire feu de tout bois pour répandre son fiel contre Lady Anne et peu lui importait si ce faisant, elle portait préjudice à son fils. Elle tolérait le mépris de son mari plus aisément que celui de Thaddeus.

La porte de la cabane de John Trueblood était ouverte, ce qui permettait à Thaddeus de voir à l'intérieur. Gyles y avait fait brûler des bougies, car Sir Richard, délirant de fièvre, avait réclamé à grands cris que la lumière de Dieu éclaire son visage. Peut-être croyait-il que ces flammes vacillantes étaient véritablement divines, puisque Gyles avait rapporté que son esprit s'était apaisé ensuite. Thaddeus jugeait plus probable que les remèdes de Lady Anne avaient fini par atténuer ses souffrances, mais quoi qu'il en fût, Sir Richard avait donné l'impression de rendre l'âme assez paisiblement.

La nuit précédente, Thaddeus avait creusé une tombe dans l'angle le plus éloigné de la pâture communale et avait regardé de loin Gyles hisser la dépouille de Sir Richard sur son destrier noir et lui faire gravir la route qui sortait du village. Il avait admiré la douceur avec laquelle Gyles avait ensuite soulevé le corps pour le descendre de la monture et le respect avec lequel il avait couché son maître en terre, tout en prononçant une prière. Peut-être Gyles s'était-il douté que Thaddeus s'étonnerait d'une telle bonté, car il lui avait crié une explication tout en recouvrant le cadavre de terre. « Si je refuse le pardon à cet homme, je ne pourrai pas le demander pour moi-même.

— Tu n'en auras pas besoin, Startout, avait répliqué Thaddeus. Nous attendons tous ton retour en bonne santé. Lady Anne pense que tu possèdes une force intérieure qui défie la maladie. »

Gyles avait émis un rire rauque. « Si elle est aussi confiante, pourquoi continue-t-elle à t'envoyer pour faire appel à mes lumières ? Est-ce trop de quatorze jours pour attendre des réponses ?

— Tout dépend de qui emprunte la route. Les cavaliers isolés l'inquiètent moins qu'une armée de gens terrifiés. Nous ne pourrons retenir une centaine de paysans s'ils cernent les douves et s'introduisent tous en même temps. Plus tu nous en diras dès à présent, mieux nous serons préparés. »

Après avoir jeté une dernière pelletée de terre sur la dépouille de Sir Richard, Gyles avait pris les rênes du destrier. « Il faut que vous traciez des croix rouges à la peinture tout autour des murs d'enceinte afin que les étrangers redoutent ce qui se trouve à l'intérieur. J'en ferai autant sur les portes du village si tu m'apportes ce qu'il faut. » Il avait laissé la pelle par terre à une certaine distance de la tombe de Sir Richard. « Auras-tu l'énergie de creuser une autre fosse cette nuit, suffisamment grande pour deux corps ? Je serais surpris que le capitaine et le bailli résistent jusqu'à demain. »

Il ne s'était pas trompé pour Foucault, dont le corps enveloppé d'un linceul était désormais allongé devant la chaumière de John Trueblood. Mais Boulet s'accrochait encore à la vie. Le capitaine était assis, adossé contre une pile de nattes de jonc, torse nu, le souffle haletant et rauque, la bouche ouverte. Tous les détails de son tourment s'étalaient sous les yeux de Thaddeus. Des bouffissures aux formes grotesques, livides de sang empoisonné, formaient comme une grappe de pommes sur son cou, alors que des pustules plus petites, dont certaines laissaient suinter du pus, étaient apparues sur son torse et ses bras. Image plus terrible encore, sa main droite, posée sur ses genoux, était noire jusqu'au poignet comme si elle avait été trempée dans la poix.

Même à trente pas, la puanteur que dégageait le malheureux parvenait aux narines de Thaddeus qui se demanda comment Gyles pouvait supporter pareil voisinage. Accroupi au côté de Boulet, il lui rafraîchissait le front avec un linge humide qu'il plongeait de temps en temps dans une jatte d'eau. Ses gestes étaient maladroits et rudes, mais la compassion qu'ils exprimaient faisait ruisseler les larmes sur le visage de Boulet.

« Il faut que tu partes, chuchota-t-il. Autrement, tu mourras.

— Je vous ai dit que je ne partirai pas. Voulez-vous me faire rompre ma promesse ?

— Tu ne me dois rien. Je suis peiné de songer combien je t'ai mal traité par le passé. Peut-être aurions-nous tous survécu si je t'avais écouté.

— Soyez en paix. Rien de ce que vous auriez pu dire à notre seigneur ne l'aurait persuadé de me donner raison. Nous sommes partis parce que Lord Peter était souffrant. S'il était resté bien portant, nous serions encore à Bradmayne. »

Un long silence suivit, ponctué par les râles de Boulet qui ne reprit la parole qu'après plusieurs minutes. « Il me reste peu de temps. Accepterais-tu de m'entendre en confession ? Dieu me jugera peut-être moins sévèrement si je reconnais mes fautes.

— Dites ce que vous avez sur le cœur, mais ne craignez pas le jugement de Dieu. Il vous a créé dans l'amour, et non dans la haine ou la colère. »

Thaddeus recula, ne voulant pas s'immiscer davantage. Quels qu'ils fussent, les péchés qui chargeaient la conscience du capitaine n'étaient destinés qu'aux oreilles de Gyles. Même s'il ne possédait pas le pouvoir d'absoudre, il n'était pas d'homme meilleur que lui pour aider autrui à prendre congé de ce monde.

Il se glissa entre les habitations jusqu'à la cabane de Will et Eva, ouvrit la porte et laissa ses yeux s'accoutumer à la pénombre. S'il avait dormi là toute sa vie, il n'avait jamais considéré ce lieu comme son foyer. Dès le jour où Will l'avait mis à l'ouvrage, il y avait vu un endroit où poser sa tête, rien de plus. Il avait même pris ses repas au-dehors, préférant manger et réfléchir dans la solitude plutôt que d'être témoin de la rancœur qui régnait à l'intérieur de la chaumière. À présent, regardant ses demi-frères et sœurs puînés apprendre l'alphabet avec Isabella dans la grande salle du manoir, il se rendait compte qu'il les connaissait à peine. Même la plus jeune, réplique miniature de leur mère, l'avait traité de « bâtard » dès qu'elle avait su parler et Thaddeus lui avait fermé son esprit aussi résolument qu'à Will et Eva.

Éprouvait-il des regrets ? Peut-être. Son enfance lui avait appris à éviter les gens au lieu de les inviter à s'approcher, et il enviait à Gyles son humanité et l'amour que tant de ceux de Develish lui vouaient. Si Gyles survivait aux quatorze prochains jours, Lady Anne le nommerait régisseur et Thaddeus serait largement désœuvré. Cette perspective l'accablait. Faisant inconsciemment écho aux craintes de Hugh de Courtesmain, il savait qu'il supporterait mal de n'avoir pas de tâche pour le distraire, car il ne savait pas vivre dans une communion oisive avec autrui.

En soupirant, il chassa ces inquiétudes de son esprit et entreprit de fouiller dans le coffre de sa mère. Au fil des ans, Lady Anne lui avait offert, comme à toutes les femmes de Develish, différentes teintures – de la guède bleue, de l'ocre jaune et de la garance rouge –, mais Eva n'aimant pas le rouge, elle avait fourré la garance au fond de son coffre, préférant critiquer Lady Anne parce qu'elle lui offrait quelque chose d'inutilisable plutôt que de le troquer contre un objet qui aurait pu lui être précieux. Quand les doigts de Thaddeus sentirent le pot sous une pile de peaux de lapin, il eut quelque raison de remercier sa mère de son obstination insensée.

Il rejoignit ensuite la cabane d'Alleyn Startout, ce dernier l'ayant assuré qu'il y trouverait un pichet de lait de chaux et un autre d'huile de lin. Thaddeus n'hésita pas à prendre la marmite et la louche qui se trouvaient dans l'âtre pour y transvaser les liquides tout en faisant silencieusement serment à la femme d'Alleyn de les remplacer s'ils réchappaient tous de ce fléau.

Il entendit Gyles le héler alors qu'il commençait à mélanger l'huile et la garance en une pâte épaisse. « Tu es là, Thaddeus ?

— Oui, Startout, je prépare ce qu'il te faut pour peindre des croix rouges sur les portes. Le capitaine est-il encore parmi nous ?

— Non, il est parti. Je regrette son trépas et celui de maître Foucault. Ils ont supporté leurs souffrances l'un comme l'autre avec plus de courage que je n'en aurais eu. »

Thaddeus en doutait. « La tombe est creusée. Es-tu prêt à les y porter ?

— Pas encore. Il faut d'abord que je me ressaisisse. »

Thaddeus s'interrompit dans son travail. « Qu'est-ce qui te trouble ?

— Boulet était jeune et je suis vieux. J'aurais dû mourir avant lui.

— Dieu n'est pas prêt à t'accueillir, Startout. »

Il y eut un bref silence. « Ne sois pas aussi affecté avec moi, Thaddeus. Nous sommes de naissance aussi humble l'un que l'autre. Je serais heureux que tu m'appelles Gyles. La compagnie d'un ami est la bienvenue, surtout s'il jouit du respect de Lady Anne. Tu m'as dit qu'elle t'avait nommé régisseur. Cette tâche te convient-elle ?

— Moins bien qu'elle ne te conviendra à ton retour. Beaucoup me trouvent trop jeune pour cette position.

— Seuls les insensés peuvent concevoir pareille pensée. Notre maîtresse m'a confié il y a deux ans que les capacités de ma fille Isabella en lecture et en écriture n'étaient dépassées que par les tiennes. Elle a toujours espéré que tu deviendrais un jour régisseur de Develish. »

Ses paroles surprirent Thaddeus autant parce que Lady Anne avait évoqué son avenir avec Gyles que parce qu'elle avait conçu des projets pour lui. « Elle ne me l'a jamais dit.

— Elle est bien trop sage pour te farcir la tête de rêves à propos de ce qui risquait de ne jamais advenir. Il lui aurait fallu de puissants pouvoirs de persuasion pour convaincre Sir Richard de prendre un serf comme régisseur. Il aurait ordonné qu'on te fouette pour avoir appris à lire avant de t'accorder cet honneur. »

Thaddeus se remit à la tâche, diluant sa pâte avec du lait de chaux. « Dans ce cas, je dois remercier la pestilence de ma bonne fortune, même si elle ne dure pas longtemps, répondit-il d'un ton léger. Tous les hommes et femmes de Develish s'attendent à ce que tu sois régisseur dans quatorze jours, Gyles. Il ne serait pas bon que tu n'assistes pas Lady Anne pour nous diriger alors que tu jouis d'un plus grand respect que quiconque. »

Un nouveau silence se fit, plus long. « Dieu a peut-être d'autres desseins pour moi. Je suis sur cette Terre depuis trop longtemps et je suis allé trop rarement à confesse pour éviter le châtiment. Si les péchés véniels du capitaine méritaient une mort atroce, la mienne sera pire encore. »

Entendant le tremblement de sa voix, Thaddeus ne sut que faire ni que dire. Il était assez jeune pour pouvoir être le fils de Gyles, n'avait vu qu'une fraction de ce que son aîné avait vu et manquait de mots pour le réconforter. De menus propos n'avaient pas le pouvoir de dissiper le désespoir et la solitude. Il repoussa la marmite et se releva, sortit et referma la porte de la chaumière d'Alleyn derrière lui.

«Je vais t'accompagner jusqu'à la tombe, dit-il. Enterrer les morts n'est pas une tâche qu'un homme devrait avoir à accomplir seul. »

Alleyn Startout fit un geste furieux en direction de l'est quand Thaddeus se hissa hors du fossé et sauta pour atteindre le sommet du mur. « Tu n'es qu'un imbécile, grinça-t-il en attrapant Thaddeus par le bras pour le tirer vers lui. Le jour n'est pas loin de se lever. J'espère que tu as de solides motifs pour m'avoir fait faire dans mes chausses depuis trois heures. »

Thaddeus se défit de sa chemise trempée pour la deuxième fois et l'essora. « Ton frère avait besoin de compagnie, dit-il tout bas en claquant des dents. Il souffre grandement de ce qu'il fait pour nous.

— Est-il atteint du mal ?

— Pas encore, mais il craint de ne pouvoir y échapper. » Il entreprit de se rhabiller.

« Lui as-tu dit combien sa famille l'aime ?

— Il sait l'affection que vous lui portez. »

Alleyn lui jeta un regard peu amène. « Tu es un pisse-froid, Thaddeus. J'aurais dû y aller à ta place. Gyles a besoin de paroles d'espoir et de bonté en des temps pareils. »

Thaddeus se pencha pour enfiler ses bottes sur ses pieds gelés. « Je ne doute pas qu'il eût été plus heureux de voir ton visage que le mien, mais je ne suis pas certain de l'espoir que tu aurais pu lui donner. Il sait mieux que toi comment ce mal tue. Cela fait deux semaines à présent qu'il est témoin de sa cruauté capricieuse. »

Alleyn prit cette désinvolture pour de l'irrespect. « Il y a toujours de l'espoir, siffla-t-il. La faveur de Lady Anne t'a rendu bien arrogant. Tu préférerais voir Gyles mort que de perdre ta place de régisseur. C'est moi qui traverserai le fossé demain et je chercherai à le réjouir, alors que tu n'as fait que l'affliger. »

Thaddeus se raidit. « Non, je lui ai donné ma parole qu'aucun Startout ne franchirait les douves. Il aimerait mieux mourir en pensant sa famille en sécurité qu'être le véhicule de cette souillure. Il doute que l'un de vous soit capable de rester à distance suffisante de lui.

— Tu veux dire que *tu* en doutes et que tu fais comme si cette requête venait de lui. Tu n'as aucun mal, j'en suis certain, à ne pas t'approcher de lui. Ton cœur est trop froid pour que tu lui tendes une main amicale. »

Le regard de Thaddeus s'arrêta sur lui un moment. « Gyles ne la prendrait pas, même si je la lui tendais. Son souci de Develish est trop grand pour cela.

— Dans ce cas, rien ne s'oppose à ce que j'y aille.

— Tout s'y oppose, et je te répète que tu n'iras pas. »

Alleyn leva un poing menaçant. « Je prends mes ordres de Lady Anne et non d'un jeunet qui n'a que la moitié de mon âge. Crois-tu que j'aurais fait le guet pour toi si notre maîtresse ne me l'avait pas demandé ? »

Thaddeus enveloppa le poing d'Alleyn d'une paume immense et le força à ramener son bras le long de son corps. « Si tu tiens à ton frère, tu feras ce que je te dis, murmura-t-il. Gyles est trop las et trop troublé pour feindre la joie. Il a l'esprit dévoré de culpabilité. »

Alleyn se dégagea. « Tu parles hébreu. De quoi se sentirait-il coupable ?

— Il est en vie et, de ceux qui ont fait le voyage de Bradmayne, tous les autres sont morts. Il en a laissé huit en chemin et a servi de prêtre et de confesseur aux trois qu'il a ramenés. Chaque mort pèse lourdement sur son âme, car il ne comprend pas pourquoi ils ont souffert et pas lui.

— Il devrait être reconnaissant à Dieu de sa bienveillance.

— Lui diras-tu cela ?

— Évidemment. Ne l'as-tu pas fait ?

— Il m'a paru plus sensé de le laisser exprimer ses sentiments que de lui dire ce qu'ils devraient être. »

Alleyn fronça les sourcils. « Au moins as-tu cherché à le réconforter, j'espère.

— Il a parlé et je l'ai écouté. S'il meurt, il m'a permis de vous répéter, à ta famille et toi, tout ce qu'il m'a dit. S'il vit, il vous étreindra avec toute la gratitude que vous pouvez désirer. » Thaddeus vérifia que sa chemise mouillée était dissimulée sous sa tunique. « Je suis peiné que cette veille t'ait effrayé. La prochaine fois, je demanderai à James Buckler de te remplacer. » Ses yeux sombres, exprimant plus de mépris que de compassion, se posèrent un instant sur Alleyn. Puis il traversa la cour.

Alleyn fit connaître ses griefs aux autres chefs des serfs. Il trouva des alliés réceptifs en James Buckler et Adam Catchpole, qui l'avaient aidé à creuser les latrines la veille, mais John Trueblood secoua la tête. « Thaddeus ne trouve jamais grâce à vos yeux, remarqua-t-il. Vous avez à redire à tout ce qu'il fait. »

James Buckler prit alors la parole. « Il apprécie son rôle à l'excès. Alleyn a raison de dire que la faveur de Lady Anne l'a rendu bien fier. »

John Trueblood esquissa un sourire cynique. « Toi, tu as écouté Eva. Si elle le pouvait, elle persuaderait tout Develish de lui tourner le dos. Et pourquoi ? Parce qu'il a fait ce qu'il aurait dû faire depuis de longues années, et a rompu tout lien avec elle.

— Il est fort cruel de le faire maintenant.

— Depuis quand éprouves-tu de l'affection pour la femme de ton cousin, James ? Ou pour ton cousin, au demeurant ? Will Thurkell est une brute, et Eva une fainéante. Tu l'as dit toi-même je ne sais combien de fois. À eux deux, ils auraient brisé Thaddeus si notre maîtresse ne s'était prise d'intérêt pour lui.

— Ce n'est pas une raison pour en faire un régisseur, répliqua Adam Catchpole. C'est à l'un de nous qu'aurait dû revenir cette charge en attendant le retour de Gyles. Nous sommes les chefs des serfs de Develish depuis des années. »

John Trueblood émit un grognement amusé. « Et lequel d'entre nous imagines-tu en scribe ? Ne compte pas sur moi en tout cas. Mes mains sont plus habituées à manier des outils que la plume. C'est un talent que seuls les jeunes paraissent maîtriser facilement. Gyles lui-même met du temps à former ses lettres et pourtant, c'est sa fille Isabella qui les lui a enseignées. »

Adam Catchpole fronça les sourcils. « Cherches-tu à nous dire que Milady gardera Thaddeus comme régisseur que Gyles revienne ou non ?

— Elle serait malavisée de ne pas le faire. Gyles lui sera plus utile comme capitaine de sa garde qu'assis à un bureau à griffonner dans un registre ou à se servir du boulier pour calculer des rations. » Trueblood se tourna vers Alleyn. « Ton frère n'a pas l'ambition d'exercer cet emploi. Tu le sais aussi bien que moi. Pourquoi créer toute cette agitation en prétendant le contraire ?

— L'agitation est du fait de Thaddeus. La position de régisseur est supérieure à toutes et il profite du pouvoir qu'elle lui donne pour rabaisser les autres. Beaucoup lui en veulent. Ils se rappellent mieux que lui les circonstances de sa naissance. »

La porte du bureau du régisseur était ouverte sur Lady Anne assise seule devant la table, tournant le dos à la fenêtre. Le soleil était levé depuis plusieurs heures, et la lumière qui filtrait par les vitraux teintait ses cheveux d'acajou et plongeait son visage dans l'ombre. Lorsqu'il frappa sur le chambranle de bois, John Trueblood crut déceler une lueur d'agacement dans les yeux de la châtelaine.

L'impression fut fugace, car elle sourit en relevant la tête de son travail. « Est-ce moi que vous cherchez, ou bien Thaddeus ? demanda-t-elle en posant tour à tour le regard sur chacun de ses visiteurs.

— Vous, Milady, répondit Alleyn Startout. C'est une affaire qui concerne Thaddeus. »

Elle les invita à entrer, et observa Adam Catchpole qui refermait la porte derrière lui et prenait position devant comme pour monter la garde. Elle devinait la nature de leur revendication, mais préféra commencer par les flatter, dans l'espoir de désamorcer leur mécontentement. « Maître de Courtesmain ne tarit pas d'éloges sur vous tous, commença-t-elle avec chaleur. Il ne dit que du bien du labeur que vous accomplissez et m'a affirmé que vous l'avez traité amicalement hier quand il vous a aidés à creuser les latrines. Je vous remercie de votre bonté. »

Apparemment, Alleyn avait été choisi comme porte-parole. « Nous avons agi comme nous pensions que vous le souhaitiez, Milady, répondit-il avec raideur. Si le Français ne peut pas être régisseur, il faut lui donner d'autres moyens d'occuper son temps. Thaddeus ne vous sert pas comme il conviendrait en ne lui attribuant aucune tâche. Son oisiveté lui donne tout loisir de chuchoter contre vous. »

L'air de famille entre Alleyn et Gyles était prononcé, mais la ressemblance s'arrêtait là et Alleyn manquait cruellement de l'intelligence de son frère. Lady Anne poursuivit ses flatteries. « Ton conseil est judicieux, Alleyn. Je dirai à Thaddeus de le suivre.

— Il aurait dû y penser tout seul, Milady.

— Si vous avez des idées sur les tâches que maître de Courtesmain pourrait accomplir, je serais heureuse que vous me les fassiez connaître. Il semble ne pas trop savoir quel rôle il souhaite jouer dans notre communauté.

— Dans ce cas, il faut lui donner ordre de partir d'ici, Milady. »

Elle croisa les mains sous son menton. « Maître de Courtesmain a dû vous offenser gravement pour mériter pareil châtiment. Puis-je vous demander ce qu'il vous a dit ? »

Ce fut James Buckler qui répondit. « Il nous a traités de pécheurs, Milady. Il nous a accusés d'avoir apporté la pestilence à Develish. »

Les yeux de Lady Anne se plissèrent d'amusement. « Vos épaules ne sont-elles pas suffisamment larges pour supporter les divagations d'un homme affolé, James ? On m'accuse d'avoir apporté ce fléau dans tout le Dorseteshire, mais je n'enverrais pas maître de Courtesmain à la mort pour autant. Il défaillirait de terreur aussitôt que nous l'aurions obligé à monter sur le radeau. »

Un rire involontaire échappa à John Trueblood. « C'est un pauvre homme, Milady. Ma femme me dit qu'il a confondu un coup de soleil avec le mal noir et ne cesse de discourir à propos de miracles depuis que votre baume a apaisé ses maux de tête.

— Peut-être, mais il me semble que nous lui devons la charité et non le châtiment. » Elle reporta son attention sur Alleyn dont l'expression butée donnait à entendre qu'il avait d'autres motifs de rancune. « Sans doute souhaites-tu m'entretenir d'un autre sujet que de maître de Courtesmain ?

— En effet, Milady. Thaddeus Thurkell vous aura confié notre querelle de ce matin. Je désire vous présenter mon point de vue. »

Elle le dévisagea pensivement un instant. « Te persuaderai-je de t'en abstenir en te disant que Thaddeus ne m'a pas parlé de toi, Alleyn ?

— Non, Milady. S'il a préféré tenir sa langue, ce sera de honte et il faut que vous en connaissiez la raison. »

John Trueblood posa la main sur le bras de son compagnon. « Réfléchis à deux fois avant de poursuivre, mon ami. Je t'ai prévenu au-dehors. Milady n'a pas plus envie d'entendre tes divagations que celles de maître de Courtesmain. »

Alleyn le repoussa. « La vérité doit être entendue. Thaddeus aime trop la position de régisseur pour accepter qu'elle revienne à mon frère, Milady. Il espère que Gyles mourra. »

La surprise de Lady Anne fut d'autant plus sincère qu'elle n'avait jamais songé à faire de Gyles son régisseur. « Thaddeus s'attend-il à perdre sa place ?

— Tout le monde s'y attend, Milady. Gyles est l'homme le plus admiré de Develish. »

Elle acquiesça. « Poursuis. »

La liste des défauts de Thaddeus était longue, allant de sa naissance illégitime à son manque de respect à l'égard d'Alleyn le matin même. « Il s'est gaussé de moi quand je lui ai reproché sa froideur, Milady. Mon frère a besoin de réconfort, or Thaddeus le lui refuse. Il ne se soucie même pas de lui dire combien il manque à sa famille. »

Lady Anne baissa le regard sur le registre afin que ses yeux ne trahissent pas ses pensées. « Au moins, tu n'accuses pas Thaddeus de vouloir tuer ton frère, fit-elle d'un ton léger. À voir ta mine sombre, je prévoyais des récits d'homicide.

— Son cœur serait suffisamment dur pour cela. »

Elle fit courir son doigt sur les lignes que Thaddeus avait écrites dans la matinée. « Connais-tu suffisamment tes lettres pour lire ces mots, Alleyn ?

— J'en doute, Milady. La fille de Gyles, Isabella, a été pour lui un meilleur professeur que la mienne pour moi.

— C'est un talent difficile à maîtriser pour tout autre que les jeunes. Gyles est capable de déchiffrer les mots écrits, mais il lui est presque impossible de les tracer. » Elle leva les yeux vers Adam Catchpole. « Et toi, lis-tu bien ? James ? John ? »

Ils secouèrent la tête l'un après l'autre.

« Dans ce cas, je vais vous en faire lecture. Le texte est de Thaddeus. *Maintenant que ses compagnons ne sont plus, Gyles n'a plus de raison de rester au village. Je lui ai vivement conseillé, pour éviter tout risque de contact avec des voyageurs, d'aller coucher dans la terre boisée de l'ouest. Il a accepté de se montrer à nous chaque jour à midi. Sa famille s'inquiétera moins si elle constate qu'il continue de bien se porter.* » Elle s'interrompit. « Est-ce là la froideur dont tu parlais, Alleyn ?

— Qu'a-t-il écrit d'autre ?

— Rien qui soit susceptible de te plaire.

— Il écrit donc contre moi ? »

Lady Anne secoua la tête. « Ton nom n'apparaît pas. Il relève les symptômes de la maladie. *Cette Mort Noire débute par des maux de tête et de la fièvre. En moins de trois jours, le malade est trop faible pour tenir debout, pour marcher ou aller à cheval. Les pustules qui grandissent sur son cou, sous ses bras et aux plis de l'aine sont cause de souffrances intolérables. Celles du capitaine de Boulet étaient si grosses – de la taille d'une pomme – que certaines ont éclaté dans une affreuse puanteur en laissant suinter du pus et du sang putride. Des bubons plus petits et suppurants étaient apparus sur son torse et sur ses bras, mais il y en avait trop pour qu'ils puissent être dénombrés. La chair de sa main était noire jusqu'au poignet.* » Elle leva la tête. « Il y en a davantage si vous souhaitez l'entendre. Il parle du courage du capitaine de Boulet et de la compassion de Gyles, et écrit qu'il a accompagné ton frère à la tombe et lui a tenu compagnie pendant le restant de la nuit. »

Comme Alleyn restait coi, James Buckler prit la parole. « Tous meurent-ils de pareille façon, Milady ?

— Je le crains. J'ai là plusieurs pages sur ce que Gyles a pu observer à Bradmayne et pendant leur voyage de retour. Si Gyles avait eu des facilités à manier la plume, Thaddeus lui aurait donné son vélin et son encre, afin qu'il puisse écrire ce récit lui-même, car il pense, comme moi, qu'il serait bon qu'un rapport sur les événements qui se déroulent ici survive, même si tous les habitants de Develish sont condamnés à périr. » Elle s'interrompit. « Si nul ne peut lire notre histoire, ce sera comme si nous n'avions jamais vécu. »

Devant le silence gêné qui accueillit ses remarques, elle se mit à trier une pile de vélins.

« Devons-nous nous retirer, Milady ? demanda John Trueblood.

— Pas encore, John. Je cherche un acte que Thaddeus a préparé… et comme il concerne les chefs de mes serfs, il serait bon que vous soyez les premiers à le lire. Je suis fort marrie qu'Alleyn ait eu motif de critiquer Thaddeus alors que nul – pas plus Gyles qu'un autre – ne saurait assumer le rôle de régisseur aussi bien que lui. »

Les hommes, confus, passèrent d'un pied sur l'autre, craignant une humiliation publique. Alleyn était particulièrement embarrassé, conscient d'avoir perdu la bienveillance de ses amis en même temps que celle de sa maîtresse. John avait eu raison. Il aurait mieux fait de tenir sa langue. Loin de provoquer la chute de Thaddeus, il n'avait réussi qu'à confirmer son droit à seconder Lady Anne.

Celle-ci trouva enfin la page qu'elle cherchait et la tendit à John Trueblood. « Veille à ce que ce texte soit dûment affiché, John. Voici déjà plusieurs jours que Thaddeus insiste pour qu'il le soit, mais j'ai consacré plus de temps à régler des querelles sans intérêt qu'à prendre des mesures utiles pour Develish. »

John Trueblood esquissa un sourire en coin, en jetant un coup d'œil à Alleyn. « Nous sommes contraints de vivre dans un espace si réduit, Milady, dit-il en manière d'excuse, qu'il n'est que trop facile à tous de se porter mutuellement sur les nerfs. »

Elle acquiesça, inclinant la tête sur son travail pour leur signifier leur congé.

Lady Anne fait savoir par la présente qu'à dater de ce jour, John Trueblood, Alleyn Startout, James Buckler et Adam Catchpole l'aviseront au nom des serfs de Develish. Elle attend d'eux sagesse et conseils et exhorte ses gens à faire de même. Elle leur donne pouvoir de régler les dissensions avec équité et justice, en tenant dûment compte du bien de tous.

In nomine Patris et Filiis et Spiritus Sancti

Thaddeus Thurkell, régisseur

AOÛT 1348

Huit

Develish, Dorseteshire

L'existence d'Eleanor était devenue bien morne. Elle passait son temps à observer ce qui se passait depuis les fenêtres des appartements de sa mère. Le mécontentement qu'elle avait relevé parmi les serfs au moment où Lady Anne avait nommé Thaddeus Thurkell régisseur semblait s'être apaisé, sans qu'Eleanor comprît pourquoi. Le comportement de Thurkell n'avait pas changé, si ce n'est qu'il parlait plus fréquemment aux chefs des serfs. Elle ignorait leurs noms, mais ils avaient l'air d'apprécier l'attention que Thaddeus leur portait.

Gyles Startout avait quitté le village pour s'installer dans les bois, près du ruisseau du Diable. Tous les jours, quand le soleil était à son zénith, il traversait le cours d'eau à la nage pour rejoindre la pâture et faire signe à sa famille. Cette vision ne procurait aucun plaisir à Eleanor, exaspérée qu'un serf de Develish fût encore en vie alors que son père était mort. Avant le départ de Gyles, elle l'avait vu peindre des croix rouges sur les portes des chaumières, mais ce n'était qu'en constatant que les voyageurs de passage se couvraient la bouche d'une étoffe et se hâtaient de s'éloigner, évitant même de tirer de l'eau au puits, qu'elle avait compris que ces marques étaient un avertissement.

Les premiers jours qui avaient suivi la mort de Sir Richard, les voyageurs à pied ou à cheval avaient été nombreux sur la route du nord – tantôt seuls, tantôt par deux, tantôt en groupes –, mais à présent, plus personne ne se déplaçait.

Eleanor ne s'interrogeait guère sur les raisons éventuelles de cette désaffection, préférant reprocher à sa mère l'isolement soudain et angoissant de Develish. Que deviendrait-elle si elle devait passer toute sa vie dans la seule compagnie de serfs abhorrés ?

Dans cet univers de réclusion, elle s'imposait une réclusion plus grande encore, tournant le dos dès que sa mère ou des servantes entraient, refusant de parler et prenant ses repas dans la solitude. Elle avait décidé de porter les luxueux atours que son père lui avait achetés, afin de bien marquer sa différence avec les gens du commun, et son unique distraction consistait à passer des heures à tresser ses cheveux devant un minuscule miroir et à se pincer les joues afin de les rosir.

Elle se persuadait qu'elle honorait ainsi la mémoire de son père et, mieux encore, rappelait à tous le sacrilège commis contre lui, mais la vérité était qu'elle ne connaissait pas d'autre moyen d'attirer l'attention sur elle. Quand Sir Richard était en vie, il la faisait venir auprès de lui dès que l'envie l'en prenait, vantant sa beauté et veillant à ce que chacun la remarque ; depuis qu'il avait disparu, elle n'intéressait plus personne. Hugh de Courtesmain lui-même l'avait abandonnée, se rangeant dans le camp de Lady Anne avec le zèle d'un nouveau converti.

Par les commérages qu'échangeaient tout bas les servantes qui dormaient dans les appartements de sa mère, Eleanor apprit que le régisseur avait attrapé une insolation en creusant les latrines. Le petit Français délicat avait travaillé trop longtemps dans la chaleur de midi, tête et bras nus, et avait confondu les symptômes d'un coup de soleil avec ceux de la Mort Noire. Les femmes s'amusaient de son ignorance, et plus encore de son refus d'admettre qu'il avait été guéri par l'application sur sa peau d'une chemise fraîche et humide et d'un baume à l'huile de lavande et de cynorrhodon. Il semblait préférer croire à un miracle, interprétant sa guérison comme un signe de Dieu lui enjoignant de rester à Develish, et s'était engagé dans les travaux du domaine pour témoigner son repentir et sa gratitude à son Créateur.

Il n'était pas dans la nature d'Eleanor de s'abaisser à se mettre en quête de Hugh. Elle attendait avec impatience qu'il vienne à elle ainsi qu'il convenait à un serviteur. N'avait-il pas passé des journées entières à l'assurer de sa loyauté et de son amitié ? Comme il ne venait pas et qu'elle le voyait, par la fenêtre, accomplir diverses tâches pour Lady Anne et pour Thaddeus Thurkell, l'acrimonie qu'il lui inspirait s'envenima encore. Prenant modèle sur Lady Anne, il avait adopté des vêtements d'étoffe grossière, ressemblant ainsi à s'y méprendre à toutes ces viles créatures qui paraissaient considérer la demeure de Sir Richard comme la leur.

Rien ne pouvait contenter Eleanor et elle s'effrayait elle-même des violentes colères qui s'emparaient d'elle inopinément et la poussaient à marteler les murs de ses poings. Il arrivait que le père Anselm introduise son petit corps replet dans la pièce certainement sur instruction de sa mère, mais il n'était pas moins impuissant que Lady Anne à convaincre Eleanor de sortir de la retraite qu'elle s'infligeait. Le prêtre lui recommandait d'une voix geignarde de pardonner à sa mère d'avoir refusé à Sir Richard l'entrée du domaine ; quant à Lady Anne, elle parlait de responsabilité.

Après plusieurs journées de sermons à n'en plus finir, Eleanor ne put s'empêcher de réagir. « Pourquoi me détestez-vous de la sorte ? cria-t-elle à sa mère. Si vous aviez quelque amour pour moi, vous auriez donné ordre à maître de Courtesmain de m'escorter chez ma tante, dans le Nord.

— J'ai pour vous une immense affection, Eleanor, et c'est pourquoi je ne veux pas que vous partiez. Jusqu'où croyez-vous que vous iriez avant de juger les routes trop dangereuses et le voyage trop fatigant ? Vous ne pourriez plus revenir, même si vous changiez d'avis à un quart de lieue d'ici seulement. Vous seriez contrainte de faire comme Gyles et de dormir dans les bois pendant quatorze jours.

— Je suis moins timorée que vous ne le pensez. Je suis parfaitement capable de rejoindre les terres de mon oncle à cheval.

— Votre tante ne vous ferait pas bon accueil, croyez-moi. Elle a elle-même cinq filles dont seules les trois aînées ont une chance de trouver un mari. Il n'y a pas place dans sa maisonnée pour une fille de quatorze ans sans dot ni espérances.

— Vous dilapidez ma dot pour ces serfs, lança Eleanor en faisant un geste courroucé en direction des fenêtres. J'ai plus de droits qu'eux sur la fortune de Sir Richard.

— Votre père avait emporté tout l'or que nous avions à Bradmayne et il n'en est pas revenu. Nous devons attendre le retour de Gyles pour savoir où le chariot a été abandonné et si le coffre a été mis en lieu sûr. » Elle le savait déjà, mais n'était pas disposée à partager cette information avec Eleanor, craignant la réaction de sa fille si elle apprenait que Thaddeus avait franchi les douves pour aller parler à Gyles.

« Dans ce cas, laissez-moi disposer des céréales afin que mon oncle les vende à mon profit. »

Lady Anne retint de justesse la remarque acerbe qui lui venait aux lèvres. Elle était de plus en plus lasse de l'égoïsme d'Eleanor, et plus lasse encore de l'en réprimander. « Quelles céréales, ma fille ?

— Les sacs qui sont dans la grande salle.

— Peu d'entre eux nous appartiennent. J'ai donné ordre que les boisseaux de Sir Richard soient transformés en pain et mangés les premiers. Parmi ceux qui restent, la moitié est destinée à payer les redevances, et l'autre est la propriété des serfs. Si vous consentez à descendre, vous verrez que certains sacs portent le nom des familles qui les ont donnés. Elles ont accepté de partager tout ce qu'elles possèdent pour le bien de tous, vous comprise. »

Eleanor fronça les sourcils. « Vous mentez. Tout ce qui se trouve à Develish appartenait à mon père. »

Lady Anne esquissa un petit sourire. « Est-ce ce qu'il vous a dit ? » Elle observa la jeune fille un instant. « De quoi croyez-vous que vivent les serfs s'ils ne peuvent cultiver leur nourriture en même temps que celle de leur seigneur, Eleanor ?

— Je ne m'en suis pas souciée. Vous n'aviez qu'à me l'enseigner si vous vouliez que je le sache. »

Lady Anne songea au nombre de fois où elle s'y était efforcée et où son mari avait interrompu ses leçons en emmenant sa fille pour lui montrer à jouer aux dés et lui farcir la tête de promesses de robes. Avec le temps, elle avait fini par comprendre qu'il était plus avantageux pour Develish qu'Eleanor s'obstine ainsi à refuser d'apprendre. La jeune fille aurait eu encore plus de motifs de courir chez son père se répandre en griefs si elle avait su à quel point sa mère se mêlait de l'administration du domaine. Soigner les maladies et encourager le développement paisible de la lecture et de l'écriture était une chose, parler librement aux serfs des moyens de racheter leur liberté en était une autre.

« Peu importe, dit-elle alors, s'apprêtant à partir. Même si nous avions des céréales en excédent – ce qui n'est pas le cas –, nous n'aurions pas de chariot pour les transporter, et personne qui désire vous accompagner. Vous vous leurrez si vous imaginez que maître de Courtesmain se serait mis en péril pour vous. »

La jeune fille rit amèrement. « Vous l'avez retourné contre moi, comme vous le faites de tous. Il était disposé à m'escorter après la mort de mon père.

— Je n'en crois rien, rétorqua sèchement Lady Anne. La route du nord est dangereuse et il tient trop à sa vie pour assumer la responsabilité de la vôtre. » Elle s'interrompit. « Il n'apprécie guère Foxcote, Eleanor, et vous vous rangeriez à son avis si j'avais l'imprudence de vous laisser faire ce voyage.

— Ma tante saurait me rendre le séjour agréable. »

Lady Anne secoua la tête. « Lady Beatrix est jalouse de la beauté de ses propres filles. Qu'est-ce que vous fait croire qu'elle tolérerait la vôtre ? »

Eleanor prit comme un dû le compliment sous-entendu. « Je suis l'enfant unique de son frère. Elle m'aimera comme elle a aimé Sir Richard.

— Votre père vous a empli la tête de bien étranges fantaisies, Eleanor. Soyez heureuse que je vous aie évité d'avoir à les mettre à l'épreuve. J'aurais été fort chagrine de vous placer dans une position humiliante. »

Eleanor tapa du pied avec son irascibilité coutumière. « C'est vous qui m'humiliez. Regardez-vous. On croirait une paysanne. Vous nous faites honte à toutes deux par votre manière de vous vêtir et de vous comporter. »

Lady Anne se dirigea vers la porte en soupirant. « Et vous ma fille, vous vous conduisez comme une sotte. Vos robes seront si souillées et déchirées le jour où nous recevrons à nouveau des visiteurs qu'on vous prendra pour une catin dépenaillée et non pour la fille de Sir Richard. »

Écumante de rage, Eleanor écouta le bruit des pas de sa mère décroître dans l'escalier. Elle avait elle-même du mal à comprendre ce qu'elle cherchait à obtenir par ses bouderies et ses silences, mais l'impassibilité de Lady Anne la mettait hors d'elle. Elle aurait voulu que sa mère perde son calme, crie, hurle et la frappe afin que tous à Develish sachent que leur maîtresse n'était pas une sainte. Cependant, Lady Anne s'obstinait à délivrer ses petites piques avec raison et logique, et Eleanor en était frustrée.

Elle baissa les yeux sur sa robe brochée d'or. Sa mère avait-elle raison ? Était-il insensé de porter ses plus beaux atours alors qu'il n'y avait personne pour les voir ? Prise d'une résolution subite, elle se défit de son surtout à traîne et essaya d'attraper les lacets qui fermaient son corsage dans le dos. Sans servante pour l'aider, elle n'avait réussi à serrer que ceux qui ajustaient le vêtement au niveau de la taille et, dans son impatience à les défaire, elle transforma les boucles en nœuds rétifs.

Il y avait trop de rage enfantine en Eleanor pour qu'elle pût affronter des rubans récalcitrants avec sérénité. Elle tira si violemment dessus qu'elle déchira sa robe, accomplissant ainsi la prédiction de sa mère. Avec un hurlement de fureur, elle se mit à tout saccager dans les appartements de Lady Anne, arrachant les tapisseries du mur, brisant les tabourets et jetant sur le lit de sa mère toute la paille de la literie des servantes qu'elle pouvait ramasser. Elle se tenait toute tremblante et brûlante au milieu de la chambre quand Isabella Startout, treize ans, apparut sur le seuil avec un bol de haricots et de chou aux épices destiné au déjeuner de sa jeune maîtresse.

La petite servante avait pris l'habitude de déposer la nourriture sur un tabouret derrière le dos raide de mépris d'Eleanor, mais cette fois, elle s'immobilisa sans dépasser l'encadrement de la porte, parcourant la pièce d'un regard incrédule. « Qui a fait cela ? demanda-t-elle, éberluée. Quelqu'un vous aurait-il attaquée, Lady Eleanor ? Êtes-vous blessée ? »

Eleanor ne répondit pas.

« Je vais chercher Thaddeus, dit alors la fille. Il saura mieux que moi ce qu'il convient de faire. »

Les mains d'Eleanor se serrèrent en petits poings compacts. « Ne t'en avise pas, lança-t-elle. Nettoie tout cela toi-même et retire-toi. »

L'étonnement d'Isabella était sans bornes. Elle avait déjà été maintes fois la cible du mauvais caractère de sa jeune maîtresse – celui-ci s'exprimant le plus souvent sous la forme d'un soufflet –, mais n'avait jamais vu Eleanor saccager une pièce. Le résultat évoquait davantage l'œuvre d'une folle que d'une demoiselle de qualité et elle se demanda si Eleanor n'avait pas l'esprit dérangé par la solitude qu'elle s'était imposée. La jeune fille avait indéniablement tout d'une démente, debout au milieu des débris, sa robe brochée d'or gisant à terre, son corsage à moitié défait hérissé de brins de paille, son visage marbré de rouge par la colère.

Isabella entra dans la chambre précautionneusement et posa le bol de légumes épicés sur le rebord de la fenêtre avant de se mettre hors de portée d'Eleanor. « Je ne peux pas le faire toute seule, Milady. Je ne suis pas assez grande pour raccrocher les tapisseries, et pas suffisamment versée en menuiserie pour réparer les tabourets.

— Va chercher un serviteur pour qu'il t'aide. »

Isabella avait beau être plus jeune qu'Eleanor d'un an, elle était son aînée en sagesse. « Il serait préférable que nous le fassions ensemble, Lady Eleanor. Un serviteur pourrait parler, et des commérages sur vous se répandraient dans tout Develish.

— Peu m'importe.

— Il ne serait pas raisonnable de laisser un homme vous voir dans cette tenue, Milady. Permettez-moi au moins d'ajuster décemment votre toilette. »

Les yeux d'Eleanor se plissèrent. « Qui es-tu pour me faire la leçon ? »

Isabella baissa le regard, sachant qu'il était préférable de ne pas paraître provoquer sa maîtresse. Elle éprouvait plus de pitié que de crainte, doutant qu'Eleanor se rendît compte du ridicule de son apparence, les seins à l'air et les pieds enfouis dans les joncs de la literie. La servante n'avait aucune amitié pour la jeune fille – à l'image de la grande majorité des habitants de Develish –, mais sa compassion naturelle la poussait à se demander quel chagrin était cause de pareille fureur. Il devait être douloureux d'être seule à pleurer son père, pensa-t-elle, en sachant que nul ne partageait sa peine.

Pourtant, elle n'avait jamais pensé que l'amour d'Eleanor pour Sir Richard fût aussi profond qu'elle le prétendait, pas plus que celui du père pour sa fille. Ils avaient fait publiquement étalage de leur affection, mais ce sentiment avait toujours paru artificiel à Isabella, et elle s'était maintes fois demandé si Eleanor n'exagérait pas l'intimité et la tendresse de ses relations avec son père à seule fin de rendre sa mère jalouse. Elle avait observé les regards sournois qu'Eleanor jetait à Lady Anne quand elle baisait le visage de son père et la déception que lui inspirait l'indifférence de Milady ne lui avait pas échappé.

Si Isabella ignorait ce qu'Eleanor espérait obtenir par ces singulières comédies, elle avait toujours senti que la haine affirmée de la jeune fille à l'égard de sa mère n'était pas plus sincère que l'amour qu'elle prétendait vouer à son père. « Je ne songerais jamais à vous donner de leçons, Milady, dit-elle alors, je voulais seulement vous rappeler que Lady Anne se soucie de vous et n'aimerait pas que des rumeurs scandaleuses circulent à propos de sa fille. »

Après avoir dévisagé la fille un moment, Eleanor se précipita sur le bol de nourriture et le lui jeta à la tête. « Si tu me reparles sur ce ton, vile créature, je te ferai fouetter. Maintenant, va chercher un serviteur pour qu'il remédie à ce désordre. »

Elle était retournée à la fenêtre et souriait avec dédain en voyant Hugh de Courtesmain singer les manies des serfs, quand la porte s'ouvrit dans son dos. Cependant, ce ne fut que lorsqu'une voix masculine donna un ordre qu'elle comprit qu'Isabella lui avait désobéi. Elle fit volte-face, serrant son corsage contre sa poitrine, des flammes dans le regard, pour découvrir Thaddeus et une demi-douzaine de serviteurs dans les appartements de sa mère. Tapant du pied, elle leur hurla de partir, mais personne ne lui prêta attention. Ils prirent leurs ordres de Thaddeus et la tinrent à distance avec leurs balais quand elle fit mine de leur donner des coups de pied.

Elle aurait pu croire que Thaddeus n'avait même pas remarqué sa présence s'il ne lui avait jeté une cote d'étoffe grossière en lui disant de se couvrir. Pour le reste, il ne parlait qu'aux serviteurs et, peu à peu, Eleanor se trouva acculée dans un angle, tandis que la paille était rassemblée en balles et les tapisseries remises en place. Quand la chambre eut retrouvé son aspect habituel, Thaddeus tendit les tabourets brisés à un des hommes pour qu'il les répare avant de les faire tous sortir et de refermer la porte derrière eux.

« Pourquoi ne leur as-tu pas commandé de tenir leurs langues répugnantes ? demanda Eleanor. Tu ne voudrais pas que je fasse honte à ma mère, tout de même ? »

Échevelée, les joues encore rosies par la colère, elle était encore plus séduisante que d'ordinaire et Thaddeus n'était pas insensible à sa beauté. Si sa nature avait été aussi plaisante que son apparence, elle aurait eu à ses genoux tous les hommes de Develish dignes de ce nom. « Il est trop tard pour cela, dit-il en croisant les bras. Tout le monde dans la grande salle a vu Isabella descendre l'escalier le visage en sang et les vêtements souillés de nourriture.

— Elle a trébuché et elle est tombée. Si elle a dit autre chose, c'est qu'elle a menti.

— Elle n'a pas eu à dire quoi que ce soit. Vous êtes aussi connue pour votre mauvais caractère que les moucherons les plus agaçants pour leurs morsures. »

Il fit un signe de tête vers la cotte qui gisait sur le sol, là où il l'avait jetée. « Couvrez-vous, Milady, parce que vous ne coucherez plus dans cette chambre. Quand vous serez décemment vêtue, je vous conduirai à vos nouveaux appartements. »

Pour la première fois de sa vie, Eleanor resta coite. Dans tous les fantasmes qu'elle avait pu nourrir à propos de cet homme, c'était elle qui donnait les ordres, et lui qui obéissait. Elle se recroquevilla contre le mur, inconsciente de l'aspect ridicule qu'elle offrait, bouche bée de surprise, le corsage défait qui pendait de ses épaules.

« C'est comme vous voulez, reprit Thaddeus. Je peux tout aussi bien vous emmener dépoitraillée. Si le spectacle de vos seins nus me laisse indifférent, il offrira peut-être quelque plaisir aux jeunes gars massés dans la cour. Je compte jusqu'à dix. Si vous ne vous êtes pas couverte, nous partirons ainsi. Un… deux… trois…

— Tu dépasses les bornes, siffla-t-elle avec colère.

— Quatre… cinq… six…

— Je te déteste, fulmina-t-elle.

— Sept… huit… »

Elle se précipita pour attraper la cotte et la faire glisser au-dessus de sa tête. « Écarte-toi, ordonna-t-elle en tendant vers lui un doigt tremblant. Je ne t'accompagnerai pas. »

Thaddeus ouvrit la porte. « Mais si, Lady Eleanor, et vous viendrez soit de votre plein gré, soit sous la contrainte. Votre mère a fait tout ce qu'elle pouvait pour vous raisonner, mais votre comédie ce midi vous a placée sous ma responsabilité. » Il fit un geste en direction de l'escalier. « Marcherez-vous ou dois-je faire venir John Trueblood et Adam Catchpole pour qu'ils vous portent ? Votre sortie aura pour témoins les enfants qui prennent leur leçon dans la grande salle. Je vous suggère donc de vous conduire avec toute la dignité dont vous êtes capable. »

Eleanor scruta son visage, à la recherche d'une trace de douceur, mais n'en trouva aucune. « Pourquoi es-tu responsable de moi ?

— Je suis régisseur du domaine et votre égoïsme affecte la vie d'autrui. »

Elle tapa du pied. « Et moi, je suis Lady Eleanor, fille de Sir Richard de Develish. Tu n'as absolument pas le droit de me conduire où que ce soit. Ma mère ne le permettra pas.

— Sir Richard n'est plus, et Lady Anne a d'autres sujets de préoccupation qu'une demoiselle trop gâtée. » Il lui indiqua à nouveau l'escalier. « Marcherez-vous ou exigez-vous de vous ridiculiser plus encore que vous ne l'avez déjà fait ?

— Quand tout cela sera fini, tu seras toujours un bâtard de vile extraction, et je serai toujours une demoiselle bien née, lança-t-elle, furieuse. Sans doute regretteras-tu de l'avoir oublié quand je porterai plainte contre toi auprès du high sheriff.

— Si ce jour advient, Milady, espérez que le sheriff croira que vous êtes bien celle que vous prétendez être. »

Elle fronça les sourcils. « Ma mère le lui dira. Tout le monde à Develish le lui dira.

— Seulement s'ils sont encore en vie et désireux de le dire. »

Le père Anselm protesta énergiquement de se voir imposer la présence d'Eleanor par un Thaddeus Thurkell au visage inflexible, qui jeta de la paille sur le sol de l'église en disant à la jeune fille de s'en contenter. Il lui ordonna de tenir son lieu de sommeil propre, d'utiliser les mêmes latrines que les serfs et de faire la queue comme les autres au moment des repas si elle voulait manger.

Le prêtre, que la simple idée du courroux d'Eleanor terrifiait, barra la sortie à Thaddeus et le supplia de songer à l'inconvenance de ce qu'il faisait. « Ce n'est pas un lieu approprié pour la fille de Sir Richard, mon fils.

— Je n'en vois pas de meilleur, répondit Thaddeus. Quel mal pourrait-il lui arriver dans la maison de Dieu ?

— Elle sera seule et sans surveillance.

— C'est compter sans la vôtre et celle des servantes qui viennent nettoyer vos appartements, mon père. Je donnerai instruction à ces femmes de respecter les requêtes raisonnables que Lady Eleanor pourra leur présenter. Elles lui apporteront du linge propre tous les jours et je suis sûr que vous l'autoriserez, par pudeur, à s'habiller dans vos appartements. »

Le père Anselm jeta un regard peu amène à la jeune fille, visiblement réticent à accorder cette autorisation. « Sa Grâce ne le permettrait jamais, pas plus, j'en suis certain, que Lady Anne. Les appartements d'un prêtre ne sont pas faits pour accueillir une personne du sexe faible. »

Sa répugnance suscita un rire de mépris d'Eleanor. « Ne vous tourmentez pas, mon père. Je ne désire pas plus être ici que vous ne souhaitez m'y accueillir. Je me retirerai aussitôt que ce… (elle esquissa un geste dédaigneux de la main) *bâtard* sera parti.

— Dans ce cas, vous dormirez à la vue de tous, rétorqua Thaddeus doucement. Ici au moins, vous pourriez jouir de quelque intimité.

— Je refuserai de rester, où que tu me mettes.

— Comme vous voudrez, Milady, fit-il en s'inclinant légèrement. Mais ne venez pas vous plaindre de n'avoir pas été avertie. »

Eleanor s'arrêta à la porte, suivant Thaddeus des yeux. Un très léger doute s'insinua dans son esprit. « Qu'a-t-il voulu dire ? demanda-t-elle au prêtre. Comment pourrait-il me faire dormir à la vue de tous contre ma volonté ? »

Le père Anselm secoua la tête. « Vous feriez mieux de regagner la demeure et de poser ces questions à votre mère.

— Thurkell n'est qu'un vilain. Je le ferai pendre dès que ce mal aura disparu.

— En effet, Lady Anne a eu tort d'en faire son régisseur. Il n'est pas pieux. » Le prêtre posa une main maladroite sur l'épaule de la jeune fille. « L'église n'est pas un lieu pour vous, Lady Eleanor. Il n'est pas décent qu'une jeune fille partage avec son confesseur l'espace où il couche. »

Elle repoussa sa main brutalement. « Cessez donc de me dire des choses que je sais déjà. Si je suis obligée de dormir ici, il faudra que vous alliez vous installer dans une des cabanes des serfs. Après tout, vous avez plus en commun avec eux que moi. »

Mais le père Anselm n'était pas homme à se laisser brusquer aussi facilement. Il appréciait trop ses privilèges ecclésiastiques pour y renoncer par la volonté d'une fille de quatorze ans orpheline de père. Aussi ivrogne qu'il fût, il n'était pas dépourvu d'astuce. Il n'aurait pas pu conserver sa position à Develish durant toutes ces années s'il n'avait pas appris à identifier qui exerçait l'autorité. Il avait toujours su que c'était Lady Anne qui tenait les rênes du pouvoir et que la seule raison pour laquelle elle le tolérait était qu'il prenait ses devoirs à la légère. Un curé qui aurait inspiré la peur à ses serfs aurait été remercié depuis longtemps, avec ou sans la permission de Sir Richard.

Esquissant un petit signe de tête qu'Eleanor pouvait prendre pour une approbation et marmonnant une excuse à propos de la nécessité de se préparer pour la none – l'heure de prière du milieu de l'après-midi –, le père Anselm se retira dans son clocher et poussa discrètement le verrou derrière lui. Il était passé maître dans l'art d'éviter les ennuis en restant enfermé dans son logis avec une cruche vide en guise de pot de chambre et une barrique d'hydromel pour toute compagnie. Comme la plupart des hommes de Dieu, il vouait à ses abeilles une affection plus grande qu'à ses ouailles.

Hésitant à mettre immédiatement à l'épreuve la patience de Thaddeus, Eleanor fit les cent pas dans l'église, maudissant le serf tout bas, mais sa colère ne tarda pas à se retourner contre sa mère, qui avait accordé à un vilain, bâtard de surcroît, une position de pouvoir à Develish. Sa fureur dévorante contre l'un et l'autre l'effraya et, prise d'un subit accès de panique, elle se laissa tomber à genoux au pied de la croix et pria Dieu de la protéger. Quoi qu'il pût advenir aux autres occupants de ce domaine, puisse-t-Il empêcher le mal de frapper la fille bien-aimée de Son fidèle serviteur, Sir Richard de Develish.

Des cris et des appels venus du dehors l'attirèrent sur le seuil. Portant le regard au-delà du cimetière et des cabanes des serfs pour observer la cour située devant le manoir, elle aperçut un groupe au bord des douves. Elle rechercha la haute silhouette de Thaddeus parmi eux et le repéra quand il se releva, alors qu'il était accroupi près du radeau amarré, et s'adressa à un gamin qui était à côté de lui. Le garçon hocha la tête avec énergie avant de pivoter sur ses talons et de courir vers l'église.

La première pensée d'Eleanor fut qu'on l'avait envoyé voir ce qu'elle faisait, et elle recula dans l'ombre derrière la porte, prête à gifler son visage crasseux s'il s'approchait à l'excès. Mais il ne s'intéressa pas à elle. Il traversa le vestibule comme une flèche, jeta un rapide regard à l'autel et courut à la porte menant aux appartements du prêtre. « Mon père ! Mon père ! cria-t-il en tambourinant sur le battant de bois. Une armée approche. Vous devez sonner la cloche pour prévenir Gyles. Il est allé au village chercher des provisions, et ces hommes le rejoindront avant qu'il n'ait pris conscience de leur présence.

— Qui es-tu ?

— Robert Startout, fils d'Alleyn et neveu de Gyles. Faites vite mon père, je vous en prie. Mon oncle ne souffre pas de la pestilence, mais ces étrangers pourraient la lui apporter.

— Qui a donné cet ordre ? »

Eleanor observait le visage du garçon et vit dans ses yeux qu'il hésitait sur l'opportunité d'être honnête. « C'est Lady Anne qui vous donne cet ordre, s'écria-t-il. Sonnez vingt coups. S'il en faut davantage, je reviendrai. »

Il pressa l'oreille contre la porte, écoutant le prêtre qui marmonnait pour lui-même en traînant les pieds dans sa chambre. Lorsque le premier carillon retentit, le garçon se retourna pour partir et découvrit Eleanor entre la porte et lui. « Tu as menti, dit-elle froidement. C'est Thaddeus Thurkell qui t'a donné cet ordre. »

Le garçon baissa la tête. « Je ne savais pas que vous étiez là, Milady. »

À en juger par sa taille, elle lui donnait dix ou onze ans. Il aurait dû être dans ses petits souliers à parler ainsi avec la fille du seigneur, mais ce n'était pas le cas. « Tu as invoqué le nom de ma mère de façon mensongère. Elle te punira quand je le lui dirai. »

Il garda les yeux au sol, contournant le mur du fond pour rejoindre l'entrée. « Je ne l'ai fait que pour sauver mon oncle, Milady. Le père Anselm n'oserait pas refuser d'obéir à un ordre de Lady Anne, aussi saoul soit-il.

— Tu ne peux pas parler ainsi d'un prêtre.

— C'est pourtant ce que j'ai fait. » Il prit alors ses jambes à son cou si vite qu'il avait franchi la porte avant qu'elle n'ait eu le temps de s'en rendre compte, et elle entendit son rire perler entre les carillons tandis qu'il traversait la cour en courant, sans se soucier qu'Eleanor sût son nom et pût répéter ses propos à sa mère et au prêtre.

Les germes de doute que Thaddeus avait semés dans son esprit prirent racine et grandirent. *Si ce jour advient, espérez que le sheriff croira que vous êtes bien celle que vous prétendez être.* Un garçon comme Robert Startout aurait-il le front de prétendre qu'elle n'était pas Lady Eleanor de Develish ? Ne redoutait-il pas sa colère ? Ne redoutait-il pas la colère de sa *mère* ? Eleanor regarda le garçon s'arrêter en dérapant dans la poussière devant Thaddeus, et vit ce dernier lui ébouriffer les cheveux avec satisfaction pendant que les cloches sonnaient toujours. L'adoration du petit garçon apparaissait avec évidence même aux yeux pleins d'amertume d'Eleanor, tout comme la camaraderie qui régnait parmi le groupe d'hommes debout à côté des douves.

Ils se donnèrent de grandes claques dans le dos quand la silhouette de Gyles Startout, un point distant pour Eleanor, surgit de la chaumière de John Trueblood et agita le bras pour montrer qu'il était en vie. Thaddeus, tellement plus grand que les autres, leva les deux bras au-dessus de sa tête et pointa les index en direction du nord avant de tourner les mains pour inviter Gyles à s'approcher du fossé. Pourquoi faisait-il cela ? se demanda Eleanor. Avait-il l'intention de le laisser revenir à l'intérieur de l'enceinte ?

Elle était trop curieuse pour renoncer à le savoir ; quand la cloche se tut, elle se dirigea vers la cour, se dissimulant dans l'ombre du mur du porche voûté qui menait au potager. Elle apercevait maintenant Gyles qui approchait depuis le village et, dans le lointain, un chariot bâché et dix cavaliers qui descendaient la route lentement. La bâche paraissait être en cuir et Eleanor crut distinguer des armoiries peintes sur le côté. Si elle ne se trompait pas, un membre de la noblesse devait se trouver à l'intérieur.

« Tu vas bien ? cria Thaddeus à Gyles Startout dès que celui-ci fut à portée de voix.

— Oui, treize jours et toujours aucun signe de fièvre. Que veux-tu que je fasse avec ces visiteurs ?

— Rien, mon ami. Ils sont trop nombreux et tu en as déjà fait plus qu'assez pour nous. Es-tu assez robuste pour traverser le fossé à la nage ?

— Oui.

— Dans ce cas, laisse tes vêtements près du chemin pour qui en voudra et couvre-toi avec ceci quand tu arriveras sur notre rive. » Thaddeus retira sa tunique. « Cela évitera aux dames de tomber en pâmoison quand tu sortiras de l'eau. »

Eleanor ne comprenait pas pourquoi le retour de Gyles provoquait pareille joie, ni la raison des rires qui saluèrent la dernière remarque de Thaddeus. Quel mystère recelaient une toison de poils noirs à l'entrejambe ou un repli de chair rose entre des cuisses ? Elle sursauta quand la voix de Hugh de Courtesmain résonna près de son épaule. « Vous devriez manifester votre contentement, Lady Eleanor. Gyles nous donne la preuve qu'il est possible de survivre à cette plaie. Cela signifie que votre mère avait raison de dire qu'il n'est pas dans l'intention de Dieu de nous faire tous périr.

— Peut-être parlez-vous trop vite, remarqua-t-elle. Peut-être Gyles n'est-il pas aussi bien portant qu'il le prétend. Peut-être Thaddeus Thurkell a-t-il été imprudent de le croire. Louerez-vous encore ma mère si vous tombez malade pour de bon, maître de Courtesmain ?

— Vous ne devriez pas lui vouer pareille haine, Milady. Cela vous nuit auprès des serfs. »

Eleanor s'écarta de lui avec irritation. « Votre opinion est sans valeur pour moi, fit-elle sèchement. Vous accordez votre allégeance comme il vous convient, murmurant les paroles que les autres souhaitent entendre. Je vous ai vu feindre d'être des leurs et je vous méprise pour cela. »

Il soutint son regard un moment. « J'agis ainsi pour survivre, Milady. Aussi longtemps que nous serons isolés à l'intérieur de ce fossé, ce seront les serfs qui exerceront le pouvoir. Quatre d'entre eux conseillent votre mère, et l'homme qui s'apprête à revenir dirigera sa garde. Le plus puissant d'entre eux est Thurkell. Vous seriez bien avisée de faire comme moi et de prêter allégeance là où vous le pouvez.

— Je ne le ferai pas. »

Courtesmain haussa les épaules. « Quand la pestilence sera passée, l'autorité ira à qui est suffisamment fort et suffisamment malin pour s'en emparer, Milady, et une jeune fille sans amis sera faible. » Il porta son attention sur le chariot et sur les cavaliers qui sortaient du village. « Ces hommes me donnent raison. »

Eleanor suivit la direction de son regard. « Comment cela ?

— Avec le conducteur, ils sont onze et ils portent des arcs. S'ils décident de nous prendre pour cible l'un après l'autre afin de franchir les douves, rien ne les en empêchera. Nous sommes sans défense contre les flèches.

— Pourquoi voudraient-ils faire cela ? »

Hugh se demanda si elle savait que les hommes gardaient les murailles du manoir pour tenir à distance les malades et les affamés. « Nous avons à manger, Milady. S'ils viennent d'un domaine où les gens meurent de faim, ils peuvent vouloir s'emparer de nos provisions. Demandez-vous pourquoi ils ont apporté un chariot, sinon pour le remplir. »

Les mêmes pensées se bousculaient dans la tête de Lady Anne et dans celle de Thaddeus. Ils avaient été confiants dans leur capacité à repousser des paysans sans armes, mais n'avaient pas envisagé l'arrivée de soldats entraînés et équipés d'arcs. Sir Richard avait emmené ses soldats à Bradmayne pour assurer sa protection sur la route, et leurs armes étaient parties avec eux. Celles qui restaient à Develish – quelques arcs à courte portée et une poignée d'arbalètes rudimentaires – ne pouvaient rivaliser avec la portée et la puissance meurtrière du *longbow*, l'arc long.

« Tu as bien fait de rappeler Gyles, remarqua Lady Anne. Les croix peintes sur les portes des chaumières n'auraient pas suffi à les effrayer.

— Reconnaissez-vous le blason qui figure sur leurs tuniques, Milady ? » demanda Thaddeus.

Lady Anne secoua la tête. « Ils doivent venir de loin. Je connais toutes les armoiries à huit lieues à la ronde. » Elle leva la main pour s'abriter du soleil, examinant les visages des cavaliers. Ils paraissaient très déterminés, songea-t-elle, comme s'ils savaient que l'entrée de Develish leur serait refusée. « Nous ne pouvons pas les laisser prendre nos provisions, dit-elle.

— Dans ce cas, il faudra négocier, Milady. Ils ne tarderont pas à découvrir que nous n'avons rien qui puisse les menacer de notre côté du fossé. »

Elle le dévisagea un instant. « Sinon une peur plus grande que celle qu'ils éprouvent déjà, murmura-t-elle lentement. Es-tu prêt à mettre ton âme en péril une fois encore, Thaddeus ? »

Il lui répondit d'un rire. « Certes, si cela peut nous maintenir en vie. J'aurai tout loisir de me repentir demain pourvu que je ne meure pas aujourd'hui le cœur percé d'une flèche. »

Neuf

La rive des douves était presque déserte lorsque les premiers cavaliers l'atteignirent. Ils avaient vu la foule massée dans la cour se disperser à l'approche du convoi pour se retirer dans la demeure ou dans des abris de fortune à l'intérieur du domaine. Seule une petite femme et un homme de haute taille étaient restés pour les accueillir. En observant leur tenue – d'étoffe grossière, tissée à la maison –, les hommes armés les prirent pour des serfs et leur capitaine leur demanda :

« Où est votre seigneur ? »

Lady Anne fit une profonde révérence. « Il est mort, Messire. Son sang est devenu tout noir et a suinté depuis d'énormes pustules qui ont éclaté sur son cou il y a deux semaines. Nous n'avions jamais vu chose pareille. Milady l'a suivi en quelques jours, et bien d'autres ont trépassé depuis. »

Le capitaine se tourna avec un regard interloqué vers le manoir lorsqu'un hurlement de chagrin transperça l'air. Il fut repris par le hululement de voix féminines, entonnant une mélopée pour les morts. « Qui pleurent-elles ? demanda-t-il.

— Un enfant, répondit Lady Anne en se tordant les mains de désespoir. Il nous en reste si peu. Nous les perdons en un jour dès que ce mal envahit leurs petits corps. » Elle souleva l'ourlet de sa cotte pour essuyer les larmes de ses yeux. « C'est un fléau d'une terrible férocité, Messire.

— Où enterrez-vous vos morts ?

— Ils sont trop nombreux pour être enterrés, intervint Thaddeus, la voix rauque de détresse. Au début, nous avons creusé une fosse, mais la puanteur de la décomposition est devenue si abominable que nous avons dû la combler. Maintenant, nous descendons les corps dans les douves, derrière l'église. L'eau les engloutit et couvre l'odeur.

— Les morts ont empoisonné notre puits, reprit Lady Anne en se laissant tomber à genoux. Notre air aussi. »

Le capitaine porta involontairement la main à sa bouche tandis que Thaddeus mettait un genou en terre à côté de Lady Anne et tendait ses paumes en coupe dans un geste de supplication. « Nous vous implorons de nous secourir, Messire. Ceux d'entre nous qui sont encore en vie sont au désespoir. Il nous faut de quoi manger et de quoi boire si nous voulons vivre un jour de plus. »

Le capitaine fit un signe de tête en direction du radeau que Thaddeus avait détaché et qui flottait librement au milieu du fossé. « Pourquoi ne récupérez-vous pas ceci pour aller tirer de l'eau au puits du village et récolter ce qui pousse dans vos champs ?

— Personne n'ose entrer dans les douves, expliqua Lady Anne. Notre prêtre, que Dieu accorde le repos à son âme (elle se signa), a eu le courage d'essayer et a été infecté immédiatement. Sa mort a été affreuse à voir. Ses yeux saignaient et sa langue a tellement enflé qu'elle lui a éclaté dans la bouche. »

L'homme tira sur les rênes de son destrier pour l'éloigner de la rive. « Pourquoi n'y a-t-il pas de pont ?

— Sir Richard avait ordonné sa destruction pour empêcher la pestilence de s'aggraver, lui répondit Thaddeus. Mais il était trop tard. La mort était déjà à l'intérieur de l'enceinte et les corps corrompus ont répandu l'infection. Nous avons terriblement besoin de votre aide. Si la maladie ne nous tue pas, la faim aura raison de nous. »

Le capitaine les dévisagea un moment avant de faire demi-tour pour rejoindre le chariot. Il se pencha par-dessus le garrot de son cheval pour écouter quelqu'un qui se trouvait à l'intérieur. « Milord, seigneur de Bourne, veut savoir pourquoi il y avait autant de monde dans la cour si vous déplorez déjà de si nombreux morts, cria-t-il de loin.

— Sir Richard a accueilli des serfs des domaines voisins, répondit Lady Anne d'une voix forte. Nous étions plus de quatre cents il y a deux semaines, mais ce mal est tellement meurtrier que nous sommes désormais à peine la moitié, et que beaucoup sont mourants. Ceux qui sont encore en bonne santé restent dehors le plus possible pour échapper à la puanteur des bubons qui laissent couler de la sanie.

— Pourquoi se sont-ils précipités à l'intérieur à notre approche ?

— Par peur, Messire. Vous portez des arcs. Si vous voulez nous tuer, rien ne vous en empêche.

— Et vous n'avez pas peur, vous et cet homme ? »

Lady Anne se tordit les mains de plus belle, priant intérieurement que les moutons parqués dans le cimetière ne choisissent pas cet instant pour bêler ni les coqs du potager pour coqueriquer. « Nous redoutons davantage de mourir de faim, se lamenta-t-elle. Par charité, donnez-nous un peu de grain ou de viande pour nous permettre de vivre encore un jour. »

Le capitaine tendit à nouveau l'oreille vers le passager du chariot. « Milord demande quel bien pourrait vous faire un jour de plus puisque Dieu vous a abandonnés.

— Une unique heure de vie apporte un peu d'espoir, Messire, cria Thaddeus. Nos morts périssent sans absolution ni sépulture, et nous avons terriblement peur de ce qui nous attend. »

Une main noueuse écarta la bâche de cuir qui recouvrait le chariot et le visage d'un vieillard apparut dans l'interstice. Il jeta un regard sévère vers les deux personnes agenouillées au bord du fossé avant de parcourir des yeux la façade du manoir. On entendait encore les lamentations stridentes des femmes, mais les voix étaient un peu plus sourdes, comme épuisées par le chagrin. « Dieu a jugé sévèrement ce comté, lança-t-il. La mort consume tout le pays depuis Melcombe au sud jusqu'à Shafbury au nord, laissant des villages déserts sur plusieurs lieues à la ronde. Quel mal a commis le Dorseteshire pour que cette plaie vous soit infligée ?

— Nous l'ignorons, Milord, dit Lady Anne en joignant les mains et en les tendant pour l'implorer. Sir Richard était un homme bon, et pourtant, il a été emporté le premier. » Elle observa le seigneur de Bourne à travers ses paupières mi-closes, se demandant si elle avait jamais vu traits d'une telle froideur.

Ses lèvres étaient fines comme un fil, et ses yeux aussi impitoyables et implacables que du verre.

« Dans ce cas, priez le Seigneur pour qu'Il vous révèle vos péchés et repentez-vous autant que vous le pouvez avant qu'Il ne vous juge, répondit-il. De moi, n'attendez nulle assistance. Si Dieu a jugé bon de vous châtier, que Sa volonté soit faite. Je ne puis, pour ma part, que préserver autrui de la souillure de votre vilenie. » Il fit signe au capitaine. « Tirez des flèches enflammées pour brûler le radeau, puis mettez le feu au village et aux récoltes derrière nous. Les pèlerins sauront ainsi que ces gens ont été condamnés. »

Il resta à regarder les soldats enrouler du chanvre imprégné de suif autour des pointes de leurs flèches qu'ils embrasaient ensuite à l'aide d'un silex frappé sur de la toile carbonisée. Lorsque dix flèches enflammées s'enfoncèrent dans les madriers qui couvraient la surface du radeau, séchés par la chaleur de l'été, l'embarcation brûla plutôt mieux que Thaddeus ne l'aurait cru. Manifestement, le seigneur de Bourne apprécia le résultat. Ses lèvres minces s'écartèrent dans un affreux sourire avant que, jetant un dernier regard aux deux êtres agenouillés par terre, il n'ordonne à son conducteur de faire faire volte-face à son chariot.

L'incendie du village dura jusqu'à une heure avancée de l'après-midi, mais le seigneur de Bourne sembla perdre son intérêt pour la destruction de ce qui restait des récoltes. Au lieu de se diriger vers les terres une fois le chaume de la dernière maison en flammes, ses soldats remontèrent à cheval et suivirent le chariot sur la route du nord. Presque tout Develish s'était massé dans la cour pour assister à la dévastation de leurs foyers, et Gyles Startout suggéra à Thaddeus qu'un nombre suffisant d'hommes munis d'un nombre suffisant de seaux pourraient peut-être sauver quelque chose des ruines.

Le géant aux cheveux noirs secoua la tête. « Mieux vaut que le village continue à brûler. Le seigneur de Bourne risque de faire dresser un campement pour la nuit. Le brasier sera visible à des lieues. Il est préférable qu'il nous croie vaincus que de soupçonner que nous lui avons servi un fatras de mensonges.

— Il ira en enfer plus vite qu'aucun d'entre nous, remarqua Gyles. Quel genre d'homme faut-il être pour prétendre exécuter le jugement de Dieu contre toute une communauté ?

— Un homme qui se flatte d'être vertueux», répondit Thaddeus.

Gyles observa les étincelles qui jaillissaient vers le ciel depuis le toit de la chaumière de John Trueblood. «Au moins, le feu purifiera cette infection, remarqua-t-il. Si elle s'attarde dans les murs, elle aura disparu avant demain matin.»

Eleanor s'était précipitée à l'intérieur du manoir avec tous les autres quand Thaddeus avait donné ordre d'évacuer la cour, se faufilant dans les appartements de sa mère et refermant la porte derrière elle. La fenêtre lui offrait une vue plongeante vers l'intérieur du chariot et elle distinguait son occupant mieux que quiconque. Malgré la chaleur de la journée, il portait une somptueuse robe rouge bordée d'hermine et ses doigts étaient incrustés de bagues. Un petit chien était blotti sur ses genoux et à côté de lui, sur la banquette, était posé un coffre cerclé de fer qui contenait certainement de l'or.

La réaction d'Eleanor à la présence du seigneur de Bourne fut bien différente de celle de sa mère. Elle vit en lui un allié, la réponse de Dieu à sa demande de protection, un homme qui prendrait pitié d'elle et l'emmènerait loin de Develish, pourvu qu'elle puisse lui faire savoir que les serfs avaient pris le contrôle du domaine de son père. Saisie d'une fièvre d'activité, elle sortit ses robes du coffre posé près du mur, se demandant laquelle ferait la plus grande impression sur un seigneur âgé, tout en entendant, incrédule, par la croisée Lady Anne proférer mensonge sur mensonge, tomber à genoux et faire comme si elle n'était pas de plus haute extraction que Thaddeus Thurkell.

Elle enfilait un surcot de soie bleue brochée d'argent, quand elle entendit le seigneur de Bourne donner à ses hommes instruction de brûler le radeau. Assujettissant à la hâte les agrafes qui fermaient son vêtement sur l'avant, elle courut à la porte et descendit d'un pas léger l'escalier menant à la grande salle.

Tout le monde lui tournait le dos, tous les regards étaient rivés sur les fenêtres. Même les lamentations que les femmes avaient poussées s'atténuèrent et moururent quand les soldats enduisirent leurs flèches de suif et battirent leurs briquets. Elle s'avança sur la pointe des pieds, sans se faire remarquer – pensait-elle.

« Où allez-vous ainsi dans vos plus beaux atours ? » demanda soudain une femme au visage rond, posant son sabot grossier sur la traîne de la jeune fille. L'épouse de John Trueblood connaissait bien Eleanor, car elle servait au manoir depuis la naissance de la jeune fille. « Auriez-vous l'intention de dénoncer les mensonges de votre mère à cet affreux vieillard ? »

Eleanor se retourna vers elle et tendit la main pour la gifler. « Comment oses-tu m'interroger ? »

Mais Clara Trueblood intercepta son poignet et le tordit douloureusement. « Je vous retournerais cette gifle si vous n'étiez pas la fille de votre mère. Elle méritait mieux que vous, Miss Eleanor. »

La fille tira sur sa traîne. « C'est *Lady* Eleanor.

— Dans votre esprit, peut-être, mais pas dans celui d'autrui. Pensez-vous qu'un noble vous traitera en lady si vous vous mettez à sa merci ? Vous aurez de la chance si vous parcourez une demi-lieue avant qu'il vous force pour prix de sa bonté.

— Ce sont les vilains qui se conduisent ainsi, siffla Eleanor entre ses dents, pas les hommes de qualité. »

Les yeux de Clara pétillèrent d'amusement. « Quel dommage que vous ne l'ayez pas expliqué à votre père. Peut-être aurait-il refréné ses appétits si vous lui aviez fait connaître votre réprobation. » Elle immobilisa l'autre main d'Eleanor de son avant-bras. « Je serais presque tentée de vous laisser partir. Cela ne vous ferait peut-être pas de mal de découvrir les réalités de la vie.

— Alors pourquoi ne le fais-tu pas ? demanda la jeune fille, les yeux étincelants. Personne ne veut de moi ici. » Elle chercha à arracher les agrafes du corsage de son surcot. « J'irai en chemise s'il le faut.

— Pour que ce seigneur vous prenne pour une stupide petite paysanne ? Il croira que la pestilence vous a rendue folle si vous sortez à demi nue et cherchez à franchir le fossé à la nage pour le rejoindre… encore que je doute que vous en soyez capable. Et si vous coulez, il vous prendra pour une sorcière. »

Le sifflement des flèches embrasées s'enfonçant dans le radeau leur parvint par la porte d'entrée restée ouverte, suivi du cri étouffé que poussa la foule massée près des fenêtres lorsque les madriers prirent feu et que les flammes s'élevèrent dans le ciel. D'une bourrade impétueuse, Eleanor repoussa brutalement Clara et courut vers l'entrée, ouvrant le battant en grand, mais elle arriva trop tard pour attirer l'attention de Bourne. Le chariot s'éloignait déjà, bâche rabattue.

Elle n'aurait pas hésité à le héler si sa mère n'avait pas choisi ce moment pour se redresser et se tourner vers la demeure. Lady Anne adressa quelques mots à Thaddeus qui se leva à son tour et suivit des yeux la direction de son regard. Leur proximité suggérait une si profonde intimité qu'Eleanor en fut décontenancée. Elle prit conscience, comme l'avait déjà fait Hugh de Courtesmain, que ni l'un ni l'autre ne faisait son âge. Sans sa guimpe austère, avec ses doux cheveux bruns encadrant librement son visage, sa mère était belle, elle ne put qu'en convenir ; et avec un choc si puissant qu'il lui coupa le souffle, elle sut que cette intimité était réelle.

La nuit tombait lorsque Lady Anne se mit en quête de sa fille. Le village en flammes éclairait d'une lueur orangée le ciel qui s'assombrissait, et Eleanor observait la scène depuis le petit porche, devant l'entrée de l'église. Elle était seule. Le prêtre était trop ivre ou trop obstiné pour réagir lorsqu'elle avait crié et l'avait supplié de sortir de sa chambre pour la réconforter.

« Où est le père Anselm ? » demanda Lady Anne.

Comme Eleanor ne répondait pas, sa mère pénétra dans l'église qu'elle trouva enveloppée de ténèbres. Les cierges de l'autel eux-mêmes n'étaient pas allumés. Une vague lueur filtrait sous la porte du clocher, et elle devina que le vieil homme s'était enfermé pour échapper aux drames qui se déroulaient à l'extérieur. Elle s'en félicita. Un autre prêtre aurait pu traverser la cour pour s'avancer vers les soldats, brandissant la croix de l'autel et prouvant ainsi qu'elle avait menti en le prétendant mort.

Elle revint vers sa fille. « Clara vient de m'apprendre que vous vous étiez mis en tête de partir avec le seigneur de Bourne. Croyez-vous vraiment qu'il vous aurait emmenée, Eleanor ? Ne vous êtes-vous pas demandé où était sa famille et pourquoi il voyageait avec des hommes d'armes pour toute compagnie ? »

La jeune fille conserva un silence obstiné. Elle était plus pâle que d'ordinaire, comme si les émotions de la journée avaient fini par laisser leur marque sur elle.

« Il tient à sa vie, et ne se soucie pas de celle des autres, poursuivit Lady Anne avec douceur. Sir Richard aurait agi de même. »

Piquée, Eleanor prit la défense de son père. « Il m'aurait emmenée, *moi.*

— Il n'aurait pas eu de place pour vous, une fois le chariot rempli de provisions et d'eau pour le voyage. Il aurait probablement promis de le renvoyer pour vous chercher aussitôt arrivé à destination… et vous auriez vainement attendu des secours qui ne seraient jamais venus. »

Eleanor repensa aux coffres et aux caisses qu'elle avait vus à l'intérieur du chariot du seigneur de Bourne. « De toute façon, vous ne m'auriez pas laissé partir.

— En effet, admit Lady Anne. Je ne vous aurais jamais confiée à la garde de votre père. Votre présence lui serait devenue un fardeau à moins d'une demi-lieue du manoir si vous aviez eu le malheur de vous plaindre de l'inconfort du siège ou de la lenteur du voyage.

— Je ne me serais pas plainte. »

Un rire taquin éclaira les yeux de sa mère. « Vous vous plaignez de tout, ma fille, dit-elle en caressant du doigt la joue d'Eleanor. Il ne se passe pas un jour que vous n'ayez quelque nouveau grief à formuler. »

Eleanor écarta son bras d'un geste brusque. « Je ne me suis jamais plainte à Sir Richard. »

Lady Anne enfonça les mains dans sa cotte. Elle avait été naïve de croire qu'Eleanor pût admettre qu'elle était venue la voir par affection. « Vous n'en aviez pas besoin. Il achetait votre bonne humeur par des colifichets et des robes et vous accordait une heure de son temps lorsque cela le divertissait. L'auriez-vous aimé pareillement s'il ne vous avait fait aucun présent ? »

Un grondement sourd retentit lorsque les murs de la chaumière de John Trueblood s'effondrèrent dans une gerbe d'étincelles. Les deux femmes se tournèrent vers le village. Toutes les habitations étaient désormais réduites à des amas brasillants, et la lumière s'atténuait progressivement au fur et à mesure que les flammes mouraient. Ce qui avait été jadis un village prospère n'existait plus.

« Quel méchant homme, murmura Lady Anne. Il n'a fait cela que pour prouver sa pitoyable autorité. » Avec un soupir, elle regagna l'intérieur de l'église. « Voulez-vous que nous allumions quelques cierges ? Dois-je vous aider à préparer votre lit ? »

La jeune fille haussa les épaules d'un air indifférent. « C'est inutile. Je ne coucherai pas ici.

— Et où coucherez-vous, alors ?

— Dans votre chambre. »

Lady Anne secoua la tête. « Vous attirerez sur vous une attention malvenue si vous cherchez à regagner le manoir cette nuit, Eleanor. Vous pourrez tambouriner tout votre content, personne ne vous ouvrira. Si vous refusez de faire votre lit ici, il vous faudra coucher dehors. »

Les yeux de la fille se plissèrent tandis que son ressentiment refaisait surface. « Sur les ordres de qui ? cracha-t-elle. De Thaddeus Thurkell ? Voulez-vous me chasser de votre chambre afin qu'il puisse partager votre lit ? A-t-il l'intention de s'y installer pour de bon, maintenant que Sir Richard est mort ? »

Lady Anne l'ignora. « Je serais surprise que le père Anselm vous importune, mais si vous l'entendez tirer le loquet de sa chambre, courez jusqu'à la première cabane du chemin. John Trueblood vous protégera. »

La fille serra les poings d'exaspération. « Je ne demanderai jamais d'aide à des serfs. Peut-être ont-ils pouvoir sur vous, mais ils n'en ont pas sur moi. Je serai toujours au-dessus d'eux. »

Lady Anne ferma les yeux l'espace d'un instant. « En vertu de quelle mesure, Eleanor ? Vous ne possédez aucun de leurs arts – pas même celui d'être plaisante –, et pourtant vous continuez à vous croire supérieure à eux. Pour quel motif ?

— Par la grâce de ma naissance, lança la jeune fille. Contrairement à vous, je n'oublie pas qui je suis.

— Vous seriez peut-être plus heureuse si vous l'oubliiez, répliqua Lady Anne en se dirigeant vers la porte. Vous êtes seule, et ils sont deux cents. Votre naissance ne comptera pour rien s'ils décident de se ranger contre vous. Vous aurez beau taper du pied et affirmer être la fille de Sir Richard aussi souvent que vous le voudrez, cela ne vous donnera aucun pouvoir. Vous n'y gagnerez que de vous ridiculiser.

— Je suis également *votre* fille. »

Lady Anne s'interrompit. « En êtes-vous bien certaine ? Vous changez d'avis si fréquemment que j'ai peine à vous suivre. Ce matin, j'étais une paysanne, il y a deux minutes, j'étais la catin de Thaddeus Thurkell et maintenant, je suis votre mère. Dois-je être flattée de cette soudaine disposition à me reconnaître pour telle ?

— Vous n'êtes pas obligée de vous moquer, larmoya Eleanor.

— Mais vous n'avez plus l'âge de vous cacher dans mes jupes, Eleanor. Si vous voulez être respectée, vous devez apprendre à marcher sur vos deux jambes. Vous ne pouvez pas continuer à vivre dans l'oisiveté simplement parce que le hasard de votre naissance vous a donné un titre. »

De la pointe de son orteil, Eleanor dessinait des demi-cercles par terre. « Comment ma naissance pourrait-elle être un hasard ? C'est Dieu qui a *décidé* que je serais Lady Eleanor de Develish. »

Lady Anne tourna les yeux vers la lueur orangée qui montait du village. « Mais pour combien de temps ? murmura-t-elle. Personne ici n'est connu au-delà de ces frontières. Nos noms et nos visages disparaîtront de l'histoire si nous mourons de la pestilence. Seules les fondations des maisons demeureront pour montrer que nous avons existé un jour. »

Eleanor n'était pas assez intelligente pour aller au-delà de la surface des paroles de sa mère. Elle les prit donc à la lettre et resta éveillée sur sa paillasse de jonc, argumentant contre elles en esprit. Comme toujours, elle interprétait ce qu'elle avait entendu en le rapportant à elle-même.

Il était absurde de prétendre que Lady Eleanor de Develish était inconnue au-delà de ces frontières. Son père l'avait présentée à beaucoup de gens. Ses amis, venus en visite au domaine… le seigneur de Blandeforde… monseigneur l'archevêque. La sœur de Sir Richard, à Foxcote, la connaissait, tout comme la maisonnée de Bradmayne et d'autres plus loin encore, sûrement, si le père de Peter avait répandu la nouvelle de ses fiançailles avec son fils.

Mais sauraient-ils qui elle était si elle apparaissait devant eux ?

Malgré toute l'énergie qu'elle mit à combattre ces doutes, ils grandirent tandis que la nuit avançait et que le sommeil la fuyait. Elle finit par admettre que bien que sa tante connût son nom, son visage n'était pas familier à Lady Beatrix. Eleanor n'était jamais allée à Foxcote, et personne de Foxcote n'était jamais venu à Develish. Elle se remémora l'attention superficielle que les amis de son père lui avaient manifestée avant de le rejoindre à la table de jeu ou de l'exhorter à organiser un combat de coqs dans la cour. Elle se rappela aussi qu'aucun d'eux n'avait proposé son fils en échange de sa dot dérisoire. Elle repensa à sa seule et unique rencontre avec Sa Grâce, lors de laquelle l'évêque l'avait ignorée pour s'adresser à sa mère ; et à sa seule et unique rencontre avec le seigneur de Blandeforde, lors de laquelle il avait jeté un regard plein d'ennui sur sa robe extravagante et avait sèchement refusé d'accorder des terres supplémentaires à Sir Richard, parce qu'une « fille » ne comptait pas.

Lorsque l'aube pointa sur le flanc est de la vallée et qu'une vague lueur s'insinua par la fenêtre de l'autel, Eleanor convint que sa mère et Thaddeus Thurkell avaient raison. Les seuls à pouvoir confirmer sous serment qu'elle était celle qu'elle prétendait être étaient les gens de Develish.

Elle se rappela les paroles de Hugh de Courtesmain.

Vous seriez bien avisée de prêter allégeance là où vous le pouvez…

(EXTRAIT D'UN GRAND LIVRE TENU PAR LADY ANNE POUR SERVIR D'HISTOIRE DE SES GENS SI NUL NE RÉCHAPPAIT DE LA PESTILENCE)

Le treizième jour du mois d'août de l'an 1348

Le domaine paraît moins agité depuis la visite du seigneur de Bourne. Peut-être nos gens avaient-ils besoin d'une preuve des dangers qui rôdent hors de nos murailles pour comprendre que j'aie préféré les confiner. Entendre Milord dire que la Mort consume le pays du sud au nord du Dorseteshire nous a tous effrayés, tout comme l'incendie de notre village qu'il a ordonné. Agissait-il sur le commandement du high sheriff ? Ou, pire, du roi ? Les hommes de pouvoir ont-ils pour dessein de détruire la totalité des communautés touchées par la maladie ?

Le retour de Gyles nous a tous réjouis, car il semble que l'on puisse échapper à cette affreuse pestilence. Il fait de son mieux pour nous aider à comprendre comment et pourquoi il a réussi à rester en bonne santé, mais nous ne sommes pas près de trouver de réponse. Thaddeus affirme que le mal noir ne peut pas résider dans le toucher ou le souffle de ceux qui sont atteints, car Gyles y aurait certainement succombé ; mais je me demande encore si Gyles n'aurait pas en lui quelque chose qui résiste à l'infection. J'ai constaté tant de fois que certains meurent de la petite vérole et d'autres non.

Gyles parle beaucoup de la saleté qui régnait à Bradmayne. Il décrit des eaux usées s'écoulant à ciel ouvert, des hommes déféquant devant leurs habitations et des rongeurs infestant les greniers à grain. Il m'exhorte à croire que toutes ces causes, ou l'une d'entre elles, sont à l'origine de la maladie, mais j'ai peine à lui donner raison. Develish était tout aussi sale quand je suis arrivée ici, mais personne n'y mourait de pustules ni de sang noirci.

Néanmoins, le conseil de Gyles de tout faire pour préserver notre propreté est sensé. Avec tous ces gens enfermés dans un espace aussi exigu, il est plus important que jamais de tenir les poux et la vermine à l'écart. Nous ne pouvons tolérer la colique davantage que la pestilence.

In nomine Patris et Filii et Spiritus Sancti

Anne de Develish

Dix

Thaddeus observa un changement chez Eleanor au cours des deux semaines suivantes, mais il avait peine à le croire sincère. La nature de la jeune fille était trop semblable à celle de son père pour qu'elle capitule aussi aisément. Si se vêtir d'étoffe grossière, prendre humblement sa place dans les files des repas et aller jusqu'à proposer de remuer les chaudrons de potage, de gruau et de bouillon pouvait en convaincre d'autres qu'elle s'était amendée, Thaddeus n'était pas homme à se laisser prendre. Après qu'elle eut passé trois nuits dans l'église, il l'avait autorisée à regagner les appartements de sa mère, à condition qu'elle bride son mauvais caractère. Elle s'y était engagée promptement, avait même prétendu regretter son comportement passé, mais ses regards en disaient long. Toute promesse que ferait Eleanor serait de pure forme, il en était convaincu.

Un jour, elle entra dans le bureau du régisseur alors qu'il était seul. Refermant la porte derrière elle, elle contourna la table pour venir appuyer son jeune corps tiède contre le sien. Elle feignit de lire ce qu'il écrivait dans son registre, mais sa connaissance des lettres étant aussi médiocre que celle de son père, il devina qu'elle ne cherchait qu'à attirer son attention. Il ne lui donna pas cette satisfaction, poursuivant son travail comme si de rien n'était.

« Ne me vois-tu donc pas ? demanda-t-elle, s'inclinant de manière que son sein droit frôle son bras. Ne me trouves-tu pas belle, Thaddeus ?

— Vous êtes telle que vous êtes, Lady Eleanor. Bien des gens ont trouvé belle la fleur de l'aconit avant d'en être empoisonnés.

— Pourquoi es-tu aussi cruel avec moi ? geignit la jeune fille. Je fais pourtant tout ce que tu exiges de moi. »

Il se leva et s'écarta d'elle. Il n'y avait pas trace de larmes dans ses yeux, il n'y lisait que du calcul. « Ce n'est pas parce que vous portez des étoffes grossières et que vous mangez avec les serfs que vous devez vous oublier, Milady. Comme vous me l'avez fort bien fait remarquer dans la chambre de votre père, je suis un bâtard de vile extraction et vous êtes la fille de Sir Richard. Je vous recommande de ne rien faire qui soit susceptible de couvrir le nom de votre père de honte. »

Sa promesse de réfréner son tempérament coléreux n'était pas plus sincère que sa voix éplorée. Furieuse, elle saisit l'encrier et renversa le liquide noir sur le grand livre. « Jamais je ne m'abaisserais avec toi, s'écria-t-elle.

— Dans ce cas, nous sommes d'accord, Milady. » Il ouvrit la porte. « Je suis certain que vous trouverez une compagnie plus à votre convenance ailleurs. »

Elle passa devant lui, la tête haute, avec une expression de haine sans mélange. « Je te ferai payer ton arrogance », siffla-t-elle.

Thaddeus ne doutait pas qu'elle pensait ce qu'elle disait, mais il avait d'autres sujets de préoccupation qu'Eleanor. L'ennui de la vie à l'intérieur de l'enceinte pesait sur tous, et plus particulièrement sur les hommes. Une fois les latrines creusées et les murailles surélevées et renforcées, ils n'avaient pas grand-chose à faire à part leurs tours de garde nocturnes ; sans exercice et disposant de trop de temps pour rester assis à réfléchir, ils commençaient à se demander ce que leur réservait l'avenir.

L'idée que Develish pût être la seule communauté à avoir survécu à la pestilence faisait son chemin dans les esprits – tout comme la crainte que seul le Dorseteshire en ait été affecté. Un étranger au comté aurait-il le courage de venir voir s'il y restait des survivants ? Qui leur enverrait des messagers pour leur annoncer que le mal s'était éloigné ? Leur sécurité n'était-elle assurée qu'aussi longtemps qu'ils restaient à l'intérieur des douves ? Comment vivraient-ils lorsque leurs provisions seraient épuisées ?

Thaddeus savait que ces craintes et ces incertitudes auraient rapidement tourné à la panique superstitieuse si Gyles Startout n'avait pas survécu à ce fléau. Le père Anselm ne s'était pas répandu dans ses prêches sur la damnation et les flammes de l'enfer pendant toutes ces années pour que les serfs repoussent aussi facilement l'idée d'une vengeance divine. Will Thurkell, par exemple, prenait plaisir à avertir qui voulait l'entendre que Dieu avait résolu de châtier Develish, en les faisant lentement mourir de faim, ou en incitant les voisins de toujours à se prendre réciproquement à la gorge. Or Gyles était la preuve vivante qu'un homme du Dorseteshire pouvait entrer en contact avec la Mort Noire et lui résister ; et comme il refusait de croire qu'il méritait la clémence de Dieu davantage que les autres membres de la suite de Sir Richard – et le faisait clairement savoir à tous ceux qui lui posaient la question –, la plupart se rangèrent à son attitude raisonnable et fermèrent l'oreille aux prédictions alarmistes de Will.

Thaddeus connaissait suffisamment son beau-père pour savoir que l'unique objectif de Will était de nuire au bâtard d'Eva. S'il pouvait compromettre la position de Thaddeus en tant que régisseur, il ne s'en priverait pas, car il était aussi ulcéré que sa femme par tous les secrets qu'il leur avait dissimulés. Il ne cachait pas sa rancœur, mais y mettait une malveillance particulière quand Thaddeus convoquait les conseillers de Lady Anne pour qu'ils s'entretiennent avec leur maîtresse en particulier.

« Pourquoi m'ignores-tu, mon garçon ? demanda-t-il en pareille occasion, se plantant avec aplomb devant le groupe des chefs. Ne suis-je pas assez bon pour ta précieuse maîtresse ? »

Thaddeus tendit le bras vers la porte du manoir. « Tu es libre autant que les autres d'aller parler à Lady Anne, répondit-il. Vas-y avant nous et présente-lui tes doléances. Nous attendrons que tu aies terminé.

— C'est à *toi* que je parle, mon garçon. Réponds aux questions que je te pose. »

Gyles Startout fronça les sourcils. « Tu passes les bornes, Will, intervint-il d'un ton sévère. Si tu es incapable de manifester du respect, conduis-toi au moins avec courtoisie. C'est Lady Anne qui a choisi les membres de son conseil, ce n'est pas Thaddeus. »

Mais Will n'était pas d'humeur à en rabattre. « Tu me prends pour un idiot ? Elle te garde à son côté parce que tu lui dis ce qu'elle souhaite entendre… peu lui chaut que nous soyons nombreux ici à douter de la sagesse de ses actes. »

John Trueblood posa sur lui un regard amusé. « Personne ne t'oblige à rester, Will. Nous sommes prêts à te donner un coup de main si tu penses que tu t'en sortiras mieux de l'autre côté du fossé. À Dieu ne plaise que tu doives tolérer un régime que tu méprises, bien que tu engloutisses la nourriture qu'on te sert et te dérobes à toutes les tâches qu'on te demande d'accomplir. »

Un large sourire fendit le visage d'Adam Catchpole. « Nous ferons mieux encore. Nous enverrons les autres mécontents avec toi si tu nous donnes leurs noms. Il en est au moins un qui me vient à l'esprit – celui de ta harpie de femme. Elle sera ravie de suivre ton conseil si tu l'invites à t'accompagner en meilleur lieu. »

Thaddeus intervint avant que les piques n'aillent trop loin. Voir son beau-père se faire tourmenter avait beau le divertir, il savait que Will passerait ensuite sa colère sur Eva.

« S'il y a quelque chose que tu souhaites faire savoir à Lady Anne, confie-le-nous et nous le lui dirons de ta part. Aujourd'hui, elle souhaite être conseillée sur ce qu'il conviendra de faire quand nos provisions s'épuiseront. Nous espérons trouver des hommes assez braves pour quitter le domaine en quête de nourriture. Gyles s'est proposé pour être le premier parce qu'il a déjà survécu à ce mal et espère recommencer. Pouvons-nous te demander d'être le deuxième s'il ne revient pas ? »

Will fit une drôle de tête. « Je n'ai jamais quitté le domaine, balbutia-t-il. Je ne saurais pas où aller.

— Parce que tu crois que nous le savons, nous ? À en croire le seigneur de Bourne, les habitants de tous les villages sont morts ou en train de mourir de la pestilence à plusieurs lieues à la ronde. Aucun de nous ne sait quel endroit est sûr, Gyles pas plus que les autres, de sorte que celui qui acceptera de prendre un cheval pour faire ce voyage peut être assuré de se mettre en péril. »

Will s'accrocha au seul fait qu'il pût mettre en avant. « Je ne sais pas monter à cheval. Vous le savez bien. J'ai le dos trop faible. »

Thaddeus esquissa une petite courbette ironique. « En effet. Chacun sait que tu es trop infirme pour accomplir la moindre tâche fatigante. »

James Buckler suivit des yeux son cousin qui s'esquivait. « Il t'enfoncera un couteau entre les côtes si tu n'y prends garde, dit-il à Thaddeus à mi-voix. Quelle qu'ait pu être autrefois sa jalousie à ton égard, elle n'était rien en regard de celle qu'il éprouve aujourd'hui. Ton destin était d'être un vilain, mon jeune ami, et non un régisseur. »

John Trueblood acquiesça. « Tu lui inspires une puissante envie, Thaddeus, qui n'a d'égale que l'aversion que Lady Anne inspire à ta mère. Ces deux-là fomenteront une rébellion s'ils le peuvent. »

Le mois d'août avançant, Thaddeus se demanda si les prédictions de John Trueblood n'allaient pas se réaliser. Le temps continuait à être inhabituellement chaud et des disputes éclataient à la moindre vexation. Les plus énervés étaient les jeunes garçons de quatorze, quinze ans, qui ne cessaient de se prendre au collet. Las de les séparer, Thaddeus rejoignit Gyles Startout sur le tronçon sud de la muraille et lui demanda s'il n'aurait pas une idée pour les occuper.

Malgré leur différence d'âge, les deux hommes étaient devenus bons amis depuis les expéditions furtives de Thaddeus de l'autre côté des douves. Gyles n'avait pas ménagé son soutien au jeune régisseur, ne laissant personne contester le droit de Lady Anne de le choisir comme bras droit. Thaddeus sachant lire et écrire aussi bien que Hugh de Courtesmain, Gyles expliquait à tous qu'il était parfaitement sensé de lui confier le travail du Français.

Il avait mis Thaddeus en garde à maintes reprises contre Hugh, et il répéta alors ses conseils. « C'est le Normand qui aurait besoin de besogne, lui dit-il. Courtesmain est très habile à semer la discorde entre les familles. Isabella m'a confié l'avoir entendu dire au jeune Catchpole que son père était moins estimé par Lady Anne que le père du jeune Buckler. Il n'en faut pas davantage pour pousser deux garçons à se prendre à la gorge.

— Tes bessons ne valent pas mieux, répliqua Thaddeus. Ils s'empoignent aussi souvent qu'ils s'en prennent aux autres. Il faut que nous trouvions à diriger leurs énergies si nous ne voulons pas courir à la catastrophe. À l'heure qu'il est, le moindre ricanement est pris pour une insulte, que Courtesmain y mette son grain de sel ou non. »

Son aîné réfléchit un moment. « Je pourrais les entraîner au maniement de l'épée… encore que cela risque d'aggraver les choses. Ils risquent de se trucider s'ils ont une arme à la main.

— Ils s'entretueront de toute manière si nous n'arrivons pas à les épuiser, rétorqua sèchement Thaddeus. Ton Olyver et le petit Trueblood y sont allés à coups de marteau et de tenailles toute la matinée. »

Gyles scruta l'horizon du côté ouest, où le sentier s'enfonçait dans une forêt touffue. « Il ne serait pas mauvais que d'autres acquièrent ce talent, dit-il. Quand je partirai chercher des provisions, je préférerais avoir à mes côtés des hommes qui savent se battre. »

Thaddeus opina du chef. « Avons-nous des épées ?

— Pas ici. J'ai laissé les armes que nous avions rapportées avec les selles et les harnais près de mon camp dans la forêt, mais elles ne se prêtent pas bien à l'entraînement. Il faut demander à nos menuisiers de nous en fabriquer en bois. Quand le moment sera venu de nous servir de vraies épées, nous les forgerons avec du fer.

— Quel fer ?

— Celui des gonds et des cercles de barriques. Tu te mettras les femmes à dos si tu t'empares de leurs chaudrons. »

Les leçons de Gyles connurent un tel succès que les hommes faits s'y empressaient eux aussi. Ils s'alignaient d'un bout à l'autre du verger, attaquant et parant avec enthousiasme, et il ne fallut pas longtemps à Thaddeus pour comprendre que l'exercice en soi les attirait autant que le maniement de l'épée.

L'existence d'un serf était très astreignante physiquement, seize heures de dur labeur aux champs en été avec quelques interruptions pour se restaurer, suivies de huit heures de sommeil. Ils n'avaient pas l'habitude de rester inactifs.

Il confia à Lady Anne l'idée de l'exercice pour l'exercice. « Ils se querellent beaucoup moins depuis que Gyles a commencé à les entraîner, Milady, mais il ne peut pas s'occuper de tous en même temps. Si nous pouvions les répartir en groupes et établir un roulement, ils s'ennuieraient moins.

— Que pourraient-ils faire ? »

Un sourire en coin plissa le visage basané de Thaddeus. « C'est ce que j'essaie de trouver, Milady. Le mieux que j'aie pu imaginer jusqu'à présent est une course quotidienne : courir d'un bout de l'enceinte à l'autre. »

Elle joignit le bout de ses doigts devant son visage, les yeux perdus dans ses pensées. « Je me rappelle que Marco Polo évoque la monotonie des longs voyages en mer, murmura-t-elle. Je crois me souvenir que les marins chantaient et dansaient pour passer le temps. » Elle s'interrompit, fouillant dans sa mémoire.

Thaddeus laissa le silence se prolonger, sachant que sa maîtresse reprendrait le fil de son discours et que ce qu'elle dirait serait intéressant. Il avait déjà entendu nombre de ses récits à propos de Marco Polo et son imagination en avait été embrasée autant que celle de Lady Anne l'avait été jadis.

« Mère Maria parlait d'une arène à Rome où ils donnaient des chrétiens à dévorer aux lions et obligeaient des esclaves à lutter jusqu'à la mort pour divertir le peuple. Je suppose que c'était aussi pour le distraire de son ennui. » L'expression de Thaddeus lui arracha un sourire. « Tout n'était pas que mort et châtiment, cependant. Ils organisaient des courses de chars, des courses à pied et des épreuves de lutte, et aussi des concours, à qui sauterait ou lancerait son javelot le plus loin. Ils appelaient cela des “jeux” ; celui qui gagnait devenait le champion et devait défendre sa couronne face à de nouveaux concurrents. Leurs couronnes étaient faites de feuilles de laurier.

— Et les hommes s'entraînaient-ils pour ces “jeux” ? »

Lady Anne hocha la tête. « Très certainement. Être champion était un immense honneur.

— Nos gens estimeront-ils qu'une couronne de feuilles de laurier est une récompense digne qu'on se batte pour l'obtenir ?

— Pourquoi pas, si nous leur disons que les jeux auront lieu le jour de la Saint-Édouard-le-Confesseur et que les champions seront portés en triomphe avant l'ouverture du bal ? Si nous ne pouvons pas leur promettre quelque amusement, ils risquent de commencer à contester la nécessité de continuer à vivre enfermés dans cet espace exigu. »

Thaddeus constata avec soulagement l'enthousiasme avec lequel fut accueillie cette idée de concours. Avec l'aide de James Buckler, il conçut et aménagea six terrains destinés à six épreuves différentes : un sentier jalonné pour une course à pied de dix circuits autour du périmètre de la cour ; une cible pour une épreuve de tir à l'arc dans le verger ; une piste délimitée par des cordes avec une ligne tracée dans l'herbe marquant le point de départ de l'épreuve de saut en longueur ; une autre pour le lancer de javelots en bois ; un espace clos au centre de la cour destiné à des concours de lutte ; et un autre espace, sur lequel étaient disposées de grosses pierres échelonnées selon leur poids pour mesurer la force des hommes qui tenteraient de les soulever.

Il fallut sacrifier quelques pommiers du verger et plusieurs habitations temporaires furent démontées et reconstruites plus loin, mais cette idée de jeux semblait séduire tout le monde. L'entraînement au maniement de l'épée et de l'arc se poursuivit tous les matins, les après-midi étant réservés à l'athlétisme. Les femmes interrompaient la préparation des repas pour aller regarder leurs maris, leurs fils et leurs frères se défier mutuellement, les encourageant de la voix et riant à plein gosier lorsqu'ils se retrouvaient sur le dos. Et quand on constata que les plus jeunes ne pouvaient rivaliser avec les hommes adultes aux poids ou à la lutte et qu'en revanche, les hommes se faisaient distancer par les jeunes gars à la course, James Buckler proposa que l'on nomme deux champions – un adulte et un jeune.

« Est-il vrai que vous avez dû augmenter les rations des hommes ? » demanda-t-il à Thaddeus un soir alors qu'ils observaient Alleyn Startout se battre avec son frère sur le terrain de lutte.

Thaddeus acquiesça. « Le choix est simple : rester oisifs toute la journée, manger moins mais nous quereller pour un oui ou pour un non, ou bien occuper nos esprits et nos corps, et manger davantage.

— Combien de temps nos réserves dureront-elles dans ces conditions ? Quelle différence cela fera-t-il ?

— Deux semaines de moins, trois peut-être. Selon moi, nous contemplerons nos assiettes vides vers la Noël.

— Milady a-t-elle avancé la date du départ de Gyles ?

— Pas encore. Elle s'accroche à l'espoir de voir arriver des messagers. »

Buckler scruta le visage de Thaddeus, hésitant encore à admettre que le bâtard à cheveux noirs d'Eva était digne du respect que lui manifestait Gyles. James n'avait jamais approuvé la brutalité de son cousin à l'égard de ce garçon, intervenant maintes fois pour épargner à Thaddeus une rossée si violente qu'elle aurait pu entraîner sa mort, mais il avait toujours compris la rancœur de Will. Quel homme n'aurait pas été furieux de se voir imposer l'enfant d'un autre, surtout un petit gars aussi différent de tous que Thaddeus ? Quant à savoir qui en était le père, le mystère restait entier.

Quand on regardait Eva à présent, on avait peine à se rappeler la jalousie qu'elle avait inspirée à son arrivée à Develish. Elle avait été trop sûre d'elle, trop avide de retenir l'attention, trop empressée à attirer les regards des hommes. James lui-même l'avait guignée avec concupiscence en se demandant pourquoi Dieu avait manifesté pareille bonté à son bon à rien, son fainéant de cousin. Les fiançailles avaient été arrangées par le régisseur de Sir Richard avec l'accord empressé de Will – d'humeur trop capricieuse pour séduire une servante de Develish – et il se crut le plus heureux des hommes quand sa jolie fiancée arriva d'un domaine des environs de Melcombe. Tout se serait sans doute passé sans la moindre anicroche si elle n'avait pas joué les oies blanches, assurant à Will en baissant modestement les cils qu'elle était pure et immaculée comme neige.

Ce qui avait rendu Will fou de rage était d'avoir été pris pour un naïf et pour un imbécile. Il s'était pavané pendant sept mois, ne doutant pas que le ventre grossissant d'Eva abritait son fils, et ne sut que répondre aux sourires entendus des femmes et aux regards compatissants des hommes quand Thaddeus naquit avec huit semaines d'avance. Eva eut beau prétendre par la suite avoir été violée, personne ne l'écouta, car il ne faisait de doute pour personne qu'elle avait espéré faire passer l'enfant pour celui de Will. La plupart pensaient qu'elle avait couché avec plusieurs hommes et ne savait pas elle-même qui était le père.

Quel qu'il fût, il avait laissé une forte empreinte sur ce fils inconnu. On aurait eu peine à trouver quoi que ce fût d'Eva dans sa peau olivâtre, ses yeux sombres et ses cheveux noirs. Manifestement, le père de Thaddeus n'était pas originaire du Dorseteshire – ni même d'Angleterre, probablement. Dans ces conditions, pouvait-on avoir confiance en lui ?

« Milady pourrait avoir raison, reprit alors James. Ne t'arrive-t-il jamais de penser que la pestilence a disparu et que nous sommes encore là à nous demander si nous pouvons regagner nos champs en toute sécurité alors que le reste du pays fête déjà le départ de ce fléau ? »

La même question était posée tous les jours à Thaddeus sous diverses formes. Comment Develish serait-il informé que le mal était passé ? Qui leur dirait à quel moment il était raisonnable de regagner leur village et de reconstruire leurs maisons ? Quand la vie reprendrait-elle son cours ordinaire ? Il n'avait aucune réponse, hormis celle qu'il donna alors à James. « Nous aurions vu des feux sur les collines. Le roi ne nous laisserait pas dans l'ignorance. »

Prenant congé d'un signe de tête, il se dirigea vers le cimetière où l'on avait parqué les bêtes. Le crépuscule approchait, mais deux des truies étaient grosses et il voulait vérifier qu'elles allaient bien avant de se retirer pour la nuit. Elles étaient allongées sur le flanc dans la paille, profondément endormies, et rien n'indiquait l'imminence d'une mise bas. Il se pencha au-dessus de l'enclos pour gratter les soies de leurs têtes. C'étaient de belles bêtes qui n'atteindraient la fin de leur vie de reproductrices que trois ou quatre ans plus tard, mais il savait qu'il serait obligé de les abattre si aucun messager n'arrivait avant la mi-décembre. Tout partirait à la marmite lorsque la faim tenaillerait Develish, même les trois vaches installées dans un coin du carré d'aromatiques et qui leur fournissaient du lait.

Tandis que les truies grognaient de contentement sous la caresse apaisante de ses doigts, il entendit un rire de fille en provenance de l'église et pensa immédiatement que le père Anselm avait recommencé ses vilains tours. Il ne quittait plus guère ses appartements ces derniers temps, ne se montrant que le dimanche. Cependant, comme personne ne s'était plaint à Thaddeus de l'absence du prêtre, il n'était pas intervenu. Il se tourna vers l'église et constata que la porte était fermée, mais que la lueur d'un cierge vacillait à la fenêtre du chœur. Peut-être serait-il allé voir de quoi il retournait si une autre voix n'avait répondu au rire de la fille – le timbre rauque d'un jeune garçon – qui ne pouvait en aucun cas être celle du père Anselm.

Thaddeus estimait qu'il ne lui incombait pas de surveiller ce qui se passait dans la maison du Seigneur. Si le curé jugeait bon de laisser les jeunes venir y dérober quelques instants d'intimité, c'était son affaire. D'un côté, il était tout prêt à applaudir la générosité du père Anselm – il n'y avait pas d'autre lieu de rendez-vous clandestin possible dans l'enceinte –, de l'autre, il savait bien qu'en contrepartie, le vieux prêtre lorgnait les jeunes par les fentes de sa porte. Il avait été surpris tant de fois à reluquer par les interstices des portes du village que Lady Anne le traitait de « voyeur ». « Il aime regarder les jeunes filles, avait-elle dit à Thaddeus bien des années plus tôt. Tu devrais conseiller à tes sœurs de se méfier de lui. »

Après avoir jeté un rapide coup d'œil aux autres animaux parqués dans le cimetière, il décida de faire le tour des douves avant qu'il ne fasse complètement noir. Les serfs montaient la garde à tour de rôle par roulement de six heures aux quatre points cardinaux, scrutant l'horizon en quête de mouvements suspects. Ils faisaient le guet par deux, généralement un homme fait et son fils, pour que le petit gars coure prévenir les autres de l'approche d'étrangers. La plupart de ceux qu'ils avaient aperçus jusqu'alors suivaient la route de terre en provenance du sud, quelques-uns voyageant cependant d'est en ouest par le chemin des collines, mais les deux voies étaient restées désertes depuis que le seigneur de Bourne avait incendié le village.

Certains se plaignaient, jugeant inutile de monter la garde quand le ciel était couvert et que l'obscurité les empêchait de voir quoi que ce fût, mais Gyles insistait pour qu'ils ne quittent pas leur poste. Même si des maraudeurs n'étaient repérés qu'au moment où ils cherchaient à traverser le fossé, c'était mieux que rien. Une trop grande confiance était aussi dangereuse que l'ennui et, comme Gyles le fit remarquer, le cœur de la nuit était le meilleur moment pour donner l'assaut à une place forte. Néanmoins, dans la mesure où plus personne ne circulait sur la route, il était de plus en plus difficile de persuader les hommes de prendre leur mission au sérieux.

Thaddeus éprouvait quelques doutes, lui aussi. Chaque fois qu'il voyait les haricots, les pois et les fèves pourrir dans les champs et qu'il songeait que s'ils ne plantaient rien à l'automne, ils n'auraient pas de récolte au printemps suivant, il se demandait si Lady Anne avait eu raison d'imposer un isolement aussi total. Thaddeus éprouvait un tel respect pour son savoir qu'il lui avait donné raison tout d'abord, mais il n'avait pas compris immédiatement à quel point le problème de la faim deviendrait pressant.

Pourquoi ne pas franchir le fossé pour rentrer les récoltes et semer en prévision de la saison prochaine, puisqu'ils disposaient d'un système d'alarme efficace – la cloche de l'église – rappelant leurs gens en toute hâte à l'intérieur de l'enceinte ?

Lady Anne secoua obstinément la tête quand il lui fit part de ses réflexions. Les descriptions qu'avaient données l'évêque et Gyles de la mort rapide et terrible qu'entraînait ce mal n'auraient pu être plus parlantes. Thaddeus était-il disposé à sacrifier la vie de sa famille et de ses voisins à un fléau qui tuait en moins d'une semaine ?

« Nous n'avons vu aucun malade depuis le retour de Sir Richard, Milady, et cela fait maintenant deux mois qu'il est mort. »

Lady Anne prit ses joues entre ses mains et massa ses yeux fatigués. « Mais nous ne savons même pas comment ce mal passe de l'un à l'autre, fit-elle remarquer. Peut-être l'infection est-elle déjà sur nos terres. Peut-être tous les cavaliers qui ont emprunté la route la portaient-ils sur leurs vêtements ou leur monture.

— Dans ce cas, nous ne pourrons jamais franchir le fossé en sûreté, observa Thaddeus raisonnablement, s'abstenant de lui rappeler qu'il l'avait fait lui-même plusieurs fois. Nous sommes condamnés à mourir aussitôt que nous poserons le pied sur un sol contaminé. »

Elle soupira mais ne répondit pas, et il abandonna le sujet. Il se doutait qu'elle était aussi irrésolue que lui, et ne voulait pas l'obliger à prendre des décisions pour lesquelles elle n'était pas prête. Il y avait une limite à l'accumulation de soucis qu'un être pouvait supporter avant d'être écrasé sous leur poids. En son for intérieur, il était résolu à accompagner Gyles dans son voyage d'exploration et à laisser Hugh de Courtesmain exercer les fonctions de régisseur en son absence. Ils avaient absolument besoin d'informations. Faute de quoi, tous les choix qu'ils feraient risquaient d'être mauvais.

Il commença son tour du fossé par le poste de garde du sud, situé derrière l'église. Ce n'était qu'une marche de trois pieds de haut qui permettait à un homme de regarder par-dessus le parapet. Il n'y avait personne. Celui qui était censé faire le guet avait déserté son poste, ou n'était jamais venu. Contrarié – il avait en effet une petite idée de l'identité de l'absent –, Thaddeus se hissa sur la marche et scruta les ténèbres qui s'étendaient au-delà. La lumière était si faible qu'il ne pouvait que chercher des signes de mouvement. Une centaine de silhouettes immobiles auraient pu être tapies à la lisière des prairies, il n'aurait repéré leur présence que si une ombre avait bougé.

Son arrivée avait troublé les moutons parqués dans un coin du cimetière, entre l'église et le mur du fossé, et ils bêlèrent pour s'alerter mutuellement. Thaddeus aurait juré que c'était Will Thurkell qui aurait dû occuper ce poste et il connaissait suffisamment son beau-père pour savoir que le bruit des animaux lui aurait rapidement porté sur les nerfs. Il se douta que Will avait laissé l'aîné de ses fils, Jacob, faire le travail tout seul et devina aussi que la fille qui était dans l'église avait entraîné le garçon à abandonner son poste. Elle n'avait pas dû avoir grand mal à le convaincre. À seize ans, Jacob était aussi attiré par les filles que tous les jeunes gars du domaine, mais il était trop petit et trop vilain pour retenir leurs regards. Comme il l'avait fait presque tous les jours de sa vie, Thaddeus maudit la paresse et la stupidité de Will. S'il espérait que Thaddeus fermerait les yeux sur ce manquement, il était encore plus sot qu'il ne l'aurait cru.

Il s'attarda un long moment pour donner à Jacob une chance de revenir, ne fût-ce que parce qu'il le jugeait moins coupable que Will. Il n'éprouvait pourtant aucune affection pour son demi-frère. Jacob n'avait jamais hésité à détourner la colère de son père vers les épaules plus larges de Thaddeus, au point qu'à dix ans, ce dernier s'était fait fouetter pour chacune des bêtises que commettait son cadet qui en avait six. Il aurait fini par le prendre définitivement en grippe si Lady Anne ne lui avait appris qu'une colère mal dirigée n'était que perte de temps.

Étalant un onguent sur ses côtes meurtries, elle lui disait : « Ton père te battrait que Jacob mente ou non, Thaddeus. Il n'enseigne rien à son fils en se conduisant ainsi, mais toi, au moins, tu apprends que la cruauté engendre la haine.

— Est-ce une bonne chose ? avait demandé Thaddeus perplexe.

— Oui, si cela peut te persuader que l'injustice et la méchanceté sont mères de tous les maux. »

Il aimait le contact de ses doigts si doux sur sa peau palpitante. Les propos qu'ils échangeaient sur l'amour étaient à cent lieues des doléances geignardes de sa mère. « Me dites-vous d'agir comme Jésus l'a dit ? De tendre l'autre joue et de laisser Will me rosser chaque fois qu'il le veut ?

— Je te dis de te rappeler ce que c'est que d'être traité injustement, Thaddeus. Tu finiras par être aussi méchant que Will si tu laisses sa cruauté t'emplir de haine.

— Je ne l'aimerai jamais.

— Dans ce cas, fais au moins en sorte de ne pas le haïr. » Elle avait glissé sa chemise par-dessus sa tête et aidé le garçon à glisser ses bras dans les manches. « Un homme intelligent choisit son chemin dans la vie et va de l'avant. Un homme qui gâche sa vie pour se venger reste immobile.

— Comment apprend-on à ne pas haïr quelqu'un ?

— En comprenant à quel point il est insignifiant pour toi, avait répondu Lady Anne. Pourquoi gâcher des émotions pour quelqu'un qui compte aussi peu ? Will Thurkell n'a rien à t'apprendre, rien à te donner. Son bâton peut être douloureux sur le moment et son fouet peut cingler, mais dans quatre ans, quand tu le dépasseras de six pouces, il aura bien trop peur pour lever la main sur toi. Vis pour ce jour-là, Thaddeus.

— Et si j'ai envie de le tuer lorsque ce jour viendra ? »

Elle avait enveloppé le pot d'onguent dans un sac de toile dont elle avait noué les coins. « Tu auras choisi le chemin qu'il veut te voir prendre. Rien ne saurait lui plaire davantage que de te prouver que tu es le fils du diable. » Elle lui tendit le sac. « Utilise ce baume matin et soir pour atténuer la douleur, mais prends garde à ne pas te faire voir de Will. Il t'en voudra davantage encore s'il sait que tu m'as parlé. »

Il avait observé son doux visage un moment, se demandant comment quelqu'un d'aussi jeune pouvait posséder pareille sagesse. « Pensez-vous que mon vrai père était un homme bien, Lady Anne ? »

Un petit rire lui avait échappé et elle lui avait pincé le menton entre le pouce et l'index. « Forcément, avait-elle répondu. Autrement, tu ne serais pas aussi courageux. »

Au bout d'une demi-heure, Thaddeus renonça à sa veille et refit le tour de l'église pour en chasser Jacob. Il arriva trop tard. Le cierge qui éclairait la fenêtre du chœur avait été éteint, et quand il entra dans l'église, elle était vide. Avec un juron de déception, il s'avança jusqu'à la porte du clocher et tambourina bruyamment. « Père Anselm ! C'est Thaddeus Thurkell. Il y avait deux jeunes ici il y a quelques instants. Savez-vous qui c'était ? »

Si le prêtre était éveillé, il n'avait aucune envie de répondre et Thaddeus ressortit pour contourner l'église par l'ouest. Il ne pouvait croire que Jacob ait emprunté le chemin le plus long pour rejoindre la marche de guet, mais il jeta tout de même un coup d'œil de l'autre côté du cimetière en faisant le tour du bâtiment, cherchant à distinguer la silhouette du garçon au-dessus du mur qui longeait le fossé. Ses yeux s'étaient accoutumés à l'obscurité, mais il n'aurait pas remarqué la forme allongée dans l'herbe face contre terre devant le premier enclos des moutons si la lune ne s'était pas levée. Sa clarté était juste suffisante pour révéler la couleur de sa tunique – jaune safran –, celle qu'avait portée Thaddeus quand il avait douze ans.

Il contourna quelques pierres tombales et posa énergiquement la semelle de son soulier sur le dos de son demi-frère.

« Je vais te botter les fesses si tu as volé l'hydromel du père Anselm, espèce de fouine, grommela-t-il. Cela te fera passer l'envie de commettre des larcins. » L'autre ne réagissant pas, il se servit de son pied pour le faire balancer d'un côté à l'autre. « Allons, Jacob. Réveille-toi ! »

Il se demanderait plus tard pourquoi il lui avait fallu aussi longtemps pour comprendre que Jacob était mort. Plusieurs coups de pied restèrent infructueux, mais l'idée même que le trépas pût être cause de l'immobilité de son frère ne lui traversa pas l'esprit. Ce ne fut qu'en retournant le corps et en voyant les yeux grands ouverts et fixes qu'il sut que c'était un cadavre qu'il avait devant lui. Il en fut profondément ébranlé. Quelques heures auparavant seulement, il avait encore vu Jacob s'exercer au saut en longueur dans le verger. Était-il déjà malade ? La peur l'avait-il poussé à dissimuler les symptômes de la pestilence ?

Avec effroi, Thaddeus s'agenouilla à côté de la forme inerte, encore plus petite dans la mort que dans la vie, et palpa la peau du cou à la recherche de protubérances avant de glisser les mains à l'intérieur de la tunique du garçon pour tâter ses aisselles et son entrejambe. La peau était tiède et moite au toucher et Thaddeus recula d'un bond, pris de dégoût, avant d'essuyer ses doigts sur les manches de sa chemise. Il n'avait jamais entretenu de relation aussi intime avec son frère de son vivant et il en avait la nausée. Mais il lui fallait savoir comment Jacob était mort.

Glissant les bras sous la nuque et sous les pieds du garçon, il se releva en poussant un grognement d'effort et refit le tour de l'église, le poids mort de Jacob niché contre sa poitrine. Il ne voyait pas où le déposer, sinon sur le sol du chœur, devant l'autel. Il lui fallait une lumière plus vive que celle de la lune pour inspecter correctement le corps, mais il rechignait à transformer Jacob en objet d'exposition en l'examinant en public. De plus, si le garçon était mort du mal noir, transporter son cadavre infecté dans tout le domaine ne ferait qu'augmenter les risques pour tous.

Ses mains tremblaient tant qu'il lui fallut un temps fou pour repérer la boîte à briquet du père Anselm derrière l'autel et obtenir une étincelle sur la toile carbonisée qui lui permit d'allumer un morceau de petit bois. Sans être superstitieux comme Hugh de Courtesmain, Thaddeus ne pouvait s'empêcher de se retourner à chaque craquement de planche pour scruter les ténèbres qui s'étendaient derrière lui. Une lueur à peine visible apparaissait sous la porte du père Anselm, mais le curé resta aussi immobile et silencieux que la dépouille de Jacob.

Thaddeus ne put éviter de poser les yeux sur la croix en allumant les cierges de l'autel. « L'enfer est-il plus terrible que la misère dont tu nous accables ici-bas ? demanda-t-il tout haut, l'église vide renvoyant l'écho de ses paroles. Les flammes de Satan sont-elles plus redoutables que cette plaie que tu as envoyée pour nous tuer ? » Alors que les mèches s'enflammaient, dissipant les ombres environnantes, il entendit tirer le loquet de la porte du clocher.

« Qui éclaire la Sainte Table sans ma permission ? » demanda le père Anselm d'une voix bougonne.

Thaddeus éteignit sa brindille. « Thaddeus Thurkell. J'ai frappé à votre porte, mon père, mais vous n'avez pas répondu. Je pensais que vous dormiez. » Il se tourna vers la silhouette qui apparaissait indistinctement derrière la porte entrouverte, à l'autre bout de l'église. « Vous feriez mieux de vous enfermer à nouveau. Si j'ai besoin de vous, je vous appellerai. »

Il en fallait davantage pour décourager le vieil homme. Les cierges allumés sur l'autel lui permettaient de distinguer Thaddeus bien plus distinctement que celui-ci ne pouvait le voir. « Tu as du sang sur tes vêtements, remarqua-t-il d'un ton accusateur. Qu'as-tu fait ? Je vois quelqu'un qui gît à terre devant toi. Qui est-ce ?

— Mon frère Jacob. » En fronçant les sourcils, Thaddeus baissa les yeux sur sa chemise de laine claire et vit une tache rouge à l'endroit où il avait porté le corps de son frère contre lui ainsi que des traces qui maculaient ses manches, là où il s'était essuyé les mains. « J'ai cru que c'était de la sueur », dit-il, soudainement troublé. Se laissant tomber à genoux, il déplaça le bras de Jacob et aperçut le sang qui souillait la tunique jaune du garçon. Il défit la corde serrée autour de la taille de Jacob et remonta sa tunique pour en chercher la source. Il y avait tellement de sang, encore humide pour l'essentiel, qu'il était difficile de voir d'où il venait jusqu'au moment où une bulle d'air se forma autour d'une plaie, entre deux côtes.

Le prêtre s'approcha de lui en traînant les pieds. « Est-il mort ?

— J'ai cru qu'il l'était quand je l'ai trouvé, mais on dirait qu'il a encore un souffle de vie en lui. » Thaddeus remua le corps, essayant de le ranimer. « Là. Vous voyez ? »

Le père Anselm secoua la tête. « J'ai vu des cadavres exhaler de l'air fétide de leurs poumons morts alors même qu'on clouait le couvercle de leur cercueil. » Il se baissa péniblement pour s'agenouiller à côté du corps. « Jacob ne voit plus, Thaddeus. Ses yeux sont déjà vitreux. Cherche l'huile sur l'autel. Il est trop tard pour qu'il reçoive l'absolution, mais son âme agitée trouvera peut-être la paix si je lui administre l'extrême-onction. »

Thaddeus assista à la petite cérémonie avec des sentiments mêlés. Il y avait quelque chose de rassurant dans la méticulosité avec laquelle le père Anselm appliquait l'huile consacrée sur le front, les paupières, les narines, les lèvres, les oreilles, la poitrine, les mains et les pieds de Jacob, comme si cette onction pouvait effectivement lui apporter le repos. Thaddeus imagina même que Jacob dormait après que les doigts du prêtre eurent fermé les paupières sur ses yeux fixes et croisé les poignets du défunt sur son thorax affaissé. Mais la manière dont son frère était mort le troublait si profondément qu'il répondit à peine aux prières latines psalmodiées.

Il chercha à se convaincre que cette blessure avait une origine accidentelle, mais la raison lui disait le contraire. La plaie devait être profonde pour avoir privé Jacob de la vie. À la lueur des cierges, Thaddeus distingua d'autres marques sur le garçon, des égratignures au visage, une estafilade en travers de la paume droite qui semblait révéler qu'il avait serré une lame dans son poing, une autre en travers de son avant-bras, suggérant qu'il avait cherché à la dévier. Tous ces signes parlaient de lutte, s'achevant par un coup d'estoc final entre les côtes.

Lorsqu'il eut fini ses prières, le père Anselm se signa. « Est-ce toi qui as fait cela, Thaddeus ? demanda-t-il. Tu es couvert de sang. »

Thaddeus secoua la tête. «Je l'ai trouvé près des parcs à moutons, derrière l'église. J'ai cru qu'il était ivre jusqu'à ce que je le retourne.»

Il dégagea la corde glissée sous le corps de Jacob pour voir s'il avait sur lui le couteau qu'il utilisait pour fendre les arbrisseaux. Comme la plupart des serfs, Jacob portait ses outils attachés sur son flanc par des boucles de ficelle, mais si son poinçon était à place, sa lame à manche de chêne n'y était pas, et Thaddeus se demanda si ce n'était pas elle qui lui avait coûté la vie.

«Avez-vous entendu une bagarre au-dehors? demanda-t-il au prêtre. Il a dû y avoir une violente querelle pour que chose pareille advienne.»

Le prêtre détourna les yeux. «Je n'entends rien depuis mon logis.»

Thaddeus ne le crut pas. Il se redressa et se dirigea vers la fenêtre qui donnait sur les parcs à moutons. Les cierges de l'autel rendaient l'obscurité du cimetière impénétrable. Il ne distinguait que le faible éclat des toisons blanches çà et là. Il se rappela qu'il avait fait beaucoup plus clair quand il était monté sur la marche pour examiner la forêt, au sud. «Quelqu'un a dû assister à l'altercation depuis cette fenêtre, dit-il, ou au moins voir Jacob étalé dans l'herbe. J'ai entendu une fille rire comme si quelque chose l'amusait. Savez-vous qui c'était, mon père?»

Le prêtre ne répondit pas immédiatement, et Thaddeus se retourna vers lui. Il était toujours à genoux près du corps, se tordant frénétiquement les mains comme si seule une activité physique pouvait offrir un exutoire à l'agitation de son esprit. «C'est une vilaine affaire, une très vilaine affaire quelle qu'en soit la raison», murmura-t-il.

Un curieux choix de mots, songea Thaddeus. Il n'avait pas demandé pour quel motif Jacob avait bien pu se battre, mais seulement qui pouvait en avoir été témoin. Il fronça les sourcils. «Voulez-vous dire que la fille qui se trouvait ici a quelque chose à voir avec ce qui s'est passé? demanda-t-il. Était-ce elle, la cause du différend?»

Mais le père Anselm secoua à nouveau la tête. «Je suis aussi ignorant que toi, Thaddeus. Je n'ai rien vu, rien entendu. Il faut que Lady Anne fasse venir le high sheriff et le charge de trouver le coupable. Ce n'est ni à toi ni à moi de décider de la culpabilité de quelqu'un.

— Même si elle était disposée à envoyer un messager depuis le domaine, qu'est-ce qui vous fait penser que le sheriff viendrait jusqu'ici, à supposer qu'il soit encore en vie ? Pourquoi s'intéresser à une mort isolée alors que des centaines de malheureux succombent à la pestilence ? » Thaddeus revint sur ses pas pour aider le prêtre à se relever. « Peut-être Jacob a-t-il été le premier à tirer son couteau, son adversaire n'ayant cherché qu'à se défendre. Il me faut le nom de la fille. Elle a certainement vu quelque chose, mon père. »

Le vieil homme se dirigea vers ses appartements. « Tu n'as à t'en prendre qu'à toi, Thaddeus, lança-t-il par-dessus son épaule.

— Comment cela ? Ce n'est pas moi qui ai enfoncé un couteau entre les côtes de mon frère.

— Je t'avais averti de ne pas faire venir cette jeune femme dans mon église. »

Thaddeus laissa un unique cierge allumé pour Jacob sur le rebord de pierre de la fenêtre de l'autel et regagna la marche de la muraille, le long des douves. Il avait besoin d'espace et de temps pour réfléchir, et le poste de garde du sud lui offrait la solitude nécessaire. Il hésitait à tirer Lady Anne de son lit. Elle ne pouvait rien faire dans l'obscurité qui ne serait plus facile à réaliser de jour. Et il n'avait aucune envie de réveiller sa mère pour lui annoncer qu'un de ses enfants était mort. Ses lamentations mettraient toute la communauté en émoi, et le bon sens disait à Thaddeus qu'il aurait plus de chances de découvrir la vérité s'il pouvait éviter que des clameurs éclatent avant qu'il ne soit prêt.

Il devait inspecter le terrain où il avait trouvé Jacob pour voir si celui-ci n'avait pas laissé tomber son couteau dans l'herbe. S'il ne s'y trouvait pas, il était à parier que son adversaire l'avait emporté, ce dont il pourrait s'assurer en fouillant tous les garçons et en examinant leurs mains et leurs bras en quête de taches de sang et d'estafilades. Procéder à ces recherches de nuit n'aurait aucun sens. Un coupable doté d'un peu de cervelle profiterait de l'obscurité pour s'éclipser discrètement et aller se débarrasser du couteau ou de sa tunique maculée de sang dans la fosse d'aisances creusée au pied des latrines.

Thaddeus ne cessait de repenser aux propos du père Anselm. Il avait exhorté le prêtre à s'expliquer, mais le vieil homme avait refusé. « Ce n'est pas quelque chose que j'aimerais voir revenir aux oreilles de Lady Anne », avait-il marmonné, fermant la porte derrière lui et poussant le loquet.

Thaddeus n'avait pas besoin de faire œuvre d'imagination pour assembler les éléments dont il disposait en un récit plausible. La grâce soudaine avec laquelle Eleanor avait accepté de fréquenter les serfs... la multiplication des rixes parmi les jeunes gars... des rendez-vous clandestins dans l'église. Si elle ne montait pas les garçons les uns contre les autres délibérément, elle le faisait pour se divertir.

Eleanor fut réveillée par la petite main calleuse d'Isabella posée sur sa bouche. « Chut, Milady, lui murmura la fille à l'oreille. Ne faites pas de bruit, de crainte d'alerter votre mère. Vous préférerez certainement qu'elle n'entende pas le message que je vous porte. »

Dans la pénombre laiteuse qui précédait l'aube, Eleanor distinguait à peine le visage d'Isabella. La petite servante était accroupie sur le sol à côté d'elle, les yeux rivés avec attention sur ceux d'Eleanor pour s'assurer qu'elle avait compris. Quand Eleanor hocha légèrement la tête, elle retira sa main et se pencha vers elle.

« Certains des jeunes serfs racontent des choses terribles sur vous, Milady, chuchota-t-elle. Ils parlent de ce que vous faites avec eux dans l'église. Il faut venir tout de suite dans le bureau du régisseur si vous ne voulez pas que votre mère en soit informée. »

L'effroi soudain qui se peignit sur le visage de sa jeune maîtresse emplit Isabella de satisfaction. Cela voulait dire que Thaddeus avait vu juste. Il était venu réveiller Isabella qui dormait avec les enfants dans la grande salle – elle les réconfortait et s'occupait d'eux pendant la nuit – et lui avait expliqué ce qu'elle devait dire à Lady Eleanor. Une autre qu'Isabella aurait pu contester ses propos, mais elle avait déjà remarqué les regards que ses frères, les bessons, jetaient à sa jeune maîtresse.

Posant le doigt sur ses lèvres, elle aida Eleanor à se lever, la prit par la main et l'entraîna vers la porte, contournant les nombreuses femmes endormies. De temps en temps, leurs pieds effleuraient les paillasses, mais le bruit qu'elles pouvaient faire était couvert par les ronflements des plus âgées. La plupart travaillaient à la cuisine et couchaient dans les appartements de Lady Anne afin d'être immédiatement disponibles pour préparer le premier repas. Toutes se plaindraient d'avoir la bouche sèche quand le soleil serait assez haut pour les réveiller, mais elles savaient toutes qu'elles dormaient mieux et plus profondément, paisiblement allongées par terre dans la chambre de Lady Anne que dans le lit de leurs maris.

Eleanor commença à résister à Isabella quand elles arrivèrent au pied de l'escalier, mais la servante ne se laissa pas faire, resserrant sa prise et entraînant de force la jeune fille vers le bureau du régisseur. Elle se débattait si bien qu'Isabella aurait cependant été contrainte de la lâcher si Thaddeus n'avait vu ce qui se passait et n'était sorti lui prêter main-forte. Il attrapa Eleanor par les bras et la conduisit fermement à l'intérieur de la pièce, invitant Isabella à la suivre avant de refermer la porte. « J'agis ainsi pour votre mère, et non pour vous, dit-il d'une voix glaciale. Personnellement, j'aimerais autant que chacun vous connaisse pour qui vous êtes. »

La pièce était éclairée par une unique chandelle posée sur la table. À sa lueur, Eleanor comme Isabella purent voir les taches sombres sur la chemise de Thaddeus, mais il ignorait si l'une ou l'autre avait deviné que c'était du sang séché. Quant à lui, regardant les deux filles échevelées dans leurs chemises de nuit pâles, pieds nus, il s'étonna de leur ressemblance. Des étrangers auraient été incapables de dire laquelle était la maîtresse et laquelle la servante à moins de savoir qu'Eleanor était blonde. Il se plaça dos à la porte pour la dissuader de chercher à s'enfuir.

« Qui se trouvait avec vous dans l'église hier soir ? demanda-t-il sèchement. Donnez-moi son nom. »

Eleanor baissa les yeux. « Je ne suis pas allée à l'église depuis plusieurs jours.

— Bien des gens diront que si, ne fût-ce que le père Anselm.

— Aucune loi n'interdit de prier.

— Vous n'y allez pas pour prier. Au mieux, vous prenez plaisir à faire perdre la tête aux garçons ; au pire, vous couchez avec eux. Aucune autre fille du domaine n'aurait l'audace d'utiliser l'église à de telles fins. Elles craindraient trop que le père Anselm ne les dénonce. » Il esquissa une courbette ironique. « Un risque que vous ne courez pas, n'est-ce pas… *Milady*? Un prêtre lui-même ne saurait se résoudre à annoncer à Lady Anne que son enfant se conduit comme une fille publique. »

Eleanor releva la tête, le visage crispé par une haine sans fard. « Qui m'accuse ? Qui ose suggérer que je pourrais m'abaisser avec des paysans ? »

Thaddeus pointa le menton vers un morceau de vélin posé sur la table. « Voici la liste. Lisez-la et dites-moi si certains noms sont inexacts. »

Isabella en était suffisamment proche pour voir ce qui était écrit et elle se couvrit la bouche de la main pour dissimuler son sourire. *Boisseaux de blé – 25… Barriques de bœuf séché – 6… Sacs de navets – 23…* Elle ne put s'empêcher de regretter que Lady Eleanor ne se doute pas que Thaddeus se moquait d'elle.

« Tu sais bien que cela ne m'est pas possible, rétorqua la jeune fille avec une étincelle de colère dans les yeux. Dis à Isabella de me la lire. »

Mais Thaddeus secoua la tête. « Vous auriez dû être plus assidue à vos leçons qu'à votre miroir. Isabella n'a pas à vous livrer les noms de vos accusateurs. Vous êtes suffisamment rouée pour prétendre qu'ils vous ont forcée si vous pensez que Lady Anne vous croira. »

Les réactions d'Eleanor n'étaient que trop prévisibles. « Ma mère me croira parce que c'est la vérité. Elle sait que j'ai trop d'aversion pour les serfs pour leur permettre de poser la main sur moi. »

Un léger sourire releva les lèvres de Thaddeus. « Vous trouviez pourtant cela fort amusant, la nuit dernière. Au milieu de vos rires, vous avez trouvé le temps d'allumer un cierge à la fenêtre du chœur. Comment cela se peut-il, Lady Eleanor, si vous avez été entraînée de force dans l'église ? »

Elle ne répondit pas et, dans le silence qui suivit, ils entendirent des voix aiguës s'élever dans la grande salle.

« Les enfants commencent à remuer, remarqua Thaddeus. Si vous ne voulez pas qu'on se demande pourquoi vous n'êtes pas dans votre lit, donnez-moi le nom de votre compagnon d'hier soir. Faute de quoi, je vous garderai ici jusqu'au réveil de votre mère et c'est à elle que vous donnerez des explications. »

Eleanor passa nerveusement sa langue sur ses lèvres. « Pourquoi veux-tu ce nom ? Que feras-tu si je te le donne ? »

Thaddeus croisa les bras sur les taches de sang de sa chemise. « Demandez-moi plutôt ce que je ferai si vous ne me le donnez pas, murmura-t-il. Je n'ai aucune estime pour vous, Lady Eleanor, et peu me chaut de devoir convoquer tous les hommes dans la cour pour leur demander ce qu'ils savent de vous. Soyez assurée que je rirai avec les autres si l'on vous traite de catin, comme ma mère. »

Il parlait avec un tel mépris qu'Isabella ne put se défendre d'un frémissement de compassion pour Eleanor. Elle savait que sa jeune maîtresse éprouvait un secret désir pour Thaddeus, car il n'y avait pas une servante à Develish qui ne partageât cette attirance. Il était si différent des autres, tant par son aspect que par son attitude, que toutes les filles en âge de se marier rivalisaient pour attirer son attention, jalouses s'il en favorisait une autre en lui accordant un sourire. Serves et domestiques auraient bien voulu l'avoir pour mari. Quant à Eleanor, elle brûlait d'en faire son amoureux transi, un esclave éperdu qui l'adorerait de loin. Toutes étaient déçues : il scrutait l'horizon plus souvent que les visages des filles de Develish.

La mère d'Isabella prétendait que c'était la brutalité de son éducation qui l'avait rendu aussi froid et avait mis sa fille en garde contre toute velléité de s'éprendre de lui. *La beauté ne fait pas tout*, avait-elle rappelé à Isabella. *Choisis un garçon de ton âge qui rêve d'éveiller ton amour et ne recherche pas un homme beaucoup plus âgé, qui y est indifférent.* C'était un conseil plus facile à donner qu'à suivre. Malgré toute la bonne volonté qu'elle mettait à obéir à sa mère, Isabella sentait son cœur battre plus vite chaque fois que Thaddeus venait la chercher pour accomplir quelque tâche pour lui ou pour Lady Anne. Le respect qu'il lui témoignait lors de telles requêtes l'incitait à le trouver bon et doux, mais la dureté qu'elle percevait en lui à présent lui faisait comprendre qu'il était très différent de l'image qu'elle se faisait de lui.

Onze

Deux hommes s'étiraient sur leurs seuils quand Thaddeus traversa le verger pour rejoindre la rangée de cabanes situées devant le mur du fossé, mais la plupart dormaient encore. Il frappa doucement sur les planches de bois brut de l'appentis des Startout, avant de pousser la porte. Gyles ouvrit les yeux en bâillant mais se retourna avec béatitude quand Thaddeus secoua la tête. « Tu as encore dix minutes, lui dit-il. C'est Olyver que je cherche. » S'approchant du garçon, il le secoua brutalement. « Debout ! ordonna-t-il. J'ai du travail pour toi.

— Tu n'as qu'à demander à Ian », marmonna Olyver d'un ton rebelle, donnant un coup de pied à son jumeau qui dormait à côté de lui.

Thaddeus le hissa sur ses pieds et le traîna vers la porte. « Non, c'est toi que je veux. »

Le garçon sortit en trébuchant, les paupières lourdes, tout ébouriffé. Il avait quatorze ans mais dans la lumière du matin, avec ses jambes filiformes qui dépassaient de sa chemise de nuit trop courte, il avait l'air plus jeune. Thaddeus lui pinça une oreille entre le pouce et l'index et, sourd à ses protestations, le traîna sans cérémonie vers l'église. « Tu peux être heureux que ce soit moi qui m'en charge et pas ton père, lui dit-il. Si Gyles savait ce que tu as fait la nuit dernière avec Lady Eleanor, il t'écorcherait vif. »

Il fit contourner l'église à Olyver et l'obligea à s'arrêter à une dizaine de pas du lieu où il avait trouvé Jacob. Le rougeoiement du soleil levant tournait déjà à l'or et tous les détails de la scène s'animeraient dans quelques minutes à peine. Par ailleurs,

James Buckler ne tarderait pas à prendre son tour de garde sur la marche sud.

Thaddeus tordit une dernière fois cruellement l'oreille d'Olyver avant de le lâcher. « Il y a eu de la bagarre ici hier soir. Tu connais certainement les noms des deux garçons qui se sont battus. Je veux le savoir. »

Olyver posa la main sur le côté de sa tête. Il aurait tout nié en bloc si le ton de Thaddeus n'avait pas été aussi cinglant. « Jacob Thurkell et Edmund Trueblood, murmura-t-il.

— Pourquoi se sont-ils battus ? »

Le garçon ne répondit pas.

« Jacob aurait dû faire le guet sur la marche. Qu'est-ce qu'Edmund a dit ou fait pour le convaincre d'abandonner son poste ? »

Olyver jeta des regards affolés autour de lui, cherchant désespérément une échappatoire à l'interrogatoire de Thaddeus. « Il faudrait demander à Edmund. »

Sans avertissement, Thaddeus profita de sa taille et de sa force supérieures pour crocheter du pied un des genoux du garçon et le faire basculer au sol, le souffle coupé. « Réponds-moi, ordonna-t-il, en enfonçant son talon dans le plexus solaire d'Olyver, ou tu regretteras d'être né. Que faisais-tu dans l'église avec Lady Eleanor ?

— Tu me fais mal.

— J'ai à peine commencé, répliqua Thaddeus avec indifférence. Mon frère s'est fait tuer la nuit dernière, et il ne me déplairait pas davantage de te voir pendu qu'un autre. Si tu ne me dis pas pourquoi Jacob et Edmund se sont battus, je t'accuse de meurtre. Tu sais parfaitement que Lady Eleanor ne remuera pas le petit doigt pour te défendre. Elle niera avoir jamais mis les pieds dans l'église. »

Les yeux du garçon s'écarquillèrent de peur. « Je ne sais rien de cette histoire de meurtre, haleta-t-il. Je le jure devant Dieu. »

Thaddeus relâcha la pression de son talon et ordonna au garçon de s'asseoir. « Alors, raconte-moi ce que tu sais. »

C'était une petite histoire sordide, très proche de la version à laquelle Thaddeus était arrivé pendant la nuit ; des adolescents rivalisant pour obtenir les faveurs d'Eleanor. Olyver parla d'attouchements et de baisers, et aussi de semence répandue sur le sol de l'église mais, à en juger par la manière dont il bégayait et bredouillait en donnant des détails, Thaddeus devina que les choses étaient allées plus loin.

Il demanda sans ambages à Olyver s'il avait enfoncé son membre dans le trou de la jeune fille. « Si tu l'as fait, tu es un fieffé imbécile, ajouta-t-il. Si tu n'es pas pendu pour meurtre, tu le seras pour viol.

— Je ne l'ai pas fait, protesta le garçon. J'ai peut-être dit aux autres que si, mais… » Il s'interrompit. « Ce n'est pas un viol, quand même !

— Ce sera ce que Lady Eleanor dira que c'est, et elle m'a déjà affirmé que tu l'avais prise de force. » Thaddeus le dévisagea d'un air narquois. « Par le diable, à quoi croyais-tu jouer ?

— Je n'étais pas le seul.

— Qui d'autre y avait-il ? »

Le garçon se tortilla, mal à l'aise. « Tous ceux qui pouvaient supporter de se faire fouetter. »

Thaddeus le regarda en plissant le front. « Fouetter ? Par qui ?

— Par Eleanor, répondit Olyver d'une voix presque inaudible. Celui qui ne tressaillait pas obtenait une récompense. »

Thaddeus se rappela avec quel plaisir manifeste la jeune fille l'avait frappé avec un scion de noisetier au moment du départ de Sir Richard pour Bradmayne et la rapidité avec laquelle cette délectation s'était transformée en colère quand sa mère avait retenu sa main. « Où t'a-t-elle frappé ?

— Dans le dos.

— Montre. »

À contrecœur, le garçon se retourna et releva sa chemise. « Ça ne me fait pas mal », précisa-t-il.

Thaddeus en douta, surtout quand, posant le doigt sur une marque visiblement plus récente – datant sans doute de la veille au soir –, il entendit le garçon retenir son souffle. Il fallait qu'une fille fût bien perverse pour infliger de la souffrance à un moment et offrir des faveurs sexuelles au suivant. Qu'espérait-elle obtenir ainsi ? Humiliation ? Obéissancc ? Domination ? « Que voulait-elle ? demanda-t-il. Vérifier que vous étiez prêts à être ses esclaves ? »

Olyver prit l'air gêné, comme si cette interprétation ne lui avait jamais traversé l'esprit. « C'était juste un jeu, dit-il candidement. Personne n'était obligé d'y jouer s'il n'en avait pas envie. »

Thaddeus se demanda si le garçon n'était pas sincèrement épris d'Eleanor. Sa beauté et le doux parfum de ses cheveux la rendaient indéniablement plus attirante qu'une petite paysanne endurcie par les intempéries. Aucun labeur ne lui avait rendu les doigts calleux ni la peau rêche.

« Qui d'autre était prêt à participer à ce jeu ? »

La mort dans l'âme, Olyver donna quatre noms, dont celui de son jumeau. Ils s'étaient pris d'animosité réciproque et quand ils ne rivalisaient pas pour s'imposer aux yeux d'Eleanor, ils se colletaient pour établir leur domination l'un sur l'autre. Olyver reconnut avoir menti en prétendant être allé jusqu'au bout avec la jeune fille, mais affirma que les autres en avaient fait autant. Tout n'était que poses et fanfaronnades. Thaddeus releva avec intérêt qu'Eleanor s'intéressait exclusivement aux fils des chefs des serfs – Startout, Trueblood, Catchpole et Buckler – et se demanda pourquoi. Était-ce l'influence de leurs pères au sein du domaine qui l'affriandait ?

« Jacob était-il de la partie ? » demanda-t-il.

Olyver regarda ses mains. « Pas vraiment.

— C'est-à-dire ?

— Il regardait. Il traînait toujours autour de l'église, le nez collé à la fenêtre, à se toucher le vit et à s'exciter.

— Eleanor le savait ? »

Le garçon acquiesça d'un signe de tête. « Elle allumait le cierge exprès pour qu'il puisse nous voir. Cela la divertissait. Il se faisait fouetter s'il se faisait surprendre les chausses baissées.

— Par Eleanor ?

— Oui. »

Un sourire cynique releva les lèvres de Thaddeus. « Qui le tenait pendant ce temps ? Toi ? »

Olyver resta coi. Thaddeus se représenta son frère seul sur la marche de guet nuit après nuit, à attendre qu'une lumière apparaisse dans l'église. Il n'était pas difficile d'imaginer l'émoi que Jacob avait dû éprouver. Il était plus habitué au rejet qu'à l'amour.

« Pourquoi Edmund était-il là, hier soir ?

— Il est venu voir si j'étais avec Eleanor… et me prendre au collet si c'était le cas.

— Alors pourquoi a-t-il fini par se battre contre Jacob ?

— Il a fait le tour de ce côté-là pour s'assurer que nous étions dans l'église – on ne voit pas très bien par la fenêtre, celle où il y a le cierge – et il a surpris Jacob le nez contre la vitre. Il lui a flanqué une gifle en l'accusant d'être un voyeur et Jacob s'est mis à brailler. Moi puis Eleanor, nous sommes sortis pour voir ce qui se passait. » Olyver haussa les épaules d'un air embarrassé. « Je sais que c'est ton frère, Thaddeus, mais chez nous, personne ne l'aime beaucoup. Il nous dérobe tout le temps des choses.

— *Dérobait*, rectifia Thaddeus. Il est mort. »

Il regarda l'herbe qui s'étendait devant eux virer du gris rosâtre au vert pastel lorsque le soleil se leva à l'est. Il distingua l'endroit où elle était écrasée, devant le parc à moutons, là où il avait trouvé Jacob, mais ne vit pas de couteau à manche de chêne. « C'est Edmund qui l'a tué ? »

Olyver secoua la tête, sincèrement perplexe. « Cela ne se peut pas. Jacob était encore debout quand Eleanor et moi avons passé l'angle. » Il fit un signe de tête vers l'extrémité ouest de l'église. « Nous avons ri, alors Edmund a poussé un sacré rugissement et il s'est précipité vers nous à travers l'herbe. La dernière fois que j'ai vu Jacob, il était là-bas (il montra le parc à moutons), il maudissait Edmund et il pleurnichait parce qu'il lui avait frotté les oreilles.

— Où est-ce que vous vous êtes battus, Edmund et toi ?

— De l'autre côté, près des cochons. » Le souvenir de sa victoire illumina les yeux du garçon l'espace d'un instant. « Edmund a passé un sale moment. Il est parti la queue entre les jambes.

— Il était quelle heure ?

— Une demi-heure avant le coucher du soleil. Il faisait encore jour quand Edmund a commencé à saigner du nez.

— Eleanor a assisté à la bagarre ?

— Forcément. Elle m'a tiré en arrière quand Edmund s'est mis à pisser le sang et puis elle lui a donné son mouchoir pour l'étancher et pour qu'il ne soit pas trop malheureux d'avoir perdu.

— Et qu'est-ce qui s'est passé ensuite ?

— Edmund est parti, alors Eleanor et moi sommes retournés dans l'église.

— Tu as regardé par la fenêtre pour voir si Jacob était encore là ?

— Eleanor l'a fait. Moi, je me suis assis sur le chancel pour reprendre mon souffle.

— Qu'a-t-elle dit ?

— Qu'il était parti. » Il se balança en avant, les genoux appuyés contre son torse. « Je ne comprends pas qu'il soit mort. Il ne s'est pas pris la moitié de la rossée que m'a flanquée Edmund. »

Thaddeus franchit les quelques pas qui le séparaient de l'enclos à moutons et s'agenouilla à côté de l'herbe écrasée, tâtonnant à la recherche du couteau de Jacob. Il le repéra presque immédiatement, à demi enfoncé dans la terre près de l'endroit où il avait découvert le corps. Jacob l'avait-il perdu, se demanda-t-il, ou quelqu'un d'autre l'avait-il jeté avant que le garçon ne tombe ? Rien ne permettait de le savoir. Il le ramassa précautionneusement et examina la lame, cherchant des traces de sang, mais il ne distingua que des traînées de boue. Il ne pouvait même pas prouver que c'était bien l'arme qui avait tué son frère.

Il se retourna vers Olyver. « J'ai découvert Jacob ici à peu près un quart d'heure après votre départ de l'église. Il avait reçu un coup de couteau dans la poitrine et cela faisait un moment qu'il était mort. »

Le garçon eut l'air effrayé. « Comment le sais-tu ?

— Parce que je suis arrivé aux enclos à cochons peu de temps après le moment où tu dis qu'Edmund est parti. Vous étiez encore dans l'église, Lady Eleanor et toi. Je l'ai entendue rire et j'ai vu le cierge à la fenêtre. Jacob n'aurait pas eu le temps de partir et de revenir… et en admettant qu'il l'ait fait, j'aurais entendu la rixe qui a entraîné sa mort. Jacob aurait crié. Il avait des coupures aux bras, parce qu'il a cherché à se défendre. »

Olyver contempla, fasciné, le couteau que tenait Thaddeus, essayant de donner un sens à ses propos. «Je jure devant Dieu que ce n'est pas moi, Thaddeus. Je ne me suis pas approché de lui, et Edmund lui a juste flanqué une gifle. Tu n'as qu'à demander à Eleanor si tu ne me crois pas.»

Thaddeus se redressa. «Tu es un imbécile, Olyver, dit-il sèchement. Ta sœur a plus d'intelligence dans son petit doigt que tu n'en auras jamais.» Il fit un signe en direction du chemin. «Retourne chez ton père. Dis-lui que des moutons s'étaient échappés et que j'avais besoin de toi pour les rassembler, puis vaque à tes affaires comme tous les jours. Ne parle de cela à personne, pas même à Edmund et Eleanor. Si j'apprends que tu as causé – et si leurs récits se distinguent du tien de ce fait –, je n'aurai pas d'autre solution que de demander à Lady Anne de te juger pour meurtre. C'est compris?»

Le visage terreux du garçon était suffisamment éloquent.

La cabane des Trueblood se trouvait au bord du sentier conduisant à l'église. John était déjà sorti, et il regarda avec curiosité Olyver Startout qui passait à toute allure devant lui en chemise de nuit. Thaddeus, qui le suivait à quelques pas, adressa un signe de tête à James Buckler qui s'apprêtait à prendre son tour de garde, puis s'arrêta avec un sourire nonchalant devant l'appentis des Trueblood, suivant Olyver des yeux. «Il m'a donné un coup de main avec les moutons, dit-il à John en guise d'explication, et maintenant, il est gêné qu'on le voie à demi nu. J'ai du travail pour Edmund. Il est habillé?»

John se baissa pour regarder par la porte. «On a besoin de toi, mon garçon. Remue-toi.»

Le jeune homme apparut, la mine renfrognée, les narines couvertes d'une croûte de sang et un œil poché. «Je ne crois pas être en état, murmura-t-il. Je me suis fait battre à un concours de lutte hier.»

Son père émit un grognement de désapprobation en le voyant. «Tu pousses ces jeux trop loin, Thaddeus. Ce n'est pas la première fois qu'il rentre le nez en sang.

— Dis-le à Edmund, John. Personne ne l'oblige à se battre. S'il ne peut pas encaisser une raclée, il ferait mieux de ne pas la chercher. » Il posa un bras amical autour des épaules du garçon, le faisant pivoter en direction du cimetière et le poussant sur le sentier. « Je te le ramène dans moins d'une heure. »

Edmund chercha à se dégager. « J'ai des bleus partout, gémit-il, cherchant à soulager ses muscles meurtris sur lesquels Thaddeus pesait. Ce n'est pas juste de me faire travailler. »

Thaddeus ne releva pas, le faisant passer sans douceur devant les enclos à cochons. Il s'arrêta sous le clocher et colla Edmund contre le mur. Il lui attrapa le cou avec force entre le pouce et l'index. « Raconte-moi ce qui s'est passé ici hier soir et parle bas si tu ne veux pas que le père Anselm ou James Buckler t'entendent. Si tu me mens, je le saurai. »

Les yeux écarquillés d'Edmund exprimaient une inquiétude encore plus vive que celle d'Olyver, peut-être parce qu'il avait vu ce dernier s'enfuir de l'église comme s'il avait eu les chiens de l'enfer à ses trousses. Point n'était besoin d'une longue réflexion pour comprendre que c'était Thaddeus qui lui avait fait peur, ou que les révélations d'Olyver avaient aggravé sa mauvaise humeur. Ne sachant pas exactement ce qu'il était censé expliquer, Edmund relata son histoire avec force bredouillements et bégaiements, mais Thaddeus ne mit pas longtemps à comprendre qu'il ignorait tout de la mort de Jacob.

La version d'Edmund ne divergeait guère de celle d'Olyver, si ce n'est qu'il semblait éprouver une honte plus vive que son camarade. Il ne manifesta rien de la bravade d'Olyver en évoquant ses rendez-vous avec Eleanor, comprenant peut-être avec le recul que leur description détaillée ne pouvait que paraître sordide à autrui. En réalité, il n'aurait même pas prononcé le nom de la jeune fille si Thaddeus n'avait resserré son étreinte autour de sa gorge quand il avait prétendu que la cause de ses bagarres avec Jacob et Olyver n'était « pas grand-chose ».

Il affirma à Thaddeus avoir surpris Jacob à la fenêtre et l'avoir traîné jusqu'au parc à moutons pour « lui donner une bonne correction » parce qu'il les avait épiés. Il avait deviné que c'étaient les hurlements de Jacob qui avaient attiré Eleanor et Olyver au-dehors. Ceux-ci avaient fait le tour de l'église, tendant le doigt et se moquant des gémissements de Jacob et de la fureur d'Edmund. Il se rappelait avoir foncé sur Olyver, que celui-ci avait esquivé et qu'ils avaient fini par rouler au sol l'un sur l'autre au milieu des tombes devant l'église, mais il ne se rappelait pas avoir revu Eleanor avant qu'elle n'ordonne à Olyver d'arrêter de frapper la tête d'Edmund contre le sol.

« Elle a été gentille, marmonna-t-il, comme s'il estimait devoir la défendre. Elle s'est agenouillée et m'a essuyé la figure avec son mouchoir puis elle me l'a donné pour que je le presse contre mon nez.

— Parce que cela lui convenait, voilà tout, rétorqua Thaddeus qui lâcha le garçon et le regarda s'affaler contre le mur de l'église. Quel était le dessein de ces rendez-vous ? Hormis le plaisir qu'éprouvait Lady Eleanor à fouetter un serf et à l'entendre supplier qu'elle lui frotte le vit en récompense ? »

Le garçon garda les yeux baissés, une sourde rougeur lui envahissant les joues.

« Qu'est-ce qu'elle voulait que tu fasses pour elle, Edmund ?

— Prouver ma valeur… prouver que je pouvais encaisser les coups… prouver que je pouvais faire un bon champion.

— Contre qui ? »

Le garçon hésita longuement. « Contre toi, répondit-il enfin. Elle ne t'aime pas du tout, Thaddeus. »

Les bruits de la communauté qui reprenait vie se faisaient plus forts et plus insistants, et Thaddeus comprit qu'il ne pouvait pas celer la mort de Jacob plus longtemps. Sans explication, il ordonna à Edmund de monter la garde devant la porte de l'église pendant qu'il entrait vérifier que la scène était restée inchangée depuis la nuit précédente. Il s'accroupit à nouveau à côté de Jacob, disposa sa tunique jaune de manière à rendre les taches de sang moins visibles et pressa ses paumes sur les mains jointes du garçon dans une vaine tentative pour leur rendre un peu de couleur et de chaleur. Elles restèrent blanches et froides comme celles d'un gisant de marbre.

Le père Anselm était invisible. Thaddeus songea à le réveiller, mais préféra ne pas laisser au prêtre le temps de mettre de l'ordre dans ses pensées. Il serait plus utile à Thaddeus confus et incohérent au sortir d'un sommeil de plomb que s'il avait tout loisir d'inventer des excuses à son inaction. Il referma la porte derrière lui en partant, veillant à ce que le loquet soit fermement engagé, et ordonna à Edmund de rester devant et de ne laisser entrer personne. Il ne manifesta aucune bienveillance quand le garçon lui demanda quelle raison il devait donner, se contentant de l'avertir qu'il aurait de gros ennuis s'il n'obéissait pas.

Regagnant le manoir, il chercha le fils d'Alleyn, le petit Robert Startout, lui ébouriffa les cheveux et lui demanda de courir chez les Thurkell pour demander à Will et Eva de se présenter au bureau du régisseur de Lady Anne. Il rejoignit ensuite les appartements de Sir Richard, enfila une tunique de laine et un pourpoint de cuir pour dissimuler sa chemise maculée de sang avant de prier Hugh de Courtesmain de l'accompagner en bas.

Le Français était à genoux, en train de rouler sa paillasse. Il s'assit sur ses talons et dévisagea le visage basané de Thaddeus avec curiosité. « Il s'est passé quelque chose ? demanda-t-il. Vous avez été absent de votre lit toute la nuit. »

Thaddeus éluda la question. « Lady Anne aura peut-être besoin de votre appui », se contenta-t-il de dire, tendant la main pour aider l'autre à se relever.

L'impatience de Hugh grandit tandis qu'il suivait Thaddeus vers le bureau du régisseur. L'expression du serf était indéchiffrable, mais son pas hésita à proximité de la porte ouverte, et Hugh eut l'impression qu'il devait se faire violence pour entrer. Pour quelle raison, puisque le sourire et le salut que Lady Anne lui adressa n'avaient rien d'inhabituel ?

« Bonjour, Thaddeus. Bonjour, maître de Courtesmain.

— Bonjour, Milady », répondirent les deux hommes à l'unisson, inclinant la nuque.

S'il fallait à Thaddeus confirmation que sa décision était la bonne, il la trouva sur les traits de Lady Anne. Son expression était aussi charmante et bienveillante à son égard que toujours, et il ne voulait pas la voir changer. Rien de ce qu'il avait appris d'Olyver et d'Edmund ne l'avait persuadé de revenir sur le parti qu'il avait pris durant les heures sombres qui précédaient l'aube. La mort de Jacob devait être présentée comme un accident. De fait, les propos des garçons n'avaient fait que renforcer sa résolution à ce sujet.

L'harmonie de Develish était trop fragile pour résister à un procès pour meurtre, et personne n'en subirait de plus graves dommages que Lady Anne. En l'absence du high sheriff et du seigneur de Blandeforde, ce serait à elle qu'incomberait la tâche de mettre ses gens à la question pour découvrir la vérité et, pire encore, de prononcer la condamnation à mort du coupable.

« Tu as l'air soucieux, Thaddeus, observa-t-elle. Quelque chose te tourmente ?

— Je pensais à mon frère Jacob, Milady, et je regrette de n'avoir pas été davantage un ami pour lui pendant son enfance. Il a toujours su s'attirer les ennuis plus aisément que les éviter. »

Elle soutint son regard un moment, se demandant ce que Jacob avait pu faire d'assez grave pour que le problème lui fût soumis. Il avait dû se faire prendre la main dans le sac en train de voler, et son cœur frémit à l'idée de devoir le faire fouetter si la victime l'exigeait. Elle fut légèrement contrariée que Thaddeus n'ait pas réglé l'affaire lui-même et le lui aurait peut-être fait savoir si Robert Startout ne s'était pas glissé dans la pièce pour tirer sur la tunique du serf et lui chuchoter que Will et Eva attendaient devant la porte.

Thaddeus lui caressa la tête pour le remercier puis le congédia. « J'ai demandé à Will et à Eva de nous rejoindre, Milady. Les autorisez-vous à entrer ? »

Son regard était si triste que le cœur de Lady Anne se serra encore davantage. Toute la famille aurait-elle été surprise en train de commettre un larcin ? se demanda-t-elle en acquiesçant à contrecœur. Thaddeus fit signe au couple d'entrer. Manifestement, ni le mari ni la femme n'étaient heureux d'être là. Le visage de Will était plissé par une moue de contrariété, comme s'il était au-dessous de sa dignité d'être convoqué dans la demeure, tandis que l'aversion d'Eva pour Lady Anne s'exprimait dans son regard oblique et son menton qu'elle avançait agressivement.

« Que voulez-vous de nous ? demanda Will à leur maîtresse. Nous avons des choses à faire, voyez-vous.

— Adressez-vous à Thaddeus, répondit-elle. C'est lui qui vous a fait venir. »

Will adopta une posture de défi, torse bombé, poings serrés contre le corps. « Eh bien, mon garçon ? »

Thaddeus alla chercher un tabouret dans un angle de la pièce. « Voulez-vous bien permettre à ma mère de s'asseoir, Milady? Ce que j'ai à dire ne manquera pas de l'ébranler. » Prenant le silence de Lady Anne pour un acquiescement, il fit asseoir Eva, s'agenouillant devant elle et prenant ses deux mains dans les siennes. « Jacob est mort, dit-il tout bas. J'ai déposé son corps à l'église pendant la nuit et le père Anselm lui a administré l'extrême-onction afin que ses péchés soient absous. Un cierge est allumé pour lui à la fenêtre de l'autel et Edmund Trueblood garde l'entrée afin que nul ne trouble son repos avant que tu n'aies dit de prières pour son âme. »

Eva lui jeta un regard égaré. « Comment peut-il être mort? Il allait très bien hier. Cherches-tu à me tourmenter en me racontant pareille fable ? »

Thaddeus secoua la tête. « Je l'ai trouvé près des parcs à moutons quand je suis allé vérifier que le poste de guet était bien gardé. Il était couché sur le ventre et était mort depuis un certain temps, semble-t-il. » Il se tourna vers Lady Anne. « J'ai cru d'abord qu'il avait succombé à la pestilence, sans cependant comprendre comment. Ce n'est qu'en le portant dans l'église et en allumant les cierges que j'ai découvert qu'il avait une plaie à la poitrine.

— Quel genre de plaie ? » demanda-t-elle, aussi perplexe qu'Eva.

Thaddeus lâcha les mains de sa mère avec lassitude et se releva. « Une lame lui a percé la poitrine... mais je crois qu'il en est lui-même responsable, par accident. Je n'ai pas vu signe de la présence d'autrui. Sans doute s'ennuyait-il à faire le guet et a-t-il entrepris de s'entraîner au lancer d'épée avec son couteau. S'il était debout sur la marche dans le noir, il a pu perdre l'équilibre très facilement.

— Mais alors pourquoi l'as-tu trouvé près des parcs à moutons?

— Il aura pu aller chercher de l'aide, Milady, sans avoir conscience de la gravité de sa blessure. Je pense qu'il a retiré la lame de sa poitrine et s'est effondré dessus. J'ai retrouvé son couteau ce matin dans l'herbe écrasée à l'endroit où il gisait. » Il se caressa la mâchoire d'une main fatiguée. « Personne n'aurait pu le sauver, même s'il n'avait pas été seul. Il aurait saigné jusqu'à ce que mort s'ensuive. »

Eva se leva, chancelante. « C'est ta faute, cria-t-elle, en se jetant sur son mari et en lui martelant le torse à coups de poing. Tu as été trop paresseux pour faire ton travail, comme toujours. »

Thaddeus l'écarta avant que Will ait pu riposter. « Vous feriez mieux de pleurer votre fils au lieu de vous quereller, s'interposa-t-il. Si quelqu'un est à blâmer, c'est moi. Jacob serait encore vivant si je n'avais pas cherché à transformer des paysans en soldats.

— Si c'est toi qui l'as tué, je serai heureux de te voir te balancer au bout d'une corde, gronda Will les yeux étincelants de haine. Je te trouve bien habile à deviner ce qui s'est passé, mon garçon. Ce que je dis, moi, c'est que tu es un menteur. »

D'un seul regard, Thaddeus lui fit baisser les yeux. « Beaucoup tendront le doigt vers toi, Will. Le tableau de roulement indique que tu te trouvais avec lui la nuit dernière, que tu étais le *seul* à te trouver avec lui, et chacun sait que tu es un homme violent. »

Will jeta un regard inquiet à Lady Anne. « Je n'y étais pas. Ma femme se portera garante de moi. Je n'ai pas quitté notre cabane de la nuit.

— Dans ce cas, n'accuse pas les autres de mensonge, lança Lady Anne. Si tu ne t'étais pas dérobé à tes responsabilités, votre fils serait encore en vie. » Elle reporta son attention sur Thaddeus. « Pourquoi n'es-tu pas venu me trouver aussitôt que tu as découvert le corps de Jacob ? Tu aurais au moins pu aller chercher ses parents afin qu'ils veillent son corps et disent des prières.

— J'ai craint que ce ne soit la pestilence, Milady. Avant d'apercevoir la plaie qu'il avait à la poitrine, j'ai cru que le sang que je voyais provenait d'un bubon éclaté sous son aisselle. J'avais pour projet de traverser le fossé avec le corps et de l'enterrer au côté de Sir Richard.

— Et tu ne serais plus revenu ? »

Il hocha la tête.

« Je n'aurais pas voulu pareille chose, Thaddeus. » Elle quitta son tabouret et s'écarta de la table pour s'approcher d'Eva. « Je pleure avec vous, dit-elle avec sincérité. J'espérais que tous traverseraient cette terrible épreuve sains et saufs, et je suis fort chagrine que la mort ait ainsi frappé Jacob. Quand vous lui aurez rendu hommage, choisissez où vous souhaitez qu'il repose et Thaddeus fera creuser sa tombe. Tout Develish assistera à l'enterrement et priera pour son âme. »

Voyant les yeux de sa mère s'emplir de larmes, Thaddeus comprit que son chagrin ne tarderait pas à être irrépressible. Il s'inclina légèrement devant Lady Anne. « Autoriserez-vous maître de Courtesmain à reprendre mes fonctions, Milady ? Il est plus que compétent, et je ne saurais vous servir aussi bien que je le devrais pendant que cette affliction touche ma famille. »

Elle accorda son autorisation promptement, mais un soupçon d'inquiétude lui fit palpiter le cœur lorsque Thaddeus accompagna Eva et Will hors de la pièce. Son fidèle ami avait confié ses responsabilités au Français d'un ton singulièrement définitif.

Douze

Thaddeus avait les oreilles rebattues des hurlements hystériques d'Eva qui s'appuyait sur lui de tout son poids tandis qu'il la menait vers l'église. Les serfs et les femmes qui reculaient pour les laisser passer cherchaient à croiser le regard du jeune homme en quête d'explication. Il les ignora, gardant les yeux au sol pour masquer le dégoût que lui inspirait la proximité physique imposée par sa mère. Il avait l'impression qu'elle tenait davantage à prouver qu'il lui était encore attaché qu'à exprimer une peine sincère pour Jacob.

Furieux de s'être fait repousser par sa femme, Will tira ses autres enfants de la foule et les poussa devant lui, leur administrant des taloches dès qu'il leur prenait l'envie de traînasser. Thaddeus considérait avec détachement cette petite procession ridicule, la voyant pour ce qu'elle était : une mascarade. Ils étaient tous les acteurs d'une pièce dont la seule fonction était de cacher la vérité.

Il remarqua qu'Edmund tremblait de terreur en les voyant approcher et devina que le garçon craignait d'être pour quelque chose dans les cris d'Eva. Pourtant, à moins qu'il n'ait désobéi à Thaddeus et n'ait ouvert la porte de l'église, il ne pouvait pas encore savoir que Jacob était mort. Il était dans la nature des jeunes de fouler aux pieds les règles de la décence, tout en redoutant la honte que leur vaudrait la révélation de leurs agissements. Thaddeus lui fit signe de le suivre à l'écart. « Attends ici que je revienne, murmura-t-il en soulevant le loquet de la porte. La famille peut entrer, mais je ne veux personne d'autre dans l'église. »

Tandis que ses demi-frères et sœurs se laissaient tomber à genoux à côté du corps de Jacob et qu'Eva se jetait dessus, embrassant le visage froid et blême, Thaddeus frappa à la porte du père Anselm et cria au prêtre qu'on avait besoin de lui. À sa grande surprise, le vieil homme apparut presque immédiatement, correctement vêtu de son aube et de sa chape brodée, une étole de lin autour du cou. Il fit signe à Thaddeus de se pencher vers lui.

« Ta mère pleure-t-elle parce que son fils a été assassiné ? chuchota-t-il à l'oreille du serf.

— Non, mon père. Elle croit qu'il est mort d'une chute mortelle et verse des larmes pour son trépas.

— Dans ce cas, Dieu t'a donné la sagesse. J'ai prié toute la nuit que tu agisses avec bon sens. »

Il passa devant Thaddeus et traversa l'église sur toute sa longueur, et Thaddeus ne put qu'admirer l'interprétation remarquable du rôle de prêtre qu'il donnait au profit de la famille éplorée. Sans doute Dieu lui-même préférait-il les mensonges à la vérité puisque le père Anselm s'estimait absous de participer à cette tromperie. Thaddeus resta immobile quelques minutes, tête baissée dans un adieu muet à son frère, puis s'esquiva discrètement et ordonna à Edmund de le suivre.

Il s'arrêta à l'entrée du passage voûté menant au potager. « Trouve-moi Peter Catchpole et Joshua Buckler, et fais-les venir ici, dit-il. S'ils te demandent pourquoi, dis-leur seulement que je leur donnerai des explications à mon retour. C'est compris ? »

Le garçon était assez finaud pour comprendre qu'il l'envoyait chercher deux de ses rivaux. « Et Olyver et Ian Startout ?

— Pas de questions, Edmund. Fais ce que je te dis, c'est tout. »

Une fois de plus, Thaddeus choisit Robert Startout comme messager, le priant de conduire ses cousins Olyver et Ian à l'endroit où le radeau réparé était posé sur la berge du fossé, près de l'angle du manoir. Il gagna pour la dernière fois les appartements de Sir Richard, rangeant ses quelques possessions – ses outils, son écuelle et sa cuiller de bois, le carré d'étoffe qu'il utilisait pour se laver – dans le sac de cuir que Lady Anne lui avait donné quand il avait quatorze ans. Il s'attarda un instant sur le seuil, parcourut la pièce du regard, puis abandonna sans se retourner le lieu qui lui servait de foyer depuis deux mois.

Les jumeaux Startout l'attendaient à l'endroit convenu quand il ressortit de la demeure. Il jeta son sac au milieu du radeau, vérifia que les cordes des deux extrémités étaient bien attachées aux pieux plantés dans la berge puis ordonna aux garçons de l'aider à pousser l'embarcation de fortune dans l'eau, depuis la rive boueuse. Les flèches enflammées n'avaient brûlé que les planches situées au-dessus de la surface de l'eau. Les madriers submergés étaient restés intacts ; il avait donc suffi à Thaddeus et Gyles d'entrer dans l'eau, d'y nouer des cordes et de hisser la structure sur la terre ferme. Comme il était plus facile de mettre ainsi le radeau hors de portée de vue d'hommes tels que le seigneur de Bourne et comme il n'y avait pas suffisamment de planches à l'intérieur de l'enceinte pour recommencer pareilles réparations, Thaddeus avait décidé de le garder hors d'eau une fois la reconstruction achevée.

Même sec, le radeau était lourd, et Ian grommela en constatant qu'il refusait de bouger. « Nous devrions être plus nombreux, remarqua-t-il en reculant et en regardant autour de lui. Où sont tous les autres ? Et puis d'abord, qu'est-ce que cela signifie ? Lady Anne sait-elle que tu as l'intention de traverser le fossé, Thaddeus ? »

Thaddeus l'ignora. Sa vigueur suffit à mettre la construction en branle et il n'eut besoin que du concours d'Olyver pour lui conserver son élan. Il fit glisser les cordes des pieux et traîna le radeau jusqu'à l'endroit où Hugh de Courtesmain s'était assis, entre le mur nord-ouest de la maison et l'eau, s'accroupissant pour enfoncer le ciseau qu'il portait à la ceinture dans l'étroite bande d'herbe pour servir de bitte d'amarrage temporaire. Il garda les deux cordes à la main et appela les garçons. Ils le rejoignirent sans entrain.

Ian, toujours le premier à protester, provoqua à nouveau Thaddeus. « Mon père n'aura plus aucun respect pour toi quand je lui aurai dit que tu nous as obligés à mal agir. Après cela, il cessera de passer son temps à te lécher le cul… et Lady Anne pareillement. »

La main de Thaddeus partit toute seule. « Ne me tiens plus jamais tête, siffla-t-il en attrapant le garçon par la nuque et en l'obligeant à se mettre à genoux. Le jour où je voudrai ton avis, je te le demanderai. »

Ian chercha à se dégager. « Tu n'as pas à me donner d'ordres, gronda-t-il. Un Startout est de beaucoup supérieur à un bâtard de Thurkell. Tu n'es où tu es que parce que Lady Anne s'est amourachée de toi. Tout le monde le sait. »

Thaddeus réagit si promptement que le garçon se retrouva dans l'eau avant d'avoir compris ce qui lui arrivait. « Il sait nager ? demanda-t-il à Olyver en regardant Ian battre des bras.

— Non.

— Monte sur le radeau. » Il attendit qu'Olyver ait grimpé à bord puis laissa filer les cordes entre ses doigts. « Maintiens sa tête hors de l'eau. Si tu n'arrives pas à le hisser tout seul, soutiens-le pendant que je vous tire vers la berge. »

Le cœur battant, Olyver se jeta à plat ventre sur les planches et tendit la main pour attraper celles de son jumeau qui se débattait. Il aurait bien crié qu'il ne savait pas nager non plus et que si Ian l'entraînait, ils seraient en difficulté tous les deux, mais il avait trop peur. Toute la sollicitude, toute la cordialité que Thaddeus avait pu un jour éprouver pour l'un ou l'autre semblait s'être évanouie. C'était d'un visage inexpressif qu'il avait pris Ian à bras-le-corps et l'avait balancé dans l'eau comme un simple détritus.

Olyver attrapa la tête de son frère entre ses mains mais, quand il se retourna vers Thaddeus pour lui demander de les tirer vers la rive, il n'y avait plus trace du grand serf. Sans se soucier de savoir si Ian était sauvé, il les avait abandonnés au milieu des douves, amarrés à un unique ciseau et dérivant hors de portée de vue de tous ceux qui se trouvaient dans la cour.

Dans le carré d'aromatiques, Peter Catchpole et Joshua Buckler harcelaient Edmund de questions, exaspérés de n'obtenir que des grommellements rétifs en guise de réponse.

« Cela doit concerner les Thurkell, remarqua Peter. Pourquoi sont-ils tous allés à l'église en troupeau ? Et pourquoi Eva braillait-elle de la sorte ?

— Je ne sais pas. Vous n'avez qu'à attendre Thaddeus. » Edmund leva les yeux, soulagé d'entendre des pas approcher et de voir Thaddeus apparaître sous l'arcade. « D'ailleurs, le voilà. Demandez-lui ce que vous voulez. »

Ils en furent pour leurs frais. Au lieu des explications qu'ils souhaitaient, ils reçurent l'ordre d'aller chercher toutes leurs possessions dans les cabanes de leurs parents et de les apporter devant la porte d'entrée du manoir. Joshua Buckler, un petit rouquin au visage constellé de taches de son, s'apprêtait à demander pourquoi, mais il changea d'avis devant le regard inamical de Thaddeus. Il avait toujours cru que celui-ci l'aimait bien – ils étaient plus ou moins cousins en raison des relations de son père avec Will –, mais il n'y avait pas trace d'affection dans les yeux de Thaddeus en cet instant.

« Vous avez le temps qu'il faut pour rassembler vos affaires et courir jusqu'à la demeure, leur dit-il. Pas plus. Le dernier arrivé ne mangera pas aujourd'hui. «

Edmund, qui avait d'excellentes raisons de prendre Thaddeus au sérieux, détala immédiatement et les deux autres, stimulés par son exemple, lui emboîtèrent le pas. Thaddeus les suivit dans la cour et s'arrêta pour vérifier que le radeau était toujours caché par le manoir avant d'entrer dans la grande salle et de se diriger vers la cuisine. Il se dissimula aux regards de ceux qui s'y trouvaient, observant l'agitation qui accompagnait la préparation du repas de midi, le premier de la journée. Des femmes frappaient et pétrissaient de la pâte, d'autres plumaient des poulets ou remplissaient des chaudrons d'eau du puits.

Thaddeus constata avec satisfaction que Lady Anne était parmi elles avant de gagner le bureau du régisseur. Comme il l'espérait, Hugh de Courtesmain s'y trouvait et consultait les tableaux de service de la journée. Il leva les yeux quand Thaddeus entra : « Tout va bien à l'église ? demanda-t-il.

— Autant que faire se peut », répondit Thaddeus. Il parlait français pour que Hugh comprenne parfaitement ses propos. « J'ai un message à transmettre à Lady Eleanor, avant que sa mère et elle n'assistent à l'enterrement de Jacob. Pourriez-vous vous en charger si je suis trop occupé pour le faire ? »

Hugh hocha la tête : « Que dois-je lui dire ?

— “Laissez mon frère reposer en paix.” » Il secoua la tête devant le regard interrogateur de l’autre. « Lady Eleanor comprendra ce que cela veut dire si vous précisez que c’est de ma part. J’ai également un message pour Lady Anne. » Il s’interrompit, songeant à tout ce qu’il aurait voulu mais ne pouvait dire. « “Allumez un cierge pour chacun d’entre nous quand vous en allumerez un pour Jacob.” »

Hugh fronça les sourcils. « Tu ne peux demander pareille chose, Thurkell. Nous sommes tous navrés de la mort de ton frère, mais Lady Anne serait dépensière à l’excès si elle sacrifiait deux cents cierges à sa mémoire. »

Thaddeus baissa la tête. « Vous avez raison, convint-il. Faire brûler une flamme est pur gaspillage si ce n’est pour montrer le chemin de la maison. Je vous en prie, dites à Lady Anne que je regrette d’avoir présenté cette requête.

— Tu parles par énigmes, remarqua Hugh avec aigreur. Il est inutile que je dise quoi que ce soit. Je ne transmettrai pas ce message. »

Le grand serf esquissa un léger sourire avant de s’approcher de la porte. « La première truie devrait mettre bas demain, alors veillez à ce qu’Adam Catchpole soit dans les parages. C’est notre meilleur porcher. »

Avant de quitter la grande salle, il rejoignit le coin où dormaient les enfants et chercha l’ardoise dont se servait Isabella pour leur apprendre les lettres. Elle était posée sur sa paillasse soigneusement roulée, avec la craie qu’elle utilisait pour écrire. Il se pencha pour glisser dessous deux petits carrés de parchemin scellés puis tourna les talons et se dirigea vers la porte.

Les trois garçons l’attendaient au-dehors, chacun accusant les autres d’être arrivés les derniers. Thaddeus les fit taire puis, jetant un coup d’œil derrière lui pour vérifier que personne ne les surveillait, il leur fit faire le tour du manoir. Peter Catchpole et Joshua Buckler eurent un sourire en coin en voyant Olyver et Ian Startout assis en tailleur, misérables, sur le radeau, mais Edmund Trueblood sentit un frisson glacé lui parcourir l’échine. Aucune des craintes qu’il avait éprouvées au cours de la matinée n'était aussi affreuse que celle que lui inspirait la conviction que Thaddeus avait décidé de l'exiler du domaine avec ses anciens amis, et de telle façon que personne n'en serait témoin.

Son angoisse se reflétait sur le visage d'Olyver Startout. « Thaddeus a l'intention de se débarrasser de nous », murmura-t-il à son jumeau.

Ian, blême et trempé par son séjour dans l'eau, scruta le groupe aligné sur la rive à travers ses paupières mi-closes. Gelé jusqu'aux os par le vent qui soufflait dans la vallée, il était rongé de remords depuis qu'Olyver lui avait appris que Jacob avait été assassiné. Il aurait plus que tout voulu pouvoir reprendre les paroles de colère qu'il avait adressées à Thaddeus et qu'il avait répétées comme un perroquet, après avoir écouté Eleanor. C'était elle qui lui avait farci la tête de pensées jalouses à l'égard de Thaddeus, elle aussi qui le traitait de « bâtard de Thurkell ».

Il regarda Thaddeus retirer son ciseau de la rive et enrouler les cordes d'amarrage autour de son poignet. « Dans ce cas, il a le dessein de nous accompagner, marmonna-t-il d'une voix rendue rauque par toute l'eau qu'il avait recrachée. Il a laissé son sac sur le radeau.

— Il ne peut pas nous forcer à partir si nous refusons, protesta Olyver avec ardeur. Nos pères sont tous plus importants que lui. Crions pour les avertir de ce qu'il est en train de faire.

— Essaie, et il te fera boire la tasse.

— Dans ce cas, sautons-lui dessus. Il n'est pas assez fort pour se battre contre nous tous à la fois. »

Ian sentit le radeau se mettre en branle lorsque Thaddeus tira sur les cordes. « Tu n'as qu'à lui sauter dessus, *toi*, gronda-t-il. Ce n'est pas moi qui lui ai tout rapporté… et par le diable, ce n'est pas moi qui ai tué Jacob. »

Le rire sec de Thaddeus leur parvint depuis la berge. « Nous entendons tout ce que vous dites. Le vent porte les voix. Si vous voulez vous battre, battez-vous l'un contre l'autre. Peu m'importe que vous vous noyiez dans le fossé. Je pense que vos pères finiront par repêcher vos corps. » Il laissa le radeau repartir à la dérive. « Alors, qu'en dites-vous ? »

Il y eut un bref instant de silence avant que Ian ne réponde. « Est-ce à cause de Jacob que nous sommes punis ?

coassa-t-il. Je jure devant Dieu que je n'ai jamais porté la main sur lui, Thaddeus. Je ne savais même pas qu'il était mort avant qu'Olyver ne me l'annonce. »

Du coin de l'œil, Thaddeus vit Peter Catchpole, bouleversé, s'écarter d'un pas comme s'il s'apprêtait à fuir. Il le rattrapa par sa chemise et le ramena. « Toi aussi, tu vas jurer n'avoir rien eu à voir dans le meurtre de mon frère ? » demanda-t-il froidement.

Peter lui jeta un regard éperdu. «Je ne... je n'ai..., bredouilla-t-il. C'est pour cela que ta mère pleurait ? »

Thaddeus se tourna vers Joshua Buckler. « Et toi ? Quel rôle as-tu joué dans ce qui s'est passé la nuit dernière ? »

Le visage de Joshua pâlit sous ses taches de rousseur, son émotion aussi flagrante que celle de Peter. Il secoua la tête avec énergie, la bouche trop sèche pour former des mots.

« Qui de vous aura le courage d'opposer sa parole à celle de Lady Eleanor ? demanda Thaddeus en lâchant brusquement Peter et en s'inclinant pour rapprocher à nouveau le radeau de la berge. Elle aura inventé une version de son cru à l'heure qu'il est et aucun de vous n'y sera à son avantage. Si vous avez de la chance, elle prétendra n'avoir jamais adressé la parole à aucun de vous et ne rien savoir de vos bagarres. Dans le cas contraire, elle racontera qu'Olyver l'a traînée jusqu'au cimetière et l'a obligée à regarder Edmund tuer Jacob pour l'empêcher de dénoncer les viols dont il a été témoin.

— Ce n'est pas la vérité », protesta Edmund.

Thaddeus haussa les épaules avec indifférence. « C'est ce qu'elle dira si on l'interroge et ses propos auront davantage de poids que les vôtres. Le père Anselm ne vous défendra pas. Il a plus de chances de garder son bénéfice s'il admet que c'est l'un de vous qui a tué Jacob. »

Edmund se passa la langue sur les lèvres. « Dans ce cas, il mentira.

— Une fois de plus. Vous auriez mieux fait de vous en souvenir avant d'utiliser son église comme bordel et de vous passer la fille de Sir Richard de main en main ainsi qu'une garce ordinaire. »

Comme sur un signal, le glas se mit à sonner derrière eux, annonçant un décès.

Eleanor vit le radeau franchir le fossé depuis la fenêtre percée dans le mur du fond de la chambre de sa mère. Elle reconnut les cinq jeunes garçons qui accompagnaient Thaddeus, mais ignorait tout des raisons de ce départ soudain. Ayant eu trop peur pour quitter la pièce depuis que Thaddeus lui avait ordonné d'y retourner, elle ne savait que ce qu'elle avait pu voir et entendre depuis l'étage : les hurlements d'Eva lorsque Thaddeus avait conduit les Thurkell à l'église, son retour avec Edmund, le rassemblement des quatre autres garçons, le plongeon presque fatal de Ian et enfin, le son du glas.

Arrivés sur l'autre rive, ils débarquèrent tous les six et Thaddeus donna une poussée au radeau pour le renvoyer au milieu des douves. Il tourna brièvement les yeux vers le domaine, puis s'éloigna en direction du village à travers les lopins paysans, faisant signe aux garçons de le suivre. Eleanor aurait continué à observer la scène si elle n'avait pas entendu les pas de sa mère dans l'escalier. Le cœur battant à tout rompre, elle se jeta sur sa paillasse et feignit d'être endormie.

« Il faut vous vêtir, ma fille, dit Lady Anne depuis le seuil. Le père Anselm nous appelle pour les funérailles d'un jeune serf. Votre absence ne manquerait pas d'être remarquée. »

Eleanor ne bougea pas, tournant toujours le dos à sa mère. En avait-elle fini ? se demanda-t-elle.

« Répondez-moi, ma fille. N'entendez-vous pas le glas ? Ne voulez-vous pas savoir pourquoi il sonne ?

— La mort d'un serf ne me concerne pas. Je ne le connaissais certainement pas.

— Peut-être, mais vous connaissez forcément son nom. Il s'agit du demi-frère de Thaddeus, Jacob Thurkell. Il convient que vous témoigniez votre respect à sa famille avec le reste de Develish.

— Quels vêtements dois-je porter ?

— Quelque chose de simple. » Lady Anne ménagea une pause. « La disparition d'un jeune homme vous préoccupe-t-elle si peu que vous ne me demandez même pas de quoi il est mort, Eleanor ? »

La jeune fille prit un brin de paille entre son pouce et son index. « De quoi est-il mort, Mère ? demanda-t-elle, enfonçant la tige entre deux planches et la brisant en deux.

— Il a fait une chute depuis la marche de guet, au sud de la muraille. »

Eleanor hésita un instant avant de reprendre : « Qui vous en a avertie ? »

Lady Anne n'avait pas envie de répondre. « Hâtez-vous, dit-elle. Il serait discourtois de faire attendre la famille. »

Lady Anne resta interdite en voyant Eleanor apparaître au rez-de-chaussée en robe brodée, le front ceint du bandeau doré que son père lui avait offert. Son goût récent pour les cottes d'étoffe grossière avait visiblement été éphémère et s'était effacé devant le genre de flamboyance déplacée que Sir Richard aurait manifestée aux funérailles d'un serf. Mais pourquoi ?

« Au moins, gardez les yeux baissés, murmura Lady Anne. La mort de Jacob ne signifie peut-être rien pour vous mais elle compte pour ses parents.

— Vous ne devriez pas en faire aussi grand cas, remarqua la jeune fille dédaigneusement. Nous ne serons les bienvenues ni l'une ni l'autre. Eva vous déteste parce que vous lui avez pris Thaddeus. Elle vous détestera plus encore quand elle apprendra qu'il a quitté Develish. »

Lady Anne fronça les sourcils. « Que dites-vous ? »

Eleanor dissimula son sentiment de triomphe. « Ne le saviez-vous pas ? Je l'ai vu franchir les douves avec cinq jeunes serfs juste avant que vous veniez me quérir. J'ai cru que vous l'aviez autorisé à partir, mais je m'en étonne à présent. » Elle scruta le visage de sa mère avec une feinte curiosité. « Pourquoi n'a-t-il pas attendu que son frère soit enterré ?

— Quels sont les cinq garçons qui l'accompagnaient ?

— Je l'ignore, répondit Eleanor avec un geste d'insouciance. Ils se ressemblent tous à mes yeux. » Elle reporta son attention sur Hugh qui franchit la porte demeurée ouverte au moment où le glas se taisait et s'inclina devant sa mère. « Peut-être devriez-vous poser la question à maître de Courtesmain. »

Hugh l'ignora pour s'adresser à Lady Anne. « Le père Anselm vous réclame à l'église, Milady.

— Bien sûr. Un emplacement a-t-il été choisi et une tombe creusée ? »

Le régisseur acquiesça d'un signe de tête. « J'y ai veillé personnellement.

— Pourquoi Thaddeus ne s'en est-il pas chargé ?

— Je l'ignore, Milady. Cela lui aura peut-être échappé. Voici une heure que je ne l'ai vu. » Il jeta un coup d'œil à Eleanor. « Il m'a prié de vous transmettre un message avant les funérailles, Lady Eleanor, dans l'éventualité où il serait trop occupé pour le faire personnellement. »

Le soudain malaise de la jeune fille n'échappa ni à Hugh ni à Lady Anne. « Je l'entendrai plus tard, en privé.

— Il ne m'a donné aucune recommandation en ce sens, Milady. En revanche, il a insisté pour qu'il vous soit communiqué avant l'office religieux. En voici la teneur : “Laissez mon frère reposer en paix.” Thaddeus a dit que vous en comprendriez le sens si vous saviez qu'il venait de lui. »

L'église étant trop exiguë pour accueillir tout Develish à la fois, la moitié des serfs s'étaient massés autour des tombes et des enclos à cochons, sur l'avant. Ils reculèrent pour laisser passer Lady Anne avant d'incliner la tête, se préparant pour la prière. Une scène identique se déroulait à l'intérieur de l'église. Tous les yeux étaient fixés au sol, par respect pour le cercueil fabriqué à la hâte qui avait été disposé devant l'autel. Si quelqu'un avait pris note de l'absence de Thaddeus, cela n'apparaissait pas. Eva elle-même semblait trop abîmée dans son chagrin pour s'inquiéter de son aîné, pensant peut-être qu'il attendait dehors le moment de porter son frère en terre.

Lady Anne s'agenouilla sur son prie-Dieu dans sa stalle, sur le côté du chœur, heureuse d'avoir une excuse pour fermer les yeux et réfléchir. Elle ne savait que faire. Son instinct lui dictait d'envoyer Gyles Startout à la poursuite de Thaddeus et de lui réclamer des explications mais une crainte affreuse la retenait. Elle écouta le bruissement de la robe d'Eleanor lorsque celle-ci s'agenouilla à son côté, admira la pureté de sa voix lorsqu'elle entonna les répons après le père Anselm en y mettant plus d'ardeur que quiconque. Et elle se demandait si femme avait jamais eu autant qu'elle motif de se méfier de son enfant.

Laissez mon frère reposer en paix...

Elle se rappela le trouble qu'elle avait lu sur le visage de Thaddeus le matin même et les doutes qu'elle avait éprouvés quand il avait confié ses fonctions à Hugh de Courtesmain. Il savait déjà qu'il allait partir, songea-t-elle, il avait décidé de profiter de l'émotion et de la confusion suscitées par la mort de Jacob pour couvrir son départ. Mais pourquoi, et pourquoi emmener cinq jeunes serfs avec lui ?

Une grande part de ses soupçons se portait sur Eleanor. Si elle avait vu Thaddeus partir, pourquoi n'en avait-elle pas parlé immédiatement, quand Lady Anne était venue la réveiller ? Pourquoi attendre d'être en bas ? Et pourquoi se parer de ses plus beaux atours ? Était-ce la mort de Jacob qui lui donnait lieu de se réjouir ? Ou le départ de Thaddeus ?

Dans le courant de la liturgie, peut-être au moment où le père Anselm entonna les commandements, Lady Anne comprit que Thaddeus lui avait certainement menti en lui relatant les événements de la nuit précédente. Il n'avait pas dû lui falloir longtemps pour constater que Jacob était mort d'une plaie causée par une lame dès qu'il avait eu transporté le corps à l'intérieur de l'église et allumé les cierges. Alors pourquoi prétendre s'être inquiété de la pestilence ? Et pourquoi attendre le jour pour annoncer sa mort à Lady Anne et à ses parents ? Chose plus étrange encore, pourquoi le père Anselm avait-il accepté ce délai ? Pourquoi avoir administré l'extrême-onction au corps et n'avoir pas insisté pour qu'Eva soit présente ?

Son esprit cherchait désespérément des réponses, mais toutes la menaient à la même conclusion : la mort de Jacob n'avait pas été accidentelle et Thaddeus le savait. Il connaissait suffisamment le droit anglais pour savoir que la responsabilité des crimes et de leurs sanctions incombait au seigneur ou, dans le cas de graves forfaits, au high sheriff et aux cours d'assises. Cependant, ces autorités étant inaccessibles et – le seigneur étant mort – la charge du procès et du jugement serait retombée sur Lady Anne. Et quel autre jugement que la mort par pendaison aurait-elle pu prononcer contre un assassin ?

Elle admit également, comme l'avaient fait Thaddeus et le père Anselm, que la simple recherche du criminel diviserait et briserait la communauté. Chacun serait soupçonné. Des doigts se pointeraient tandis que des animosités anciennes referaient surface, et l'harmonie que tant de gens s'étaient efforcés de créer céderait place à la discorde. Cette discorde causerait encore plus de dégâts, songea Lady Anne, si l'assassin était trouvé et châtié. La réputation de voleur qui s'attachait à Jacob et la paresse notoire de ses parents les rendaient largement impopulaires. L'ordre de prendre une autre vie pour apaiser les Thurkell ne serait pas facilement accepté.

Lady Anne ne voulait pas croire que Thaddeus fût le meurtrier de son frère, et pourtant son départ l'incitait à douter de lui. Pourquoi avoir quitté le domaine s'il n'avait aucun reproche à se faire ? S'il était resté, elle ne se serait posé aucune question sur la mort de Jacob – et personne d'autre ne se serait interrogé non plus. Or ses agissements semblaient propres à attiser la méfiance qu'il avait cherché à éviter en prétendant cette mort accidentelle.

Son cerveau se fatiguait à force d'essayer de comprendre. Les questions étaient trop nombreuses et les réponses trop rares, et la douleur qui lui étreignait le cœur parce que Thaddeus l'avait abandonnée sans explication ni adieu était accablante. Elle préférait ne pas sonder les causes de ce chagrin, se persuadant qu'elle avait fini par s'appuyer sur lui plus qu'elle ne l'aurait cru.

Lorsque la longue messe s'acheva enfin, elle exécuta les rites qu'accomplissait normalement le seigneur, rendant grâce à Dieu pour la brève vie de Jacob tandis que son cercueil était mis en terre, donnant au père Anselm un shilling pour le salut de son âme et distribuant des pennies au nom de Jacob à tous les serfs de Develish lorsqu'elle passa devant eux en sortant du cimetière. Tous la remercièrent, et particulièrement Will et Eva Thurkell à qui elle donna six pence ; mais elle ne se faisait pas d'illusions : sa générosité n'empêcherait pas les langues de s'agiter quand la nouvelle du départ de Thaddeus et de cinq jeunes serfs se répandrait.

« Vous n'auriez pas dû gaspiller ainsi votre argent, siffla Eleanor à son oreille alors qu'elles rejoignaient la maison. Personne n'aimait Jacob. Il passait son temps à voler. »

Lady Anne ralentit le pas. « Je ne le savais pas », mentit-elle.

La réponse d'Eleanor fut cassante. « *Tout le monde* le sait, Mère. Ils ont dû vous prendre pour une folle en vous voyant lui accorder des funérailles dignes d'un seigneur. Vous n'avez pas accordé d'offrandes pour mon père et vous en dispensez avec prodigalité pour le frère voleur de Thaddeus.

— Il m'a semblé que c'était la chose à faire. » Lady Anne s'arrêta pour regarder de l'autre côté du fossé en direction de la route, se demandant si Thaddeus avait déjà quitté la vallée. « Comment en savez-vous aussi long sur Jacob, ma fille ? Il y a à peine trois heures vous me disiez que tous les serfs se ressemblaient à vos yeux.

— Les servantes bavardent. Je ne peux m'empêcher d'entendre ce qu'elles disent. Elles riront de vous en tapinois pour avoir donné six pence à la catin. »

Sa mère se tourna vers elle. « Et de vous, pour avoir confondu des funérailles avec des noces, Eleanor. Quel motif avez-vous de vous réjouir ? »

L'arrivée discrète d'Isabella au côté de Lady Anne évita à Eleanor d'avoir à répondre. Elle aperçut la petite servante avant sa mère et ce rappel soudain de son existence fit naître sur son visage une expression d'inquiétude. Pour fugace qu'il fut, ce changement n'échappa pas à Lady Anne.

Elle sourit à Isabella. « Tu voulais me voir ? demanda-t-elle.

— J'ai trouvé ceci sous mon ardoise, Milady. Il est écrit dessus "Pour Lady Anne". » Elle lui tendit un carré de parchemin.

Lady Anne reconnut l'écriture de Thaddeus. Elle était presque sûre qu'Isabella l'avait identifiée, elle aussi, car la petite ne manifesta aucune curiosité quant à l'auteur de ce message. Lady Anne brisa le sceau de cire et parcourut la lettre avant de lever les yeux vers Eleanor. « Vous avez l'air inquiète, remarqua-t-elle. Pour quelle raison, ma fille ? Voulez-vous savoir ce qui est écrit ici ? »

La jeune fille ne répondit pas.

« C'est un message de Thaddeus. Il donne les noms des cinq garçons qui ont quitté le domaine avec lui – Edmund Trueblood, Olyver et Ian Startout, Peter Catchpole et Joshua Buckler – et demande qu'on leur pardonne de n'avoir pas pris congé de leurs familles. » Elle jeta un regard interrogateur à Isabella. « Tes frères ont-ils prévenu tes parents de leur départ ?

— Je ne crois pas, Milady. Ma mère a demandé où était Ian il y a quelques instants seulement.

— Et toi ? Le savais-tu ? »

La petite hésita une fraction de seconde avant de répondre : « Non, Milady. »

Lady Anne comprit qu'elle mentait, mais Eleanor n'en eut pas conscience. Elle s'enhardit suffisamment pour relever la tête : « C'est tout ? demanda-t-elle.

— Que voulez-vous qu'il y ait de plus, ma fille ?

— Une explication à leur fuite. Si mon père était vivant, il enverrait des hommes d'armes à leur poursuite. »

Lady Anne reposa les yeux sur le message de Thaddeus. Les mots qu'il avait écrits étaient si raisonnables qu'elle n'aurait eu aucune raison d'éprouver le moindre soupçon au sujet de la mort de Jacob si ce billet venait de l'informer de son départ. C'était le plaisir sournois d'Eleanor en lui apprenant une chose qu'elle ignorait qui l'avait conduite à douter.

« Pourquoi les accuser de fuite ? demanda-t-elle doucement. C'est là, me semble-t-il, une singulière interprétation de leurs actions.

— Ils sont partis sans votre autorisation. Comment appelez-vous cela, sinon fuite ?

— Tout dépend de ce que vous entendez par ce mot. À ma connaissance, des serfs ne prennent la fuite que dans l'espoir d'échapper à la justice ou à des persécutions. » Elle observa attentivement le visage de sa fille. « Voyez-vous une raison pour que Thaddeus et ses compagnons aient éprouvé pareille crainte – au point de risquer de contracter la pestilence et d'en mourir, au lieu de rester en sécurité à l'intérieur du domaine ? »

Eleanor détourna le regard. « Qui sait pourquoi les serfs agissent comme ils le font ? Père disait qu'ils ne comprennent qu'une chose, le fouet. » De la tête, elle désigna le parchemin que tenait Lady Anne. « Vous devriez reprocher à Thaddeus de ne pas vous avoir donné d'explication. Voilà qui prouve, si besoin en était, son arrogance et le peu de respect qu'il a pour vous.

— Détrompez-vous. Il me donne une *excellente* explication, ma fille, répondit Lady Anne avec une feinte légèreté. Il fait état de qualités de ses jeunes compagnons que Sir Richard n'aurait pas reconnues car il n'en possédait aucune. Courage… perspicacité… altruisme… générosité d'âme. Thaddeus m'écrit qu'ils partent chercher des provisions afin que nous puissions tous vivre. » Elle s'interrompit. « Peut-être ignorez-vous que nos réserves seront épuisées avant la fin du mois de décembre et qu'il nous faut des hommes courageux pour trouver des vivres ? Autrement, nous mourrons de faim.

— Ce n'est pas à moi de tenir le compte des sacs de grain. C'est votre affaire.

— Et celle de tous les serfs qui vivent ici. Ils savent mieux que vous ce qu'est la faim, Eleanor. Vous devriez savoir gré à Thaddeus au lieu de l'accuser d'arrogance. » Lady Anne posa la main sur l'épaule d'Isabella. « Les frères de cette enfant, les bessons, s'en vont en lieu et place de leur père Gyles, qui figurait en premier sur la liste des départs. »

Eleanor jeta un regard hostile à Isabella. « Seulement parce que Thaddeus les y a obligés, lança-t-elle avec fiel. Ils ne se sont pas éloignés de leur plein gré. »

Isabella s'humecta les lèvres avant de s'adresser à Lady Anne : « Je suis sûre que si, Milady. Ils m'ont dit plusieurs fois qu'ils partiraient volontiers à la place de Père s'ils le pouvaient.

— Tu mens, lança Eleanor avec un sourire méprisant. Thaddeus a jeté Ian dans le fossé parce qu'il refusait de monter sur le radeau et il se serait noyé si Olyver ne l'en avait pas tiré. Aucun des deux ne voulait partir… et les autres non plus. »

Lady Anne enfonça le parchemin dans sa cotte. « Quelles histoires passionnantes vous narrez là, ma fille, murmura-t-elle. Vous vous ravisez si souvent que j'en ai la tête qui tourne. Ce matin, vous étiez incapable de distinguer un serf d'un autre, et maintenant, vous semblez pouvoir faire la différence entre des bessons absolument identiques. J'ignorais que vous connaissiez les noms des frères d'Isabella ; vous vous intéressez si peu aux serfs. »

Eleanor rentra les épaules, rivant des yeux menaçants sur la servante. « Demandez à cette fille comment je sais tout cela. Elle me ferait périr d'ennui à force de jacasser sur sa stupide famille. »

Isabella ne marqua qu'une infime hésitation avant de répondre. « Il est très facile de différencier mes frères, Milady. Comme ils n'ont jamais voulu se ressembler, Maman teint les tuniques de Ian en rouge avec de la garance et celles d'Olyver en bleu avec de la guède. » Elle s'arracha un sourire. « Ian laisse ses cheveux pousser jusqu'à ses épaules parce qu'il croit être plus beau comme cela, alors qu'Olyver coupe les siens court.

— Voilà ! s'exclama Eleanor. Me croyez-vous à présent ? Tout ce que je vous ai dit, je l'ai vu par la fenêtre et je n'y peux rien si cela ne s'accorde pas avec les fables de Thaddeus. Vous n'auriez pas dû lui consentir toutes ces faveurs si vous vouliez qu'il continue à vous obéir. Il agit à sa guise parce qu'il se prend pour votre égal. »

Lady Anne chercha à imaginer la timide Isabella en train de « jacasser » aux oreilles d'Eleanor, mais la détresse qui se peignait sur le visage de la petite servante lui fit comprendre combien elle devait s'inquiéter pour ses frères. Quelle que fût la vérité que dissimulait ce départ précipité, Thaddeus s'était mis et avait mis les cinq garçons dans une situation affreusement périlleuse. Elle l'en maudissait. C'était trop lui demander que de la contraindre à porter le fardeau du chagrin de leurs familles tout en la priant de louer leur courage et de bénir leur malheureuse expédition.

Si elle lui faisait toute confiance, ce départ soudain révélait que cette confiance n'était pas réciproque. Pourtant…

Elle prit la main d'Isabella. « Ne te fais pas de souci pour Ian et Olyver, mon petit. Thaddeus promet qu'il sera de retour avec eux dans moins de quinze jours, et je suis certaine qu'ils nous reviendront en bonne santé. Il sait mieux que la plupart comment le mal s'est répandu et ne mettra pas leurs vies en danger inutilement. »

La paisible certitude avec laquelle la petite lui répondit l'étonna et elle ne put que se demander pourquoi les termes qu'employait Isabella ressemblaient tant à ceux de la lettre de Thaddeus.

« En effet, Milady. Il est aussi sage que vous et n'aurait pas autorisé ces garçons à l'accompagner s'il estimait qu'il puisse leur arriver quelque chose de fâcheux. Ce sont les fils des chefs de vos serfs, et ils se conduiront bravement. » Dans un geste inattendu d'imploration, Isabella fit une profonde révérence. « S'ils sont partis secrètement, c'est parce qu'ils savaient qu'autrement, leurs mères les en auraient empêchés. Je vous en conjure, ayez foi en Thaddeus, Milady. Il a prouvé ces derniers mois son dévouement à tous les gens de Develish… et à vous plus qu'à tous. »

Pour Lady Anne

Très vénérée Dame

J'ai quitté le domaine ce matin en compagnie d'Edmund Trueblood, d'Olyver et Ian Startout, de Peter Catchpole et de Joshua Buckler. Ils ont proposé de faire ce voyage avec moi pour le bien de Develish, mais je vous prie d'accepter mes sincères excuses pour être parti sans votre permission ni celle de leurs parents.

Je sais vos réticences à l'idée que quiconque – et surtout les chefs de vos serfs, dont vous dépendez – entreprenne pareille mission, mais la nécessité de reconstituer nos réserves grandit de jour en jour. Les fils de ces hommes se sont portés volontaires pour les remplacer, et ils ont préféré partir secrètement pendant que mon frère est enterré afin d'épargner à leurs mères la douleur des adieux.

Déjà accablée par la perte de Jacob, ma propre mère empêcherait mon départ si elle le pouvait. Je pense que vous en feriez autant, gente Dame, bien que vous compreniez mieux qu'elle combien nous avons besoin de nouvelles du monde extérieur. Dites, je vous en prie, à nos familles d'attendre notre retour d'ici à une quinzaine de jours. Je prie que tous aient des raisons de se réjouir lorsque ce moment adviendra.

Mes jeunes compagnons ont le cœur vaillant et entreprennent cette expédition par amour pour vous et pour les gens de Develish. Puissiez-vous trouver dans votre cœur motif à avoir bonne opinion d'eux et à louer leur courage devant leurs familles. Nous vous demandons pardon de partir, mais espérons que vous accorderez votre bénédiction à cette entreprise.

Votre fidèle serviteur

Thaddeus Thurkell

Pour Isabella

Ma gracieuse amie

Je n'ai jamais eu plus grand besoin de ta bonté et de ta sagesse. Remets le second parchemin à Lady Anne et accorde ton soutien au conte que je lui ai fait en lui disant que tes frères et leurs amis ont choisi de prendre la place de leurs pères pour aller chercher des provisions.

J'ai prié Lady Anne de louer leur courage et de nous accorder sa bénédiction, mais ne sois pas offensée pour nous si elle n'a pas le cœur à le faire. Bien que je lui aie demandé de croire que nous partions secrètement pour éviter de peiner nos mères, elle pourrait se laisser persuader de penser différemment si Lady Eleanor profite de notre absence pour parler contre nous.

Ma chère amie, crois bien que j'agis de la sorte pour libérer tes frères et leurs amis d'une intrigue et non pour resserrer encore le piège autour d'eux. J'assurerai leur sécurité autant qu'il est en mon pouvoir. Si notre entreprise réussit, les raisons que j'ai données de notre départ seront acceptées à notre retour, même si elles sont mises en doute aujourd'hui.

Protège-toi en gardant le silence sur ce dont tu as été témoin ce matin avec Lady Eleanor. Il est préférable pour tous que Develish reste dans l'ignorance de notre conversation. Sans doute as-tu tes propres idées sur ce qui s'est passé la nuit dernière, mais ne les livre à personne, et moins encore à Lady Eleanor à qui l'on ne peut faire confiance.

Tes frères sont exempts de tout grave péché, comme le sont leurs amis et comme je le suis moi-même. Crois en nous et prie pour que nous revenions sains et saufs.

Ton fidèle serviteur

Thaddeus Thurkell

(EXTRAIT D'UN JOURNAL INTIME TENU PAR LADY ANNE)

Que ne puis-je manifester ma souffrance aussi ouvertement qu'Eva Thurkell ! Elle pleure pour Thaddeus plus bruyamment encore qu'elle n'a pleuré Jacob. Le trépas de son cadet a été promptement oublié aussitôt qu'elle a appris le départ de l'aîné. Pauvre Jacob ! Ses larcins l'avaient rendu fort impopulaire. Qu'il ait péri par accident, comme Thaddeus voudrait me le faire croire, ou par méchanceté de la main d'autrui, sa mort n'est guère regrettée.

Je ne sais qui maudire davantage – Eleanor ou Thaddeus. Je crains que l'une ne soit responsable du trépas de Jacob et que l'autre, le sachant, ait décidé de partir de crainte que la vérité ne lui soit arrachée. Mais pourquoi, oh pourquoi Thaddeus ne m'a-t-il pas confié ses soucis avant de partir ? Pense-t-il qu'Eleanor a délibérément pris la vie de Jacob et a-t-il voulu m'épargner la douleur de devoir la juger ? Je le crains. Pourtant, il m'est difficile d'admettre qu'elle puisse tuer sans raison. Malgré toute sa fureur contre moi et contre nos gens depuis la mort de son père, elle ne peut sûrement pas s'être égarée au point de commettre un meurtre ?

Je suis loin de comprendre pourquoi Thaddeus a emmené 5 jeunes serfs avec lui, mais il n'est certainement pas fortuit qu'il s'agisse des fils des chefs de mes serfs. Thaddeus a souvent évoqué l'admiration qu'il éprouve pour ces hommes, et je pense qu'il chercherait à leur épargner toute honte si pareille chose était en son pouvoir. Mais honte de quoi ? Leurs fils auraient-ils participé à la mort de Jacob ? Je ne puis le croire. Peut-être l'un d'entre eux aurait-il pu y jouer un rôle, mais pas les 5.

La lettre que Thaddeus a laissée à mon intention demandait que j'atteste la vérité de la fable selon laquelle ses compagnons et lui avaient ma bénédiction pour quitter le domaine à la recherche de provisions. Je l'ai fait, pour la tranquillité d'âme de leurs parents. Peut-être Thaddeus connaît-il ma fille mieux que moi-même, car l'éloge qu'il a fait des garçons a réduit Eleanor au silence. Toute la joie qu'avait pu lui inspirer leur départ s'est dissipée.

Elle était pourtant fort décidée à les dénigrer tout d'abord. Espérait-elle que des accusations portées contre des serfs fugitifs ne seraient pas contestées ? Dans ce cas, elle ne s'attendait manifestement pas à ce qu'Isabella riposte par une défense aussi émouvante de la loyauté de Thaddeus et du courage de ses frères.

Treize

Aucun des garçons ne pipa mot pendant que Thaddeus faisait traverser le fossé au radeau avant de leur ordonner de sauter sur l'autre rive. Edmund Trueblood, Peter Catchpole et Joshua Buckler étaient encore sous le coup de l'annonce de la mort – pire, de l'assassinat – de Jacob, tandis que Ian Startout, trempé et transi, était plongé dans une profonde affliction et qu'Olyver se demandait comment son jumeau et lui survivraient sans outils ni nourriture. Les autres, au moins, avaient eu le temps de rassembler quelques affaires à en juger par les sacs dont ils étaient chargés. Il aurait voulu faire remarquer son injustice à Thaddeus, mais il n'osa pas. Le son du glas qui accompagnait l'enterrement de Jacob était une sinistre mise en garde : mieux valait ne pas abuser de la patience de leur compagnon.

À terre, Thaddeus coupa les cordages et lâcha le radeau qui dériva jusqu'au milieu des douves. Il ne voulait pas que Gyles les prenne en chasse alors qu'ils n'étaient pas encore sortis de la vallée ni que des maraudeurs puissent s'introduire sans difficulté dans le domaine pendant que tous priaient. Peut-être les garçons espéraient-ils que quelqu'un se mettrait à leur poursuite, parce qu'ils restèrent plongés dans un désespoir mélancolique, les yeux rivés sur le manoir, ne s'arrachant à leurs pensées que lorsque Thaddeus partit au petit trot à travers les lopins paysans, leur conseillant de suivre l'allure s'ils ne voulaient pas avoir à se débrouiller seuls. Ils prirent leurs jambes à leur cou pour le rattraper. S'ils estimaient tous n'avoir rien fait de mal – rien en tout cas qui méritât l'exil –, ils craignaient d'être livrés à la pestilence. Nul ne doutait que Thaddeus pensait ce qu'il disait. Il avait toujours été renfermé – le jeune garçon plein de secrets s'était transformé en homme plein de secrets –, mais son indifférence inébranlable à l'égard de ses compagnons était nouvelle et faisait de lui un chef convaincant. Ils redoutaient de susciter son déplaisir et d'être abandonnés au bord du chemin, condamnés à mourir couverts de pustules putrides et le sang noirci.

Quand ils atteignirent les vestiges calcinés du village de Develish, Thaddeus les conduisit jusqu'à la cabane où avait vécu sa propre famille. Une partie des murs d'argile était toujours debout, mais les poutres et le chaume avaient été réduits en cendre et en charbon. Thaddeus repoussa du pied les débris dans un angle du sol de terre battue et ordonna aux jumeaux Startout de creuser. « Votre père n'est pas resté oisif après la mort de Sir Richard, leur dit-il. Il a enterré ici les provisions qui se trouvaient dans la chaumière de John Trueblood en prévision d'une telle mission d'exploration. Sortez de là tout ce que vous pouvez.

— Nous n'avons pas d'outils, protesta Olyver. Tu as laissé Edmund, Peter et Joshua aller chercher les leurs, mais pas Ian et moi. Nous n'avons même pas de cuillers ni de bols. Comment sommes-nous censés faire ?

— Vous avez des mains. » Thaddeus tira son ciseau de sa ceinture. « Prenez cela pour briser les mottes. Vous autres, fouillez les autres habitations. » Il balaya l'ensemble du village d'un grand geste circulaire. « Recueillez tous les objets utiles qui ont pu échapper aux flammes – pots en métal, jarres d'argile, outils et lames. Apportez ce que vous aurez trouvé au puits et attendez mon retour.

— Où vas-tu ? » demanda Edmund, visiblement soucieux.

Thaddeus désigna du menton un champ éloigné. « Rassembler les poneys de bât et les chevaux qui sont revenus avec Sir Richard. Nous n'irons pas loin à pied. »

L'explication était raisonnable, mais les cinq garçons le virent partir avec inquiétude. Ils constatèrent qu'il n'avait ni cordes ni licols, et leur angoisse s'accrut quand il s'écarta du chemin menant au pré où paissaient les animaux pour prendre la direction des bois de l'ouest. Il se tenait courbé, se servant des rames de haricots et de fèves qui poussaient dans les lopins pour ne pas se faire voir des guetteurs postés de l'autre côté du fossé. Ils attendirent qu'il ait franchi à gué le ruisseau du Diable et ait disparu entre les arbres pour commencer à récriminer et à se quereller.

« Et s'il avait l'intention de nous abandonner ici ? demanda Olyver. Il aurait mieux valu que l'un de nous l'accompagne.

— Personne ne t'a retenu, rétorqua son jumeau d'un ton acerbe. Tu n'avais qu'à y aller. Après tout, c'est ta grande goule qui nous a valu tous ces ennuis.

— Cessez donc de vous disputer, lança Peter Catchpole. Je ne comprends rien à ce qui se passe. Pourquoi sommes-nous ici ?

— Jacob a été assassiné hier soir, répondit Ian. Thaddeus l'a trouvé mort au cimetière avec une plaie au côté... en admettant qu'Olyver m'ait dit la vérité. »

Olyver serra les poings. « Pourquoi aurais-je menti ? »

Peter les dévisagea tour à tour d'un air mauvais. « Jacob est mort ? Et alors ? Je n'y suis pour rien. Ce n'est pas *moi* qui l'ai tué. J'étais toute la nuit sur la marche ouest avec mon père. » Il fit un signe de tête en direction du domaine. « Nous ferions mieux de regagner le radeau et de retraverser le fossé avant que quelqu'un remarque notre absence.

— Et comment veux-tu faire ? Thaddeus l'a laissé dériver. Vous savez nager, vous ? Joshua ? Edmund ? »

Ils secouèrent la tête.

« De toute façon, c'est une mauvaise idée, remarqua Edmund en rentrant la tête dans les épaules. À l'heure qu'il est, tout le monde sait ce qui s'est passé. Vous imaginez les questions qu'on nous poserait ?

— Que le diable m'emporte si on me tient pour coupable, s'énerva Joshua. Je ne savais même pas qu'il était arrivé quelque chose avant que Ian se mette à pleurnicher que ce n'était pas lui.

— T'as pas intérêt à dire que c'était moi, gronda Ian tout aussi furieux. Edmund est le seul à s'être bagarré avec Jacob hier soir. »

Edmund secoua la tête. « Ce n'était pas une bagarre. J'ai frotté les oreilles à cet imbécile et il a reculé avant que je puisse le frapper une deuxième fois.

— Alors qui t'a fait cet œil au beurre noir? demanda Peter en montrant du doigt le visage meurtri d'Edmund.

— Olyver. » Edmund se tourna vers son adversaire. « Si j'apprends que tu as dit à Thaddeus que c'est moi qui ai tué son frère, je t'étripe pour prix de ton mensonge. Il a bien failli m'étrangler ce matin parce qu'il croyait que c'était moi, et il ne m'a lâché que quand il a compris que je ne savais même pas que Jacob était mort. Comment tu l'as appris, toi, alors que nous autres n'en savions rien ? »

Olyver donna un coup de pied dans un caillou. « Thaddeus me l'a dit. Il m'a tiré du lit avant l'aube et m'a traîné jusqu'au cimetière. Il savait que j'étais dans l'église la nuit dernière… je me demande encore comment. Il m'a montré où il avait trouvé Jacob près des parcs à moutons et m'a dit qu'il avait été poignardé. Il y avait un couteau dans l'herbe.

— Le couteau de qui ?

— On aurait dit celui de Jacob, mais j'ai juré que ce n'était ni vous ni moi qui nous en étions servis contre lui. C'est forcément quelqu'un qui est arrivé plus tard. »

Le silence qui suivit fut enfin rompu par Peter Catchpole. « Cela n'a aucun sens. Si aucun de nous n'est coupable, pourquoi nous avoir forcés à quitter le domaine ? »

Edmund frotta ses bras endoloris. « À cause d'Eleanor. Elle était à l'église hier soir, et Thaddeus en a été furieux. Je suppose qu'il espère que si nous ne sommes pas dans les parages et ne pouvons pas parler – et si Eleanor se tait –, Lady Anne ne saura jamais le reste.

— De toute façon, je n'aurais rien dit, répliqua Joshua indigné. Je ne suis allé avec elle que deux fois et pour sûr, je ne savais pas qu'elle était à l'église la nuit dernière.

— Moi non plus, renchérit Peter. C'est pas juste de nous mettre tous dans le coup.

— Vous avez raison, acquiesça Ian en tirant sa chemise mouillée pour l'écarter de sa peau. On nous envoie attraper la pestilence et cette garce d'Eleanor peut continuer tranquillement à jouer les oies blanches.

— Tu étais pourtant bien content il y a deux jours quand elle t'a fait gazouiller le vit », lança Edmund d'un ton sarcastique.

Ian l'ignora. « Si j'ai traité Thaddeus de bâtard, c'est à cause d'elle. Elle ne parle jamais d'autre chose – ce bâtard de Thurkell. Cela finit par vous entrer dans la cervelle. Elle fera pareil pour nous, elle nous appellera comme elle voudra – assassins, violeurs, voleurs – et tout Develish la croira si elle le murmure assez souvent aux oreilles de tous. »

Olyver se tourna vers lui avec colère. « Inutile de t'en prendre à Eleanor. C'est Thaddeus qui nous a forcés à partir… et nous savons bien pourquoi. Il est prêt à chasser tous ceux qu'il considère comme des rivaux. »

Peter lui jeta un regard méprisant. « Il ne souffre pas Eleanor. C'est Lady Anne qu'il admire.

— Tu parles d'admiration ! C'est plus que cela, répliqua Olyver. Ce qu'il veut, c'est devenir le maître de Develish. »

Peut-être le bain forcé de Ian lui avait-il inspiré une once de sagesse, parce qu'il fut prompt à déceler la voix d'Eleanor dans les propos de son jumeau. « Tu ne crois pas qu'elle nous a servi la même histoire à tous quand elle nous a laissé lorgner ses petits tétons maigrichons, mon besson ? Tu as le cerveau dans la pine si tu t'imagines autre chose. » Il fit lestement un bond en arrière en voyant Olyver serrer les poings.

Edmund s'interposa. « À quoi bon vous battre ? demanda-t-il à Olyver. Reconnais au moins que Thaddeus s'est exilé en même temps que nous.

— Il a sûrement de bonnes raisons, bougonna l'autre.

— Peut-être, mais il ne sera jamais le maître de Develish s'il n'est pas au côté de Lady Anne. Il perd plus que nous en partant. Il n'y a pas beaucoup de serfs assez intelligents pour devenir régisseurs. C'est maître de Courtesmain qui va faire son travail maintenant. Il est le seul à savoir lire et écrire aussi bien que Thaddeus.

— Et tu peux parier que c'est à lui qu'Eleanor va chercher à plaire maintenant, remarqua Ian. Si Lady Anne est sage, elle prendra un de nos pères pour régisseur. Elle ne pourra jamais faire confiance au Français comme à Thaddeus.

— Tu penses qu'il lui a annoncé qu'il partait ? » demanda Joshua.

Ian secoua la tête. « Nous n'aurions pas été obligés de filer en douce s'il l'avait prévenue. » Il s'interrompit, cherchant à mettre un peu d'ordre dans ses pensées. « Olyver a dit que Thaddeus l'avait menacé de le faire juger pour meurtre si la version d'Edmund n'était pas conforme à la sienne. Je crois que le problème vient de là.

— Mais nos versions *étaient* les mêmes, protesta Edmund. Nous lui avons dit tous les deux que nous n'avions pas tué Jacob. Il aurait pu nous mettre à la question devant Lady Anne, nous n'aurions rien dit d'autre.

— Sans doute… mais quelqu'un a donné un coup de couteau à Jacob et, selon Olyver, il n'y avait qu'une autre personne dans l'église : Eleanor. Tu te vois dire une chose pareille à Lady Anne ? Crois-tu qu'elle aurait accepté la parole de deux serfs contre celle de sa propre fille ? Thaddeus t'a mis en garde à ce sujet. »

Un bref silence de stupéfaction suivit.

« Es-tu en train de nous dire que c'est Eleanor qui a tué Jacob ? demanda Edmund.

— C'est forcément elle, si ce n'était ni toi ni mon besson… à moins que tu ne veuilles accuser le curé. » Ian jeta un coup d'œil du côté du domaine. « Voilà pourquoi nous sommes ici, et Eleanor là-bas. Thaddeus évite à Lady Anne d'avoir à condamner sa propre fille comme meurtrière. Il n'y a plus personne sur place qui sache – ou puisse deviner – ce qui s'est réellement passé. »

Thaddeus vit le visage des cinq garçons s'éclairer de soulagement en le voyant revenir au village sur le destrier de Sir Richard, avec trois chevaux et trois poneys en remorque. Il remarqua qu'une hiérarchie s'était établie, et que Ian en occupait le sommet. Cela lui convenait parfaitement. Le garçon avait l'esprit vif, le caractère solide et se conduisait en chef naturel, qu'il décide ou non d'obéir aux ordres. En fait, si Thaddeus avait eu un motif d'étonnement ce matin-là, c'était d'entendre Olyver Startout citer le nom de son jumeau parmi les complices de Lady Eleanor. Il avait autant de mal à imaginer que Ian puisse accepter de s'humilier devant la fille de Sir Richard qu'à se représenter leur sœur, bien plus jeune mais infiniment plus sage, en faire autant.

Thaddeus comprenait qu'ils aient le sang bouillant s'agissant de se faire remarquer d'Eleanor – dont la beauté était incontestable –, mais il avait encore du mal à saisir ce qui la poussait à les encourager. La version d'Edmund qui pensait qu'elle voulait un champion lui paraissait naïve : aucune fille, aussi sotte fût-elle, n'irait croire qu'un garçon de leur âge oserait défier un membre du conseil de Lady Anne. Il avait passé une grande partie de la nuit à se creuser la cervelle, s'interrogeant sur son dessein, mais la seule réponse à laquelle il s'arrêtait était qu'elle cherchait à détruire l'harmonie que sa mère œuvrait si dur à instaurer. Accuser de viol les fils des chefs des serfs et obliger Milady à les juger était indéniablement le moyen le plus sûr de diviser la communauté. Même en ces temps peu ordinaires, et même si Lady Anne soupçonnait Eleanor de mensonge, elle ne pouvait faire passer la parole d'un serf avant celle de la fille de Sir Richard de Develish.

Thaddeus, qui avait grandement maudit les garçons de l'avoir mêlé à leurs jeux sordides, sentit alors tout le poids de sa responsabilité en constatant combien ils paraissaient jeunes. Edmund Trueblood était le plus grand, les cheveux bruns et le visage carré, mais il avait poussé trop vite et ses mains pendaient à ses poignets ainsi que des battoirs. Peter Catchpole, presque aussi grand et aux joues couvertes d'un duvet sombre, boudait comme un gamin de deux ans à qui on a confisqué son jouet préféré. Avec ses cheveux roux et ses taches de son, Joshua Buckler, le plus petit et le plus frêle, avait l'air sur le point de pleurer d'inquiétude. Quant aux jumeaux, leur volonté agressive d'éviter qu'on les confonde les incitait à se tenir aussi loin que possible l'un de l'autre.

De toute évidence, ils s'étaient âprement querellés, mais Thaddeus fit comme s'il ne remarquait rien. Il tendit les licols des autres animaux à Ian avant de sauter à bas du destrier. Ils n'avaient qu'à régler leurs différends entre eux. Les quatre chevaux, dont le destrier, étaient sellés et bridés, mais les deux poneys et la petite jument baie de Lady Eleanor ne portaient aucun harnachement. « Il faudra que deux d'entre nous montent à cru, annonça-t-il. Il n'y a pas de selles de ce côté-ci du fossé, à part celles qui sont revenues avec Sir Richard.

— Où étaient-elles ? demanda Ian.

— Ton père les avait laissées près de son campement, dans les bois. Il a mis à profit le temps qu'il a passé ici après le trépas de Sir Richard pour dissimuler tout ce qui avait de la valeur et qui aurait pu attirer la convoitise de voleurs de passage.

— Et s'il avait succombé au mal, lui aussi ? Tu n'aurais pas su où chercher. »

Thaddeus songea à toutes les nuits où il avait franchi le fossé pour aller s'entretenir secrètement avec Gyles. « Il me l'a montré quand je suis venu jusqu'ici pour lui parler. J'ai appris beaucoup de ton père, comme tu l'aurais fait si tu avais pris la peine de l'écouter à son retour. » Il descendit un sac de toile de la selle du destrier et le posa par terre pour l'ouvrir. « Il a caché ces armes avec les selles. Quatre épées, trois arcs courts et vingt flèches. Réfléchissez bien avant de faire votre choix. Vous connaissez vos forces et vos faiblesses grâce à l'entraînement que Gyles vous a fait suivre. L'épée de Sir Richard est la plus longue et la plus lourde. Celui qui la choisit devra bien s'exercer pour trouver son équilibre et apprécier sa portée. » Il scruta leurs visages soucieux. « Si aucun de vous n'est prêt à se battre, dites-le à présent. Je préfère voyager seul qu'en compagnie de garçons terrifiés que je serai contraint de protéger. »

Un bref silence se fit avant que les quatre autres ne se tournent vers Ian pour le laisser répondre à leur place. « Contre qui veux-tu que nous nous battions ?

— Tous ceux qui nous menaceront.

— Où allons-nous ? »

Thaddeus pointa le menton vers le sud. « Hors d'ici, pour chercher des provisions et des nouvelles. Vos pères étaient disposés à y aller, mais j'ai proposé que vous les remplaciez. Vous pouvez vous conduire comme des hommes ou comme des enfants. Je ne suis ni votre nourrice ni votre gardien. Si vous préférez retourner en rampant faire les galants auprès de Lady Eleanor et répondre aux questions sur la mort de mon frère, libre à vous. Sinon, choisissez votre arme.

— L'épée de Sir Richard devrait te revenir. »

Thaddeus secoua la tête. « Vous avez tous suivi un meilleur entraînement que moi. Edmund s'est montré le plus habile à manier une épée de bois. Je suggère donc qu'il la prenne. Les autres, choisissez à votre guise… mais sachez bien que vous devrez porter sur votre dos l'arme que vous aurez retenue. C'est compris ? »

Ils hochèrent la tête.

« Le sac est destiné à transporter la nourriture et tout ce que vous avez pu tirer des cendres. Nous le sanglerons sur le poney que nous ne monterons pas. » Il jaugea les cinq garçons du regard. « Je pense que vous êtes les plus légers, dit-il en désignant Peter et Joshua. Vous prendrez la jument et le deuxième poney. Vous serez donc les premiers à monter à cru, mais nous ferons passer les selles d'une monture à l'autre toutes les deux heures. Si vous pensez arriver à maîtriser la vôtre avec un simple licol, fort bien ; autrement, nous vous conduirons. »

Les garçons passèrent d'un pied sur l'autre, gênés, craignant que les autres ne se moquent s'ils choisissaient la deuxième solution.

« Vous feriez mieux d'être honnêtes, leur conseilla Thaddeus avec froideur. Si vous êtes jetés à bas et que vos bêtes s'emballent, nous ne vous attendrons pas. » Il parcourut le groupe du regard. « Cela vaut pour tous. Vous prouverez votre valeur par votre sagesse, et non par des fanfaronnades. Vous m'avez bien entendu ? »

Ils acquiescèrent d'un signe de tête.

« Bien. » Il tendit les rênes du destrier à Olyver et lui ordonna, ainsi qu'à Edmund, de s'occuper des autres animaux à la place de Ian. « Montre-moi ce que vous avez trouvé », demanda-t-il à ce dernier.

Ian le mena jusqu'au puits, où un sac de haricots secs, un autre de pruneaux et un pot de porc salé étaient posés parmi un assortiment de plats de métal cabossés et de quelques cruchons de terre à large goulot. « Ils étaient tous cassés sauf ces quatre-là, expliqua Ian en montrant les cruchons. Nous les avons lavés et remplis d'eau, mais nous n'avons rien pour les boucher. Ils seront vides dans une centaine de pas si nous les transportons à cheval. »

Thaddeus hocha la tête, regrettant de ne pas mieux connaître les terres qui s'étendaient au-delà de Develish. C'était une chose de contempler, enfant, un horizon violet en rêvant de traverser l'océan sur un bateau, c'en était une autre de savoir ce qu'il y avait entre le domaine et la côte, alors qu'il n'avait jamais quitté la vallée. Depuis tous les lieux des collines avoisinantes où il avait pu grimper, il n'avait jamais vu autre chose qu'une succession d'autres coteaux. Il avait fini par se représenter le Dorseteshire comme une robe de dame tombée par terre, avec des plis compliqués partant dans tous les sens, mais il ne savait même pas si chaque vallée suivait le lit d'un cours d'eau.

Il avait soutiré à Gyles Startout toutes les informations qu'il pouvait lors de leurs nombreuses conversations, mais malgré les multiples voyages qu'avait faits Gyles avec la suite de Sir Richard, sa connaissance des rivières se limitait aux propriétés situées le long des chemins. Il savait que le ruisseau du Diable suivait le tracé de la route jusqu'à une rivière plus large qui passait par Afpedle et qu'un gué permettait de franchir à Athelhelm, mais ignorait tout des ruisseaux ou des sources que l'on pouvait trouver ailleurs. « Nous remplissions nos cruches dans les manoirs où nous nous arrêtions, lui avait-il expliqué. Sir Richard ne dormait jamais à la belle étoile. Chaque soir, les seigneurs à qui il rendait visite étaient censés lui servir un copieux repas et une bière de qualité.

— Tu n'as jamais aperçu d'étangs ou de lacs dans la campagne ? »

Gyles avait hoché la tête. « Seulement dans des villages où la terre a été défrichée et cultivée. Le reste est couvert de bois et depuis la route, il est impossible de savoir ce qui se cache au milieu des arbres. J'ai vu une inondation à Winterburn une fois où il avait beaucoup plu et où le ruisseau a débordé. Les terres sont restées sous l'eau pendant plusieurs jours.

— Où se trouve Winterburn ?

— Au nord-ouest de Melcombe.

— Comment avez-vous trouvé le chemin pour vous y rendre ? »

Gyles avait souri de l'ignorance de Thaddeus en matière de voyages. « De la même manière qu'un homme trouve son chemin partout : nous avons suivi la route. Il est difficile de se tromper. Des marchands, des colporteurs et des conducteurs de bestiaux empruntent ces voies tous les jours.

— Comment peux-tu être sûr d'être sur la bonne ?

— Tu demandes ton chemin.

— Et si tout le monde est mort de la pestilence ? Comment un homme trouvera-t-il alors son chemin ? »

Gyles l'avait dévisagé avec curiosité. « Aurais-tu l'intention de nous quitter, Thaddeus ? »

Thaddeus avait secoué la tête. « Pas encore, mais je t'accompagnerai peut-être quand il sera temps d'aller chercher de nouvelles provisions. Cela devrait être plus facile à deux. »

Il avait retenu les noms de lieux qu'avait mentionnés Gyles en même temps que leurs directions sur la boussole, mais n'avait aucune idée de la distance qu'il y avait entre eux, pas plus que de celle qui les séparait de Develish. Gyles ne mesurait pas ses voyages en lieues mais en journées, et la rapidité de Sir Richard avait été dictée par le temps qu'il fallait à un chariot lourdement chargé pour progresser.

Sarum – nord-est
Melcombe – sud-ouest
Blandeforde – nord-est
Bradmayne – sud
Athelhelm – sud
Pedle Hinton – ouest
Winterburn – nord-ouest de Melcombe
Dorchester – nord de Melcombe

Tout en mémorisant ces indications, Thaddeus s'était demandé quelle valeur réelle elles possédaient. Connaître le nom d'un lieu n'apprenait pas à un homme s'il pouvait y pénétrer en toute sécurité. Que Gyles et lui aient décidé de se déplacer ensemble ou de prendre des directions différentes pour accroître leurs chances, les périls ne pourraient qu'être considérables. Seul un fou ou un martyr aurait eu l'idée de pénétrer dans un village où des cadavres infectés gisaient au bord du chemin, sans sépulture.

Il se rappela cette pensée en contemplant les cruchons avec Ian. Sans possibilité de transporter de l'eau – ou sans connaissance de l'emplacement des ruisseaux –, il leur faudrait avoir accès à un puits, or Thaddeus n'avait pas envie de s'engager dans un lieu habité dès le premier jour. Il leur fallait du temps pour durcir leurs muscles, s'habituer à trouver leur provende dans la campagne et s'exercer au maniement de leurs armes avant de s'aventurer à proximité d'êtres humains.

Pris d'une inspiration subite, il se dépouilla de son pourpoint de cuir. « Il nous faut des ronds pour fermer les cruches. Le tissu ne conviendra pas, mais le cuir si. » Il retira son couteau de sa ceinture et le tendit à Ian. « Découpe ce qu'il te faut dans les manches. » Rejoignant les garçons qui gardaient les chevaux, il prit la lame d'Edmund et coupa deux pieds de corde sur un des licols, les tendant à Peter pour qu'il les effiloche. « Fabrique-moi sept morceaux de ficelle avec cela, lui dit-il. Il faut qu'ils soient solides, alors garde autant de fibres que tu peux. Quand tu auras fini, apporte-les-moi.

— Et moi, qu'est-ce que je dois faire ? » demanda Joshua.

Thaddeus vida le sac qui contenait les armes. « Attribue-les à l'un et l'autre d'entre nous et trouve un moyen commode pour que nous les transportions sur nos épaules. »

Il retourna au puits et soupesa les sacs de haricots et de pruneaux, comparant leur poids à celui du pot de porc salé, essayant de répartir au mieux la charge sur le dos du poney supplémentaire. Les garçons avaient rassemblé huit plats de fer-blanc et d'étain, cabossés et déformés par l'usage, et un lourd chaudron de fer. Il laissa le chaudron et partagea le reste en deux tas égaux.

Il chassa de son esprit toute réflexion sur leur impréparation, écartant délibérément les craintes et les doutes que lui inspirait cette équipée. Il n'était pas question de revenir sur la décision qu'il avait prise à l'aube lorsqu'il avait compris qu'il lui était impossible de rester à Develish s'il mentait au sujet de la mort de Jacob. Il aurait beau réussir à persuader tous les autres que le malheureux avait été victime d'un tragique accident, Eleanor savait que c'était faux et Thaddeus n'aurait pas pu supporter de lui laisser la victoire en continuant à assumer ses fonctions de régisseur et en fermant les yeux sur ce qu'elle avait fait.

Soit elle l'aurait pris pour un niais incapable de pénétrer ce qui s'était réellement passé, soit elle se serait persuadée que le bâtard d'une catin reconnaissait que la fille de Lady Anne était au-dessus des lois.

Il avait brièvement caressé l'idée de faire savoir à Eleanor que la vérité ne lui avait pas échappé, la menaçant de la dénoncer au moindre faux pas, mais ce projet était si peu réaliste qu'il y avait immédiatement renoncé. Les preuves qu'elle avait tué Jacob étaient des plus ténues et se dissiperaient entièrement dès que le souvenir de ce drame s'estomperait. Et qui ajouterait foi à la seconde version de Thaddeus s'il était contraint d'avouer que la première était mensongère ? Son honnêteté serait tout aussi gravement compromise que celle d'Eleanor. Or cette dernière aurait l'avantage de pouvoir tourmenter Edmund et Olyver afin qu'ils appuient le conte qu'elle choisirait de narrer.

Regardant Ian découper des pièces de cuir dans les manches du pourpoint, il se demanda s'il avait eu raison d'intervenir ainsi dans la vie de ces garçons. Peut-être avaient-ils plus de jugeote qu'il ne le pensait et auraient-ils compris la nécessité de se taire et d'éviter dorénavant tout commerce avec Eleanor.

Ian sembla lire dans ses pensées. « Tu ne devrais pas te ronger les sangs de la sorte, lui dit-il. Nous ne t'abandonnerons pas.

— Inquiète-toi plutôt que je ne vous abandonne.

— Tu ne l'as pas fait jusqu'à présent, remarqua le garçon d'un ton bourru. Tu aurais pu nous ordonner de partir tout seuls, mais tu as préféré nous accompagner.

— Je n'avais pas le choix. Comment aurais-je pu expliquer que je vous aie obligés à partir ? »

Peter Catchpole surgit à côté de Thaddeus et posa une poignée de cordons sur la margelle du puits. « Tu aurais bien trouvé une raison si tu l'avais voulu, observa-t-il prosaïquement. Tu as renoncé à davantage que nous en partant.

— Pourquoi dis-tu cela ? »

Peter haussa les épaules. « Lady Anne t'a fait régisseur. C'est une haute position pour un serf. Tu aurais pu finir par gagner ta liberté si tu étais resté. »

Thaddeus ramassa trois des cordons et pointa le menton vers les tas de récipients. « Passe-moi la jarre et les cinq plats », dit-il en s'accroupissant à côté du sac pour l'ouvrir. Il disposa soigneusement les objets au fond, puis remonta la toile autour d'eux et la noua avec un des cordons. Il fabriqua une sangle pour le poney en nouant une corde à douze pouces de la première, puis rangea la deuxième pile de provisions et de récipients dans l'espace restant. « Utilise le dernier cordon pour fermer le bas, ordonna-t-il à Peter. Que les nœuds soient bien faits et solides. Il ne s'agirait pas que nous perdions quelque chose en route. »

Puis il aida Ian à placer les rondelles de cuir autour des goulots des cruchons de façon que le garçon puisse utiliser les cordons restants pour les attacher solidement. « Reste à trouver le moyen de les transporter à la verticale, fit-il remarquer. Tu as une idée ?

— Combien de cordes avons-nous ?

— Il ne nous reste que trois licols… mais il nous en faudra un pour assujettir le sac sur le poney de bât, et je n'ai pas grande envie de découper les autres. Nous aurons besoin de la plus grande longueur possible si nous devons entraver les chevaux cette nuit. »

Ian jeta un coup d'œil vers le puits. « Nous pourrions prendre celle-ci, dit-il en désignant la corde enroulée autour du vilebrequin. Le seau aussi d'ailleurs. Personne n'a plus puisé de l'eau ici depuis des semaines. »

Thaddeus suivit son regard. « Polluer ou détruire le puits d'un village est un crime passible de la pendaison, murmura-t-il, et un geste bien peu charitable de surcroît. L'eau est un don de Dieu indispensable à la vie. Supposons que des voyageurs passent par ici, à demi morts de soif ? »

Ian se trémoussa, mal à l'aise. « Ce n'était qu'une idée. »

Thaddeus poussa un grognement amusé. « Excellente au demeurant. » Il appuya le rochet sur la roue et entreprit de faire descendre le seau. « Nous ferions bien de boire tout notre saoul au préalable et d'abreuver les bêtes aussi. Nous risquons de ne pas retrouver d'eau avant un moment. »

Ian faillit demander s'ils avaient plus de chances de trouver à manger et quand, mais il se mordit la langue. Il préférait s'attirer les compliments de Thaddeus que sa désapprobation. Un guerrier pouvait se battre le ventre vide. Seuls les enfants se souciaient de l'heure de leur prochain repas. « Si nous prenons le seau, nous pourrons nous en servir pour caler le chaudron sur le dos du poney, suggéra-t-il. Nous aurons bien du mal à faire cuire quelque chose sur des plats en fer-blanc. »

Quatorze

Lady Anne ferma la porte du bureau et s'approcha de la fenêtre. Elle fouilla du regard le champ le plus éloigné, cherchant à apercevoir le destrier de son mari et les autres chevaux et poneys qu'on y avait laissé paître à leur guise après la mort de Sir Richard. Elle ne les distingua pas plus dans le pré que sur la route du nord, lorsqu'elle porta son attention sur les terres qui s'étendaient au-delà du village.

Que croire ? À qui se fier ?

En soupirant, elle prit sa plume et consigna dans le grand livre du régisseur les noms de ceux qui avaient quitté le domaine, se rappelant la sincérité qu'elle avait lue dans les yeux d'Isabella quand celle-ci l'avait implorée de ne pas douter de la loyauté de Thaddeus. Que savait la petite servante ? Olyver et Ian lui avaient-ils confié que l'un d'eux, ou l'un et l'autre, s'étaient battus avec Jacob ? L'avait-elle rapporté à Thaddeus et lui avait-elle demandé de l'aide ? Lady Anne plissa le front, perplexe. Pourquoi partir à six s'il n'y avait que deux coupables ? Tout cela n'avait aucun sens.

Elle aurait fait venir Isabella si Hugh de Courtesmain n'avait choisi ce moment pour entrer dans la pièce. Il salua Lady Anne d'une révérence extravagante qui l'indisposa, car elle préférait la courtoisie pudique que lui avait toujours manifestée Thaddeus. « Je vous présente toutes mes excuses, Milady. J'ignorais que vous étiez ici.

— Puisque vous revoilà régisseur, ce bureau est le vôtre autant que le mien, maître de Courtesmain. Je mettais simplement le livre à jour, bien qu'il me reste à y reporter la triste nouvelle de la mort de Jacob. J'ai peine à trouver les mots pour l'exprimer sans donner l'impression de le blâmer. "Mort accidentellement d'une blessure qu'il s'est lui-même infligée" suggère la sottise ou le suicide, ne trouvez-vous pas ?

— En effet, Milady. »

Elle laissa sa plume en suspens au-dessus de la page. « Une meilleure formule vous vient-elle à l'esprit ? Une phrase qui permettrait à sa famille d'évoquer son souvenir sans déshonneur ? » Elle scruta son visage, mais si le Français nourrissait quelque soupçon au sujet de la mort de Jacob, il était habile à le dissimuler.

« Peut-être "mort d'une chute alors qu'il montait vaillamment la garde sur la marche sud" conviendrait-il, Milady ?

— Cela convient fort bien. Je vous remercie, maître de Courtesmain. » Elle lui adressa un sourire reconnaissant avant d'incliner la tête pour rédiger la notice commémorative de Jacob. « Le talent avec lequel vous maniez les mots me serait fort utile dans une autre tâche, monsieur, mais je crains qu'elle ne soit ardue. Si je me sentais capable de m'en acquitter moi-même, je le ferais, mais ma compétence est loin d'égaler la vôtre. » Était-il assez crédule pour ajouter foi à des flatteries aussi outrancières ? se demanda-t-elle.

C'était manifestement le cas. Il esquissa une nouvelle courbette. « Je suis à votre service, Milady. »

Elle tourna le grand livre vers lui. « Si vous lisez ce qui est écrit ici, vous apprendrez que Thaddeus Thurkell et cinq de nos serfs ont quitté le domaine ce matin alors que l'attention générale se portait sur les funérailles. Ils sont partis en secret, sans ma permission et sans prendre congé de leurs familles. »

Si les yeux sombres de Hugh de Courtesmain n'avaient pas manifesté aussi clairement son plaisir, immédiatement masqué par une feinte expression de perplexité, Lady Anne aurait pu être tentée de lui faire confiance, mais elle devait y renoncer. Toutes les réponses qu'il pourrait lui donner seraient entachées par son ambition. Thaddeus parti, il pouvait espérer retrouver définitivement son poste de régisseur.

« Je n'aurais pas cru Thurkell aussi négligent de ses obligations à votre égard, Milady, observa-t-il prudemment. Cela doit grandement vous troubler.

— Je m'inquiète pour sa vie et celle de ses compagnons, c'est indéniable, répondit-elle, mais je ne peux qu'admirer leur bravoure, maître de Courtesmain. » Elle sortit la lettre de Thaddeus de sa cotte et la fit glisser de l'autre côté de la table. « Je vous autorise à lire cette missive et en faire connaître la teneur dans tout le domaine. Je me chargerai personnellement de parler aux parents de ceux qui sont partis, en louant leur courage et en leur faisant savoir que j'ai toute foi dans la promesse de Thaddeus de revenir dans deux semaines, mais votre art des mots, monsieur, est si convaincant que je vous demande de bien vouloir apaiser les craintes des autres. Peut-être un message, affiché sur la porte d'entrée du manoir, remplirait-il ce dessein aussi bien ? Nos serfs sont assez nombreux à savoir lire pour faire connaître mes sentiments à leurs voisins. »

Hugh prit connaissance du parchemin sans manifester la moindre émotion et Lady Anne se demanda s'il accepterait qu'elle en approuve le contenu. « Était-il nécessaire de priver Gyles Startout de ses deux fils à la fois ? demanda-t-il.

— Thaddeus n'aura pas eu part à cette décision, répondit-elle. Étant jumeaux, ils n'auront pas accepté d'être séparés. »

La crut-il ? Elle l'ignorait.

Il garda le silence un instant. « Mais pourquoi emmener ces garçons ? Le choix de leurs pères aurait certainement été plus judicieux. Ils sont tous plus âgés et plus expérimentés que Thurkell. Quelle utilité leurs fils peuvent-ils avoir pour lui dans une entreprise aussi périlleuse ?

— Songez plutôt que notre situation serait fort désespérée si nous avions perdu d'un seul coup tous les chefs de nos serfs, maître de Courtesmain. Thaddeus s'est chargé de ce fardeau pour le moment, mais s'il échoue, Gyles prendra la tête du prochain groupe, et John Trueblood du suivant. Serez-vous volontaire le moment venu, monsieur ? Mourir de la pestilence sera plus rapide que mourir de faim, me semble-t-il. »

Hugh lui adressa un sourire crispé. « Je suis toujours à votre service, Milady.

— Je vous en remercie. Je prierai tous les jours pour que Thaddeus et ses courageux jeunes compagnons réussissent dans leur entreprise et que jamais ne vienne le temps où vous devrez nous quitter. »

La brève hésitation de Courtesmain incita Lady Anne à se demander si elle n'avait pas été excessivement chaleureuse. « Thurkell m'a prié de vous transmettre un message, dit alors Hugh. J'en comprends le sens à présent, mais sur le moment, il m'avait paru tout à fait extravagant. "Allumez un cierge pour chacun de nous quand vous en allumerez un pour Jacob." J'ai cru qu'il parlait de tout Develish et je lui ai fait comprendre que nous ne pouvions pas nous permettre de gaspiller deux cents cierges à la mémoire de son frère. »

Ce fut à elle d'hésiter. « Qu'a-t-il répondu ?

— Que j'avais raison, faire jaillir une flamme serait du gaspillage si ce n'était pour indiquer le chemin de la maison. Comme je l'accusais de parler par énigmes, il m'a rappelé que les truies doivent mettre bas demain. »

Lady Anne baissa les yeux vers le grand livre, le retournant vers elle et plongeant sa plume dans l'encre comme pour poursuivre le compte-rendu officiel de la journée. « Vous avez lu sa lettre, dit-elle calmement. Il pense être de retour dans quinze jours. Transmettez ce message d'espoir à chacun et dites que Lady Anne allumera six cierges à sa fenêtre toutes les nuits afin de guider leur retour. J'apprécierais que vous m'aidiez à dissiper toutes les craintes que peuvent éprouver nos gens, maître de Courtesmain. Si nous persistons à leur rappeler que les plus valeureux de nos garçons ont entrepris cette équipée, ils auront moins tendance à douter de leur succès. »

Hugh se répandit volontiers en promesses, flatté qu'elle eût besoin de lui, mais l'émotion qui avait envahi ses traits quand il lui avait annoncé détenir un message de Thaddeus à son intention ne lui avait pas échappé, et il se demanda si le récit qu'elle lui avait fait était véritablement complet.

Martha Startout alla chercher sa fille dans la salle de filage de Lady Anne pour lui annoncer qu'Olyver et Ian avaient quitté le domaine. Isabella manifesta l'émotion requise, mais la réaction de sa mère la surprit. Martha avait beau se tamponner inlassablement les yeux avec l'ourlet de son tablier, elle ne pouvait dissimuler combien elle était fière de ses fils, ce qui incita

Isabella à adresser une prière muette à Dieu pour qu'il bénisse sa chère Lady Anne. « Il fallait bien que quelqu'un s'en charge, expliqua Martha, et Thaddeus a choisi tes frères. Il voulait les meilleurs, comprends-tu ?

— Pour quoi faire, Maman ?

— Pour découvrir où en est cette Mort Noire avant que toutes nos réserves soient épuisées. Ton père ne parle de rien d'autre depuis des semaines. Il s'apprêtait à y aller lui-même et n'aurait jamais imaginé que Thaddeus prendrait ses fils à sa place, ni qu'ils partiraient en cachette pour éviter aux autres de devoir se soumettre à un tirage au sort.

— Papa est fâché contre Olyver et Ian ? »

Martha secoua la tête. « Il est mécontent qu'ils soient partis sans sa bénédiction (un petit sourire releva les coins de sa bouche) mais il se pavane en songeant à leur courage et accepte volontiers tous les éloges qu'on lui fait.

— Dans ce cas, je vais moi aussi me pavaner, lança Isabella en sautant de son tabouret pour se jeter dans les bras de sa mère. Je sais qu'ils reviendront, Maman, Thaddeus y veillera. Si Père a pu survivre à la pestilence, nos bessons en feront autant.

— J'espère que tu as raison, mon enfant. Autrement, nous en aurons le cœur brisé. »

Isabella attendit le départ de sa mère pour recommencer à carder la laine avant de la filer. Elle connaissait si bien son ouvrage que ses gestes étaient mécaniques, lui laissant l'esprit libre pour réfléchir. Apparemment, l'histoire qu'elle avait souhaité que Lady Anne raconte avait été dûment racontée, et Thaddeus comme ses compagnons étaient devenus des héros. Isabella n'y voyait rien à redire. Si mentir n'était pas dans sa nature, elle était en revanche toute prête à faire l'éloge de Thaddeus. Elle était même disposée à faire celui de ses frères – qu'elle trouvait pourtant stupides – si cela lui permettait d'éluder les questions sur ce qu'elle savait.

Son cœur tressaillit d'inquiétude lorsqu'une voix interrompit ses pensées. Eleanor se tenait sur le seuil. « Quelle bonne petite fille tu es, n'est-ce pas, Isabella ? Toujours active, toujours au travail, toujours prête à faire ce qu'on te demande. »

La servante se leva, se forçant à sourire tandis qu'elle esquissait une révérence. Elle s'était terrée dans la salle de filage en espérant qu'Eleanor ne la trouverait pas, mais n'avait cessé de ruminer les avertissements contenus dans la lettre de Thaddeus. *Protège-toi en gardant le silence sur ce dont tu as été témoin ce matin avec Lady Eleanor… Il est préférable pour tous que Develish reste dans l'ignorance de notre conversation…* « Avez-vous besoin de quelque chose, Milady ? »

Eleanor fit le tour de la pièce, balayant le sol de sa traîne et piétinant avec mauvaise humeur les paillasses roulées des servantes qui se trouvaient sur son chemin. Elle s'arrêta devant le plateau à couture de Lady Anne et prit un grand passe-lacet de fer qui servait à créer les boucles pendantes des tapisseries brodées. Elle en éprouva la pointe du bout de l'index. « Crois-tu vraiment que Jacob ait pu être assez bête pour chuter sur son propre couteau ? » demanda-t-elle d'un air sournois.

Isabella ne quittait pas la grosse aiguille des yeux. « Il a toujours été maladroit, Milady. Mon père a dû le tirer d'un fossé un jour où il avait perdu l'équilibre et était tombé dedans.

— Moi, je dis que c'est Thaddeus qui l'a tué et qu'il s'est enfui pour qu'on ne le trouve pas. Nous avons vu du sang sur sa chemise ce matin, toi comme moi. »

Isabella s'humecta la bouche. « Il se sera taché en portant le corps de Jacob dans l'église, Milady. »

Eleanor enfonça le passe-lacet dans le plateau de bois et l'en retira. « C'est ce qu'il t'a raconté ?

— Il ne m'a rien dit, Milady. Je n'en sais pas davantage que vous et que le reste de Develish.

— Il n'est pas interdit de faire des suppositions, tout de même ? Penses-tu que je suis la seule à me demander si Thaddeus n'aurait pas assassiné son frère ? Pourquoi aurait-il quitté le domaine à la dérobée s'il ne craignait pas de se faire prendre ?

— Pour les raisons qu'il a données à votre mère, Milady. Il n'a pas à craindre de se faire prendre. Nul ne doute que Jacob soit mort par accident. »

Eleanor lui jeta un regard en coin. « Tes réponses sont bien promptes. Comment cela se fait-il ? Aurais-tu profité du temps où tu t'es dissimulée dans cette pièce pour les préparer ? »

Isabella fit un pas de côté pour mettre le rouet entre sa jeune maîtresse et elle. « Je ne dis que la vérité, Milady. Personne ne se rangera à vos vues si vous accusez Thaddeus de meurtre sans quelque bonne raison.

— Aurais-tu l'audace de prétendre me dicter mes actions ? »

Isabella hésita. La peur lui conseillait de se taire, mais sa réticence à laisser Eleanor imaginer qu'elle pouvait accuser qui bon lui semblait l'emporta sur la prudence. « Les gens diront qu'il n'y a pas de fumée sans feu si vous agissez par méchanceté, Milady. Ils se demanderont par quel prodige vous en savez aussi long sur la mort de Jacob… et pourquoi vous accusez Thaddeus qui n'est qu'un des six à avoir quitté le domaine pour aller chercher de quoi nous nourrir tous.

— S'ils sont partis, c'est pour servir leurs propres desseins. Ma mère préfère prétendre que ce sont des saints plutôt que d'admettre qu'ils ont pris la fuite. »

Ce n'était pas la première fois qu'Isabella se demandait si Eleanor avait toute sa tête. Avait-elle oublié les propos échangés à l'aube dans le bureau du régisseur ? Ne comprenait-elle pas qu'elle était la seule à qui bénéficiaient les décisions de Thaddeus ? « Vous n'ignorez pas les fins de Thaddeus, répondit-elle doucement. Il veut éviter que Lady Anne n'apprenne que vous étiez dans l'église la nuit dernière avec un paysan. Mes parents ne seraient au demeurant pas plus heureux qu'elle de savoir qu'Olyver se trouvait avec vous. »

Eleanor recommença à planter l'aiguille dans le plateau. « Ils devraient être flattés que j'aie accordé mes faveurs à leur fils. Cela les place au-dessus des autres. »

Cette fois encore, Isabella hésita à parler, mais l'arrogance d'Eleanor avait embrasé une flamme de rébellion dans son cœur. « Votre père tenait le même discours quand il obligeait des jeunes serves à partager sa couche, dit-elle tout bas. Cela lui a valu la haine de tous les habitants du domaine. Lady Anne y a mis fin quand les faits lui ont été rapportés, et elle n'a plus jamais eu de respect pour lui. Elle n'avait aucune confiance non plus dans le père Anselm, parce qu'il a préféré se taire de crainte de s'attirer le déplaisir de Sir Richard. Elle serait humiliée et furieuse d'apprendre que cela s'est reproduit. »

Eleanor la dévisagea un instant, avec un étrange regard – *anxieux ?* – mais quand elle parla, ce fut d'une voix cruelle. « Si nous survivons à la pestilence, je te ferai chasser à jamais de

Develish. Je ne supporte plus ton affreux visage ni tes traits grossiers. J'ai la nausée rien qu'à te voir. »

Isabella baissa les yeux pour dissimuler son expression. « Comme Milady voudra. »

Eleanor ricana avec mépris. « “Comme Milady voudra”, fit-elle en écho, imitant la douce voix d'Isabella. Pourquoi es-tu aussi molle ? Jacob lui-même a montré plus de vigueur. Au moins, il a *essayé* de lutter. »

Elle ne s'attendait pas au regard horrifié qu'Isabella lui lança soudain, ni à la mine que fit la jeune fille quand elle tourna les yeux vers le seuil.

« Je suis navrée si ma fille t'empêche de faire ton travail, Isabella, dit Lady Anne en entrant dans la pièce. Elle a elle-même si peu de talents que cela l'exaspère d'en constater la présence chez autrui. »

Calmement et précautionneusement, Eleanor reposa la grosse aiguille dans le plateau de couture avant de se retourner. « Nous nous divertissions un peu toutes les deux, c'est tout. Avez-vous besoin de moi, Mère ? »

Lady Anne acquiesça. « Vous allez m'accompagner à l'église pour dire des prières avec le père Anselm afin que Thaddeus et ses cinq compagnons nous reviennent sains et saufs. » Ses yeux sombres ne s'arrêtèrent pourtant pas sur Eleanor. En revanche, elle dévisagea attentivement Isabella. Comme l'avait déjà fait Thaddeus, elle remarqua la finesse des traits de sa petite servante, et constata que sa beauté brune n'était pas moindre que celle de la blonde Eleanor. « Si ma fille avait dit la vérité, elle aurait reconnu que c'est le charme de tes traits qui la contrarie, mon enfant. Elle ne peut ignorer combien tu serais belle dans une de ses robes, et cette idée l'effraie. La jalousie la rend cruelle. »

Isabella fit la révérence quand les deux femmes s'éloignèrent, ne sachant que penser de la réprobation courroucée que Lady Anne avait manifestée à Eleanor. Il n'était pas dans ses habitudes de gourmander quiconque en présence d'autrui, même de serfs, car elle préférait corriger les erreurs en privé. Isabella ne se rappelait pas qu'Eleanor eût jamais été critiquée aussi ouvertement. Sa propre mère disait que c'était grand dommage, car la conduite de leur jeune maîtresse ne faisait qu'empirer en l'absence de blâme public, tandis que son père estimait que Lady Anne avait raison de ne pas donner à sa fille des motifs de la haïr davantage. Il se reprochait l'hostilité qu'Eleanor manifestait à sa mère. Si Lady Anne n'avait pas pris le parti de la famille Startout contre son mari, Sir Richard ne l'en aurait pas punie en détournant sa fille d'elle.

Eleanor eut la sagesse de se taire en traversant le domaine avec sa mère ; elle sourit gracieusement chaque fois qu'un paysan s'inclinait devant Lady Anne, espérant que le courroux de sa mère se dissiperait plus rapidement si elle se montrait docile. Elle aurait bien voulu savoir depuis combien de temps Lady Anne se trouvait sur le seuil et ce qu'elle avait vu et entendu mais, comme à l'accoutumée, les pensées de sa mère étaient indéchiffrables.

Les colères de Sir Richard elles-mêmes, les gifles et les coups de pied brutaux qu'il assénait à sa femme chaque fois qu'elle l'agaçait, avaient été impuissants à empourprer de passion le visage de Lady Anne. Eleanor avait fini par mépriser cette impassibilité, et s'était rangée à l'avis de son père selon lequel sa mère était une femme froide et stérile qui rendait la vie de son époux insupportable.

Elle se surprit à essayer de se rappeler les traits de Sir Richard, et fut troublée de ne pas y parvenir. C'était comme si sa mort l'avait privée de mémoire, bien qu'en vérité elle ne l'eût guère vu quand il était vivant. Sa mère n'avait pas tort d'affirmer qu'il n'accordait guère à sa fille qu'une heure de son temps les jours où il n'allait pas à la chasse ou ne voyageait pas au loin pour faire ribote avec des amis. Ses souvenirs étaient déroutants. Elle s'accrochait à la conviction qu'il l'avait aimée, mais ce qu'Isabella avait dit des jeunes serves avait éveillé en elle un souvenir déplaisant.

Il remontait à une époque qu'elle se remémorait à peine, du temps où elle avait quatre ou cinq ans. Lady Anne avait quitté définitivement la chambre de Sir Richard, le visage empreint d'une ardente colère que sa fille ne lui avait jamais vue ni avant ni après. Elle avait donné ordre que l'on équipe ses appartements d'un verrou de fer et y avait installé Eleanor et toutes les jeunes servantes pour y dormir. Sir Richard avait eu beau marteler la porte à coups de poing et à coups de pied, elle lui avait définitivement refusé l'entrée de sa chambre.

Personne n'avait expliqué à Eleanor la raison de cet éloignement, mais elle se rappelait vaguement que sa mère avait soigné une toute jeune fille qui était restée plusieurs jours entre la vie et la mort. Du sang coulait entre ses jambes en abondance, et son visage ne cessait de pâlir tandis que Lady Anne cherchait à étancher cet épanchement avec des linges. Quelle servante était-ce ? Eleanor ne le savait plus, mais elle se rappelait la jalousie qui l'étreignait quand Lady Anne la repoussait pour se consacrer à une vilaine.

Eleanor avait encore à l'esprit l'image de sa mère claquant la porte au nez du père Anselm quand il s'était présenté devant la chambre, demandant à pouvoir dire des prières pour la guérison de la fille. Eleanor regrettait de n'avoir pas retenu davantage de détails, mais elle était encore toute petite et avait rapidement oublié l'incident. Son père lui avait offert un poney peu de temps après et la fille était redevenue une servante anonyme. Qui était-ce ? Vivait-elle encore à Develish ?

Eleanor se rappelait qu'ensuite, tout avait changé. L'accès aux appartements de Sir Richard avait désormais été réservé aux domestiques masculins, et seules les servantes mariées étaient autorisées à le servir à table. Sa mère était devenue plus secrète, elle évitait son mari sauf en présence de visiteurs, tandis que les voyages de son père se faisaient plus fréquents et plus longs. Quand il était au manoir, personne ne souriait. Quand il partait, les domestiques et les serfs parlaient et riaient librement; ils traitaient Lady Anne avec un grand respect et donnaient l'impression de se sentir chez eux dans le domaine.

Eleanor les en avait détestés et avait cherché à maintes reprises à faire comprendre à Sir Richard que ses serfs manifestaient une plus grande loyauté à sa femme qu'à lui-même. Il lui était arrivé d'interroger ses régisseurs successifs à ce sujet – s'enquérant plus particulièrement des récits que lui faisait sa fille à propos de marchands qui s'arrêtaient au village et chargeaient des produits agricoles dans leurs chariots –, mais les régisseurs avaient secoué la tête et lui avaient présenté les reçus de redevances. Aucun seigneur du Dorseteshire n'avait de travailleurs plus loyaux ni plus productifs que Sir Richard de Develish.

Le bruit du loquet de la porte de l'église que soulevait Lady Anne ramena Eleanor au présent, lui rappelant qu'elle devait feindre de s'inquiéter de Thaddeus et de ses compagnons de voyage alors qu'en vérité, elle eût préféré les savoir disparus à jamais. Il serait tellement plus facile de les calomnier s'ils n'étaient pas là pour lui apporter la contradiction, et comme il serait plaisant que Thaddeus meure de la pestilence, brisant le cœur de sa mère ! Tandis que ses jolies lèvres esquissaient un sourire pieux, elle inclina la tête par respect pour Dieu et entra.

« Vous ne trouverez pas de public pour assister à votre comédie, lui fit remarquer Lady Anne en refermant la porte derrière elles. Il n'y a personne ici. » Une odeur d'encens persistait dans l'air depuis l'enterrement de Jacob. « Peut-être espérez-vous impressionner Dieu par vos gracieusetés mensongères et vos cils pudiquement baissés, mais soyez sûre que je ne suis pas dupe, Eleanor. »

Eleanor jeta à Lady Anne un regard circonspect, constatant l'échec de ses efforts pour l'amadouer. « Je croyais que nous venions dire des prières pour Thaddeus et ses compagnons.

— Si nous le faisons, nous les dirons seules. » Le regard de Lady Anne se posa sur la robe d'Eleanor. « Les paroles que vous prononcerez seront-elles en harmonie avec les sentiments de votre cœur ? Vous me semblez si heureuse du départ de Thaddeus que je ne puis que douter que vos prières pour qu'il revienne sain et sauf soient sincères. »

Eleanor ne répondit pas et, avec une résolution soudaine, Lady Anne la prit par le bras et l'entraîna de force vers l'autel. Elle ne savait pas ce qu'elle voulait obtenir, sinon effacer le sourire insupportable de suffisance du visage de sa fille. Les cierges que Thaddeus avait allumés la veille au soir étaient toujours en place, des flaques de cire fondue maculant la surface de bois rugueux qui les entourait, et un creux dans les joncs qui couvraient le sol marquait l'endroit où avait reposé le cercueil de Jacob.

Alarmée par l'expression de sa mère, Eleanor se dégagea au milieu du chœur.

« Pourquoi êtes-vous aussi irritée contre moi ? s'écria-t-elle. Je ne suis pour rien dans le départ de Thaddeus. »

Lady Anne ravala une remarque incrédule. Aucune vérité ne sortirait jamais de la bouche d'Eleanor. « Je suis irritée pour de nombreuses raisons, ma fille, mais ce qui me contrarie le plus est la mort de Jacob. » Elle remua les joncs aplatis du bout du pied. « Il était trop jeune pour perdre la vie inutilement.

— Et alors ? Je n'y suis pour rien.

— Ce n'est pas ce qu'il m'a semblé vous entendre dire à Isabella. »

Eleanor haussa les épaules d'un air contraint. « J'ai tout oublié de cette conversation.

— Je vais donc vous la rappeler. Vous avez dit : "Au moins, il a *essayé* de lutter."

— Oh ! » La jeune fille garda les yeux au sol, comme si elle réfléchissait. « Une des servantes m'a raconté que Jacob était tombé de la marche de guet en s'exerçant au maniement de l'épée et Isabella s'est moquée de cet idiot qui s'était tué accidentellement. Je lui ai dit qu'elle ferait mieux de le louer d'avoir au moins essayé. »

Lady Anne admira la facilité avec laquelle les fables jaillissaient de la bouche d'Eleanor. Pensait-elle vraiment que sa mère croirait Isabella capable de pareille malveillance ? « Avec quelle vigueur le sang de votre père coule dans vos veines, murmura-t-elle. Il était incapable lui aussi de dire la vérité.

— Vous ne l'auriez pas cru quoi qu'il ait pu dire, rétorqua Eleanor, soulagée de se retrouver en terrain familier. Vous le détestiez trop pour cela. »

Sa mère l'ignora. « Sir Richard n'imaginait pas que quiconque pût le percer à jour, pas même Dieu. » Elle tendit la main vers la croix. « Je ne pouvais m'empêcher de rire en le voyant serrer le crucifix contre son cœur, boire le vin consacré et verser des larmes de joie quand ce prêtre dégénéré lui accordait l'absolution. »

Eleanor fut aussi scandalisée que Hugh de Courtesmain l'avait été d'entendre sa mère dénoncer un membre du clergé en des termes aussi blasphématoires. « Vous ne pouvez pas parler du père Anselm de la sorte !

— Et pourquoi ? Dieu n'est pas plus en lui que dans ce morceau de bois. Le père Anselm n'a pas absous votre père de ses forfaits parce que Sir Richard manifestait une vraie contrition, mais pour conserver son bénéfice. Il est aisé de vivre en pécheur quand on peut acheter un prêtre à aussi vil prix que lui. »

Eleanor jeta un regard inquiet vers la porte du clocher. « Il pourrait vous entendre, chuchota-t-elle.

— Il m'entend, soyez tranquille. Il voit et entend tout ce qui se passe dans cette église et aux alentours. M'est avis qu'il a su que Jacob était mort avant Thaddeus. » Elle caressa le crucifix du doigt. « Il l'a peut-être même regardé mourir, mais il ne se sera pas porté à son secours. Il a appris depuis longtemps que prétendre être sourd ou ivre lui facilite la vie… même au confessionnal. Il lui est plus aisé de justifier ses défaillances de prêtre s'il peut les attribuer à l'hydromel. »

La peur noua le ventre d'Eleanor. Elle n'avait jamais entendu sa mère parler ainsi et en était effrayée. « Pourquoi dites-vous cela ? Nous sommes dans la maison de Dieu ! Ne redoutez-vous point Sa colère ?

— Le devrais-je ? » Lady Anne parcourut l'église du regard. « Où est-Il ? Je ne Le vois pas. » Elle secoua la tête devant l'air offusqué de sa fille. « De quoi avez-vous peur ? Que les murs ruissellent de sang parce que j'ai l'audace de dire la vérité tout haut ? Dieu sait depuis de longues années que je Le vois plus volontiers dans un acte de bonté que dans l'hypocrisie de l'Église. »

C'était une idée trop complexe pour Eleanor qui s'arrêta à ce qu'elle comprenait. « Il n'est pas de plus grand péché que l'hérésie. Vous irez en enfer si vous persévérez.

— Peut-être, mais ce ne sera pas pour avoir douté que Dieu pardonne aussi facilement que l'Église le prétend. Les évêques s'engraissent des indulgences qu'ils vendent tout en sachant que les promesses qu'ils font sont mensongères. La rédemption ne s'achète pas avec un sac d'or. Dieu nous juge à nos actes et non au nombre de *mea culpa* que nous disons.

— Vous ne pouvez pas le savoir. Le pardon est accessible à tous. »

Lady Anne reposa la croix sur l'autel, regrettant de ne pas s'être battue plus âprement pour Eleanor. Elle s'était résignée trop rapidement à n'occuper qu'une place secondaire dans la vie de sa fille, lasse des querelles qui les opposaient et trop promptement disposée à accepter qu'Eleanor entretienne avec son père un lien qu'elle ne pourrait jamais partager avec sa mère. « Pas en ce bas monde, non. Gyles Startout a prononcé une prière en inhumant Sir Richard en terre non consacrée, mais il aurait aussi bien pu le maudire. Nul homme n'a été plus injustement traité par Sir Richard que le père d'Isabella. »

La crainte d'Eleanor se mua en terreur tandis que le souvenir de la jeune servante lui revenait à l'esprit. « Je ne veux plus rien entendre, cria-t-elle. Vous voulez me faire détester Sir Richard autant que vous le détestez, mais je ne peux pas. C'était mon père et je l'aimais.

— Vous m'entendrez pourtant, insista Lady Anne, en se déplaçant pour empêcher toute tentative de fuite d'Eleanor. Votre attitude à l'égard de nos gens me fatigue. Aucun ne mérite les mauvaises manières et la cruauté que vous leur témoignez. Êtes-vous aveugle ou manquez-vous de sentiment au point de ne pouvoir le constater par vous-même et de vous croire obligée d'imiter le comportement de votre ignare de père ?

— Il n'était pas ignare.

— Détrompez-vous. Ne devinez-vous donc pas pourquoi il vous a dit que la seule chose que comprenait un serf est le fouet ? » Elle chercha une lueur d'intelligence sur le visage de sa fille. « C'était la seule chose qu'il comprenait, *lui*. Menacer un homme du fouet lui inspirait un pitoyable sentiment de pouvoir. Il se sentait plus grand, plus important, le fouet à la main – un peu comme vous, ma fille. »

Eleanor se détourna, mais Lady Anne avait eu le temps de voir une nouvelle expression d'effroi dans ses yeux. Elle fut tentée de demander à la jeune fille si elle avait menacé Jacob du fouet la nuit précédente, mais elle se retint, sachant que la seule réponse qu'elle était disposée à croire était « oui ». Tout son instinct lui disait que sa fille n'était pas innocente de la mort de Jacob mais en avoir la certitude lui serait intolérable.

Connaître la vérité l'obligerait en effet à devenir complice d'Eleanor en la dissimulant.

« Si j'avais voulu que vous détestiez votre père, je vous aurais empli la cervelle de fiel dès le jour de votre naissance, poursuivit-elle. Cela n'aurait pas été difficile. Vous avez accepté ses mensonges avec suffisamment d'empressement. » Elle s'interrompit, observant le dos crispé de la jeune fille. « Je m'inquiète de constater qu'il vous a appris à être aussi insouciante des blessures et des souffrances que vos mots et vos actions causent à autrui. Pensez-vous que Dieu a souri quand vous avez menacé de bannir Isabella du domaine ? Quel tort a-t-elle bien pu vous faire pour mériter pareil châtiment ?

— Vous prenez toujours son parti, marmonna Eleanor.

— Non sans raison. Vous auriez dû demander à Sir Richard pourquoi le père d'Isabella était le seul serf de Develish à faire partie de sa suite, alors que tous les autres étaient des Normands. C'est la réparation que j'ai exigée pour le crime qu'avait commis Sir Richard contre la sœur d'Isabella. Sir Richard a tenu pour acquis que le serment d'allégeance prêté par Gyles lui assurerait sa loyauté et qu'une élévation de statut était une compensation raisonnable pour le viol et la mort d'une fille. »

Eleanor se boucha les oreilles des deux mains. « Je n'écoute pas. »

Lady Anne l'ignora. « Elle s'appelait Abigail. C'était une toute petite chose, d'à peine dix ans, et j'ai mis cinq jours à faire cesser les saignements. Elle n'était pas assez grande pour résister à la concupiscence de votre père. » Elle vit Eleanor presser les paumes plus fort sur ses oreilles dans une vaine tentative pour ne plus entendre la voix de sa mère. « J'ai demandé au père Anselm d'envoyer un messager à monseigneur l'évêque, réclamant la présence de Sa Grâce ici, mais le prêtre a refusé, affirmant qu'aucun crime n'avait été commis. Sir Richard a prétendu que la fille était une dévergondée qui l'avait provoqué, et le père Anselm l'a absous de tout péché. Dieu sait qu'il l'avait déjà fait maintes fois par le passé. »

Eleanor plissa les yeux de toutes ses forces comme si la cécité pouvait entraîner la surdité.

« Les deux hommes ont affirmé qu'il était de notoriété publique qu'Abigail avait quatorze ans, et même Gyles et Martha n'ont pu les contredire, car ils ne savaient pas avec certitude quel âge elle avait. Quatre mois plus tard, quand j'ai demandé le registre paroissial pour enregistrer sa mort, j'ai découvert que sa naissance avait été soigneusement notée par le père Anselm dix années auparavant. Il avait menti sans vergogne pour préserver le conte qu'elle était déjà pubère et n'était plus pucelle. » Elle tourna les yeux vers la porte du clocher. « S'il est une chose qui m'a incitée à enseigner à nos serfs à lire et à comprendre les chiffres, c'est la colère que j'ai éprouvée en constatant avec quelle facilité un prêtre dissolu et un seigneur corrompu pouvaient falsifier la vérité. Abigail a vécu juste assez longtemps pour voir la Noël précédant ses onze ans ; elle était trop frêle pour survivre plus longtemps à tout le sang qu'elle avait perdu et je n'ai plus jamais autorisé le prêtre à enregistrer une naissance ni un décès dans ce domaine. »

Elle laissa passer un court silence, attendant une réaction de sa fille. « Gyles voulait tuer votre père, mais je l'ai exhorté à ne pas renoncer à sa propre vie aussi imprudemment. Il n'aurait été d'aucune utilité à Martha et à ses autres enfants s'il avait été envoyé au gibet. » Elle s'interrompit un instant. « J'ai pu le convaincre que Sir Richard nous était plus précieux vif que mort. Jamais nous ne pourrions tenir un nouveau seigneur aussi serré que je tenais ton père après avoir couché tous les détails de la défloraison et de la mort d'Abigail sur un parchemin et menacé de remettre celui-ci au seigneur de Blandeforde s'il devait arriver un jour à Sir Richard de porter à nouveau la main sur quelqu'un de nos gens. Il savait que je le ferais et savait que contrairement au prêtre, Blandeforde ne trouverait pas d'excuses à sa brutalité. Il prend les contrats d'allégeance avec plus de sérieux que l'Église. »

Eleanor laissa tomber ses mains, craignant de parler, mais redoutant plus encore de continuer à écouter. Que lui resterait-il si on lui démontrait la fausseté de tout ce en quoi elle croyait ? « Vous avez tout loisir de dépeindre Sir Richard sous un jour aussi affreux que vous le voulez maintenant qu'il est mort, sanglota-t-elle, tournant le dos à sa mère. Il n'y a personne qui puisse dire si c'est vrai, hormis le père Anselm… que vous voulez me faire détester pareillement. »

Lady Anne enfonça les mains dans sa cotte en secouant la tête avec lassitude. « Vous n'êtes pas sotte ni puérile au point de n'avoir retenu que cela de tous les propos que je vous ai tenus. Dieu exige davantage de vous que le prêtre ne cherche à vous le faire croire. Si votre conscience n'est pas troublée par le fait que nous ayons dû enterrer un serf – et que six autres risquent de mourir de la pestilence –, reconnaissez au moins que Dieu ne se laisse pas duper plus aisément que les gens de Develish par vos faux sourires et le zèle que vous mettez à chanter les répons. »

Eleanor espérait que le prêtre surgirait de son logis pour accuser sa mère de mensonge et de blasphème. Elle aurait voulu crier que Lady Anne était responsable de tout, que c'était sa froideur à l'égard de Sir Richard qui l'avait fâché. S'il cherchait à blesser ses gens, c'était à cause de l'amour qu'ils manifestaient à sa femme. Au moins, ils lui prêtaient attention quand il les menaçait du fouet. Mais Eleanor savait que si elle prenait la parole, elle ne pourrait plus s'arrêter et que ses propres sentiments de jalousie et d'angoisse jailliraient de ses lèvres.

Comme le silence se prolongeait, elle finit par regarder autour d'elle. L'église était vide et une sensation soudaine et terrifiante d'abandon lui étreignit le cœur. Rien n'avait trahi le départ de sa mère, pas même le bruit du loquet qu'elle avait soulevé ni le bruissement des joncs sur le sol. Lady Anne aurait pu s'évanouir dans les airs. Plus rien ne révélait qu'elle eût été présente en ce lieu.

Avis

Lady Anne fait savoir que 6 vaillants fils de Develish ont quitté le domaine ce matin avec sa bénédiction. Ils font montre d'un grand courage en entreprenant de voyager pour le bien de tous. Lady Anne demande que des prières soient dites quotidiennement pour qu'ils nous reviennent sains et saufs. Elle allumera des cierges à la fenêtre de sa chambre chaque nuit pour guider leur retour.

In nomine Patris et Filii et Spiritus Sancti

Hugh de Courtesmain, régisseur

Quinze

Sud de Develish, Dorseteshire

Ils suivaient la grand-route, Thaddeus à l'arrière de la colonne, menant le poney de bât. Ian et Olyver allaient en tête, encadrant Joshua dont la jument ne portait qu'un licol, suivis de près par Edmund et Peter. Thaddeus avait donné instruction à ceux dont les montures étaient harnachées de les maintenir au pas pour donner à tous le temps de se réhabituer à monter à cheval, mais le manque d'exercice avait rendu les animaux nerveux, ce qui obligeait Joshua et Peter à se cramponner désespérément aux crinières pour éviter d'être jetés à terre.

Joshua s'était étonné qu'ils se dirigent vers le sud, là où sévissait la peste, au lieu de s'en éloigner. « Veux-tu donc que nous mourrions tous ? avait-il grommelé tristement.

— Si nous allons au nord, où le mal noir ne sévit pas, nous devrons payer la nourriture dont nous avons besoin, avait expliqué Thaddeus prosaïquement. Alors qu'au sud, où des villages entiers ont péri, nous pourrons la voler, en même temps qu'un chariot pour la transporter. Les morts se laissent piller de meilleur gré que les vivants.

— Et si tout ce que nous touchons est infecté ? s'était inquiété Edmund.

— Dans ce cas, tu es déjà atteint, avait rétorqué froidement Thaddeus. L'épée que tu portes appartenait à Sir Richard. »

Son souci le plus pressant avait été d'atteindre les bois au fond de la vallée avant que le corps de Jacob ne soit sorti pour être inhumé et que les gens de Develish ne se regroupent au cimetière, à l'arrière de l'église. Connaissant le père Anselm, il pensait que celui-ci ne demanderait qu'à faire durer l'office funèbre jusqu'au Jugement dernier si cela lui permettait d'éviter des questions gênantes sur la mort de Jacob. En effet, une assemblée abrutie et épuisée par la prière aurait hâte de s'esquiver au lieu de s'attarder pour bavarder. Mais le goût immodéré du prêtre pour l'hydromel le rendait imprévisible. Pris de boisson, il pouvait tout aussi bien laisser échapper que Jacob avait été assassiné que suivre les conseils qu'il avait lui-même donnés à Thaddeus sur la nécessité de taire les circonstances de son trépas.

La seule personne assez responsable pour monter la garde sur la marche sud était Gyles Startout mais, même s'il voyait le convoi s'éloigner et reconnaissait ses fils parmi les cavaliers, Thaddeus doutait qu'il entreprît quoi que ce fût sans consulter Lady Anne au préalable. Rien ne lui permettait cependant d'en être certain, et Thaddeus avait senti le poids de regards soupçonneux dans son dos jusqu'à l'arrivée aux confins méridionaux de Develish. Ses nerfs étaient tendus à se rompre au moment où, enfin, ils ne furent plus à portée de vue du domaine.

« Qu'est-ce qui te préoccupait ainsi ? lui demanda Ian.

— Qu'on sonne le tocsin. Il faut que Jacob soit en terre avant que quiconque constate notre absence. Si le cercueil n'est pas encore inhumé au moment où l'on annoncera notre départ à Lady Anne, elle aura des soupçons et exigera qu'on l'ouvre.

— Et alors ?

— Elle verra les estafilades que Jacob a reçues aux bras et aux mains en cherchant à se défendre, et saura qu'il n'est pas mort accidentellement.

— C'est ce que tu lui as dit ? »

Thaddeus hocha la tête. « Elle a paru accepter cette fable, mais elle changera peut-être d'avis quand elle saura que nous sommes partis. Tout dépend de ce que lui raconte Lady Eleanor. »

Un silence inquiet accueillit ses propos.

« À mon avis, le tocsin aurait déjà sonné si quelqu'un nous avait vus partir, reprit Thaddeus, et j'ai fait tout ce que je pouvais pour que nos motifs paraissent recevables. Isabella est notre alliée. Elle connaît une partie de la vérité et saura nous défendre si le besoin s'en fait sentir. Elle a plus de sagesse que vous cinq réunis et n'a pas oublié comment sa sœur est morte (il jeta un regard sévère à Olyver et à Ian), contrairement à ses frères. »

Ian rougit de honte, mais Olyver répondit d'un ton rebelle : « Tu ne peux pas en faire grief à Eleanor. Elle n'est pas responsable des agissements de son père. »

Thaddeus avait déjà compris que les sentiments d'Olyver pour Eleanor étaient plus ardents que ceux de ses camarades. Bien qu'il eût cherché à trouver des excuses à la fille au moment où Thaddeus avait les mains autour de son cou, Edmund lui-même paraissait plus froid à son égard. De temps en temps, il grommelait des jurons contre lui-même, comme s'il imaginait la réaction de ses parents quand ils apprendraient qu'il avait frotté sa verge pour divertir Eleanor.

« Tu as peut-être raison, répondit sèchement Thaddeus, mais je peux lui reprocher de suivre ses traces, et *te* reprocher d'en faire autant. Si tu as envie de savoir comment se conduit un homme d'honneur, prends exemple sur ton père – et pas sur le porc libidineux qui a engendré la garce que tu admires tant. » Ses yeux sombres se posèrent sur les autres garçons avec mépris. « Inutile de vous rengorger ainsi. Vos mères ont toutes dû subir les assauts bestiaux de Sir Richard avant l'arrivée de Lady Anne au domaine. Aucune n'était aussi jeune que la petite Abigail Startout, mais cela ne l'a pas empêché de les violer. Remerciez le ciel que sa semence manque si bien de vigueur que vous ne couriez pas le risque de féconder votre propre demi-sœur en jouant à vos petits jeux dans l'église. »

Il ne put savoir s'il leur apprenait quelque chose car tous s'obstinèrent à regarder droit devant eux et à garder le silence. Ceux qui avaient choisi des épées – Ian, Olyver et Edmund – avaient attaché les fourreaux à des ceintures qu'ils avaient passées au-dessus de leur tête et sous un bras, ce qui leur permettait de porter leurs armes en diagonale sur leur dos. Joshua et Peter en avaient fait autant avec leurs arcs, ployant le bois d'if et nouant les cordes avant de glisser les formes en D au-dessus de leur tête. Cela leur prêtait l'allure désinvolte de bandits, mais ne leur permettait pas de s'emparer de leurs armes en toute hâte. Ce qui aurait du reste été inutile s'agissant de Joshua et Peter, car les flèches rassemblées en fagot avaient été chargées sur le poney de bât.

Ils formaient une équipe bigarrée en vérité, vêtus de tuniques de laine chiffonnées et de hauts-de-chausses de paysans, fort mal préparés à se battre ou même à distancer des poursuivants. Thaddeus portait à la fois une épée et un arc, mais il aurait pu s'agir d'ornements pour l'usage qu'il était capable d'en faire. À chaque pas du destrier, ils lui heurtaient l'épaule tandis que les lanières des étriers que Joshua avait fabriqués avec des morceaux de corde lui râpaient cruellement les mollets.

Même allongées au maximum, les courroies des étriers de Sir Richard avaient été trop courtes pour permettre à Thaddeus de monter avec un minimum de confort. Quand Joshua le lui avait fait remarquer, ajoutant que Ian et Olyver pourraient en faire un meilleur usage pour assujettir leurs armes car ils n'avaient de ceinture ni l'un ni l'autre, Thaddeus avait accepté de les remplacer par du chanvre. Il le regrettait déjà, conscient qu'ils auraient tous des ampoules avant le soir, surtout Joshua et Peter, qui ne cessaient de glisser d'un côté à l'autre du garrot de leurs montures.

Au moins, le poney de bât faisait son travail. La corde du puits leur avait permis de fabriquer un harnais acceptable, et Thaddeus estimait à présent que la charge devrait être en mesure de demeurer sur le dos de l'animal sans lui glisser sous le ventre. Ils avaient assujetti les cruches deux par deux sur chacun de ses flancs, et les rondelles confectionnées avec les manches de pourpoint paraissaient remplir leur fonction. Il espérait qu'avec un peu de chance et en l'absence d'incident, tout resterait en place jusqu'au moment où ils dresseraient leur campement dans la soirée.

Son projet – trop dépendant, il en était conscient, des maigres bribes d'informations glanées auprès de Gyles – était de suivre la route du sud jusqu'à l'instant où il jugerait judicieux de prendre à travers champs en quête d'une partie inhabitée du fleuve qui traversait Athelhelm et Afpedle. La raison lui disait que de tels tronçons devaient exister, mais comme ils n'auraient que le soleil pour les guider une fois qu'ils auraient quitté la route, il craignait de ne pas les trouver.

Rien, d'autre part, ne lui permettrait de savoir quand il serait «judicieux» de quitter la route, car il n'avait aucun moyen d'estimer quelle distance ils étaient capables de parcourir en une heure ni combien de temps il fallait à un cheval, marchant au pas, pour atteindre le gué d'Athelhelm.

Sa pire crainte était de rencontrer d'autres voyageurs, car il tenait à éviter la compagnie des hommes. Il scrutait en permanence la route qui serpentait devant eux, mais les dénivellations de cette campagne vallonnée lui barraient la vue. Si des cavaliers ou des piétons les précédaient, ses compagnons et lui les rejoindraient presque avant d'avoir pris conscience de leur présence. De temps en temps, il faisait halte au niveau d'une trouée dans les haies qui bordaient la route pour essayer de déceler ce qui s'étendait devant eux, mais il ne distinguait que des bois verts et denses qui se poursuivaient jusqu'à l'horizon. Il commençait à comprendre pourquoi Gyles était aussi ignorant des contrées situées à l'écart des voies de communication. Le ruisseau du Diable lui-même était invisible derrière l'épaisse végétation qui envahissait ses rives. Thaddeus savait qu'il était là parce qu'il entendait le murmure constant de l'eau, mais il commençait déjà à s'inquiéter en songeant qu'ils risquaient d'avoir du mal à trouver un lieu propice pour camper à proximité d'un cours d'eau.

Les garçons étaient proches de l'épuisement lorsque le soleil atteignit le zénith, et la faim leur faisait gargouiller le ventre. La route poussiéreuse semblait s'étirer interminablement devant eux, et l'allure des chevaux, qui n'était pas plus rapide que celle d'un homme, persuada Joshua et Peter d'utiliser leurs jambes plutôt que de continuer à endurer la douleur de monter à cru. Thaddeus ne protesta pas et se contenta de leur faire remarquer qu'aller à pied ne contribuerait pas à leur muscler les cuisses et les mollets pour la suite de leur équipée.

«Alors donne-moi ta selle, grommela Peter. Tu n'as qu'à essayer, tu verras comme c'est agréable. Tu avais dit qu'on changerait toutes les deux heures.

— Les deux heures ne sont pas encore passées.

— Qu'en sais-tu? Moi, j'ai l'impression que cela en fait bien davantage.»

Thaddeus l'ignora, son attention retenue par la végétation qui s'éclaircissait sur leur gauche. Pour une raison quelconque – un sol médiocre ou un ancien feu de forêt –, le paysage était soudain plus dégagé, les arbres moins drus et la végétation plus chétive. Il fit ralentir le destrier et demanda aux garçons de s'arrêter, abritant ses yeux de sa main et tournant le regard en direction du sud-est, au-delà d'un terrain broussailleux, vers des collines moutonneuses qui se dessinaient au loin. La vallée de la Pedle se trouvait-elle par là ? se demanda-t-il. Était-ce un bon endroit pour quitter la route ?

« Est-il arrivé à ton père de parler des expéditions de chasse de Sir Richard ? demanda-t-il à Ian.

— Parfois.

— A-t-il dit où ils allaient, quelles terres ils traversaient ? Ils étaient toujours rentrés à la nuit, ils ne pouvaient donc pas aller bien loin. »

Le garçon secoua la tête.

« Je me rappelle qu'il nous a dit un jour que toutes les terres qui s'étendent à plusieurs lieues à la ronde font partie du fief du seigneur de Blandeforde, intervint Olyver. On peut être fouetté si on y met le pied, et pendu si on se fait surprendre à voler du gibier.

— Mais qui irait te surprendre ? demanda Joshua, son visage parsemé de taches de rousseur rempli d'effroi. Il m'a toujours semblé que Develish était vaste (il tendit la main vers l'horizon), mais ici, c'est immense. Jusqu'où pensez-vous que s'étendent ces terres ?

— Jusqu'à la mer », répondit Thaddeus, tout en prenant conscience de l'absurdité de sa réponse. Il était aussi naïf que Joshua dans l'évaluation des distances. En vingt ans, son imagination ne l'avait jamais conduit au-delà de la vallée où il vivait. Lady Anne lui avait parlé des expéditions qui avaient mené Marco Polo jusqu'à Cathay, mais malgré tous ses efforts, il avait été incapable d'imaginer les gens qui vivaient dans cet Orient lointain ou de se représenter la magnificence de leurs palais. Pour lui, Develish était la mesure de toute chose et il ne pouvait même pas envisager la réalité d'un voyage de huit lieues.

« Où s'arrête la mer ? demanda Edmund.

— Je ne sais pas. » Thaddeus plissa les yeux pour scruter les versants lointains, se demandant si des sentes passaient à travers les arbres. N'arriveraient-ils jusque-là que pour découvrir une végétation si dense qu'elle les contraindrait à rebrousser chemin ? « Nous allons prendre par ici, dit-il avec une résolution soudaine. Nous y serons plus en sécurité que sur la route.

— Et si nous nous faisons prendre sur des terres interdites ?

— Tu apprendras quel effet cela fait de galoper à cru », répondit sèchement Thaddeus en sautant à bas de sa selle. Il passa les rênes à Joshua, détacha son épée et s'en servit pour se frayer un passage jusqu'au ruisseau du Diable. « Apporte-moi le seau qui est sur le poney de bât, ordonna-t-il à Peter. Nous pouvons vivre sans manger mais pas sans boire. »

Le soleil était déjà passé derrière la crête quand ils arrivèrent à l'orée du bois, mais Thaddeus estimait qu'il leur restait encore trois heures de jour avant son coucher. La configuration trompeuse du terrain les avait obligés à monter et descendre une succession de coteaux pour atteindre l'éminence la plus élevée ; à un moment, ils avaient traversé un chemin creux qui paraissait être une piste cavalière. Thaddeus s'était rappelé que Gyles avait parlé des voies que suivaient les conducteurs de bestiaux et qui étaient piétinées par les troupeaux de bovins et d'ovins. Peut-être en était-ce un exemple. Ils allaient tous à pied désormais, aucun ne supportant plus la douleur de monter à cru ou le frottement des selles et des courroies d'étrier. Marcher à travers les ajoncs et les ronces n'était pas beaucoup plus agréable, mais les piqûres des épines leur faisaient oublier leurs ampoules.

Lorsqu'ils approchèrent de la colline la plus haute, Thaddeus constata que les arbres qui couvraient le versant étaient de grands hêtres qui poussaient en bosquets, leurs épaisses frondaisons vertes masquant le soleil et plongeant la forêt dans la pénombre. Il en déduisit qu'il n'y aurait guère de végétation au sol pour entraver leur progression. En revanche, il craignait de s'égarer au milieu des rangées de troncs serrés s'il leur était impossible de se repérer.

Les problèmes lui parurent soudain insurmontables. Les chevaux étaient aussi fourbus et affamés que les cavaliers. Au moins ici, à la lisière du bois, y avait-il de l'herbe pour les bêtes ; tant pis si leurs réserves d'eau étaient épuisées au matin. Quel plaisir éprouveraient-ils à poursuivre leur marche au milieu des arbres au risque qu'il fasse nuit noire avant qu'ils soient arrivés à la lisière opposée ? Si tant est que cette forêt eût une fin…

Il s'arrêta en soupirant. « Je vous ai fait prendre une mauvaise route, dit-il. Si nous pénétrons dans ce bois et que nous nous perdons, les chevaux ne pourront pas paître et nous ne pourrons guère espérer trouver le fleuve demain.

— Où est-il, d'après toi ? demanda Ian.

— Dans la vallée qui s'étend au-delà de cette colline. Votre père m'a parlé d'un cours d'eau qui traverse Afpedle. J'espérais que nous pourrions camper sur ses rives ce soir, à l'écart des domaines et des gens. » Il s'étira pour remplir d'air ses poumons fatigués. « En vérité, je ne sais pas où nous sommes ni jusqu'où s'étend cette forêt. Si nous rebroussons chemin, nous savons au moins que nous pouvons trouver de l'eau au ruisseau du Diable. »

Peter Catchpole, toujours le plus prompt à renoncer, se laissa tomber à genoux. « Je n'en peux plus, souffla-t-il. Faites ce que vous voulez, vous autres, et laissez-moi mourir ici. »

Ian lut la même résistance sur le visage de ses autres compagnons. « Ne pourrions-nous pas camper ici cette nuit et regagner la route à l'aube ?

— Ce sera bien plus difficile. Demain matin, nous serons raides comme des piquets et vous n'aurez rien eu à manger. Il ne nous reste pas suffisamment d'eau pour faire tremper et cuire des haricots et du porc et pour nous humecter le gosier. Si nous voulons rebrousser chemin, il faut le faire tout de suite. »

Ian tourna les yeux vers la forêt. « Pourquoi as-tu peur de t'égarer ? »

Thaddeus suivit son regard. « On ne peut pas voir le soleil, et encore moins la lune. Nous risquons de finir par marcher en rond.

— Et de nous heurter à tous les arbres dès la nuit tombée, ajouta Edmund maussade. Je préférerais que nous campions ici, et tant pis si nous sommes perclus et affamés demain matin. »

Peter, Olyver et Joshua émirent tour à tour un murmure d'assentiment. Seul Ian n'était pas de leur avis. « Le terrain est en pente, observa-t-il. Nous n'avons pas besoin du soleil. Il suffit de continuer à monter jusqu'à ce que nous ayons atteint le sommet, puis nous redescendrons de l'autre côté jusqu'au fleuve. » Il tressaillit en remarquant la lueur d'impatience qui éclaira les yeux de Thaddeus. « Pardon. J'aurais mieux fait de me taire. C'est une mauvaise idée. »

Le grand serf esquissa un sourire en coin. « Au contraire. Je regrette de ne pas l'avoir eue moi-même. » Il resta immobile un instant, le regard tourné vers les arbres. « Bien, dit-il enfin. Voilà ce que nous allons faire : Peter, Olyver et Edmund s'occuperont des chevaux et camperont ici ; Ian, Joshua et moi profiterons de ce qui reste de jour pour trouver un sentier conduisant au sommet de cette colline.

— Et si nous ne retrouvons pas le chemin du retour ? demanda Joshua anxieusement.

— Nous le retrouverons. » Il retira l'arc de son épaule et le tendit à Olyver, demandant à Joshua d'en faire autant. « Prends plutôt une épée. Nous nous servirons des lames pour tracer des encoches sur les arbres le long de notre passage. Quant à toi (il tendit le doigt vers Peter), tu allumeras un feu quand la nuit sera tombée afin de nous guider. En mon absence, ce sera Edmund le chef. Veillez à ce que les chevaux soient correctement entravés avant de les laisser brouter, ajouta-t-il, en donnant au garçon les rênes du destrier et le licol du poney de bât.

— Dois-je les abreuver ? »

Thaddeus détacha les cruchons du harnais du poney de bât et les posa soigneusement à terre, à bonne distance des pieds et des sabots imprudents avant de faire glisser le nœud sur le seau. « Nous y viderons deux des cruches. Nous boirons chacun une gorgée mais le reste sera pour les chevaux. Nous emporterons les cruches vides en espérant trouver de l'eau et vous, vous ne toucherez pas aux autres avant notre retour. C'est compris ? »

Edmund acquiesça. « Et la nourriture ? »

Thaddeus fit un geste vers l'étendue de terre ouverte qui les entourait. « Il reste trois bonnes heures de jour. Trouvez ce que vous pouvez. Si nous voyons des champignons dans la forêt, nous les mettrons là-dedans pour les rapporter. » Il tapota la gibecière de cuir attachée sur son ventre par une boucle à sa ceinture.

« Et si les baillis arrivent ?

— Montez à cheval et filez comme si vous aviez le diable à vos trousses. »

Le versant était plus raide que tous ceux qu'ils avaient gravis jusque-là mais les arbres étaient moins denses que Thaddeus ne l'avait craint de loin. Leurs troncs gris et lisses s'élevaient jusqu'à une vingtaine de pieds avant de produire des branches, ce qui permettait de se frayer aisément un passage entre eux. Il montra aux garçons comment prélever une bande d'écorce sur les deux côtés d'un arbre tous les cinquante pas pour tracer une piste dans les deux sens. Lorsqu'ils se retournaient, ils voyaient ces entailles vert clair scintiller comme des flammes dans la pénombre, et l'inquiétude de Joshua s'apaisa.

La mousse rendait le sol doux et élastique sous leurs pas, et ils progressaient rapidement, bien que Thaddeus s'arrêtât régulièrement pour ramasser les champignons jaunes festonnés qui poussaient en groupes autour des racines des hêtres. Il les appelait du nom français que Lady Anne lui avait appris – chanterelles –, mais Joshua et Ian les connaissaient sous l'appellation de champignons à œufs. Les garçons lui demandèrent comment il avait l'intention de les faire cuire sans graisse de lard ni eau.

« Vous le savez sûrement mieux que moi, murmura Thaddeus. Quand avez-vous mis les pieds à la cuisine pour la dernière fois, tous les deux ?

— J'ai regardé comment faisaient les femmes, dit Ian.

— Ils se racornissent et il n'en reste presque rien si on se contente de les mettre dans une poêle chaude, ajouta Joshua obligeamment. Il faut les ajouter à un ragout ou les faire frire dans du lard.

— Ils ne se mangent pas crus ?

— Ce n'est pas bon. Mon père les mange séchés, mais il est le seul à les aimer comme cela. »

Thaddeus s'arrêta pour en cueillir encore une poignée. « Vous serez contents de vous mettre n'importe quoi sous la dent quand nous reviendrons. Il serait miraculeux que Peter arrive à faire du feu, alors si j'étais vous, je n'espérerais pas trop manger quoi que ce soit, même des restes racornis. »

Comme c'était la saison des fruits, il leur recommanda de garder les yeux grands ouverts pour repérer des baies. Cependant, malgré la présence de ronces çà et là, les plantes avaient poussé tout en longueur et étaient chétives à cause de l'ombre épaisse, et si elles avaient donné des fruits, les animaux des bois les avaient dévorés depuis longtemps. Chaque fois qu'ils s'arrêtaient pour marquer un tronc, ils entendaient le bruissement de petits rongeurs dans le sous-bois et les chants d'oiseaux dans les arbres. Une fois, une plus grosse bête, un daim probablement, fila comme une flèche à leur approche. Ils ne distinguèrent qu'une petite queue blanche qui disparaissait dans les fourrés.

« Nous aurions dû emporter un arc, fit remarquer Ian.

— Nous ne l'aurions pas touché, répliqua Joshua. Nous l'avions à peine aperçu qu'il avait déjà disparu. »

Thaddeus fit halte. « Nous devons être près du sommet », murmura-t-il, le souffle court après cette pénible ascension. Il n'avait rien mangé depuis vingt-quatre heures, pas dormi depuis trente-six et avait la bouche affreusement sèche. « Il s'est enfui trop vite. Nous pourrions encore le voir s'il s'était dirigé vers le haut. » Il fit deux encoches sur le tronc le plus proche de lui. « Il serait plus sûr de marquer les écorces tous les vingt pas à partir d'ici. Il ne s'agirait pas que nous nous trompions et que nous manquions la piste en descendant. »

Les arbres étaient de plus en plus clairsemés au fur et à mesure qu'ils grimpaient, comme si le sol était trop pauvre pour les nourrir et, quelques minutes plus tard, ils atteignirent une crête où ne poussaient que des mousses et des herbes éparses. Thaddeus regarda autour de lui, stupéfait. Depuis la route, il avait imaginé que la forêt se poursuivait sans interruption d'un versant de la colline au suivant, empêchant d'apercevoir ce qui s'étendait au-delà. En réalité, le paysage s'étalait sous leurs yeux sur plusieurs lieues.

La vallée qu'ils surplombaient, beaucoup plus large et plus longue que celle de Develish, s'étendait d'est en ouest; son fond était sillonné par les méandres d'un fleuve scintillant, tandis que sur l'autre rive, des pentes boisées s'élevaient jusqu'à l'horizon. L'eau n'apparaissait qu'aux endroits où les berges étaient dépourvues d'arbres, mais sur la berge opposée, en deux points éloignés l'un de l'autre, de vastes arpents de terre avaient été défrichés pour laisser place à des cultures et à des pâturages. Ils étaient trop loin pour pouvoir distinguer des bâtiments ou des gens, mais Thaddeus reconnut qu'il s'agissait de manoirs en raison du dessin que formaient les lopins paysans, les terrains communaux et les prairies. Il devina que le plus proche, presque directement en face d'eux, devait être Afpedle. Il était cependant incapable de nommer l'autre, plus à l'ouest de plusieurs lieues.

Joshua montra le soleil qui était à moins d'une heure de son coucher. « Il faut repartir maintenant », dit-il d'un ton pressant.

Thaddeus hocha la tête, puis baissa les yeux, essayant de distinguer une éventuelle trace d'établissement humain de leur côté du fleuve. Il était raisonnable de supposer qu'il y en avait – l'eau était un bien précieux –, mais la forêt qui descendait juste devant eux leur dissimulait tout le paysage, à l'exception d'une étendue herbeuse ici ou là, sur la droite et la gauche, là où le cours du fleuve dessinait des méandres serrés. Les cimes des arbres semblaient onduler comme si la pente dessinait une série de plis au lieu d'une seule déclivité, à l'image du terrain qu'ils avaient parcouru depuis la route et, bien qu'en apparence la forêt s'étendît jusqu'au bord du fleuve, la prudence l'incita à soupçonner que ces collines moutonnantes dissimulaient un domaine encore plus vaste qu'Afpedle.

Il attira l'attention de Ian sur la boucle du fleuve particulièrement longue qui se trouvait à l'ouest. « Est-ce que tu vois des moutons dans l'herbe, là-bas ? » demanda-t-il.

Le garçon plissa les yeux. « C'est à plusieurs lieues d'ici, protesta-t-il. Personne ne saurait rien distinguer à pareille distance. Pourquoi veux-tu le savoir ?

— Je me demande si cette terre a été défrichée pour en faire des pâtures. Ton père m'a parlé d'un village qui s'appelle Athelhelm où ils ont traversé le fleuve à gué pour rejoindre

Afpedle. » Il cilla en se tournant vers le soleil. « Est-ce que tu aperçois la route ? Ou le confluent avec le ruisseau du Diable ?

— Je suppose que nous devrions pouvoir les distinguer en suivant la crête, répondit Ian. Ces collines semblent s'incliner dans toutes les directions.

— Et par là ? » Thaddeus désigna le domaine qui devait, selon lui, être Afpedle.

« Qu'est-ce que je suis censé voir ?

— Des gens… des bêtes… des signes de vie. »

Ian secoua la tête. « Je distingue un manoir et une église, c'est tout.

— Et toi, Joshua ? »

L'autre garçon était trop inquiet, fût-ce pour essayer. « Il faut repartir, supplia-t-il. Il fera nuit noire dans les bois bien avant le coucher du soleil. »

Thaddeus hésita un instant, puis posa son épée par terre, fit passer sa ceinture au-dessus de sa tête et défit la boucle pour détacher sa gibecière. « Croyez-vous que vous arriveriez à redescendre tous les deux à l'endroit où nous étions tout à l'heure et à reconduire les autres garçons et les chevaux ici demain matin ?

— Qu'est-ce que tu vas faire ? demanda Ian.

— Remplir les cruches au fleuve. Nous nous retrouverons ici avant midi. Plus d'eau nous aurons, mieux cela vaudra. » Il tendit son sac à Joshua et débarrassa les garçons des cruchons vides. « Faites de votre mieux avec les chanterelles mais ne les cuisez pas n'importe comment. Les animaux auront besoin de boire avant d'entreprendre cette ascension, et vous aussi.

— Et si tu n'es pas là quand nous arriverons ?

— J'y serai.

— Tu ne peux pas en être sûr. Il pourrait arriver n'importe quoi. »

Thaddeus réagit avec impatience. « Faites en sorte d'y être, vous, les sermonna-t-il. Je n'ai pas l'intention de traîner sur cette crête toute la journée pendant que vous resterez couchés tous les cinq à gémir sur vos plaies et bosses. » Il tendit le menton vers la piste qu'ils avaient marquée. « Allez-y et rappelez-vous que qui trop se hâte, point n'avance. Assurez-vous de savoir vers quel arbre vous vous dirigez avant de vous éloigner du précédent. »

Il les suivit des yeux jusqu'à ce qu'ils aient disparu, puis attacha les cruchons à sa ceinture, repassa celle-ci au-dessus de sa tête et se pencha pour ramasser son épée. Tous ses doutes s'étaient dissipés. Il avait trouvé le fleuve – cause d'euphorie plus que de crainte – et la curiosité l'emportait sur la fatigue. Son seul souci était que sa lame était à présent si émoussée qu'il aurait du mal à faire les entailles nécessaires pour retrouver son chemin sur cette partie de la colline. Aussi, par précaution, construisit-il un petit monticule avec les pierres calcaires blanches qui traînaient dans l'herbe. Il se ferait un point d'honneur de se trouver à l'endroit précis où il avait dit qu'il serait, tout en sachant que sept chevaux seraient faciles à repérer aussitôt qu'ils auraient franchi la crête.

Sa ténacité l'incita à poursuivre son chemin même quand l'obscurité devint tellement impénétrable que les prédictions d'Edmund se réalisèrent et qu'il commença à se heurter aux troncs. Pendant la dernière partie de la descente, les ronces, les églantiers et des branches invisibles lui fouettaient et lui lacéraient le visage et les bras, et c'est à peine s'il en crut ses oreilles quand, ses jambes lasses l'ayant porté jusqu'à une nouvelle clairière herbeuse, il entendit le gazouillis d'un cours d'eau.

Seize

L'image de la haute silhouette de Thaddeus, reconnaissable entre toutes, se découpait contre le ciel et fut un soulagement pour tous les garçons, et pour Ian plus encore que pour les autres. Joshua et lui avaient pris la tête du groupe, menant deux chevaux chacun ; leurs lèvres serrées et les jointures écorchées des doigts de Ian attestaient suffisamment leur ressentiment à l'égard de leurs compagnons. Ils n'avaient pu persuader Olyver, Edmund et Peter d'entreprendre l'ascension qu'en les rossant copieusement pour leur faire enfin courber l'échine, ce qu'ils n'avaient fait qu'après avoir vigoureusement riposté. Les éraflures de ronces sur le visage de Thaddeus paraissaient bien bénignes par rapport aux yeux pochés et aux lèvres fendues qui surgirent du bois deux bonnes heures après le moment où leur aîné les attendait.

« Je vois que vous vous êtes bien divertis, murmura Thaddeus en inspectant les chevaux et les poneys qui baissaient la tête d'épuisement. Ces pauvres bêtes ont-elles au moins eu à boire ?

— Une des cruches était vide lorsque nous sommes arrivés en bas, Joshua et moi, dit Ian.

— Ce n'était pas une raison pour prendre le reste, grommela Peter. Vous auriez pu en laisser.

— Vous aussi. »

Thaddeus défit la corde qui attachait le seau au poney de bât. « Au moins, ce poney a été correctement harnaché. Qui dois-je en remercier ?

— Personne, répondit Ian. Le harnais n'a jamais été retiré. Ces faignants de rustres n'ont absolument rien fait pendant notre absence, à part attacher les chevaux à des arbres à la lisière du bois et aller dormir. Quand nous sommes revenus, Joshua et moi, il faisait trop noir pour que nous puissions voir ce que nous faisions. Peter n'avait même pas essayé d'allumer un feu.

— Autrement dit, vous n'avez rien eu à manger.

— Non.

— Et les animaux n'ont pas pu paître.

— Non. »

Thaddeus porta le seau de bois jusqu'à l'endroit ombragé où il avait laissé ses deux cruches. Il resta muet tout le temps qu'il lui fallut pour les vider dans le seau et se déplacer de cheval en cheval pour les abreuver. Lorsqu'il n'y eut plus une goutte dans ses récipients, il remit le seau et les cruchons sur le poney de bât. « En descendant, on trouve des clairières où l'herbe est plus grasse qu'ici, dit-il en prenant le licol du poney et du destrier. Nous ferons halte dans chacune pour les laisser brouter.

— Combien de temps faut-il pour rejoindre le fleuve ? demanda Peter en portant le regard vers la vallée.

— Deux fois plus longtemps que si les chevaux avaient pu manger cette nuit.

— Nous n'y sommes pour rien, Olyver et moi. C'est Edmund qui était chargé de les entraver. »

Edmund lui jeta un regard noir. « Comment voulais-tu que je le fasse tout seul ? Vous deviez m'aider, Olyver et toi.

— Moi, au moins, j'ai trouvé des baies, rétorqua sèchement Olyver. Si je n'avais pas été là, vous n'auriez rien mangé du tout. »

Le regard de Thaddeus passa de l'un à l'autre. « Autrement dit, vous trois, vous avez le ventre plein alors que Joshua, Ian et moi l'avons vide ; pourtant, nous avons moins dormi et avons dépensé plus d'énergie qu'aucun de vous.

— *Plein* est très exagéré, protesta Peter. Nous avons avalé une poignée de baies chacun, c'est tout. »

Thaddeus secoua la tête. « Je vous ai dit que je ne voulais pas d'enfants dans cette expédition. Y a-t-il un mot dans cette phrase qui échappe à votre entendement ? »

Ils détournèrent les yeux.

Il pointa le menton vers la forêt qui couvrait le versant sud. « Ian et Joshua m'accompagneront, annonça-t-il aux trois autres. Et quand les ombres des arbres se seront allongées de deux pas, vous pourrez nous suivre ou regagner Develish la queue entre les jambes. Si j'entends vos voix ou que j'aperçois vos vilains museaux avant que je ne sois prêt à les supporter à nouveau, vous serez privés d'eau et de nourriture pendant un jour de plus. Y a-t-il dans ce que je viens de dire un mot qui échappe à votre entendement ? »

Ils secouèrent la tête à l'unisson.

« Alors confiez-moi vos montures. » Il prit les rênes de leurs trois chevaux. « Si vous vous perdez et ne nous rejoignez pas avant la nuit, personne ne viendra vous chercher. Je ne suis pas ici pour jouer les nourrices de marmots gâtés. » Il partit le long de la crête, les trois animaux en remorque, cherchant le deuxième monticule de pierres qu'il avait construit et appelant Ian et Joshua à le suivre.

« Tu ne peux pas nous laisser là », pleurnicha Olyver en se tournant vers son jumeau.

Ian secoua la tête. « Je le peux et je le ferai. C'est toi qui as fait le mauvais choix, frérot. » D'un claquement de langue, il encouragea ses deux montures à avancer. « Si vous êtes incapables à trois de suivre la trace laissée par sept chevaux, vous prouverez que vous êtes aussi bons à rien que Thaddeus vous en fait grief. »

Comme le constatèrent les garçons dès qu'ils eurent enfin trouvé le courage de lever le camp, la piste était marquée de croix tracées à la craie. Pendant la nuit, Thaddeus avait imaginé une méthode plus efficace que d'émousser les lames de son épée ou de son couteau sur les écorces. L'eau de la Pedle était si limpide qu'à l'aube, il avait pu distinguer le gravier qui en couvrait le fond et les poissons qui y grouillaient. Il ignorait que la clarté de l'eau était due à la filtration assurée par le calcaire, mais les affleurements crayeux dont la blancheur illuminait l'herbe qui l'entourait ne lui avaient pas échappé.

Son itinéraire de retour l'avait fait passer à quelque deux cents pas de son premier monticule de pierres, raison pour laquelle il en avait édifié un second ; Edmund, Olyver et Peter eurent l'intelligence d'y reconnaître un repère indiquant le chemin à suivre pour descendre jusqu'au fleuve.

Olyver fut le premier à apercevoir les croix blanches sur l'écorce des arbres. « Peut-être que Thaddeus n'est pas aussi en colère contre nous qu'il en avait l'air, dit-il soulagé.

— Tu aurais tort de compter là-dessus, rétorqua Edmund. Il a laissé ces marques pour lui, pas pour nous. »

Pendant qu'ils attendaient que les ombres s'allongent, ils avaient décidé de rester ensemble quoi qu'il advienne, conscients d'être plus forts en groupe qu'isolément. « Ce n'est pas parce qu'il nous a facilité les choses que cela change quoi que ce soit, grommela Peter. C'est toujours nous contre eux. »

Troublé par la désertion de son jumeau, Olyver fronça les sourcils. « Je n'ai jamais approuvé cela. Nous avons tremblé comme des lapereaux à l'idée de nous perdre et de mourir de soif – toi plus encore que nous deux. Il faut demander pardon à Thaddeus de nous être conduits comme des sots si nous ne voulons pas nous passer d'eau pendant encore une journée.

— Il n'est pas Dieu. Il ne peut pas nous empêcher de boire s'il a installé le campement près du fleuve. »

Edmund, dont la faim et la soif n'atténuaient pas la pugnacité innée, serra les poings. « Mais tu n'iras pas le premier, bien sûr ? gronda-t-il en s'adressant à Peter. Tu vas pleurnicher et geindre jusqu'à ce qu'Olyver ou moi buvions, et ensuite tu joueras les innocents. Je n'aurais jamais cru que tu pouvais être aussi hypocrite, mais ta fourberie commence vraiment à m'agacer les nerfs.

— Tu ne vaux pas mieux, répliqua Peter agressivement. Il y a une heure, tu étais prêt à rouer Thaddeus de coups pour nous avoir abandonnés, et maintenant, tu lui baiserais les pieds parce qu'il a tracé des croix sur les arbres. Tu le crains au point que c'en est affligeant.

— Retire ce que tu viens de dire.

— Pas question. »

Olyver s'interposa, furieux, et les sépara. « Si vous ne savez faire que vous battre, je partirai sans vous. Mon besson avait raison. Nous avons pris de mauvaises décisions hier, et pour ma part en tout cas, je n'ai pas l'intention de continuer. Il faut commencer à prouver ce que nous valons, comme l'ont fait Ian et Joshua. »

Peter le gratifia d'un sourire sarcastique. « Et comment? Suivre une piste marquée n'est pas bien malin. Même ma petite sœur saurait le faire.

— C'est vrai, approuva Olyver sèchement. Il est humiliant que Thaddeus ne nous estime pas davantage qu'un enfant de quatre ans. Il ne nous a pas fait confiance pour conduire nos montures jusqu'au pied de ce versant, parce qu'il savait très bien que nous ne les laisserions pas paître tout leur saoul.

— Il ne nous a même pas donné notre chance, protesta Edmund.

— Nous n'aurions pas su la saisir. Nous nous serions plaints du temps que cela nous faisait perdre, et nos bêtes auraient été à moitié crevées en arrivant en bas. Si tu ne le comprends pas, tu ferais mieux de retourner à Develish tout de suite. » Il donna un coup de poing dans l'arbre le plus proche. « Depuis le début, nous nous sommes engagés dans cette aventure à contre-cœur. Nous l'avons considérée comme une punition au lieu d'y voir l'occasion de montrer ce dont nous sommes capables.

— Toi plus que les autres, répliqua Peter. C'est toi qui as vendu la mèche et qui continues à être épris d'Eleanor. Tu serais resté à Develish et tu aurais menti pour la défendre si Thaddeus t'avait laissé faire. »

Pour une fois, Olyver ne s'énerva pas. « J'ai eu le temps d'y réfléchir. Mon besson a tenu des propos très sensés hier.

— Ah oui? Eh bien, je n'ai pas l'intention de le laisser me rosser une nouvelle fois, lança Peter durement. C'est à Edmund que Thaddeus a confié la responsabilité de notre groupe, pas à Ian. Ton frère se croit tout permis quand il estime nous être supérieur. »

Edmund remua du bout de sa botte les feuilles qui jonchaient le sol de la forêt. « Nous dormirions encore si Ian ne nous avait pas obligés à nous lever – tu le sais aussi bien que moi –, alors tu pourrais lui en savoir gré. Thaddeus n'aurait pas gaspillé de l'eau pour revenir à l'endroit où nous campions si les deux autres avaient pu gravir la côte seuls avec les chevaux. Je suis de l'avis d'Olyver. Il faut nous conduire correctement ou renoncer. »

La brume les accueillit au cours de la descente, s'enroulant autour des arbres en fines volutes, mais elle était plus humide et plus dense quand ils atteignirent la berge herbeuse du fleuve. Ils n'eurent cependant aucun mal à trouver Ian et Joshua, qui dormaient à poings fermés à côté des selles et des harnachements, et les sept chevaux entravés qui broutaient paisiblement. Mourant de soif, ils se laissèrent tomber au sol et plongèrent leurs visages dans l'eau fraîche, ne regardant autour d'eux pour essayer de repérer Thaddeus que lorsqu'ils relevèrent enfin la tête.

Le gazon vert, drapé de brouillard, révélait les formes spectrales d'aulnes et de joncs qui poussaient le long de la rive sur deux cents pas dans chaque sens, mais ils ne virent pas trace de la haute silhouette de Thaddeus. Les garçons balançaient entre soulagement et déception. S'étant préparés à reconnaître leurs fautes et à lui demander pardon, ils se sentaient étrangement frustrés de ne pas pouvoir le faire.

Olyver se retourna vers le bois qui s'étendait à une trentaine de pas derrière lui, mais le brouillard tombait rapidement sur les arbres, prêtant au paysage un aspect inquiétant. Il frissonna soudain dans l'air qui commençait à fraîchir. « Nous aurions sans doute dû vérifier que mon besson et Joshua sont vivants, chuchota-t-il. Ils sont peut-être morts, pour ce que nous en savons.

— Ferme ton bec ! fit Peter sèchement. Je n'ai pas le goût des plaisanteries stupides. »

Edmund s'appuya sur ses coudes et désigna un point de la berge où des animaux avaient tracé une sente en piétinant l'herbe pour rejoindre l'eau. « C'est une prairie. Il y a des crottes de moutons partout.

— Et alors ?

— Cela veut dire que nous sommes à proximité d'un domaine. Vous ne pensez pas que Thaddeus est allé par là ?

— Sans doute, approuva Olyver.

— Je croyais qu'il voulait éviter les gens.

— Il doit chercher à savoir à quelle distance se trouve la plus proche demeure. Il ne voudra pas faire de feu s'il craint qu'on nous repère.

— Ce qui veut dire que nous allons encore nous passer de souper ce soir, remarqua Peter tristement en s'apprêtant à se relever sur les genoux. Si nous étions finauds, nous prendrions une cruche d'eau et une partie des pruneaux et nous regagnerions la colline avant son retour. »

Il poussa un hurlement de surprise et d'effroi lorsqu'une botte s'abattit sur son dos, expulsant le dernier souffle d'air de ses poumons. « Tu n'es qu'un misérable, Peter Catchpole, gronda la voix de Thaddeus. Tu volerais ta propre mère si cela pouvait t'épargner d'avoir à travailler. »

Olyver et Edmund se redressèrent péniblement, bégayant les excuses qu'ils avaient préparées. « Nous ne savions pas que tu étais là, conclut Olyver pitoyablement. Nous t'avons cherché mais nous ne t'avons pas vu.

— Vous auriez dû mieux regarder. N'importe qui pourrait se dissimuler dans ce brouillard. » Il pointa le menton vers l'est. « Edmund a raison. Il y a un village à une demi-lieue dans cette direction et je suppose que cette bande herbeuse le long de la rive sert de pâture communale. Elle s'élargit au fur et à mesure qu'on s'approche des habitations. » Il tendit le doigt vers l'ouest. « La forêt rejoint la rive à environ cent pas d'ici dans ce sens, mais j'ai l'impression qu'il y a un sentier qui pourrait conduire à un autre domaine. Il doit être assez éloigné, me semble-t-il. J'ai parcouru au moins mille pas sans en voir le moindre signe. »

Inquiet, Edmund fit un signe de tête en direction de Peter. « Il ne peut pas respirer, murmura-t-il prudemment. Ses lèvres sont toutes bleues.

— Ah, vraiment ? » Thaddeus retira son pied d'un air indifférent et regarda les épaules du garçon se soulever tandis qu'il prenait une profonde inspiration. « C'est ma faute. Je t'ai cru costaud comme ton père, Peter… pas faible et chétif comme ta petite sœur.

— Je ne le pensais pas, haleta le garçon.

— Qu'est-ce que tu ne pensais pas ?

— À voler de la nourriture. C'était une plaisanterie, rien d'autre.

— Tiens donc ! Je t'ai pourtant entendu distinctement dire à Olyver que tu n'avais pas le goût des plaisanteries stupides. Crois-tu donc pouvoir établir des règles pour les autres et décider à ta guise si tu souhaites les respecter toi-même ? De quel droit ? En vertu de quelle noblesse d'esprit mériterais-tu une autre position que les autres ? »

Le garçon se mit à genoux à grand-peine. « D'aucune. »

Thaddeus hocha la tête, changeant de sujet aussi facilement qu'il avait abandonné les garçons sur la crête. Il désigna une petite clairière à l'orée du bois, abritée par des aubépines et des aulnes bas. « Nous allons établir notre camp ici. Nous y serons mieux protégés que sur cette étendue d'herbe dégagée. Apportez-moi tout le petit bois que vous pourrez. Plus vite nous ferons du feu, plus vite nous pourrons manger.

— Faut-il réveiller Ian et Joshua ?

— Non, s'ils dorment maintenant, ils pourront assurer le premier tour de garde cette nuit. Je n'ai pas vu de gens dans le village qui se trouve à l'est, mais cela ne signifie pas qu'il n'y en a pas. » Il se tourna vers l'ouest, cherchant à localiser le soleil à travers les tourbillons de brume. « Je ne sais pas combien de temps encore il fera jour, ni s'il fera très froid plus tard, alors ne perdez pas de temps. Apportez-moi suffisamment de bois pour alimenter le feu jusqu'à l'aube, et ensuite, cherchez des fougères pour faire nos lits. » Son regard passa de l'un à l'autre lorsqu'il constata qu'ils ne bougeaient pas. « Sommes-nous d'accord… ou avez-vous l'intention de vous battre à ce sujet ?

— Nous sommes d'accord, s'empressèrent-ils de répondre à l'unisson.

— Dans ce cas, restez sur vos gardes pendant ce temps. Si le bailli vous prend, il ne se contentera pas d'un coup de botte entre les omoplates. »

Malgré tous ses efforts, Thaddeus fut incapable de suivre son propre conseil. Il resta éveillé le temps d'allumer le feu, mais comme il n'avait rien mangé et pour ainsi dire pas dormi depuis quarante-huit heures, et qu'il était de surcroît mouillé car la brume humide avait percé ses vêtements, la chaleur du brasier le plongea dans l'inconscience aussitôt qu'il s'allongea. Les garçons le trouvèrent affalé sur le côté, aussi profondément endormi que Ian et Joshua. Les yeux clos et le corps détendu par le sommeil, il paraissait plus jeune et moins redoutable, malgré la barbe épaisse et sombre qui noircissait sa mâchoire. Peter lui-même n'eut pas le cœur de se plaindre ni de le critiquer.

« Il n'a que six ans de plus que nous », rappela-t-il aux autres avant de partir chercher un peu plus de bois sans protester.

C'était difficile à croire, songea Olyver. La haute taille et la vigueur de Thaddeus avaient fait de lui un adulte avant l'heure. Du jour où il avait dépassé son beau-père, il avait été poussé dans le groupe des hommes et obligé d'abattre le travail et les corvées du domaine dont la responsabilité incombait à Will Thurkell. Cela l'avait éloigné de ses camarades car ses journées étaient plus longues et plus laborieuses que les leurs, sans le rapprocher pour autant des adultes, car sa crainte des moqueries l'avait incité à se montrer peu loquace.

Olyver se rappelait que sa mère disait que Thaddeus n'avait pas eu d'enfance et que c'était pour cette raison qu'il ne savait ni sourire, ni exprimer ses émotions, ni faire de confidences. Elle avait tenu ces propos pour mettre Isabella en garde, la dissuadant de perdre la tête pour un homme qui préférait sa propre compagnie et évitait de trop se lier, mais Olyver estimait à présent que la réponse d'Isabella avait été plus juste : « Tu ne devrais pas le juger aussi durement, Maman. Thaddeus recèle en lui plus de bonté que toutes les autres personnes que je connais – hormis Lady Anne – et il le prouve par ses actes, pas par des sourires hypocrites. »

Martha n'avait vu que folles chimères dans les propos de sa fille, lui rappelant que Thaddeus était le fils d'Eva et que les chiens ne font pas des chats. Eva était une femme égoïste qui faisait passer ses propres besoins avant ceux de tous les autres, et Isabella ferait bien de s'en souvenir. Et elle ferait tout aussi bien de se souvenir que le père de Thaddeus était probablement un mauvais sujet. Autrement, Eva n'aurait pas celé son identité pendant toutes ces années. Eleanor s'était fait l'écho de ce jugement à maintes et maintes reprises, ne se privant pas de présenter Thaddeus comme le fruit du péché de luxure commis par Eva. Un bâtard. Un moins que rien. Un vilain.

Ce qui n'empêchait pas Lady Anne d'avoir bonne opinion de lui, tout comme le père d'Olyver, Gyles, qui refusait d'écouter les histoires de bonnes femmes de Martha à propos de chats, de chiens et de mauvais sujets. « Les mots valent moins que les actes » : voilà tout ce qu'il avait jamais dit, donnant ainsi raison à sa fille Isabella.

Comme beaucoup d'autres avant lui, Olyver se surprit à se demander qui exactement était Thaddeus. Où Eva avait-elle rencontré le géniteur de son fils ? Et pourquoi Thaddeus était-il aussi brun qu'elle était blonde ? Avec ses yeux presque noirs et son teint bistre, il ne ressemblait pas du tout à sa mère, pas plus qu'à aucun homme de la connaissance d'Olyver. Surtout, Olyver se demandait d'où Thaddeus tirait son intelligence alors qu'Eva était d'une indéniable sottise. Son père pouvait-il réellement être un vil colporteur ou un marin étranger comme le prétendait la rumeur ?

Ces pensées se bousculaient dans son esprit quand il prit l'initiative de préparer à manger. La faim lui tenaillait le ventre comme à Edmund et Peter, et il savait que Ian et Joshua seraient affamés à leur réveil. Il avait vu sa mère mettre des haricots à tremper toute la nuit pour les attendrir et les faire gonfler avant de les faire cuire, mais il renonça à en faire autant. Tant pis s'ils n'étaient pas aussi savoureux que ceux de Martha.

Il n'avait pas non plus l'intention de laisser tremper le porc salé très longtemps, mais il rinça le sel qui recouvrait la surface des lanières de panse dans le courant du fleuve. La viande, découpée en tranches épaisses et grasses, avait été disposée en couches superposées dans le récipient et il eut grande envie de la faire cuire jusqu'au dernier morceau. Il chassa cependant de son esprit les exigences de son estomac vide, sachant qu'ils regretteraient tous leur gloutonnerie d'aujourd'hui quand ils n'auraient plus rien à manger demain.

Lorsque la nuit tomba, Peter et Edmund renoncèrent à cueillir des fougères et s'accroupirent à côté d'Olyver, s'emplissant les narines des arômes qui montaient du chaudron fumant posé sur le feu et dont les flammes léchaient les flancs. De temps en temps, au fur et à mesure que le liquide s'évaporait, Olyver ajoutait un peu d'eau, remuant le ragoût avec un bâton.

« Qu'est-ce que c'est ? demanda Edmund.

— Des haricots, du porc et les champignons à œufs qui étaient dans le sac de Thaddeus.

— C'est bon ?

— Lèche le bâton et tu le sauras. »

Edmund remua lui-même le contenu du chaudron et attrapa les gouttes du bout de la langue. «J'ai déjà mangé pire», convint-il.

Peter l'imita. « Moi aussi, renchérit-il, mais je ne saurais pas dire quand. » Il rendit le bâton à Olyver en souriant. « Tu es sûr d'avoir mis assez de sel ?

— Pourquoi crois-tu que je passe mon temps à ajouter de l'eau ? Plus cela cuit, plus c'est salé. Si nous n'avions pas aussi faim, j'aurais fait tremper le porc correctement.

— Nous pourrions essayer de l'adoucir en ajoutant quelques pruneaux, suggéra Edmund. Cela ne peut pas faire de mal. »

Olyver acquiesça. « Bonne idée. Mets-en deux poignées. Je me rappelle que Maman m'a raconté un jour que le plat préféré du roi est du cochon de lait farci aux figues. Si un roi peut manger du sucré et du salé ensemble, pourquoi ne pas en faire autant ?

— Je ne cracherais pas dessus là, maintenant, murmura Peter.

— Sur quoi ? Un roi ?

— Un cochon de lait… pour moi tout seul. Un jour, j'en ai vu un qu'on avait préparé pour Sir Richard. Croquant et croustillant à l'extérieur, juteux à l'intérieur, et servi avec un gros morceau de pain pour saucer le plat. » Il ferma les yeux. «Je rongerais les os jusqu'à les faire hurler et je mangerais même les figues au besoin.

— Je dévorerais bien un daim entier, moi, reprit Edmund rêveusement, puis une chèvre… puis un agneau… puis un ou deux poulets… tous avec de la peau bien croustillante. »

L'arrivée de Ian et de Joshua, qui se laissèrent tomber à côté du feu pour se réchauffer tout en bâillant, tira Thaddeus de son sommeil, mais il n'en laissa rien paraître, préférant écouter les garçons et s'étonnant de la rapidité avec laquelle Eleanor avait été oubliée et leur brouille effacée. Edmund portait encore les marques de la volée qu'Olyver lui avait administrée deux soirs plus tôt et ils arboraient tous des lèvres fendues par leur bagarre du matin, mais leur humeur était plus saine que celle qu'ils manifestaient depuis des semaines.

Thaddeus ne comprenait pas qu'ils aient pu laisser Eleanor les diviser. Y avait-il chez elle des qualités qu'il n'avait pas su voir, ou le besoin de copuler était-il si fort chez ces jeunes mâles que la fille de Sir Richard pût devenir désirable à leurs yeux ? Lui-même n'avait jamais eu envie de coucher avec une fille, ayant souffert trop longtemps et trop cruellement du hasard de sa propre naissance pour envisager d'infliger le même destin à un autre enfant. Et il n'avait pas rêvé de liberté pendant toutes ces années pour la compromettre en mettant enceinte la fille d'un serf. Il avait de plus hautes ambitions que de s'installer définitivement à Develish dans la position de serf marié.

Il se leva quand il devint évident que la faim avait réduit à néant toute velléité de monter la garde. « Il est temps de manger, dit-il en s'asseyant et en repoussant ses longs cheveux de ses yeux. La cuisine d'Olyver a de bonnes chances de nous tuer, mais cela vaut un peu mieux que de mourir de faim. Où sont les assiettes d'étain ? Qui a une cuiller ? »

Edmund, Joshua et Peter présentèrent les leurs, mais aucun des jumeaux ne possédait le moindre ustensile. Thaddeus donna à Olyver sa propre cuiller pour servir de louche. « Il me faut aussi un couteau, remarqua le garçon. Il n'y a que trois morceaux de viande dans le chaudron. J'ai laissé les autres dans la jarre pour les prochains jours.

— Très sage », approuva solennellement Thaddeus en faisant glisser sa lame de son fourreau pour la lui tendre.

Il réprima un sourire quand tous les yeux se concentrèrent sur les lanières racornies de panse de porc qui surgirent du chaudron, chacune soigneusement découpée en deux pour qu'aucune ne soit plus grosse que l'autre, et il regarda les garçons saliver pendant qu'Olyver distribuait à chacun exactement le même nombre de cuillerées de haricots, de prunes et de sauce. Il n'en fut pas moins surpris quand le garçon déposa la première assiette devant lui et que les autres patientèrent, attendant son jugement. « Mangez, ordonna-t-il, je ne suis pas votre père.

— Tu es notre chef, dit Ian. Cela revient au même. »

Peut-être était-ce à cause de la fatigue que le géant brun taciturne éprouva un élan d'émotion aussi soudain qu'inattendu. « Allez-y, dit-il d'un ton bourru. Je n'ai pas envie d'être le seul à mourir empoisonné par tout ce sel. »

DEUX PREMIÈRES SEMAINES
DU MOIS DE SEPTEMBRE
DE L'AN 1348

Dix-sept

Develish, Dorseteshire

À Develish, l'humeur changea après le départ de Thaddeus et de ses compagnons. Une inquiétude nouvelle s'empara de tous, comme s'ils avaient perdu un soutien sur lequel ils avaient pris l'habitude de s'appuyer. Ils semblaient pourtant se tracasser davantage pour eux-mêmes que pour les six qui étaient partis et Lady Anne comparait en esprit le domaine à une maison. Quand tous les éléments étaient en place, un édifice bien conçu était solide. Dès que quelques-uns manquaient, tout commençait à vaciller.

Isabella se fit la même réflexion, mais l'exprima différemment. « Thaddeus aurait peine à croire que sa présence soit aussi regrettée. Sa modestie est trop grande pour qu'il se croie aussi essentiel.

— En quoi est-il essentiel, Isabella ?

— De la même manière que vous l'êtes, Milady. Il donne aux gens l'impression qu'ils sont importants parce qu'il les écoute quand ils parlent. Mon père dit que l'éducation qu'il a reçue de ses parents l'aurait aigri si vous ne lui aviez enseigné que chacun – même le plus humble – a le droit de se faire entendre. »

Lady Anne n'était pas femme à donner libre cours à ses sentiments personnels, mais elle avait du mal à réprimer sa colère contre Eleanor. Le comportement de la jeune fille empirait de jour en jour. Elle fulminait dès qu'un serf n'agissait pas à sa guise, et son caractère devint si imprévisible que Lady Anne lui interdit de quitter sa chambre. Les servantes reçurent l'ordre de déposer ses repas devant sa porte, mais elle n'y touchait généralement pas.

La rumeur prétendait qu'Eleanor se languissait d'amour pour Thaddeus et Eva Thurkell en profitait pour chercher à mettre Lady Anne et son conseil dans l'embarras. Elle prétendait que Thaddeus avait conseillé à Lady Anne d'éloigner Eleanor dès l'annonce de l'apparition de la pestilence, jugeant qu'il n'était pas sage d'enfermer une jeune fille aussi belle en compagnie de garçons de son âge. Lady Anne avait refusé, une folie qu'elle avait eu tout lieu de regretter par la suite quand les chefs de ses serfs, tous avides de pouvoir, avaient encouragé leurs fils à rivaliser pour obtenir les faveurs de sa fille. Sous la pression de leurs pères, les garçons avaient donné libre cours à leur animosité lors de leurs combats à l'épée et de leurs luttes, se blessant et se meurtrissant réciproquement, comme chacun avait pu le constater.

Ces faits étaient véridiques. Nul ne pouvait les contester. Le deuxième fils d'Eva, Jacob, serait encore en vie s'il n'avait redouté de se faire blesser sur le terrain d'exercice. Dire que Thaddeus avait encouragé ces épreuves – et avait ainsi été indirectement responsable de la mort de son frère – était mensonger, car de tous les hommes adultes, il était le seul à ne pas y avoir pris part. On ne pouvait en dire autant de Gyles et Alleyn Startout, de John Trueblood, d'Adam Catchpole et de James Buckler, dont la rivalité agressive n'était pas passée inaperçue.

Craignant de perdre son autorité, Lady Anne avait ordonné à Thaddeus d'emmener les fils de ces hommes ambitieux. Elle faisait ainsi d'une pierre deux coups, car tout Develish savait que c'était pour le premier-né d'Eva, grand et beau, que brûlait Eleanor. La détresse de la jeune fille depuis le départ de Thaddeus en apportait la preuve. Et si certains de ses voisins conservaient quelques doutes, Eva s'empressait de leur rappeler la mise en garde que Milady avait faite à sa fille devant les servantes de cuisine :

Vous feriez mieux de vous soucier du déplaisir de Sir Richard lorsqu'il saura l'intérêt que vous portez à Thaddeus Thurkell…

Les chefs des serfs de Lady Anne exhortèrent leur maîtresse à faire taire ces rumeurs. Leur loyauté était sans faille et ils se sentaient insultés par Eva. Lady Anne leur montra la lettre de

Thaddeus et les autorisa à l'afficher sur la porte d'entrée du manoir, leur demandant de bien faire remarquer que Thaddeus était parti sans sa permission, mais avait promis d'être de retour quinze jours plus tard. Elle trouva une alliée inattendue en Isabella qui avoua timidement à ses parents que ses frères, les bessons, Ian et Olyver, lui avaient confié leurs plans secrets avant leur départ. C'était là, estimait-elle, une petite tromperie, indispensable cependant pour que Thaddeus évite à ses frères d'être mêlés à d'autres intrigues.

« Ils voulaient que vous soyez fiers d'eux, affirma-t-elle à Gyles et à Martha. Ne les jugez pas mal, je vous en conjure, simplement parce que Eva est marrie du départ de Thaddeus. Toutes les jeunes filles du domaine partagent le désarroi de Lady Eleanor. Je les ai vues verser un millier de larmes sur Thaddeus. Nombreuses sont celles qui rêvent secrètement de devenir son épouse. »

Martha caressa la joue de sa fille : « En fais-tu partie, ma douce ?

— Cela m'est passé, Maman, car il ne se satisfera plus de Develish maintenant qu'il a voyagé au loin. Il n'empêche que j'espère de tout cœur qu'il rentrera sain et sauf avec nos bessons. Ils m'ont juré qu'ils ne s'absenteraient pas plus de quinze jours… ce qui prouve que les propos d'Eva ne sont que fable. Ils ne reviendraient pas si Milady les avait bannis du domaine. »

Grâce à l'appui de Gyles et de Martha, le bon sens finit par l'emporter et la langue jalouse d'Eva trouva peu d'oreilles complaisantes. Les mères secouaient la tête en voyant leurs filles chercher à imiter l'égarement de Lady Eleanor et les prévenaient qu'elles n'étaient pas disposées à supporter pareilles sottises. Thaddeus n'avait jamais manifesté le moindre intérêt pour les filles de Develish. Il scrutait l'horizon bien trop souvent pour prendre une compagne sur place. Elles seraient plus avisées de cesser de se ronger les sangs et de chercher un mari ailleurs.

Quant à Lady Anne, elle ne révélait rien de ses pensées. En apparence, elle était aussi posée que d'ordinaire, mais elle supportait mal la compagnie d'autrui. Les manifestations de déférence outrées de Hugh de Courtesmain lui portaient sur les nerfs tandis que les cinq serfs qui composaient son conseil la traitaient avec une solennité si grave pendant leurs réunions qu'il lui était difficile de se confier à eux. Les avis de Thaddeus, toujours exprimés avec calme, leur manquaient, semblait-il, autant qu'à elle.

Thaddeus avait toujours su quand il était opportun de se taire et quand ses conseils étaient les bienvenus. S'il avait à faire connaître une opinion qu'il ne souhaitait pas que les autres entendent, il la mettait par écrit. Lady Anne en faisait autant. Elle avait si rarement besoin de lui expliquer ce qu'elle pensait qu'il lui arrivait de le croire capable de lire dans son esprit. Il anticipait les problèmes aussi rapidement qu'elle et proposait des solutions avant qu'elle ait à les demander.

Il en allait bien différemment de Hugh de Courtesmain et des chefs des serfs, qui attendaient de leur maîtresse qu'elle ait réponse à tout. Une ou deux fois, Lady Anne se surprit à regretter que son mari ne soit plus de ce monde. La vie avait été plus simple quand elle administrait le domaine dans le dos de Sir Richard. Les serfs avaient fait preuve de patience et d'indulgence quand il était leur ennemi et elle leur alliée secrète. Désormais, elle n'avait plus droit à l'erreur. Elle avait accepté d'assumer le rôle de seigneur et ce fardeau pesait lourdement sur ses épaules car elle doutait de ses compétences. Elle gouvernait grâce à la bonne volonté de ses gens, et une unique erreur de jugement pouvait lui faire perdre leur soutien.

Cinq jours après le départ de Thaddeus, Martha Startout lui apporta un pichet d'eau chaude dans laquelle elle avait fait infuser de la camomille, des pommes et des clous de girofle. « Vous avez l'air lasse, Milady. Ce tonifiant vous aidera peut-être. » Martha versa le breuvage dans un gobelet de terre, feignant de ne pas voir les larmes soudaines qui étaient montées aux yeux de Lady Anne. « Vous travaillez trop dur, Milady. Vous n'avez pas un moment à vous de la journée. Vous devriez vous réserver une heure de tranquillité de temps en temps. »

Lady Anne pressa l'arête de son nez entre son pouce et son index. « Je crains que cela ne soit pas possible, Martha. Il n'y a pas dans ce manoir de lieu où s'isoler. » Elle prit le gobelet, remerciant la femme de sa bonté. « Tu ne devrais pas te soucier de moi alors que tu as des sujets de préoccupation plus pressants. Tes fils servent bien Develish et je prie pour eux chaque jour.

— Je le sais, Milady, et je vous en remercie. » La femme fit un pas en direction de la porte avant de se raviser et de se retourner. « Les mères de tous les garçons se réconfortent l'une l'autre. Clara Trueblood a remarqué que Rosa Catchpole et Jenny Buckler se tourmentaient et elle m'a demandé de l'accompagner pour aller les rassurer. Elle dit que l'inquiétude et la solitude sont mieux comprises par ceux qui partagent les mêmes sentiments.

— Clara est fort sage.

— En effet, Milady. Si sage qu'elle n'ignore pas que vous êtes dans la peine, vous aussi. Il ne nous appartient pas, dit-elle, de vous en parler, car vous préférez garder vos sentiments pour vous, mais… » Elle s'interrompit en voyant Lady Anne baisser la tête et poser le bout de ses doigts sur ses yeux. « Voulez-vous que je me taise ? Mes manières trop directes vous offensent-elles ? Gyles ne cesse de m'exhorter à mieux tenir ma langue.

— Non, Martha, j'aime t'entendre parler.

— Nous sommes tous tracassés de vous voir porter seule tout ce poids, Milady. Nos maris font leur possible pour vous conseiller, mais ils sont devenus bien plus indécis depuis que Thaddeus n'est plus là pour les aiguillonner. Quant à maître de Courtesmain, nul ne saurait se fier à lui. » Elle s'interrompit. « En pareilles heures, votre meilleure et plus proche confidente devrait être votre fille… or Lady Eleanor semble plus déterminée que jamais à trouver à redire à tout ce que vous entreprenez. »

Lady Anne esquissa un geste navré, comme pour prendre sur elle la responsabilité de l'hostilité d'Eleanor. « C'est ma faute. Nos façons et nos intérêts sont si opposés qu'elle me croit indifférente, et rien de ce que je puis dire ou faire ne saurait la faire changer d'avis. L'amour de son père lui manque.

— Parce qu'elle l'imagine plus grand qu'il n'était, Milady. Vous avez toujours été la seule à apporter quelque permanence à sa vie. Fut un temps où elle ne vous quittait pas d'une semelle. Je me rappelle qu'enfant, elle vous suivait en sautillant de chaumière en chaumière quand vous veniez nous voir au village.

Elle n'était jamais plus heureuse qu'auprès de vous et en compagnie des serfs. »

Lady Anne se plongea dans ses souvenirs. «J'aurais dû m'évertuer avec plus de force à préserver cela.

— Cela vous a été impossible, Milady. Sir Richard vous a sévèrement punie de l'avoir chassé de votre chambre après ce qu'il a fait à ma petite Abigail, et Lady Eleanor était encore si jeune qu'il n'était pas difficile de détourner son affection. La justice que vous avez rendue à ma famille a fait le malheur de la vôtre, et nous nous en sentons responsables, Gyles et moi.

— Vous avez tort, dit Lady Anne sincèrement. Eleanor ressemblait trop à Sir Richard pour ne pas se rapprocher de lui. Le fardeau qui pèse sur moi est celui de la mort d'Abigail. J'aurais sauvé votre fille si je l'avais pu, Martha.

— Je le sais, Milady, et je vous remercie très humblement des efforts que vous avez faits, mais je me suis tracassée quand vous avez tenu tête à Sir Richard. Je craignais que vous n'ayez pas pris la mesure de la solitude qui serait la vôtre si vous vous faisiez un ennemi de votre mari. »

Les yeux de Lady Anne s'humectèrent à nouveau. «Je n'ai rien perdu, sinon les attentions importunes d'un homme qui me déplaisait.

— Vous avez beaucoup perdu, Milady. Malgré toute la loyauté que vous avez témoignée aux gens de Sir Richard, et malgré toute leur loyauté à votre égard, votre position vous place à l'écart. Vous vous refusez des amitiés trop proches, de crainte de les voir mal interprétées. »

Lady Anne baissa les yeux. « Que voudrais-tu que je fasse différemment ? »

La femme tendit le bras par-dessus la table pour poser la paume sur la joue de sa maîtresse, effleurant sa peau douce de son pouce. « Souciez-vous moins de l'image que vous donnez et laissez-vous aimer comme vos gens voudraient vous aimer. Vous ne perdrez pas leur respect en acceptant les étreintes de ceux qui aspirent à vous consoler. »

Lady Anne songea à la mère qui avait perdu la vie en lui donnant le jour et au père qui avait contracté une maladie mortelle avant qu'elle n'ait atteint ses six ans. Elle n'avait jamais ressenti leur perte aussi douloureusement que sous la tendre caresse de

Martha. L'abbesse de son couvent elle-même ne lui avait pas exprimé aussi ouvertement son affection. Elle posa la main sur celle de Martha dans un geste de gratitude, tout en songeant qu'elle aurait tort de baisser sa garde aussi aisément. Certains fardeaux – ceux sur lesquels on a juré de garder le silence – ne pourront jamais être partagés.

Hugh de Courtesmain s'était écarté du seuil avant que Martha ne prenne congé, mais ce qu'il avait entendu avait suffi à piquer sa curiosité. Plus tard, pendant que Lady Anne surveillait le repas de midi, il consulta le grand livre où étaient consignés les naissances et les décès de Develish.

Abigail Startout, fille de Gyles et Martha
Née à l'été de l'an 1328 – morte à l'hiver de l'an 1338.

Aucune cause de décès n'était indiquée, bien que le trépas d'un enfant fût rare dans ce domaine. Prenant le registre du régisseur pour l'année 1338, il chercha les notes de novembre et décembre. Il lut que l'hiver avait été exceptionnellement humide et que les cas de piétin avaient été fréquents chez les moutons, mais la seule mention d'un Startout figurait le jour de la Noël.

Une petite célébration s'est tenue au village quand Sir Richard a annoncé que Gyles Startout faisait dorénavant partie de sa suite. Pareil honneur est réservé d'ordinaire aux hommes libres.

Hugh commença à sortir au hasard des rouleaux d'archives des étagères qui entouraient la pièce, déroulant les parchemins pour étudier les dates figurant sous les sceaux. Lady Anne l'observa pendant plusieurs minutes depuis l'encadrement de la porte ouverte avant de faire connaître sa présence. Il avait l'air captivé par une lettre de la sœur de Sir Richard, vieille de quinze ans.

Elle se déplaça pour se trouver dans son champ de vision, se félicitant en son for intérieur d'avoir pris la précaution de dissimuler dans le coffre de sa chambre, sous ses robes, les documents qu'elle tenait à mettre à l'abri de sa curiosité. « Que cherchez-vous ? » demanda-t-elle.

Son visage s'empourpra de culpabilité. « À comprendre, Milady. Je connais si mal l'histoire de Develish.

— Vous ne la trouverez pas dans les lettres de Lady Beatrix, monsieur. Il me semble que le seigneur de Foxcote et elle sont venus ici au moment où le père de Sir Richard a acheté ce domaine pour son fils, mais ne sont pas revenus depuis. Que désirez-vous donc savoir ?

— Je me demandais pourquoi Sir Richard s'était établi dans le Dorseteshire alors que les propriétés de sa famille se trouvent dans le Nord, Milady. Sans doute Develish était-il le seul domaine que son père a été en mesure d'acquérir pour lui ?

— C'était le plus éloigné.

— Je ne comprends pas, Milady.

— Sir Richard avait contracté des dettes que sa famille pouvait à peine assumer. En échange de leur acquittement, il a dû renoncer à toute prétention sur les terres du Nord et faire son chemin ici, aussi bien qu'il le pouvait. » L'expression de Courtesmain lui arracha un sourire. « J'imagine que vous allez me demander à présent pourquoi Develish ne croule pas sous les dettes puisque Sir Richard était aussi prodigue.

— En effet, Milady.

— Grâce à ma dot, le domaine est redevenu solvable… comme l'indique clairement cette lettre de Lady Beatrix. Si mes souvenirs sont bons, elle y félicite son frère de ses fiançailles qui résoudront ses problèmes en lui évitant les tracas d'une épouse exigeante. Elle jugeait qu'une jeune héritière éduquée dans l'obéissance était un choix opportun pour son incapable de frère. »

Hugh fut décontenancé, une fois de plus, par la franchise de ses propos. « Lady Beatrix n'aura pas écrit ces mots elle-même, Milady. Elle n'a reçu aucune instruction.

— Vous avez raison. Son frère partageait son ignorance. Une de mes premières tâches d'épouse a été de lui lire les paroles que sa sœur lui avait adressées. Il trouvait divertissant de me faire dire tout haut ce qu'elle pensait de moi. » Son sourire monta jusqu'à ses yeux. « J'ai trouvé cela divertissant, moi aussi.

— Ses termes ne sont pourtant guère élogieux, Milady.

— Peut-être, mais ils ont été fort instructifs, maître de Courtesmain. Lady Beatrix ne faisait que renchérir sur ce que Sir Richard lui avait déjà dit à mon sujet. J'aurais pu perdre cinq ans à essayer de comprendre comment satisfaire mon mari… grâce à cette unique lettre, je disposais de toutes les informations dont j'avais besoin. Il est plus facile de feindre l'obéissance et la docilité que l'amour et l'admiration. »

Hugh s'étonna que Sir Richard ait pu être aussi aveugle à la duplicité de sa femme. L'instruction était-elle à ses yeux un talent si médiocre qu'elle n'était pas à craindre ? « Il n'a pu vous croire docile quand vous l'avez exclu de votre chambre, Milady. Ce n'était pas le geste d'une épouse obéissante. »

Lady Anne lui jeta un regard pensif. « Vous avez collé l'oreille à trop de portes, maître de Courtesmain.

— Ne croyez pas cela, Milady. Je l'ai appris de votre fille. Elle m'a affirmé que son père avait été très affligé par votre détermination à lui interdire votre lit.

— Elle vous a induit en erreur, mentit Lady Anne. Cette séparation était du fait de Sir Richard. Il s'est lassé de mon impuissance à lui donner des héritiers, ce que Lady Eleanor a pris, j'en suis sûre, également plaisir à vous confier. » Elle posa les yeux sur le registre des naissances et des décès resté ouvert sur la table à la notice concernant Abigail Startout. « Souhaitez-vous de moi d'autres éclaircissements ? »

Hugh hésita. Il regretta de n'être pas capable de lire dans les pensées de cette femme aussi aisément qu'elle lisait dans les siennes. « En effet, Milady. Je serais curieux de savoir pourquoi certaines lettres de Lady Beatrix manquent. » Il tendit le parchemin qu'il avait en main. « Cette missive remonte au milieu de l'été de l'an 1333 alors que la suivante date de l'Annonciation de l'an 1335.

— En quoi est-ce surprenant ?

— Lady Beatrix m'avait affirmé écrire à son frère à chaque nouveau début de saison depuis qu'il était devenu seigneur de Develish et il semble que cela soit exact. (Il désigna les étagères du doigt.) J'ai dénombré quatre rouleaux par an, sur vingt ans, à l'exception des six qu'elle aurait dû envoyer dans la dernière moitié de l'année 1333 et pendant la totalité de l'année 1334.

Cela m'intrigue, car cette période coïncide avec celle de votre mariage et de la naissance de Lady Eleanor. »

Lady Anne émit un petit rire. « Sans doute Sir Richard aura-t-il donné ordre à son régisseur de les brûler. Il en avait assez des moqueries de sa sœur parce qu'il n'avait pas été capable d'engendrer un héritier. » Elle s'approcha des étagères. « Voulez-vous que nous cherchions un peu plus attentivement ? Peut-être ces lettres se sont-elles égarées au milieu des parchemins de monseigneur l'évêque à propos d'enfer et de damnation. »

Une lueur de contrariété passa dans les yeux du Français. « C'est *vous* qui vous moquez de *moi*, à présent, Milady.

— En effet, maître de Courtesmain. Vous vous leurrez si vous imaginez découvrir vérité et éclaircissements dans les missives de Lady Beatrix. »

La nuit trouva Eleanor debout devant la fenêtre de la salle de filage, observant le voyage à travers le ciel d'une lune aqueuse, masquée par les nuages. Pieds nus et vêtue de sa seule chemise de nuit, elle tremblait de rage contre sa mère qui l'obligeait à coucher seule dans cette pièce. Le déménagement des servantes contraintes d'aller dormir ailleurs avait provoqué un tel tremblement que tout le monde avait repensé au jour où Sir Richard avait été chassé de la chambre de sa femme, dix ans auparavant. Eleanor était certaine que les langues allaient bon train et que tous se demandaient pourquoi sa fille se voyait désormais infliger le même traitement.

Pendant que ses yeux fiévreux scrutaient l'obscurité, sa fureur ne tarda pas à se diriger contre Thaddeus et ses compagnons. Incapable de se faire le reproche de l'abandon et de la froideur de sa mère, elle les maudissait d'avoir quitté Develish. Le domaine était affreusement morne depuis leur départ, comme si les inquiétudes que suscitait leur sort avaient privé d'entrain tous les habitants. Lady Anne avait ordonné que les jeux soient repoussés jusqu'à leur retour, mais loin d'accuser leur maîtresse ou Thaddeus de gâcher ainsi leur plaisir, c'était à elle, Eleanor en était convaincue, que les serfs en faisaient grief. Elle ne lisait qu'aversion et réprobation sur tous les visages, et sa haine pour Isabella grandissait chaque jour. S'il y avait un être au monde capable de répandre des fables sur elle derrière son dos, c'était la sournoise petite femme de chambre constamment collée à Lady Anne.

Avec un cri de colère, Eleanor se frappa le front contre le mur. Par moments, elle craignait de devenir folle tant sa tête était brûlante et ses idées confuses, car la seule idée qui lui venait quand elle songeait à l'injustice dont elle s'estimait victime était que tout cela était la faute de son père parce qu'il était mort.

Elle avait appris la décision de la tenir recluse dans la salle de filage à son retour au manoir, cet après-midi-là, alors qu'elle avait cherché une fois de plus à convaincre le père Anselm de l'entendre en confession. Le prêtre l'exaspérait à rester enfermé dans son clocher; elle avait beau tambouriner de toutes ses forces contre sa porte et lui hurler de sortir, il faisait le sourd. Elle avait jeté un regard noir à Hugh de Courtesmain lorsqu'elle l'avait surpris sur le seuil de la chambre de sa mère en montant l'escalier dans sa robe brochée d'argent. Elle se défiait de sa langue de vipère autant que de celle d'Isabella.

« Que voulez-vous ? » lui avait-elle demandé.

Il s'était incliné légèrement. « Je vous apporte de bonnes nouvelles, Milady. Votre mère a accepté de vous accorder un peu d'intimité. J'ai fait transporter vos vêtements et autres possessions dans la salle de filage. Vous pourrez y dormir désormais, à l'abri de toute contrariété.

— De quelle contrariété parlez-vous ? avait demandé Eleanor en fronçant les sourcils.

— De la présence de domestiques, Milady. Vous m'avez confié maintes fois que vous trouviez humiliant de partager votre logement avec les ordres inférieurs. Les femmes qui dormaient dans la salle de filage coucheront désormais au rez-de-chaussée. »

Alors qu'il s'attendait à une manifestation de contentement, le pli de son front s'était encore creusé. « Prétendez-vous avoir présenté cette requête en mon nom ? Pourquoi ne m'en avez-vous pas demandé la permission au préalable ? »

Hugh avait éludé la question. « J'espérais que vous seriez satisfaite.

— Peut-être… mais pourquoi Lady Anne m'accorderait-elle une intimité dont elle ne jouit pas elle-même ?

— Parce qu'elle apprécie la compagnie des servantes. Elle l'a toujours appréciée. Vous ressemblez davantage à votre père. »

Il avait compris qu'il avait commis un impair en voyant les yeux de la jeune fille se plisser de méfiance. « Vous vous poussez du col en prétendant connaître mes pensées, avait-elle lancé sèchement. Je n'ai aucune envie d'être seule. Rapportez immédiatement mes effets et réinstallez-moi au côté de ma mère. »

Avec un soupir, Hugh s'était glissé d'un air sévère entre la porte et elle. « Je ne puis, Milady. Cette chambre vous est désormais interdite. C'est un ordre de votre mère. Je cherchais seulement à rendre la situation plus facilement acceptable à vos yeux. »

Le visage d'Eleanor avait soudain pâli. « Quelle explication a-t-elle donnée ?

— Elle juge préférable que vous dormiez seule et m'a demandé de prendre les dispositions nécessaires. »

La peur qui avait envahi les traits de la jeune fille était indéniable, mais il n'avait pas échappé à Hugh qu'elle cherchait à la dissimuler sous un sourire forcé. « Dans ce cas, vous aviez raison tout à l'heure, avait-elle déclaré. On m'accorde enfin un peu d'intimité… comme il sied à la fille d'un seigneur. »

Hugh avait incliné la tête respectueusement. « En effet, Milady. J'avais bien pensé que telle était la raison. » Il l'avait suivie des yeux tandis qu'elle se dirigeait d'une démarche hésitante vers la salle de filage, relevant pour la première fois qu'elle avait beaucoup maigri. Décidément, un mal étrange la rongeait, avait-il songé.

Eleanor mit deux heures à trouver le courage d'aller voir sa mère. Retirant sa robe pour enfiler une de ses cottes abhorrées, elle se présenta modestement à la porte du bureau du régisseur. Comme elle était entrouverte, elle observa Lady Anne durant quelques secondes avant de se manifester. Près de la fenêtre, dos à la pièce, sa mère lisait un morceau de parchemin.

« Que me voulez-vous, ma fille ? » demanda-t-elle sans se retourner.

Sir Richard avait toujours prétendu que son épouse avait des yeux derrière la tête et Eleanor se demanda s'il n'avait pas raison. « Comment saviez-vous que c'était moi ?

— Je le sais toujours, répondit Lady Anne, s'approchant de la table et glissant le parchemin dans son grand livre. Vous avez la même démarche impatiente que votre père. » Elle scruta le visage de sa fille un instant. « Qu'y a-t-il d'assez important pour vous avoir poussée à vouloir m'impressionner en vous revêtant de cette étoffe grossière ? »

Eleanor entra dans la pièce et referma la porte derrière elle. « Pourquoi m'avez-vous bannie de votre chambre, Mère ? Vous ferez ainsi de moi le sujet de bien des clabaudages.

— Vous l'êtes déjà, Eleanor, et par votre faute. Vous avez la voix trop perçante. Vous auriez dû baisser le ton si vous ne vouliez pas que votre soif d'absolution soit connue de tout Develish. »

La jeune fille fut manifestement secouée par cette révélation. Elle n'avait pas imaginé que ses violentes diatribes contre le père Anselm s'entendraient jusqu'à l'extérieur de l'église. « Le prêtre refuse de me parler, dit-elle les yeux humides de larmes. Il vous a entendue proférer des hérésies et croit que je les approuve. »

Lady Anne ne broncha pas. « Vous ne pouvez vous en prendre qu'à vous-même, ma fille. Sir Richard lui-même était assez sensé pour ne pas menacer le prêtre du fouet s'il refusait de l'entendre en confession. Je vous avais dit d'essayer d'être raisonnable. Les gens se demandent ce que vous avez bien pu faire pour être ainsi aux abois. »

Eleanor serra les poings. « Ils se poseront encore plus de questions si vous m'interdisez votre chambre.

— C'est vrai.

— Dans ce cas pourquoi le faites-vous ?

— Parce que vous ne me laissez pas le choix. Votre refus d'assumer la responsabilité de vos actes m'inquiète. Votre comportement empire chaque fois que vous hurlez au prêtre de vous absoudre de votre péché. Vous êtes presque incapable de contenir la fureur que tous, et Isabella plus que quiconque, vous inspirent et je crains fort que vous ne fassiez à nouveau ce que vous avez déjà fait une fois.

— Mais je n'ai *rien* fait, hurla Eleanor. Vous pensez pis que pendre de moi parce que vous me détestez. »

Lady Anne s'approcha d'un coffre disposé sur un côté de la pièce et se pencha pour en soulever le couvercle. « Vous auriez mieux fait de brûler ceci si vous ne vouliez pas qu'on les trouve, dit-elle en sortant quelques vêtements pliés. Il était bien sot de chercher à les dissimuler parmi vos robes alors que vous êtes trop paresseuse pour vous occuper vous-même de vos vêtements. » Elle secoua une robe et une chemise qu'elle posa sur la table. Elles étaient toutes deux souillées de sang. « C'est Jenny Buckler qui me les a apportées. Elle l'a fait par bonté, craignant que vos saignements menstruels ne soient d'une excessive abondance. »

Eleanor s'empara de l'excuse, ainsi que sa mère l'avait prévu. « J'étais gênée, murmura-t-elle. Je ne savais pas ce qui m'arrivait et il m'a fallu me nettoyer comme je pouvais. »

Lady Anne secoua la tête. « Les taches ne sont pas du tout au bon endroit, ma fille. C'est le dos de votre chemise qui devrait être maculé, et non le devant et les manches de la robe. » Elle replia les vêtements et les rangea dans le coffre. « J'ai l'intention de laisser Jacob reposer en paix puisque tel est le désir de Thaddeus, mais je ne puis vous mettre à l'abri des bavardages, Eleanor. C'est à vous d'y faire face. »

Le visage de la jeune fille se marbra de rouge sous l'effet de la colère. Elle ne put imaginer qu'une issue. « C'est votre cher Thaddeus qui a tué Jacob, siffla-t-elle. La seule chose que j'ai faite, c'est bercer ce pauvre garçon mourant contre mon cœur. Ceux qui sont partis avec Thaddeus confirmeraient mes propos s'ils étaient ici. Ils ont tout vu. Pourquoi pensez-vous qu'il les a emmenés, sinon pour éloigner des témoins de son crime ? »

Lady Anne la dévisagea pensivement. « Pour quelle raison ne l'avez-vous pas dit plus tôt ?

— Vous ne m'auriez pas crue puisque Thaddeus vous avait persuadée qu'il s'agissait d'un accident. J'ai essayé de convaincre le père Anselm de vous parler pour moi, mais il est aussi sourd que vous à mes prières. » Les larmes montèrent aux yeux d'Eleanor. « Vous préféreriez encore m'accuser de la mort de Jacob plutôt que d'admettre la culpabilité de votre cher Thaddeus. »

Lady Anne s'approcha de la table pour ouvrir le grand livre et prendre sa plume. « Avez-vous dit la vérité, Eleanor ? Si tel est le cas, il faut que je la consigne ici. »

Eleanor se signa. « J'ai dit la vérité. »

Sa mère plongea sa plume dans l'encre et se mit à écrire. « Alors vous répéterez ces mêmes accusations devant tous les gens de Develish dans une heure, dit-elle calmement. Si Jacob a été assassiné, il faut que tous le sachent et que tous connaissent les noms du criminel qui a commis cet acte et des complices qui l'ont vu faire. Je vais donner ordre que l'on exhume le cercueil de Jacob afin que tous puissent voir la plaie à son flanc, et vous présenterez vos vêtements souillés pour prouver que vous avez été témoin de sa mort et que ce que vous dites est vrai. »

Eleanor recula vers la porte, les yeux écarquillés d'effroi. « Je ne le ferai pas.

— Évidemment, murmura Lady Anne en reposant sa plume. Je m'en doutais. Les mensonges sont beaucoup moins faciles à proférer dès lors qu'on sait qu'ils seront contestés. J'ai demandé aux pères de tous les garçons s'ils savaient où se trouvaient leurs fils cette nuit-là et il n'y en a que deux – Edmund Trueblood et Olyver Startout – qui n'étaient pas chez eux. Peut-être se trouvaient-ils à l'église avec vous, mais les autres n'y étaient pas. » Elle regarda sa fille se débattre avec le loquet tant elle avait hâte de fuir. « Si cela peut vous aider à apaiser votre conscience, je suis prête à croire que Jacob a cherché à vous forcer. Qu'il faut user de violence pour soumettre une femme : voilà à peu près tout ce que son père lui a enseigné. »

Eleanor ne sut cependant pas saisir cette chance de se justifier. Persuadée que sa mère lui tendait un nouveau piège, elle leva le loquet et se précipita dans la grande salle, cherchant à se terrer loin des démons jumeaux de la persécution et de la raillerie qui dardaient leurs regards malveillants depuis tous les visages devant lesquels elle passait.

Le lendemain matin, le père Anselm sursauta d'effroi en voyant une silhouette spectrale se détacher du mur de l'église et s'avancer pour l'empêcher de regagner ses appartements.

Le soleil étant trop bas dans le ciel pour dissiper la pénombre qui régnait dans l'édifice, il ignorait qui il avait en face de lui.

« Vous vous laissez gouverner par votre ventre, mon père, remarqua la voix de Hugh de Courtesmain. J'avais bien supposé que vous iriez chercher de quoi rompre votre jeûne si j'empêchais une servante de vous apporter votre souper hier soir. »

Il avait dû user de malice pour attirer le prêtre hors de son clocher, car il avait eu beau frapper et appeler, toutes ses tentatives de la veille avaient été vaines. Il avait attendu toute la nuit à l'ombre du porche, sans se faire voir du garde de faction sur la marche sud, et sa patience avait été récompensée quand la porte de l'église s'était ouverte à l'aube et que le père Anselm s'était dirigé vers le manoir d'un pas mal assuré. Il avait vu le vieil homme approcher son nez d'une fenêtre de la grande salle pour s'assurer que la voie était libre et avait deviné que la personne qu'il cherchait à éviter était Lady Eleanor.

Ces simagrées l'auraient diverti s'il n'avait été aussi impatient de comprendre pourquoi le père Anselm refusait obstinément de parler à la jeune fille. Il avait imputé cette réticence à la paresse du prêtre, avant qu'Eleanor ne soit chassée de la chambre de sa mère, ce qui laissait entendre que Lady Anne n'avait aucune envie, elle non plus, de converser avec elle. La rumeur disait que Lady Eleanor se languissait d'amour pour Thaddeus et en avait perdu l'appétit. Les servantes n'y voyaient rien d'étrange – le grand serf était le seul homme à lui avoir jamais tenu tête –, mais Hugh avait peine à y croire. Il n'aurait su compter le nombre de fois où Eleanor avait exprimé sa haine pour ce vilain de basse extraction, qu'elle accusait de monter sa mère contre elle.

Convaincu qu'Isabella détenait la vérité, Hugh l'avait interrogée sans détour la veille au soir, cherchant à savoir pourquoi sa jeune maîtresse avait été reléguée dans la salle de filage, mais la petite servante avait feint l'ignorance, lui rendant son regard avec des yeux candides. Il était certain qu'elle mentait – elle était trop proche tant de Lady Anne que d'Eleanor pour ignorer la raison de ce bannissement – et s'était demandé qui lui avait recommandé le secret et pour quel motif. Il n'en était que plus impatient d'élucider ce mystère.

Il était las d'être considéré comme quantité négligeable à Develish, las du refus de Lady Anne de se confier à lui, las de constater que sa défiance déteignait sur l'image que les serfs se faisaient de lui. Tous se montraient courtois, certes, mais aucun ne lui manifestait le respect qu'il estimait lui être dû. Malgré son titre symbolique de régisseur, Hugh n'exerçait d'autre autorité que celle de porte-parole de Lady Anne quand il convenait à celle-ci de se servir de lui comme messager.

Il lui en voulait, estimant qu'il avait maintes fois prouvé sa valeur et sa loyauté au cours des semaines qui s'étaient écoulées depuis la mort de Sir Richard. Dans son esprit, elle était tenue de lui manifester le même respect qu'à Thurkell – de lui confier ses pensées et de rechercher ses conseils –, alors qu'elle ne cessait de le rabaisser. Il décelait un certain amusement sur les traits d'hommes comme John Trueblood et Adam Catchpole quand il leur répétait les instructions de Lady Anne. Ils savaient comme lui que n'importe quel bambin aurait pu retenir les paroles de leur maîtresse et accomplir cette tâche aussi aisément.

De quelle utilité était un régisseur dénué de pouvoir ? Pourquoi l'avoir rétabli dans ses fonctions si elle n'avait pas confiance en lui ? Dans les rares occasions où Hugh sondait son cœur pour y trouver motif à reproche, il se rappelait qu'il avait prodigué courbettes et ronds de jambe à Sir Richard, tout en tournant ouvertement le dos à son épouse insignifiante affublée de vêtements d'étoffe grossière et coiffée d'une guimpe de nonne. Mais aurait-il pu agir autrement alors qu'il devait sa position à son mari ? La faute en incombait à Lady Anne. Elle gardait trop obstinément ses secrets. Comment un nouveau venu aurait-il pu se douter que c'était cette petite femme réservée qui exerçait le vrai pouvoir à Develish et non son extravagant seigneur ?

S'il était une chose que comprenait Hugh, c'était que le savoir était source de pouvoir – il l'avait appris à Foxcote – et pourtant, il avait eu beau consulter les grands livres du domaine et fouiller le bureau du régisseur, il n'avait rien découvert qui pût accroître son influence. Il soupçonnait sa maîtresse de tenir un journal intime, car les rapports qu'elle consignait dans les registres officiels ne pouvaient justifier les longues heures qu'elle passait à la table à écrire du régisseur. Pourtant, il n'en avait pas trouvé trace, pas plus qu'il n'avait pu mettre la main sur les édits et lettres qui avaient manifestement été retirés des étagères où des espaces vacants signalaient l'endroit où ces rouleaux auraient dû se trouver. C'était à croire que Lady Anne s'était méfiée de lui avant même de l'avoir vu, sans doute parce qu'il avait été engagé sur la recommandation de la sœur de Sir Richard.

Le prêtre chercha à passer de force, mais Hugh le défia, croisant les bras et se campant solidement devant lui. Il aurait préféré affronter un père Anselm ivre et se livrant à des confidences débridées, mais après une nuit de sommeil, le vieil homme semblait avoir les idées claires et être extrêmement contrarié de se voir arraché à son clocher sous des prétextes fallacieux.

« Vous perdez votre temps si vous espérez me convaincre d'entendre Lady Eleanor en confession, dit-il sèchement. Elle a l'esprit dérangé. Il faut être insensée pour menacer un prêtre du fouet pour recevoir l'absolution. »

Hugh n'avait pas encore entendu parler de cette histoire de fouet, mais elle ne suffisait pas à justifier la réticence du père. « Vous ne devriez pas prendre ses propos aussi à cœur, mon père. Lady Eleanor nous menace tous quand elle est en colère. Elle ne connaît pas d'autre manière d'arriver à ses fins. Ses paroles sont certainement plus révélatrices du besoin qu'elle a de votre réconfort que d'une réelle volonté de vous nuire. »

Les yeux du vieil homme étincelèrent de colère. « Êtes-vous ici sur ordre de Lady Anne ? Sont-ce là les paroles qu'elle vous a demandé de prononcer ? Ose-t-elle accuser l'Église d'hypocrisie pour supplier ensuite un prêtre d'arracher sa fille aux démons ? Vous ne vous rendez service ni auprès de moi ni auprès de Dieu en l'autorisant à vous utiliser ainsi, maître de Courtesmain. »

Hugh dissimula soigneusement sa surprise. *Hypocrisie ? Démons ?* « Si Lady Anne vous a outragé, je n'en ai eu nulle connaissance, dit-il prudemment. Et je vous prie d'accepter mes excuses si j'ai fait de même par méprise. Je suis un homme de foi, vous le savez, et n'aurais jamais l'idée de pécher contre mon Créateur, fût-ce par accident. »

Mais le père Anselm n'était pas d'humeur à écouter des fables. « Retournez auprès de Milady et recommandez-lui d'apaiser la déraison de sa fille avec des herbes avant de demander à l'Église d'intervenir. Je ne puis rien pour Lady Eleanor tant qu'elle demeure dans cet état de démence. Cette fille se pâme chaque fois que la colère lui échauffe la cervelle.

— Vous parlez d'elle comme si elle était possédée.

— Cela n'aurait rien d'étonnant avec une mère hérétique et un père inhumé en terre non consacrée. Puisque Lady Anne en est responsable, qu'elle y porte elle-même remède. Elle a provoqué l'égarement de sa fille à force de blasphémer contre Dieu et de railler l'Église et Sir Richard. »

Hugh tira de ces déclarations les conclusions qu'il pouvait. « Vous pensez que Dieu punit Lady Eleanor parce que sa mère a blasphémé ? Quand cela s'est-il passé, mon père ? »

Le prêtre n'avait nulle envie de lui répondre. Il profita de sa corpulence supérieure pour écarter le Français d'une brusque bourrade. « Develish porte bien son nom depuis que Sir Richard l'a fait venir ici comme jeune épouse, grommela-t-il en soulevant le loquet de sa porte et en poussant le battant. Seul Satan est capable de tourner en dérision les lois divines en apprenant aux serfs à se croire les égaux des seigneurs. Lady Anne a détruit sa fille en agissant ainsi. Qu'elle en affronte les conséquences. »

Il entra et s'apprêtait à refermer la porte derrière lui quand Hugh glissa son pied contre le chambranle. « Dites-vous que des serfs sont responsables de l'esprit troublé de Lady Eleanor ? Lesquels ? Et quel tort lui ont-ils fait ? Songez-vous à Thaddeus Thurkell ? Elle éprouve une aversion singulière à son endroit depuis que Lady Anne l'a appelé à travailler à son côté.

— Et elle a bien raison, approuva le vieil homme sèchement, signalant son intention de claquer la porte contre le cuir souple de la botte de Hugh. Quelle place reste-t-il à Lady Eleanor en ce bas monde si un vilain lui-même se voit encouragé à se tenir pour son égal ? »

Dix-huit

Le campement de Thaddeus au bord de la Pedle

Dans la semaine qui suivit l'établissement de leur campement, les garçons s'occupèrent des chevaux et piégèrent des lapins et des écureuils à mettre à la marmite pendant que Thaddeus disparaissait plusieurs heures d'affilée pour essayer d'amasser toutes les informations possibles sur les villages qui les entouraient. N'ayant le désir ni de pénétrer dans un domaine, ni de révéler sa présence avant qu'il n'y fût prêt, il allait à pied et préférait observer chaque établissement humain de loin, sans quitter le couvert du bois. Il parcourait ainsi des lieues, tant pour inspecter les domaines depuis différents angles que pour dessiner en esprit une carte des routes et des sentiers qui les reliaient. Tous les soirs, il repoussait les supplications des garçons qui voulaient l'accompagner le lendemain matin, leur expliquant qu'il serait insensé de mettre toutes leurs vies en danger à cause de la pestilence aussi longtemps que ce n'était pas nécessaire.

La vérité était tout autre. Ils n'auraient pas supporté le spectacle qui s'offrait à ses regards et il se demandait comment il avait pu imaginer que des garçons aussi jeunes puissent prendre la place de leurs pères. Gyles lui-même, qui avait soigné Sir Richard pendant son agonie, aurait reculé devant le cadavre à demi dévoré gisant au bord d'une route qui se dirigeait vers le sud-est de la Pedle. Thaddeus avait été alerté par l'odeur, mais sa retraite précipitée ne lui avait pas épargné la vision déchirante d'entrailles ouvertes. Là où les hommes mouraient, les charognards pullulaient.

En huit jours, il n'aperçut qu'un être vivant : un moine à genoux devant une porte d'Athelhelm, vomissant du sang et de la bile dans la poussière. Sous son capuchon, son visage était convulsé de douleur, et Thaddeus devina qu'il était aussi gravement atteint que ceux qu'il soignait. L'homme se releva pourtant pour répondre aux voix qui lui adressaient des cris suppliants depuis l'intérieur des maisons. Conscient qu'il serait incapable d'en faire autant, Thaddeus ne put que se demander pourquoi pareil saint méritait une mort aussi abominable.

À cent pas, l'odeur douceâtre, écœurante de la corruption qui émanait du village d'Athelhelm envahissait ses narines. La même puanteur régnait à Afpedle. Thaddeus estima que le village avait jadis abrité jusqu'à quatre cents serfs paysans, mais la seule trace qui restait d'eux était les miasmes prégnants et omniprésents de la mort. Il avait beau chercher à fermer son esprit aux atrocités dont il était témoin, elles ressurgissaient dans ses rêves. La plus obsédante était l'image d'un nourrisson déchiqueté par des chiens, car il ignorait s'il était mort quand les bêtes l'avaient arraché à son berceau. Les tressautements de ses bras minuscules secoués par les puissantes mâchoires lui donnaient l'apparence de la vie.

Il retournait tous les soirs au campement à travers la brume, sa besace bourrée d'herbes, de vesces et de haricots pour leur repas. Il ne disait jamais aux garçons où il les avait trouvés, mais ils se doutaient bien qu'il les volait dans les lopins des paysans. Ils en vinrent ainsi à soupçonner que les domaines environnants étaient dépeuplés, car jamais un étranger n'aurait pu dérober de la nourriture au nez et à la barbe des serfs qui travaillaient dans leurs champs. Des clameurs auraient accompagné Thaddeus jusqu'à leur campement et pas plus ses compagnons que lui n'en seraient sortis indemnes.

Pour occuper les garçons pendant ses absences, il leur ordonna de s'exercer au tir à l'arc sur la bande de gazon vert qui poussait sur la rive, les incitant à tirer des volées de flèches de plus en plus longues. Ian était chargé de maintenir l'ordre, et il n'était pas rare qu'il doive faire usage de ses poings pour y parvenir. À la fin de la semaine, alors que leur exaspération menaçait de déborder, les garçons supplièrent Thaddeus de leur confier une tâche utile.

« Nous nous ennuyons tellement ! C'est à devenir fous, soupira Ian. Comment veux-tu que nous t'aidions à trouver des provisions pour Develish si nous ne mettons jamais le nez à l'extérieur de ce camp ? »

Thaddeus acquiesça, tout en se demandant s'ils conserveraient leur santé mentale quand il leur aurait exposé la première tâche qu'il attendait d'eux. Maintes folies étaient pires que celle de l'ennui.

Il les invita à se rassembler autour du feu encore éteint et entreprit de leur décrire tous les établissements humains qui les entouraient. Le plus grand domaine était celui qu'il pensait être Afpedle, qui se trouvait sur la berge opposée de la rivière à un peu moins d'une demi-lieue au sud-ouest. Il avait dénombré environ trois cents moutons sur les prairies et les pâturages, mais le village était inhabité. La situation était la même dans le village de l'est, dont il ignorait le nom. Il était très différent de Develish et d'Afpedle. Des bâtiments de deux étages se dressaient parmi les huttes en colombages et en torchis, et presque toutes les portes étaient munies de cadenas. Aucune construction n'avait l'air d'être un manoir, bien que de vastes étendues de terre autour des habitations aient été défrichées et cultivées. Du bétail avait dû occuper les prairies proches de la rivière car il y avait du fumier partout, et pourtant le village n'abritait désormais pas plus de bêtes que d'hommes. Thaddeus le décrivit comme un lieu sans vie, car on n'y apercevait même pas de vermine. À une demi-lieue plus au nord en revanche, il avait repéré un domaine qui comportait une grande demeure de pierre, une église, une poignée de chaumières de serfs et qui était littéralement infesté de rats.

Edmund frémit de dégoût. « Je *déteste* les rats.

— Tu ferais mieux de t'y habituer parce qu'il y en a partout, répliqua Thaddeus sans une once de pitié. Je n'en ai jamais vu autant – ni d'aussi hardis. Ils se nourrissent du grain qu'ont laissé les paysans qui ont fui ou qui agonisent. » Il pointa le menton en direction de l'ouest. « Il y a un autre village à une demi-lieue dans ce sens. Je pense que c'est Athelhelm parce qu'il sc trouve au débouché du ruisseau du Diable, et qu'il y a un gué là où la route conduisant à Afpedle franchit la rivière. Il est encore habité, mais la plupart des gens m'ont paru sur le point de mourir.

— Comment le sais-tu ? demanda Ian.

— J'ai consacré une journée à observer un moine passer d'habitation en habitation. Il s'est attardé longuement à l'intérieur de chacune, apportant du réconfort à ceux qui s'y trouvent. Il m'est arrivé d'entendre des cris provenant des maisons.

— As-tu parlé au moine ? »

Thaddeus secoua la tête. « C'est à peine s'il tenait debout. Je suppose qu'il est lui-même atteint du mal.

— Avait-il des pustules? demanda Peter, les yeux brillant d'une curiosité malsaine.

— S'il en a, elles étaient dissimulées sous son capuchon. Que cela nous apprenne à éviter tous ceux qui se couvrent la tête. Il n'est pas impossible que les gens d'Athelhelm aient été épargnés par le mal jusqu'au jour où ils ont accordé la charité à un frère mendiant.

— Et s'il poursuit sa route jusqu'à Develish? s'inquiéta Joshua.

— Il n'ira pas aussi loin, répondit Thaddeus. Il mourra au bord du chemin comme un cadavre que j'ai aperçu à l'est. » La mine des garçons lui arracha un sourire lugubre. « La mort est tout autour de nous. Le moine est le seul être vivant que j'ai vu et il est plus dangereux pour nous que pour Develish. Tout Athelhelm est dangereux.

— Pourquoi ? demanda Ian.

— Nous ne pouvons pas éviter d'y passer si nous voulons mener des moutons ou un chariot de grain d'Afpedle à Develish. » Il lissa de sa botte les cendres froides du feu de la veille. « Voilà comment se présente le pays qui nous entoure. Je l'ai observé depuis chaque extrémité de la crête qui se trouve derrière nous et j'ai suivi chaque route dans les deux sens sur plusieurs lieues. » Il prit un bâton et se servit de sa pointe pour dessiner un creux dans la cendre. « Voici Develish (il traça une ligne droite jusqu'à un autre creux), et voici le gué d'Athelhelm. Le cours d'eau coule d'ouest en est (il indiqua une autre ligne perpendiculaire à la première), avec Afpedle ici et la route qui en sort et se poursuit vers le sud.

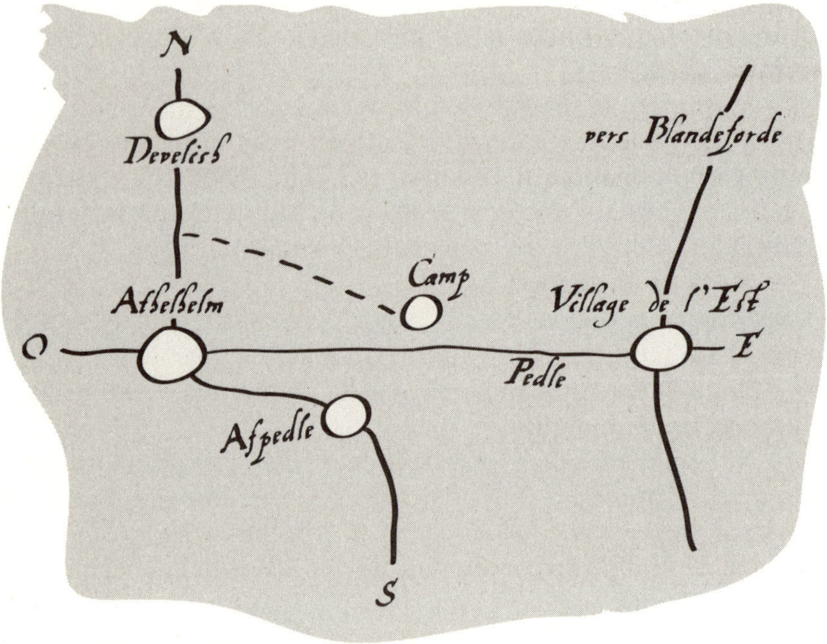

— Et le village de l'Est? demanda Olyver. Il n'y a pas de gué là-bas? Où va cette route? »

Thaddeus forma un autre creux qu'il entoura de deux lignes, une au-dessus, l'autre au-dessous. « Au nord comme au sud, la route dessine une courbe vers l'est. Je ne sais pas où elle mène en direction du sud, mais je pense qu'elle doit rejoindre Blandeforde au nord. »

Les garçons observèrent les formes géométriques qu'il traçait. « Peut-être que toutes les routes mènent à Blandeforde… la nôtre aussi, suggéra Edmund. C'est sûrement un endroit important si son seigneur possède des terres sur plusieurs lieues à la ronde. »

Le naturel anxieux de Joshua se lisait sur son visage. « Nous serions fous de nous en approcher avec un chariot et des moutons volés, fit-il remarquer. Il doit y avoir des baillis partout. »

Thaddeus le dévisagea avec amusement. « Il faudrait commencer par pouvoir voler un chariot. Pour le moment, je ne vois pas comment y parvenir ; et je ne parle même pas de voler du bétail.

— Tu disais qu'il ne reste personne à Afpedle.

— C'est l'impression que j'ai eue, acquiesça Thaddeus, mais cela ne veut pas dire que ce soit vrai. La maisonnée a pu se retirer derrière les murs du manoir, et emporter charrettes et provisions. » Il s'interrompit, cherchant à visualiser le domaine. « Il y a bien trois cents moutons qui paissent sur les communaux, mais il est impossible d'aller les chercher sans passer par le village.

— Et alors ? demanda Ian. S'ils se sont tous réfugiés derrière les murs du manoir, ils n'en sortiront pas, de peur d'attraper la pestilence. Nous serons libres de prendre ce que nous voulons. »

Thaddeus réfléchit à la visite qu'il avait faite à Afpedle le jour même. Il avait espéré que les chiens avaient disparu, ne trouvant plus à se rassasier sur place. « Le seigneur d'Afpedle n'a pas pris les mêmes dispositions que nous. Il a peut-être fermé ses portes pour se mettre à l'abri du mal noir, mais il n'a pas cherché à sauver ses serfs paysans.

— Comment le sais-tu ?

— Les chiens se disputent les cadavres dans les chaumières. L'odeur de mort est épouvantable. En certains lieux, là où les portes sont grandes ouvertes, on aperçoit des vêtements déchiquetés et des chiffons ensanglantés qui traînent par terre. Les corbeaux et les rats sont partout, et la nuit venue, je suppose que les renards et les blaireaux s'y ajoutent. »

Un silence apeuré accueillit ses propos.

Thaddeus avait les yeux rivés sur la cendre. « Je n'arrive pas à m'expliquer cela. Quand Gyles soignait Sir Richard, un cavalier qui passait sur la route lui a crié que le mal avait tué cinquante personnes à Afpedle, et pourtant ces chaumières ont dû être habitées jusqu'à une date récente. Autrement, la puanteur ne serait pas aussi effroyable. »

Olyver fut le premier à retrouver sa voix. « Qu'est-ce que tu ne comprends pas ?

— Pourquoi tous les habitants d'Afpedle ne sont pas morts en même temps.

— Certains étaient peut-être aussi vigoureux que Gyles et ils auront survécu, suggéra Edmund.

— Mais alors pourquoi ont-ils succombé deux mois plus tard ? demanda Thaddeus. Il doit y avoir un autre moyen d'attraper la pestilence qu'en respirant le même air qu'une personne infectée.

— Ils sont peut-être morts d'autre chose, remarqua Ian. Des maraudeurs ont pu les tuer.

— Pour leur prendre quoi ? »

Le garçon haussa les épaules. « Du grain ? »

Thaddeus secoua la tête. « Des serfs ne sacrifieraient pas leur vie pour un sac de blé alors qu'aucun des champs qui les entourent n'a été entièrement moissonné. »

Joshua leva une main hésitante. « Tu as demandé à Gyles de retirer ses vêtements et de traverser le fossé à la nage tout nu car tu craignais qu'il ne transporte la maladie sur sa peau ou ses cheveux, rappela-t-il à Thaddeus.

— Je ne l'ai fait que pour vous convaincre qu'il allait bien. Autrement, certains auraient pu croire qu'il dissimulait les marques de la pestilence.

— L'eau a peut-être été utile, tout de même. Lady Anne dit toujours qu'il est bon de se laver. »

Thaddeus porta les yeux de l'autre côté de la rivière, le front creusé d'un profond pli. Il se rappela que Gyles s'était baigné dans le ruisseau du Diable après avoir enterré Sir Richard et les deux autres, morts peu après. Il avait demandé à Thaddeus des vêtements de rechange, expliquant qu'il ne pouvait se défaire de l'impression qu'il portait toujours sur lui la souillure des cadavres. Il avait allumé un feu pour brûler sa livrée, sa tunique et ses hauts-de-chausses et ne s'était estimé propre qu'après avoir raclé sa barbe et s'être coupé les cheveux assez court pour pouvoir les frictionner à la potasse et à la soude.

Thaddeus regrettait de n'avoir pas eu la bonne idée de demander à Gyles quelle forme prenait cette « souillure » au lieu de se tenir à distance et de lui marmonner des paroles de compassion. Il l'avait interrogé bien des fois sur la manière dont la peste était entrée à Bradmayne, mais tout ce que le père des jumeaux avait pu lui dire était que bien qu'il n'y eût lors de leur arrivée pas le moindre indice de maladie, on déplorait déjà plus de soixante-dix morts quand ils étaient repartis neuf jours plus tard. Les serfs du village avaient été les premiers touchés, mais la maladie s'était rapidement répandue dans la demeure du seigneur de Bradmayne.

Lady Anne avait elle aussi interrogé Gyles après son retour à l'intérieur de l'enceinte. Sir Richard n'avait-il absolument pas entendu parler de ce mal au cours des deux journées de trajet jusqu'à Bradmayne ? Le seigneur de Bradmayne en ignorait-il tout ?

Gyles n'avait pu répondre ni pour l'un ni pour l'autre, mais il avait pu assurer que pour sa part, il n'avait pas eu vent de maladie meurtrière en cours de route. Il avait compris en moins d'une semaine qu'il se passait quelque chose d'inquiétant au village de Bradmayne, mais ses mises en garde au capitaine d'armes de Sir Richard avaient été ignorées. Sir Richard passait ses journées à festoyer et à jouer, et aussi longtemps que le vin et la bière avaient coulé à flots, nul ne s'était soucié du sort des paysans.

« Pour quel motif Sir Richard s'est-il décidé à dessaouler et à partir ? avait demandé sèchement Lady Anne.

— Le promis de Lady Eleanor a été le premier de la maisonnée à être atteint, Milady. Sir Richard n'a pas eu envie de leur remettre la dot quand il l'a découvert. Nous sommes repartis dans l'heure, en remportant l'or.

— Sir Richard était-il malade en cet instant ?

— Je ne saurais vous le dire, Milady. Il s'est plaint de maux de tête après une nuit de halte à Steynsford, mais il les a imputés à ce qu'il avait bu au petit matin. La plupart de ses hommes d'armes avaient la fièvre. Trois n'ont jamais quitté Bradmayne, et cinq étaient trop faibles pour rester à cheval le deuxième soir.

— Que sont-ils devenus ?

— Nous les avons laissés avec le chariot près de Pedle Hinton, Milady. Sir Richard craignait qu'on ne lui donne pas de lit pour la nuit s'il avait des malades dans son entourage.

— Mais il n'a pas eu de scrupules à se prétendre en bonne santé ?

— Non, Milady. Il aurait agi de même ici si vous ne lui aviez refusé l'entrée. En vérité, cela n'a rien changé pour Pedle Hinton. Le mal s'y trouvait dès avant notre arrivée. » Gyles avait agité la main d'un geste las. « Je regrette de ne pas pouvoir vous être d'un plus grand secours, mais je ne m'explique pas comment cette plaie se répand et tue aussi promptement. Quand nous avons traversé la ville de Dorchester à l'aller, les rues étaient noires de gens qui vendaient leurs marchandises au marché. Onze jours plus tard, les portes étaient barricadées et les volets fermés, et les rares serfs que nous avons vus ont pris leurs jambes à leur cou de frayeur. De toute ma vie, je n'ai vu pareille dévastation se produire en aussi peu de temps. »

Rien dans les propos de Gyles n'avait conduit Lady Anne ou Thaddeus à penser que cette pestilence était différente d'une autre maladie, sinon par sa virulence et son pouvoir meurtrier. Lady Anne avait appris dans son couvent que la petite vérole et les fièvres s'attrapaient par le contact avec les malades et elle avait prouvé maintes fois qu'isoler ces derniers, qu'il s'agît de moutons ou d'humains, ralentissait la propagation du mal. Son esprit n'en était pas moins resté troublé. Comme Gyles, elle n'avait jamais entendu parler de maladie capable de parcourir les routes aussi rapidement ou de tuer autant de gens en même temps. Si Melcombe n'avait pas été situé au sud-ouest de Develish et si les chaudes brises d'été n'avaient pas soufflé depuis cette direction, Thaddeus et elle auraient eu tendance à en attribuer la responsabilité au vent. Mais les jours passant et personne à Develish ne succombant à la peste, cette crainte les avait quittés. Thaddeus s'était demandé si Gyles ne s'était pas trompé en calculant le nombre de morts.

« Des portes barricadées et des volets fermés pouvaient aussi bien dissimuler des vivants, Milady. Il faudrait être insensé pour s'aventurer hors de chez soi alors qu'une maladie meurtrière sévit au-dehors. »

Lady Anne avait secoué la tête. « Le messager de Sa Grâce a parlé de plusieurs centaines de morts à Melcombe. Si je croyais cela possible, je dirais que des gens bien portants ont dû transporter la maladie de domaine en domaine – des marchands et des colporteurs vendant leurs articles, peut-être –, mais comment pourraient-ils infecter autrui sans être eux-mêmes atteints du mal ?

— Sir Richard a chevauché deux jours avant que son corps refuse de le porter, lui avait rappelé Thaddeus. Un marchand peut être suffisamment robuste pour voyager une semaine avant de s'effondrer.

— Tout en sachant qu'il est malade? Un homme peut-il être aussi indifférent à la vie d'autrui, Thaddeus?

— Je doute que les marchands ou les colporteurs aient votre savoir, Milady, avait-il répondu. La plupart croiront ce que l'Église leur dit : que le don de vie ou de mort est entre les mains de Dieu, et non entre les leurs. »

Cependant, à force d'y réfléchir, Thaddeus en était venu à se demander si Lady Anne n'avait pas raison. Il avait observé les gens qui passaient sur la route dans les premiers jours de cette plaie, s'attendant à ce que certains s'effondrent de faiblesse au bord du chemin, sous l'emprise de la maladie. À son grand soulagement, cela n'avait pas été le cas et il avait supposé que seuls les gens bien portants voyageaient pour aller se mettre en lieu sûr, jusqu'au moment où il avait demandé à Gyles où se trouvait Shafbury, car c'était un des lieux cités par le seigneur de Bourne. À deux journées de cheval vers le nord, lui avait répondu Gyles, sur la route qui traversait Develish.

Thaddeus avait fini par renoncer à résoudre cette énigme. Qu'un homme pût être en bonne santé tout en transportant la maladie sur lui dépassait son entendement. Comment était-ce possible? Où le mal pouvait-il se dissimuler? Quel aspect présentait-il? De temps en temps, il se surprenait à nourrir l'idée périlleuse que l'explication la plus raisonnable ne pouvait être que celle de l'Église – que Dieu décidait qui serait atteint – et il aurait pu finir par y croire si un habitant de Develish avait péri. Pourtant, les jours s'étaient transformés en semaines, et personne n'avait été atteint. C'était comme si l'exclusion du monde qu'ils s'imposaient repoussait toutes les maladies, et pas seulement cette pestilence.

Il repensa à tout cela en entendant Joshua évoquer ce que Lady Anne disait de la propreté. Elle avait été encore plus exigeante en matière d'hygiène depuis que tous les gens de Develish étaient rassemblés à l'intérieur des douves, affirmant que la présence d'autant de monde dans un espace aussi restreint pouvait être grosse de dangers. Du temps qu'elle était arrivée à Develish, certains s'étaient divertis de ses idées. Elle avait exhorté les mères à épouiller leurs enfants et les pères à interdire à leurs familles d'uriner et de déféquer où l'envie les prenait. Ce despotisme en avait offusqué beaucoup qui estimaient que c'était grande audace pour une jeune femme sans expérience de la vie que de prétendre en remontrer à ses aînés.

Mais le temps passant, tout le monde avait pu se convaincre du souci sincère qu'elle avait du bien-être des gens de son mari – bien plus grand que celui de Sir Richard – et avait commencé à trouver que ses propos avaient du bon. Ils ne pouvaient pas nier que la santé de leurs enfants s'était améliorée sous sa tutelle et que l'aménagement de latrines publiques loin du village avait mis fin aux épidémies de nausées et de selles liquides qui avaient si souvent affligé le domaine par le passé. Thaddeus lui avait demandé un jour pourquoi elle redoutait les déjections humaines au point de ne même pas permettre qu'on les jette dans le ruisseau du Diable. N'était-ce pas ce que tout le monde faisait ?

« Si, en effet, avait-elle admis. Et pourtant, peu accepteraient de boire d'un pichet contenant les excréments d'autrui. La Bible nous dit que Moïse a appris aux Israélites à rester propres de corps et d'esprit, leur expliquant qu'il fallait enterrer leurs déjections à bonne distance de leurs établissements. Ces règles leur ont été fort utiles pendant leurs longues errances dans le désert. Ils sont restés un peuple robuste et ont trouvé le chemin de la Terre promise. Nous serions bien avisés de tirer les leçons de leurs expériences. »

Thaddeus avait perdu le compte du nombre de fois où Lady Anne avait cité les Écritures pour prouver qu'elle avait raison. Il s'en étonnait, alors qu'elle argumentait avec tant de force contre les enseignements de l'Église. En grandissant, il avait compris qu'elle établissait une distinction entre ce qu'elle lisait dans la Bible et ce qui était prononcé en chaire. Lorsqu'il eut acquis suffisamment bien l'art de la lecture, elle recopia pour lui les paraboles de Jésus en anglais et lui demanda de les lire attentivement et de se demander si le dessein de Dieu était véritablement que les pauvres souffrent afin que les riches puissent vivre dans le luxe.

Il se surprit alors à imaginer son visage, souhaitant qu'elle fût à ses côtés pour le faire bénéficier de sa sagesse. « Des immondices humaines traînent partout à Afpedle, dit-il aux garçons.

Le bruit le plus sonore est le bourdonnement des mouches. Les chiens se nourrissent d'excréments devant les maisons. À mon sens, ils doivent transporter la pestilence sur leurs dents. »

Le silence qui suivit s'éternisa. Tous les garçons regrettaient d'avoir protesté parce qu'ils devaient rester enfermés au camp. Se lasser des exercices de tir était une chose, s'aventurer dans un monde d'une indicible horreur en était une autre.

« Alors que faut-il faire ? demanda finalement Ian. Rentrer à Develish les mains vides ?

— Tout dépend du degré de brutalité que vous êtes disposés à exercer, répondit Thaddeus. La méthode la plus rapide pour nettoyer ces villages est de leur infliger ce que le seigneur de Bourne a infligé au nôtre et de les brûler de fond en comble. Les charognards partiront aussitôt que tout sera réduit en cendres. »

L'inquiétude de Peter se lut sur ses traits. « Tu disais qu'il restait des vivants à Athelhelm, objecta-t-il.

— C'est vrai, acquiesça Thaddeus sans manifester la moindre émotion, et il nous reste à espérer qu'ils seront trop malades pour quitter leurs lits quand nous embraserons leurs chaumes. » Il prit du petit bois pour allumer un nouveau feu sur les cendres de la veille. « Autrement, ils mourront dehors, sur la route, et il ne faudra plus espérer faire traverser Athelhelm à des moutons. »

Il se dirigea vers les berges, en aval du campement, et ôta ses bottes pour entrer dans l'eau. Il entendait les voix animées des garçons au loin, mais ferma délibérément l'oreille à la querelle qui les opposait. Il ne voulait pas savoir ce qui était dit, ni par qui. Il fallait qu'ils prennent leur décision tout seuls, sans influence de sa part, afin qu'ils ne puissent l'accuser ensuite de leur avoir forcé la main.

La brume qui descendait tous les soirs lorsque l'air fraîchissait dans la vallée glissait à la surface de l'eau comme de la fumée. Le fleuve, bien plus large que le ruisseau du Diable, grouillait de poissons, mais les garçons n'arrivaient pas à en attraper dans la journée. Thaddeus espérait être plus chanceux au crépuscule. Chatouiller les truites pour les endormir était l'un des rares talents que son beau-père, Will, lui avait appris au fil des ans. Soucieux de se réserver la chair rose de ce poisson, Sir Richard punissait du fouet quiconque en volait dans le ruisseau du Diable, mais rares étaient ceux qui tenaient compte de cette interdiction. Quand la nourriture était rare, la promesse d'un repas l'emportait sur la crainte du fouet.

Will avait su comme peu d'autres faire glisser ses doigts délicatement de la queue jusqu'aux ouïes, sans que Thaddeus comprenne jamais pourquoi. Il fallait de l'attention pour repérer un poisson sous le couvert végétal et de la patience pour l'apaiser et le mettre en transe, or Will ne possédait aucune de ces qualités dans la vie quotidienne. Il était capable de s'avancer dans l'eau comme un spectre sans provoquer la moindre ride ou de rester allongé pendant des heures sur la rive à attendre qu'une truite sorte de sa cachette, bien qu'il lui fût impossible de garder son sang-froid une demi-minute en aucune circonstance. C'était étrange.

L'eau était plus chaude que l'air, ce qui expliquait la formation de brume. Au bord, elle n'arrivait qu'aux genoux de Thaddeus, et il s'immobilisa quelques minutes, laissant la vase soulevée par ses pieds se déposer. La crainte que l'eau ne pût transporter la peste l'avait quitté. Ils étaient en aval d'Athelhelm et cela faisait plusieurs jours qu'ils buvaient à la rivière sans qu'aucun d'eux ne présente le moindre trouble.

Tout près, il entendit le bruit d'un campagnol d'eau qui plongeait depuis son nid, apparemment indifférent ou aveugle à la présence humaine. Will lui avait appris que les truites s'orientent toujours face au courant quand elles se reposent sous la végétation de la berge, et il commença à remonter lentement vers le camp, tâtonnant du bout des doigts à la recherche du frémissement d'une queue ou du contact doux et soyeux d'un ventre. Il en laissa échapper trois par maladresse avant d'en attraper une, la sortant de l'eau par les ouïes, et la jetant assez loin sur la rive pour qu'elle ne puisse pas rejoindre l'eau à force de soubresauts. Alors qu'il attendait que le poisson cesse de s'agiter, il eut plus de mal à rester sourd aux voix insistantes des garçons.

« Cela me semble pourtant évident, disait Ian. Si la seule façon de mener des moutons d'Afpedle à Develish est de brûler les malades d'Athelhelm, eh bien, il faudra nous y résoudre.

— Dis ce que tu veux, rétorqua Joshua avec colère. C'est un meurtre, et je refuse de m'en rendre coupable.

— Ils mourront de toute manière, lui rappela Edmund.

— Tu n'en sais rien, observa Peter. Tu ne sais rien à propos de ce mal. Aucun de nous ne sait rien. Sans doute peut-on en être atteint et vivre tout de même.

— Et peut-être pas.

— Dans ce cas, il vaudrait mieux attendre qu'ils soient tous morts avant de faire quoi que ce soit.

— Et comment le saurons-nous ? demanda Olyver avec bon sens. Projetez-vous, Joshua et toi, de fouiller chaque maison pour vous assurer que nous ne réduisons que des cadavres en cendres ?

— Même cela, nous ne devrions pas le faire, objecta Peter. L'Église interdit qu'on brûle les corps.

— Nous irons en enfer quoi que nous décidions, se lamenta Joshua.

— À moins que nous ne retournions à Develish pour y mourir de faim avec les autres, rétorqua Ian. Dieu jugera sûrement que nous sommes d'excellents garçons si nous nous sacrifions, nous et nos familles, à la place de quelques cadavres à demi dévorés par les chiens.

— Tu ne devrais pas parler de la sorte.

— Pourquoi ? Crois-tu que Dieu m'écoute ? » On entendit le bruit d'une bûche jetée dans le feu. « Thaddeus a l'air certain qu'il ne reste pas âme qui vive à Afpedle. Je pense que nous devrions commencer là-bas, pour voir si sa méthode est efficace. Dans le cas contraire, si les chiens et la vermine y sont toujours et que nous ne pouvons pas voler les moutons, il ne servira à rien d'incendier Athelhelm.

— Et si des gens sont encore vivants à l'intérieur du manoir ? Ils nous verront faire.

— Ils nous en seront reconnaissants. Il ne doit pas être très plaisant de regarder des chiens déchiqueter des cadavres. Imagine que nous ayons dû le faire. Tu aurais certainement reconnu les vêtements de ta mère traînés hors de chez toi, tu ne crois pas ?

— Tu as l'esprit pervers, lança Joshua.

— Et toi, tu marches les yeux fermés, répliqua Olyver à la place de son jumeau. Tu es déjà en enfer ; simplement, tu ne le vois pas.

— Laisse, intervint Edmund. Ian, toi et moi, nous accompagnerons Thaddeus. Joshua et Peter n'ont qu'à rester ici. De toute manière, il faut quelqu'un pour surveiller les chevaux et garder le camp. »

Thaddeus caressa délicatement un flanc du bout des doigts. Ils glissèrent jusqu'au ventre du poisson et s'approchèrent des ouïes par de doux frôlements. L'animal était long et gras, et Thaddeus l'entoura de son autre main pour le sortir de l'eau. La truite lutta énergiquement. C'était une grand-mère qui n'avait pas envie de mourir et Thaddeus éprouva un pincement de remords en lui déchirant les ouïes et en la projetant sur la rive herbeuse où elle expira. Il regrettait d'ajouter une mort à celles qui les entouraient déjà.

Dix-neuf

Develish, Dorseteshire

Deux jours plus tard, un cri s'éleva, annonçant qu'un cavalier descendait la route venant du nord. Il était seul, et tout le monde dans le domaine se prit à espérer qu'il s'agissait d'un émissaire du seigneur de Blandeforde. Prudente, Lady Anne exhorta ses gens à ne pas quitter la demeure et pria Gyles de se tenir à son côté à l'approche du voyageur.

Elle reconnut immédiatement sa livrée bien que, même de loin, le tabard lui parût plus usé que précédemment, ce qui donnait à penser qu'il n'avait été ni retiré ni brossé depuis la dernière fois qu'elle l'avait vu. Ce jour-là, le cavalier avait été rasé de près à la mode normande, alors qu'il avait désormais la mâchoire et les joues couvertes d'une barbe de quelques jours, à la manière des serfs anglais qui se rasaient avec des cisailles plutôt qu'avec des lames.

« C'est le capitaine d'armes du seigneur de Bourne, murmura Gyles. Pourquoi revient-il ? Ne lui a-t-il pas suffi d'incendier notre village ?

— Il m'a l'air d'avoir vécu des temps difficiles, répondit Lady Anne. Méfions-nous de lui, Gyles. S'il a faussé compagnie à son maître et aux autres soldats, c'est probablement parce qu'ils ont succombé à la pestilence.

— Il remarquera que nous avons reconstruit le radeau, Milady. J'aurais dû ordonner de le mettre à l'abri des regards. »

Lady Anne posa sur son bras une main réconfortante. « Nous n'aurions pas eu le temps. Il faut six hommes robustes pour le transporter… et ce démon se serait demandé par quel prodige il restait ici des hommes suffisamment vigoureux pour accomplir pareille tâche. »

Gyles tapota l'arc qu'il avait à l'épaule. « Si vous m'en donnez l'ordre, je n'aurai pas de difficulté à l'abattre. Il sera à portée de flèche dans vingt pas. »

Elle secoua la tête. « Pas avant que nous sachions ce qu'il est advenu du seigneur de Bourne. Je préférerais ne pas risquer d'ennuis tant que cela n'est pas indispensable. Mieux vaut user de ruse comme nous l'avons fait la dernière fois, Thaddeus et moi.

— Je n'ai pas le talent de Thaddeus avec les mots, Milady. »

Les doigts de Lady Anne se resserrèrent sur son bras pour le rassurer avant qu'elle ne laisse tomber sa main. « Dans ce cas, ne dis rien. Je parlerai pour deux. »

Ils attendirent en silence que le destrier franchisse les trente derniers pas le séparant du bord du fossé. Nul n'aurait pu dire ce que pensa le capitaine de la petite femme soignée et du serf à cheveux grisonnants qui se tenait à son côté, mais Lady Anne était consciente que leur aspect bien nourri contrastait grandement avec le tableau d'un domaine assiégé par la maladie et la faim qu'elle avait dépeint la fois précédente. Une âcre puanteur de sueur et de corps non lavé parvint à leurs narines lorsque le cavalier et sa monture s'arrêtèrent.

L'homme inclina la tête dans une parodie de salut et s'exprima en français. « Mon maître, le seigneur de Bourne, vous envoie ses respects, Milady, et vous présente ses condoléances pour la disparition de votre mari.

— Qu'est-ce qui vous fait croire que mon mari est mort, capitaine ?

— Il était inutile d'user de subterfuge lors de notre dernière visite, Milady. » Ses yeux l'examinèrent de la tête aux pieds. « Milord aura le cœur réjoui d'apprendre que la pestilence ne vous a pas encore atteints. Il vous admire grandement de chercher à protéger les gens de Sir Richard d'une mort qui a fait de si nombreuses victimes. »

Lady Anne se demanda comment il avait obtenu autant d'informations et une crainte affreuse lui étreignit le cœur.

« Vous semblez plus éclairé que lors de notre précédente rencontre, capitaine. Par quel prodige ?

— Des hommes parlent de votre domaine, Milady. Il est célèbre pour la pureté de son air et l'abondance de ses vivres. »

Cela ne pouvait guère passer pour une réponse. « Quels hommes ? Nous serions heureux de recevoir des nouvelles du monde extérieur. Comment nos voisins affrontent-ils ces temps difficiles ? Votre maître s'est-il rendu à Pedle Hinton et à Funtenel ?

— Il a visité tous les domaines de la région, Milady.

— Sans obtenir d'y être admis, cependant, à en juger par votre apparence négligée. Je n'en suis que plus étonnée que vous en sachiez aussi long à notre sujet.

— Les voyageurs ont des yeux, Milady. Les plus sages se déplacent à travers champs pour éviter les habitations, et plusieurs ont relaté au seigneur de Blandeforde avoir aperçu des gens en vie derrières vos murailles. Les hautes collines qui vous entourent offrent d'excellents points de vue. Depuis notre campement au milieu des arbres de votre versant nord, nous avons observé une grande activité ici. Au point que mon seigneur doute que vous ayez eu à déplorer le moindre mort depuis que vous vous êtes retirés derrière vos douves. »

Lady Anne dissimula le soulagement qu'elle éprouvait en apprenant que nul n'avait arraché de force quelque secret à Thaddeus et à ses compagnons. « Mes serfs seront heureux d'apprendre que le seigneur de Blandeforde n'ignore rien de notre survie, capitaine. Ils s'inquiètent à l'idée qu'on ne prenne peut-être pas la peine de nous envoyer de messagers pour nous annoncer que le fléau est passé.

— Ils peuvent continuer à s'inquiéter, Milady. Le seigneur de Blandeforde et sa maisonnée ont quitté le Dorseteshire pour leurs domaines de l'Ouest il y a plusieurs semaines, à l'image de la plupart de ses seigneurs vassaux. » Son regard la quitta pour se poser sur Gyles. « Il ne reste que les veuves et les paysans, et leur nombre se réduit de jour en jour. »

Lady Anne prit ces paroles pour une menace. « Et pourtant, votre maître est toujours avec nous, lança-t-elle avec légèreté. Pour quelle raison, capitaine ? Un homme aussi vertueux que le seigneur de Bourne, et qui redoute autant le péché, n'aurait pas eu de mal à trouver refuge dans un autre comté.

— Il voyage pour le roi, Milady. Il est ici pour dresser l'inventaire de tous les domaines du Dorseteshire. »

Elle le dévisagea avec curiosité. « Vous vous moquez.

— Non, Milady. Je dis vrai.

— Le roi ne sait-il donc pas que la pestilence fait rage en ces lieux ?

— Je ne pourrais vous le dire, Milady. Je prends mes ordres du seigneur de Bourne, et lui-même prend les siens du roi. Chacun de nous obéit aux instructions qu'on lui donne.

— Sans doute, mais quelle peut être l'utilité d'un inventaire alors qu'un travailleur qui est vivant un jour peut fort bien ne plus l'être le lendemain ? La richesse d'un domaine dépend de ses gens. Votre maître n'en est-il pas conscient ? Sa mission est insensée. Il ferait meilleur usage de son temps s'il retournait auprès du roi l'informer de l'épreuve que subit le Dorseteshire. »

Le capitaine eut l'air amusé. « Attendez-vous de moi que je lui répète vos propos ?

— Pourquoi ne le feriez-vous pas ?

— Je ne prends pas de conseils d'une femme, Milady. »

Un léger sourire joua sur les lèvres de Lady Anne. « Dans ce cas, persuadez-le au moins qu'il perd son temps à Develish. Un inventaire a été dressé ici à la dernière Annonciation pour le régisseur du seigneur de Blandeforde. Votre maître trouvera le dossier dans les archives de Milord de Blandeforde ou, si vous préférez, je peux vous faire parvenir la copie que notre propre régisseur en a faite. Que souhaitez-vous ? »

Le visage du capitaine exprima un certain malaise. « Je n'ai aucune autorité en la matière, Milady. J'ai reçu instruction de vous faire savoir que, aussi difficile que soit votre situation, vous n'êtes pas dispensée de vous acquitter de vos redevances. Vous réunirez vos gens dans votre cour demain à midi afin que leurs effectifs puissent être dénombrés et le montant de votre capitation calculé. Si votre époux était en vie, mon maître s'adresserait à lui pour réclamer ce paiement, mais puisque ce n'est pas le cas, la responsabilité vous en incombe. »

Lady Anne sentit Gyles s'agiter à son côté et sut qu'il décelait aussi clairement qu'elle les intentions que dissimulaient ces paroles. Pour s'en assurer, elle inclina la tête respectueusement. « En quelle monnaie ce versement doit-il être fait, capitaine ? En or ou en grain ?

— En or, Milady. Nous vous laissons votre grain pour nourrir vos gens. »

Lady Anne garda les yeux baissés pour dissimuler sa colère. Dans un comté où les seigneurs vassaux étaient absents ou morts et où il ne restait que des veuves peu instruites et des paysans pour garder les domaines, qui aurait l'audace de s'opposer à un seigneur soutenu par une armée ? Même si elle ne croyait pas qu'il voyageait pour le roi comme il le prétendait, ses soldats armés de longbows représentaient une vraie menace. « Comment agir au mieux ? chuchota-t-elle à Gyles en anglais. Le mettre au défi ou feindre l'obéissance ?

— Le mettre au défi, Milady. Votre intelligence le trouble. »

Elle releva la tête. « N'avez-vous pas honte de servir un tel maître, capitaine ? J'ai compris qu'il était corrompu jusqu'à la moelle lors de sa dernière visite, mais je n'aurais pas cru qu'il n'était qu'un voleur ordinaire et un meurtrier. Quelle rançon exige-t-il pour que vos flèches épargnent la vie de mes gens ? »

Le destrier devint nerveux, comme s'il sentait l'embarras de son cavalier. « C'est l'ignorance qui vous fait parler, Milady, gronda le capitaine en se débattant avec ses rênes. Lever des impôts est conforme à la loi.

— En effet, mais seul le seigneur de Blandeforde a pouvoir de les lever ici. Votre maître profite de son absence pour voler tout ce qu'il peut, et compte bien que la pestilence aura raison des témoins de ses méfaits. Si tout le monde meurt, nul ne pourra plus l'accuser.

— Vous devriez prendre garde à vos propos, Milady.

— Vous aussi, capitaine. Vous condamnez votre maître de votre propre bouche en prétendant qu'il voyage pour le roi. Il n'y a pas un homme ni une femme ici qui ne sache comment et quand les redevances sont perçues, et tous témoigneront de la félonie du seigneur de Bourne quand cette plaie sera passée. Vos hommes et vous-mêmes serez jugés avec lui, car je ne doute point que vous ayez assassiné des veuves et des paysans innocents sur son ordre. »

Les yeux du capitaine s'étrécirent. « La parole d'un serf n'a aucun poids face à celle d'un seigneur. Il suffit que vous mourriez pour que nous soyons à l'abri de tout soupçon de méfait. Réfléchissez-y avant de poursuivre vos accusations contre Milord. Votre demeure brûlera aussi haut et clair que votre village s'il en donne l'ordre. »

Gyles détacha son arc et glissa une flèche contre la corde. « Bien d'autres vous visent déjà, dit-il en levant l'arme contre sa joue. Réfléchissez-y avant de menacer Milady. »

Le capitaine se tourna vers lui avec mépris. « Cherches-tu à m'effrayer, serf ? »

Les mots étaient à peine sortis de sa bouche qu'il poussa un cri perçant et porta la main sur son oreille en sang. « Soyez heureux que je vise aussi bien, dit Gyles impassiblement tout en insérant une nouvelle flèche contre sa corde. Quand je prendrai votre cœur pour cible, vous n'aurez pas le temps d'avoir peur. » Il banda son arc à nouveau et, cette fois, il fit vibrer la corde, sifflant entre ses dents pour imiter la volée d'une flèche. Il sourit en voyant le capitaine tressaillir. « De ma vie, je n'ai rencontré de Normand vaillant. À en juger par votre puanteur, voilà des semaines que vous faites dans vos chausses.

— C'en est assez ! s'écria le capitaine. Ordonnez-lui de baisser son arme, Milady.

— Auriez-vous peur de lui ? demanda-t-elle, amusée. Vous n'auriez pas tort. Il a été le capitaine d'armes de Sir Richard de Develish pendant ces dix dernières années, et c'est lui qui commande désormais les gens de feu mon époux. Ils sont vingt à pouvoir tirer aussi bien que lui. Si vous en doutez, je leur demanderai de sortir de leurs abris et d'abattre ce beau destrier entre vos jambes. Il nous fera un bon repas. »

Le capitaine tira sur la bride pour faire reculer sa monture. « Je suis venu en paix. Vous violez les lois de l'hospitalité en m'attaquant.

— Un homme se juge à ses actes, monsieur. Nous avons fait preuve de plus d'hospitalité que vous n'en méritez. En toute justice, nous aurions été en droit de vous renvoyer à votre maître les vêtements en feu. Dites-lui que Lady Anne lui demande de quitter cette vallée et de nous laisser en paix. Nous n'aurons aucun motif de l'accuser de félonie pourvu que d'autres forfaits ne soient pas commis ici. »

Le capitaine raccourcit ses rênes avec un rire de dérision. « Vous figurez-vous qu'il laissera une épouse sans titre de propriété lui tenir tête ? Il prendra votre or et plus encore si vous le défiez. » Il fit faire volte-face au destrier et l'éperonna pour le mettre au galop.

Gyles tendit le bras pour décocher sa seconde flèche, mais Lady Anne lui saisit le poignet pour la faire dévier. « Sa mort ne nous apportera rien. Vivant, il persuadera peut-être son maître d'être raisonnable. »

À contrecœur, Gyles baissa son arc. « Puissiez-vous avoir raison, Milady. Il n'y a pas que l'or qui risque de les attirer ici maintenant qu'ils savent que nos femmes ne sont pas atteintes de la pestilence. »

(EXTRAIT D'UN GRAND LIVRE OFFICIEL TENU
PAR LADY ANNE DE DEVELISH POUR SERVIR D'HISTOIRE DE SES GENS
SI NUL NE DEVAIT SURVIVRE À LA PESTILENCE)

Le sixième jour du mois de septembre de l'an 1348

Cette note sera peut-être la dernière de ma vie. Dans ce cas, qu'elle serve d'accusation de meurtre contre le seigneur de Bourne et ses hommes d'armes. Milord, qui est un étranger dans ces contrées (ses armoiries m'étant inconnues), a proféré des menaces contre moi et contre mes gens si je ne lui livre pas le peu d'or que nous avons encore à Develish.

Il prétend être venu dans ces contrées sur l'ordre du Roi et être chargé de percevoir les redevances en pièces d'or. Je crois cette allégation mensongère. Le seigneur de Bourne cherche à accroître ses biens personnels aux dépens des veuves endeuillées tristement ignorantes de la manière dont les impôts sont calculés et acquittés. Je ne suis pas du nombre. Sir Richard était un chevalier vassal de Blandeforde et, en tant que veuve de Sir Richard, je suis l'héritière de cette obligation. Toutes les sommes dues au Roi par Develish sont fidèlement remises au seigneur de Blandeforde, qui fait fonction de trésorier du Roi dans cette région du Dorseteshire.

En enfreignant cet ordre légitime, le seigneur de Bourne se conduit en vil voleur. Il a déjà commis un crime contre Develish en ordonnant à ses archers d'incendier notre village il y a deux mois de cela. En cette occasion, il prétendait agir au nom de Dieu, se posant en juge vertueux pour détruire les foyers de mes gens et donner l'exemple à autrui en alléguant que Develish abritait des pécheurs. Aujourd'hui, il nous a avertis que le manoir sera pareillement incendié si je ne satisfais pas sa cupidité et sa soif d'or.

J'ai refusé, et mes gens s'apprêtent à défendre Develish contre lui. Si nous devions trouver la mort dans cette agression, je supplie quiconque trouvera ce document de le transmettre au seigneur de Blandeforde et de réclamer justice pour nous.

Le seigneur de Bourne est un homme très malfaisant qui devrait être condamné pour l'iniquité qu'il perpètre au nom du Roi contre les veuves et les paysans affligés du Dorseteshire.

In nomine Patris et Filii et Spiritus Sancti

Anne de Develish

Vingt

Afpedle, Dorseteshire

L'affreux spectacle qu'ils découvrirent à Afpedle le lendemain matin sembla aux yeux égarés des garçons mille fois pire que Thaddeus ne l'avait décrit. Des vêtements et d'autres effets souillés de sang avaient été traînés hors de toutes les maisons et la puanteur de la mort était insupportable. Aucun d'entre eux n'avait jamais vu pareil nombre de rats ni entendu autant de chiens se battre. Des grondements rauques résonnaient dans tout le village, entrecoupés de jappements de douleur quand des crocs arrachaient la joue d'un adversaire.

Thaddeus les avait conduits à la lisière d'un bois, à quelque deux cent cinquante pas de la première chaumière sous le vent, et ils n'eurent pas besoin de mise en garde pour parler bas et s'efforcer de faire le moins de mouvements possible. Tous comprenaient qu'il aurait été dangereux d'attirer l'attention des chiens. Ian en dénombra trois qui poussaient du museau des détritus gisant au sol, un chien courant et deux mastiffs, mais il se douta qu'il y en avait d'autres à l'intérieur des cabanes. « On dirait des chiens de chasse, chuchota-t-il. D'où pensez-vous qu'ils viennent ?

— Du manoir, murmura Thaddeus. Je suppose que le seigneur a ordonné qu'on les lâche pour ne pas avoir à les nourrir. Sans doute pensait-il qu'ils s'en prendraient aux moutons.

— Pourquoi ne s'intéressent-ils pas aux rats ?

— Il y a des proies plus faciles dans les chaumières.

— J'aperçois un berceau renversé sur la route, chuchota Olyver, le teint grisâtre. Croyez-vous qu'il y a un enfant dedans ?

— Ne regarde pas, lui ordonna fermement Thaddeus. Concentre-toi sur ce que nous avons à faire, et non sur ce qui a été et n'est plus, ni sur ce qui est irréparable.

— Il faut tuer ces chiens, remarqua Edmund. Autrement, nous n'arriverons jamais à nous approcher suffisamment des toits de chaume. » Il commençait à comprendre pourquoi Thaddeus les avait fait s'exercer à toucher des cibles éloignées. « Seuls des longbows auraient la portée nécessaire pour que nous puissions tirer d'ici.

— Et si nous nous placions du côté du vent? suggéra Thaddeus. La brise n'entraînerait-elle pas nos flèches plus loin ?

— Les chiens nous flaireraient, remarqua Ian, et je n'ai pas grande envie d'essayer de les abattre s'ils se dirigent vers nous en meute. Aucun de nous ne tire assez vite pour cela.

— Il faudra les éliminer un par un, renchérit Olyver, et nous ne pouvons pas le faire d'ici. Edmund a raison. Il nous faudrait des longbows. Et même si nous en avions, nous ne ferions sans doute que les blesser. »

Thaddeus observa les deux mastiffs en colère qui se faisaient face, babines retroussées, crocs dénudés. Leurs mâchoires étaient assez puissantes pour briser la jambe d'un homme et ils seraient deux fois plus dangereux encore s'ils se tordaient de douleur, une pointe de flèche fichée dans l'épaule. « Nous avons vingt flèches, rappela-t-il aux garçons, ce qui ne suffit pas pour faire ce que nous avons à faire à moins que vous ne soyez assurés de toucher votre cible à chaque coup. Je vous propose d'essayer de trouver le moyen de maîtriser ces chiens. Nous pourrons décider comment les tuer une fois que nous aurons brûlé le village. »

C'était plus facile à dire qu'à faire. Olyver repéra quelques parcs à moutons dans un des champs, mais ils n'étaient pas suffisamment robustes pour retenir une meute de chiens de chasse. Quant à une palissade tressée, seul moyen sûr d'enfermer des animaux, il aurait fallu trop de temps pour la fabriquer. De plus, comme le rappela Edmund, les chiens ne se comportaient pas comme des moutons. « On ne peut pas les mener en troupeau. Ils pourraient se laisser piéger si nous les appâtions avec une carcasse, mais ils n'entreront pas tous en même temps dans l'enclos.

— Il n'est peut-être pas nécessaire de les enfermer, avança Ian. Il suffirait sans doute de les attirer à l'écart du village suffisamment longtemps pour mettre le feu aux chaumes. Si quelqu'un… » Il s'interrompit subitement.

« Oui, vas-y », l'encouragea Thaddeus.

Le garçon secoua la tête avec un sourire en coin, et donna sa réponse habituelle. « C'est une mauvaise idée.

— Dis toujours.

— Je me disais que comme les chiens de chasse suivent une odeur, si l'un de nous pouvait tracer une piste et rester devant eux… » L'expression de Thaddeus le fit s'interrompre à nouveau. « Je t'avais bien dit que ce n'était pas une bonne idée.

— J'ai déjà entendu mieux, confirma Thaddeus avant d'ordonner aux garçons de rassembler du bois pour faire un feu. Seulement du petit bois bien sec, précisa-t-il. Nous aurons besoin d'une sacrée flambée le moment venu. » Il ramassa son épée. « Montez la garde à tour de rôle jusqu'à mon retour.

— Où vas-tu ? » demanda Olyver.

Thaddeus pointa le menton vers le faisceau de flèches posé au sol. « Chercher quelque chose pour les embraser. Elles ne mettront pas le feu au chaume toutes seules. »

Ian estima que trois heures s'étaient écoulées avant qu'il n'entende le craquement d'une branche et que la haute silhouette de Thaddeus ne surgisse entre les arbres. Le garçon avait inséré une flèche dans son arc, tendu au niveau du cœur de Thaddeus, et le grand serf hocha la tête en signe d'approbation. « C'est bien », murmura-t-il laconiquement, déchargeant de ses épaules une gerbe de plantes. Il se baissa pour défaire la corde qui les attachait. « J'ai trouvé un champ de lin de l'autre côté du manoir. Il aurait dû être moissonné il y a bien deux mois.

— Ce sera efficace ?

— Ça devrait l'être… les graines contiennent encore de l'huile. » Il écarta la brassée pour dégager un rouleau de mèche de laine grasse. « Si nous l'utilisons pour attacher les tiges aux flèches, elles devraient continuer à se consumer grâce à la graisse de la laine une fois que le lin aura fini de brûler.

— Est-ce qu'elles voleront en ligne droite ? s'inquiéta Olyver.

— Nous ne le saurons que quand nous aurons commencé. Celle que j'ai jetée dans le champ n'a pas dévié, mais elle n'était pas embrasée. » Il commença à tirer la toison et à la tordre en minces cordons. « Où est passé Edmund ?

— Il est allé vérifier que les chiens ne s'approchaient pas d'ici.

— Bonne idée. Séparez les plantes par groupes de dix. Pourvu que les tiges soient fermement assujetties à la hampe, il me semble que la trajectoire ne devrait pas en être grandement affectée. »

Les garçons se mirent au travail, sans comprendre pour autant l'utilité de ce qu'ils faisaient. Même si le lin flambait avec ardeur et même si les flèches volaient droit, à quoi cela servirait-il si les cibles étaient trop éloignées ? « Nous avons dénombré sept chiens au total, dit enfin Ian. Cinq chiens pour la chasse au loup et deux mastiffs. Quand ils ne se battent pas, ils dorment. Le seul autre lieu qui les intéresse est le manoir. Ils tournent autour de la muraille en flairant et gémissent comme s'ils voulaient qu'on les laisse entrer. »

Thaddeus prépara la dernière flèche. « Vous aurez besoin de chacune d'elles le moment venu, mais gardez-en quelques-unes en réserve le temps de voir comment le feu se propage. Tirez d'abord sur un toit sur deux. »

Olyver fronça les sourcils d'un air soucieux. « Tu ne seras pas avec nous ? »

Thaddeus secoua la tête. « Vous êtes tous de meilleurs archers que moi. Je me chargerai d'attirer les chiens à l'écart. » Il baissa les yeux vers le tas de bois que les garçons avaient ramassé. « Il faudra le déplacer dès qu'ils seront partis et installer votre feu à portée du village. Pensez-vous être capables de l'allumer très rapidement ? »

Aucun des garçons ne répondit.

« Ce n'est pas un jeu, les avertit-il. Je vous attacherai au premier arbre si je découvre à mon retour que vous n'avez même pas su faire le plus facile.

— Et si tu ne reviens *pas*? demanda Ian, aussi inquiet que son jumeau. Et si les chiens t'attrapent?

— Ils ne m'attraperont pas. » Thaddeus tendit le doigt vers l'excédent de tiges de lin. « Vous pouvez les utiliser pour allumer le feu. Qui d'entre vous a la boîte à briquet?

— Moi, répondit Olyver, ajoutant précipitamment : Il ne suffit pas de dire qu'ils ne t'attraperont pas. Et s'ils le font quand même ? »

Thaddeus lui donna une petite calotte sur l'arrière du crâne. « Je ne suis pas venu jusqu'ici pour mourir d'une morsure de chien. Souciez-vous de vos tâches, et non des miennes. »

Il les conduisit vers Edmund, qui se tenait près d'un chêne, à l'orée du bois, et leur fit répéter à tous les trois à plusieurs reprises ce qu'ils avaient à faire. Il refusa de nommer un chef : s'ils échouaient, leur déclara-t-il, ce ne serait pas la faute d'un seul mais de tous. Il ne leur accorderait d'excuse que si lui-même ne réussissait pas à éloigner les chiens, mais il refusa de leur dire comment il comptait faire.

Il ne voulait pas les effrayer plus qu'ils ne l'étaient déjà.

Pour réaliser son dessein, il avait besoin du destrier de Sir Richard et du long rouleau de corde qu'ils avaient pris au puits de Develish. Il avait donc regagné le campement pour les récupérer. Peter et Joshua étaient restés bouche bée en le voyant revenir aussi vite, mais Thaddeus n'avait pas été plus enclin à satisfaire leur curiosité que celle de Ian, Olyver ou Edmund. Après avoir harnaché le destrier en s'attribuant la meilleure selle, les plus longs étriers et les rênes les plus solides, il avait fait prendre au cheval le chemin qui longeait la rive nord du fleuve en direction d'Athelhelm.

Passant ainsi à cheval devant Afpedle, sur la berge opposée, il fut en mesure de se faire une meilleure image de la topographie du domaine qu'il n'avait pu le faire à pied. À hauteur d'homme, des bosquets d'aulnes et des joncs de très haute taille dissimulaient en effet l'essentiel des terres, et quand il avait marché sur le chemin, il n'avait aperçu que le manoir, l'église et le village, légèrement surélevés. Il s'arrêta plusieurs minutes pour étudier la route du sud. Elle s'étirait en ligne droite et en pente douce sur un peu plus d'une lieue avant de se perdre dans les bois qui couvraient la chaîne de collines suivantes, mais même à cheval, il était trop loin pour pouvoir dire si elle était remplie d'ornières ou lisse. Il la scruta du regard en quête de gens ou d'animaux. Il n'en vit aucun.

Il franchit le fleuve à cinq cents pas environ du gué d'Athelhelm, éperonnant le destrier pour lui faire gravir la rive opposée avant de mettre pied à terre pour poursuivre son chemin. Les arbres dissimulaient entièrement le tronçon de route qui reliait Afpedle à Athelhelm et l'idée de le rejoindre sans savoir à quoi s'attendre l'alarmait. Il mena le cheval silencieusement à travers les aulnes, s'arrêtant fréquemment pour tendre l'oreille, observant attentivement sa monture pour vérifier si elle ne sentait pas la présence de chiens.

C'était une bête particulièrement docile, et Sir Richard l'avait probablement choisie pour cette raison. Il aurait fouetté impitoyablement tout cheval qui aurait cherché à le désarçonner, mais Thaddeus doutait que celui-ci eût suffisamment de détermination pour entreprendre prouesse d'une telle audace. Il se demandait même s'il était capable de se mettre au galop, car il était manifestement habitué à marcher d'un pas tranquille à l'allure de Sir Richard. Il se maudit de ne lui avoir pas préféré la petite jument baie bien plus nerveuse de Lady Eleanor au moment où il sauta en selle pour encourager la lourde bête à quitter le couvert des arbres et à s'engager sur une route déserte sur la gauche comme sur la droite. Il lui fit prendre la direction d'Afpedle et enfonça énergiquement ses talons dans ses flancs pour le mettre au galop.

Le cheval obtempéra si prestement que Thaddeus perdit immédiatement ses étriers et ne dut de rester en selle qu'à ses jambes suffisamment longues pour entourer le ventre de l'animal et au réflexe qui le poussa à se cramponner des deux mains à la crinière. Il tint bon, tirant désespérément sur les rênes pour arrêter le cheval avant d'arriver à Afpedle. Entrer au grand galop dans un village grouillant de chiens, sans préparation ni protection, et sachant qu'il risquait d'être désarçonné à tout instant, ne faisait pas partie de son plan.

Sir Richard avait baptisé son destrier Edward, du nom du roi, mais quand il eut enfin réussi à l'immobiliser, Thaddeus le renomma Killer, Tueur. « Chercherais-tu à me rompre les os ? lui demanda-t-il, haletant, en se laissant glisser à terre. C'est tout ce que tu sais faire ? Aller au pas ou t'emballer ? On ne t'a donc pas appris d'allure médiane ? » Il caressa de la paume la nuque de l'animal baignée de sueur. « Comment diable vais-je rester sur ton dos quand tu auras une meute de chiens glapissants à tes trousses ? »

Cette question n'avait pas encore trouvé de réponse quand il revint après avoir aidé les jumeaux à préparer les flèches destinées à mettre le feu au village. Il avait attaché Killer à un arbre de la forêt située à l'ouest du domaine, et les naseaux de la bête se dilatèrent d'inquiétude à son approche. Non sans raison. Thaddeus avait une curieuse apparence avec une carcasse de mouton en travers des épaules, la tête de l'animal ballottant d'un côté à l'autre et des mucosités sanglantes dégoulinant de son mufle. Il l'avait séparé du troupeau un peu plus tôt, l'enfermant dans un enclos pour pouvoir l'abattre à son retour. Il le lui fallait frais et chaud, capable de surcroît de laisser une trace de sang dans son sillage. Il avait à cette fin enfoncé son couteau dans la nuque à travers la moelle épinière pour éviter qu'il ne se vide de son sang, la gorge tranchée, avant que Thaddeus ne soit prêt.

Il adressa au cheval des paroles apaisantes tout en posant le mouton au sol. « Tu m'aimeras encore moins quand je l'aurai éventré », lui annonça-t-il en retirant le rouleau de corde de la selle de Killer pour en nouer solidement une extrémité autour du cou du mouton, ajoutant une boucle autour des cornes pour faire bonne mesure. Il attacha l'autre bout au pommeau, puis hissa le corps inerte sur le garrot de Killer et monta derrière lui.

« Je suis le seul à pouvoir te libérer de cette charge quand nous aurons les chiens sur nos talons, murmura-t-il à l'oreille de Killer en se penchant en avant pour détacher les rênes de l'arbre. Essaie de t'en souvenir s'il te prend l'envie de me faire choir au bord de la route. Nous nous en sortirons beaucoup mieux si tu ne l'oublies pas. »

Ian s'était écarté d'Olyver et d'Edmund pour se concentrer sur la sortie du village, à l'endroit où la route se poursuivait vers le sud. Des versants couverts de forêts, qui se paraient de teintes rousses et or alors que les feuilles s'apprêtaient à tomber, s'élevaient vers l'horizon et il se demanda ce qui se trouvait au-delà. Une autre vallée ? La mer ? Si Thaddeus avait l'intention d'attirer les chiens quelque part, ce serait sûrement par là. Olyver et Edmund se plaignaient qu'ils s'ennuyaient et mouraient de faim, et Ian commençait à se convaincre que le plan de Thaddeus avait échoué.

Il ouvrit la bouche dans un grand bâillement, l'esprit empli de visions fugitives de la mer. Son père la lui avait décrite un jour comme « une étendue infinie d'eau bleue », mais Ian avait été parfaitement incapable de se la représenter car il n'avait jamais vu d'eau bleue. Il y avait tant de choses qu'il ignorait, songea-t-il, en se tournant vers les lopins paysans qui quadrillaient les terres à l'ouest du village. Il repéra ce qu'il crut être un daim. L'animal devait être à quelque cinq cents pas de distance, et il passa plusieurs minutes à l'observer, plissant les yeux pour mieux voir, avant de se rendre compte que c'était Thaddeus à cheval. Il se dirigeait apparemment vers un point de la route situé à vingt-cinq pas environ de l'extrémité sud du village.

Son cœur fit un bond dans sa poitrine. « Oh, mon Dieu ! gémit-il. Par le diable, que fait-il ? » Il adressa des signes frénétiques à Olyver et Edmund pour qu'ils le rejoignent. « Thaddeus se sert de lui-même comme appât », leur chuchota-t-il.

La peur qui l'étreignait se communiqua à ses camarades au moment où le cheval atteignit le bout d'un lopin et s'engagea sur la route. « Pourquoi va-t-il aussi lentement ? demanda Olyver.

— Il attend peut-être que les chiens le repèrent. »

Edmund, doté de la meilleure vue, secoua la tête. « Il enfonce son couteau dans quelque chose. Je crois que c'est un mouton. Oui ! » Il tendit le bras, très excité, quand Thaddeus fit tomber au sol la carcasse sanguinolente et poussa un hululement aigu assez sonore pour que les garçons l'entendent.

S'il pensait leur rappeler ainsi qu'il était temps d'allumer le feu, ce fut en pure perte. Ils se figèrent d'effroi lorsqu'un véritable charivari éclata à l'intérieur du village, tous les chiens se mettant à aboyer en même temps. Un grand lévrier apparut derrière la dernière maison, le nez au vent pour identifier la source de cette odeur nouvelle. Thaddeus mit le destrier au pas et la carcasse commença à se déplacer au sol derrière lui, répandant sang et entrailles dans la poussière.

« Il devrait aller plus vite », commenta Olyver, les nerfs à vif.

Ses paroles parurent prophétiques quand le chien se mit au trot et que trois autres congénères surgirent, ventre à terre, derrière lui. Aux yeux des garçons, dont la perspective était faussée par la distance, les quelques secondes suivantes ne furent que confusion terrifiante. Ils eurent l'impression que la meute de tête rejoignait Thaddeus avant que, dans un crescendo de hurlements, les mastiffs et autres chiens de chasse se précipitent hors du village et bondissent à leur suite.

« Oh, mon Dieu, murmura encore Ian en avançant d'un pas. Il faut faire quelque chose. »

Edmund posa la main sur son bras pour le retenir. « Ils ont atteint l'extrémité des tripes, c'est tout. Regarde. Il avance maintenant. Grand Dieu !

— Il ne parviendra jamais à se maintenir en selle, observa Olyver sombrement. Pas à cette allure. »

Le seul souvenir que conserva Thaddeus de cette chevauchée était un sentiment d'euphorie. Même au moment où les chiens sortirent du village en bondissant, il éprouva le frisson du parieur, attendant le dernier moment pour mettre Killer au galop. C'était comme si une drogue avait envahi son cerveau, lui faisant croire qu'il était invincible et que tout ce qu'il pourrait entreprendre ne pouvait que réussir. Il ne s'inquiétait plus à l'idée que Killer enfonce un sabot dans un terrier de lapin ou perde l'équilibre dans une ornière et ne craignait pas davantage que ses médiocres compétences de cavalier ne le précipitent à bas de sa selle.

Lorsque le cheval partit en trombe en réaction à son coup de pied, il s'inclina en avant. Allongé sur l'encolure de l'animal, il enfonça fermement ses pieds dans les étriers et détendit les rênes pour donner à Killer toute latitude de filer comme l'éclair. Si le poids du mouton tendait à réduire son allure, nul ne s'en serait douté. Le destrier fonça vers le sud dans un bruit de tonnerre, oreilles aplaties contre le crâne, la meute à ses trousses. Peut-être étaient-ce les hurlements des chiens qui l'aiguillonnaient car Thaddeus n'eut pas besoin de l'éperonner davantage. Il galopait à un train d'enfer vers les pentes boisées qui s'étendaient devant eux, et lentement mais sûrement, les chiens commencèrent à se fatiguer.

Il avait eu l'intention de détacher la carcasse de mouton au moment où les chiens les rattraperaient, mais quand ceux-ci commencèrent à se laisser distancer, il préféra maintenir leur intérêt en éveil. Les éloigner du village assez longtemps pour que les garçons aient le temps de mettre le feu aux toits de chaume était bien ; les désorienter en les menant très loin des odeurs qu'ils connaissaient et retrouvaient serait encore mieux. Alors que les arbres devenaient plus denses et la pente du coteau plus escarpée, il tira doucement sur les rênes afin de ramener son cheval au pas, mais comme celui-ci poursuivait sa course folle, il cria « Who-oa, mon garçon, who-oa ! » à l'oreille de Killer.

Thaddeus finirait pas apprendre le secret des mots qui permettaient de contrôler le destrier – les ordres traînants prononcés dans un français paresseux par Sir Richard – *ahlez... troh-thez... gahlo-pez... who-oa* – mais il ne le connaissait pas encore. L'arrêt fut si brutal qu'il glissa de la selle sur la nuque de l'animal et serait passé par-dessus sa tête si ses bottes n'étaient pas restées accrochées dans les étriers. « Par le sang de Dieu ! gronda-t-il. Je voulais dire *ralentis*, espèce de stupide bourrin, pas *arrête-toi.* » Il se rejeta en arrière, se débattant pour dégager ses pieds tout en regardant par-dessus son épaule pour voir à quelle distance se trouvait la meute.

Il attrapa son couteau, prêt à détacher la carcasse, mais comme par miracle, les chiens s'arrêtèrent eux aussi et se couchèrent par terre à une trentaine de pas de lui, langue pendante. Il sentait la poitrine de Killer se soulever entre ses genoux tandis que ses propres poumons aspiraient l'air comme un soufflet de forge. Il éclata de rire devant le tableau prodigieux qui s'offrait à sa vue. Les chiens semblaient parfaitement amicaux, allongés au sol, yeux mi-clos, bavant dans la poussière.

Il fit virer Killer latéralement par rapport à la route pour pouvoir s'appuyer au pommeau sans quitter les chiens des yeux. Il n'y avait aucune raison de bouger tant qu'ils restaient où ils étaient, mais il posa sa lame sur la corde pour pouvoir la trancher à tout moment. Se retournant vers Afpedle, il se demanda s'il avait surestimé la distance entre le domaine et ce bois. Combien de temps était-il resté en selle ? Deux minutes ? Cinq ?

Plus que cela, pensa-t-il, en voyant un filet de fumée monter au-dessus du village. Même dans de bonnes conditions, il était difficile d'allumer un feu en moins de cinq minutes. Il se surprit à parler tout haut : « Êtes-vous dressés à vous arrêter quand un cheval s'arrête ? demanda-t-il aux chiens. Obtenez-vous une récompense quand vous le faites ? Votre maître vous jette-t-il un morceau de viande pour que vous vous teniez tranquilles ? »

Un des mastiffs inclina la tête, les oreilles pointées comme s'il écoutait, et Thaddeus regretta de ne pas en savoir davantage sur la manière dont se déroulait une chasse. Les chiens avaient-ils un autre rôle que celui de traquer un daim ? Et pourquoi attendaient-ils qu'une flèche l'abatte au lieu de le tuer eux-mêmes ? Le seul souvenir qu'il conservait des parties de chasse de Sir Richard était que celui-ci revêtait une tenue flamboyante avec une cape doublée de fourrure et d'élégantes bottes de cuir et qu'il revenait bien souvent bredouille. Il n'avait pas de chiens à lui – éprouvant une aversion déclarée pour les animaux – et allait rarement chasser dans les bois qui entouraient Develish.

Les seuls chiens que Thaddeus avait connus étaient la poignée de corniauds miteux qui rôdaient dans le village, évitant à la population de rats d'échapper à tout contrôle et mendiant quelques reliefs aux tables des serfs. Ils étaient sous-alimentés et galeux, plus enclins à battre en retraite qu'à attaquer, et lorsque Lady Anne avait donné ordre à ses gens de se retrancher à l'intérieur des douves et qu'il avait fallu rationner la nourriture, on s'en était débarrassé discrètement. Les enfants avaient versé des larmes, mais tous les adultes avaient compris que c'était une mesure indispensable et les hommes avaient pris sur eux de trancher la gorge de ces malheureuses bêtes. Il ne pouvait pas utiliser la même méthode pour éliminer les molosses lustrés qui se tenaient devant lui avec leurs énormes mâchoires et leurs dents infectées par la pestilence.

« Votre maître n'a pas eu une pensée pour qui que ce soit quand il vous a libérés, leur dit-il. Vous aimait-il au point de n'avoir pu se résoudre à ordonner votre mort? Ou ses gens avaient-ils trop peur de vous pour s'en charger? » Trois des chiens bâillèrent, offrant à Thaddeus, s'il en avait eu besoin, la preuve que leur morsure était capable de briser un bras.

Il porta le regard plus loin, vers l'endroit où le filet de fumée s'était transformé en panache qui grandissait rapidement au-dessus des toits. Mais alors que l'excitation de la chevauchée retombait, il commença à comprendre l'absurdité de toute cette entreprise. Même s'il poursuivait sa course sur la route et même si les chiens le suivaient, il ne pouvait être assuré qu'ils ne retrouveraient pas le chemin d'Afpedle et ne reformeraient pas une barrière les empêchant de s'emparer des moutons. Selon toute probabilité, les cadavres ayant brûlé, ils dévoreraient tout le troupeau en l'espace de deux jours, ne leur laissant plus rien à voler.

Accablé, et ne trouvant pas d'idée plus judicieuse que de conduire la meute de l'autre côté de la colline jusqu'à la vallée suivante, il s'apprêta à remettre Killer en marche. Il devait pour cela tourner la tête du cheval en direction du versant, mais quand il tira sur une des rênes, le cheval se mit à danser latéralement, agitant la carcasse de mouton. Les sept chiens bondirent d'un seul mouvement, s'avançant résolument, tête baissée en prévision de l'attaque et, pris par surprise, Thaddeus attendit trop longtemps pour couper la corde et lâcher la carcasse.

Une fois les toits en feu, Olyver, Ian et Edmund regagnèrent le couvert des arbres, n'ayant pas le cœur de voir les cadavres qui s'étaleraient aux regards dès que murs et portes auraient brûlé. Ils étaient déjà assez écœurés par la multitude de rats qui se laissaient tomber des toits pour filer à la débandade sur la route en quête de nouvelles cachettes. Edmund jeta une pierre contre l'un d'eux qui se dirigeait vers eux. «Je déteste cette vermine. Si quelque chose transporte la maladie, c'est certainement eux. J'en ai vu dans les latrines.»

Le rugissement du brasier se faisait entendre jusqu'à deux cents pas. Des poutres sèches grondaient et explosaient quand les flammes s'emparaient d'elles, et les étincelles se propageaient de maison en maison, mettant le feu à tout, même aux plantes mortes dans les petits potagers. S'ils avaient été plus près, la chaleur aurait été intolérable.

«Pensez-vous que les flammes vont nous débarrasser d'eux? poursuivit Edmund en jetant une seconde pierre pour faire bonne mesure.

— Elles vont brûler leurs bébés, remarqua Ian, ce qui les empêchera de se reproduire aussi vite.»

Olyver se tourna vers les collines lointaines. «Croyez-vous que Thaddeus verra la fumée et saura que nous avons accompli notre mission?

— Il n'est pas aveugle. Je suppose que Peter et Joshua la voient également. Elle s'élève suffisamment haut.»

Edmund suivit le regard d'Olyver. «Et si Thaddeus n'est pas de retour à la tombée de la nuit? Nous ne pouvons pas attendre qu'il fasse noir si nous voulons trouver le chemin du campement.»

Les jumeaux gardèrent le silence.

Edmund insista. «Il faut prendre une décision tout de suite.» Il les dévisagea. «Il n'est pas question de rester ici toute la nuit. J'ai faim, et je n'ai nulle envie de partager mon lit avec des rats.»

Olyver ne put contenir sa colère. «Tu veux bien cesser de parler de rats! lança-t-il. Cela me porte sur les nerfs. Ils seront le moindre de nos soucis si Thaddeus est mort.»

Vingt et un

Develish, Dorseteshire

Eleanor ne comprit que le domaine était en danger que lorsque Clara Trueblood entra dans la salle de filage peu avant l'aube et lui annonça que Lady Anne souhaitait qu'elle se rende immédiatement à l'église. Elle parlait sur un ton impatient, contrariée d'avoir eu à pousser le coffre qu'Eleanor avait fait glisser derrière la porte pour tenir les domestiques à distance. L'obstacle n'avait pas arrêté bien longtemps cette femme fortement charpentée, mais elle ne dissimula pas son mécontentement devant l'effort que cela lui avait imposé. « Hâtez-vous, Milady. Toutes les femmes et tous les enfants de Develish y sont. Il ne manque que vous.

— Je n'irai pas. »

Clara fit la sourde oreille. « Je vais vous aider à vous habiller. » Elle ramassa une cotte roulée en boule par terre et la secoua.

Eleanor recula. « Où est Isabella ? Je ne tolérerai pas qu'une autre qu'elle m'habille.

— Elle est à l'église avec les enfants, Milady. Laissez-moi faire, si vous ne voulez pas venir en chemise.

— Il n'en est pas question. »

Avec un soupir d'exaspération, Clara posa la cotte sur un tabouret. « Ce n'est pas le moment de discuter. Gyles s'attend à une attaque d'un instant à l'autre. »

Eleanor la regarda fixement. « Une attaque ? Comment cela ? »

Clara claqua de la langue. « Ignorez-vous donc ce qui se passe ici ? N'avez-vous pas vu que nos gens gardent les murailles et puisent de l'eau dans les douves pour combattre le feu ? N'avez-vous pas entendu le grand remue-ménage qu'il y a eu hier soir, quand on a retiré les meubles de toutes les pièces ?

— Personne ne l'a fait ici. »

Regardant autour d'elle, Clara constata que la jeune fille disait vrai. La chambre était intacte et elle éprouva un pincement de remords. Eleanor inspirait-elle une telle aversion à tous que personne n'avait pris la peine de lui parler ? Clara elle-même ne serait certainement pas venue si Lady Anne ne s'était pas étonnée de l'absence de sa fille dans l'église.

Elle s'affaira à écarter les coffres, les tabourets et les nattes de jonc de la fenêtre. « Le seigneur de Bourne a envoyé un messager hier, expliqua-t-elle. Celui-ci a fait connaître l'intention de son maître de s'emparer de tout l'or qui reste à Develish. Nos hommes se préparent à combattre pendant que votre mère se charge d'assurer la sécurité des femmes et des filles. Cela vous convaincra-t-il de m'accompagner ? »

La soudaine lueur d'espoir qui éclaira les yeux d'Eleanor lui fit comprendre qu'il ne fallait pas y compter.

« Le seigneur de Bourne n'est pas ici pour vous sauver, mon enfant. Si ses soldats franchissent le fossé, vous ne serez pas traitée autrement qu'une paysanne. Ils seront autorisés à violer autant de femmes qu'ils le veulent, sachant que notre domaine n'est pas atteint par la pestilence. Votre esprit est-il trop obtus pour saisir cela ?

— Ce que je pense ne vous regarde pas. »

Clara se raidit. « En effet… bien que je me demande parfois s'il vous arrive même de penser. De ceux à qui il accorde la bénédiction de privilèges, Dieu exige davantage que des colères et de la mauvaise humeur. » Elle se dirigea vers la porte. « Le messager a annoncé que le seigneur de Bourne reviendrait à midi, mais Gyles pense qu'il sera là plus tôt. Il faut vous décider dès à présent. Venez-vous ou restez-vous ? » Elle s'interrompit. « Si vous restez, vous devrez vous défendre de votre mieux. Lorsque des flèches enflammées traverseront le toit ou la fenêtre, piétinez les flammes sans perdre de temps. Si vous laissez le feu prendre, la fumée vous fera périr de suffocation avant que vous ayez pu quitter la pièce. Comprenez-vous ?

— Ce que je comprends, c'est que pareilles tâches doivent être accomplies par des domestiques. Trouves-en trois pour t'aider et fais-les venir ici. »

Clara secoua la tête. « Ils sont tous derrière les murailles ou dans l'église. »

Le visage d'Eleanor s'empourpra de colère. « Refuses-tu d'obéir à mes ordres ? »

Clara leva le loquet et ouvrit la porte toute grande. « Oui. Je me suis engagée à protéger avec votre mère toutes les filles de Develish – et non une seule. » Elle observa la jeune fille un moment. « Si vous décidez de nous rejoindre, vous serez la bienvenue. Dans le cas contraire, vous devrez lutter seule. »

Fut un temps, lointain désormais, où Clara avait été la nourrice attentionnée d'Eleanor, laquelle se la rappelait souriante plus souvent que revêche. Désormais, toute la tendresse qu'elle avait pu éprouver jadis pour la fille de Lady Anne s'était évanouie. Elle haussa légèrement les épaules devant l'absence de réponse d'Eleanor et s'engagea rapidement dans le couloir. La jeune fille se persuada que cela lui était parfaitement égal, mais l'impression de vide qui lui étreignit le ventre et les larmes brûlantes qui ruisselèrent de ses yeux disaient le contraire.

La veille au soir, Gyles avait fait prendre position le long du mur d'enceinte à tous les hommes adultes et à tous les jouvenceaux, à intervalles réguliers, leur donnant instruction de rester assis et d'essayer de dormir un peu. Il craignait que le seigneur de Bourne ne profite de l'obscurité pour envoyer ses soldats donner l'assaut aux murailles et préférait que ses hommes restent hors de vue jusqu'à cet instant. Quelques-uns étaient armés d'épées et d'arcs courts qu'ils avaient fabriqués eux-mêmes, mais la plupart n'avaient que des couteaux ou des fourches. Quand Lady Anne s'était vantée devant le capitaine que les flèches de vingt archers étaient pointées contre son torse, elle avait malheureusement menti.

L'effet de surprise était néanmoins aussi puissant dans la défense que dans l'attaque, et Gyles espérait que la vision de tous ces hommes surgissant sur le mur dès que l'alarme serait donnée suffirait à décourager les assaillants. Il avait choisi des jeunes à la vue perçante pour occuper les marches aux quatre points cardinaux, leur demandant de crier s'ils apercevaient ne fût-ce qu'une ombre qui bougeait. Il préférait qu'ils réveillent leurs pères pour rien plutôt que de laisser les soldats ennemis franchir le fossé à gué.

Conscient que toute activité à l'intérieur de l'enceinte serait visible dès l'aube, Lady Anne et lui avaient mis tout le monde au travail pendant la nuit pour protéger le manoir. Les volets de la fenêtre du bas avaient été fermés et barricadés, et les sacs de nourriture qui se trouvaient dans la grande salle déplacés au milieu de la pièce, avec les nattes de jonc, les tapisseries et le mobilier. Les mêmes précautions avaient été prises dans le bureau du régisseur, la cuisine, les réserves et les antichambres, ainsi que dans les chambres de l'étage. Seule la salle de filage était restée en l'état, car les servantes qui y avaient été envoyées pour s'en occuper craignaient trop l'irascibilité de Lady Eleanor pour entreprendre de déplacer le coffre qui barrait sa porte.

Ils espéraient éviter un nombre excessif de départs de flamme et Lady Anne ordonna à cette fin qu'on puise de l'eau dans le fossé afin de mouiller autant que faire se pouvait toutes les parties en bois du bâtiment. Les femmes firent la chaîne jusqu'à la demeure, les seaux et les chaudrons passant de main en main dans l'obscurité afin que l'on pût arroser abondamment les volets, les poutres et les encadrements de fenêtre, ainsi que les planchers. Seul le hasard ou le diable permettrait à une flèche enflammée de trouver un interstice et de voler suffisamment loin pour se loger au milieu des nattes de jonc et des meubles.

Cinq garçons de onze ans que Gyles estimait trop jeunes pour se battre se portèrent volontaires pour rester dans la demeure et étouffer les flammes avant qu'elles n'aient pu prendre de la vigueur. Ils avaient à leur tête le fils d'Alleyn Startout, Robert, qui jura sur son âme à Lady Anne que ses amis et lui se retireraient si la tâche dépassait leurs forces. Elle prit son visage entre ses mains. « Surtout, faites-le, l'adjura-t-elle. Je ne peux pas me permettre de perdre un seul des fils de Develish. »

Songeant que les soldats du seigneur de Bourne disposaient probablement d'un nombre limité de flèches, Gyles estima qu'il serait avantageux de les pousser à les tirer contre le manoir. Plus ils en gaspilleraient à essayer de l'incendier, plus vite leurs réserves s'épuiseraient. Pour convaincre Bourne et son capitaine de prendre la demeure pour cible, il donna ordre que personne ne sorte du manoir et ne se tienne dans l'enceinte dès le point du jour. Il fallait faire croire au seigneur que la peur avait conduit tous les hommes, toutes les femmes et tous les enfants de Develish à trouver refuge à l'intérieur de la demeure.

« Ils chercheront à nous affoler en envoyant des flèches enflammées, expliqua-t-il à Lady Anne et aux autres chefs des serfs. Ils pensent certainement que dès que les bois de charpente auront pris feu, tous les occupants se précipiteront dans la cour où ils seront des cibles faciles. Nous ne pouvons pas les combattre ainsi.

— Alors comment ferons-nous ? demanda James Buckler.

— Nous nous cacherons ailleurs et attendrons qu'ils aient épuisé leurs réserves de flèches. Si la demeure ne s'embrase pas parce que nous avons arrosé toutes ses parties en bois, ils s'obstineront, persuadés d'y parvenir tôt ou tard – je l'espère du moins. » Il resta silencieux quelques instants, cherchant à mettre de l'ordre dans ses pensées. « Lorsqu'ils ne pourront plus utiliser leurs longbows faute de flèches, nous aurons de meilleures chances de les écraser. Nous sommes à dix contre un. Si nous réussissons à attirer les hommes du seigneur de Bourne jusqu'au fossé, nous pourrions prendre l'avantage.

— Qu'est-ce qui pourrait les inciter à s'approcher ?

— La curiosité… l'arrogance… l'incrédulité. Ils penseront peut-être que nous avons fui le domaine durant la nuit s'ils ne voient aucune trace de notre présence. Les serfs sont censés perdre la tête et prendre la fuite. Nul ne s'attend à ce qu'ils résistent et se battent. »

John Trueblood eut l'air dubitatif. « Le manoir est le seul bâtiment suffisamment vaste pour abriter deux cents âmes. Où pourrions-nous nous cacher ?

— Les hommes resteront où ils sont, dissimulés derrière le mur. Les femmes et les enfants accompagneront Lady Anne dans l'église. » Il se tourna vers sa maîtresse. « Il faudra vous assurer qu'ils sont tous à l'intérieur avant le lever du jour, Milady. Le seigneur de Bourne n'hésitera pas à y mettre le feu s'il voit des femmes et des enfants y entrer – maison de Dieu ou non – et, dans ce cas, nos hommes renonceront à se battre. Il n'est rien qui brise le courage d'un homme aussi vite que de voir sa famille menacée. »

Avant de partir, Lady Anne et les femmes apportèrent du pain et du fromage aux hommes et aux jeunes qui gardaient la muraille, leur offrant réconfort et soutien pour ce qui les attendait. Bien des larmes furent versées quand les épouses et les mères étreignirent maris et fils. Nul ne doutait que ce qu'ils faisaient était juste, mais tous en redoutaient l'issue. Leur seule compétence réelle était l'agriculture. Gyles lui-même n'avait jamais eu l'occasion de tuer un homme.

Lady Anne prit les mains du serf grisonnant entre les siennes après avoir envoyé les femmes et les enfants dans l'église, chargés eux aussi de provisions. Un tel poids reposait sur les épaules de Gyles, tant de vies également. « Nous avons encore le temps de remplir un coffre avec l'or qui nous reste et de lui faire franchir les douves sur le radeau, dit-elle. Cela pourrait contenter le seigneur de Bourne et ses soldats. »

Gyles secoua la tête. « J'en serais fort surpris, Milady. Le capitaine ne voudra pas vous laisser la vie sauve et avec elle, la possibilité de témoigner contre lui. Je l'ai lu dans ses yeux. Il a l'intention de vous tuer, même contre la volonté de son maître.... et il prendra son plaisir de vous auparavant. »

Elle tourna le poignet pour lui montrer le poignard attaché à son bras dans son fourreau. « Il faudra qu'il se batte pour cela. »

Un sourire éclaira le large visage de Gyles. « Je n'en attendais pas moins de vous, Milady. Tant que vous résisterez, nous résisterons. Allez à présent. Rejoignez nos femmes et nos enfants dans l'église tant qu'il fait nuit. Tous nos plans seront vains si le seigneur de Bourne vous voit y entrer. »

Eleanor se revêtit de la robe qu'elle avait portée pour l'enterrement de Jacob et orna ses cheveux, sa gorge et ses poignets des bijoux d'or que son père lui avait donnés. Ainsi assurée de ne pas risquer d'être prise pour une serve et d'être en position de négocier grâce à cet or, elle gagna la chambre de sa mère, qui disposait d'une meilleure vue sur le domaine que la salle de filage. Pas un mouvement. Pas un frémissement. Seuls les chants d'oiseaux au-dehors brisaient le silence qui enveloppait la maison. Si elle n'avait pas distingué les hommes tapis sous le mur d'enceinte dans le verger, elle aurait pu croire que tout le monde avait pris la fuite.

Comme le temps s'écoulait et que la route restait déserte, elle se persuada que Clara avait menti. Cette fable du seigneur de Bourne était un piège grotesque, dont le seul objectif était de la ridiculiser. Eleanor sentait les yeux de tous les hommes du verger rivés sur elle, ils savaient ce qu'elle espérait et leurs langues iraient bon train. Ils diraient que la fille de Sir Richard s'était parée comme une reine pour impressionner le seigneur de Bourne, et les femmes de Develish se gausseraient en apprenant qu'elle avait passé toute sa journée à la fenêtre, attendant l'arrivée d'un étranger qu'elle espérait apitoyer.

Elle fit tomber les tabourets et les nattes de jonc du lit de sa mère et se jeta sur la couche. La crainte que les serfs n'eussent pris le contrôle du domaine lui envahit l'esprit. Elle ne se rappelait pas avoir aperçu Lady Anne depuis qu'elle avait fui sa présence deux jours auparavant. Son esprit égaré imaginait sa mère se risquer hors du domaine pour rechercher l'aide du seigneur de Bourne. Quelle autre raison les hommes de Develish pouvaient-ils avoir de se tapir derrière le mur d'enceinte en affûtant leurs couteaux ?

La lassitude de longues nuits d'insomnie l'accabla et elle sombra dans une alternance de conscience et d'inconscience. Chaque fois qu'elle s'éveillait, elle avait oublié pourquoi elle était allongée sur le lit de sa mère. Ses craintes et ses angoisses étaient si nombreuses qu'elle avait peine à se rappeler lesquelles l'avaient conduite ici. Dans de rares instants de lucidité, elle était consciente de souffrir d'un mal étrange, car en dépit de tous ses efforts, elle ne pouvait échapper aux sombres visions de l'enfer qui hantaient son esprit. Quand un bruit de verre brisé la tira du sommeil et qu'elle vit les flammes s'élever des nattes qu'elle avait fait tomber du lit, elle crut que le diable venait la chercher.

Elle le regarda danser dans le feu pendant de longues secondes avant de se lever du lit en poussant un cri de désespoir et de le marteler de ses poings pour le terrasser.

Dans l'église, les femmes les plus proches de la fenêtre du chœur virent une pluie de feu s'abattre sur le manoir et chacune pria que la charpente fût assez détrempée pour tenir bon. Une flèche enflammée se ficha dans la porte d'entrée et toutes retinrent leur souffle tandis que le suif embrasé léchait le bois. « Dieu soit loué ! » furent-elles plusieurs à chuchoter lorsque les flammes moururent dans un sifflement.

Les volets du rez-de-chaussée résistèrent à l'assaut, contrairement aux fenêtres non protégées de l'étage. Lady Anne vit une flèche traverser un treillage et pénétrer dans sa chambre, une autre dans celle de Sir Richard. Elle prit la femme d'Alleyn Startout par les épaules et l'attira contre elle. « N'aie pas peur, Susan. Robert est plus sage que bien des garçons de ce domaine. Il ne mettra en péril ni sa vie ni celle de ses compagnons par pure bravade. Il aura l'intelligence de s'enfuir par la cuisine si des feux prennent. »

Susan Startout était plus sceptique. « Il tient à se montrer aussi vaillant que ses cousins, Milady. Il serait parti avec Thaddeus si Ian et Oliver lui avaient confié leur secret.

— Il n'est pas d'acte plus courageux que celui qu'il accomplit à présent. Je m'inquiète moins pour Eleanor, sachant qu'elle n'est pas seule. »

Elle serait allée chercher sa fille elle-même si les épouses des chefs de ses serfs ne l'en avaient empêchée. Clara Trueblood lui barra le passage d'un air contrit. « Nous vous perdrons si vous partez maintenant, Milady. Lady Eleanor fera tout son possible pour vous garder dans la demeure. Personne ne saurait lui faire entendre raison. »

Jenny Buckler acquiesça. « Nous avons besoin de vous ici, Milady. Sans vos conseils, les femmes et les enfants prendront peur et fuiront au-dehors.

— Gyles compte sur votre force, Milady, renchérit Martha en désignant la fenêtre qui surmontait l'autel. Le soleil est déjà au-dessus de l'horizon. Vous ne pourrez pas sortir et revenir sans vous faire voir, et le plan de mon mari échouera si le feu nous contraint à sortir de l'église. Rien ne pourra nous mettre à l'abri des flèches des longbows. »

Robert Startout attrapa Eleanor par les cheveux et la tira en arrière, crochetant sa cheville d'un pied et la faisant tomber. « Niaise ! Chiabrena ! Coqueberte ! » hurla-t-il, s'asseyant à califourchon sur son ventre et lui bourrant le visage et le torse de coups de poing. De son pied, il poussa le garçon allongé par terre. « Debout, Walter ! Debout ! »

L'autre se hissa à genoux en geignant. « Je n'ai rien fait de mal, Robert ! »

Comme Eleanor se tortillait, Robert appuya le talon de sa paume contre ses narines. « Il faut l'attacher. Autrement, elle causera notre mort. » Il tendit le menton vers un écheveau de fibres de chanvre qui traînait au sol, parmi les nattes de jonc. « Apporte-moi cela, et fais vite avant qu'une autre flèche ne s'abatte ici. »

Walter Catchpole lui tendit l'écheveau. « Pourquoi m'a-t-elle frappé ?

— Qui saurait le dire ? Elle veut peut-être que le manoir brûle. Ou bien elle a grande envie de se faire fouiller le con par les soldats. Elle est assez sotte pour cela. » Robert entoura plusieurs fibres autour du poignet gauche d'Eleanor avant de tirer sa main droite sur ses genoux et de lier les deux par un nœud en huit serré. « Fais-en autant avec ses pieds, autrement elle me flanquera des coups aussitôt que je la lâcherai. »

Quand il se fut assuré qu'Eleanor ne pouvait plus bouger, il se releva et enroula un double cordon de fibres râpeuses autour de son cou. Il la reprit par les cheveux pour la traîner jusqu'au lit et fit un nœud coulant avec la corde avant d'en attacher une extrémité à l'une de ses jambes. « Le chanvre est solide et le nœud se resserrera si vous vous débattez, lui dit-il en fixant ses yeux pleins de larmes. Vous serez morte avant que les fibres ne se rompent.

— Et toi, tu seras puni, maugréa-t-elle entre des lèvres enflées.

— Pas si je vous laisse brûler et que je prétends que c'était un accident. » Robert se tourna vers la fenêtre alors qu'une autre vitre se brisait. La flèche se logea cette fois dans une baguette de plomb et il se servit de sa botte pour la faire retomber à l'extérieur. Il se baissa pour ramasser les nattes et les jeter sur le lit de Lady Anne, sans se soucier d'éviter Eleanor. « Il faut croire que vous êtes la plus sotte des drôlesses de Develish, lança-t-il avec dégoût, retirant la hampe couverte de suif que Walter avait éteinte. Pourquoi avez-vous frappé quelqu'un qui cherchait à vous sauver ? »

Il fit tomber l'objet sur le torse d'Eleanor et poussa Walter devant lui dans le couloir. Il ne prêta ensuite plus aucune attention à la jeune fille. Il réapparaissait chaque fois qu'il entendait un bruit de verre brisé, piétinant parfois les flammes mais les couvrant le plus souvent de chiffons mouillés. L'odeur de l'étoffe trempée obstruait les narines d'Eleanor en même temps que la puanteur abominable de la graisse de mouton à demi brûlée dont était enduite la tête de la flèche posée près d'elle. Cependant, chaque fois qu'elle songeait à lever ses mains liées pour la repousser plus loin, elle se ravisait, redoutant trop le contact des fibres rugueuses contre sa gorge.

Quand la grêle de flèches s'interrompit enfin, Robert demanda à Walter et aux trois autres garçons de s'accroupir sous les fenêtres pour observer la suite des événements. Walter suggéra à Robert de détacher Lady Eleanor, mais il refusa. S'il devait être battu pour l'avoir entravée, il préférait que ce soit son père qui lui inflige cette correction plutôt qu'elle. Au moins, il serait autorisé à se justifier d'abord.

« Tu lui as massacré le visage avec tes coups de poing, remarqua Walter. Comment expliqueras-tu cela ? »

Robert grimaça un sourire. « Je dirai que je lui ai rendu service. Elle a si vilaine trogne à présent que seul un aveugle songerait à la violer. »

Gyles s'était dissimulé à l'intérieur de l'arche de pierre menant au verger, d'où la vue donnait sur la grande route du nord et sur la voie menant au village. Comme il l'avait prédit, le seigneur de Bourne arriva de bonne heure et ne manifesta aucune intention de s'assurer que Lady Anne était ou non décidée à se plier à ses exigences. Il fit arrêter son chariot à deux cent cinquante pas des douves, gardant avec lui pour toute protection son cocher et un homme d'armes, tandis que le capitaine et une troupe de huit hommes partaient à cheval vers l'ouest et le sud en traversant les lopins paysans.

Gyles se déplaça d'arbre en arbre à l'intérieur du verger pour suivre leur avancée. Ils s'arrêtèrent lorsqu'ils eurent la partie antérieure du manoir dans leur champ de vision, s'alignant à quelque trois cents pas du mur d'enceinte, juste devant la façade. L'arc court de Gyles lui-même, le meilleur de ceux qu'ils avaient trouvés dans les réserves, n'avait pas la puissance nécessaire pour envoyer une flèche aussi loin. La grêle de traits enflammés commença alors de s'abattre.

Les hommes du seigneur de Bourne ne devaient guère être entraînés au maniement du longbow, car leurs flèches étaient aussi nombreuses à tomber dans le fossé ou dans la cour qu'à se ficher dans les ouvrages de bois de la demeure. Gyles fut pris d'inquiétude à l'idée que le bois sec des cabanes des serfs, le fourrage des bêtes, la paille et les feuillages ne prennent feu à l'intérieur de l'enceinte, obligeant ses hommes à quitter le couvert pour éteindre les flammes. Mais la main de Dieu s'étendait, semble-t-il, sur Develish. Même quand une flèche tomba à trois pas des pieds de Gyles, le suif embrasé grésilla et s'éteignit en quelques secondes, ne laissant dans l'herbe qu'un cercle calciné.

Lorsque l'attaque prit fin, le capitaine envoya un cavalier jusqu'au chariot de son maître. Un quart d'heure s'écoula avant son retour. Le capitaine ordonna alors aux autres de remonter à cheval. Ayant constaté qu'il leur faisait rebrousser chemin, Gyles courut à croupetons jusqu'au mur d'enceinte et fit circuler un message, enjoignant à chacun de rester dissimulé jusqu'à ce qu'il leur donne l'ordre de se relever. « La surprise est la meilleure de nos armes, leur rappela-t-il avec insistance. Si nous ne réussissons pas à les attirer plus près, nous ne pourrons avoir raison d'eux.

— Tu as l'intention de les tuer tous? demanda John Trueblood. Est-ce possible? Je serais surpris que le seigneur de Bourne s'approche suffisamment.

— J'ai la ferme intention de le dissuader de revenir, répondit Gyles. Nous serons moins bien préparés une autre fois. Fais passer le long de la ligne l'ordre que tous les hommes armés d'un arc se dirigent vers l'entrée. Mais surtout, qu'ils ne se redressent pas. »

Une heure encore s'écoula avant que le capitaine ne fasse descendre à neuf soldats en phalange serrée la route venant du village. Il les fit s'arrêter à trente pas du fossé et cria à tous ceux qui étaient dans le manoir de sortir.

Gyles jeta un coup d'œil au petit groupe d'archers accroupis à côté de lui. « Vous savez ce que vous avez à faire, chuchota-t-il. Visez le cheval, et non l'homme. La cible est plus grosse et la confusion sera plus grande. Bougez dès que je le ferai. »

Il attendit un nouveau cri du capitaine et surgit du couvert du mur. Il laissa les puissants thorax des premiers chevaux à ses compagnons, dirigeant ses propres flèches contre les flancs des suivants. L'une après l'autre, les pauvres bêtes ruèrent et se cabrèrent, jetant leurs cavaliers à terre et hennissant lamentablement. Quand Gyles constata que le capitaine, bien protégé au centre de la phalange, était encore en selle, il visa l'homme, cette fois, et non la monture. Il voulait toucher le cœur du capitaine, mais ne fit que transpercer la manche de son ample chemise, car le destrier bondit depuis le cœur de la mêlée et s'emballa, filant sur la route. Trois autres hommes s'enfuirent avec lui, suivis par deux chevaux sans cavaliers, aux croupes et aux ventres hérissés de hampes. Six des soldats restèrent au sol, roulés en boule parmi les quatre derniers destriers agonisants.

« Ne bougez pas, leur cria Gyles en français, si vous ne voulez pas que je donne ordre à mes archers de vous tuer. »

Un homme se débattit pour faire tomber son camarade qui reposait sur ses jambes et réussit à se mettre à quatre pattes, avant de s'effondrer à nouveau, une flèche fichée dans l'épaule.

« Je vous avais prévenus, lança Gyles avant d'émettre le sifflement perçant signalant à tous les hommes de Develish qu'il était temps de se montrer. Votre seigneur et votre capitaine vous ont abandonnés, et vous êtes désormais à la merci de ceux à qui vous avez fait du tort. Votre seule chance est d'agir ainsi que je vous le dirai. Acceptez-vous mes conditions ?

— Quelles sont-elles ?

— La mort ou la vie. Que choisissez-vous ?

— La vie.

— Dans ce cas, relevez-vous. Défaites-vous de vos armes, de vos tabards et de vos bottes et posez-les par terre devant vous. S'il me semble que vous me dissimulez quelque chose, je vous renvoie à votre seigneur nus comme au premier jour. »

Cinq d'entre eux obtempérèrent.

« Auguste ne peut pas se relever, expliqua leur porte-parole. Il se meurt de la blessure que vous lui avez infligée.

— J'en serais surpris… mais si c'est vrai, brisez la hampe et dépouillez-le entièrement. Sans vêtements, son cadavre sera une proie plus facile pour les charognards. Nous ne souhaitons pas que le vent porte sa puanteur vers nous plus longtemps que nécessaire. »

Auguste se remit alors debout, retirant la flèche de son épaule sans même pousser un gémissement de souffrance. « Milord te le fera payer, serf. »

Gyles émit un rire bref. « Il serait bien fou d'essayer. Dieu est avec nous. Ce n'est pas pour rien que Develish vit, alors que tous ceux qui l'entourent meurent. » Il releva son arc. « Retire ton tabard et tes armes. Une armée d'une centaine d'Anglais est alignée contre vous et chacun est prêt à franchir le fossé pour arracher ton cœur de voleur de ta poitrine. »

Furieux, l'homme laissa retomber son épée et retira sa livrée. « Tes fanfaronnades sont vaines, lança-t-il. Je ne dénombre que neuf archers.

— Tu comptes mal », rugit James Buckler, s'emparant de la fourche de son voisin et bondissant sur la marche nord. Il mit son arme en équilibre sur sa paume avant de la jeter comme une lance. Une acclamation ébranla l'air lorsqu'elle s'enfonça dans le sol aux pieds du Normand. « La prochaine sera pour ta gorge.

— Et la mienne pour celle de la racaille qui est derrière toi, cria Alleyn Startout, surgissant de derrière un contrefort. Nul n'aime les Normands par ici. Nous préférerions vous transformer en charognes pour les corbeaux que de vous laisser la vie sauve. »

Des cris d'approbation parcoururent toute la longueur du mur. Des manches de fourches martelèrent la terre durcie. Un jeune jeta une pierre, et d'autres, impatients de manifester leur hostilité, suivirent son exemple.

Ensanglantés et meurtris, les Français tournèrent les talons avant de prendre leurs jambes à leur cou, bondissant et sautillant pour éviter les pierres acérées de la route.

« Reviendront-ils ? » demanda Adam Catchpole par-dessus l'épaule de Gyles.

Une lueur de triomphe éclaira les yeux de celui-ci. « Il leur faudra d'abord remplacer leurs armes et leurs chevaux. »

Robert s'accroupit à côté d'Eleanor. « Je ne vous aurais pas frappée si vous n'aviez pas frappé Walter, lui dit-il. Vous n'auriez pas dû le faire, car il voulait seulement éviter que vous brûliez. Pour ma part, j'aurais sans doute laissé le feu agir à sa guise, parce que je ne vous aime pas et que je n'ai pas le cœur aussi tendre que Walter. Il sauve les pigeons aux ailes brisées. Moi, je les mange. » Il chercha son regard. « Vous êtes réellement simplette, c'est cela ? Isabella dit que vous ne savez même pas écrire votre nom ni dire les chiffres correctement. J'ai peine à la croire. Ma petite sœur sait faire les deux et pourtant, elle a à peine cinq ans. » Il tira son couteau de sa ceinture. « Si vous aviez un peu d'instruction, vous sauriez qu'il s'est passé quelque chose d'important aujourd'hui. Mais comme vous n'en avez pas, vous allez pleurnicher et geindre en regrettant de ne pas avoir été sauvée. » Il trancha le nœud coulant qui lui entourait le cou. « Ces hommes ne vous auraient pas sauvée, vous savez. Ce n'est pas parce que vous portez des bijoux en or que vous valez mieux que les autres. Votre mère n'en porte pas et pourtant, si le seigneur de Bourne avait emmené une dame, il n'en aurait pas choisi d'autre qu'elle. Elle est aussi intelligente que belle et n'importe qui n'a besoin que d'une seconde pour comprendre qu'elle est de haute naissance. Alors que quand vous ouvrez la bouche, vous, vous montrez à tous qui vous êtes : une drôlesse sans cervelle et qui a fort mauvais caractère. » Il s'assit sur ses talons. « Je vous pocherai un deuxième œil si vous essayez de me frapper quand je trancherai les liens de vos poignets. Ma punition n'en sera pas plus grave. Si je dois être battu, on m'infligera autant de coups de fouet quel que soit le nombre de vos bleus. »

Eleanor passa sa langue sur ses lèvres tuméfiées. « Je ne te frapperai pas.

— Ce serait raisonnable. Vous ressemblez déjà à un cochon pie. Ce sera pire si je vous flanque une nouvelle volée. Tous les gens de Develish éclateront de rire quand vous vous présenterez devant eux pour m'accuser. »

Comme elle ne répondait pas, Robert glissa la lame entre ses chevilles puis trancha les fibres qui entouraient ses poignets et recula d'un bond. « Vous devrez attendre un moment si vous voulez qu'une servante vienne vous aider, lui annonça-t-il en se dirigeant vers la porte. Elles courent dans toute l'enceinte à la recherche de leurs pères et de leurs frères.

— Dis à Isabella de venir », chuchota-t-elle.

Il secoua la tête. « Non, il ne serait pas juste de l'affliger quand tous les autres festoient. Sa place est au côté de son père. Sans mon oncle Gyles, nous serions tous morts. »

Vingt-deux

Le camp de Thaddeus au bord de la Pedle

La nuit tombait au moment où Ian, Olyver et Edmund atteignirent le fleuve. Ils retirèrent leurs vêtements et leurs souliers pour le traverser en pataugeant, tenant leurs effets au-dessus de leurs têtes, et la fraîcheur de l'eau sur leur poitrine fut elle-même impuissante à soulager leur détresse. Ayant vainement attendu que Thaddeus revienne, ou surgisse au moins sur la route au sud d'Afpedle, ils étaient d'humeur sombre et renfermée.

Joshua eut l'intelligence de tenir sa langue quand ses compagnons se laissèrent tomber près du feu de camp pour enfiler leurs tuniques et leurs chausses, mais Peter brûlait de curiosité. À quoi ressemblait Afpedle ? Tout le monde là-bas était-il mort ? Avaient-ils vu des cadavres ? L'odeur était-elle aussi atroce que le disait Thaddeus ? Pourquoi était-il revenu chercher un cheval et une corde ? Avaient-ils réussi à incendier le village ?

Comme toutes ses questions demeuraient sans réponse, il finit par s'impatienter. « Mais qu'est-ce que vous avez ? demanda-t-il enfin. Dites-nous au moins où est Thaddeus.

— Nous n'en savons rien », marmonna Ian.

Peter fronça les sourcils. « Comment cela ?

— Tu n'aurais pas à nous poser la question si tu nous avais accompagnés », répliqua Edmund.

L'exaspération était suffisamment vive de part et d'autre pour provoquer une bagarre, mais Joshua intervint avant que la situation ne dégénère. « J'ai attrapé des écureuils et j'ai fait tremper les derniers haricots, annonça-t-il. Je vais les mettre à cuire. Si Thaddeus n'est pas revenu quand le repas sera prêt, nous laisserons sa part dans la marmite. »

Peter s'éloigna pour monter la garde près de la rivière, désireux à la fois de se calmer et de montrer à Edmund que surveiller le camp était une mission aussi importante qu'incendier des villages. Pour le prouver, il scruta l'obscurité grandissante et la brume qui se levait. Il n'aurait pas distingué les formes vagues qui se dessinèrent s'il n'avait été aussi attentif : deux ombres noires, plus sombres que la nuit, qui se coulèrent hors des arbres sur la rive opposée.

La bouche sèche, il entama une retraite précipitée, tirant son couteau de sa ceinture et le tenant devant lui. « Des intrus au sud ! coassa-t-il, cherchant désespérément à produire un peu de salive. Des intrus au sud ! »

Pendant quelques secondes d'effroi, il eut peur que ses amis ne croient à une plaisanterie, mais à son grand soulagement, il entendit des jurons suivis d'un bruit de course dans l'herbe. « Par ici », chuchota-t-il en indiquant la direction du bout de sa lame pendant que les quatre garçons s'alignaient derrière lui. « Vous les voyez ? »

Ian hocha la tête. « Que faire ? Nous n'avons plus de flèches.

— Adresse-leur une mise en garde », suggéra Olyver tout bas.

Ian éleva la voix. « Vous êtes devant un camp armé ! cria-t-il. Gardé par des soldats ! Rebroussez chemin si vous tenez à la vie ! Toute tentative d'entrer dans l'eau sera considérée comme un acte de guerre, passible de mort ! »

Un étrange susurrement – un grondement grave – leur parvint à travers la brume. Joshua frissonna, croyant entendre s'ouvrir les mâchoires de l'enfer, prêtes à déchaîner la Mort Noire. Peut-être n'était-il pas le seul à le redouter, la voix de Ian tremblait fortement quand il lança une seconde mise en garde. « N'approchez pas ! Nous sommes armés de longbows et vous goûterez de nos flèches si vous avancez encore. M'entendez-vous ?

— Je vous entends, répondit la voix amusée de Thaddeus. Et je vous vois. Vos silhouettes se dessinent à merveille devant le feu. » Il marmonna quelque chose qui n'était manifestement pas destiné aux garçons. « Avant que je traverse, vous feriez bien de passer derrière les flammes. Je ne pense pas qu'il y ait de risque, mais je ne voudrais pas tenter le diable. Tenez-vous cois et évitez les gestes brusques. »

Quoi qu'aient pu imaginer les garçons au cours des minutes qui suivirent, ils étaient loin d'envisager que Thaddeus, nu comme un ver et dégoulinant d'eau de la tête aux pieds, surgirait de la rivière avec le destrier de Sir Richard en remorque et sept chiens trempés sur les talons. Il s'écarta des bêtes, attendit qu'elles s'ébrouent puis leur ordonna de se coucher avant de prendre ses vêtements sur le dos de Killer. Il les enfila, entrava lâchement les antérieurs du cheval et le désangla. « Tu es un bon garçon, lui dit-il avant de faire glisser de son garrot un paquet de forme bizarre puis de détacher la selle et la bride et de les laisser tomber au sol. Tu peux aller prendre un repos bien mérité. » D'une légère tape sur la croupe, il l'envoya retrouver les autres montures, sans quitter les chiens de l'œil.

Peter et Joshua trouvèrent la scène beaucoup moins inquiétante que Ian, Edmund et Olyver. « Que redoutait-il ? chuchota Joshua. Ils ont l'air parfaitement dociles.

— Je t'assure qu'ils ne l'étaient pas à Afpedle, répondit Olyver. Nous pensions même qu'ils l'avaient tué. »

Les garçons regardèrent Thaddeus s'accroupir dans l'herbe et s'affairer avec la meute. Ils ne distinguaient pas ce qu'il faisait parce que la lumière du feu n'était pas assez vive, mais l'intérêt des chiens était manifeste. Ils s'avancèrent en rampant, à peine capables de maîtriser leur excitation, poussant des jappements aigus pour inciter l'homme accroupi à faire plus vite. « L'un après l'autre, leur dit-il. Toi d'abord. » Il désigna un mastiff et lui lança quelque chose. « C'est bien. À toi maintenant. » Il répéta tour à tour le même geste avec tous les chiens.

« Tu crois qu'il leur donne le mouton mort à manger ? demanda Olyver à son frère.

— Oui, à moins que ce ne soit un cadavre infecté par la pestilence, répondit Ian. Espérons que c'est le mouton. »

Edmund se trémoussa, mal à l'aise. « Ce n'est pas drôle, marmonna-t-il. Il n'aurait pas dû les amener ici. Si ce n'est pas lui qui se fait mordre, ce sera nous.

— Au moins, il n'est pas mort. Il y a une heure, tu aurais été prêt à l'accueillir avec des rats dans sa barbe… et maintenant, tu maugrées pour quelques chiens.

— Et s'ils transportent la pestilence sur leurs crocs ? »

Thaddeus évita à Ian d'avoir à répondre. « Vous pouvez sortir maintenant, cria-t-il, ramassant la selle et la bride et se dirigeant vers eux. Tant que je les nourris, ils ont l'air contents. » Il laissa tomber la sellerie et le reste de la carcasse de mouton par terre et s'accroupit à côté du feu, se frottant les mains et regardant ce que contenait la marmite. « Dînons, proposa-t-il gaiement. Je n'ai jamais eu aussi faim de ma vie. »

Ni arboré un sourire aussi radieux, songea Ian, se demandant ce qui avait bien pu se passer pour le mettre de si belle humeur. Il éprouva un pincement de jalousie en songeant que peut-être Thaddeus s'était diverti pendant son expédition, contrairement à Olyver, Edmund et lui. « Nous avons cru que tu étais mort, murmura-t-il d'un ton accusateur.

— Quelle drôle d'idée !

— La dernière fois que nous t'avons vu, la meute était sur le point de te rattraper.

— Vous aurez mal vu. Je vous avais bien dit que je n'avais pas fait tout ce chemin pour mourir d'une morsure de chien. » Il prit l'assiette de ragoût que lui tendait Joshua. « J'ai l'impression que vous avez fait du bon travail tous les trois. Le village brûlait encore quand j'ai fait traverser les lopins paysans à mes nouveaux amis.

— Mais nous n'y avons pris aucun plaisir, remarqua Olyver d'un ton sévère, percevant en Thaddeus la même humeur guillerette que Ian. Que t'est-il arrivé pour que tu sois aussi… (il regarda autour de lui en quête du mot juste)… *gai* ? »

Une lueur espiègle éclaira les yeux de Thaddeus pendant qu'il grignotait une patte d'écureuil. « Je me sens vivant, dit-il. Je devrais peut-être vous recommander à tous de monter un cheval emballé pourchassé par des chiens affamés. C'est un excellent remède contre la peur. »

À l'expression stupéfaite des garçons, il comprit que ses propos n'avaient aucun sens pour eux. Il n'avait cependant pas d'autre explication à leur donner. Tout ce qu'il savait, c'est qu'il avait vécu plus intensément pendant les dernières heures qu'au cours des vingt années précédentes.

Il finit par répondre à leurs questions, mais avec une telle retenue qu'ils en vinrent à penser que toute cette escapade avait été plutôt ennuyeuse. « Tout s'est passé très facilement dès que je me suis rendu compte que les chiens étaient dressés à réagir à des ordres, leur dit il. Commc le cheval de Sir Richard ne connaît que deux allures – le galop et le pas –, nous avons fait l'essentiel du trajet à pied.

— Où es-tu allé ?

— De l'autre côté de la colline, dans la vallée voisine. J'espérais perdre les chiens en chemin, mais ils ne m'ont pas lâché. Même quand un daim a bondi devant nous, ils sont restés collés aux sabots de Killer… probablement parce que j'avais remonté le mouton sur la selle. Ils semblent prêts à accorder leur amitié à quiconque les nourrit.

— Tu n'aurais pas pu les laisser se disputer la carcasse et t'éloigner au grand galop ?

— Si, admit Thaddeus, seulement quand le moment m'a paru opportun, Killer s'est mis à danser sur place comme un insensé et je n'ai pas réussi à tirer mon couteau. Les chiens se sont précipités sur nous et la seule idée qui m'est venue a été de crier "Halte !". Ils ont obéi. Ils sont remarquablement bien dressés.

— Tu aurais pu réessayer plus tard.

— La route n'était pas assez longue. Le prochain village au sud se trouve à peine à une demi-lieue, et à mi-chemin du sommet de la colline. Si j'avais fait demi-tour, j'aurais ramené les chiens tout droit jusqu'à Afpedle. Je me suis dit que j'aurais plus de chance de me débarrasser d'eux si je les conduisais à travers bois jusqu'au fleuve, mais les arbres étaient trop serrés pour que je puisse leur échapper. Nous étions obligés d'aller au pas, et encore, lentement. »

Il décrivit ce qu'il avait vu en atteignant le sommet de la colline : un autre large cours d'eau sinueux avec des ruisseaux qui en partaient pour former des lacs; des forêts touffues, luxuriantes sur les versants et dans le fond de la vallćc, et un domaine à portée de voix, deux fois plus vaste qu'Afpedle. « Le manoir se dresse à côté d'un lac. C'est très beau.

— Tu as vu des gens ? »

Thaddeus secoua la tête. « Je n'ai pas voulu trop m'approcher. Le lieu m'a paru assez riche pour avoir des soldats armés de longbows et recevoir une flèche entre les deux yeux ne me tentait guère. J'ai préféré me frayer un passage à travers le bois et offrir aux chiens une petite trempette dans le fleuve. À Killer et moi aussi.

— Le cheval s'appelle Edward, corrigea Joshua.

— Plus maintenant. Il a bien failli me rompre le cou la première fois qu'il s'est emballé.

— Quels noms as-tu donnés aux chiens ? demanda Ian.

— Aucun individuellement, mais ils semblent répondre collectivement au nom de Péchés mortels. *Debout,* Péchés mortels. *Couchés,* Péchés mortels. C'est remarquablement efficace. »

Edmund jeta un regard inquiet en direction de la meute. « Pourquoi les avoir conduits jusqu'ici ? Tu les craignais pourtant ce matin. Et s'ils nous mordent ? Comment sais-tu qu'ils ne sont pas malades ?

— Je n'en sais rien… et si tu as peur de te faire mordre, ne le leur montre pas. En tout cas, leur pelage est propre. J'ai suivi le conseil de Joshua. Ils ont traversé à la nage cinq cours d'eau différents, dont celui-ci. » Il esquissa un petit sourire. « La vérité est que je n'ai pas réussi à m'en défaire. Ils ont refusé de me perdre de vue. En définitive, je me suis dit qu'il était peut-être préférable de les garder.

— Pourquoi ? »

Thaddeus haussa les épaules. « Ils seront plus faciles à tuer s'ils ne courent pas en liberté. »

Peu après, il attisa les flammes, ordonna aux garçons d'installer leurs lits de fougère derrière le feu et s'adossa lui-même à la selle afin de pouvoir surveiller les chiens. Pour une fois, il n'éprouva pas le besoin d'établir des tours de garde, certain que la meute flairerait la présence d'inconnus bien avant que les yeux ou les oreilles d'êtres humains ne puissent les repérer. Cependant, il était moins sûr que les bêtes ne profiteraient pas de la nuit pour l'attaquer. Il expliqua aux garçons que leur meilleure défense était le feu. Quant à lui, il garda son couteau et les restes de mouton à proximité.

« Prenez tout le repos que vous pourrez, murmura-t-il. Demain, vous irez chercher des scions de noisetier pour fabriquer de nouvelles flèches. »

Dans le courant de la nuit, Joshua contourna le feu en rampant pour le rejoindre. « Je n'ai pas peur des chiens, chuchota-t-il. J'avais appris aux bâtards de Develish à attraper des écureuils et des lapins. Ils ont fini par être si forts que mon père se plaignait du nombre de rongeurs que nous mangions. »

Thaddeus sourit. « Comment as-tu fait pour leur apprendre ?

— Avec de la nourriture… de la même façon que tu as persuadé cette meute de te suivre. On peut dresser un chien à faire tout ce qu'on veut pourvu qu'on le récompense ensuite.

— À cette différence près que ces chiens-ci ne sont pas des bâtards tremblants de peur, objecta Thaddeus. Ce sont des chiens de chasse qui ont, de surcroît, goûté à la chair de cadavres humains. Combien de temps m'obéiront-ils quand il n'y aura plus de mouton ?

— Ils n'obéiront plus. Il faudra que tu trouves plus de viande. Ils accordent leur fidélité à celui qui les nourrit. C'est ainsi. Si tu veux, je te montrerai demain comment faire.

— Hum, vu ce qu'ils mangent, c'est une fidélité qui coûte cher. Ils ont dévoré un demi-mouton en une journée, c'est plus que nous en une semaine. Nous aurons moins de mal à nous nourrir sans eux. »

Joshua hésita avant de répondre. « Tu pourrais au moins leur donner une chance de prouver leur utilité, insista-t-il. Si j'ai pu apprendre à un bâtard à attraper des lapins, je devrais réussir à convaincre un chien de chasse déjà dressé de s'emparer d'un daim. Ils pourraient nous apporter plus de nourriture qu'ils n'en mangent. »

Thaddeus ne dit rien.

Joshua poursuivit résolument : « Lady Anne a eu tort de faire abattre les bâtards. Nous n'aurions pas eu besoin d'établir de tours de garde si elle les avait épargnés. Ils auraient patrouillé dans l'enceinte toute la nuit et aboyé au premier bruit suspect. » Le garçon s'arrêta, attendant une réaction. N'en obtenant pas, il reprit : « Vois comme ces chiens nous protègent bien. Vois comme les mastiffs restent en alerte.

— Tu as le cœur trop tendre, Joshua. Tu serais d'un autre avis si tu les avais vus ce matin. Ils sont moins avenants quand ils montrent les crocs.

— Tant mieux, fit valoir le garçon. Tu te sentirais bien plus en sécurité en entrant dans un village si tu étais entouré d'une meute de chiens féroces. Tu pourrais faire tout ce que tu veux, voler à ta guise, personne n'aurait le courage de te faire front. »

Il ignorait s'il avait convaincu Thaddeus dont l'expression était indéchiffrable même de jour, mais comme celui-ci changea de sujet, il en tira quelque espoir.

Il était exact que Joshua avait le cœur tendre dès qu'il s'agissait de chiens. Il regrettait encore les bâtards abattus, surtout un – Red – dont le pelage était aussi roux que ses cheveux. Ils avaient dormi l'un à côté de l'autre toutes les nuits de sa vie, et Joshua avait supplié son père de ne pas le tuer. James Buckler l'avait tout de même fait. Son fils lui en avait terriblement voulu, et ils ne s'étaient pas réconciliés avant le départ de Joshua. Il en avait aussi voulu à Lady Anne, qui avait ordonné ce massacre, et les réflexions fielleuses d'Eleanor sur sa mère avaient quelque peu apaisé sa colère. « Develish te manque ? demanda-t-il soudain à Thaddeus.

— Non.

— Même pas Lady Anne ? »

Thaddeus le regarda. « Pourquoi cette question ?

— Tout le monde sait que tu l'aimes bien.

— Pourquoi ne l'aimerais-je pas ? Elle m'a appris plus de choses que ma propre mère. »

Joshua lui adressa un sourire malicieux. « Tu ne peux pas la comparer à ta mère. Elle a à peine huit ans de plus que toi. »

Thaddeus se recala contre la selle, se demandant si c'était Eleanor qui avait attiré l'attention du garçon sur ce fait. « Je m'intéresse plus aux flèches qui nous manquent qu'à l'âge de la mère de votre catin, répliqua-t-il. Il faudra commencer à couper des scions de noisetier dès demain. Ton père t'a-t-il appris à les fendre ? »

Mais Joshua s'entêta. « Tu penses que Lady Anne sait la vérité à présent ?

— Tout dépend de ce qu'Eleanor lui aura dit. »

Le garçon se pencha en avant et serra ses mains entre ses genoux. « C'est elle qui a commencé, tu sais. Nous n'aurions pas été assez hardis pour nous approcher d'elle. »

Thaddeus était parvenu à la même conclusion, mais il n'était pas disposé à innocenter Joshua aussi facilement. « Et tu crois que cela me donne meilleure opinion de vous ?

— Nous nous ennuyions et elle était là. Voilà tout.

— Je pourrais en dire autant de tes grandes sœurs, murmura Thaddeus. Il leur est arrivé plus d'une fois de venir faire les belles autour de moi. Aurais-je dû leur montrer mon vit parce que je n'avais pas mieux à faire ? »

Joshua tortilla ses épaules, embarrassé. Il savait fort bien que ses deux sœurs n'auraient pas refusé d'avoir Thaddeus pour mari. « Non.

— Alors ne reproche pas votre comportement à Lady Eleanor. Assume la responsabilité de tes actes et supportes-en les conséquences ensuite.

— Tu ne devrais pas prendre sa défense, objecta le garçon. Elle n'a que haine pour toi. Je pense que c'est pour cette raison qu'elle a tué Jacob, parce que c'était ton frère.

— Dans ce cas, le poids n'en sera que plus lourd sur sa conscience, répondit Thaddeus. Il n'est pas de motif plus sot de tuer une personne que d'en haïr une autre. »

À quatre lieues de là, Eleanor était à la fenêtre de la salle de filage, passant la pointe d'un passe-lacet de six pouces sur son bras. Malgré la peste, les hommes avaient pris le radeau pour franchir les douves afin d'aller équarrir les chevaux morts et de les transporter à l'intérieur de l'enceinte. À présent, les morceaux de choix rôtissaient sur un feu ouvert au milieu de la cour. La nuit s'avançant et les ventres se remplissant, les paysans chantaient et s'ébattaient, leurs visages rubiconds luisant à la chaleur des flammes. Et, au milieu, ses cheveux bruns ruisselant sur ses épaules, Lady Anne dansait.

L'allégresse de sa mère avait inspiré à Eleanor une telle nausée qu'elle s'était emparée du passe-lacet pour tracer des estafilades rouge vif sur sa peau pâle. Chaque piqûre lui permettait d'oublier un instant les visions de l'enfer qui lui torturaient l'esprit. Son cerveau troublé imaginait que sa mère et tous les serfs de Develish étaient devenus des démons envoyés par le diable pour la tourmenter. Se faire mal lui donnait du plaisir. Dieu aurait pitié d'elle quand Il verrait son sang couler aussi abondamment que celui du Christ.

Elle avait tant besoin de Sa pitié. Elle était la fille de son père – Sir Richard continuait à vivre à travers elle –, mais elle n'était plus du tout certaine que le privilège de ses origines normandes puisse suffire à assurer sa place à Develish. Le seigneur de Develish était mort de la peste et le seigneur de Bourne avait été vaincu. Il ne restait que Lady Anne, qui revendiquait un héritage saxon et éprouvait plus de sollicitude et d'amour pour ses serfs que pour sa propre fille.

Eleanor vit Lady Anne se pencher pour écouter quelque chose que lui disait Robert Startout. Elle comprit au geste que fit le garçon en direction de la fenêtre de la salle de filage qu'il parlait d'elle, et devina que ses propos n'avaient rien d'aimable. Son cœur frémit d'angoisse jusqu'au moment où il hocha la tête gravement, tandis que Lady Anne mettait un genou en terre et posait le doigt sur les lèvres de Robert pour lui intimer le silence. Il s'éloigna peu après pour aller parler à Walter Catchpole et elle vit les deux garçons rire et se donner des claques dans le dos. Qu'est-ce qui les réjouissait le plus ? se demanda Eleanor. Que Robert échappe à la punition qu'il méritait pour l'avoir frappée ? Ou qu'elle eût trop honte des meurtrissures qu'il lui avait infligées pour s'exposer aux regards ?

Devant le spectacle de bonheur qui se déroulait en contrebas, des sentiments de solitude et de jalousie se disputaient le cœur d'Eleanor. Elle avait supplié sa mère de ne rien dire de ce qui s'était passé et de l'autoriser à rester cachée jusqu'à ce qu'elle ait retrouvé sa beauté, mais elle reprochait désormais à Lady Anne d'avoir accepté aussi aisément de pardonner son forfait à Robert. Le contact de son doigt sur les lèvres saxonnes de Robert avait certainement été plus doux que la froideur insensible avec laquelle elle avait étalé un onguent autour des yeux normands de sa fille. Elle préférerait toujours exclure Eleanor d'une fête plutôt que d'en priver un jeune serf brutal.

Furieuse, Eleanor enfonça la pointe de l'aiguille dans son bras, et la douleur lui accorda un instant de lucidité. Elle avait tant aimé son père et avait méprisé sa mère pour lui complaire, mais elle tremblait en songeant que, peut-être, tout ce qu'il lui avait dit était faux. L'écho de la voix de Lady Anne résonnait en elle.

Sir Richard était incapable lui aussi de dire la vérité… Je ne pouvais m'empêcher de rire en le voyant serrer le crucifix contre son cœur, boire le vin consacré et verser des larmes de joie quand ce prêtre dégénéré lui accordait l'absolution… Dieu nous juge à nos actes et non au nombre de mea culpa *que nous disons…*

Vingt-trois

Quand le soleil fut assez haut au-dessus de l'horizon pour que la vallée ne soit plus plongée dans la pénombre et que les chiens commencèrent à bâiller et à s'étirer pour saluer le jour nouveau, Thaddeus céda aux prières de Joshua et demanda au garçon de lui montrer ce qu'il savait faire. Il ignorait si cette décision était sage et préféra, par précaution, s'armer de son épée, mais Joshua avait l'air sûr de lui. Il commença par détacher de tout petits morceaux de viande de la carcasse de mouton, en fourra la plus grande partie dans sa gibecière qu'il avait ôtée de sa ceinture puis s'approcha à dix pas de la meute en tenant le reste dans sa main.

Peu après, Edmund, Olyver, Ian et Peter quittèrent leurs couches en rampant pour rejoindre Thaddeus. « Il est fou, gémit Edmund en voyant Joshua caresser les oreilles des chiens et les nourrir à la main. Il suffit que l'un d'eux décide de le mordre pour que tous l'attaquent. »

Thaddeus secoua la tête. « Quand il a commencé, ils avaient le poil hérissé et montraient les dents. Regardez-les à présent.

— Tu es sûr qu'ils ne transportent pas le mal dans leur bave ?

— Non, mais je ne sais pas non plus s'il n'est pas transporté par l'eau que nous buvons ou par l'air que nous respirons. La seule chose dont je sois certain, c'est que les chevaux n'en sont pas atteints, autrement nous serions déjà morts. » Un petit rire lui échappa. « C'est une belle journée, Edmund. Profites-en. Nous sommes vivants, nous sommes libres et Joshua fait manger dans sa main des chiens qui étaient encore sauvages hier.

— Peut-être, mais maintenant, tu ne pourras plus les tuer, le mit en garde Peter. Joshua n'a pas pardonné à son père d'avoir égorgé Red et il ne te pardonnera pas non plus si tu occis ceux-ci. »

Thaddeus observa Joshua qui faisait marcher la meute au pied, montrant aux chiens du bras dans quel sens il voulait qu'ils tournent. « Il faut nous occuper des flèches, dit-il aux autres en changeant de sujet. Quelqu'un d'entre vous sait-il abouter des scions de noisetier pour les renforcer et les rendre parfaitement droits ? »

Ils levèrent la main tous les quatre.

« Il faudra des liens pour attacher les deux moitiés, fit remarquer Ian.

— Et des plumes pour les empenner, ajouta Edmund. Autrement, elles ne seront pas d'aplomb.

— Et du fer pour forger les pointes, renchérit Olyver.

— Et une pierre à aiguiser, dit Peter. Mon couteau est tellement émoussé que je ne sais même plus quel côté de la lame est censé trancher.

— Autre chose ? demanda Thaddeus d'un ton sarcastique. Vous ne voulez pas un fauteuil confortable où vous asseoir pendant que vous travaillez ? Ou de la graisse pour préserver la douceur de vos mains ? » Il entreprit de donner des coups de pied dans le feu pour l'éteindre. « Il faudra faire de notre mieux avec ce que nous trouverons. J'ai besoin de suffisamment de flèches pour incendier Athelhelm dans quatre jours. Et même plus tôt si nous voyons des nuages de pluie s'amonceler à l'ouest. Une chose est sûre : notre bonne fortune ne durera pas éternellement. »

Il se chargea de chercher du fer et des plumes avec Joshua, et envoya les quatre autres garçons vers le village de l'Est, où il avait repéré plusieurs boqueteaux de noisetiers bien drus en bordure des terrains communaux. Il les exhorta à être très vigilants en coupant les scions, car le contact avec d'autres humains restait sa plus grande crainte. Un homme sain en apparence pouvait porter les germes de la pestilence sur la peau, ou prêts à bourgeonner en lui. Il décida de ne laisser personne pour surveiller le campement. Il aurait vraiment fallu jouer de malchance pour qu'un voyageur passe par là alors que personne ne s'en était approché depuis leur arrivée.

Il annonça à Joshua son intention de regagner Afpedle. « La meute risque-t-elle de se montrer rétive si nous y retournons ? demanda-t-il. Seras-tu capable de les maîtriser ? »

Joshua, qui avait persuadé les chiens de rester patiemment assis dans l'herbe, lui jeta un regard inquiet. « Je n'en sais rien. Pourquoi faut-il retourner là-bas ?

— Parce que nos pointes de flèche sont enfouies dans les cendres des chaumières. Nous ne les retrouverons peut-être pas toutes, mais cela vaut la peine d'essayer. De surcroît, c'est là aussi qu'il sera le plus facile d'attraper et de tuer un autre mouton. » Il se pencha pour ramasser la selle de Killer. « Nous irons à cheval. J'ai aperçu des canards sur le lac de la vallée voisine qui nous fourniront les plumes dont nous avons besoin.

— Il me sera moins difficile d'apprendre aux chiens à obéir si je les garde ici. »

Thaddeus fit passer les étriers par-dessus la selle. « Tu les mettras en péril si tu fais cela, remarqua-t-il. Je n'ai pas l'intention d'abattre un mouton pour eux et de leur témoigner de l'amitié ce soir si c'est moi qui dois faire tout le travail. Je veux bien nourrir un animal s'il assume sa part du fardeau mais pas s'il contribue encore à l'alourdir. »

Le cœur de Joshua se serra. Il n'était pas du tout sûr que le comportement des chiens fût en mesure d'impressionner Thaddeus favorablement, mais n'avait aucune envie de provoquer son déplaisir en l'avouant. « Je les maîtriserai mieux si je commence à pied, remarqua-t-il. Il faudra que tu selles un cheval pour moi et que tu le tiennes par le licol jusqu'à ce que je sois prêt à monter. »

Comme ils franchissaient le fleuve avant de s'engager dans le bois sur l'autre rive, Thaddeus se demanda pour quelle raison Joshua manquait autant d'assurance. Il était capable d'effectuer toutes les tâches qu'on lui confiait, ce qui ne l'empêchait pas d'être dévoré d'angoisse pendant qu'il les réalisait. Peut-être son père critiquait-il tout ce qu'il faisait au lieu de lui lancer des défis et de lui permettre de tirer les leçons de ses erreurs ? Il possédait incontestablement un don remarquable avec les chiens. Une ou deux fois, ceux-ci s'écartèrent du chemin, au grand dam de Joshua – « Je suppose qu'ils ont été dressés à suivre l'odeur des daims », dit-il pour se justifier –, mais dans l'ensemble, ils ne le lâchèrent pas d'une semelle. Ce ne fut que lorsque Thaddeus lui annonça qu'ils seraient bientôt à portée de vue d'Afpedle que Joshua commença à s'inquiéter.

« Ce ne sera pas la faute des chiens s'ils s'enfuient, dit-il. Tout ce qu'ils ont connu jusqu'à présent se trouve ici. Tu comprends cela, n'est-ce pas ? »

Thaddeus tira les rênes de Killer pour l'arrêter et regarda la meute tourner gentiment autour des pattes du cheval. « Ce ne sera pas ma faute non plus. C'est toi qui es responsable d'eux. Je veux des résultats, Joshua, pas une litanie d'excuses au moindre problème.

— Et s'ils n'obéissent pas ? »

Thaddeus fit glisser son doigt en travers de sa gorge.

Le garçon se remit en marche, claquant des doigts pour que la meute le suive. « Essaie seulement, et tu pourriras en enfer, marmonna-t-il. Compte sur moi. »

Thaddeus réprima un sourire et laissa une certaine distance entre eux avant d'encourager Killer à se mettre au pas et de tirer sur le licol du second cheval pour le tendre. La forêt s'éclaircissant, il parcourut du regard les ruines noircies des maisons, cherchant une trace de mouvement, vérifiant que rien n'avait changé depuis la veille. Cependant, le village entièrement calciné était désert, et seules les odeurs écœurantes de la cendre et de la suie s'attardaient dans l'air.

Les charpentes flambaient encore la veille au soir quand Thaddeus avait conduit les chiens à travers le terrain communal. Il avait alors imputé leur désintérêt pour leur domaine natal à leur crainte des flammes. À présent, ils ne semblèrent pas reconnaître davantage les lieux, trottinant paisiblement à côté de Joshua et se laissant tomber, pantelants, dans la poussière de la route quand il leur commanda de s'arrêter. Le côté sentimental de Thaddeus les remercia en silence d'obéir aussi bien au garçon. Son côté cynique nota mentalement que n'importe qui serait capable, moyennant une poignée de viande, de les attirer en un instant.

Il laissa les chevaux attachés aux arbres à la lisière de la clairière, et rejoignit Joshua à pied. « Tu t'en es très bien tiré », remarqua-t-il en s'obligeant à se pencher pour flatter les oreilles d'un des mastiffs. Il approuvait Edmund de préférer rester à distance de ces gros chiens de chasse aux crocs jaunâtres qui s'étaient récemment repus de cadavres, mais toutes les peurs devaient être affrontées un jour et il éprouvait pour ce mastiff qui semblait l'écouter une certaine préférence sur ses compagnons.

« Tu dois les caresser tous, intervint Joshua. Autrement, les autres seront jaloux. Et passer tes mains autour de leurs museaux pour que ton odeur leur devienne aussi familière que la mienne. Pour le moment, la puanteur du brasier recouvre tous les effluves qu'ils seraient susceptibles de reconnaître, mais ce ne sera plus le cas quand nous avancerons dans le village contre le vent. Il faut qu'ils fassent aussi grand cas de toi que de moi si tu veux qu'ils nous suivent jusqu'au domaine voisin. »

Thaddeus n'en croyait pas un mot. « Tu espères me convaincre ainsi de les prendre en affection ? demanda-t-il tout en laissant un chien courant lui lécher la main.

— Pas encore, mais peut-être qu'au moins, ils ne te feront plus peur. »

Thaddeus lui jeta un regard amusé. « Qu'est-ce qui te fait croire que j'ai peur ?

— Il suffit que l'un d'eux bâille pour que tu tressailles.

— Hum… je dois avouer qu'ils étaient beaucoup plus effrayants hier qu'ils ne le sont aujourd'hui. » Thaddeus se redressa et porta le regard vers la route. « Tout ce lieu au demeurant était beaucoup plus effrayant. »

Des braises luisaient encore dans les débris de certaines chaumières et n'ayant que ses bottes pour les disperser, Thaddeus décida de repousser à l'après-midi la recherche des pointes de flèche. Il passa une demi-heure à errer parmi les ruines calcinées, cherchant tout ce qui avait pu résister aux flammes, mais la couche de cendres était trop épaisse pour permettre de distinguer fût-ce la forme d'une marmite de fer ou d'un pichet de grès. Sans râteau, il ne fallait guère espérer trouver de pointes de flèche, mais il ne put s'empêcher de redouter ce qu'ils auraient pu découvrir d'autre s'ils avaient eu pareil outil. Il doutait que Joshua eût grande envie d'extraire des crânes à demi brûlés des décombres de ces habitations.

Une ou deux fois, il fut surpris par le trottinement de petites bêtes dans le feuillage roussi et friable des potagers, mais les rats qui avaient infesté le village auparavant semblaient avoir disparu. En même temps que les corbeaux. Tout ayant été nettoyé par le feu, ils n'avaient plus rien à manger et à l'image de toutes les populations affamées, ils étaient partis chercher leur provende ailleurs.

Thaddeus resta immobile quelques minutes à contempler le manoir. C'était un solide bâtiment de pierre, avec deux escaliers extérieurs permettant d'accéder à l'étage supérieur. Abritait-il encore quelqu'un de vivant, se demanda-t-il, ou était-il devenu le refuge de la vermine ? Lors de ses précédentes visites, il n'avait pu repérer ne fût-ce que l'apparition fugace d'une robe à une fenêtre ou le recul hâtif d'un garde derrière un contrefort. Un mur cernait une superficie d'un peu plus de deux arpents où se dressait une église mais, n'arrivant qu'à hauteur de poitrine, il n'offrait guère de protection contre d'éventuels envahisseurs.

Il rejoignit Joshua et lui annonça qu'il avait décidé de poursuivre jusqu'au domaine suivant. « Il nous faut un râteau, expliqua-t-il. Autrement, nous ne récupérerons jamais rien dans les cendres. » Il s'approcha des chevaux.

Joshua lui courut après. « Comment cela, un râteau ? demanda-t-il tout en appelant les chiens. Tu avais parlé de canards.

— Aussi, oui.

— Je ne vais sûrement pas entrer dans un domaine inconnu pour voler un râteau. Tu disais avoir aperçu des gardes armés de longbows. »

Thaddeus secoua la tête. « J'ai dit que je *craignais* qu'il n'y ait des gardes armés de longbows.

— Peu m'importe. Je n'ai pas l'intention de risquer ma vie pour un râteau. »

Thaddeus émit un petit rire rauque. « Par contre, tu ne verrais aucun inconvénient à ce que je risque la mienne, c'est bien cela ? Tu es un drôle de gaillard, Joshua. » Il détacha Killer et sauta en selle. « Prends l'autre. Tu iras à cheval à partir de maintenant. »

Il lui fit traverser les lopins paysans en direction des terres communales où paissaient les moutons, lui ordonnant de tourner à gauche quand ils arrivèrent à un embranchement naturel. « Conduis les chiens sur la route qui passe au sud du manoir et attends-moi là. S'ils manifestent l'envie de retourner au village, continue à avancer. Je te rattraperai plus loin.

— Qu'est-ce que tu vas faire ?

— Parquer deux brebis à part pour que nous puissions les abattre ce soir. Elles seront moins faciles à attraper quand le jour commencera à décliner. »

Joshua hésitait à le croire et passa son temps à se retourner pour vérifier que Thaddeus faisait bien ce qu'il avait dit. Aussi ne remarqua-t-il pas immédiatement que deux des chiens courants se détachaient de leurs compagnons. Il ne se rendit compte qu'il ne les contrôlait plus qu'au moment où les autres décidèrent de les suivre. Se maudissant de sa stupidité, il fit faire volte-face à son cheval et les suivit. Il s'approcha ainsi du manoir à un angle qui lui permettait de voir la façade donnant sur le sud et, comme il était à cheval, il distinguait parfaitement le terrain situé derrière le muret.

Son regard fut attiré par un grand tumulus qui s'élevait entre l'église et la cour, d'environ douze pas de long sur trois de large. Il s'interrogea, perplexe, jusqu'au moment où la vérité se fit jour dans son esprit. Une tombe. Combien de corps contenait-elle, se demanda-t-il, qui l'avait comblée et avait amassé la terre par-dessus ? Il frémit d'effroi tout en scrutant les fenêtres en quête de signes de vie. Quelqu'un pouvait-il rester vivant – *ou sain d'esprit* – après avoir accompli pareille tâche ?

Les chiens allaient et venaient le long du mur, humant l'air, et si le chemin qui passait sous la solide porte de chêne à l'entrée n'avait pas été pavé, ils auraient certainement, songea Joshua, creusé un tunnel depuis longtemps pour s'introduire à l'intérieur. Il était pourtant difficile de dire ce qui les attirait là, car l'odeur de la mort était encore la moins pénétrante de toutes celles qui envahissaient ses narines. De près, la puanteur d'urine et de fèces était puissante, il voyait des immondices répandues sur le sol là où l'on avait vidé le contenu des vases d'aisances depuis les fenêtres de l'étage. Instinctivement, il plaqua sa main sur sa bouche et son nez pour filtrer l'air qu'il respirait.

Les leçons de propreté de Lady Anne avaient été si convaincantes que Joshua fut pris d'un immense dégoût pour ceux qui vivaient là et rejoignit inconsciemment Edmund dans son horreur des rats. Ceux-ci grouillaient partout, même sur le mur, et il se surprit à leur hurler des insultes en se penchant sur sa selle et en cherchant à éloigner les chiens du manoir grâce au restant de viande que contenait sa gibecière. Il confia plus tard à Thaddeus qu'il pensait que les chiens avaient dû entendre du bruit à l'intérieur de la demeure – une voix, peut-être, qui s'était tue soudainement –, parce qu'il fut surpris de la rapidité avec laquelle ils perdirent tout intérêt pour ce qui les occupait précédemment et le rejoignirent en courant.

« Tu penses qu'il y a encore des gens vivants à l'intérieur ? lui demanda Thaddeus tandis qu'ils avançaient sur la route.

— Forcément. Les excréments ne pueraient pas autant s'ils remontaient à plusieurs semaines, et la fosse elle-même avait l'air récente. Aucune plante, pas même de l'herbe, n'avait encore poussé sur la terre. » Joshua fit la grimace. « La seule chose qui bougeait, c'était les rats. Je ne reproche pas à Edmund d'en avoir eu peur. Ils étaient tapis au milieu des excréments. De quoi vous retirer toute envie de les voir approcher. »

Il fit silence lorsque sa monture atteignit le sommet de la colline. Le paysage qui s'étendait au-dessous d'eux était tel que Thaddeus l'avait décrit, une longue et large vallée où abondaient les cours d'eau et les lacs, mais l'esprit éternellement inquiet de Joshua s'arrêta sur un danger plus terrifiant que les longbows quand il prit la mesure du domaine qui se trouvait devant eux. « Il doit y avoir des baillis, chuchota-t-il. Ils nous feront fouetter s'ils nous surprennent. »

Thaddeus rit. « N'as-tu pas prétendu que personne n'oserait nous chercher noise si nous avions des chiens féroces à nos côtés ? Es-tu en train de me dire que j'ai nourri ces misérables pour rien pendant tout ce temps ?

— Bien sûr que non, mais les baillis peuvent parfaitement avoir une meute de chiens de chasse, eux aussi.

— Espérons alors que les tiens se battront mieux que les leurs. » Thaddeus désigna une piste qui se dirigeait vers la droite, à mi-chemin du versant. « Suis ce chemin. Il te conduira au lac. Je te rejoins dans une heure environ. » Il secoua la tête devant la résistance immédiate que manifesta Joshua à cette suggestion. « M'est-il déjà arrivé de te faire faux bond ? »

Le garçon secoua la tête.

« Dans ce cas, cesse de voir le danger partout. » D'un geste, il exhorta Joshua à se remettre en route. « Vas-y. Je resterai derrière toi jusqu'à ce que tu aies quitté la route. »

Thaddeus tint parole en accompagnant Joshua jusqu'à la bifurcation, et il conduisit presque aussitôt Killer dans le bois de l'autre côté de la chaussée. Joshua se retourna sur sa selle pour le suivre des yeux, devinant que Thaddeus avait l'intention de contourner les confins est du domaine afin de l'épier sans se faire voir ; craignant pour lui-même si quelque chose de fâcheux advenait, il maudit Thaddeus tout bas, furieux, le traitant de sot.

Thaddeus laissa Killer s'enfoncer à sa guise au milieu des arbres – principalement des chênes et des frênes –, ne corrigeant son itinéraire que lorsqu'il avait l'impression qu'ils s'écartaient de leur trajectoire. Leur route leur fit traverser un chemin visiblement très emprunté qui semblait se diriger vers le manoir, mais Thaddeus l'ignora pour rester sous le couvert de la forêt. Il avait parcouru environ un quart de lieue quand il aperçut un terrain dégagé devant lui. Il se laissa glisser de la selle, attacha Killer à un arbre et poursuivit à pied.

Il se trouvait au bord d'une vaste étendue de lopins paysans. La demeure se trouvait à environ cinq cents pas sur sa droite, le lac miroitant derrière elle, mais toute l'attention de Thaddeus se concentrait sur un homme qui cultivait une bande de terre devant lui. Il se trouvait à quelque trente-cinq pas, était vêtu comme un serf et utilisait un petit déplantoir de bois pour arracher ce qui ressemblait à des navets. Comme il travaillait courbé en deux, Thaddeus ne distinguait pas son visage, mais la blancheur de ses cheveux et la maigreur de ses jambes suggéraient que c'était un vieillard.

Prenant soin de ne pas trahir sa présence par un mouvement brusque, Thaddeus parcourut les autres lopins du regard, en quête de signes de vie. Il dénombra douze personnes, sept à sa gauche et cinq à sa droite. Cependant, elles étaient toutes trop éloignées pour qu'il pût en déterminer l'âge ou le sexe. Il reprit son observation du déterreur de navets, se demandant s'il était préférable de lui adresser la parole ou de garder le silence. Il avait fermement mis les garçons en garde contre tout contact humain. En même temps, il ne paraissait pas sensé de s'entêter dans l'ignorance alors qu'il avait l'occasion d'obtenir quelques informations. Il pourrait au moins s'enquérir du nom de ce domaine, et de ce qui se trouvait au-delà des collines, de l'autre côté de la vallée.

Pris d'une résolution soudaine, il sortit du couvert des arbres et se montra. « N'ayez pas peur, cria-t-il. Je ne vous veux point de mal et resterai à distance pour vous prouver ma bonne foi. Je m'appelle Thaddeus. Je viens d'un autre domaine du Dorseteshire dont le nom est Develish. Peut-être pourrez-vous m'éclairer sur ce qui se passe alentour ? Je vous dirai tout ce que je sais en échange. »

L'homme recula d'effroi, croisa des mains tremblantes sur son cœur dans une tentative futile pour se défendre. « Que Dieu me protège ! » s'écria-t-il.

Il était encore plus âgé que Thaddeus ne l'avait cru, un vénérable vieillard aux joues creuses, dont la peau était tellement tannée et ridée qu'elle avait pris la teinte et la texture d'une coquille de noix. Sa maigreur était terrifiante. La chair de ses mains était transparente et ses jambes n'étaient pas plus épaisses que des bâtons. « Pardonne-moi, mon brave, je te prie, cria Thaddeus. Je ne voulais pas t'effrayer. Je crois n'être pas atteint de la pestilence, mais m'éloignerai sur-le-champ si tel est l'objet de ta crainte. »

Il y eut un long silence durant lequel Thaddeus fut soumis à un examen approfondi. « Comment pouvez-vous être de Develish ? Vous êtes trop grand et trop noir pour un homme du Dorseteshire. »

Il paraissait vain de répondre honnêtement. Thaddeus savait mieux que quiconque qu'avec ses cheveux de jais et son teint basané, tous le prenaient pour un étranger. « J'étais de passage quand la nouvelle du mal a atteint le domaine. Nous avons appris peu de temps après que Sir Richard était mort et je suis resté pour aider son épouse, Lady Anne, à administrer le domaine. Je suis venu ici à sa demande pour essayer de découvrir quel sort a subi le reste de notre comté.

— Êtes-vous un seigneur vous-même, Messire ? »

Thaddeus sourit. « En ai-je l'air ?

— Pas si j'en crois vos vêtements, peut-être, mais vous avez l'attitude d'un homme important et nous avons grand besoin d'assistance.

— Combien êtes-vous ?

— Trente-sept, Messire. Quinze enfants de moins de dix ans, quatre vieillards trop faibles pour travailler, les treize que vous voyez dans ces champs et cinq qui sont allés cueillir des noix et des baies. »

Thaddeus se tourna vers le manoir. « Et votre seigneur et sa maisonnée ? Combien sont-ils ?

— Le maître et sa famille sont partis vers le nord dès que la nouvelle de la maladie nous est parvenue. » Ses yeux chassieux suivirent le regard de Thaddeus. « Après cela, les serviteurs de maison ont barricadé la porte sous notre nez et ont entrepris de banqueter grâce aux redevances dont nous avons dû nous acquitter au dernier jour du terme. Ils étaient alors une soixantaine. Nous ignorons combien ils sont à présent.

— Et parmi les serfs ? Combien sont morts ? »

Le vieillard soupira. « Nous en avons enterré plus de deux cents, mais beaucoup ont pris la fuite depuis le départ du maître. Ils ont préféré mourir au bord du chemin plutôt que de succomber ici à la pestilence ou à la famine. Il y a un an, plus de six cents âmes vivaient à Woodoak… il en reste à peine cent à présent. La situation est-elle la même à Develish ? »

Thaddeus secoua la tête. « Là-bas, tout le monde est encore vivant, hormis Sir Richard et ses hommes d'armes qui ont contracté le mal à Bradmayne. » Il embrassa d'un geste les terres qui les entouraient. « Ce domaine s'appelle donc Woodoak ?

— Oui.

— Et quel est ton nom ?

— Thomas Breakspear, répondit le vieil homme tandis que des larmes luisaient sur ses cils flétris. J'ai vu toute ma famille trépasser sous mes yeux, et pourtant, Dieu juge bon de me laisser en vie.... à quelle fin, je ne saurais le dire. Pourquoi épargner un vieux pécheur et prendre des enfants innocents? Comprenez-vous cela, Messire ?

— Que dit votre prêtre ?

— Il a été parmi les premiers à rendre l'âme. Personne n'a reçu l'absolution depuis des mois. Nous mourrons comme lui, sans confession ni bénédiction. » Le regard de Breakspear soutint celui de Thaddeus un moment. « Est-ce grâce à leur piété que Dieu a laissé vivre ceux de Develish ? »

Thaddeus se demanda si la vérité le contenterait ou lui ferait regretter que Woodoak n'ait pas suivi l'exemple de Develish. Il lui répugnait cependant de feindre une dévotion qu'il n'éprouvait pas. « Loin de là, répondit-il. C'est parce qu'ils n'ont compté que sur eux-mêmes qu'ils ont survécu. » Il exposa les mesures que Develish avait prises pour tenir la peste à distance, concluant son récit par la survie de Gyles malgré la mort de Sir Richard et des autres membres de sa suite. « Il me semble que toi-même et tous ceux qui travaillent aux champs avec toi êtes dans la même situation que notre Gyles, Breakspear. Ceux qui vous entouraient ont succombé à la pestilence, mais vous avez été épargnés. Comment expliques-tu ce fait – sans croire à la miséricorde divine ?

— Un Dieu miséricordieux n'aurait pas pris mes enfants et mes petits-enfants, Messire, répliqua le vieillard la tête baissée et les yeux rivés sur le sol. Il serait bon que mes voisins entendent votre récit. Serez-vous assez courageux pour me suivre jusqu'au village afin de leur parler ?

— Ne peux-tu pas leur raconter cela toi-même ? »

Un gloussement rauque sortit de la bouche ridée. « Que voulez-vous que je leur dise ? Que j'ai rencontré dans les bois un géant à barbe noire qui prétendait venir de Develish où tous sont encore vivants ? Ils me croiraient plus aisément si j'affirmais avoir vu une licorne. »

Les enfants qui jouaient dans la poussière de la route s'égaillèrent à l'approche de Thaddeus, courant se mettre à l'abri de leurs maisons et refermant la porte derrière eux. Quelques vieilles, courbées au-dessus d'une marmite au pied d'un mur, ne bougèrent pas mais, à la manière dont elles inclinaient la tête sur le côté – cherchant à entendre plus qu'à voir –, Thaddeus pensa qu'elles étaient aveugles. Il était à cheval avec un mouton mort en travers du garrot de Killer, son épée dégainée parfaitement visible dans sa main, marchant trente pas derrière Thomas Breakspear et les douze autres serfs qui avaient travaillé aux champs. Sept étaient des femmes, qui crièrent aux enfants de ne pas avoir peur.

« Cet homme est un ami. Inutile de vous cacher, ajouta l'une d'elles.

— Il vient en paix nous dire ce qu'il sait, ajouta une autre. Il a tué un mouton pour que nous ayons à manger. »

Thomas Breakspear éleva la voix. « Ce visiteur est un seigneur de Develish. Il nous demande seulement de rester à distance. Il ne nous veut aucun mal, mais est prêt à se défendre si quelqu'un cherche à l'agresser. Sortez de chez vous et écoutez ce qu'il a à dire. »

Ses compagnons répétèrent le message, exhortant les enfants à faire preuve de courage ; lentement mais sûrement, les portes commencèrent à s'ouvrir. Une petite fille, aussi transparente qu'un spectre, resta dans l'ombre pour observer Thaddeus avant de partir en courant vers un bosquet d'aulnes qui poussaient à côté du lac, criant à des gens invisibles de revenir au village. Quelques secondes plus tard, une poignée d'adolescents sortirent du couvert des arbres, leurs tuniques laissant apparaître des membres affreusement émaciés.

Plissant les yeux, Thaddeus inspecta les murs du manoir, se demandant si l'éclat des voix était parvenu aux domestiques retranchés à l'intérieur. Il était prêt à accorder le secours qu'il pouvait à ce groupe dépenaillé de paysans faibles et affamés, mais pas à ceux qui les avaient abandonnés à leur sort. Pourtant, les cris des villageois étaient si sonores et si clairs dans l'air automnal silencieux qu'il était difficile de croire qu'ils aient pu passer inaperçus. S'il crut voir des fenêtres s'entrebâiller et la lueur de visages dans les ténèbres qui s'étendaient au-delà, il se persuada que c'était le fruit de son imagination.

Vingt-quatre

Woodoak, Dorseteshire

À deux cents pas, au bord du lac où se tenait Joshua, les chiens bondirent sur leurs pattes, émettant des grognements gutturaux, oreilles dressées et museaux pointés vers la source du bruit. Alerté, le garçon fit volte-face et jeta un regard incrédule vers le village. Il reconnut parfaitement la silhouette de Thaddeus sur le dos de Killer et l'épée que brandissait sa main, mais il eut l'impression qu'il se défendait contre une multitude. Désespéré, convaincu que la chance de Thaddeus avait fini par l'abandonner, il usa du seul stratagème qui lui vint à l'esprit. Il courut à toutes jambes sur la rive herbeuse du lac, la meute hurlante sur les talons, agitant les bras et braillant pour détourner l'attention des villageois de Thaddeus.

Peut-être les gens de Woodoak crurent-ils que les glapissements démoniaques des chiens sortaient des entrailles de l'enfer, car ils se pétrifièrent de terreur et Thaddeus eut le temps de se demander s'il avait jamais vu visages humains exprimer pareil abandon de tout espoir. L'acceptation de la mort était-elle si profondément ancrée en eux qu'ils avaient perdu toute ardeur au combat ? Pour sa part, il supposa que Joshua fuyait un danger, et souleva le mouton du dos de Killer pour alléger la charge de l'animal. Ne sachant comment passer au milieu de la foule de serfs sans les piétiner, il fit pivoter le destrier en direction des communaux situés entre le village et le manoir et lui lâcha la bride.

Pour une fois, le cheval décida de faire ce que Thaddeus souhaitait, passant souplement d'une allure à l'autre et suivant la direction que lui imprimait le mors, mais son comportement ne répondait à aucune logique, hormis le plaisir de parader devant des étrangers. Thaddeus lui flatta l'encolure en signe d'approbation quand il se mit au pas à l'extrémité du lac, ce qui ne l'empêcha pas de lui chuchoter à l'oreille qu'il le considérait toujours comme une bête parfaitement exaspérante.

Joshua était arrêté à une soixantaine de pas plus loin sur la rive, les chiens rassemblés autour de ses jambes. « Tout va bien ? cria-t-il.

— Mieux que jamais, répondit Thaddeus en s'approchant et en scrutant les arbres le long de la berge. Qu'est-ce que tu as vu ? Qu'est-ce que tu fuyais ? »

Le garçon lui jeta un regard noir. « Rien. Je me portais à ton secours.

— Contre quel péril ? »

Joshua fit un geste indigné en direction du village. « Tu nous as dit et répété qu'il fallait éviter les lieux de ce genre, et tu fonces droit dessus. Je t'ai vu brandir ton épée et j'ai cru qu'on t'attaquait.

— Tu t'es trompé.

— Il aurait pu s'agir de soldats armés de longbows.

— Ma foi, ce n'était pas le cas. » Thaddeus observa le visage furieux du garçon. « Tu connais l'adage "le courageux affronte ses peurs, le lâche les fuit" ?

— Et alors ? Tout le monde ne peut pas être comme toi ! »

Thaddeus éclata de rire, trahissant l'excitation qu'il éprouvait à jouer à nouveau avec le danger. « Je te faisais un compliment, espèce d'âne obstiné. Tu aurais dû penser aux longbows avant de te porter à mon secours. » Posant ses avant-bras sur le pommeau de la selle, il fit à Joshua le compte-rendu de sa rencontre avec Thomas Breakspear et expliqua pourquoi il avait accepté de suivre le vieux jusqu'au village. « Les serfs qui ont survécu au mal noir meurent de faim parce qu'ils ne veulent pas prendre les moutons dans les prés de leur seigneur ni les poissons de son lac de crainte de se faire fouetter à son retour.

— Qui les trahirait ?

— À en croire Thomas, les soixante serviteurs qui se sont enfermés dans la demeure. » Thaddeus secoua la tête. « Ce lieu paraît fort misérable comparé à Develish. Les serviteurs de maison se croient supérieurs aux serfs paysans et prennent plaisir à les dénoncer à leur seigneur. Ceux qui le font sont récompensés et les coupables sont écorchés vifs à coups de fouet. »

Joshua jeta un coup d'œil vers le manoir, sentant grandir en lui une profonde aversion à l'idée d'avoir le moindre commerce avec pareil endroit. « Mais cela ne nous regarde pas, Thaddeus. Nous sommes venus chercher des plumes et des pointes de flèche, c'est tout.

— Ils ont besoin de mon aide. Voudrais-tu que je leur tourne le dos ?

— Oui. Il faut tourner le dos à tous ceux qui sont trop sots pour s'en sortir tout seuls. Pourquoi ne profitent-ils pas de la nuit pour pêcher des poissons dans le lac, comme nous, ou ne chassent-ils pas le gibier dans ces forêts, quand on ne les voit pas ?

— Je ne sais pas, reconnut Thaddeus, mais il y a des jeunes de ton âge qui semblent préférer mourir que risquer d'être fouettés par un seigneur absent qui pourrait fort bien ne jamais revenir. » Il fit faire demi-tour à Killer. « J'ai promis à Thomas que je leur parlerai et je le ferai. Je te retrouverai ensuite. »

En soupirant intérieurement, Joshua regarda le cheval se diriger délicatement à travers l'herbe. « Si leur seigneur est aussi méchant qu'ils le disent, tu ne leur rendras pas service en les dressant contre lui, cria-t-il encore. Ils seront fouettés de toute façon. »

Une ombre de rire flotta jusqu'à lui. « Au moins, ils seront vivants pour le sentir. »

Joshua le suivit de loin pour voir et entendre. La nature humaine ne lui permettait pas d'y renoncer, mais il resta sous le couvert des arbres et garda le manoir à l'œil, guettant la présence éventuelle d'archers.

Cette fois, Thaddeus s'approcha du village depuis le lac et s'arrêta sur la route à une trentaine de pas des deux premières maisons. La scène qui se déroula alors parut à Joshua plus troublante que toutes celles qu'il lui avait été donné de voir auparavant. Les gens qui se tenaient devant Thaddeus étaient si maigres que les yeux leur mangeaient le visage et que leurs jambes étaient à peine capables de les soutenir. Habitué à l'apparence vigoureuse, bien nourrie, des serfs de Develish, il fut profondément bouleversé par l'apparition de ces ombres timides et pâles, qui lui inspirèrent cependant plus de colère que de compassion. Comment pouvait-on être assez benêt pour se priver alors qu'il y avait de la viande et du poisson en abondance ?

Il aurait voulu que Thaddeus leur pose la question. À quoi bon perdre son temps en politesses alors que la sottise de ces gens était manifeste ? Mais Thaddeus usa d'un moyen plus subtil pour découvrir la vérité, parlant haut et clair afin que sa voix porte jusqu'au manoir. Il commença par répéter ce qu'il avait dit à Thomas Breakspear à propos des mesures prises par Lady Anne pour préserver la vie de ses serfs, décrivant le système de rationnement des vivres et la distribution de portions égales pour tous. « Lady Anne s'efforce de protéger tous ses gens, déclara-t-il. Il n'y aura d'avenir pour personne autrement. Si les serfs paysans périssent, la famine remplacera la pestilence et tout le monde mourra de faim, même le seigneur de Woodoak s'il revient un jour.

— Il trouvera des moutons dans ses champs et des brochets dans son lac, déclara Thomas. Notre contrat d'allégeance nous oblige à y veiller.

— Sous quelle peine ?

— La mort. Tout vol de cheptel est passible de la peine de mort. Les moutons ont été dénombrés avant son départ, en incluant les naissances prévues au printemps. S'il trouve moins d'agneaux que promis ou un lac dans lequel grouillent moins de poissons, nous serons tous condamnés. C'est pourquoi tant de nos compagnons sont partis chercher à manger ailleurs.

— Et si des bandits volent des carcasses ? Serez-vous tenus pour responsables alors que vous êtes trop peu nombreux pour les en empêcher ? »

Le vieil homme hocha la tête. « Nous serons en faute si Milord constate l'absence d'une seule de ses bêtes.

— Y compris le mouton que j'ai abattu il y a une heure ?

— Pas si nous le laissons au bord de la route et que les serviteurs de maison sont assez honnêtes pour reconnaître que c'est un étranger qui l'a tué.

— Vous voulez dire que vous ne pouvez pas être accusés de vol si vous ne le mangez pas ?

— Oui. »

Thaddeus réfléchit un moment, puis se tourna vers la demeure et éleva à nouveau la voix. « Écoutez mes paroles et retenez-les bien, cria-il. Moi, seigneur de Foxcote, chevalier vassal du roi et cousin de Lady Anne de Develish, ai fait usage de l'autorité dont j'ai été investi pour fournir de quoi manger à ces paysans affamés. En s'enfuyant pour assurer sa sécurité, le seigneur de Woodoak a rompu son serment sacré de protéger et de secourir ceux qui lui ont promis allégeance, et il répondra de son parjure devant l'Église et devant le roi. J'en fais le serment au nom de Lady Anne de Develish, qui a juré de faire rendre justice aux pauvres et aux nécessiteux du Dorseteshire dès que le mal sera passé. Tout seigneur qui a l'audace d'attribuer plus de valeur à la vie d'un seul mouton de ses prés qu'à celle de ses serfs verra ses terres et ses biens meubles confisqués et ses serviteurs domestiques réduits au servage. »

Il y eut une ou deux secondes de silence avant qu'un cri ne retentisse depuis la maison. « Où se trouve Foxcote ?

— Dans le Nord.

— Dans ce cas, vous n'êtes pas de cette contrée et vous outrepassez votre autorité en venant jusqu'ici. Le pouvoir de reprendre possession de ce domaine est entre les mains du seigneur de Blandeforde. Il n'est ni entre les vôtres ni entre celles de Lady Anne de Develish. » Le ton de la voix était dur, destiné à intimider.

« Vous vous fourvoyez, répondit Thaddeus. Cette terre appartient au roi, comme toutes les terres d'Angleterre. Quand je témoignerai de ce que j'ai vu aujourd'hui, Lady Anne plaidera la cause de ces paysans affamés devant notre Souverain Seigneur et demandera justice en leur nom. Ils ont le même droit que vous à la protection de leur seigneur.

— On ne peut nous faire aucun reproche. Nous ne faisons qu'obéir aux instructions que nous avons reçues.

— Dans ce cas, votre témoignage condamnera votre maître. Je vous ferai convoquer devant la cour d'assises pour que vous répétiez ces instructions. Répétez-les dès à présent à notre adresse, afin que ces serfs sachent le peu de cas que leur seigneur fait de leur vie. »

Ses paroles furent accueillies par le silence, bien qu'il semblât à Joshua, plus proche de la maison, qu'une querelle éclatait dans une des pièces du manoir. Il s'attendait à ce que l'on crie à l'imposture et que l'on exige de Thaddeus qu'il prouve qu'il était bien celui qu'il prétendait être. Qui aurait pu croire qu'un serf aussi mal vêtu, aux manches de pourpoint coupées et aux chausses maculées de boue, était le seigneur d'un lointain domaine et le cousin de Lady Anne de Develish ?

« Votre refus de répondre est suffisamment éloquent, reprit Thaddeus. Vous êtes aussi coupables de l'abandon de vos frères du village que votre seigneur. Peut-être après tout vous convient-il de les regarder mourir. Attendez-vous le jour où vous pourrez voler des moutons dans les champs pour vous remplir la panse et leur imputer ce larcin ? Des morts feront d'excellents boucs émissaires pour vos forfaits quand votre maître reviendra et trouvera son cheptel décimé.

— Vous nous accusez de crimes que nous n'avons pas commis.

— Pas encore, peut-être, mais ce n'est qu'une question de temps. J'entends la fourberie dans chaque mot qui sort de vos bouches. Vous avez l'esprit méchant, et la langue tout aussi méchante. J'ai vu les cicatrices que Thomas Breakspear a sur le dos depuis le jour où l'un de vous l'a faussement accusé d'avoir volé du pain et j'en témoignerai sous serment devant le high sheriff si Thomas n'est plus de ce monde pour le faire lui-même. »

Après une brève interruption, une autre voix s'éleva. « Vous ne pouvez savoir que l'accusation était fausse, ni que ce que vous dit Thomas Breakspear est la vérité.

— Il m'est plus facile d'ajouter foi à un homme affamé qu'à celui qui s'engraisse des dîmes et des redevances des serfs paysans, répliqua Thaddeus. Vous découvrirez par vous-mêmes combien la vie de ces gens est cruelle quand on vous obligera à travailler la terre. Quand il faudra labourer les champs et semer le blé, nul n'aura besoin de barbiers aux mains douces. Êtes-vous tous niais au point de n'avoir pas compris cela tout seuls ? Croyez-vous que votre seigneur vous gardera à son service lorsqu'il n'y aura plus d'hommes expérimentés pour se charger des semailles et des moissons ? »

Au long silence qui suivit la question de Thaddeus, Joshua comprit que pareilles considérations n'avaient jamais traversé l'esprit des domestiques. En vérité, elles n'avaient pas non plus traversé le sien avant que Thaddeus n'évoque l'avenir quand ils mangeaient leur souper autour du feu tous les soirs. Survivre à la pestilence devait être la moindre de leurs ambitions, leur expliquait-il. La Mort Noire promettait la liberté à tous ceux qui en réchapperaient. Avec pareille légion de morts, les serfs capables de cultiver la terre seraient précieux quand les seigneurs chercheraient désespérément à faire labourer et planter leurs champs. Ce besoin permettrait aux hommes et aux femmes de négocier leur liberté et d'exiger un salaire en contrepartie de leur travail.

Thaddeus avait été amusé par la stupéfaction des garçons quand il leur avait appris que Lady Anne et leurs pères délibéraient couramment de telles idées. Que croyaient-ils que faisait son conseil, sinon préparer des plans pour le jour où ce fléau aurait disparu ? Les garçons ne comprenaient-ils pas tout seuls à quel point le monde pourrait alors être différent ? Après avoir été les plus méprisés des gens, les paysans seraient les plus appréciés, car sans leur labeur, nul seigneur ne pourrait conserver ni gouverner son domaine.

En observant la population émaciée qui se trouvait devant Thaddeus, Joshua comprit la vérité de cette prédiction. Le seigneur de Woodoak et sa maisonnée auraient le ventre creux s'ils devaient compter sur cette petite poignée de vieillards et d'enfants pour cultiver leur nourriture. Il fut soudain pris d'admiration pour Lady Anne et pour Thaddeus – ainsi que pour son père – qui avaient eu l'intelligence de prévoir ces événements alors que les serviteurs de Woodoak semblaient n'avoir même pas conscience de la catastrophe qui se jouait sous leurs yeux.

« Vous parlez comme s'il était facile de prendre des décisions. Or ce n'est pas le cas, cria la seconde voix. Nous n'avons pas abandonné les villageois par méchanceté. Nous avons trop peur de la pestilence pour sortir et partager notre nourriture avec eux.

— Aucun serviteur n'en est donc mort ?

— Si fait. Nous avons perdu le quart de nos gens et ceux qui restent vivent dans la crainte les uns des autres. Nous examinons soigneusement nos compagnons à la recherche de signes de la maladie, mais nous observons les villageois plus attentivement encore. Ils sont si nombreux à avoir péri que nous sommes certains qu'ils sont porteurs de la pestilence. »

Thaddeus se tourna vers Thomas. « Qui a été le dernier serf à être emporté par le mal ?

— Mary Hynd, répondit le vieil homme, en se tournant vers ses compagnons en quête d'approbation. Elle a soigné tous ceux qui tombaient malades et a fini par succomber, elle aussi.

— Quand ?

— Il y a plusieurs semaines de cela maintenant. Elle est morte seule parce qu'elle a refusé que quiconque s'occupe d'elle, de crainte de transmettre le mal à autrui. »

Une femme hocha la tête. « Elle a fait preuve de compassion envers tous, et pourtant Dieu ne lui en a accordé aucune. Elle est morte dans de terribles souffrances, mais le prêtre ayant rendu l'âme depuis longtemps, il n'y avait personne pour lui donner l'absolution.

— Où l'avez-vous enterrée ? »

Thomas fit un geste vers un monticule de terre à l'est du village. « Dans la fosse, avec les autres.

— Vous n'avez pas eu peur de la toucher ?

— Si fait. Nous redoutions de toucher tous ceux qui sont morts, mais nous n'aurions pas pu demeurer ici si nous avions laissé pourrir les corps. La puanteur nous aurait chassés avant l'arrivée des charognards.

— Et pourtant le mal ne vous a pas atteints. N'en êtes-vous pas surpris ? »

Sa question fut accueillie par des haussements d'épaules épuisés, comme si ce sujet avait été maintes fois abordé. « Telle est la volonté de Dieu », répondit un des hommes.

Thaddeus secoua la tête. « Un Dieu d'amour ne vous sauverait pas d'une pestilence pour vous laisser mourir de faim, objecta-t-il. Sans doute peut-on attraper ce mal autrement qu'en respirant le même air que les malades ou en touchant leurs cadavres. » Il se tourna vers le lac. « Vous êtes-vous lavés après chaque enterrement ?

— Mary Hynd l'a exigé, acquiesça la femme. Immersion totale, nous a-t-elle recommandé, pour nous débarrasser de l'impureté. »

Thaddeus pensa à Gyles. « Quelle impureté ? »

La femme fronça les sourcils comme si la question était inepte. « Les morts devenaient tout noirs, reprit-elle, et présentaient des plaies ouvertes. Nous avions la chair de poule rien qu'à nous approcher d'eux.

— Mais n'était-il pas suffisant de vous laver les mains ? Pourquoi le reste de votre corps vous paraissait-il impur ? » Comme elle ne répondait pas, il se tourna vers Thomas. « Gyles Startout, l'homme de Develish qui a échappé à la maladie, a dit qu'il se sentait sale, mais je ne lui ai jamais demandé quelle forme prenait cette saleté. Il a dû se plonger dans le ruisseau plusieurs fois et brûler ses vêtements avant de se défaire de cette impression. »

Le vieil homme prit l'air pensif. « Tout nous semblait corrompu : l'air, la terre, nos vêtements, notre peau… Ma fille s'est plainte de terribles démangeaisons avant de succomber. Elle s'était grattée avec une telle rage qu'elle avait les bras tout rouges avant que les bubons n'apparaissent sur son cou. » Il posa la main sur le bras de la femme. « Suzanna a eu raison de dire que nous avions la chair de poule. Plonger dans le lac nous apportait un certain soulagement, même si la plupart d'entre nous ne le faisaient que pour donner satisfaction à Mary. Vers la fin, elle a perdu la tête. Quand elle est tombée malade, elle a cherché à mettre le feu à sa chaumière alors qu'elle était à l'intérieur, et ce n'est que grâce à la proximité du lac que nous avons pu éteindre les flammes.

— Vous a-t-elle dit pourquoi elle avait agi ainsi ?

— Elle espérait que le feu se répandrait à tout le village. Elle disait que c'était le seul moyen de nous débarrasser de la pestilence. »

Thaddeus perçut un mouvement du coin de l'œil et se tourna vers un jeune garçon qui se tenait au bord du groupe. Il avait fait mine de lever la main avant de la laisser retomber, inquiet, quand l'attention du géant à barbe noire se porta sur lui. « N'aie pas peur de parler, fit Thaddeus. Je ne demande qu'à entendre ce que chacun a à dire. »

La réponse du garçon fut tellement indistincte que Thaddeus dut l'encourager à répéter. « Maîtresse Hynd pensait que c'étaient les rats qui transportaient le mal, réussit-il à bredouiller. Elle a exhorté les anciens à les faire fuir du chaume et des murs en y mettant le feu. Brûlez les rats, brûlez le mal, qu'elle disait... mais ils n'ont pas voulu l'écouter. »

Un des serfs qui avaient accompagné Thaddeus et Thomas depuis les lopins paysans lui coupa la parole avec impatience. « Tu sais fort bien pourquoi, jeune Catstock. Aucun de nous n'aurait plus eu d'abri si nous avions fait ce que voulait Mary. Toutes les maisons auraient été détruites. Et puis à quoi bon, puisque la pestilence a disparu toute seule ?

— Vous n'avez pas dormi dans votre maison depuis plusieurs semaines, maître Blount, intervint un autre garçon. Pas plus qu'aucun d'entre nous.

— Nous ne pourrons pas poursuivre ainsi bien longtemps. Les pluies arriveront bientôt et il fera si froid que nous aurons besoin de l'abri des murs et du chaume. »

Un bref silence se fit avant que le premier garçon ne lève à nouveau la main et ne s'avance pour parler à Thaddeus. « Quand elle vivait encore, maîtresse Hynd nous a suppliés tous les cinq... (il fit un geste vers les quatre adolescents alignés derrière lui)... d'allumer un feu tous les soirs à côté du lac pour que les petits puissent dormir dehors avec nous. Nous avons commencé à le faire quand elle est tombée malade. Les habitants plus âgés nous ont rejoints la nuit suivante et depuis, plus personne n'est mort. »

Thaddeus se caressa la mâchoire d'un air pensif. « J'ai rencontré des rats partout où je suis allé, observa-t-il. Certains sont tellement hardis qu'ils sortent dans la journée. » Il parcourut la rangée de maisons du regard. « Mais je n'en vois aucun ici.

— Ils sont moins nombreux depuis que nos provisions sont épuisées, confirma le garçon, mais nous pensons qu'ils nichent encore dans les toits. Il nous arrive d'entendre des trottinements. Nous pensons, mes amis et moi, que maîtresse Hynd avait raison. Nous voulons brûler les maisons et en construire de nouvelles loin du village. »

Devant l'expression implorante de son visage, Thaddeus devina qu'il souhaitait que l'étranger se rallie à son avis, contre celui de Thomas Breakspear et des autres aînés. « Les serviteurs n'ont pas non plus eu de morts à déplorer ces derniers temps, rappela-t-il gentiment au garçon, et pourtant ils restent derrière des portes closes. Comment maîtresse Hynd expliquerait-elle cela, jeune Catstock ?

— Je ne sais pas, Messire, mais si elle était en vie, elle aurait une réponse à vous donner. Sa sagesse était plus grande que la mienne.

— Elle me fait l'effet d'avoir été fort sage, en vérité », approuva Thaddeus. Se retournant vers la demeure, il éleva à nouveau la voix. « Savez-vous pourquoi le quart d'entre vous est mort alors que les autres sont encore en vie ? cria-t-il. Et ne venez pas me dire que c'est par miséricorde divine, car je ne vous croirai pas. Il faudrait être bien arrogant pour prétendre avoir le cœur plus pur qu'un bébé au berceau condamné à subir cette mort douloureuse et effroyable.

— Nul ne doit mettre les desseins de Dieu en doute.

— Vous devez alors vous considérer comme particulièrement bénis s'Il a choisi de vous laisser en vie. Dans ces conditions, je ne peux que me demander pourquoi vous vous dévisagez avec méfiance et refusez de sortir de la demeure, redoutant que ces villageois ne vous transmettent le mal. Qu'avez-vous à craindre si vous êtes sous la protection de Dieu ? »

Une fois de plus, le silence lui répondit, avant qu'une voix de femme ne s'élève. Ses paroles semblaient venir de l'autre extrémité de la maison, et Thaddeus devina qu'elle n'était pas dans la même pièce que les hommes. « Vous parlez comme si vous saviez pourquoi ce fléau s'est abattu sur nous, Messire. Pourriez-vous partager ce savoir avec nous ?

— Je sais qu'il a fait son apparition dans le port de Melcombe aux alentours de la fête de saint Jean-Baptiste et qu'il s'est répandu largement à travers tout le comté. Je sais aussi que ce n'est pas le vent qui le transporte car si tel était le cas, Develish aurait perdu autant de gens que Woodoak. J'ai tendance à croire qu'il a été apporté sur nos côtes par des marins étrangers, mais j'ignore comment il fait pour voyager aussi rapidement à travers les terres et pourquoi certains – comme vous – ont été épargnés alors que leurs compagnons succombaient.

— Nous avons vu les villageois allumer un feu toutes les nuits au bord du lac. Pourquoi font-ils cela ?

— Pour pouvoir dormir dehors et éviter ainsi les rats qui nichent dans les murs et dans le chaume de leurs logis. Maîtresse Hynd était d'avis que c'était cette vermine qui transportait la pestilence. C'est peut-être vrai car depuis qu'ils ont quitté leurs chaumières, plus personne n'est tombé malade. » Il s'interrompit. « Y a-t-il des rats dans les chambres que vous habitez ?

— Plus depuis que Mary nous a fait part de ses inquiétudes. C'était une bonne âme qui ne nourrissait aucune haine contre nous. Elle s'est approchée du mur un jour pour nous exhorter à nous débarrasser de la vermine. Les hommes ont obligé les femmes à le faire en… » Ses paroles furent interrompues brutalement, comme si quelqu'un avait posé la main sur sa bouche.

Cette fois, tous purent entendre la clameur de voix courroucées à l'intérieur de la demeure. On entendit crier « Laissez-nous tranquilles » avant qu'une voix de fille ne se mette à hurler : « Les hommes nous tiennent prisonnières, Messire. Ils nous maltraitent atrocement. Les plus jeunes d'entre nous elles-mêmes sont contraintes de subir leur lubricité. Nous avons besoin de votre aide aussi désespérément que les vil… »

Le bruit d'une gifle fut suivi de la voix âpre et cinglante de celui qui avait pris la parole en premier. Excités peut-être par l'agressivité de ces sons gutturaux, ou par le pas en avant que fit Joshua pour mieux voir ce qui se passait, les sept chiens réagirent par des grondements graves et profonds qui éclatèrent en aboiements quand Thaddeus cria qu'on laisse la fille parler. Comme personne ne répondait, il se tourna vers Thomas Breakspear.

« Quelle était la première voix qu'on a entendue ? Qui est responsable dans la demeure ? demanda-t-il.

— Le chambellan de Milord : Gregory de Joulet. Il est régisseur au manoir depuis cinq ans, et nos vies sont devenues bien plus difficiles depuis son arrivée.

— Je vous adresse une mise en garde sans équivoque, maître de Joulet ! rugit Thaddeus. Envoyez immédiatement toutes les servantes à la porte d'entrée ou vous paierez le prix de votre refus. Je vous laisse le temps que mettra mon cheval pour traverser l'étendue qui nous sépare. Me suis-je clairement fait entendre ?

— Essayez, et vous recevrez une flèche entre les yeux. »

Thaddeus assura par la suite à Joshua qu'il savait qu'il ne risquait rien en faisant approcher Killer. Si des hommes d'armes s'étaient trouvés à l'intérieur, ils seraient apparus aux fenêtres dès qu'il avait déclaré son intention et aucun serviteur ne pouvait posséder la précision de tir nécessaire pour toucher une cible mouvante. La vérité était plus simple. La rudesse grinçante du timbre de Joulet lui rappelait trop son beau-père Will et les gémissements des femmes les pleurnicheries de sa mère Eva. Il alla de l'avant aveuglément, sans songer un instant aux conséquences.

Il mit Killer au petit galop le long de la berge du lac avant de virer en dessinant une vaste courbe qui le conduisit à l'abri d'un escalier de pierre à l'angle ouest du manoir. Aucun mur d'enceinte ne renforçait la protection mais, de près, Thaddeus constata que c'était inutile. Même à cheval, aucun ennemi n'aurait trouvé de fenêtre suffisamment basse pour s'introduire aisément et chaque ouverture était équipée de solides volets de chêne, assujettis de l'intérieur. Seules les fenêtres de l'étage supérieur étaient ouvertes afin de laisser pénétrer l'air et la lumière.

Prudemment, maintenant Killer tout contre la façade à un angle qui empêcherait un éventuel archer de le viser d'en haut, il fit progresser sa monture le long du mur jusqu'à ce qu'il eût atteint l'entrée voûtée. La porte, apparemment aussi inexpugnable que les volets, était soigneusement fermée ; plus par contrariété que dans l'espoir d'obtenir quelque résultat, il sortit un pied de l'étrier et frappa le talon de sa botte contre la planche médiane. Il aurait eu peine à dire ce qui l'étonna le plus : l'arrivée soudaine de Joshua et des chiens ou le fracas du bois qui se fendit sous son coup de pied.

Par la suite, Joshua enjoliva ce qui s'était passé pour en donner un captivant récit d'héroïsme à l'intention de ses amis, mais il se garda bien de préciser que les chiens avaient filé de leur propre chef. Avec un seul pied à l'étrier, Thaddeus eut bien du mal à rester en selle quand la présence des chiens excités fit broncher Killer.

« Par le diable, que viens-tu faire ici ? lança-t-il sèchement au garçon. File avant que cette brute ne me désarçonne ! »

Joshua ouvrit sa gibecière et recula, se plaquant contre le mur et attirant les chiens avec une poignée de viande. Lorsque tous furent réunis autour de lui, il leva les yeux vers l'étage supérieur pour faire comprendre à Thaddeus que tout ce qu'il disait risquait d'être entendu. « Je vous demande bien pardon, Messire, dit-il en faisant une courbette extravagante. La meute est très impatiente de commencer les recherches. »

Une lueur d'amusement éclaira le visage de Thaddeus. « Chaque chose en son temps, Buckler. Ne bouge pas avant que j'aie brisé cette porte. Elle est moins solide qu'elle n'en a l'air. »

Il s'approcha à nouveau par le travers et donna deux coups de talon contre les planches avant de se pencher de sa selle pour jeter un coup d'œil par la fente longue d'un pied qui était apparue dans le bois. La lumière était faible, car tous les volets de la grande salle étaient clos. La puissante odeur de feu ne parvenait pas tout à fait à masquer la puanteur de la corruption. Lorsque ses yeux se furent adaptés à la pénombre, il distingua une pyramide de restes noircis au milieu de la pièce, la forme parfaitement identifiable de crânes et d'os jaillissant des débris. C'était un charnier de cadavres incinérés, et les relents de mort lui apprirent que les flammes n'avaient pas brûlé assez longtemps ni avec suffisamment d'ardeur pour réduire la chair en cendres.

Il se demanda quelle folie avait pu inciter les serviteurs à prendre pareille initiative. Si les dépouilles n'avaient pas entièrement brûlé, en revanche le feu s'était propagé au reste. Toutes les portes, dont celle qu'il venait de fracturer, étaient calcinées et roussies. Certaines si gravement qu'elles pendaient à leurs gonds comme des ivrognes, et il distinguait çà et là les vestiges de ce qui avait été des coffres et des tables. Des lambeaux de tapisseries, noirs de suie, pendaient encore par endroits à hauteur de regard, mais aucun volet n'avait brûlé, ce qui donnait à penser que quelqu'un avait eu le bon sens d'étouffer les flammes avant qu'elles ne puissent atteindre l'étage supérieur.

Il se redressa, secouant la tête en direction de Joshua. « Une vision de l'enfer t'attend derrière cette porte, annonça-t-il d'une voix sonore. Tout a été détruit par le feu, hormis des cadavres à demi calcinés au milieu du plancher. Si les murs n'étaient pas de pierre, l'édifice entier se serait écroulé. »

Joshua passa sa langue sur ses lèvres, se demandant avec inquiétude si Thaddeus disait la vérité ou exagérait afin d'effrayer les serviteurs de l'étage. Cette fois, il dirigea son regard vers les chiens. « Nous – ne – pouvons – pas – les – laisser – entrer », prononça-t-il silencieusement.

Thaddeus acquiesça d'un signe de tête. « Écoutez-moi bien, maître de Joulet, cria-t-il. L'enfer que vous avez provoqué dans cette salle ne sera rien en comparaison de celui que je puis créer en forçant cette porte et en laissant entrer la vermine de Woodoak. Nous avons vu des corbeaux et des renards se repaître des morts à Athelhelm et Afpedle..., nous avons vu des rats, couverts de fèces et de vomissures, escalader des murs de pierre à la recherche de nourriture..., nous avons senti la bile nous monter à la gorge lorsqu'ils ont répandu leur souillure parmi les vivants. Souhaitez-vous voir la même chose se produire ici ?

— Le feu n'était pas de mon fait. Un des serviteurs a été pris de folie et a incendié la grande salle pendant que tout le monde dormait.

— Et pour quelle raison a-t-il été pris de folie ? À cause de la puanteur des cadavres en putréfaction qui règne dans cette demeure ? Êtes-vous un démon ou un sot, monsieur, pour avoir refusé qu'ils soient enterrés à l'extérieur ?

— Faites vos reproches aux serviteurs de vile extraction avant de vous en prendre à moi, répondit Joulet avec aigreur. Personne n'a plus voulu s'approcher de la sépulture depuis que le fossoyeur est mort. Ils préféraient le fouet à un trépas certain. »

Joshua vit le visage de Thaddeus se crisper de mépris et joignit les mains pour le supplier d'agir avec sagesse. Les chiens s'agitaient, truffes dressées pour humer l'odeur de putréfaction qui filtrait par les fissures de la porte, et Joshua n'était pas certain de pouvoir les maîtriser beaucoup plus longtemps. Après tout, Thaddeus avait, lui aussi, brûlé des cadavres. « Vous êtes venu pour les femmes, Messire, lui rappela-t-il. Elles devraient pouvoir sortir en sécurité par l'escalier du mur ouest.

— Aurais-tu l'audace de m'empêcher de me divertir, Buckler ? demanda Thaddeus avec un clin d'œil complice. Les chiens ne feront qu'une bouchée de ce diable de régisseur si je les laisse libres d'entrer. Les mastiffs le prendront à la gorge avant qu'il n'ait eu le temps de déguerpir.

— Ils se jetteront aussi sur tous les autres serviteurs, Messire. Vos chiens sont dressés à traiter les hommes en ennemis quand vous leur ordonnez d'attaquer. Ils n'épargneront que les femmes.

— Dans ce cas, nous pouvons forcer la porte sans risque.

— Nous ignorons si tous les hommes sont aussi coupables que maître de Joulet, Messire. »

Thaddeus utilisa la garde de son épée pour porter un nouveau coup contre le panneau de bois. « Si cela est vrai, que ceux d'entre vous qui se repentent sincèrement de leurs actes libèrent les femmes immédiatement. Ou, par la volonté de Dieu, vous mourrez sous les mâchoires de mes mastiffs. »

Joshua n'eut pas besoin d'enjoliver la suite de son récit. Thaddeus endossa le costume de seigneur aussi aisément qu'il avait assumé le rôle de régisseur de Lady Anne, et personne à Woodoak n'eut l'idée de contester son identité malgré ses vêtements en loques, ses cheveux et sa barbe négligés.

Par contrecoup, Joshua obtint tout le respect dû à son écuyer et pour la première fois de sa vie, le garçon fut capable de tenir la tête droite sans craindre les moqueries. Il jugea même nécessaire de faire montre d'assurance afin de renforcer l'autorité de Thaddeus. Ce n'était, évidemment, que faux-semblant. De bout en bout, Joshua vit des problèmes partout, en particulier lorsqu'une vingtaine de servantes, dont un grand nombre de très jeunes filles, dévalèrent l'escalier de pierre, le visage convulsé de terreur. Il redoutait tant que les chiens ne leur sautent dessus qu'il leur cria « Halte ! » et fut mortifié de voir les femmes obéir aussi hâtivement que les bêtes.

Elles se blottirent les unes contre les autres au pied des marches, débraillées et sales, aussi terrifiées par ce qui les attendait que par ce qu'elles avaient laissé derrière elles. L'une des plus âgées tendit les mains vers Thaddeus, le suppliant de les protéger.

« Les chiens ne vous feront rien, assura-t-il.

— Nous avons peur de tout, Messire, s'écria-t-elle. Nous redoutons autant les villageois que les serviteurs de cette demeure. »

Il reconnut à sa voix la femme qui lui avait demandé comment la peste était apparue. Les autres semblaient la considérer comme leur meneuse. « Vous n'avez pas à les craindre. Thomas Breakspear est un homme bon. Ses compagnons et lui ne vous feront aucun mal.

— Ils nous chasseront, Messire, et nous ne trouverons d'abri nulle part. » Elle posa la main sur la tête de la plus petite des servantes. « Cette petite elle-même a été souillée par la lubricité des serviteurs. Nos sœurs sont plus nombreuses à être mortes de honte que de maladie. »

Joshua n'avait encore jamais vu pareille détresse sur des visages humains. Les larmes ruisselaient sur leurs joues, et si Thaddeus avait été prêtre, elles se seraient jetées à ses pieds, implorant la rémission des péchés commis contre elles. Et peut-être était-ce une chance qu'il ne le fût pas, car aucun homme d'Église n'aurait aussi bien compris leur situation et ne les aurait traitées avec autant de douceur que Thaddeus.

« Les villageois s'accrochent à peine à la vie, lui dit-il. Ils n'ont ni la volonté ni l'énergie de vous juger… et s'ils cherchent à le faire, ils en répondront devant moi. Aucune de vous n'a le moindre tort à se reprocher, les seuls coupables sont les hommes qui vous ont infligé pareille infamie. » Ses yeux s'attendrirent en la voyant abriter les plus jeunes de ses bras. « Ne regrettez rien, les exhorta-t-il. Vivez pour aujourd'hui afin de pouvoir réclamer justice demain.

— Il n'y aura pas de justice pour nos semblables, Messire. Il n'y en a jamais.

— Il existe maintes formes de justice, et certaines sont plus satisfaisantes que d'autres. Pour ma part, je me contente de voir la peur sur le visage de mon ennemi quand il comprend que je suis devenu assez puissant pour lui faire entendre raison. Votre plus belle vengeance sera de survivre à cette pestilence en conservant votre force et votre esprit intacts, afin que vos bourreaux vivent dans la crainte de votre courroux. »

Elle garda le silence, et Joshua se demanda si elle avait perdu courage au point de n'être plus capable de porter assistance à autrui, et à elle-même. Si tel était le cas, Thaddeus avait pris une lourde responsabilité en se précipitant à leur secours et Joshua lui adressa une prière silencieuse, l'exhortant intérieurement à ne pas pousser sa compassion plus loin. Il sentait des démangeaisons sur tout le corps en imaginant que ces femmes crasseuses et répugnantes puissent se jeter à ses pieds et à ceux de Thaddeus pour les implorer de leur accorder leur protection. Qui savait quelles maladies elles transportaient ? Son compagnon était-il donc incapable de se rappeler, ne fût-ce qu'une heure, sa propre injonction de rester aussi loin que possible des humains ?

Apparemment oui. Il prenait trop grand plaisir à jouer le seigneur.

Thaddeus s'adressa à nouveau à la femme : « Dis-moi comment je peux vous aider. Il n'existe pas de problème si ardu qu'on ne le puisse résoudre.

— Nous ne pouvons pas demander aux villageois de nous accepter dans cet état, Messire. Nos vêtements ont été réduits en lambeaux quand nous avons éteint le feu et nous n'avons pas pris de bain depuis que maître de Joulet a laissé les corps dans la grande salle. Le seul puits se trouve dans la cuisine et nous avons déjà eu besoin de tout notre courage pour descendre puiser de l'eau à boire.

— N'avez-vous pas de chemises ou de cottes de rechange ?

— Elles étaient dans les coffres qui ont été détruits par les flammes.

— Et la châtelaine de Woodoak ? N'a-t-elle pas laissé de robes dans sa chambre ?

— Aucune que nous puissions utiliser, Messire.

— Pourquoi cela ?

— Elles ne nous appartiennent pas.

— Pas plus qu'à moi, rétorqua Thaddeus, mais je les aurai tout de même. » Il cria aux serviteurs de jeter au rez-de-chaussée toutes les robes, chemises et cottes qu'ils pourraient trouver. « Quand votre maîtresse reviendra, dites-lui que Foxcote s'engage à payer deux fois leur valeur, pourvu qu'aucune de ces femmes ne soit accusée de vol.

— Quelle garantie avons-nous que vous agirez comme vous le prétendez ?

— Mettriez-vous ma parole en doute, maître de Joulet ? Vous feriez mieux de réfléchir aux réponses que vous ferez le jour où j'accompagnerai le high sheriff à Woodoak et vous accuserai devant vos maîtres d'avoir si mal traité ces femmes que vous êtes allé jusqu'à refuser de respecter leur pudeur quand elles ont supplié d'être purifiées de votre puanteur fétide. »

Joshua ne put que s'émerveiller lorsqu'une vingtaine de robes de soie, de cottes brodées et de chemises tombèrent en pluie depuis les fenêtres. Il garda cependant un visage impassible. S'il avait appris quelque chose ce jour-là, c'était à imiter le talent avec lequel Thaddeus dissimulait ses émotions. Certes, il s'inquiétait à l'idée que le grand serf n'aille trop loin par échauffement et par fanfaronnade, et son courage fléchissait chaque fois qu'il songeait à tout ce qui risquait de mal tourner. Ses yeux passaient constamment de la route du nord à la route du sud, car il était certain que des soldats allaient surgir au moment où ils s'y attendraient le moins.

Il fut cependant plus blessé que soulagé quand Thaddeus lui donna ordre de retourner au bord du lac, où il avait laissé son cheval, et de repartir à la chasse aux canards. « N'avez-vous pas d'emploi pour moi ici, Messire ? » demanda-t-il.

Thaddeus secoua la tête. « Sauf si ces gentes dames souhaitent un public pendant qu'elles se baignent, Buckler. Nous leur témoignerons une plus grande bonté en nous éloignant, me semble-t-il. » Il rengaina son épée et se retourna vers la femme qui servait de porte-parole aux autres. « Il faut que vous jetiez toutes vos pièces de vêtements, lui dit-il, et que vous vous plongiez intégralement dans l'eau. Tel a été le conseil que Mary Hynd a donné aux serfs et il semble avoir été efficace. Quand vous estimerez que vos cheveux et vos corps sont purifiés, enfilez ces robes et dirigez-vous vers le village. Je vous y attendrai.

— Puis vous nous laisserez, dit-elle faiblement.

— Je ne puis faire autrement, répondit-il. Il faut que je m'occupe de mes propres gens. » Il scruta son visage un moment, et vit l'angoisse dans ses yeux. « Quel est votre nom ?

— Sarah Standfast, mon seigneur.

— C'est un bon nom, un nom solide, Sarah. Penses-tu pouvoir t'en montrer digne à présent? Ces petites servantes ont besoin que tu sois courageuse… et moi aussi. »

Des larmes de lassitude perlèrent à ses yeux. « Je ferai de mon mieux, Messire. »

Joshua observa la suite des événements de loin. Il n'entendait rien de ce qui se disait et était contraint d'interpréter ce qui se passait en observant les gestes de Thaddeus et les actions des serfs. Surmonter leur répugnance à dépecer et découper le mouton mort parut relativement facile – cinq jeunes se précipitèrent pour aller chercher la carcasse dès que Thaddeus la leur montra –, mais il fallut plus de temps pour les persuader d'incendier leurs maisons. Les débats furent animés avant que les femmes, les enfants et les vieillards ne rejoignent le lieu où ils faisaient du feu près du lac tous les soirs, et la tâche d'embraser le village fut confiée aux jeunes.

Ils procédèrent largement comme Ian, Olyver et Edmund l'avaient fait à Afpedle, en allumant un feu à l'extrémité sud du village puis en remontant la route à la course pour jeter des bûches enflammées dans un toit de chaume après l'autre. Même à deux cents pas, Joshua voyait bien qu'ils y prenaient plaisir, faisant basculer les charrettes dans la poussière et se donnant force bourrades. Il devina qu'ils étaient plus heureux d'avoir réussi à imposer leur point de vue que de détruire leurs maisons, mais il doutait que leurs aînés apprécieraient cette effronterie lorsque Thaddeus serait reparti.

Thaddeus ne lui donna pas raison quand Joshua l'interrogea plus tard à ce sujet. « Les jeunes sont les seuls à avoir du courage, lui dit-il. L'audace de leurs aînés a été brisée depuis longtemps. Si je suis bon juge, le jeune Catstock sera leur chef avant la Noël. Il a déjà indiqué l'endroit où il faudrait construire le nouveau village et décidé quels arbres abattre pour servir d'étais aux murs. »

Joshua perçut de l'admiration dans la voix de Thaddeus et un pincement de jalousie lui serra le ventre. « S'il était si malin, il serait déjà leur chef et ils ne mourraient pas de faim.

— Il avait besoin qu'on lui accorde l'autorisation de voler. Tous en avaient besoin.

— Et tu la leur as donnée ? »

Ils chevauchaient côte à côte sur la route d'Afpedle, six canards suspendus à une ficelle autour du cou de Joshua et un râteau fixé de biais sur le dos de Thaddeus. « Pas exactement. Je les ai poussés à se l'accorder eux-mêmes. Ce n'est pas pareil.

— Comment cela ?

— Ils ont besoin de se fixer un objectif commun pour survivre. Chacun d'eux avait bien pensé à tuer un mouton ou à pêcher une truite dans le lac, mais aucun n'avait eu la hardiesse de le faire seul. S'ils agissent de conserve, le seigneur de Woodoak devra les faire fouetter tous – ou les épargner tous. À mon avis, il les épargnera. La pénurie de paysans sera trop grande pour qu'il fasse autrement.

— Leur as-tu conseillé de négocier leur liberté comme tu ne cesses de nous le dire ? »

Thaddeus acquiesça. « Oui, mais le jeune Catstock a été le seul à paraître éprouver quelque intérêt pour cette idée. Elle a alarmé les autres.

— Pourquoi ? »

Thaddeus haussa les épaules. « Peut-être ont-ils vécu trop longtemps dans la servitude. Peut-être ne savent-ils pas comment travailler pour eux-mêmes. Peut-être leur ignorance du monde qui s'étend au-delà de Woodoak leur fait-elle craindre de vivre sans la protection d'un seigneur. La situation serait la même à Develish si Lady Anne n'avait pas partagé son savoir avec nous.

— Penses-tu que le seigneur de Woodoak écoutera ses serfs s'ils réclament la liberté ? Sir Richard ne l'aurait pas fait. Il nous aurait tous fait fouetter simplement pour en avoir eu l'idée.

— S'il a un peu de bon sens, il les écoutera. »

Joshua n'en était pas convaincu. Tout ce qu'il avait vu et entendu au village lui donnait à penser que ce seigneur était probablement aussi malveillant et déraisonnable que son chambellan. « Maître de Joulet était-il parmi les hommes que j'ai vus sortir de la demeure par l'escalier extérieur et suivre les servantes jusqu'au village ? » demanda-t-il alors.

Il avait craint d'être le seul à avoir repéré le groupe qui avait surgi de l'étage supérieur pour se glisser subrepticement derrière les femmes, vêtues désormais de robes et de cottes aux couleurs éclatantes. Elles avaient l'air d'oiseaux exotiques, longeant le lac en relevant leurs jupes sur les côtés pour éviter de marcher sur l'ourlet, mais apparemment, elles n'avaient pas remarqué les hommes qui leur avaient emboîté le pas. Joshua avait poussé un soupir de soulagement quand Thaddeus avait dégainé son épée et talonné Killer pour aller les affronter. Ils n'étaient sans doute pas malintentionnés parce qu'ils étaient tombés à genoux devant lui, mais Thaddeus n'en avait pas moins refusé de les laisser passer. Il leur avait fait signe de rebrousser chemin et Joshua les avait vus disparaître dans les bois, à l'ouest de la maison.

« Non, à moins qu'il ait encore du lait derrière les oreilles, répondit alors Thaddeus. Ils étaient tous de ton âge, et se disaient terrorisés par Joulet et bourrelés de remords et de regrets à cause de ce qu'ils avaient fait. Ils ont demandé à pouvoir rejoindre les villageois.

— Pourquoi as-tu refusé ?

— Cette décision ne me revenait pas. À ma connaissance, ils ont été les premiers à agresser les femmes. C'est à Sarah Standfast et aux autres servantes de leur accorder ce droit, pas à moi.

— Alors pourquoi ne se sont-ils pas adressés à Sarah ?

— Parce que je leur ai dit de passer trois jours à se récurer de la tête aux pieds avant de songer même à demander pardon, répondit Thaddeus en riant. Ils seront bien plus repentants après avoir gelé deux nuits dans des vêtements trempés. Ils ne se sont pas contentés de violer ces malheureuses, ils les ont obligées à fouiller la maison à la recherche de tous les nids de rats et à les détruire avant de les enfermer dans une pièce pendant cinq jours sans nourriture.

— Pourquoi ont-ils agi ainsi ?

— Pour s'assurer que les rats ne leur avaient pas transmis le mal. J'aurais fouetté ces jeunes jusqu'au dernier si j'avais pensé que profaner ces femmes était leur idée et non celle du chambellan. Si quelqu'un mérite une mort douloureuse, c'est lui. »

Peut-être était-il heureux qu'ils aient presque atteint Afpedle et aient changé de sujet pour aborder celui des tâches qui les attendaient, car Joshua éprouvait la déplaisante impression que Thaddeus ne faisait guère de différence entre ce que Joulet avait infligé aux servantes de Woodcoat et les agissements de ses compagnons et lui avec Eleanor. S'il avait pensé qu'une nouvelle tentative de justification pouvait avoir de l'effet, il aurait peut-être essayé. Rétrospectivement, il se félicita de s'en être abstenu.

Quand Thaddeus tira les rênes pour arrêter Killer et détacha le râteau avant de mettre pied à terre, il se tourna vers Joshua avec un sourire. « C'est Thomas Breakspear qui me l'a donné. Il ne m'a pas demandé à quel usage je le destinais, il a simplement dit que c'était le moins qu'il pût faire pour me remercier.

— Tu le mérites. Tu leur as manifesté de la bonté.

— Hum. » Il descendit de selle et tendit la main nonchalamment pour caresser la tête d'un mastiff, montrant ainsi au garçon que les chiens avaient gagné son approbation. « Il m'a affirmé aussi que mon écuyer était plus courageux que tous les hommes d'armes du seigneur de Woodoak. Tu t'es fort bien conduit, Joshua. »

Il feignit de ne pas voir la rougeur qui empourpra les joues couvertes de taches de rousseur du garçon. Joshua offrait trop promptement son affection, aux chiens comme aux humains, et Thaddeus n'avait nulle intention de remplacer un père absent. Il n'avait ni la compétence ni la patience nécessaires pour transformer de jeunes garçons irascibles en adultes.

(EXTRAIT D'UN JOURNAL INTIME TENU PAR LADY ANNE)

Le huitième jour du mois de septembre de l'an 1348

Trois jours se sont écoulés depuis que le seigneur de Bourne et ses soldats normands ont été mis en déroute par des paysans anglais et j'ai encore peine à y croire. Mes gens ont magnifiquement œuvré ensemble pour les vaincre. Maître de Courtesmain m'exhorte à dire que Develish a triomphé par la grâce de Dieu, mais en toute honnêteté, cela m'est impossible. Le mérite en revient à Gyles Startout. Je gage que le seigneur et son capitaine d'armes réfléchiront désormais à deux fois avant de prendre aussi mal la mesure d'un serf aussi courageux et valeureux que lui.

Après que les soldats ont quitté la vallée, Alleyn Startout, John Trueblood, James Buckler et Adam Catchpole ont traversé les douves sur le radeau pour dépecer les quatre chevaux morts et mettre la main sur tout ce qui pouvait avoir quelque valeur. John Trueblood a affirmé que les tabards et les bottes puaient trop la sueur normande pour qu'un Anglais digne de ce nom les puisse porter. Il les a donc jetés dans les douves en les piquant sur les dents de la fourche de James Buckler, mais le reste a fait la traversée sur le radeau. 6 longbows, 6 arcs courts, 6 épées ; sans compter collection de flèches, et des selles et brides pour 4 chevaux. C'était une bonne récompense pour une bataille gagnée. La moitié de ses hommes étant privés d'armes, le seigneur de Bourne aura peine à monter une nouvelle attaque contre nous.

Nous avons allumé un feu pour célébrer notre glorieuse victoire et avons fait rôtir la viande de cheval fraîche. La joie que nous avons eue à festoyer et à danser était merveilleuse à voir. Le reste de la viande a été salé et mis de côté, et les armes ont été graissées. La demeure a retrouvé un semblant d'ordre, bien qu'un grand nombre des poutres intérieures soient encore mouillées d'avoir été arrosées. Les pertes les plus regrettables sont les vitres des fenêtres à petits carreaux de la chambre de Sir Richard et de la mienne qui se sont brisées quand elles ont été atteintes par les têtes de flèche. Nous ne pouvons en effet pas les remplacer sans la science nécessaire pour fabriquer du verre ni la possibilité de le faire.

Peu importe. Des planches feront aussi bien l'usage et je préfère perdre du verre, aussi coûteux soit-il, que la vie d'un seul de mes gens. Mon unique regret est que Thaddeus et les fils de mes principaux serfs n'aient pas été là pour prendre part à notre gloire. Ils auraient ri de bon cœur, me semble-t-il, en voyant les hommes d'armes du seigneur de Bourne sautiller et bondir, terrifiés par des Anglais.

Je prie très sincèrement pour qu'ils nous reviennent sains et saufs.

Vingt-cinq

Le camp de Thaddeus au bord de la Pedle

Peter Catchpole se renfrogna de plus en plus en entendant Joshua se flatter de ses exploits devant Ian, Olyver et Edmund. Thaddeus, qui faisait tourner des canards sur une broche, intervenait occasionnellement pour ramener ses propos à de plus justes proportions, mais leur bonne humeur devint de plus en plus effervescente au fil de la nuit. Edmund rappelait à tout bout de champ qu'il avait eu bien raison de se méfier des rats tandis que Ian et Olyver prétendaient que la seule méthode réellement efficace pour incendier une maison était celle des flèches enflammées. Quant à Joshua, il affirmait à qui voulait l'entendre que les chiens qui somnolaient, repus grâce à une demi-brebis abattue, avaient été de bout en bout la clé du succès.

Ils soufflèrent un peu, le temps de dévorer à belles dents un canard rôti, mais recommencèrent aussitôt leur appétit satisfait. Cette fois, Joshua – qui par le passé avait toujours été la cible des moqueries de Peter à cause de ses cheveux roux et de ses taches de son – se mit à fanfaronner en faisant remarquer que Thaddeus et lui n'avaient eu aucun mal à passer pour un seigneur et son écuyer. Malgré leurs tuniques paysannes affreusement élimées, les serfs de Woodoak les avaient pris pour des hommes de haute lignée.

« Uniquement parce que je montais un destrier de chevalier et que j'avais une épée à la main, et que tu commandais une meute de chiens de chasse, murmura Thaddeus. Nous ne nous serions pas tirés d'affaire sans cela.

— Tu aurais peut-être dû ordonner au chambellan de jeter par la fenêtre quelques vêtements de son maître, intervint Olyver. Tu ressemblerais à t'y méprendre à un seigneur avec un pourpoint brodé et une houppelande doublée de fourrure.

— J'ai été tenté, admit Thaddeus, mais je n'ai pu imaginer de raison convaincante de le faire. Thomas Breakspear lui-même se serait demandé pourquoi cette nécessité de voler les plus beaux atours de son seigneur alors que je devais en avoir un coffre plein à Develish.

— Nous avons tous besoin d'habits neufs, remarqua Edmund en levant les bras pour montrer les trous qu'il avait aux coudes. Nous sommes vêtus de haillons puants. Combien de temps devrons-nous encore attendre avant de rentrer chez nous et de retrouver des vêtements propres ?

— Le temps qu'il faudra, répondit Thaddeus en bâillant.

— Pour faire quoi ?

— Assembler ces scions pour confectionner des hampes de flèche… (il tourna la tête vers le tas de minces tiges de noisetier posé à côté des selles) … aiguiser les extrémités en pointe et y fixer des plumes correctement. Même alors, nous aurons de la chance si elles tirent droit. Faute de quoi, mettre le feu à Athelhelm sera un travail d'enfer et je n'ai pas l'intention de faire passer le gué aux moutons avant d'être sûr que le village a été complètement nettoyé.

— De la présence des rats ? demanda Edmund avec satisfaction.

— Et des cadavres aussi. »

Un silence pesant s'installa avant que Ian ne prenne la parole. « Les flèches tireraient droit si elles avaient des pointes métalliques. Comment se fait-il que vous n'en n'ayez trouvé que trois dans les cendres d'Afpedle ?

— Les dents du râteau étaient trop écartées. » Thaddeus se garda de lui dire qu'il avait renoncé à cette tâche après avoir retiré un crâne noirci des débris. Il était assez petit pour appartenir à un bébé et, comme il le renfonçait dans les cendres à coups de pied pour éviter que Joshua le voie, il s'était brisé en morceaux. Il jeta un coup d'œil à Peter, qui se morfondait toujours. « Tu n'as pas l'air bien gai. Que t'arrive-t-il ? »

Edmund répondit à sa place. « Il a fait le fainéant et est parti se promener pendant près de deux heures. Il dit avoir vu des soldats. Depuis, il boude parce que nous ne l'avons pas cru.

— Quand il est revenu à toutes jambes, bredouillant qu'il y avait une armée sur la route, nous avons tout déplacé hors de vue au milieu des arbres, renchérit Ian. Nous nous sommes donné du mal pour rien. Personne n'est venu. »

Peter baissa les yeux. «Je n'ai jamais dit qu'ils se dirigeaient par ici.

— On aurait pourtant pu le croire à te voir filer te cacher dans le bois, grommela Olyver. C'est mon besson, Edmund et moi qui avons dû rassembler les chevaux et les mettre à l'abri. Tu n'es jamais là quand il y a une besogne à abattre. »

Thaddeus se tourna vers Peter qui gardait la tête basse. « Que faisaient les soldats ?

— Je ne sais pas. Ils étaient dans le domaine dont tu as parlé.

— Celui du nord ?

— Oui... c'étaient les mêmes que ceux qui ont incendié Develish. J'ai reconnu les armoiries sur leurs tabards. » Il serra les poings. «Je n'y peux rien s'ils ne sont pas venus par ici. Ils auraient très bien *pu.* »

Edmund lui donna un coup de pied dans la cheville. « Espèce de crapaud hypocrite, lança-t-il furieux. Tu tiens à te faire valoir parce que tu es le seul à n'avoir accompli aucun acte de courage. Si c'était moi qui inventais la présence d'une armée, je prétendrais au moins que c'était celle du seigneur de Blandeforde. Tu as parlé de celui de Bourne parce que c'est le premier nom qui t'est passé par la tête. »

Thaddeus dut compter sur la faible lueur de la lune pour se repérer. Les chiens avaient bougé quand il avait quitté le camp en tapinois mais, par bonheur, ils n'avaient fait aucun bruit lorsqu'il s'était éloigné le long de la berge herbeuse d'un pas léger. Il suivit le fleuve vers l'est jusqu'à la route puis prit à gauche sur le chemin de terre, passant d'habitation en habitation dans le village désert, prêt à se dissimuler promptement derrière un mur s'il voyait ou entendait quelque chose.

Il s'arrêta pour écouter aux portes, à l'affût d'un son susceptible de trahir une présence humaine. Quand on se promenait de nuit dans Develish, on entendait une multitude de bruits – les hommes qui ronflaient, les bébés qui pleuraient, la voix apaisante des femmes –, mais en ce lieu abandonné, seul le silence régnait. Le hululement des chouettes dans la forêt parvenait à ses oreilles, avec de temps en temps le glapissement d'un renard; rien cependant ne suggérait qu'il restait des gens en ce lieu. L'odeur de la mort elle-même était absente.

Après les maisons, il abandonna le chemin et parcourut les mille pas suivants sous l'ombre épaisse des arbres. Quand la végétation se fit moins dense et qu'une étendue de pâture s'ouvrit devant lui, il s'arrêta. Une semaine plus tôt, il avait passé plusieurs heures à observer ce domaine de jour et il se rappelait parfaitement sa disposition, bien qu'il pût à peine le distinguer cette fois, car la lune était masquée par les nuages. Un manoir, une église et une poignée de cabanes de serfs se dressaient sur sa gauche, et un sentier de terre rejoignait la route sur sa droite. Lors de sa précédente visite, il avait constaté avec étonnement que la superficie de terres défrichées était largement inférieure à celle de Develish. Il avait douté que ce domaine pût nourrir plus de soixante personnes. Pourtant, la demeure était bien plus grandiose que celle de Lady Anne et son entretien devait exiger de nombreux serviteurs. Il s'était demandé comment le seigneur et sa maisonnée pouvaient cultiver des quantités suffisantes pour se nourrir et payer des redevances, jusqu'au moment où il lui était venu à l'esprit que le village déserté plus au sud, qui possédait ses propres terres défrichées, devait faire partie du même domaine. Il ne pouvait connaître avec certitude la relation exacte entre les deux communautés, mais il se prenait à espérer que c'était un exemple de ce que Lady Anne et les gens de Develish aspiraient à créer : un domaine où des hommes libres payaient un loyer pour leur terre et leur maison et pouvaient, par ailleurs, gagner leur vie à leur guise. Le seigneur s'enrichissait toujours du travail de ses tenanciers mais, le prix de la tenure étant établi, un homme libre pouvait vendre le fruit de son travail et mettre de l'argent de côté afin d'assurer son avenir et celui de sa famille.

Même de jour, il avait été difficile de savoir si le manoir était encore habité. Thaddeus avait aperçu des rats autour des cabanes des serfs, mais n'avait pas vu un seul être humain, et comme il n'y avait que vingt moutons qui paissaient dans les pâturages – trop peu pour satisfaire durablement les besoins de Develish –, il avait préféré concentrer ses efforts sur le troupeau plus important d'Afpedle. Il ne semblait pas y avoir grand-chose qui vaille la peine d'être pris dans ce domaine, à moins que des réserves de nourriture ne se soient trouvées à l'intérieur des bâtiments cadenassés du village du sud.

Il commençait à penser que le manoir était tout aussi abandonné que le village, quand une lueur furtive vacilla à une des fenêtres du rez-de-chaussée de la demeure. Peu après, un rectangle lumineux se dessina dans l'obscurité et un homme apparut sur le seuil de la porte d'entrée, brandissant une lanterne au-dessus de sa tête. Il ne fit pas mine de sortir ni de lancer un défi, se contentant de faire passer le faisceau de sa lampe d'un côté à l'autre de la vaste cour. L'homme était suffisamment éclairé pour que Thaddeus pût constater qu'il était vêtu en paysan, tandis que le tremblement du pinceau de lumière suggérait qu'il avait peur. Cette curieuse petite scène se rejoua à deux reprises au cours de l'heure qui suivit, et Thaddeus se demanda si l'homme ne tenait pas à vérifier que la cour restait vide plutôt que d'y chercher véritablement quelque chose.

Vide de quoi ? s'interrogea-t-il. De soldats armés de flèches enflammées ?

Il suivit le bord du pâturage jusqu'au sentier qui menait de la demeure à la route. Il resta sous un arbre pendant trois bons quarts d'heure, l'oreille tendue, guettant notamment le froissement de rongeurs dans les broussailles. Il n'entendit rien. Peut-être sa présence avait-elle suffi à effrayer les rats.

S'étant assuré que la route était déserte, il s'y engagea. Il repéra facilement le crottin de cheval parce qu'il le cherchait et, quand il se baissa pour en ramasser entre ses doigts, l'odeur et l'humidité lui apprirent qu'il était frais. Il suivit la route en direction de Blandeforde et, au bout de deux cents pas, en trouva un nouveau tas. Puis un autre. La prudence l'empêcha d'aller plus loin, mais il savait désormais que des cavaliers étaient effectivement venus dans ce domaine. Comme Edmund, Ian et Olyver ne les avaient pas vus, ils étaient sans doute arrivés du nord et repartis dans la même direction.

Peter avait-il raison de dire que c'étaient des hommes du seigneur de Bourne ? Thaddeus ne comprenait pas pourquoi un noble ne possédant pas de domaine dans cette partie du Dorseteshire choisirait de s'attarder dans une région ravagée par un mal mortel. Quels motifs pouvait-il avoir de rester dans les parages ? Était-il si convaincu de sa propre vertu qu'il se croyait à l'abri de la pestilence ? Croyait-il que Dieu avait fait de lui l'ange purificateur des pécheurs ? Si tel était le cas, il était étrangement sélectif dans le choix des domaines qu'il incendiait. Tout en regagnant le campement et en retraversant le village désert, Thaddeus se demanda cyniquement pourquoi celui-ci avait été épargné.

Des hommes libres de verrouiller leurs portes et de fuir le mal noir étaient-ils de moins grands pécheurs que les serfs contraints par leur serment d'allégeance de rester et de l'affronter ?

Surgissant des ténèbres, des ombres se ruèrent vers Thaddeus alors qu'il était encore à cinquante pas du camp. Il se tint parfaitement immobile pendant que les chiens l'encerclaient, les poils de la nuque hérissés, des grognements gutturaux sortant du fond de leur gorge.

« Je t'avais bien dit qu'ils gagneraient leur nourriture, observa Joshua avec satisfaction, débouchant de l'obscurité derrière eux. Ils t'auraient mis en pièces si tu avais été un inconnu.

— Ils m'ont l'air d'avoir l'intention de le faire tout de même, répliqua Thaddeus. Ils ont glissé leur museau dans mon entrejambe et je sens la chaleur de leur souffle à travers mes chausses.

— C'est parce qu'ils t'aiment bien, c'est tout. Autrement, ils montreraient les dents.

— Rappelle-les avant que je leur torde le cou. »

Joshua claqua des doigts et la meute se rangea à côté de lui. « Tu es resté parti pendant des heures, fit-il d'un ton sévère. Où étais-tu ?

— Je suis allé chercher du crottin de cheval. » Thaddeus le suivit vers le feu mourant, ne s'asseyant que lorsque les chiens parurent calmés. Les quatre autres garçons étaient réveillés, assis en tailleur sur leurs paillasses de fougères, les yeux brillants de curiosité. Ian prit une bûche pour remuer les braises, mais Thaddeus arrêta sa main. « Il est préférable d'éviter les flammes. Peter avait raison, des cavaliers sont venus par ici récemment. Je pense qu'ils sont repartis vers le nord par la route, mais nous ne pouvons pas en être certains. » Il leur décrivit ce qu'il avait vu. « Es-tu sûr d'avoir reconnu les armes du seigneur de Bourne sur les tabards des soldats ? »

Le garçon confirma d'un hochement de tête. « J'ai regardé par une fenêtre de la grande salle quand il est venu à Develish. Son blason se trouvait sur son chariot. Il m'a frappé, ce qui m'a permis de le reconnaître.

— As-tu vraiment pu le voir aujourd'hui ? Il y a une demi-lieue d'ici jusqu'au manoir, et je vous avais ordonné de rester ensemble tous les quatre et de ne pas aller vous promener. Pourquoi m'as-tu désobéi ?

— Je n'ai pas désobéi. Je suis allé chier dans le bois. J'étais encore accroupi quand j'ai entendu des voix. J'ai cru que c'étaient les autres qui étaient venus m'espionner et puis je me suis rendu compte que ces voix parlaient français. J'ai eu une peur bleue. Ils étaient deux. Ils marchaient sur un sentier qui passe derrière les maisons du village. »

Thaddeus douta immédiatement de la véracité de ses propos. « Tu disais les avoir vus dans le domaine du nord.

— C'est de là qu'ils venaient… enfin, je pense. Ils l'appelaient Holcombe et ont dit qu'il était heureux qu'ils aient pu y réquisitionner des chevaux et des selles. » Peter eut l'air embarrassé, comme s'il savait que son récit était peu convaincant. « Un des deux seulement portait un tabard. L'autre était en vêtements de paysan, et il avait des sabots aux pieds, pas des bottes. Je l'ai pourtant reconnu. Il était en tête de la colonne qui suivait le capitaine d'armes du seigneur de Bourne quand ils sont venus à Develish.

— Poursuis.

— Ils se plaignaient d'avoir été envoyés dans cette partie du domaine alors que leurs compagnons étaient chargés d'effrayer les paysans, ce qui était bien plus facile. Le plus grand a dit que le domaine semblait suffisamment riche pour satisfaire leur maître, et l'autre qu'ils avaient de la chance que le régisseur se soit enfui vers le nord avec les hommes libres, parce que les serfs ignoraient tout des impôts.

— Quels impôts ?

— Je n'en sais rien. Je n'ai compris que la moitié de ce qu'ils disaient. Celui qui était en sabots a parlé d'obtenir des bottes si Milord se montrait d'humeur généreuse.

— Que faisaient-ils dans les bois ?

— Ils cherchaient de la viande. Celui qui portait un tabard a dit que s'il y avait des moutons quelque part, ils seraient dans les prés proches de la rivière. »

Thaddeus se montra dubitatif. « Il y a des moutons dans la pâture à côté du manoir. Pourquoi ne les ont-ils pas pris ? »

Peter secoua la tête. « Ils ne voulaient peut-être pas se faire voir des serfs. Ils disaient pouvoir dérober tout ce qu'ils voulaient dans ce village parce qu'il n'y avait plus personne. »

Thaddeus avait eu la même idée en passant devant les maisons abandonnées. Il dévisagea Peter avec curiosité : « Où étais-tu caché pour avoir pu entendre tout cela ? Selon toute raison, tu devrais avoir la poitrine percée d'une flèche.

— Derrière des ronciers, à quelque vingt pas du sentier. Ils se sont arrêtés tout près de moi parce que celui qui était en sabots se plaignait d'avoir des ampoules. » Un sourire en coin lui tira les commissures des lèvres. « Je me serais conchié si je n'avais pas déjà posé mon étron. » Il hésita à poursuivre. « Ils n'étaient pas armés. Le petit avait un couteau, mais rien d'autre. Je m'apprêtais à prendre mes jambes à mon cou s'ils me voyaient. Je savais que je pourrais les distancer s'ils n'avaient pas d'arcs. »

Thaddeus douta qu'un récit aussi invraisemblable pût être véridique. Peter était un menteur plus ingénieux que ses trois camarades, et Thaddeus n'aurait pas ajouté foi à ses propos s'il n'avait pas trouvé le crottin. « Alors pourquoi n'ont-ils pas poursuivi jusqu'à la rivière et aperçu Edmund et les bessons ?

Peut-être l'ont-ils fait. Tu auras préféré ne pas nous le dire parce que tu n'as rien fait pour les en empêcher, c'est cela ? »

Le visage du garçon se referma immédiatement. « Je savais que tu ne me croirais pas. J'aurais dû me taire et prétendre n'avoir rien vu. Et je n'aurais pas pleuré sur leur sort si les autres s'étaient fait voir. Ils ont passé toute la journée à se vanter de leur courage.

— Persuade-moi. Je t'écoute. Qu'est-ce qui a poussé les soldats à faire demi-tour ? »

La question fut accueillie par un silence prolongé et Thaddeus était sur le point d'étriller le garçon en lui reprochant de n'être qu'un fieffé coquin quand un grondement grave fendit l'air, s'élevant en un crescendo de grognements et de claquements. Un second grognement, moins bruyant, s'éleva, suivi d'un cri de douleur, mi-humain, mi-animal. Ces bruits alertèrent la meute. Les chiens bondirent sur leurs pattes, babines retroussées, se mesurant du regard comme s'ils se demandaient où et qui était leur adversaire.

« J'ai appris ça avec les bâtards de Develish, reprit Peter sans le moindre signe d'émoi. Ils passaient leur temps à se battre.

— Parce que tu les provoquais, voilà tout », répliqua Joshua furieux. Il se tourna vers Thaddeus. « C'est un idiot. Il trouve amusant de taquiner les animaux, mais aucun de nous n'aura envie de rire si ces chiens-là se prennent à la gorge. Il y aura du sang partout. »

Thaddeus dissimula un sourire. « Qu'est-ce que tu sais faire d'autre ? » demanda-t-il à Peter.

Le garçon mit ses mains en coupe devant sa bouche et les trilles du merle s'élevèrent doucement dans la nuit, suivis de la stridulation du criquet et du cri du faucon. « Je peux presque tout imiter, mais je ne pensais pas que les soldats auraient une telle peur. Je n'ai jamais vu personne courir aussi vite. Sans doute des chiens sauvages rôdent-ils dans les parages. »

Comme le sommeil les fuyait tous et que les braises du feu répandaient suffisamment de lumière, Thaddeus entreprit de tailler une branche de noisetier pour en faire une pointe de flèche. « J'ai demandé au jeune Catstock si Mary Hynd avait vu des traces de morsures sur ceux qui étaient tombés malades, mais il m'a répondu qu'elle n'avait parlé que de fèces et de crasse. Je ne comprends pas comment celles-ci pourraient transmettre une maladie mortelle. Il y a eu des rats à Develish pendant des années avant l'arrivée de Milady, et personne n'est mort de la pestilence.

— Les rats ne peuvent pas transmettre ce mal, cela n'a pas de sens, intervint Edmund. Les humains n'attrapent pas les maladies des bêtes. Autrement, nous tomberions malades chaque fois qu'un mouton ou un poulet le sont.

— Hum.

— Mais ? suggéra Peter.

— Je me demande pourquoi ce mal est si différent des autres. Gyles a estimé que près de soixante-dix personnes en étaient mortes en une semaine à Bradmayne. Aucune plaie connue ne se répand ni ne tue aussi vite. Lady Anne les connaît toutes, et pourtant elle n'a jamais entendu parler d'un fléau qui provoque des bubons et noircit le sang. Je ne pense pas que Mary Hynd en ait eu connaissance non plus et elle me fait cependant l'effet d'avoir été aussi versée en médecine que Milady, et puisqu'elle disait que les rats étaient responsables de la maladie, ne ferions-nous pas bien de l'écouter ?

— Lady Anne est instruite, intervint Edmund. Je le croirais plus volontiers si c'était elle qui l'affirmait. »

Joshua leva la main. « Thomas Breakspear a dit que sa fille se grattait constamment sous les bras avant que les bubons n'apparaissent sur son cou.

— C'est vrai. Je m'en souviens.

— J'ai fait pareil quand j'avais attrapé les puces de Red. Tous les corniauds en avaient.

— Et quel est le lien avec la pestilence ? s'étonna Peter.

— Aucun, reconnut Joshua en haussant les épaules. Je veux simplement montrer qu'Edmund a tort de prétendre que les humains n'attrapent rien des animaux. »

Olyver fouilla dans la pile de branches, cherchant des tiges naturellement droites. « Il y avait énormément de rats à Bradmayne. Mon père a dit que c'était la demeure la plus crasseuse où il ait jamais mis les pieds. Sir Richard lui-même l'avait remarqué. Il n'arrêtait pas de demander si Eleanor y serait heureuse.

— L'abomination devait être grande, en vérité », murmura Thaddeus sèchement.

La pique échappa à Olyver. Il n'avait plus pris la défense d'Eleanor depuis des jours. « Le mal s'attrape peut-être par le toucher. »

Thaddeus secoua la tête. « C'est impossible. Votre père a passé près d'une semaine à soigner les malades dans la chaumière de John Trueblood, et il a bien souvent pris leurs mains entre les siennes pour les réconforter. »

Ian emprunta son couteau à Peter et entreprit de tailler lui-même un scion. « Maman pense qu'il sait parfaitement que c'est Dieu qui l'a épargné mais qu'il ne veut pas le dire par modestie, remarqua-t-il. Tu crois qu'elle a raison ?

— L'as-tu interrogé à ce propos ?

— Une seule fois. Il m'a répondu que c'était une question stupide. »

Thaddeus sourit. Il avait lui-même essuyé une ou deux fois les répliques bourrues de Gyles. « Tu l'aimerais moins s'il se vantait de sa vertu.

— Il ne se vante jamais de rien. C'est peut-être pour cela que Dieu l'a gardé en vie.

— Et pour cela que Sir Richard a été condamné à mourir, renchérit Edmund. Il n'aimait rien davantage que d'étaler sa piété. »

Thaddeus humidifia de la langue un jonc avant de s'en servir pour lier la pointe à la tige de sa flèche. « Ce n'est pas ainsi que Gyles voit les choses.

— Comment, alors ? demanda Ian.

— Il se sent coupable d'être en vie. » Thaddeus se rappela la longue nuit qu'il avait passée avec le père des jumeaux après que Gyles eut enterré le dernier mort – Pierre de Boulet, le capitaine d'armes de Sir Richard. « Il regrette l'aversion que lui inspiraient ses compagnons quand ils étaient en vie et son impuissance à les aider quand ils ont souffert. Il pense qu'il aurait pu faire davantage, et cette idée pèse sur sa conscience.

— Qu'aurait-il pu faire d'autre ? demanda Olyver.

— Rien que je sache. Il n'a pas quitté un instant le chevet de ceux qui sont revenus et est allé jusqu'à les entendre en confession dans leur dernière heure. Je l'ai vu bénir le capitaine de Boulet. Il a prétendu que les péchés de ce malheureux étaient véniels par rapport aux siens.

— Est-ce vrai ?

— J'ai trop de défauts moi-même pour me permettre de tenir le compte de ceux d'autrui. Votre père connaît les siens, et c'est pourquoi il estime avoir échappé à la mort par hasard et non par dessein divin. »

Peter se pencha en avant. « Est-ce aussi ce que tu penses ? »

Thaddeus hocha la tête. « Gyles et le capitaine de Boulet ont effectué le même trajet, ils ont dormi dans les mêmes logis, respiré le même air et sont entrés en contact avec les mêmes gens. En toute logique, ils auraient dû mourir ensemble.

— Sauf si Dieu a besoin de Gyles pour quelque dessein futur, répondit Peter. Le père Anselm dit que Ses intentions sont impénétrables pour l'homme.

— Je ne peux que l'approuver s'il parle en son nom propre », fit Thaddeus en tordant les lèvres.

Joshua tendit la main pour caresser un mastiff endormi. « Crois-tu même que Dieu existe, Thaddeus ?

— Pourquoi me poses-tu cette question ?

— Tu n'as pas peur de l'enfer. Autrement, tu ne mentirais pas en prétendant être un seigneur et tu ne pousserais pas des serfs à violer leur serment d'allégeance. »

Thaddeus le dévisagea avec amusement. « J'ai été voué à l'enfer dès l'instant de ma naissance. Devrais-je, selon toi, craindre la damnation toute ma vie parce que j'ai été conçu et que je suis né dans le péché ? »

Contrairement à Peter, Joshua perçut l'accent ironique de sa voix. « Tu sais bien que ce n'est pas vrai, grommela-t-il. Personne ne va en enfer pour des choses dont il n'est pas responsable.

— Voici une certitude dont bien des gens atteints de pestilence aimeraient certainement jouir. Si des hommes dotés d'autorité comme le seigneur de Bourne prétend que Dieu a envoyé un châtiment pour vous faire mourir ici-bas, vous aurez peu d'espoir que vos péchés vous soient pardonnés dans l'au-delà. »

Il y eut un bref silence avant qu'Edmund ne prenne la parole. « Penses-tu que le seigneur de Bourne sait qu'il a tort ? »

Thaddeus secoua la tête en signe de dénégation. « Il serait contraint de douter de tout s'il croyait être dans l'erreur sur ce point.

— Par exemple de son droit à être un seigneur ?

— Par exemple », acquiesça Thaddeus.

Il resta silencieux par la suite, préférant écouter les garçons discuter des mêmes sujets sérieux que ceux dont il avait débattu avec Lady Anne durant toutes ces années. Une ou deux fois, il se reprocha de les encourager à divaguer de la sorte, doutant que leurs parents approuvent l'hérésie, mais il ne fit rien pour les interrompre. Leurs esprits seraient plus sains s'ils se demandaient si l'oppression était vraiment tout ce qu'un serf pouvait attendre de la vie.

À la première lueur grisâtre de l'aube, Thaddeus se rendit au bord du fleuve pour s'éclabousser le visage et chasser le sommeil. Il s'étira de tout son long, dénouant les tendons de sa nuque et de ses épaules. La nuit avait été claire et froide mais, pour une fois, il avait bien dormi, grâce à un ventre gavé de canard et aux chiens toujours vigilants allongés à côté de Joshua, à droite du feu.

Il resta quelques minutes à les observer, se rappelant qu'Edmund avait averti Joshua que Thaddeus ne serait pas le seul à vouloir s'en débarrasser s'ils étaient couverts de puces. Il était déjà suffisamment déplaisant d'avoir des vêtements en lambeaux sans les déchirer davantage en se grattant à cause d'insectes importuns. Joshua avait juré que les chiens étaient propres. S'ils avaient eu des puces un jour, Thaddeus les en avait débarrassés en conduisant la meute à travers lacs et rivières lorsqu'il avait regagné le camp. Pour prouver sa bonne foi, Joshua s'engagea à les baigner dans la Pedle chaque matin.

Pour sa part, Thaddeus n'était jamais importuné par les puces. La complexion claire des autres membres de sa famille les attirait alors que sa peau plus foncée semblait les tenir à distance. Will en avait fait un argument de plus contre lui – les parasites eux-mêmes savaient reconnaître un bon à rien de bâtard –, mais Thaddeus s'était enorgueilli de cette différence après que Lady Anne lui eut dit qu'on pouvait se faire une bonne idée de quelqu'un aux puces et aux poux dont il était couvert. Seuls les fainéants et les crasseux étaient disposés à les tolérer, et Will Thurkell était l'un et l'autre, ce qui ne l'avait pourtant jamais poussé à se faire des reproches quand sa négligence provoquait l'infestation de sa femme et de ses enfants.

Thaddeus tourna les yeux vers le village abandonné de l'est. Edmund avait raison de dire qu'il leur fallait d'autres vêtements. Presque tous les matins au réveil, leurs tuniques et leurs chausses étaient humides de brume et de rosée, et le soleil automnal n'était pas assez ardent pour les sécher entièrement. Pouvoir en changer leur rendrait la vie plus confortable.

Il retourna au camp et remua du bout du pied la pile de tiges de flèche inachevées. « Combien de temps penses-tu qu'il faudra pour empenner et affûter celles-ci ? demanda-t-il à Ian qui était assis de l'autre côté du feu, caressant le duvet de son menton comme pour l'encourager à pousser plus vite et plus dru.

— Une journée ? suggéra le garçon. Elles tireront mieux si nous regagnons Afpedle et que nous trouvons les autres pointes de flèche. »

Thaddeus opina. « Ton père s'est-il jamais plaint des puces ? »

La question était tellement inattendue qu'il fallut à Ian une ou deux secondes pour l'assimiler. « Pourquoi me demandes-tu cela ?

— Je me posais la question, c'est tout. Il y a des gens qui les attirent et d'autres non. Je m'interrogeais sur la catégorie à laquelle appartient Gyles. »

Ian gémit. « Ne viens pas me dire que tu crois les bêtises que Joshua a débitées !

— Je garde l'esprit ouvert. Seuls les niais ont l'esprit fermé.

— Tout ce que je sais, c'est que ça fait rire Père quand nous en avons, Olyver et moi, et qu'il dit que si nous travaillions plus dur, nous aurions la peau comme du cuir, à son image. Cela rend notre mère folle. Elle dit que les puces sont l'œuvre du diable.

— Tu en as déjà vu sur un cheval ?

— Non… mais les chiens en ont, c'est sûr. Et il y avait tellement de rats à Afpedle que si Joshua avait raison, ceux-là devraient avoir des bubons sur tout le corps. »

Thaddeus observa la meute pensivement. « Ils ont peut-être la peau coriace, comme ton père. » Il changea de sujet, revenant aux tâches à accomplir et poussant les autres garçons du pied pour les réveiller. « Ian, Olyver et Edmund s'occuperont des tiges de flèche. Peter et Joshua m'accompagneront. Joshua ira à pied, pour commander aux chiens, et nous monterons à cheval, toi et moi, Peter. Il faut que tu ressembles à un homme d'armes, alors mets un arc sur ton dos et prends une épée à la main.

— Où allons-nous ? demanda Joshua.

— Tu le sauras bien assez tôt. » Il se pencha pour sortir un morceau de charbon du feu et fit signe à Peter de s'approcher. « Tu as plus de barbe que les autres, mais tu auras l'air plus âgé si tu me laisses faire. Je veux que ce soit un soldat qui chevauche à mon côté, pas un deuxième écuyer. »

Peter resta en retrait, l'air inquiet. « Je risque de te décevoir. Je ne suis pas très bon au maniement de l'épée.

— Crois-tu que je sois meilleur ? Il s'agit d'inciter les gens à garder leur distance par prudence, pas de les inviter à nous défier. » Thaddeus émit un rire grave. « Si cela devait arriver, nous tournerions les talons et partirions en courant, en espérant que les chiens seront plus vaillants que nous. Viens. Voyons si un peu de noir de charbon peut te donner un aspect plus redoutable. »

Ian, qui observait cette mascarade depuis l'autre côté du feu, se demanda si Thaddeus avait conscience d'avoir perdu beaucoup de sa réserve depuis leur départ de Develish. Il ne se rappelait pas avoir jamais vu le grand serf toucher le visage d'autrui – pas même de sa propre mère – et pourtant il était en train de se noircir les doigts et de les passer autour de la mâchoire de Peter pour donner à ce benêt un peu de courage.

Vingt-six

Holcombe, Dorseteshire

Thaddeus s'arrêta au bord des communaux qui longeaient la route. Sur leur droite, le chemin traversait un gué et se poursuivait vers le sud ; à gauche, il passait entre les maisons du village désert, en direction du nord. Thaddeus désigna les profondes ornières creusées dans la terre. « Il y a plus de mouvement sur cette route que sur celle qui relie Afpedle à Woodoak.

— Cela fait tout de même un moment qu'elle n'est plus fréquentée, fit remarquer Joshua. De l'herbe pousse déjà dans les ornières.

— C'est vrai, mais des charrettes et des chariots l'ont manifestement empruntée régulièrement par le passé.

— Tu penses qu'elle va à Melcombe ? » demanda Peter en se tournant vers le sud.

Thaddeus secoua la tête. « Ce n'est pas la bonne direction. La route dévie vers l'est. Je l'ai suivie sur un peu plus d'une lieue jusqu'à ce que je tombe sur le cadavre, alors j'ai fait demi-tour. Il y a sûrement un autre port plus bas sur la côte. » Il se tourna vers le village et montra les blocs de pierre disposés devant plusieurs bâtiments. « À mon avis, ce sont des montoirs installés par les artisans et marchands d'ici pour le confort des cavaliers. Ils devaient avoir des marchandises à vendre aux voyageurs qui se rendaient à Blandeforde. » Il tendit le bras vers un grand édifice de deux étages dont la façade était percée d'un porche voûté en son milieu. Le grand portail était barricadé. Le bâtiment était construit en bois, en colombages et treillis enduit de torchis, mais les poutres étaient deux fois plus grosses et plus solides que celles qu'aurait pu utiliser un paysan, et le nombre de fenêtres aux volets clos donnait à penser que l'intérieur était divisé en chambres. « C'est une hostellerie. Gyles m'a dit qu'elles ont parfois des cours, pour que les voitures à chevaux puissent entrer depuis la rue et s'arrêter juste devant la porte.

— Pourquoi cela ? s'étonna Peter.

— Les seigneurs n'aiment pas se salir les pieds.

— Tu es sûr que ce n'est pas un manoir ? Cette demeure est si vaste ! »

Thaddeus secoua la tête. « Je ne vois pas pourquoi il y en aurait deux sur le même domaine. » Il porta son attention sur la première habitation à droite de la route. Il remarqua un tas de cendres à côté du mur et une barre de métal forgé qui maintenait fermée sa double porte. « Je parie que c'est une forge.

— Et alors ? demanda Joshua.

— Il y a peut-être des outils à l'intérieur.

— Nous ne pouvons pas forcer l'entrée. On risquerait de nous entendre.

— Le village est abandonné.

— Qui pourrait dire s'il n'y a pas une centaine de personnes tapies derrière les volets ? Peut-être le seigneur de Bourne et ses soldats s'y sont-ils introduits durant la nuit.

— En laissant tous les cadenas en place à l'extérieur ? murmura Thaddeus. Voilà un tour de passe-passe que je serais fort curieux d'apprendre.

— Nous n'en apercevons que quelques-uns d'ici. »

Thaddeus rassembla les rênes de Killer. « Je vais vérifier s'il y en a d'autres. Attendez-moi ici tous les deux avec les chiens. » Il retroussa les lèvres dans un sourire carnassier. « S'il m'arrive quelque désagrément, vous pourrez vous porter à mon secours. »

Pendant qu'il s'éloignait, les garçons continuèrent à protester, réticents à commettre des larcins, mais Thaddeus resta sourd à leurs scrupules. Il était grand temps qu'ils acceptent de faire quelque chose qui risque de troubler leur conscience s'ils voulaient avoir leur part de louanges à leur retour à Develish. Il n'en regretta pas moins de ne pas avoir son beau-père avec lui. Le vol était tout aussi naturel à Will qu'il l'avait été à Jacob, et

Thaddeus était convaincu que l'un comme l'autre auraient facilement trouvé comment s'introduire dans ces bâtiments barricadés.

Il conduisit Killer jusqu'à l'extrémité du village et revint sur ses pas, se penchant sur sa selle pour examiner les cadenas posés sur les portes et s'arrêtant devant les volets pour essayer de voir par les fentes. Il s'attarda plus longtemps devant l'auberge, inspectant chaque fenêtre et profitant de la hauteur que lui donnait Killer pour regarder à l'intérieur de la cour par-dessus le portail. Une fois satisfait, il entreprit de tambouriner bruyamment sur les pièces de bois avec la garde de son épée, se présentant comme le seigneur de Foxcote.

« Ouvrez l'huis ! rugit-il. J'arrive avec une armée. Nous ne sommes pas atteints de pestilence mais avons besoin de nourriture et de logis. » Il fit avancer Killer jusqu'au milieu de la route et leva les yeux vers les fenêtres de l'étage. « Si vous m'entendez, montrez-vous immédiatement, ou mes soldats forceront la porte et nous prendrons alors ce qu'il nous faut sans votre permission. »

Joshua ferma les yeux en poussant un gémissement. « À cause de lui, nous serons tous morts avant que cette affaire soit terminée. Si nous ne succombons pas à la pestilence, nous serons pendus pour vol. »

Thaddeus décida de commencer par piller la forge. Les outils étaient lourds et il y avait de fortes chances que le forgeron n'ait pas hésité à abandonner une hache ou un marteau pour ne pas avoir à les transporter lors de son voyage vers le nord. Il avertit les garçons que la tâche ne serait pas aisée, car le bâtiment n'avait pas de fenêtres et que la double porte était équipée de la barre la plus solide et du plus gros cadenas de tout le village. La seule solution pour entrer serait de percer un trou dans un des panneaux de torchis.

Leur désaccord fut immédiat.

« Et si on nous surprenait ? s'inquiéta Joshua. Si quelqu'un arrive par la route, il nous verra.

— Je ne veux pas être puni pour quelque chose que je n'ai aucune envie de faire, protesta Peter. Tu aurais dû emmener Edmund. Aucun délit ne lui fait peur.

— Aux bessons non plus, renchérit Joshua. Ils disent qu'ils sont déjà en enfer, alors peu importe leurs actes. »

D'un coup de pied, Thaddeus leur crocheta les jambes si vite qu'ils se retrouvèrent le dos dans la poussière avant d'avoir eu le temps de comprendre ce qui leur arrivait. Perplexes, les chiens s'approchèrent d'eux, très excités. Ils grognèrent quand Thaddeus posa sa botte sur la poitrine de Joshua.

« Ils vont te mordre », haleta Joshua.

Thaddeus se pencha pour attraper la gibecière que le garçon avait accrochée autour de son cou. Il glissa la main à l'intérieur et en sortit une poignée de morceaux de mouton qu'il jeta en direction de la forge, observant impassiblement la meute se précipiter sur la viande. « La loyauté leur est encore plus étrangère qu'à vous, murmura-t-il, son regard passant de l'un à l'autre. Vous tenez à sauver votre âme, mais vous vous moquez bien du salut de vos amis. »

Peter se lécha nerveusement les lèvres. Les brusques sautes d'humeur de Thaddeus le désarçonnaient. « C'est parce que nous n'avons pas participé à l'incendie d'Afpedle ?

— Entre autres.

— Edmund et les jumeaux ont dit que nous n'étions pas obligés.

— Parce qu'ils savaient que vous n'auriez pas le courage de le faire, c'est tout. Joshua a tellement peur de se faire prendre qu'il n'arrive même pas à voler un mouton. Il pense gagner l'affection des chiens grâce à mes efforts, jamais aux siens.

— Tu as dit hier que je m'en étais bien sorti, bégaya Joshua.

— Oui, quand tu ne cherchais pas des baillis et des soldats à chaque coin de ruelle. » Thaddeus secoua la tête. « Peter est comme toi. Vous seriez prêts à abandonner n'importe quel serf et à le laisser mourir de faim, ceux de Develish compris, plutôt que de risquer de souiller votre conscience. Vos pères auront honte de vous quand ils l'apprendront. » Il retira son pied de la poitrine de Joshua et recula. « Je suis fatigué de vous. Filez. Demandez à vos amis de vous remplacer. »

Peter fut le premier à se relever, aiguillonné par l'idée du jugement que Develish porterait sur ses actions. «Je veux rester, implora-t-il. Ce n'est pas du danger que j'ai peur, c'est de mal faire. Presque tout le monde s'en tire mieux que moi. Même Joshua.»

Thaddeus se demanda combien de fois Peter avait usé de la même formule hypocrite avec son père pour se dérober à une corvée. Il tendit le bras vers un aulne qui poussait sur la berge. «Tu vois cet arbre? Tu as jusqu'au moment où son ombre atteindra le bord de la route pour faire tes preuves. Si tu échoues, tu retourneras seul à Develish.» Il regarda le garçon droit dans les yeux. «Je n'accepterai aucune excuse. Tu es sûr de vouloir rester?»

Le regard noir posé sur Peter était plus froid que jamais, à cent lieues de la chaleur qui en émanait une heure plus tôt quand Thaddeus lui avait barbouillé les joues de charbon. S'il avait envisagé de plaider la nausée ou la fatigue lorsque la tâche s'avérerait trop dure, Peter renonça alors à cette idée. «Oui.»

Thaddeus se tourna vers Joshua. «Et toi?

— Si je pars, je peux emmener les chiens?

— Non. J'ai besoin de leurs yeux et de leurs oreilles pour le cas où le seigneur de Bourne ou les serfs de Holcombe viendraient par ici.»

Joshua tendit la main vers sa gibecière, avec un regard têtu. «Alors je reste.»

Thaddeus se détourna. «Aux mêmes conditions que Peter, précisa-t-il en laissant tomber le sac par terre. Tu prouves ta valeur, ou tu rentres seul à Develish. Les chiens m'avaient accepté pour maître avant que je te les confie, et ils me referont confiance. Ne l'oublie pas.»

Il les conduisit vers la forge et s'immobilisa plusieurs minutes devant un angle du bâtiment, cherchant d'éventuels points faibles. Les serfs apprenaient de bonne heure l'art de la construction, et tous savaient tresser des brins d'osier autour des cannes pour former la base du torchis avant de mélanger de l'argile et de la bouse qu'ils pressaient ensuite contre le clayonnage. Une fois secs, les panneaux étaient rigides et résistants, et même en employant un lourd marteau ou une hache bien affûtée pour briser l'argile et fendre les lattis, le processus de destruction était long et laborieux.

Espérant que le bâtiment était suffisamment proche de la rivière pour souffrir de problèmes d'humidité, Thaddeus s'agenouilla pour inspecter le pied de la poutre verticale, au milieu du mur latéral. Sortant son couteau, il l'appuya contre le bois. La lame s'enfonça de quelques pouces sans qu'il eût à exercer une grande force. Il la ressortit et refit l'essai un pied plus haut. « Notre forgeron est un fainéant, observa-t-il avec satisfaction. Il est comme Will. Il ne prend pas la précaution de protéger ses poteaux. Celui-ci est à moitié pourri. »

Avec l'aide de Peter, il retira l'aubier jusqu'à atteindre le cœur plus dur. Le torchis entourant le poteau ayant lui aussi absorbé de l'eau, il était relativement mou. Thaddeus n'eut pas de mal à y percer des trous gros comme le poing de part et d'autre de ce qui restait de la poutre verticale. « À toi, dit-il à Joshua en se mettant debout et en redressant son dos. Regarde quelle quantité de terre tu peux retirer devant le poteau. Il y a des chances pour que le bois soit pourri jusqu'à douze pouces de profondeur. »

Il rejoignit la barre à laquelle les chevaux étaient attachés devant l'auberge, pendant que Joshua exprimait à voix basse son scepticisme tout en taillant des mottes avec son couteau et que Peter, inquiet, cherchait à le faire taire de peur que Thaddeus ne l'entende. Un des deux au moins prenait ses menaces au sérieux, se dit-il en descendant un rouleau de corde de la selle de Killer.

Que le forgeron ait construit ce bâtiment lui-même ou qu'il ait payé quelqu'un, il avait suivi l'exemple de Will Thurkell et lésiné sur les bases en remblai. Le poteau étant en contact avec la terre humide, il s'affaissa lorsque Joshua creusa plus profondément, mais au lieu de s'en réjouir, le garçon annonça de nouveaux problèmes. « Tu te rends sûrement compte que tout le bâtiment va s'effondrer si nous retirons cette poutre, remarqua-t-il en s'asseyant sur ses talons. Plus rien ne soutiendra le toit si les poteaux d'angle sont en aussi mauvais état.

— Ils ne le sont certainement pas, le rassura Thaddeus. Ils sont deux fois plus gros et sont enfoncés dans de la pierre broyée. » Il tendit à Joshua une extrémité de la corde et enroula l'autre autour de sa taille. « Passe-la par les trous et forme un nœud solide. Je t'étripe si je me retrouve les quatre fers en l'air parce que tu ne l'as pas nouée correctement.

— Pourquoi ne te sers-tu pas des chevaux ? Nous pourrions attacher la corde aux pommeaux de leurs selles.

— Nous pourrions, acquiesça Thaddeus ramassant le mou pour vérifier la robustesse du nœud pendant que Joshua se remettait debout, mais les boucles des sangles céderaient avant le mur. » Il fit signe à Peter de passer devant lui. « Tiens-la bien. Quant à toi, Joshua, traverse la route avec les chiens et tiens-les à l'écart. »

Peter ne sut jamais très bien quel rôle il avait joué dans la longue et formidable traction qui suivit. Les ampoules qui apparurent plus tard sur ses mains donnaient à penser que sa prise avait glissé bien souvent, ce que semblaient pourtant démentir les muscles douloureux de ses épaules et de ses cuisses. Il était sur le point de crier qu'il n'en pouvait plus quand, dans un terrible bruit de déchirure, le madrier se détacha du sol tandis que les panneaux de clayonnages recouverts de torchis s'écroulaient de part et d'autre.

« Ça suffit, annonça Thaddeus en lâchant la corde et en tendant la main pour aider Peter à garder l'équilibre. Le poteau est toujours attaché à la poutre supérieure. Si nous continuons à tirer, nous donnerons raison à Joshua. » Il pressa le bas de sa tunique contre sa bouche pour filtrer la poussière qui tourbillonnait autour d'eux, et entraîna Peter douze pas plus loin, à un endroit où ils pouvaient mieux respirer.

Lorsque la poussière se reposa, ils purent distinguer l'intérieur du bâtiment. La forge et ses soufflets à pédale étaient disposés à hauteur de taille devant la double porte pour permettre, lorsqu'elle était ouverte, à la chaleur et aux vapeurs toxiques du bois qui brûlait et du métal fondu de se dissiper ; et sur un côté, monté sur un solide bloc de bois, se dressait une impressionnante enclume à la surface aplatie et aux angles arrondis. Cette installation n'avait rien à voir avec le simple foyer et la petite cale de fer qu'Adam Catchpole utilisait quand on lui demandait de fabriquer un fer à cheval ou une charnière, mais lorsqu'ils distinguèrent mieux le matériel rangé au fond du local, Thaddeus put constater que ce forgeron était nettement plus compétent que le père de Peter.

Un grand établi était couvert de toutes sortes d'outils – des couteaux, des marteaux, des haches, des faux, des faucilles – auxquels s'ajoutaient un soc de charrue posé par terre, des chaînes suspendues aux chevrons et deux roues de charrette cerclées de fer appuyées contre un mur. Thaddeus s'étonna pourtant qu'autant d'objets soient restés sur place. Un forgeron raisonnable n'aurait-il pas emporté ses petits outils afin de les vendre en chemin ? Il posa la question à Peter.

« Ils ne lui appartiennent pas, expliqua Peter. Les gens apportent tout le temps des outils à mon père pour qu'il les affûte et les répare, et il lui arrive de les garder pendant des semaines. Tout dépend de l'urgence avec laquelle leur propriétaire en a besoin et de ses possibilités de payer. » Il secoua la tête, admiratif. « C'est une forge immense. »

Joshua, les rejoignant, se pencha pour mieux voir. « Il faudrait envoyer les chiens à l'intérieur, suggéra-t-il à Thaddeus. Ils feraient peur aux rats qui pourraient se cacher dans tout ce désordre.

— Bonne idée. »

Le garçon dut aller jusqu'au mur effondré pour persuader les chiens d'entrer, mais l'intérieur ne semblait guère présenter d'intérêt pour eux. Ils firent le tour de la forge et de l'enclume en flairant vaguement, mais ne manifestèrent aucune curiosité pour le reste. Enhardi, le garçon les suivit. « Il y a une brouette par ici, cria-t-il à Thaddeus. Dois-je mettre les outils dedans ?

— Oui.

— Les épées et les étriers aussi ?

— Oui.

— Et les pointes de flèche ? Il y en a toute une caisse.

— Bien sûr, répondit Thaddeus patiemment. Je serais surpris que les trois que j'ai réussi à tirer des cendres d'Afpedle suffisent.

— Et la pierre à aiguiser ? »

Thaddeus prit une profonde inspiration avant de faire signe à Peter de s'approcher du mur écroulé. « Va me chercher une hache pour que nous puissions nous attaquer à l'auberge, lui demanda-t-il. Autrement, nous allons y passer la journée. »

Vingt-sept

Thaddeus tapota ses vêtements pour en faire tomber la poussière et scruta la grand-route dans les deux sens pour vérifier si rien n'avait changé. Tout était immobile. Si des gens se dissimulaient dans le village, le bruit du mur de la forge qui s'éboulait n'avait pas suffi à les attirer jusqu'à leur seuil. Il laissa Peter ramasser une hache pendant qu'il détachait les chevaux de la traverse du porche voûté de l'auberge et les conduisait jusqu'à une barre fixée sur le côté d'un bâtiment de deux étages, en face. Il était plus petit et plus compact que l'auberge, les fenêtres de l'étage supérieur étaient munies de volets tandis que celles du bas étaient solidement barricadées et cadenassées.

Thaddeus s'interrogea un instant sur ce qu'il contenait avant de regagner l'auberge et d'inspecter les portes de chêne massif qui fermaient le porche. Elles étaient épaisses et la poutre placée en travers était soutenue et maintenue en place par des crochets de bois rainurés. Deux d'entre eux étaient fixés aux portes, deux autres étaient enfoncés dans les murs de part et d'autre. Pour retirer la traverse, il fallait la soulever pour la dégager des rainures. Malheureusement, des chaînes cadenassées, enroulées en huit autour de la base des crochets des murs, rendaient cette opération impossible. Thaddeus tira sur les maillons pour vérifier s'il y avait du jeu, mais ils étaient trop serrés pour permettre de déloger la barre.

« Tu as une idée ? demanda-t-il à Peter lorsque celui-ci lui tendit une lourde hache.

— Nous pourrions fendre la traverse à la hache.

— Le grain est dans le mauvais sens et elle a six bons pouces d'épaisseur. Il faudrait l'attaquer de biais et elle n'est à la bonne hauteur pour aucun d'entre nous. »

Peter éleva la voix. « Hé, Joshua ! Il y a une scie dans la forge ?

— Non. » Un grommellement d'effort suivit. « J'ai besoin de ton aide pour sortir la brouette. Elle est trop lourde pour que j'arrive à la faire rouler sur les débris. »

Peter se porta à son secours, laissant Thaddeus face à une énigme : comment s'introduire dans un bâtiment qui s'efforçait aussi clairement à tenir les voleurs à distance ? Existait-il sur l'arrière une autre entrée, moins bien protégée ? Le dessein des propriétaires était-il d'inciter les voleurs à se concentrer sur la façade parce que le point faible était ailleurs ? Il fit le tour de l'auberge, vérifiant que tous les volets étaient bien fermés, et cherchant un autre moyen d'entrer, mais le lieu paraissait imprenable. Ayant regagné la rue, il trouva Joshua et Peter qui l'attendaient avec une brouette chargée de boîtes et d'outils.

« Alors, du nouveau ? » demanda Peter.

Thaddeus secoua la tête. « C'est une forteresse. » Il reporta son attention sur la traverse. « Il va falloir employer la manière forte.

— Ne pourrions-nous pas nous contenter du contenu de la brouette ? supplia Joshua. Nous voulions trouver des pointes de flèche, c'est tout.

— Pas moi. Je suis venu chercher tout ce qui peut nous être utile.

— À quoi bon ? La brouette est déjà pleine. Nous ne pouvons rien transporter de plus. »

Thaddeus jeta un coup d'œil vers l'aulne. « Tu es bien prompt à renoncer à tes chiens, observa-t-il. Il y a à peine une heure, tu avais décidé de rester avec eux. »

Joshua se rebiffa. « Je ne renonce pas, je demande simplement pourquoi tu tiens à passer toute la journée à essayer de t'introduire dans une maison qui, de toute façon, est probablement vide. »

Thaddeus se détourna, prenant position face au centre de la poutre, et posa la lame de la hache à plat dessus pour évaluer la distance. Il écarta les jambes pour se stabiliser, puis balança le manche vers la droite avant de le ramener vers lui, le fer légèrement incliné pour former un angle aigu. Il avait l'intention de tailler une incision en V dans la surface du bois, mais il avait mal calculé son coup et le fer rebondit sans avoir causé le moindre dégât. Il tira alors le ciseau de sa ceinture et demanda à Joshua de lui passer un des marteaux rangés dans la brouette.

À contrecœur, le garçon lui tendit un solide maillet. « Si tu utilises un ciseau, il va te falloir une éternité, maugréa-t-il. Je parie qu'en plus, la lame n'est plus suffisamment affûtée.

— Rien ne prend une éternité.

— Mais tu ne cesses pas de changer d'avis sur ce qui est important. À quoi bon obliger les autres à travailler avec des outils de rien du tout pour fabriquer des flèches inutiles alors qu'il y a ici tout le nécessaire pour en faire des bonnes ? Tu peux me dire quel sens cela a ?

— Aucun, admit Thaddeus. Alors rapporte la brouette et son contenu au camp. Tu seras plus utile à Ian, Olyver et Edmund qu'à Peter et moi. »

Le cou de Joshua s'empourpra de colère. « Et tu garderas les chiens.

— En effet.

— Ce n'est pas juste. J'ai fait tout ce que tu m'as dit. »

L'ignorant, Thaddeus aligna le ciseau et Peter, sentant l'animosité croissante de Joshua, posa la main sur le bras de son ami pour l'avertir que Thaddeus ne plaisantait pas. Joshua le repoussa, furieux. « Pourquoi est-ce que tu as toujours besoin de faire cela ? demanda-t-il.

— De faire quoi ?

— De ne tenir aucun compte de nous, simplement pour prouver que tu es le plus grand et le plus fort. Tu peux tout essayer… tout *faire*… tout *voler*… même être un *seigneur* si l'envie t'en prend.

— Tout cela, oui, et bien plus encore, approuva Thaddeus, faisant reculer le maillet et l'abattant sur le manche. Je n'ai pas quitté Develish pour battre en retraite au premier obstacle. »

La lame entama le bois, mais moins qu'elle n'aurait dû à en croire le déplacement du ciseau vers la gauche. Intrigué, il reprit position et frappa à nouveau ; et cette fois, il constata que la lame entraînait la poutre dans son mouvement. Il baissa les bras et examina attentivement la chaîne et le cadenas qui entouraient le crochet du mur gauche. « Très ingénieux, vraiment, murmura-t-il.

— Quoi donc ? demanda Peter.

— La manière dont l'œil peut tromper l'esprit. » Thaddeus se déplaça vers la gauche des portes. « Si nous avons essayé de soulever la barre, c'est seulement parce que c'est ainsi que nous faisons d'ordinaire. » Il frappa brutalement l'extrémité de la traverse avec le maillet et la regarda glisser de plusieurs pouces. « Rappelez-moi de ne plus jamais me laisser impressionner par les chaînes. Leur unique objectif est d'empêcher qu'on soulève la poutre. » Il lui fallut quelques minutes pour faire glisser la barre à travers la succession de crochets et il émit un grognement de satisfaction quand les portes, enfin dégagées de leur entrave, s'ouvrirent toutes grandes devant lui. Il se tourna vers Joshua. « Alors, tu vas encore me dire que nous devrions nous contenter d'une poignée d'outils et de quelques pointes de flèche ? »

Le garçon contempla le chariot abandonné dans la cour. « Non... mais tu as une chance du diable. Tu ne pouvais pas savoir qu'il se trouvait là.

— Il y a une petite brèche entre le haut des portes et la voûte. J'ai aperçu cette charrette quand j'étais sur Killer.

— Tu aurais pu me le dire, lança Joshua furieux. Si je l'avais su, je n'aurais pas protesté. »

Thaddeus appuya la lourde traverse contre le mur. Il n'était pas d'humeur à flatter Joshua, qui semblait croire que les exploits accomplis à Woodoak le plaçaient au-dessus des autres. « Quand j'aurai besoin de tes conseils, je te le ferai savoir, dit-il. Pour le moment, je te suggère de tenir ta langue. »

Joshua serra les poings. « Il me tarde d'être rentré à Develish, siffla-t-il entre ses dents. Nos parents savent parfaitement ce que tu vaux. Ils ne te laisseront pas nous parler sur ce ton.

— Voilà qui ne m'importe guère. Vous serez d'un côté des douves, moi de l'autre. Je me suis engagé à rapporter du grain et du bétail au domaine, rien d'autre. Dès que je me serai acquitté de ma promesse, je repartirai.

— Tu n'auras pas le droit. Tu n'es pas moins serf que nous, au contraire. Milady te dénoncera comme fugitif. »

Thaddeus secoua la tête. « Elle connaît mieux mon rang que quiconque, puisque c'est elle qui me l'a expliqué. Il y a quelque avantage à être un bâtard réprouvé. Si Will avait voulu me lier par son serment d'allégeance, il m'aurait reconnu comme son fils. En négligeant cela, il m'a accordé une liberté dont ses propres enfants sont privés. »

Il haussa légèrement les épaules devant l'expression de Joshua. S'il n'avait pensé que ses yeux le trompaient, il aurait cru voir des larmes d'angoisse sur les cils de ce benêt.

Furieux, Peter s'en prit à Joshua quand, pour la troisième fois, son compagnon marmonna que le pouvoir était monté à la tête de Thaddeus. « Tu vas *arrêter*, oui ? lança-t-il. J'en ai plus qu'assez de t'écouter. Si tu ne voulais pas qu'il te sermonne, tu n'avais qu'à éviter de te conduire comme un marmouset gâté. »

Ils passaient précautionneusement de pièce en pièce à l'étage supérieur de l'auberge, envoyant les chiens devant afin qu'ils fouillent tous les coins et recoins à la recherche de vermine. Les animaux débusquèrent des cafards sous des paillasses, mais aucun des deux garçons n'aperçut quoi que ce fût d'assez gros ou d'assez noir pour être un rat. Thaddeus leur avait ordonné d'ouvrir tous les coffres qu'ils trouveraient pour y chercher des vêtements, mais leur avait conseillé d'être vigilants parce que la vermine aimait à nicher dans les étoffes.

Ils avaient déjà inspecté quatre chambres, mais n'avaient pas vu grand-chose à part des nattes de jonc roulées contre les murs, quelques lits de bois bas et l'un ou l'autre tabouret à trois pieds. L'auberge inspirait à Peter une vive curiosité : combien de gens dormaient dans une même pièce, se demandait-il, et étaient-ce des inconnus les uns pour les autres ? Il trouvait que ce n'était pas une façon de vivre très plaisante. Un voyageur était obligé de veiller de près sur ses biens de crainte de partager son lit avec un voleur. Il exprima ses pensées tout haut, mais Joshua ne s'y intéressait pas. Il continuait à fulminer contre Thaddeus.

Peter lui jeta un regard intrigué. « Quelle mouche te pique ? Hier soir, tu étais tout feu tout flamme pour Thaddeus. Pourquoi es-tu tellement enragé contre lui à présent ?

— Nous n'avions pas encore trouvé le chariot.

— Et alors ?

— Je n'ai pas envie de rentrer à Develish.

— Aucun de nous n'en a envie. Il est bien plus plaisant d'être libre que d'être enfermé dans un domaine à exécuter les mêmes tâches et à voir les mêmes gens jour après jour.

— Mais si Thaddeus s'en va, il ne nous emmènera pas avec lui, murmura Joshua, malheureux. Il est persuadé que nous ne ferions que l'embarrasser. »

Peter s'arrêta devant la dernière porte. « Et il aura raison, remarqua-t-il prosaïquement. J'imagine qu'il serait déjà en France si nous n'étions pas des boulets à son pied.

— Pourquoi en France ?

— Il peut raconter qu'il est Sir Richard de Develish si cela lui chante. Aucun Français ne pourra le contredire. »

Au rez-de-chaussée, Thaddeus rôdait de pièce en pièce avec autant de circonspection que Joshua et Peter à l'étage. Il était convaincu qu'il devait y avoir des rats ou des souris, mais n'en voyait pas trace. Il n'apercevait même pas de fèces. C'était étrange et la seule explication qu'il pût trouver était que les habitants avaient dû fuir avant l'arrivée de la peste, et que la vermine n'avait pas trouvé grand-chose à manger. Sa préoccupation immédiate était de trouver un joug pour tirer le chariot ou les matériaux nécessaires pour en fabriquer un. Ce village pouvait abriter des trésors sans pareils, aucun n'aurait de valeur s'ils ne pouvaient pas les transporter jusqu'à Develish.

N'ayant jamais mis les pieds dans une auberge, Thaddeus n'était pas moins curieux que Peter. La salle d'entrée, qui sentait fortement la bière, occupait l'arrière de la cour et était meublée de tables et de bancs de chêne, tous abondamment tachés de liquides renversés et de cire de bougies. Il chercha à l'imaginer remplie de voyageurs qui passaient la nuit à boire et à faire ribote. Cependant, les volets clos qui assombrissaient la pièce ainsi que l'atmosphère de renfermé et de mort empêchaient les images d'affluer.

Les pièces sur lesquelles s'ouvrait chaque extrémité de la salle étaient encore plus obscures. Elles étaient perpendiculaires au corps du bâtiment, fermant ainsi les côtés de la cour. Thaddeus commença par celle de gauche dont il poussa doucement la porte, tendant l'oreille pendant que ses yeux s'accoutumaient aux ténèbres. Il distingua d'interminables rangées de barriques de bière le long du mur du fond et une table au milieu, couverte de pichets et de chopes en terre. Prudemment, il entra et fit osciller un des fûts pour voir s'il contenait quelque chose. À en juger par son poids, il était manifestement plein, mais il supposa que son contenu était altéré depuis longtemps. Il tourna la vis d'un tonnelet déjà mis en perce à côté du fût, et fronça le nez en sentant l'odeur acide du liquide qui se répandit au sol.

Devant lui se trouvait une autre porte qui, une fois ouverte, laissa pénétrer un peu de jour par les volets mal ajustés de la fenêtre donnant sur la rue. À en juger par le lit de bois disposé contre le mur de droite et par les deux chaises – l'une plus grande que l'autre –, Thaddeus devina qu'il s'agissait de la chambre du couple d'aubergistes. Où étaient-ils ? Et que penseraient-ils à leur retour en découvrant le vol de leur chariot ?

Ils n'avaient rien laissé derrière eux. Pas de vêtements, pas de bijoux, pas de caisses, pas de coffres. Les seuls objets utiles étaient une bougie et une boîte à briquet posées sur un tabouret, dans un angle. Lorsque Thaddeus frappa le silex et souffla sur le charbon pour obtenir une flamme, il se demanda comment le couple avait voyagé. Avaient-ils si grande abondance de charrettes qu'ils pouvaient se permettre d'en abandonner une ? Ou était-ce de chevaux qu'ils manquaient ? Son ignorance des rouages du monde hors de Develish était immense. Peut-être n'étaient-ils que les tenanciers d'un seigneur, qui ne possédaient rien et étaient partis à pied, leurs maigres possessions sur le dos.

Traversant la salle, il se dirigea vers les pièces de l'autre côté. Il brandit la chandelle à bout de bras lorsqu'il leva le loquet de la première porte pour éclairer l'intérieur de la chambre. Il devina que c'était l'office d'une cuisine, car il y avait une autre table sur laquelle étaient empilées des assiettes de bois et des marmites. Un collier de cheval et un harnais de cuir qui gisaient par terre semblaient avoir été jetés là à la hâte, peut-être pour les protéger des intempéries à l'approche de l'hiver. Il y avait deux portes et il était certain que celle de droite donnait sur une cuisine. Lorsqu'il avait fait le tour du bâtiment par l'extérieur, il était passé devant une annexe d'un seul niveau munie d'une cheminée et d'une porte lourdement renforcée. Un puits se trouvait à quelques pas. Les incendies étaient trop fréquents dans les lieux où l'on faisait la cuisine pour qu'on coure le risque de les laisser se propager dans une construction de bois.

Préférant ne pas ouvrir cette porte – s'il y avait des rats quelque part, ils seraient proches d'une source de nourriture –, il se dirigea vers celle qu'il avait en face de lui. Alors qu'il s'attendait à trouver une autre chambre à coucher, destinée aux domestiques, il découvrit un local dont le sol était couvert de nouveaux barils de bois, disposés à la verticale. Combien de bière consommait-on ici ? L'ivresse était-elle un mode de vie habituel des voyageurs ?

Il était sur le point de ressortir quand la flamme de sa bougie fit étinceler quelque chose dans le coin le plus reculé. Pendant une fraction de seconde, Thaddeus contempla deux yeux désincarnés – plus étranges et plus démoniaques qu'il n'en avait jamais vu – avant qu'une ombre allongée et souple se glisse sur le sol, s'avançant vers lui. Avec un cri d'effroi, il laissa tomber sa chandelle et commença à reculer, trébuchant sur le collier de cheval et se heurtant à la table, faisant dégringoler marmites et assiettes.

La flamme vacilla un instant avant de s'éteindre, et il aperçut fugitivement une longue forme noire qui passait devant lui d'un bond et filait dans la salle. *Sainte mère de Dieu !* Quelle créature était-ce là ? La seule pensée qui lui vint à l'esprit fut celle d'un démon et, dans un élan de superstition, il se signa instinctivement.

Il cherchait encore à reprendre son souffle quand Peter et Joshua, alertés par le fracas, descendirent l'escalier d'angle, inquiets, suivis par les chiens.

« Que se passe-t-il ? » chuchota Peter depuis la marche du bas, apercevant Thaddeus dans l'embrasure de la porte ouverte.

Le grand homme désigna l'espace qui s'étendait derrière lui. « Une bête a bougé dans une de ces pièces avant de passer devant moi d'un bond pour filer dans la salle. »

Les garçons échangèrent des regards alarmés. « Elle ressemblait à quoi ? interrogea Joshua.

— À rien que je connaisse. Elle était longue, noire, avec des yeux verts obliques… à peu près de la taille d'un renard. » Il regarda attentivement sur et sous les tables, à l'affût de signes de mouvement. « Faites venir les chiens. S'il y a quelque chose, ils le flaireront.

— Et si elle est dangereuse ? protesta Joshua.

— Mieux vaut que ce soient eux qui meurent que nous, répliqua Thaddeus durement, pointant le menton vers Peter pour qu'il descende de la marche. Il est temps qu'ils gagnent leur pitance. »

Détachés, les chiens filèrent droit vers la porte donnant sur la cour et quelques secondes plus tard, un vacarme de grondements et de crachements éclata. Les grognements des chiens étaient parfaitement identifiables, contrairement aux feulements stridents de la créature qu'ils avaient acculée. Devant ces cris presque humains, Thaddeus et les garçons se figèrent d'horreur, ne sachant que faire. Ils auraient pu rester là indéfiniment si un des mastiffs n'avait pas poussé un hurlement de douleur et ne s'était pas précipité dans la salle, gémissant, frottant de sa patte son museau ensanglanté et balafré.

Joshua n'était pas disposé à laisser massacrer ses bêtes adorées, et avec une plainte de terreur, il s'empara de l'épée que Peter avait glissée dans sa ceinture, descendit les marches et se dirigea résolument vers la porte.

Il n'avait encore jamais vu de créature semblable à celle qui était tapie à l'arrière du chariot au milieu de la cour, lançant des coups de patte et crachant à la gueule du chien assez hardi pour dresser la tête au-dessus du hayon.

« Même les chiens de chasse au loup en ont peur, chuchota-t-il quand Thaddeus et Peter le rejoignirent. Qu'est-ce que c'est que cette bête ? »

Thaddeus ne pouvait qu'émettre des hypothèses, car lui non plus n'avait jamais vu pareil animal. Il était noir comme la poix avec une queue qui s'agitait latéralement, des crocs aigus et des griffes acérées comme des rasoirs. « Je pense que c'est un chat », murmura-t-il enfin.

Ce fut au tour de Peter de se signer. « Nous n'aurions jamais dû venir ici, gémit-il. Voilà pourquoi ils sont partis. C'est la demeure de Satan. »

Thaddeus se rappela alors que Lady Anne lui avait dit un jour que la persécution des chats à laquelle se livrait l'Église était aussi absurde que l'idée qu'un homme comme Sir Richard ait pu être élu par Dieu pour dominer les serfs. L'abbesse de son couvent avait gardé un chat en cachette – « on l'aurait traitée de sorcière si les religieuses l'avaient dénoncée » – et c'était une petite bête douce et affectueuse, sans une once de méchanceté. Les chats étaient des animaux comme les autres, lui avait-elle expliqué, mais l'Église en avait fait les compagnons du diable et avait ordonné qu'on tue tous ceux que l'on trouvait.

Thaddeus lui avait demandé comment se manifestait leur malignité et elle avait secoué la tête en soupirant. « Ils sortent la nuit pour chasser leur nourriture, et tout ce qui est lié à la nuit est redouté par l'Église. C'est le moment où Satan se promène. »

Thaddeus devait avoir alors dix ou douze ans. « Est-ce vrai ? » avait-il demandé, inquiet.

Les yeux de Lady Anne s'étaient éclairés d'un sourire malicieux. « Tu es mieux placé que moi pour le savoir, Thaddeus. Satan est-il à ton côté quand tu voles les poissons de mon mari dans le ruisseau du Diable ?

— Il n'y a que Will », avait-il répondu naïvement.

Il repensa à la légèreté de son rire, à la douceur de ses doigts sur sa joue. « Dans ce cas, tu n'as rien à craindre, avait-elle dit. Will lui-même n'est pas assez laid pour être un démon.

— Les chats sont-ils laids ?

— Je n'ai vu que celui de l'abbesse mais je l'ai trouvé très beau, bien plus beau, en vérité, que les prêtres ignorants qui nous apprennent à les détester. Si Dieu a créé la Terre et tous les êtres vivants qu'elle recèle, les chats sont Sa création et non celle du diable. Il est risible de les craindre. »

En voyant cet animal féroce griffer un chien au sang, Thaddeus se demanda si Lady Anne avait raison. « Rappelle les chiens, intima-t-il à Joshua. Nous n'avons rien pour les soigner si leurs plaies s'infectent. Enferme-les dans l'auberge et rapporte-moi le collier d'attelage qui se trouve dans la pièce de droite. Avez-vous trouvé quelque chose d'utile à l'étage ? »

Joshua secoua la tête.

« Tu vas tuer le chat ? demanda Peter.

— Je ne sais pas encore. Il y a une chandelle par terre, près du collier de cheval, et une boîte à briquet dans la chambre à coucher, de l'autre côté de la salle. Vois si tu arrives à repérer dans les murs ou dans les portes des trous qui lui auraient permis de se déplacer. Je serais curieux de savoir comment un animal a pu rester en vie alors que l'auberge est abandonnée depuis si longtemps. Il devrait être mort s'il n'a pas pu quitter cette pièce.

— Et si je ne trouve pas de trous ? »

Thaddeus grimaça un sourire. « J'en conclurai que c'est un démon et je lui trancherai la tête avec mon épée. »

Il referma la porte lorsque les garçons et les chiens furent à l'intérieur et se retira dans le coin le plus sombre de la cour, se tenant immobile dans l'ombre. Il pensait que le chat allait immédiatement sauter du chariot et disparaître dans le village, mais il resta où il était, aussi silencieux et immobile que l'homme qui l'observait. Quand deux ou trois minutes se furent écoulées, ses griffes rentrèrent à l'intérieur de ses pattes et la fourrure noire hérissée de son dos et de sa queue commença à s'aplatir sur son corps et à retrouver son lustre.

Sous les yeux de Thaddeus, il se transforma en un animal tout différent, plus mince et plus souple. Il fit le gros dos en bâillant, étira ses pattes de devant et s'assit pour se nettoyer les oreilles et le museau. Thaddeus se demanda s'il avait des congénères dans le village et si leur présence expliquait l'absence de rats. Lady Anne lui avait affirmé qu'ils chassaient les rongeurs.

Il était convaincu que s'il approchait, le chat prendrait peur et filerait d'un bond, mais il était trop curieux pour ne pas essayer. De tous les cadeaux qu'il pourrait rapporter à Develish, un tueur de rats serait le plus précieux. Il se déplaça à pas feutrés et parla d'une voix douce pour avertir la bête de sa présence. «Je ne te veux pas de mal. Es-tu sauvage ou accoutumé à vivre avec des gens ? »

L'animal ne lui prêta aucune attention, jetant à peine un regard dans sa direction avant d'incliner la tête pour se lécher le flanc. Thaddeus continua à parler pendant plusieurs minutes, mais le chat semblait parfaitement indifférent, ne manifestant ni crainte ni intérêt, trop concentré sur sa toilette pour prendre garde à un humain. Lorsqu'il estima être propre, il se leva enfin et, avec un léger mouvement insouciant de la queue, sauta du hayon et franchit le portail. Thaddeus le suivit et le regarda longer la rue d'une démarche arrogante en direction de la rivière.

Il n'avait jamais vu de bête se conduire avec autant d'assurance. Le chat avait pris la mesure des chiens et la mesure de l'homme, et descendait la rue sans se cacher, comme s'il se savait de taille à affronter tout ce qui risquait de croiser sa route. Était-ce pour cela que l'Église les redoutait? Parce que les chats étaient dotés d'un esprit? La Bible affirmait que Dieu avait créé l'homme à Son image et lui avait accordé la domination sur toutes les créatures vivantes de la Terre, mais le chat semblait peu enclin à reconnaître sa subordination.

À cette pensée, le visage de Thaddeus se plissa dans un grand sourire. Était-il si différent après tout? Ce compagnon du diable possédait indéniablement une admirable sagesse.

Peter sortit et l'entraîna à l'intérieur de l'auberge pour lui montrer ce qu'il avait trouvé. «Il y a des trous partout, lui annonça-t-il, mais celui-ci est particulier.» Il poussa du pied le bas de la planche centrale de la porte d'entrée, faisant osciller un panneau de six pouces. «Il se déplace dans les deux sens mais si je ne l'avais pas cherché, je ne l'aurais même pas vu.

— Qu'est-ce qui le maintient en place ?

— De petits anneaux de métal, mais ils sont si délicats que mon père serait incapable de les fabriquer. Il est nécessaire de s'accroupir pour les voir.»

Thaddeus obtempéra. Le métal était fin comme une ficelle et tout aussi souple, enfilé dans de minuscules orifices percés dans le panneau oscillant et dans la porte, et tordu sur l'arrière pour former une boucle. Il tapota le panneau du doigt et le regarda se balancer dans les deux sens. «Je me demande qui est le plus malin, médita-t-il, du forgeron ou du chat. L'un a fabriqué ce fil de métal et l'autre a compris quel usage en faire. Nous ne sommes que des niais à Develish par comparaison. »

Peter y vit une critique. « Si mon père voyait ces anneaux, il serait capable de les reproduire », dit-il sur la défensive.

Thaddeus hocha la tête. « Je n'en doute pas un instant, et je ne reproche notre ignorance ni à Adam ni à quelque autre habitant du domaine. Nous nous en tirons au mieux avec ce que nous savons, mais notre entendement serait plus grand si nous étions libres de voyager et de parler à autrui. » Avec une résolution soudaine, il saisit le carré de bois et le soumit à une longue et lente traction, finissant par défaire les anneaux. De ses doigts, il tordit les fils ensemble le long de la partie supérieure du panneau puis se remit debout et le tendit à Peter. « Garde cela soigneusement. Si Adam ne peut pas venir le voir ici lui-même, nous pouvons au moins le lui rapporter. »

Tandis que Peter acquiesçait d'un signe de tête, Joshua poussa un cri d'excitation à l'autre bout de la salle. « Thaddeus ! Thaddeus ! Viens vite ! Tu ne croiras jamais ce que j'ai trouvé dans la chambre où était le chat… Un tonneau de farine ! »

Il y avait douze barriques en tout, chacune fermée par de grosses bondes de bois rondes destinées à maintenir le contenu au sec et à l'abri de la vermine. Certaines étaient remplies de céréales, et Thaddeus décida de les charger sur le chariot pour les rapporter, trois par trois, jusqu'au campement. Ils n'avaient qu'un collier d'attelage, et il doutait qu'un seul animal pût tirer un chargement plus lourd. À la simple idée de cette nouvelle corvée, les épaules de Peter s'affaissèrent et il suggéra qu'ils laissent le chariot dans la cour jusqu'à ce qu'ils soient prêts à regagner Develish.

« Il y a presque une demi-lieue jusqu'au camp, maugréa-t-il. Tu veux *sérieusement* que nous fassions *huit* fois ce voyage alors que nous pourrions aussi bien tout laisser ici ?

— Je ne me suis pas donné un mal pareil pour qu'on me vole un tel trésor sous le nez.

— Qui pourrait voler cela? protesta Peter. Les seuls voleurs dans les parages, c'est nous. Et si nous sommes incapables de déplacer ces maudits tonneaux, comment un bandit de passage le pourrait-il?

— Il ne s'en donnerait pas la peine. Il les renverserait par terre pour remplir deux sacs de farine et d'orge. Et demain à notre retour, nous trouverions des oiseaux en train de picorer le reste.» Thaddeus haussa les épaules d'un air amusé. «En revanche, si tu veux rester ici pour les garder, tu es le bienvenu, Peter. Je n'ai pas plus grande envie que toi de me casser le dos à accomplir huit trajets. Si tu veux, je peux même demander à tes amis de te rejoindre. Il m'est d'avis qu'ils trouveront l'abri d'une auberge plus plaisant que l'humidité des bords du fleuve.

— Et toi, qu'est-ce que tu vas faire?

— Rester au camp. Les chevaux ont besoin d'une pâture où brouter et je n'ai pas l'intention de les laisser sans protection. Ils nous sont trop utiles.» Il tendit le doigt vers le chariot. «Que décides-tu?»

Peter jeta à Joshua un regard interrogateur, mais l'autre secoua la tête. «Je suis du même avis que Thaddeus. Il faut tout rapporter au camp. Nous n'aurons aucun moyen de nous échapper si des cavaliers arrivent par la route et nous prennent au piège dans ce bâtiment. Et puis, je refuse de tuer des gens pour de la nourriture. Je ne saurais même pas comment m'y prendre… et toi non plus.»

Peter soupçonnait Joshua de redouter plus que tout que, débarrassé de ses compagnons, Thaddeus ne décide de partir pour de bon, mais il était assez honnête pour reconnaître que son ami avait raison. Il doutait que Joshua ou lui – ou même Thaddeus – soient capables de transpercer un homme avec une épée. «Bon, très bien, admit-il. Par quoi commençons-nous? Killer se laissera-t-il atteler?»

Thaddeus jeta un coup d'œil au destrier qui attendait de l'autre côté de la rue. «Pas sans un patient apprentissage. C'est à peine s'il a été monté. J'en dirais autant de la petite jument d'Eleanor.» Après quelques instants de réflexion, il ordonna aux deux garçons de regagner le campement avec la brouette. «Joshua, tu prendras la place d'Edmund et tu lui diras de me rejoindre ici. Peter, prends le poney de bât pommelé et ramène-le avec toi. Si ma mémoire est bonne, il a déjà tiré une charrue par le passé. »

Joshua esquissa un petit geste de protestation. «Je peux abattre exactement la même besogne qu'Edmund.

— Ne le prends pas comme un reproche, Joshua. J'ai besoin des deux plus grands, c'est-à-dire de Peter et Edmund, pour m'aider à hisser les barriques sur le chariot. » Thaddeus remarqua le regard inquiet du garçon. « Emmène les chiens. J'ai mieux à faire que porter une gibecière de viande à demi faisandée autour du cou. Les oreilles de Killer sont aussi fines que les leurs. Il m'avertira si quelqu'un approche. »

Il regarda les garçons s'éloigner, poussant la brouette à tour de rôle, et se demanda s'il avait été judicieux d'exiger d'eux plus que leurs pères n'avaient jamais fait et s'il ne devait pas s'attendre à un retour du bâton. Maintenant qu'ils avaient pris de l'assurance, ils auraient du mal à se réhabituer à la vie à Develish.

Vingt-huit

Develish, Dorseteshire

Jetant un regard derrière lui pour s'assurer que personne ne pouvait le voir, Hugh de Courtesmain heurta légèrement la porte de la salle de filage. « Puis-je vous être d'une quelconque assistance, Lady Eleanor ? murmura-t-il. Je viens en ami. Les femmes de cuisine m'ont dit que vous ne mangez pas, et votre santé me fait souci. »

En vérité, il n'avait pas parlé au personnel de cuisine et ne s'appuyait que sur ses observations personnelles. Une nouvelle haine des Normands avait commencé à se faire jour à Develish après la victoire sur le seigneur de Bourne. Depuis cinq jours, on ne parlait que de la couardise et de la crasse des Français, tout en remettant les pièces dans leur état d'origine et en réparant tant bien que mal les fenêtres brisées. Peu prenaient la peine de baisser le ton quand Hugh de Courtesmain était à proximité et il avait l'impression que la culpabilité du seigneur de Bourne déteignait sur lui. Et sur Eleanor.

Le refus de la jeune fille de rejoindre les femmes à l'intérieur de l'église n'était pas passé inaperçu et Hugh avait entendu un certain nombre de commentaires caustiques suggérant que la fille de Sir Richard aurait souhaité la victoire des Normands. Le sang de son père ne coulait-il pas dans ses veines ? Et l'appel du sang n'était-il pas plus fort que tout ? Une rumeur prétendait qu'elle avait attaqué le jeune Walter Catchpole alors qu'il cherchait à éteindre les flammes pour sauver la demeure, mais le père de Walter, Adam, rétorquait que ce n'était que mensonge, ce que les autres chefs des serfs confirmèrent quand cette rumeur leur parvint. Lady Eleanor était restée dans la salle de filage sur le conseil de Clara Trueblood, disaient-ils, et les garçons ne l'avaient pas vue.

L'attitude la plus étrange aux yeux de Hugh était celle de Lady Anne. Que sa fille soit restée barricadée dans une chambre pendant cinq jours en refusant de laisser entrer qui que ce fût ne semblait pas l'atteindre. « Elle mourra de faim si personne ne lui apporte à manger, Milady, lui avait fait remarquer Hugh.

— Vous vous tracassez inutilement, maître de Courtesmain. J'ai demandé à ce qu'on lui donne une miche de pain, du fromage et des œufs en conserve pendant que nous fêtions la victoire de Gyles. Elle sortira quand elle le souhaitera.

— Peut-être redoute-t-elle trop la haine de vos gens, Milady. Ils n'ont que son sang normand à la bouche et ils lui reprochent d'avoir agressé un des garçons parce qu'elle désirait que la demeure brûle. »

Lady Anne avait rangé un rouleau à sa place sur les étagères. « Et moi, j'entends murmurer que vous avez eu trop peur pour vous montrer à vos compatriotes quand Gyles a donné le signal, maître de Courtesmain. Y a-t-il plus de vérité dans ce récit que dans les contes au sujet de Lady Eleanor ?

— Non, Milady, avait menti Hugh. J'étais tout aussi prêt à donner l'attaque que tous les hommes de Develish.

— Je n'en attendais pas moins de vous. » Elle s'était tournée vers lui, souriante. « Je vous prie de croire que je connais mes gens mieux que vous. L'aversion que peuvent leur inspirer les Normands ne s'étend pas à ceux qui vivent parmi nous. Ni ma fille ni vous n'avez rien à craindre d'eux.

— En êtes-vous certaine, Milady ? Ils n'aimaient pas votre mari.

— Par sa propre faute. Il a abusé de ses privilèges plus souvent qu'il ne leur a fait honneur… à l'image du seigneur de Bourne quand il nous a menacés de violence. » Elle avait soutenu son regard un moment et il avait éprouvé la déplaisante impression qu'elle lisait dans son esprit. Ses paroles lui en avaient donné confirmation. « Ne perdez pas votre temps à chercher à vous allier Eleanor, maître de Courtesmain.

Elle ignore tout de la France et de la Normandie, et ne possède que de bien piètres connaissances de l'histoire anglaise. Elle vous dira qu'elle est fière de son sang normand aujourd'hui… et vous rabrouera demain. Cherchez-vous plutôt des amis parmi les chefs de mes serfs. Gagnez leur respect et vous jouirez de celui de tous.

— Je ne recherche que le vôtre, Milady, avait répondu Hugh en faisant une révérence outrée, qui avait fait venir l'ombre d'un sourire aux lèvres de Lady Anne.

— Vous l'avez déjà, maître. »

Devant la porte de la salle de filage, écoutant le silence qui régnait à l'intérieur, Hugh se demanda s'il agissait sagement. Bien que Lady Anne ne lui eût pas commandé de se tenir à distance d'Eleanor, la mise en garde contenue dans ses propos ne lui avait pas échappé. Mais de quoi devait-il se garder ? Les histoires de démon du père Anselm contiendraient-elles une part de vérité ? La nature superstitieuse de Hugh aurait pu se rallier à cette idée – il pensait sans nul doute que l'hérésie de Lady Anne était susceptible d'attirer Satan à Develish –, mais les conversations fastidieuses qu'il avait eues avec Eleanor après la mort de son père lui avaient paru relever de l'égoïsme plus que de la possession.

Hugh attribuait des raisons plus tangibles au désenchantement de Lady Anne à l'égard de sa fille et aux menaces de faire fouetter le prêtre qu'Eleanor avait brandies. La coïncidence temporelle entre la mort de Jacob Thurkell à côté de l'église, le départ secret de Thaddeus et le refus du père Anselm d'accorder l'absolution à Eleanor était trop grande pour être fortuite. Hugh n'avait pas oublié non plus le message de Thaddeus à l'adresse d'Eleanor – *Laissez mon frère reposer en paix* – et il soupçonnait que toute la vérité sur la mort de Jacob n'avait pas été révélée. C'étaient ces détails qu'il voulait connaître. Si Thurkell tenait parole et revenait au domaine dans un délai de quinze jours, son retour était proche et la perspective d'être à nouveau réduit au rang infâme de serf déplaisait fort à Hugh. Il lui fallait trouver un moyen de pression sur Lady Anne – mieux encore, sur elle et sur Thaddeus Thurkell – et la seule personne susceptible de le lui assurer était Eleanor. L'idée qu'elle pût être folle, comme le prétendait le père Anselm, n'était pas pour lui déplaire. Plus elle avait l'esprit dérangé, plus elle serait susceptible de trahir des secrets.

Il frappa encore. « M'entendez-vous, Lady Eleanor? chuchota-t-il. Je regrette fort que votre isolement vous tienne dans l'ignorance de ce qui se passe ici. Les serfs ont pris le contrôle du domaine et attendent le retour de Thurkell. Celui-ci rendra sans nul doute votre position plus précaire encore. »

Il l'entendait respirer de l'autre côté du battant.

« Gyles Startout jouit d'une grande estime pour avoir défait les Normands, Milady, mais Thurkell sera porté aux nues s'il rapporte des provisions. Les gens cherchent un chef et leur choix se portera sur lui. Il prendra la place de votre défunt père et tous les chefs des serfs se rallieront à lui parce qu'ils lui seront reconnaissants d'avoir ramené leurs fils. »

Sa réponse fut si faible que Hugh l'entendit à peine. « Si seulement ils pouvaient tous mourir de la pestilence.

— Peut-être sont-ils déjà morts, Milady, mais il ne serait pas sage de faire fond sur pareille conjecture. Si vous ne vous préparez pas à tenir tête à Thurkell, vous serez réduite plus bas que la jeune Isabella. La haine contre les Normands est grande depuis la venue du seigneur de Bourne. Les serfs dénoncent tous ceux qui ont du sang français dans les veines comme des voleurs ou des assassins… même votre père.

— Sir Richard est mort, maître de Courtesmain.

— Et ses gens ne le traiteront jamais décemment à moins d'y être contraints, Milady. Seul le père d'Isabella connaît l'emplacement de sa sépulture et il garde ce savoir pour lui. Je l'ai entendu se flatter maintes fois qu'il ne laisserait pas l'âme de Sir Richard reposer en paix. »

Hugh prononça ce mensonge délibérément, espérant que l'amour d'Eleanor pour son père lui délierait la langue. Aucun scrupule ne le retenait. Les détails concernant le lieu où Sir Richard était inhumé étaient consignés dans le grand livre du régisseur de l'écriture de Thaddeus, et Eleanor aurait pu en prendre connaissance elle-même si elle s'était donné la peine d'apprendre à lire.

Boulet et Foucault sont enterrés à côté de Sir Richard dans un coin reculé de la pâture nord. J'ai creusé aussi profondément que j'ai pu mais la chaleur de l'été avait durci la terre et Gyles Startout craint que des renards et des blaireaux ne flairent l'odeur de corruption à travers le sol ameubli. Lady Anne m'implore de garder le silence sur l'emplacement des tombes, car un homme doté d'une bonne vision les distinguera aisément s'il sait où regarder. Il est préférable que Lady Eleanor demeure dans l'ignorance du lieu où repose son père plutôt que d'apprendre par des rumeurs que des charognards ont violé les sépultures. À la date de ce soir, Gyles Startout est toujours en bonne santé.

Peu importait à Hugh que les motifs de Lady Anne fussent légitimes. Il était piqué au vif chaque fois qu'il songeait aux secrets qu'elle avait refusé de lui confier.

« Êtes-vous véritablement mon ami, maître de Courtesmain ? chuchota Eleanor à travers le battant de la porte.

— Bien sûr, Milady, murmura Hugh en collant la bouche contre le panneau. Je suis ici pour vous servir par tous les moyens dont je dispose. Demandez, et j'obéirai.

— Que dois-je faire ?

— Me permettre d'entrer afin que je puisse vous parler en privé, Milady. Il ne faudrait pas que le conseil que j'ai à vous donner tombe dans l'oreille d'un serf. »

Le silence se prolongea avant qu'Eleanor ne réponde : « J'ai trop honte pour me laisser voir, maître de Courtesmain. J'ai souillé ma chemise et mes cheveux se sont emmêlés dans mon peigne… » Un sanglot interrompit ses paroles. « J'ai terriblement besoin d'un ami, maître, mais je préférerais mourir de faim que de vous laisser voir combien je suis enlaidie.

— Je ne vous jugerai pas, Milady.

— Je suis mon propre juge, maître. Sans l'aide d'une servante, je ne saurais vous laisser entrer.

— Je vais en quérir une pour vous, Milady. »

Un frémissement d'espoir vibra dans la voix de la jeune fille. « Alors, faites venir Isabella. Elle a été ma servante pendant longtemps et ne me trahira pas auprès des autres serfs. Je vous prie de la mander secrètement, car si je devais être l'objet de moqueries, j'en mourrais certainement. » Un léger soupir traversa le battant. « Puis-je me fier à vous, maître de Courtesmain ?

— Certes, Milady.

— Dans ce cas, je vous parlerai volontiers dès qu'Isabella m'aura rendu ma beauté. »

Hugh aurait tout lieu de regretter plus tard sa complaisance, mais lorsqu'il se mit en quête d'Isabella, il se félicita de la facilité avec laquelle il avait réussi à se réintroduire dans les bonnes grâces d'Eleanor. Elle lui inspirait même de la compassion. Lui-même n'avait de pire crainte que de susciter les rires des paysans.

Isabella fronça les sourcils de contrariété quand Hugh l'arracha à la leçon qu'elle donnait aux enfants pour lui enjoindre tout bas d'aller chercher un bol d'eau et quelques linges de toilette et de les apporter à Lady Eleanor dans la salle de filage. « Elle s'est souillée et a trop honte de son état pour quitter sa chambre, expliqua-t-il tout bas. Elle te prie de l'aider, mais demande que tu ne parles de son embarras à personne.

— Est-ce Lady Eleanor qui vous a demandé de me quérir, maître ? Si tel est le cas, je dois avant toute chose demander l'autorisation de Lady Anne. Peut-être ne désire-t-elle pas que j'accomplisse pareille tâche. »

Qu'une servante conteste qu'un régisseur eût le droit de lui donner des ordres agaça si bien Hugh qu'il n'hésita pas à mentir. « Les instructions viennent de Lady Anne, répondit-il sèchement. Pensez-vous donc qu'elle se soucie si peu de sa fille qu'elle contraigne Lady Eleanor à sortir seule de la demeure pour aller se laver au puits ? Elle a demandé que vous aidiez votre jeune maîtresse parce que vous avez le cœur plus tendre et êtes plus discrète que les autres… mais peut-être s'est-elle trompée. »

Isabella s'agenouilla devant la porte de la salle de filage et posa la lourde jatte d'eau, les linges et les serviettes par terre. Elle entendait depuis l'intérieur des sanglots étouffés bien différents des cris stridents que poussait généralement Eleanor quand elle cherchait à attirer l'attention. Pour une fois, la détresse de la jeune fille paraissait sincère et, dans une bouffée de soulagement, Isabella se persuada que Lady Anne avait effectivement envoyé maître de Courtesmain lui ordonner d'assister sa jeune maîtresse. Elle n'en trouvait pas moins cela étrange. Les instructions de Milady précisant qu'Isabella ne devait plus être au service de Lady Eleanor après l'installation de celle-ci dans la salle de filage avaient été parfaitement claires. Isabella serait allée lui demander confirmation si maître de Courtesmain n'avait pas insisté pour l'accompagner pendant qu'elle rassemblait les objets nécessaires.

Il était resté au pied de l'escalier, ce dont elle lui savait gré. Il y avait par ailleurs tant de choses qu'elle n'aimait pas chez le Français. Son habitude de se tenir dans un coin de la salle, la regardant donner leurs leçons aux enfants, prêt à bondir sur la moindre erreur ; sa manie d'apparaître derrière elle sans faire de bruit pour l'interroger à propos de Lady Eleanor ; le mépris avec lequel il s'adressait à son père et aux autres chefs des serfs ; les révérences extravagantes qu'il prodiguait à Lady Anne comme si la flagornerie pouvait suffire à gagner sa confiance. Isabella le jugeait faux et intéressé, et ne comprenait pas que sa maîtresse bien-aimée le laissât jouer le rôle de régisseur en l'absence de Thaddeus.

En poussant un profond soupir, Isabella tapa doucement à la porte de la salle de filage. « Je suis venue vous aider, Milady. »

Il y eut un bref silence. « Est-ce toi, Isabella ?

— Oui, Milady. J'apporte des linges et de l'eau. Si vous ouvrez la porte, je pourrai vous les donner. Voulez-vous que j'aille prendre quelque chose à manger à la cuisine ? Clara me donnera un bol de fromentée si je lui dis que c'est pour vous.

— Non. » Isabella entendit le bruit d'un objet lourd qu'on éloignait de la porte en le traînant sur le sol. « Es-tu seule ? chuchota Eleanor. Je n'ouvrirai que s'il n'y a personne d'autre que toi qui puisse me voir dans cet état.

— Je suis seule, Milady. »

L'après-midi était déjà avancé quand Clara Trueblood alla trouver Lady Anne dans le bureau du régisseur et lui demanda si elle savait où était Isabella. « Cela ne lui ressemble pas de s'absenter sans permission, Milady. Les enfants s'ennuient et s'agitent sans elle. »

Lady Anne reposa sa plume. « Je ne l'ai pas vue depuis ce matin. Les enfants savent-ils où elle est ?

— Ils disent que maître de Courtesmain est venu la chercher, mais quand je lui ai demandé s'il savait ce qui lui était arrivé, il m'a répondu que non. »

Lady Anne fronça les sourcils. « Que lui voulait-il ?

— Il cherchait Gyles. Il pensait qu'elle était retournée à ses leçons après lui avoir parlé.

— Voilà qui est étrange. Où peut-elle être ?

— Je l'ignore, Milady. Je n'ai pu trouver personne qui l'ait vue. Je me demande si elle n'est pas avec Lady Eleanor. Il me semble avoir entendu des voix dans la salle de filage mais, quand j'ai frappé, personne n'a répondu.

— Isabella n'a aucune raison de s'y trouver, murmura Lady Anne d'un air préoccupé. Voici plus d'une semaine que je l'ai libérée de son rôle de servante d'Eleanor.

— Elle est très obéissante, Milady. Si elle a pu croire que l'ordre de se rendre auprès de Lady Eleanor venait de vous, elle y sera allée. » Clara s'interrompit. « La dernière personne à avoir vu Isabella est maître de Courtesmain.

— Penses-tu qu'Eleanor ait pu lui demander de faire venir Isabella ? »

Clara hocha la tête. « Il est bien assez fou pour lui avoir rendu ce service, Milady. Votre fille a du caractère et elle connaît votre affection pour Isabella. Si elle ne réussit pas à attirer votre attention par ses colères, elle est assez maligne pour user d'autres moyens. »

Hugh de Courtesmain s'arrêta brusquement lorsque, franchissant la porte d'entrée, il vit Lady Anne et Clara Trueblood qui interrogeaient les enfants au milieu de la grande salle. Sa première impulsion fut de se retirer discrètement et il serait sans doute parvenu à ses fins si Lady Anne n'avait eu le regard attiré vers lui par la plus jeune des Thurkell, qui tendit le doigt dans sa direction. « Elle est partie avec lui, cria la petite. Il l'a aidée à porter une jatte d'eau jusqu'au pied de l'escalier. »

Lady Anne caressa la tête de la fillette. « Il semblerait que nous ayons perdu Isabella, maître de Courtesmain, dit-elle à Hugh. Savez-vous où elle est ?

— Non, Milady. Je ne l'ai pas vue depuis ce matin. Peut-être est-elle allée à l'église ? Voulez-vous que j'aille m'en informer ? »

Lady Anne secoua la tête. « Clara et les enfants s'en chargeront. Quelle raison avait-elle de monter une jatte d'eau à l'étage ? »

Hugh esquissa un haussement d'épaules pour signifier son ignorance. « J'ai pensé que c'était pour un besoin personnel. Elle est allée le chercher au puits après que je lui ai demandé où était son père. Comme la jatte était lourde, je l'ai aidée en la portant jusqu'au fond de la salle. »

Milady le crut-elle ? Il jugea que oui car elle demanda à Clara de faire sortir les enfants et de fouiller le domaine jusqu'au moindre recoin. « Mais qu'ils ne s'approchent pas des douves, murmura-t-elle tout bas. Si nous ne la retrouvons pas promptement, j'enverrai les hommes faire le tour des murailles. Elle aurait pu perdre l'équilibre et tomber. »

Hugh s'avança en esquissant une petite courbette. « Permettez-moi d'accomplir cette tâche, Milady. »

Lady Anne refusa d'un signe de tête. « J'espère que ce sera inutile, maître de Courtesmain. Je préfère que vous la cherchiez dans la maison avec moi. » Elle fit signe à Clara de s'éloigner avec ses protégés et invita Hugh à la suivre dans la cage d'escalier. « Commençons par l'étage supérieur. »

Elle fit entrer le régisseur dans sa chambre et referma la porte derrière elle, demeurant indécise l'espace de quelques secondes. Hugh s'efforça de rester impassible, prêt à continuer de feindre l'ignorance. Il s'était douté qu'il se passait quelque chose d'anormal en ne voyant pas la petite servante revenir, et avait compris trop tard que celle-ci avait certainement de bonnes raisons d'hésiter à aller s'occuper d'Eleanor. Cependant, il ne pouvait pas retourner dans la salle de filage sans se compromettre. Il n'avait aucun motif d'aller y chercher Isabella alors qu'il avait prétendu à Clara Trueblood qu'il ignorait où elle était.

Lady Anne releva la tête. «Je ne sais pas très bien comment procéder, maître de Courtesmain. Je crains qu'Isabella ne soit dans la salle de filage avec ma fille et qu'il ne soit arrivé quelque malheur à la petite… J'hésite pourtant à réclamer l'entrée de crainte d'aggraver encore les choses. Vous êtes devenu le confident d'Eleanor après la mort de son père. Cette amitié a-t-elle toujours cours ? Et vous écoutera-t-elle avec davantage de bienveillance que moi ? »

Hugh hésita. Lady Anne parlait-elle en connaissance de cause ou n'était-ce que pure hypothèse ? «Je ne comprends pas, Milady. Êtes-vous en train de dire que Lady Eleanor pourrait causer volontairement du tort à Isabella ? »

Lady Anne hocha la tête. « C'est ce que je redoute en effet. Elle s'est prise d'une vive aversion pour cette servante. J'ai exhorté Isabella à se tenir à distance d'Eleanor, mais peut-être ma mise en garde n'a-t-elle pas été suffisamment explicite. Qu'elle soit montée avec une jatte d'eau m'inspire quelque inquiétude. »

Hugh feignit la perplexité. « Quelle est la raison de cette aversion ? Je ne nie pas que Lady Eleanor déteste les serfs, mais je ne me rappelle pas qu'elle s'en soit prise à Isabella plus qu'à un autre. Cette fille aurait-elle fait récemment quelque chose qui ait pu l'offenser ? »

La question était légitime, mais Lady Anne ne pouvait répondre franchement sans mettre cet homme dans la confidence. Et elle n'était pas disposée à le faire. De plus, elle n'était pas certaine de bien agir si elle le faisait. Elle avait beau deviner qu'Isabella savait que la mort de Jacob n'était pas accidentelle et même que Thaddeus lui en avait fait confidence avant de partir, elle était troublée qu'il ait pu laisser Isabella dans une situation aussi vulnérable. Elle préféra donc une réponse plus insidieuse. « Peut-être le départ de Thaddeus les a-t-il perturbées, suggéra-t-elle. Ma fille feint à son égard une indifférence qu'elle n'éprouve pas et Isabella est bien assez jolie pour avoir attiré l'attention de Thurkell. Elles ont à peu près le même âge et la jalousie est un puissant ferment de discorde. »

Se sentant en terrain plus sûr, Hugh secoua la tête. « Vous êtes mal informée, Milady. Si c'est la jalousie qui les oppose, la cause ne peut être qu'ailleurs. Lady Eleanor n'exprime que haine pour Thurkell. Elle le traite de bâtard et s'offusque profondément de l'affection que vous lui témoignez.

— Il n'empêche qu'elle juge intolérable la froideur qu'il lui manifeste et aimerait en faire son esclave si elle le pouvait. Quel dommage que la pestilence ait fait son apparition et ait détruit ses chances de mariage. Elle aurait promptement oublié Thaddeus si elle était partie vivre à Bradmayne.

— Cet homme est de vile extraction, protesta Hugh. Elle ne saurait éprouver d'attirance pour lui. »

Lady Anne eut l'air amusée de sa certitude, car un petit sourire joua à la commissure de ses lèvres. « En effet. » Elle le dévisagea attentivement. « Eleanor a-t-elle suffisamment confiance en vous pour vous ouvrir la porte de la salle de filage ? Je préfère que vous soyez honnête plutôt que de feindre une amitié qui n'existe plus. »

Hugh s'empara promptement de cette excuse. « Dans ce cas, l'honnêteté m'oblige à reconnaître que cette amitié n'est plus, Milady. Lady Eleanor m'a accordé sa confiance aussi longtemps que je devais allégeance à Sir Richard, mais elle tient ma loyauté à votre égard pour une trahison. » Il s'interrompit. « Qu'est-ce qui nous empêche d'ouvrir la porte et d'entrer ?

— Elle a poussé un coffre devant pour la maintenir fermée.

— Deux serviteurs devraient être en mesure de la forcer.

— Eleanor risque de s'en prendre plus violemment encore à Isabella pendant ce temps. » Elle soutint son regard un instant. « J'espère me tromper, maître, mais je crains fort d'avoir raison. Ma fille agit impulsivement, comme le faisait son père, et s'il lui plaît de frapper Isabella par pure colère, elle le fera.

— Elle ne peut pas lui faire grand mal : elle n'a pas d'armes.

— Il y a dans cette salle des poinçons aussi gros et acérés que des couteaux. Isabella pourrait perdre la vue, sinon la vie. Voulez-vous bien au moins essayer d'intercéder, maître de Courtesmain ? Si Eleanor entend le son de ma voix, elle y verra une victoire. Je suis convaincue qu'elle espère prendre l'ascendant sur moi en menaçant Isabella et je ne saurais le lui permettre. »

Hugh décelait des pièges dans toutes les réponses qu'il pouvait donner, mais reconnut qu'il avait de meilleures chances de gagner le respect de Lady Anne en acceptant qu'en refusant.

«Je la persuaderai plus aisément par des mensonges, Milady, mais je crains que vous ne soyez outrée par ce que je pourrais dire. Accepteriez-vous de me laisser lui parler en privé ?

— Je ne le puis, maître. Si votre présence l'importune et qu'elle décide de faire du mal à Isabella, je devrai intervenir.

— Mais Lady Eleanor est tout aussi susceptible que moi de tenir des propos mensongers, Milady, et ma position sera compromise si vous la croyez. J'ignore tout de cette affaire, et plus particulièrement de l'hostilité de votre fille à votre endroit. Ne risquerais-je pas d'accroître son courroux en prononçant des paroles qui lui déplaisent ?

— Dites tout ce qui, selon vous, pourrait la persuader de vous laisser entrer, maître de Courtesmain. Isabella est la seule fille qui reste à Gyles et Martha Startout. S'il lui arrive quelque chose de fâcheux, je ne pourrai, ni ne *voudrai* protéger Eleanor de leur fureur. Tout Develish réclamera son châtiment.»

Malgré son intelligence, Hugh avait été plus lent que Thaddeus à comprendre combien les actes d'Eleanor pouvaient affecter le domaine. Peut-être avait-il été tellement endurci par la brutalité ordinaire de Foxcote qu'il avait appris à ignorer les sentiments des serfs lorsqu'un des leurs était traité cruellement. Il prenait désormais conscience que si Eleanor tuait ou blessait Isabella, les conséquences seraient terribles. Ici, personne n'admettrait que la fille d'un seigneur puisse agir en toute impunité.

Il s'inclina légèrement. «Je peux essayer, Milady.» Bien qu'il s'inquiétât à l'idée de se faire piéger par Eleanor, il évaluait déjà les faveurs qu'il pourrait espérer de Lady Anne s'il lui donnait ce qu'elle voulait.

Quant à Lady Anne, elle ne put qu'admirer la subtilité avec laquelle Hugh chercha à prendre Eleanor dans ses filets. Il était si versé dans la tromperie que les mensonges tombaient de sa bouche aussi aisément que le clair de lune par une nuit sans nuages. «Je sais qu'Isabella est avec vous, Lady Eleanor, murmura-t-il contre le battant. Pour le moment, je suis seul à le savoir, mais Clara Trueblood ne va pas tarder à revenir. Au moment où je vous parle, elle fait du remue-ménage à travers tout le domaine, mais elle finira bien par comprendre que cette servante ne saurait être ailleurs qu'ici.»

Ils entendirent tous deux le bruissement de nattes de jonc sous des pieds.

«J'ai vu Clara monter l'escalier pour vous parler tout à l'heure, et j'ai constaté qu'elle repartait sans réponse, poursuivit Hugh. Elle ne vous laissera pas l'éconduire une seconde fois. Les serfs prennent leurs propres décisions à présent, Milady, et si vous espérez que votre mère viendra vous supplier de libérer Isabella, j'ai le regret de vous informer que vous êtes dans l'erreur. Personne ne l'a avertie de la disparition de la fille. Comme d'habitude, elle se tient à la fenêtre du bureau, les yeux rivés vers le nord, sur la route, espérant apercevoir des messagers… ou, mieux encore, Thaddeus Thurkell.»

Il inclina la tête, à l'affût.

«Lady Anne a perdu son autorité, Milady. J'ai essayé de vous en avertir voici plusieurs semaines déjà, mais peut-être n'avez-vous pas bien compris le sens de mes propos. Lorsque Thurkell était ici, c'était lui qui détenait le pouvoir, mais depuis son départ, ce sont les chefs des serfs et leurs femmes qui gouvernent. L'homme le plus important du domaine est désormais Gyles Startout, le père d'Isabella, et il réclamera indéniablement un châtiment si sa fille a subi quelque tort.» Il s'interrompit. «Si vous me la remettez maintenant, personne ne saura qu'elle se trouvait ici. Elle est suffisamment sage pour n'en rien dire et vous pouvez également être assurée de mon silence.»

Lady Anne entendit glousser de l'autre côté de la porte. «Qu'Isabella se taise vous conviendrait fort, je n'en doute pas, maître de Courtesmain.»

Hugh évita de regarder Lady Anne. «C'est un bon conseil que je vous donne, Lady Eleanor. Votre mère sera incapable de vous préserver de la colère des serfs si vous commettez quelque folie. Elle ne gouverne plus que de nom.»

Eleanor reprit la parole après un bref silence. «Vous faites erreur, maître de Courtesmain. Le pouvoir de ma mère est aussi solide que jamais.» Sa voix devint soudain plus sonore, comme si elle pressait la bouche contre la porte. «N'est-ce pas, Mère? Je sais que vous êtes là. J'entends l'inquiétude du Français dans chacun de ses propos tant il redoute ce que vous pourriez apprendre.»

Hugh jeta un coup d'œil par-dessus son épaule pour voir si Lady Anne s'apprêtait à répondre à sa fille, mais elle secoua la tête et posa un doigt sur ses lèvres.

« Vous devez être fort contrariée de l'entendre proférer tous ces mensonges. Il aimerait tant connaître tous nos secrets. Il est venu chuchoter à ma porte tout à l'heure dans l'espoir que je les lui révélerais. Je lui ai promis de le faire s'il m'amenait Isabella. Tout le monde sait combien vous lui êtes attachée et quelle serait votre affliction si Gyles Startout devait perdre sa deuxième fille. » La voix d'Eleanor parut plus lointaine quand elle reprit la parole. « Cette petite sotte s'efforce de faire comme si l'aiguille ne lui causait aucune douleur, mais à chaque fois, ses yeux s'emplissent de larmes. » Hugh et Lady Anne entendirent un gémissement plaintif. « Là ! Vous voyez comme cela pique quand je l'enfonce dans son petit tétin ? Dites-moi que vous m'écoutez, Mère, ou je recommence. Je suis certaine que vous me craignez fort à présent. »

Lady Anne garda les yeux au sol un moment, puis elle fit signe à Hugh de s'écarter. « Je suis ici, ma fille, et je vous crains, en effet.

— Est-ce tout ?

— Qu'attendez-vous de plus ? Que la crainte que vous m'inspirez soit égale à celle que j'éprouve pour Isabella ? Soyez assurée que c'est le cas.

— Alors demandez-moi ce que je veux de vous pour que je lui épargne davantage de souffrance.

— Je m'y emploierais si je pensais que vous tiendriez parole, Eleanor, mais vous savez aussi bien que moi que tel ne sera pas le cas. Plus je vous supplierai, plus vous la blesserez, simplement pour prouver que vous en avez le pouvoir. Vous arrachiez leurs ailes aux mouches quand vous étiez petite sans autre raison. Vous devriez plutôt supplier que votre vie soit épargnée, car je ne vous sauverai plus. »

La fille éclata de rire. « Vous le ferez, si vous ne voulez pas qu'Isabella perde son sang comme sa sœur. Les serfs ne peuvent pas prononcer de jugement contre moi. Je suis la fille de Sir Richard de Develish et seul un seigneur peut décider de ma culpabilité ou de mon innocence. » Elle se rapprocha de la porte, et adopta un ton plus dur. « Vous aimez m'infliger des sermons sur la responsabilité, alors assumez celle d'Isabella. Je n'ai aucune affection pour cette petite pleurnicheuse, contrairement à vous, je le sais.

— Que voulez-vous de moi ? Le pardon ? »

La question parut déstabiliser la jeune fille qui mit un moment à répondre. « Je veux que tous les serfs me prêtent allégeance comme ils l'ont fait à mon père afin que nul ne puisse nier que je suis bien Lady Eleanor de Develish une fois que la pestilence sera passée. Je suis plus apte à diriger ce domaine qu'une épouse sans droits, qui permet à des vilains de décider comment elle doit gouverner. »

Lady Anne réfléchit un instant avant de se tourner vers Hugh, parlant assez distinctement pour qu'Eleanor l'entende. « Maître de Courtesmain, vous trouverez John Trueblood et Gyles Startout en train de moudre du blé dans le vestibule. Envoyez-les ici avec des haches et dites au jeune Robert Startout de convoquer nos gens dans la cour. Si nous trouvons Isabella morte ou trop grièvement blessée pour survivre au moment où cette porte sera forcée, Eleanor sera traînée dehors – quel que soit son état – pour affronter ceux à qui elle a fait du tort. Est-ce clair ?

— Oui, Milady, répondit Hugh, lui demandant d'un regard si elle voulait vraiment qu'il exécute cette mission. Seules quelques minutes seront nécessaires pour que les hommes arrivent, mais jugez-vous sage de mettre une hache entre les mains de Gyles si quelque tort a été perpétré contre sa fille ? S'il a le sang bouillant de colère, il pourrait vouloir se venger.

— Personne ne l'en blâmera, répondit Lady Anne. Et moi pas plus que quiconque. À Eleanor d'accepter son sort. Allez, maître. Faites ce que je vous dis. Nous avons suffisamment tardé. »

Hugh ne douta jamais par la suite qu'elle eût laissé les événements se dérouler exactement comme elle l'avait ordonné si Eleanor n'avait poussé un cri pour annoncer qu'elle ouvrait la porte. Ils entendirent le bruit du coffre traîné sur le sol et celui du loquet qu'on levait. Le spectacle navrant qu'offrait la fille frappa le regard de Hugh depuis le seuil. Si l'on pouvait peindre la folie, songea-t-il, le tableau eût ressemblé à l'image d'Eleanor en pareil instant : échevelée, à peine vêtue, des contusions jaunâtres estompées autour des yeux, un poinçon à la main et des estafilades sanglantes sur les bras.

Il s'attendait à ce que Lady Anne réagisse comme lui, avec sollicitude, mais c'est à peine si elle jeta un coup d'œil à sa fille en pénétrant dans la chambre. Elle se laissa tomber à côté d'Isabella, qui était assise, immobile, dans un coin, les bras serrés autour de ses genoux. D'une caresse, elle écarta les cheveux du front de la petite et sourit à ses yeux emplis de larmes. « Es-tu capable de te lever ? » demanda-t-elle.

Isabella hocha la tête. « Je crois que oui, Milady. »

Lady Anne la prit par le bras pour la soutenir, et l'escorta jusqu'à la porte en faisant rempart de son corps afin de la protéger d'Eleanor. « Maître de Courtesmain va te conduire dans ma chambre. Il faut que tu t'enfermes à l'intérieur et que tu attendes ta mère. » Elle se tourna vers Hugh. « Dès que le verrou sera fermé, allez chercher Martha et conduisez-la jusqu'à Isabella. Dites-lui que la petite a été blessée, mais sans lui donner de détails sur ce qui s'est passé. Je leur parlerai à toutes les deux plus tard. »

Le regard de Hugh se posa sur Eleanor, au-delà de Lady Anne. « Et votre propre fille, Milady ? Elle me semble aussi grièvement blessée que la servante. »

Lady Anne retourna dans la chambre. « Vous avez vos ordres, maître de Courtesmain. Exécutez-les avec précision ou je vous fais expulser du domaine. Je suis lasse de votre habitude d'essayer de vous mettre en avant aux dépens d'autrui. »

Vingt-neuf

Sans un mot, Lady Anne retira le poinçon de la main d'Eleanor et le reposa sur le plateau à couture avant de conduire sa fille vers un tabouret où elle la fit asseoir. L'arnica avait atténué la tuméfaction de ses paupières due aux coups de poing de Robert Startout, mais les cernes jaunâtres mettraient un jour de plus à disparaître.

Elle plongea un linge dans une jatte d'eau posée sur une table près de la fenêtre et frotta le sang qui maculait les bras d'Eleanor. Elle n'aurait su dire si c'était Isabella qui avait causé ces blessures en se défendant ou si Eleanor se les était infligées elle-même. Certaines croûtes durcies suggéraient qu'elles remontaient à deux ou trois jours. Elles traçaient des lignes parallèles sur ses avant-bras, apparemment incisées avec une précision méticuleuse de la pointe d'une aiguille.

Lady Anne ne comprenait pas ce qui avait pu pousser Eleanor à s'infliger pareille douleur sauf à imaginer que, tel un flagellant, elle cherchait à expier ses péchés. Avait-elle accepté la correction de Robert pour le même motif ? Elle avait été si réticente à ce qu'il soit puni qu'elle avait supplié sa mère de lui promettre le silence, ainsi qu'à ses amis, ce que Lady Anne avait accepté. Mais il fallait avoir l'esprit singulièrement dérangé pour être prête à pardonner au garçon avant de passer sa colère sur une innocente.

Elle était certaine que la vanité n'était pas étrangère à son refus d'accuser Robert – il avait fallu du temps à son visage pour retrouver son charme – mais il s'y ajoutait, lui semblait-il, la conscience que l'attitude du jeune garçon avait été justifiée.

Eleanor avait été aussi près de présenter des excuses que cela lui était possible, expliquant qu'elle n'avait pas compris pourquoi les garçons se trouvaient dans la demeure ni ce qu'ils avaient été chargés de faire. Elle s'était cramponnée aux mains de sa mère, la suppliant de la croire, et Lady Anne lui avait enduit le visage d'un onguent apaisant, avait calmé ses craintes et promis de sommer Robert et Walter de ne rien dire de ce qui s'était passé.

Elle s'était sincèrement figuré en cet instant qu'Eleanor avait appris à se mettre à la place d'autrui, mais force lui était de constater que ses espoirs avaient été illusoires. Quelles qu'aient été les raisons qui avaient poussé la jeune fille à épargner Robert, elles ne s'appliquaient pas à Isabella. Pas plus qu'à elle-même, selon toute apparence, car il était difficile de voir dans les entailles de ses bras autre chose qu'un châtiment qu'elle s'était elle-même administré. Ces marques étaient-elles un signe visible d'expiation pour la mort de Jacob ? S'était-elle blessée volontairement pour obtenir le pardon de Dieu ? Dans ce cas, pourquoi risquer de provoquer Sa colère en agressant Isabella ?

Il était plus facile de penser qu'Eleanor avait entièrement perdu la raison que d'essayer de comprendre ses actes. Son allure elle-même plaidait pour la démence. Elle regardait droit devant elle, les yeux vides, et ne réagit pas quand Lady Anne lui nettoya le visage et les mains avant de prendre une brosse à cheveux et de la passer délicatement dans ses boucles blondes emmêlées. « Comment puis-je vous aider alors que le seul monde que vous désirez est celui que votre père vous donnait ? murmura-t-elle. Est-il en vérité si difficile de comprendre qu'un serf est un être humain au même titre que vous, aussi aimé de Dieu et méritant tout autant le bonheur ? »

Elle posa la brosse et s'approcha d'un coffre posé contre le mur du fond, soulevant le couvercle pour en sortir une chemise propre. Elle avait l'intention de choisir une cotte d'étoffe grossière à lui faire enfiler par-dessus, mais changea d'avis et prit une robe à manches longues. Eleanor accepta sans résistance de se lever du tabouret et de se laisser habiller, tournant cependant le dos à sa mère pour ne pas se soumettre au regard scrutateur de Lady Anne lorsque celle-ci retira son linge souillé et déchiré pour le remplacer par des dessous propres.

De dos, son corps nu était si mince qu'il ressemblait davantage à celui d'une enfant qu'à celui d'une femme.

Lorsqu'elle eut fini, Lady Anne la fit rasseoir sur le tabouret et se mit en devoir de ranger la chambre. Les linges éparpillés, la jatte apportée par Isabella retournée et l'eau répandue révélaient ce qui avait pu se passer, sans qu'elle décelât pour autant de traces de lutte. Les rouets n'avaient pas été renversés, la laine cardée était toujours correctement rangée et l'eau destinée à la toilette d'Eleanor était à sa place. Seules les nattes de jonc avaient été déplacées, laissant sur le sol une trace menant jusqu'au coin où Eleanor avait traîné Isabella.

Lady Anne n'eut pas de mal à deviner que sa fille avait frappé la petite servante avec un objet pesant au moment où elle était entrée, avant de traîner son corps inerte à l'autre bout de la pièce. Et elle ne pouvait qu'imaginer la terreur d'Isabella qui, reprenant connaissance, avait vu un éclat de folie dans les yeux d'Eleanor et l'aiguille de six pouces dans sa main.

Elle s'adossa au mur, accablée de lassitude, et regarda par la fenêtre, exprimant ses pensées tout haut. « Que vais-je faire de vous ? Quand vous êtes seule, vous vous faites du mal, et c'est aux autres que vous en faites quand vous ne l'êtes pas. Je me prends à regretter que votre père ne soit pas revenu vivant. J'aurais au moins eu une chance qu'il vous emmène avec lui. » Elle n'attendait pas de réponse et s'étonna d'en obtenir une.

« Vous auriez dû me laisser partir pour Foxcote quand je vous l'ai demandé, déclara Eleanor d'une voix dénuée d'émotion. Nous avions encore des chevaux dans les champs et maître de Courtesmain m'y aurait conduite si vous lui en aviez donné l'ordre. »

Lady Anne continua à observer la route, s'étonnant de l'aisance avec laquelle sa fille passait de la folie à la raison. « Votre oncle vous aurait refusé l'entrée de son domaine comme il l'a refusée à votre père durant toutes ces années. Il laissait sa femme écrire à son frère, mais sa tolérance n'allait pas plus loin. Il n'est pas homme à pardonner.

— Je n'ai point besoin de son pardon. Je n'ai rien fait qui ait pu l'offenser.

— C'est exact, reconnut Lady Anne. La faute incombait à Sir Richard… mais cela ne fait aucune différence. Le seigneur de Foxcote ne vous autorisera jamais à vivre sous son toit. »

Quelques instants s'écoulèrent avant qu'Eleanor ne reprenne la parole. « Me mentez-vous en cet instant ou m'avez-vous menti précédemment, en affirmant que c'était la jalousie de ma tante qui rendrait ma présence importune ?

— J'ai dit la vérité l'une et l'autre fois, répondit Lady Anne en se tournant vers elle. Votre tante est aussi vaniteuse que votre oncle est inflexible. Il y a peu à admirer chez l'un ou chez l'autre. La vie à Foxcote est d'une infinie tristesse.

— Comment pourriez-vous le savoir ? Vous n'y êtes jamais allée.

— Votre père m'y a conduite peu après notre mariage. Et ce n'est pas un lieu que je souhaite revoir un jour. »

Une lueur de triomphe brilla dans les yeux d'Eleanor. « Dans ce cas, c'est vous qui êtes cause de l'outrage, et non Sir Richard. Ne lui reprochez-vous pas une offense dont vous êtes à l'origine ?

— Sir Richard s'est vu refuser l'entrée, ce qui m'a contrainte à résider sans lui à Foxcote. Je me suis fait une piètre opinion du domaine au cours de mon séjour et sans doute mon visage aura-t-il trahi mes sentiments. Vous pouvez me blâmer de cela, mais de rien d'autre.

— Combien de temps a duré votre visite ?

— Un mois de moins qu'un semestre. Cela m'a paru une éternité. »

Eleanor la dévisagea, plus perplexe désormais que triomphante. « Que voulaient-ils de vous ? »

Lady Anne se retourna vers la fenêtre. La première touche de roux effleurant les bois qui tapissaient les versants de la vallée rendait les collines plus belles qu'elle ne les avait jamais vues, mais nul n'aurait pu dire quelle laideur ces arbres dissimulaient. Combien de vies périssaient-elles sous leur ombre ? Combien de lapins, déchiquetés par des renards… de hérissons éviscérés par des blaireaux ? C'était le cycle implacable de la nature, destructrice et sanglante, mais était-il écrit que le plus grand et le plus fort dût toujours l'emporter ? L'innocent moineau n'avait-il d'autre valeur que de satisfaire l'appétit du faucon ?

« Votre oncle avait besoin de mes talents de guérisseuse. J'ai soigné sa demi-sœur qui était confinée dans sa chambre. C'était une frêle enfant, d'un an plus jeune que vous n'êtes à présent, et sa vie ne tenait qu'à un fil. Le seigneur de Foxcote se souciait peu qu'elle vive ou qu'elle meure, mais il m'a permis de lui apporter l'aide que je pouvais. Dès qu'elle a été guérie, il l'a enfermée dans un couvent et m'a renvoyée à Develish. J'ignore ce qui lui est arrivé par la suite. Aucun des messages que Lady Beatrix a adressés à votre père n'évoquait son sort.

— Comment s'appelait-elle ?

— Mathilde. Je vous aurais donné son nom si Sir Richard ne s'y était opposé. Nous étions devenues amies pendant mon séjour là-bas.

— C'est un bien vilain nom. Je n'en aurais pas voulu.

— Je le trouvais joli… peut-être parce que Mathilde était remarquablement jolie. Elle était aussi blonde et avait les yeux aussi bleus que vous.

— Ma tante était-elle jalouse d'elle ?

— Plus que jalouse. Elle se consumait de haine à son égard. Elle l'accusait d'être méchante et lui reprochait tous les maux qui accablaient Foxcote, jusqu'à la médiocrité des récoltes. Elle était trop sotte pour comprendre qui elle aurait dû blâmer. »

Un long silence suivit, que Lady Anne laissa s'installer. Combien de fois n'avait-elle pas regretté que le régisseur de Sir Richard ait été absent du manoir le jour où le parchemin était arrivé de Foxcote, quatre mois après son mariage. Elle n'en aurait jamais connu le contenu si son mari ne lui avait pas jeté la missive sur les genoux, lui demandant de la lire. Un homme aussi grossier et aussi ignorant que Sir Richard lui-même aurait hésité à en partager la teneur avec sa jeune épouse.

Il serait faux de dire que cette lettre détruisit tous les sentiments que Lady Anne pouvait éprouver pour Sir Richard, elle n'en éprouvait aucun, mais elle lui inspira un mépris à son égard dont elle ne se départit plus jamais. Il n'avait pas une once d'honneur. Il avait fulminé et tempêté, prétendant qu'un autre avait dû déflorer la petite catin, puis s'était noyé dans la bière avant de se mettre à larmoyer. Tous étaient coupables, hormis lui, même Lady Anne qui avait continué à lire le parchemin tout haut après qu'il lui eut ordonné de se taire.

Pourtant, que seraient devenues Mathilde et Eleanor si elle n'avait pas déchiffré ces lignes ? Les propos furieux du seigneur de Foxcote donnaient à entendre que sa demi-sœur de treize ans était tout aussi responsable de son état que Sir Richard. Il demandait réparation pour lui-même, mais n'exigeait rien pour la petite qui lui avait été confiée à la mort de sa mère. Mathilde n'avait plus d'avenir et aucune chance de se marier un jour. Il priait pour qu'elle meure en même temps que le monstre qu'elle portait dans son sein.

« De quel mal souffrait-elle ?

— D'aucun que le millepertuis et la bonté ne pussent guérir. Elle pleurait chaque soir jusqu'à ce que le sommeil l'emporte, assurée que sa vie était finie.

— Vous a-t-elle remerciée de l'avoir sauvée ?

— Oui.

— Je ne l'aurais pas fait. Je préférerais mourir qu'aller au couvent. »

L'haleine de Lady Anne embua une vitre et elle regarda les minuscules gouttelettes se dissiper aussi rapidement qu'elles s'étaient formées. « Tel était pourtant son désir. Sa plus grande peur était d'être contrainte de rester à Foxcote en compagnie d'un frère qui la détestait et la méprisait. Elle était encore plus malheureuse que moi dans ce domaine.

— Elle me fait l'effet d'avoir été fort timorée.

— Peut-être, mais elle avait subi de plus grandes épreuves que vous n'en connaîtrez jamais. Je pense souvent à elle et j'espère qu'elle a trouvé la paix dans son couvent.

— Quel âge aurait-elle si elle était encore en vie ?

— Vingt-sept ans. »

Du coin de l'œil, elle vit Eleanor compter sur ses doigts. « Vous deviez donc être grosse de moi pendant que vous l'avez soignée. Suis-je née à Foxcote ? »

Lady Anne acquiesça d'un signe de tête. « Vous aviez deux semaines quand je vous ai ramenée ici. »

Eleanor la regarda fixement. « Pourquoi mon père a-t-il permis cela ? Et si son mal avait été contagieux ? Vous auriez pu mourir, et moi avec.

— Il espérait retrouver l'estime de son beau-frère en proposant mon aide pour soigner la petite. Avant son mariage, il se rendait fréquemment au domaine. Nous sommes partis pour le Nord trois semaines après avoir appris l'état de Mathilde. »

C'était la seule réparation que Sir Richard pût offrir, à moins d'accepter de s'appauvrir en cédant la dot de Lady Anne en guise de compensation. Or cet argent était tout ce qui le séparait de la ruine et il n'avait nulle envie d'y renoncer. De surcroît, sa considération pour son épouse était bien trop faible pour qu'il se soucie que le fils d'une autre hérite de ses possessions, pourvu qu'il fût le père de l'enfant.

Appartenant à son mari comme un bien ordinaire, Lady Anne ne pouvait que se plier à ses exigences. En vérité, elle ne désirait pas plus que lui la perte de Develish. Elle savait que sa vie conjugale serait absolument intolérable si elle devait la passer enfermée en compagnie de Sir Richard dans quelque recoin de la demeure d'un parent. Et surtout, elle n'ignorait pas le prix des secrets. Elle était peut-être plus jeune que son mari de moitié, mais elle était suffisamment fine pour comprendre qu'elle détenait ainsi un moyen de pression. Et la petite Mathilde, si avide d'amour, accepta avec toute la promptitude que Lady Anne aurait pu souhaiter de raconter comment son enfant avait été conçu et de signer son récit de son nom après que Lady Anne l'eut consigné sur un parchemin.

Le temps passant, Lady Anne avait pris conscience que ce document était sans valeur si elle n'était pas disposée à révéler qu'Eleanor était née hors des liens du mariage. Elle aurait pu faire usage de ce parchemin si l'enfant avait été un garçon et qu'elle-même avait été bénie par la naissance d'un héritier, mais les choses étant ce qu'elles étaient, apporter la preuve de l'illégitimité d'Eleanor n'aurait fait que lui infliger une peine cruelle. Elle se rappelait le jour où elle avait jeté cette lettre au feu, celui où Isabella lui avait appris, toute fière, que les domestiques commençaient à maîtriser les lettres suffisamment bien pour que la plupart sachent lire avec une certaine aisance.

« Je m'étonne que vous parliez d'état, s'agissant d'une maladie, dit alors Eleanor brisant le silence. Était-elle grosse ?

— Oui.

— Suis-je sa fille ?

— Oui. »

Eleanor marqua une brève hésitation. « Sir Richard était-il mon père ? »

Lady Anne se tourna vers elle. « Nul n'en a jamais douté. Vous lui ressembliez à votre naissance, et cette ressemblance n'a fait que s'accentuer depuis. Je distingue encore votre mère en vous de temps en temps, mais ce n'est pas fréquent. Elle était trop timide pour avoir votre vanité. Si je retrouve en vous ses traits quand vous êtes endormie, je les cherche en vain le reste du temps. »

Eleanor baissa les yeux sur ses mains. « Pourquoi ne me l'avez-vous pas dit plus tôt ?

— Votre père ne le voulait pas. Il avait juré au seigneur de Foxcote que la vérité resterait celée à jamais. C'était le seul moyen pour lui d'éviter d'avoir à payer réparation et d'être réduit à la misère. Votre naissance a été entourée d'une telle… (elle chercha ses mots)… *hostilité*, Eleanor. Si j'avais refusé de me rendre dans le Nord et de vous ramener ici, votre avenir aurait été terriblement incertain. »

Le visage de la jeune fille se tordit. « Le vôtre aussi. Vous n'auriez pas été maîtresse de Develish durant toutes ces années si mon père avait été contraint de payer réparation. Vous vous peignez sous un jour des plus favorables, mais vous avez servi vos intérêts personnels autant que les miens.

— J'aurais certes été fort marrie de voir ma dot dédommager une brute aussi méchante que Foxcote. On vous a laissée vivre parce que j'ai accepté de vous élever comme ma propre enfant. Si Mathilde était restée à la merci de son frère, il aurait ordonné qu'on vous étouffât avant votre premier souffle et aurait utilisé l'argent de la réparation pour s'acheter un nouveau cheval. » Elle secoua la tête en voyant l'expression de la jeune fille. « Ne soyez pas naïve à l'excès, Eleanor. Votre père n'était pas plus enclin à vous reconnaître que le seigneur de Foxcote et Lady Beatrix. Il a eu de l'amour pour vous plus tard, mais n'en éprouvait pas quand vous n'étiez qu'un nourrisson.

— Je m'étonne que *vous* ne m'ayez pas étouffée. Je ne vous ai jamais apporté que déception. »

Lady Anne ne répondit pas, car ses dénégations n'auraient pas été entendues. Eleanor ne croirait que ce qu'elle voulait croire, comme toujours. Plusieurs fois dans le courant des deux dernières années, Lady Anne avait cherché à persuader Sir Richard de rompre son serment et de parler honnêtement à sa fille, mais il s'y était toujours refusé. Il redoutait les fureurs d'Eleanor, et craignait qu'elle ne détruise toutes ses chances de mariage en trahissant un jour son secret sous l'emprise de la colère. Si un seul serviteur avait appris la vérité, l'illégitimité de sa fille n'aurait pas tardé à être de notoriété publique.

Eleanor jeta à Lady Anne un regard par-dessous. « Pourquoi me dites-vous cela maintenant? Vous auriez pu le faire le jour de la mort de mon père, ou dans l'église après le départ de Thaddeus, ou même dans le bureau du régisseur. Isabella vous est-elle donc chère au point que ses larmes vous persuadent de me renier?

— Je ne peux vous renier. Seul Sir Richard en avait le pouvoir. Vous pouvez vous déclarer libre de toute obligation à mon égard à l'instant où vous le souhaiterez, mais je ne saurais en faire autant. Je suis liée par les promesses que j'ai faites à Mathilde tant avant qu'après votre naissance. » Elle écarta les mains dans un geste de regret. «Je ne sais que faire de vous, Eleanor. J'ai pensé qu'il serait peut-être bon que vous sachiez que je ne suis pas votre mère, que cela expliquait possiblement pourquoi vous éprouviez davantage d'affection pour votre père que pour moi. Les liens du sang ont toujours été très puissants entre vous. Il savait vous inspirer une tendresse que je n'ai jamais pu susciter en vous. »

Eleanor tortillait les rubans de sa robe entre ses doigts. « Vous n'avez jamais essayé. L'amour des serfs suffisait à vous combler, et vous vous préoccupiez bien peu de gagner le mien. »

Lady Anne réprima un soupir. Il y avait si peu de mots qu'Eleanor parût comprendre. « Savez-vous au moins ce qu'est l'amour? demanda-t-elle. Vous me semblez incapable de le reconnaître s'il n'est pas tapageur et bruyant et s'il ne s'accompagne pas de colifichets et autres babioles.

— J'ai bien vu l'inquiétude qui se peignait sur vos traits quand vous vous êtes approchée d'Isabella. Vous ne m'avez jamais regardée ainsi. Même quand vous soigniez mes bras tout à l'heure, vous n'aviez pas l'air soucieuse… seulement fâchée. »

Lady Anne doutait que ce fût vrai – elle avait cherché à apaiser Eleanor, et non à lui faire des reproches –, mais elle ne jugea pas utile de la démentir. Il était grand temps qu'Eleanor affronte la réalité. «Je suis fâchée, certes, admit-elle paisiblement. Votre entendement de la loi est sans doute suffisant pour que vous sachiez qu'étant le seigneur de ce domaine, je dois prononcer un jugement contre vous. Mais qu'attendez-vous de moi ? Que je fasse comme si vous n'aviez pas enfoncé un poinçon dans le sein d'Isabella ? Que j'essaie de persuader deux cents serfs que c'était une inoffensive plaisanterie et que vous ne méritez pas d'être punie pour si peu ? Êtes-vous *réellement* sotte à ce point ?

— Ce qu'ils pensent n'a aucune importance. Vous êtes leur seigneur. Ils doivent accepter ce que vous dites.

— Ainsi que vous. Je vous avais avertie que je ne vous protégerais pas une seconde fois. Dès qu'Isabella aura retrouvé suffisamment de forces pour venir témoigner, vous serez accusée devant nos gens dans la grande salle. » Elle observa Eleanor un moment. « Si vous êtes raisonnable, vous reconnaîtrez votre faute et demanderez pardon à Isabella sans l'obliger à parler. Bien des gens repenseront à la mort de Jacob si vous la contraignez à décrire avec quelle cruauté vous l'avez tourmentée. Si je le puis, je chercherai à imputer vos actes à la folie. »

Les yeux d'Eleanor flamboyèrent, de rage plus que de crainte, songea Lady Anne. «Je ne suis pas folle et *jamais* je ne demanderai pardon à un serf. Si vous prétendez m'y contraindre, je vous retirerai Develish. En tant qu'unique héritière de Sir Richard, j'ai plus de droits que vous sur ce domaine. Vous apparteniez à mon père de son vivant, et vous n'êtes plus rien maintenant qu'il est mort. »

Lady Anne se tourna à nouveau vers la fenêtre. « Ni vous ni moi ne pouvons revendiquer Develish, Eleanor, répondit-elle calmement. Vous le savez. Je vous ai expliqué maintes fois qu'à la mort de Sir Richard, vous dépendriez de la charité d'un nouveau seigneur. Si le cousin de Sir Richard est encore en vie lorsque la pestilence sera passée, c'est à lui que reviendra le domaine. S'il n'est plus, le seigneur de Blandeforde imposera un étranger ici, à la tête de Develish.

— Je ne l'accepterai pas.

— Alors, il ne vous reste qu'à espérer que Blandeforde vous trouve suffisamment aimable pour trouver quelque riche veuf disposé à vous épouser et à payer les frais et taxes de succession. Si vous avez de la chance, l'homme qu'il choisira n'aura pas plus de quarante ans.

— Vous ne le permettrez pas. Vous le prendrez pour vous, afin de rester maîtresse ici. »

Le regard de Lady Anne se porta au loin. « Vous vous trompez du tout au tout, murmura-t-elle. J'ai toujours su que je n'aurais aucun avenir à Develish après la mort de votre père. Dès que le danger se sera éloigné, je quitterai le domaine pour prendre ma vie en main. Je préfère subsister grâce aux talents que je possède plutôt que de dépendre d'un homme que je ne saurais respecter.

— Et moi ? interrogea Eleanor d'un ton rebelle. N'attendez pas de moi que je vous accompagne et que je joue le rôle de la fille d'une femme de basse condition. »

S'asseyant sur un tabouret, Lady Anne prit un peigne à carder et un écheveau de laine brute. « Il n'est pas dans mes intentions de vous le demander. À vous de choisir votre propre voie. » Elle passa le peigne dans les fibres enchevêtrées, les démêlant en minces fils.

« Je veux être la maîtresse ici.

— Dans ce cas, présentez-vous en servante obéissante au seigneur de Blandeforde et implorez-le de vous trouver un mari. Renoncez aux crises et aux colères, Eleanor. Il sera plus enclin à vous écouter s'il vous croit docile et soumise.

— Il ne sait même pas qui je suis. C'est à vous de présenter cette requête en mon nom. »

Lady Anne secoua la tête. « Je ne vous rendrais pas service. Veuve d'un de ses chevaliers vassaux, je suis sa propriété autant que j'étais celle de Sir Richard. Nous n'aurons aucune dérobade possible, ni vous ni moi, si c'est moi qu'il contraint au mariage. Il faut que vous me laissiez partir et que vous fassiez cette demande vous-même. »

L'amertume se peignit sur les traits d'Eleanor. « Abandonnerez-vous nos serfs aussi facilement ?

— Pas s'ils choisissent de m'accompagner.

— Ils ne le peuvent pas. Le seigneur de Blandeforde les obligera à respecter leur serment d'allégeance. »

Un léger sourire joua sur les lèvres de Lady Anne. « Comment fera-t-il ? Où est-il ? Où sont ses baillis ? Où sont ses messagers ? Sa maisonnée et lui-même sont-ils seulement encore en vie ? »

La peur noua le ventre d'Eleanor. La crainte de ne pas être reconnue pour celle qu'elle était la rongeait dès qu'elle songeait à l'avenir et elle n'avait jamais envisagé que l'homme qu'elle devrait persuader pût être mort. « Quelqu'un viendra, c'est certain.

— Et que trouvera-t-on ? Une demeure abandonnée, des chaumières incendiées et des champs qui n'ont pas été labourés depuis des mois. On pensera que nous avons été victimes de la même mort affreuse que les habitants de tous les autres domaines de la région. » Comme Eleanor gardait le silence, Lady Anne releva la tête. « Nos gens aspirent à la liberté autant que moi, Eleanor. Avec tous ces morts, des hommes et des femmes capables trouveront dans les villes d'abondantes possibilités de gagner correctement leur vie, surtout s'ils savent lire et écrire. S'ils changent de nom et s'inventent un autre passé, nul ne saura que ce sont des serfs de Develish. »

La colère d'Eleanor s'embrasa telle une flamme rugissante. « Ils ont prêté allégeance à mon père. Je dirai au seigneur de Blandeforde qu'ils se sont enfuis et lui demanderai de les pourchasser. »

Lady Anne la dévisagea un moment avant d'incliner la tête sur son ouvrage. « Personne n'ajoutera foi à vos propos, murmura-t-elle. Ses baillis vous croiront folle s'ils vous trouvent dans une maison déserte, échevelée et la robe défaite. Une jeune fille de qualité ne traîne pas dans une demeure abandonnée sans chaperon ni servante. Ils vous prendront pour une souillon.

— Tous les serfs ne partiront pas.

— Priez pour que vous ne vous trompiez pas. Autrement, vous ne pourrez même pas vous nourrir. »

Les yeux de la fille se plissèrent. « Si vous cherchez à m'effrayer pour me convaincre de demander pardon à Isabella, vous perdez votre temps. Personne ne bravera la pestilence avant le retour de Thaddeus. Ils auront trop peur.

— La plupart redoutent plus encore la famine. Nous pourrons peut-être différer notre départ jusqu'au printemps si Thaddeus parvient à trouver des provisions. Dans le cas contraire, nous devrons décider avant la Noël si nous voulons mourir de faim ou faire le pari de la liberté en emportant les réserves qui nous restent sur notre dos. Certains jugeront ne pas être en mesure d'entreprendre pareil voyage, mais Gyles et John Trueblood affirment que tous sont désireux d'essayer. »

Eleanor lui jeta un regard incrédule. « Vous iriez à pied avec les serfs ? N'avez-vous donc aucune fierté ?

— Aucune qui vous soit familière. Ma fierté réside dans les réalisations de nos gens, et je cheminerai volontiers à leurs côtés si cela peut leur inspirer quelque espoir. Et vous en ferez autant sans vous plaindre si vous choisissez de nous accompagner.

— Je ne le ferai pas, lança Eleanor avec dédain. J'ai honte de vous voir ramper ainsi devant des serfs.

— Dans ce cas, il faudra que vous pourvoyiez seule à vos besoins. Je vous laisserai les mêmes rations qu'à chacun d'entre nous, mais vous devrez préparer et faire cuire vos repas vous-même. Du blé d'hiver et des navets ont été semés dans le potager et si vous soignez les jeunes pousses comme il convient, vous devriez avoir de quoi manger au printemps.

— Il n'est pas question que je fasse l'ouvrage de serfs.

— Alors, vous mourrez de faim.

— Vous devez ordonner aux serviteurs de rester ici. »

Lady Anne secoua la tête. « Chacun décidera librement de son avenir… comme vous. Il vous reste quelques semaines pour vous déterminer, et la sagesse commanderait que vous commenciez à y réfléchir dès à présent. »

Eleanor lui jeta un regard hésitant. Elle s'accrochait à la foi que rien de tout cela n'était vrai et que Lady Anne ne tenait ces propos que pour la convaincre, poussée par la peur, de présenter ses excuses. « Je serai bien contente que vous partiez, dit-elle méchamment, cherchant à blesser Lady Anne dans l'espoir de la faire réagir. Je n'ai jamais souhaité vous avoir pour mère.

— Je le sais, et si j'avais pu trouver meilleur moyen de vous aider, j'en aurais usé. Je n'ai jamais eu l'intention de prétendre être celle que je ne suis pas. »

La fille prit cette déclaration pour de l'indifférence. « Je décide de me déclarer affranchie de vous désormais. Vous n'avez pas le pouvoir de m'ordonner de me présenter devant les serfs si je ne suis pas votre fille.

— Et pourtant si, répondit Lady Anne avec douceur. Vous répondrez aux accusations d'Isabella dans une heure. S'il le faut, j'enverrai Gyles Startout et John Trueblood vous escorter au rez-de-chaussée de gré ou de force.

— Je vous en défie, lança la fille. Croyez-vous que je me laisserai humilier, alors que vous avez commis des crimes infiniment plus graves que les miens ?

— Quels crimes ai-je commis ?

— Hérésie… blasphème… sacrilège… faux témoignage. Je révélerai que vous avez trompé nos gens pendant toutes ces années en affectant d'être ma mère afin de mettre la main sur Develish. »

Lady Anne la dévisagea un moment. « Vous préféreriez tenir de tels propos plutôt que de demander pardon à Isabella ?

— Je le préfère et je le ferai.

— Je vous exhorte à changer d'avis.

— Je le ferai néanmoins, s'entêta Eleanor tandis que ses lèvres se retroussaient de satisfaction. Et vous n'aurez à vous en prendre qu'à vous-même si vos serfs bien-aimés comprennent enfin que vous êtes une menteuse. »

En soupirant, Lady Anne reposa la laine et le peigne à carder. « Qu'il en soit ainsi, dit-elle paisiblement, en se levant et secouant ses jupes. Je demanderai à maître de Courtesmain de convoquer tout le monde dans la grande salle. Et comme je suis fermement décidée à vous contraindre de reconnaître vos torts envers Isabella, vous pourrez dire ce que vous avez à dire avant que la moindre accusation ne soit portée contre vous. » Elle se dirigea vers la porte. « Mettez à profit l'heure qui vient pour réfléchir, Eleanor. Pour le moment, nous sommes les seules, vous et moi, à savoir que vous n'êtes pas ma fille. Vous seriez avisée de faire en sorte qu'il en reste ainsi. »

Hugh de Courtesmain rôdait, hésitant, devant la chambre de Lady Anne quand il la vit sortir seule de la salle de filage. « Tout va bien, Milady ? demanda-t-il à son approche.

— À condition qu'Isabella ne soit pas gravement atteinte, répondit-elle. Martha l'a-t-elle rejointe ? »

Il acquiesça. « Je leur ai fait jurer le secret à l'une et l'autre.

— Au nom de qui, maître de Courtesmain ?

— De vous, Milady. Il m'a semblé que vous ne souhaiteriez pas que l'on jase au sujet de votre fille.

— Et que pense Martha, maître, à propos de *sa* fille ? Est-elle disposée à garder le silence pour protéger la mienne ? »

Il s'inclina légèrement. « C'est une serve, Milady. Elle fera ce qu'on lui ordonne de faire.

— Certes, c'est une femme généreuse. D'une manière ou d'une autre, elle a placé tous ses enfants au service de Develish. J'attends avec impatience le jour où Thaddeus ramènera ses fils. Elle a suffisamment pleuré sa fille Abigail, elle ne survivrait pas à la perte de Ian et d'Olyver.

— Je prie tous les jours pour les bessons, Milady.

— Je n'en doute pas, maître de Courtesmain, répondit-elle, veillant à bannir tout sarcasme de sa voix. Voulez-vous bien accomplir une autre tâche pour moi ?

— Certainement, Milady.

— Voulez-vous demander à nos gens de se rassembler dans la grande salle dans une heure ? Ne leur précisez pas pourquoi, mais rassurez-les au sujet d'Isabella en leur disant qu'elle a été retrouvée vivante. Je crains que Clara Trueblood n'ait répandu plus d'alarme qu'il n'était besoin à propos de la petite. » Elle leva la main pour frapper légèrement à la porte. « C'est Lady Anne, Martha, je viens t'aider. Puis-je entrer ? »

La porte s'entrouvrit et Hugh eut à peine le temps d'apercevoir le visage effrayé de Martha avant que Lady Anne ne se glisse à l'intérieur et ne referme la porte derrière elle. Après un rapide coup d'œil à gauche et à droite, il posa l'oreille sur le battant, mais les propos qui s'échangeaient à l'intérieur étaient étouffés et il n'apprit rien sur les motifs de la convocation des serfs dans la grande salle ni sur ce que Lady Anne avait l'intention de leur dire quand ils seraient rassemblés.

La nature humaine est ainsi faite qu'au moment où les deux cents serfs furent réunis dans la salle, le Français s'était si bien monté la tête qu'il était dévoré de rancœur. Même les enfants étaient là. L'irritation que lui inspirait son impuissance à révéler les raisons de cette assemblée fut encore aggravée lorsqu'il vit Martha se déplacer librement au milieu de la foule, chuchotant des confidences dans des oreilles avides. En observant les visages de ceux à qui elle parlait, il lut surprise et incrédulité dans leurs yeux et se convainquit qu'elle enfreignait la consigne de silence qu'il lui avait donnée.

Lady Anne avait-elle perdu l'esprit ? se demanda-t-il. Pensait-elle pouvoir contrôler des vilains dont la fureur aurait été ainsi attisée par Martha ? Il supposait que sa maîtresse avait l'intention de demander à ses gens de pardonner le comportement d'Eleanor mais si tel était le cas, elle avait laissé l'arrogance obscurcir son jugement. S'illusionnait-elle sur l'amour qu'ils lui portaient au point de penser pouvoir les persuader d'être indulgents et d'oublier que sa fille avait percé le sein de la servante ? Peut-être écouteraient-ils ses appels aujourd'hui, mais dès demain ils réclameraient justice et la voix de Lady Anne serait noyée sous leurs huées.

Il maudissait la folie qui l'avait poussée à créer une société où les paysans se considéraient comme les égaux des seigneurs, et maudissait la sienne pour avoir fait jurer le secret à Martha. Il voyait des regards accusateurs se porter sur lui, et se figurait que Martha disait à tous que le Français n'avait pas voulu qu'Eleanor ait à répondre de ses actes. Il se serait retiré dans les épaisses ténèbres d'un angle de la salle, craignant qu'on ne lui demande de rendre lui-même des comptes, si un silence soudain ne s'y était établi.

Lady Anne était apparue au sommet des marches, son bras entourant la taille d'Isabella pour la soutenir. Bien qu'un peu pâle, la fille avait l'air calme, et elle sourit en apercevant son père au premier rang de la foule. Lady Anne lui demanda si elle désirait le rejoindre, mais Isabella secoua la tête. « Je préfère rester avec vous, Milady. »

Avec leurs visages dont la douceur ne pouvait que charmer, elles composaient un plaisant tableau, songea Hugh. Peut-être qu'après tout, Lady Anne n'était pas aussi insensée que cela. Qui aurait le front de la critiquer alors qu'Isabella était à son côté ?

Les yeux bruns de Lady Anne scrutèrent avec bienveillance les visages levés vers elle. « Vous m'avez accordé une grande confiance, observa-t-elle. Ensemble, nous avons travaillé dur pour faire de Develish un beau domaine, et notre ambition commune a toujours été qu'un jour, vous puissiez acheter votre affranchissement et travailler votre terre en hommes et en femmes libres. Je regrette profondément de n'avoir pas œuvré plus activement pour y parvenir tant que Sir Richard était en vie. Nous avons eu tort de croire que nous avions tout notre temps.

— Ne vous reprochez rien, Milady, cria une voix dans l'assemblée. Nul n'aurait pu prédire l'arrivée de cette pestilence. »

Un murmure d'approbation s'éleva de toutes les bouches. « Nous ne sommes en vie que grâce à vous », ajouta John Trueblood au premier rang.

Lady Anne secoua la tête. « Vous êtes en vie parce que vous vous êtes aidés les uns les autres, John, et vous n'aviez pas besoin pour cela d'ordres de ma part. Les gens de Develish ont compris depuis longtemps que partager leurs efforts profitait à tous.

— C'est vous qui nous l'avez appris, Milady, intervint Gyles Startout. Avant votre arrivée, nous n'avions pas grand-chose d'autre à attendre de la vie que la maladie et les épreuves… sans parler du prêtre qui nous menaçait de l'enfer si nous avions l'audace de nous plaindre de notre sort.

— Je crains fort que cela ne recommence lorsque ce mal aura disparu, Gyles. Le jour où des cavaliers arriveront et découvriront ce qui se passe à Develish, je ne pourrai rien faire pour empêcher que vos vies soient entre les mains du seigneur de Blandeforde.

— Qu'allons-nous devenir ? s'inquiéta une femme.

— C'est à vous d'en décider. Si vous choisissez de rester à Develish, il vous suffira de prêter serment à un nouveau seigneur et d'obéir aux ordres qu'il vous donnera.

— Ces ordres nous coûteront cher, remarqua John Trueblood. Nous risquons fort de souffrir de la faim pendant deux ans si un nouveau seigneur compte sur nous pour remplir ses propres greniers et ses propres coffres avant que nous ne puissions remplir les nôtres.

— Et vous, Milady? cria une voix d'homme. Le seigneur de Blandeforde décidera-t-il également de votre avenir?

— Très certainement... à condition que je sois prête à me mettre à genoux et à implorer sa charité.» Une soudaine lueur d'humour dansa dans ses yeux. «Qui sait? Peut-être aura-t-il même la générosité de me trouver un autre époux tel que Sir Richard.» Elle sourit en entendant les rires qui saluèrent sa remarque. «Nous ne sommes pas si différents, vous et moi. Notre vie dépendra de la digestion bonne ou difficile du seigneur de Blandeforde le jour où il nous choisira un nouveau maître.

— Accepterez-vous ce mari, Milady? demanda Clara Trueblood.

— Non, Clara, non. Je préférerais vivre dans la misère qu'être l'épouse d'un second Sir Richard. Et je ne souhaite pas davantage entrer au couvent. Les chaînes de l'Église sont aussi solides que celles qui lient les épouses féodales et les serfs. J'aspire à la liberté, et non à une nouvelle servitude.» Elle serra Isabella contre elle. «Comme cette enfant... et pourtant, si les hommes du seigneur de Blandeforde la trouvent ici quand la pestilence sera passée, elle sera comptée parmi les serfs de Develish et son destin sera écrit pour toujours. Il en ira de même pour chacun d'entre vous.

— Que pouvons-nous faire d'autre?

— Quitter le domaine et vous créer une vie nouvelle. J'en ai discuté avec vos chefs et nous sommes tous d'avis que si le seigneur de Bourne a dit vrai avant d'incendier vos chaumières, tous les villages à plusieurs lieues à la ronde sont abandonnés. Pourquoi en irait-il autrement de Develish? Quand des cavaliers constateront que le domaine est désert, ils penseront que nous avons péri du mal noir. Nous pouvons aller où bon nous semble et gagner notre vie grâce à notre entendement. Nul ne prendra la peine de nous chercher. »

Hugh dut serrer les dents pour ne pas donner libre cours à son émoi. Ce sacrilège était pire que tous ceux qu'il avait entendus précédemment dans la bouche de cette femme. Loin de demander à ses gens de pardonner à sa fille, elle les poussait à l'insurrection. Ignorait-elle la peine dont de tels discours étaient passibles ? Ses serfs ne comprenaient-ils pas ce que représentait la rupture de leurs serments d'allégeance ? Étaient-ils tous abusés au point d'être prêts à commettre pareil forfait avec le soutien de Lady Anne ?

John Trueblood se retourna pour s'adresser à la foule. « Ceux d'entre nous qui ont discuté du choix qui s'offre à nous ont pris le temps de réfléchir. Que les autres en fassent autant. Thaddeus estimait que tous devaient partir, ou aucun. Qu'il serait dangereux que quelques-uns restent. Même si cette poignée de gens était prête à jurer que tous les autres ont péri, le seigneur de Blandeforde userait des fers brûlants pour leur arracher la vérité s'il doute de leurs propos.

— John a raison, approuva Lady Anne. Il faut que vous en discutiez entre vous et que vous preniez une décision à l'unanimité. Ma prière la plus ardente est que Thaddeus et ses jeunes compagnons soient de retour promptement afin de nous apprendre quel visage présente la campagne au-delà de nos limites. Quand vous aurez entendu ce qu'ils ont à dire, il vous sera plus facile de juger si ce plan est judicieux. »

James Buckler prit la parole depuis le fond de la salle. « Pendant que vous réfléchissez, n'oubliez pas que le temps presse. Si nous nous serrons la ceinture, nous pourrons sans doute faire durer nos réserves jusqu'après la Noël, mais si Thaddeus revient sans provisions, il faudra choisir entre mourir de faim ici ou braver les périls d'un départ vers l'inconnu. »

Des murmures parcoururent la foule, chacun se tournant vers son voisin pour échanger des commentaires et des questions fébriles. Était-ce à cela que Martha les avait préparés ? À des discours de liberté et non à la condamnation de Lady Eleanor ?

Lady Anne leva la main pour leur intimer le silence. « Il y a autre chose que vous devez savoir. Lady Eleanor a l'intention de rester ici et de vous dénoncer comme serfs fugitifs si vous décidez de partir. Elle émet des revendications sur Develish et fera tout ce qui est en son pouvoir pour prendre la place de son père. Peut-être parviendra-t-elle à ses fins si elle déclare au seigneur de Blandeforde que je me suis conduite en criminelle en refusant l'entrée du domaine à Sir Richard à son retour de Bradmayne.

— Vous avez agi comme il le fallait, Milady, s'écria Gyles à l'avant de la salle. Lady Eleanor ne peut-elle donc pas le comprendre ?

— Tu pourras lui poser la question toi-même, Gyles. » Son regard parcourut la galerie pour se poser sur la salle de filage. « Je lui ai permis de dire ce qu'elle a sur le cœur avant de répondre de ses actes à Isabella. »

Trente

Holcombe, au bord de la Pedle

Thaddeus attendit que Peter et Joshua aient disparu pour traverser la rue avec la hache et le marteau et rejoindre le bâtiment situé en face de l'auberge. Il flatta l'encolure de Killer et l'encouragea à rester vigilant, avant d'aller inspecter la large porte à droite de la fenêtre brisée. Ses yeux furent immédiatement attirés par un orifice circulaire, juste au-dessus du loquet. Il ressemblait à celui du portail de l'église de Develish, et Thaddeus devina que sa fonction était la même : permettre à une clé d'être insérée dans une serrure de bois assujettie sur l'autre face.

Le dispositif de Develish était rudimentaire, une boîte mal dégrossie taillée dans un solide morceau de chêne. Personne ne savait qui l'avait fabriqué – un artisan itinérant, peut-être –, mais ce mécanisme avait toujours captivé Thaddeus. Par une ouverture située au sommet de la boîte, on introduisait dans l'orifice une clé dont le panneton présentait des dents carrées et, moyennant une manipulation un peu délicate, trois tiges de chêne contenues dans la boîte pouvaient être déplacées latéralement de deux pouces, dans un sens ou dans l'autre, pour s'emboîter dans des trous taillés dans le chambranle de pierre, ou s'en dégager.

Le père Anselm avait prétendu qu'il était impossible de forcer une telle serrure jusqu'à ce que Thaddeus lui fasse remarquer que la faiblesse de sa conception ne résidait pas dans les tiges mais dans la fixation de la boîte sur la porte.

Comme elle était maintenue par des chevilles en bois, un coup bien ajusté de fer de hache sur l'extérieur pouvait fendre suffisamment le battant pour desserrer les chevilles. Par chance plus que par calcul, son premier coup, asséné tout près du bord gauche de la porte, toucha sa cible et il éprouva une satisfaction muette en glissant son couteau dans l'interstice et en sentant une cheville se déplacer sous la pression. Il dut porter plusieurs coups supplémentaires pour localiser l'autre extrémité de la serrure – le boîtier mesurait trois bons pouces de plus que celle de Develish. Lorsque Edmund et Peter arrivèrent, il était en train de dégager chaque cheville de son emboîture à l'aide d'un marteau et d'un ciseau.

L'entrée bruyante des garçons le déconcentra.

« Est-il vrai que tu es un homme libre ? demanda Edmund. Joshua pleure toutes les larmes de son corps parce qu'il dit que tu vas partir en France en emmenant les chiens. »

Thaddeus s'interrompit. « Peux-tu me répéter tout cela sous une forme intelligible ?

— Aucun de nous ne souhaite retourner à Develish. Nous aimons bien être libres. Si tu as l'intention de partir, nous voudrions te suivre.

— Et qu'est-ce que la France a à voir avec tout cela ? »

Embarrassé, Peter tortilla les épaules. « J'ai dit à Joshua que tu y serais déjà si tu n'étais pas obligé de nous traîner comme des boulets. Il t'aime vraiment bien, Thaddeus. Si tu pars sans lui, il en aura le cœur brisé.

— Nous t'aimons tous bien, renchérit Edmund. Nos pères ne nous laissent jamais parler de choses vraiment importantes.

— Nous pourrions te servir d'escorte en France, insista Peter. Tu pourras dire que tu t'appelles Sir Richard de Develish. Personne ne saura que ce n'est pas vrai. »

Un petit rire échappa à Thaddeus. « Vous êtes prêts à me faire porter le nom d'un homme petit et gras qui ne savait ni lire ni écrire, qui était trop insignifiant pour posséder davantage qu'un domaine et a engendré une fille monstrueuse qui a tué mon frère et fouetté des garçons pour se divertir ? Je préférerais encore rester un vilain.

— Alors tu n'as qu'à dire que tu es le seigneur de Foxcote, suggéra Peter. Personne ne t'a contesté ce titre, hier.

— Mais tu ne souhaiteras pas non plus de te faire passer pour lui, riposta Edmund. Ma mère prétend qu'il est pire que Sir Richard. Même sa propre famille le craint. »

Thaddeus dégagea une autre cheville. « Comment Clara peut-elle savoir cela ? Foxcote n'est jamais venu à Develish.

— Elle a parlé avec la nourrice qui a allaité Eleanor après sa naissance. »

Thaddeus jeta un coup d'œil au garçon. « Qu'est-ce qu'une nourrice peut savoir de Foxcote ?

— Tout, répondit Edmund. Elle a habité là-bas. » Il s'interrompit net devant le froncement de sourcils de Thaddeus, conscient d'avoir probablement trop parlé. « Mon père a dit qu'il me battrait comme plâtre si je répétais cette histoire.

— C'est nous qui allons te rosser si tu ne poursuis pas, répliqua Peter. Tu en as déjà trop dit pour ne pas aller jusqu'au bout. Pourquoi Lady Anne aurait-elle fait venir une nourrice de Foxcote ? Les femmes de Develish ne lui convenaient-elles pas ? »

Edmund n'eut pas besoin de beaucoup d'encouragements. Peut-être les secrets finissent-ils toujours par être trop lourds à porter.

« Elle ne l'a pas fait venir de là-bas. Eleanor est née à Foxcote et Lady Anne est revenue à Develish avec la nourrice pour allaiter le bébé pendant le voyage parce qu'elle-même n'avait pas de lait. Ma mère dit que c'est parce que Lady Anne n'a jamais été grosse et n'a pas donné naissance à Eleanor. »

Le ciseau tressaillit entre les doigts de Thaddeus alors qu'il le faisait glisser le long de la fente à la recherche de la cheville suivante et il posa son autre main dessus pour le stabiliser. « Je n'aurais jamais cru que ta mère avait autant d'imagination, murmura-t-il, se représentant mentalement Clara Trueblood toujours si pragmatique et terre à terre. Et selon elle, qui était le père ?

— Sir Richard, bien sûr. Eleanor est son portrait craché. C'est à Lady Anne qu'elle ne ressemble pas. On ne devinerait jamais qu'elles sont mère et fille si on ne le savait pas. »

Peter pouffa, moqueur. « Tu auras tout compris de travers, benêt. Ce sont les femmes qui font passer leurs bâtards pour l'enfant de leur mari, pas l'inverse. » Prenant soudain conscience de ce qu'il venait de dire, il fit une grimace contrite. « Je ne voulais pas te blesser, Thaddeus.

— C'est bon. » Thaddeus poussa un grognement de satisfaction quand la dernière cheville céda et qu'il entendit la serrure de bois se détacher de la porte et tomber dans un bruit sourd. Se redressant, il se tourna vers Edmund. « Selon Clara, qui a enfanté Eleanor, si ce n'est pas Lady Anne ?

— Elle ne sait rien de certain. Elle nous a rapporté ce récit il y a peu, et mon père dit qu'elle mélange probablement tout. On a déjà du mal à se rappeler ce qui s'est passé il y a deux ans, alors, pensez, quatorze !

— Mais pourquoi t'a-t-elle raconté tout cela ? » s'étonna Thaddeus.

Edmund fit un sourire en coin. « Un jour, elle m'a vu lorgner Eleanor dans la cour et elle m'a giflé. Elle a parlé d'enfant substituée et m'a prévenu que si je lui lançais encore pareilles œillades, je n'aurais pas trop de tous les jours de ma vie pour le regretter. Voilà pourquoi, en réalité, j'étais plutôt content de m'en aller avec toi. Ma mère m'aurait étripé si elle avait appris à quoi nous nous sommes occupés dans l'église.

— Et tu l'aurais bien mérité, remarqua Thaddeus durement. Qu'a-t-elle dit d'autre ?

— Je ne l'ai pas vraiment crue, et même si c'est vrai... (Il s'interrompit.) Est-il juste de le reprocher à Eleanor ? Elle n'y est pour rien si son père était un pourceau. »

Peter lui donna un coup de poing sur le bras. « Allez, raconte ! ordonna-t-il.

— C'est bon, c'est bon ! D'après ma mère, Sir Richard a mené Lady Anne à Foxcote à la demande du seigneur de Foxcote quand elle était grosse de quatre mois... ou feignait de l'être. La nourrice a dit que Foxcote avait fait venir Lady Anne pour soigner sa jeune sœur, trop malade pour quitter sa chambre. Lady Anne a passé tout son temps avec la fille et vingt semaines après son arrivée, l'enfant est né. Huit jours plus tard, la sœur du seigneur de Foxcote est partie au couvent, et Lady Anne a pris une nourrice pour allaiter le nouveau-né.

— C'est une bien étrange histoire, commenta Thaddeus lentement. Comment expliques-tu que Clara en soit la seule informée ?

— Lady Anne lui a demandé d'allaiter Eleanor parce qu'elle me nourrissait encore. La nourrice qu'elle avait fait venir regrettait d'avoir quitté sa famille et pleurait tout le temps. Elle a confié toute l'histoire à maman avant de rentrer chez elle, mais maman n'en a parlé à personne pour ne pas nuire à Lady Anne ni à l'enfant. »

Peter était sceptique. « Cela ne peut pas être vrai. Pourquoi Lady Anne aurait-elle accepté pareille chose ? Elle était jeune quand elle a épousé Sir Richard et aurait pu avoir des enfants. Pourquoi se charger de celui d'une autre, alors qu'elle aurait pu tout aussi aisément jouer le rôle de tutrice ?

— Maman a dit qu'elle avait fait une promesse à la mère d'Eleanor, répondit Edmund. Selon la nourrice, le seigneur de Foxcote aurait ordonné que l'on étouffe l'enfant à la naissance si Lady Anne n'avait pas accepté de s'en charger. Ce n'est pas un homme bon. Il paraît qu'il n'arrêtait pas de donner des coups de poing dans le ventre de sa sœur pour lui faire perdre son enfant avant que Milady la secoure.

— Quel âge avait cette sœur ? demanda Thaddeus.

— Elle était plus jeune qu'Eleanor aujourd'hui, répondit Edmund. Maman dit que c'était un viol, comme ce que Sir Richard a fait à Abigail Startout. »

Avec une brutalité inattendue, Thaddeus ouvrit la porte d'un coup de pied. « Tu as la réponse à ta question, dit-il à Peter en entrant. Lady Anne a sauvé deux petites filles d'un coup… mais je doute qu'on l'en ait jamais remerciée. »

L'air qui régnait dans le bâtiment était chargé de l'odeur viciée d'urine utilisée pour assouplir les peaux, mais elle n'était pas suffisamment puissante pour les faire reculer. Thaddeus et Edmund affirmèrent que la puanteur des cadavres à Afpedle était bien pire. Ils se déplacèrent parmi les barriques posées par terre, soulevant les couvercles pour en examiner le contenu. La plupart étaient vides, mais les vapeurs qui se dégageaient des deux ou trois qui ne l'étaient pas leur brûlèrent les yeux.

Ils comprirent tous qu'ils se trouvaient dans une tannerie, mais c'était la première entreprise commerciale de ce genre qu'ils voyaient. Du bout de son ciseau, Thaddeus remua le liquide que contenait un des tonneaux et souleva l'angle d'une peau. Elle était restée immergée si longtemps que le cuir commençait à se dissoudre et que la lame métallique déchira la matière gluante. Il s'approcha ensuite du mur du fond contre lequel une série de métiers à tisser étaient alignés, certains révélant une étoffe déjà à moitié tissée dans les fils de chaîne. « Ce n'est pas seulement une tannerie, remarqua-t-il. Ils ont aussi des tisserands.

— Comment peuvent-ils supporter cette puanteur ? demanda Edmund, s'arrêtant pour examiner un châssis à étirer.

— Comme nous, en s'y habituant… mais je suppose qu'ils tiennent les cuves à l'extérieur quand des gens travaillent ici. » Thaddeus se tourna vers l'angle de la pièce, où un escalier branlant, à peine plus solide qu'une échelle, menait à une trappe percée dans le plafond. « Veux-tu bien aller jeter un coup d'œil là-haut voir si tu trouves quelque chose ? demanda-t-il à Edmund. Il n'y a ici rien qui puisse nous être utile. »

Le garçon contempla l'échelle d'un air réticent. « Et s'il y a des rats ? Je ne les distinguerai pas dans le noir.

— Tu n'as qu'à allumer cela », suggéra Peter en brandissant une torche qu'il avait trouvée sur un tas, dans un coin. Il tâta la corde imprégnée de résine enroulée autour de son extrémité pour vérifier si elle poissait encore.

« Il vaudrait mieux les rapporter au camp, remarqua Edmund. Elles nous seront plus utiles là-bas. Je me demande pourquoi un aussi grand nombre leur était nécessaire.

— Parce que les ouvriers travaillaient de jour comme de nuit, répondit Thaddeus en pointant le menton vers les supports fixés le long des murs. À mon avis, ces marches mènent à un dortoir. » Il demanda à Peter de tenir la torche fermement pendant qu'il utilisait la boîte à briquet de l'auberge pour faire jaillir une flamme.

« Tu es fou ! protesta Edmund. Que veux-tu trouver là-haut, de toute façon ? Les gens ne laissent rien là où ils dorment.

— N'as-tu donc aucune curiosité du monde qui s'étend au-delà de Develish ? »

Edmund s'approcha du seuil. « Pas s'il y a des rats. »

Thaddeus prit une longue brindille avec laquelle il fit chauffer la résine jusqu'à ce qu'elle produise une petite flamme, puis il laissa Peter souffler dessus pour l'attiser pendant qu'il gravissait les marches afin d'inspecter la trappe. Il n'aurait pas été surpris de trouver une nouvelle serrure compliquée, mais il lui suffit de pousser le panneau pour qu'il pivote et se replie sur le sol. Il sentit avec étonnement un courant d'air lui ébouriffer les cheveux, et leva la tête précautionneusement pour inspecter la longueur de la pièce.

Une ouverture au milieu du toit, recouverte de pousses qui avaient germé à partir de la paille de blé encore fraîche utilisée comme chaume, laissait pénétrer un jour moucheté, faisant naître une troublante scène d'ombres étranges. Thaddeus frissonna de terreur quand son regard se posa sur un homme, debout contre le mur de gauche. Il aurait dévalé l'échelle aussitôt si Peter ne s'était glissé à son côté et n'avait brandi la torche au-dessus de sa tête.

Ils éclatèrent de rire quand la flamme révéla que l'homme en question n'était qu'un manteau de peau doublé de fourrure suspendu à un cadre de bois, avec un chapeau de castor perché par-dessus. « Dieu tout-puissant ! grommela Thaddeus en s'emparant de la torche et en posant le pied sur le plancher. J'ai cru que c'était Sir Richard ressuscité d'entre les morts. »

Peter le rejoignit. « Très élégant, n'est-ce pas ? » Il caressa la fourrure du doigt. « Ma mère elle-même ne coud pas aussi bien et c'est pourtant la meilleure couturière de Develish. »

Thaddeus souleva le couvercle d'un coffre et huma le parfum de la rue et de la lavande dont on avait parsemé les tuniques de laine qu'il abritait afin de les protéger des mites. Un deuxième coffre contenait des chausses, un troisième des pourpoints. « J'ignore quel bien nous avons fait, murmura-t-il, mais il semblerait que Dieu pose sur nous un regard bienveillant.

— Il y a des selles et des brides ici, cria Peter depuis le fond du grenier. Regarde ! » Il agita plusieurs rênes qu'il avait en main.

Thaddeus reposa la torche dans un support mural et parcourut la salle du regard. C'était un immense atelier : des tanneurs et des tisserands en bas, un tailleur à leur extrémité de l'étage supérieur, un bourrelier à l'autre, et toutes sortes d'artisans entre eux. Il songea à leur détresse quand ces gens reviendraient pour découvrir que des voleurs s'étaient emparés de ce qu'il leur avait fallu des mois pour fabriquer, mais sa compassion fut éphémère. Il se découvrait pour le larcin un appétit aussi puissant que celui de son beau-père.

« Prenons tout, lança-t-il. Vide tous les coffres et jette le contenu à Edmund en bas. Nous nous débarrasserons de ce dont nous n'avons pas besoin quand nous serons de retour au campement. »

Le soleil aqueux, voilé de nuages, était à deux heures de son coucher quand ils achevèrent leurs tâches. Thaddeus, qui s'était chargé du plus gros du travail de transport, paraissait épuisé quand il souleva sur son épaule la dernière barrique pour la déposer sur le chariot avant leur départ, et les garçons attribuèrent sa réserve à la fatigue. Les jumeaux les avaient rejoints, laissant Joshua fabriquer les flèches, mais l'effraction d'autres habitations plus modestes ne livra pas grand-chose de précieux. Hormis des chats.

Olyver prétendit en avoir vu une bonne dizaine, mais comme ils étaient tous noirs, Ian affirma qu'il avait probablement compté les mêmes deux fois. Deux ou trois d'entre eux étaient suffisamment domestiqués pour se laisser toucher et la peur abandonna rapidement les garçons quand ils caressèrent leurs pelages soyeux, ravis de voir les petites bêtes faire le gros dos et émettre de doux ronronnements. En les regardant, Thaddeus songea qu'ils seraient faciles à capturer quand il serait temps de regagner Develish ; et si les rats étaient véritablement responsables de la peste, ces suppôts de Satan seraient peut-être le présent le plus utile de tout ce qu'ils pourraient rapporter.

Les nouveaux vêtements et la provision d'outils donnèrent à tous les garçons, Joshua et Peter compris, une excellente occasion de célébration. Ils s'amusèrent à faire rouler les roues dans l'herbe et se donnèrent des bourrades dans un simulacre de bagarre. Thaddeus supporta leur chahut pendant un quart d'heure avant de s'éloigner à pied le long de la rive en direction d'Athelhelm. Il s'arrêta en approchant d'Afpedle, sur la rive opposée, et s'adossa à un tronc d'aulne pour observer le domaine à l'abandon. Il aurait été heureux de voir le seigneur d'Afpedle franchir son portail à cheval accompagné d'une troupe de soldats si cela avait pu chasser Lady Anne de ses pensées, ne fût-ce qu'un instant. Il avait passé l'après-midi à la repousser de son esprit, mais ce n'était pas un combat dont il pouvait sortir vainqueur. Il avait le cœur trop lourd pour se défaire de ce sentiment de perte aussi facilement qu'il réprimait ses autres émotions.

Il chercha à se concentrer sur les problèmes qui l'attendaient encore. En faisant plusieurs voyages, il avait évité que le chariot ne s'embourbe sous la charge ainsi qu'il l'avait redouté, mais il savait qu'ils auraient besoin de trois chevaux pour tirer l'intégralité de leur butin. Où trouver d'autres colliers ? Et quel itinéraire suivre pour rejoindre Develish à partir d'ici ? Sans connaissance des routes, ils seraient condamnés à se déplacer à l'aveuglette.

Les soucis s'accumulaient. Le vent s'était renforcé et il lui suffisait de porter le regard vers l'ouest pour voir bourgeonner de gros nuages. Avec un peu de chance, la pluie attendrait jusqu'au lendemain, mais tout donnait à penser que Dieu reprenait d'une main ce qu'il donnait de l'autre : tous leurs efforts de la journée seraient réduits à néant si les cieux s'ouvraient. Les tonneaux de céréales et de farine seraient trempés et il leur faudrait sans doute attendre plusieurs semaines avant qu'Athelhelm soit suffisamment sec pour pouvoir être incendié. Il aurait dû, il le savait, regagner le camp et entreprendre de construire un abri, mais il s'attarda, accablé de doute et d'incertitude.

Lady Anne ne lui devait rien et, pourtant, il était profondément blessé à l'idée qu'elle lui avait menti. Il était ce qu'il était grâce à ses bontés – et il lui en savait gré –, mais il avait du mal à souffrir qu'elle ait accepté que la bâtarde de Sir Richard jouisse d'un traitement aussi différent de celui de l'enfant illégitime d'Eva. Pourquoi protéger Eleanor et ne rien faire pour éviter à Thaddeus d'être battu comme plâtre parce qu'il était né de sa

« catin » de mère ? Pourquoi prétendre que tous les hommes naissent égaux et prouver par ses actes qu'elle-même n'y croyait pas ? Les péchés de fornication et de naissance illégitime étaient-ils plus graves chez les serfs que chez les seigneurs ?

Il refusait d'admettre que cette impression de trahison tenait davantage à ses propres sentiments qu'à ceux de Lady Anne. Au cours des derniers mois, il avait eu l'audace de croire que l'amour qu'il lui vouait était réciproque. Quelle autre raison aurait-elle eue de se laisser aller à exprimer ouvertement sa confiance et son amitié à son endroit au point de l'élever de la condition de vilain à celle de régisseur à la mort de son mari, ou de lui confier aussi librement son désir d'échapper aux liens du mariage féodal pour mener l'existence de son choix ? Pourquoi retirer sa cornette et libérer ses cheveux en sa présence ? Pourquoi appuyer son corps menu contre le sien quand ils lisaient les livres de comptes ou calculaient les rations ? Ces instants d'intimité n'avaient-ils existé que dans son imagination ? Thaddeus n'avait jamais cherché à tirer parti de l'affection qu'elle lui témoignait. Il était trop timide et trop soucieux de la réputation de sa maîtresse pour se risquer à faire jaser. Cependant, au fond de lui-même, il avait eu l'audace de croire à la réalité de cette affinité.

Si Edmund avait raison, elle avait pourtant feint l'amour maternel pendant une décennie et demie avec une telle aisance que personne n'avait douté d'elle, et Thaddeus moins que quiconque. L'amertume envahit son âme lorsqu'il songea avec quelle facilité il s'était laissé berner. Il avait accepté tout ce que Milady lui avait dit dès le jour où, alors qu'il avait six ans, elle l'avait trouvé caché derrière l'église, léchant ses plaies après s'être fait rosser par Will. Elle l'avait regardé en souriant, avait enduit sa peau d'onguent et l'avait exhorté à ne pas parler de cette rencontre à ses parents. Ce sera notre secret, avait-elle dit.

Comment avait-il pu imaginer être le seul avec qui elle partageait des confidences ? À combien d'autres avait-elle fait jurer le silence ? Il se rappelait les subterfuges dont elle avait usé pour empêcher Sir Richard de prendre conscience que c'était elle qui administrait le domaine, et les supercheries qu'elle avait enseignées à ses gens pour dissimuler la sédition et l'hérésie qu'elle leur prêchait. Était-ce ainsi qu'elle gagnait leur amour ? À l'aide de faux-semblants et de mensonges ?

Thaddeus aurait bien voulu se convaincre que le récit d'Edmund n'était que caquetages de deux commères à propos d'un enfançon brailleur, mais tant de mystères trouvaient une explication si Eleanor n'était pas née de Lady Anne. Thaddeus n'aurait pu compter le nombre de fois où il s'était étonné qu'il y eût aussi peu de la mère dans la fille : Eleanor était en tout point le portrait de son père. Une certitude s'imposa pourtant à Thaddeus. Eleanor ne savait pas et n'avait pas deviné qu'une autre femme lui avait donné le jour. Elle prenait un trop grand plaisir à traiter Thaddeus de bâtard pour savoir, et dissimuler, qu'elle était pareille que lui. Une fille aussi sotte qu'Eleanor elle-même aurait hésité à lancer une insulte qui risquait, elle le savait, de revenir la hanter si son secret venait à être éventé.

Les pensées de Thaddeus se portèrent sur la mort de Jacob, et il se maudit d'avoir épargné Eleanor pour préserver Lady Anne. Il lui semblait à présent qu'il avait renoncé à faire rendre justice à son frère pour une imposture, laissant le trépas prématuré de Jacob impuni afin d'éviter à une mère le crève-cœur d'apprendre la vérité sur sa fille. Ce sacrifice aurait été entièrement vain si cette fille et cette femme n'entretenaient aucune relation.

Et quelle ne serait pas la colère de Thaddeus si sa décision d'éloigner les garçons avait encouragé Eleanor à les accuser à sa place ? Il avait été stupide de se mettre en péril, et d'entraîner dans celui-ci les fils d'hommes qu'il respectait, pour le bien d'une enfant substituée et méchante qui ne valait pas mieux que lui.

Le jour déclinait rapidement au moment où Thaddeus regagna le camp et son exaspération bouillonnante ne connut plus de bornes quand il vit les garçons se pavaner dans les beaux vêtements volés, agitant des épées et jouant aux seigneurs et aux chevaliers dans l'herbe. Accablé de regrets et de responsabilités comme il l'était, ces enfantillages eurent raison de ce qui lui restait de patience.

Il aurait voulu hurler ses ressentiments vers le ciel. Fulminer contre les exigences que sa mère et Will lui avaient imposées depuis l'enfance. Maudire son imbécile de frère qui avait donné à Eleanor une raison de le tuer. Fustiger Lady Anne pour ses tromperies, et ces garçons pour leur immaturité. Serait-il condamné à vivre ainsi pour les autres jusqu'à la fin de ses jours ? Devrait-il à jamais brider ses émotions par crainte du courroux qui fermentait en lui ?

D'une claque, il fit tomber le chapeau en castor de la tête d'Edmund et lui arracha des épaules le manteau de peau doublé de fourrure. « Mais que faites-vous, par le diable ? gronda-t-il à l'intention de tous. Vous n'avez pas vu les nuages de pluie à l'ouest ? Vous ne sentez pas que le vent a forci ? Vous devriez être en train de construire un abri au lieu de perdre votre temps en niaiseries. S'il ne pleut pas à verse dès ce soir, ce sera demain. »

Edmund recula d'un pas, la mine rebelle. « Nous nous amusions, c'est tout, marmonna-t-il. Et puis d'abord, pourquoi n'as-tu pas construit d'abri, toi ? »

Sans répondre, Thaddeus se contenta de les dévisager tour à tour comme s'il ne les avait jamais vus. Ian fit un pas hésitant en avant. Il avait envie de le réconforter, mais ne savait ni que dire, ni pourquoi c'était nécessaire, et son incertitude lui fit manquer l'occasion. Thaddeus se pencha pour ramasser la selle et le harnais de Killer et se dirigea vers les chevaux entravés qui broutaient paisiblement à cinquante pas.

Intrigués, les garçons le suivirent des yeux. « Pourquoi est-il d'aussi mauvaise humeur ? chuchota Peter. Il devrait être content d'avoir trouvé un chariot.

— Mais surtout, où va-t-il ? murmura Ian en voyant Thaddeus glisser la bride par-dessus la tête de Killer. Il fera nuit noire dans une heure. Il n'y verra plus rien, et il n'a rien mangé. Nous non plus d'ailleurs. »

En silence, ils regardèrent Thaddeus boucler les sangles, enfiler le manteau et monter en selle avant de diriger Killer vers eux. Il s'arrêta près du chariot pour prendre un capuchon sur la pile de vêtements, faisant glisser l'étoffe moelleuse sur sa tête pour avoir chaud avant de poser le chapeau de castor pardessus. Puis il choisit une paire de mitaines de cuir assez larges pour ses paumes, avant de désigner le tas de torches posées par terre. « Passe-les-moi, ordonna-t-il à Olyver, les attrapant une par une et les mettant en équilibre devant lui. Et maintenant, mon épée et mon paquetage. » Il fit passer l'arme au-dessus de sa tête et ouvrit sa gibecière pour vérifier que la boîte à briquet y était. « Vous pouvez bien mourir de froid, cela m'est égal, leur lança-t-il en faisant pivoter Killer vers le chemin menant à Athelhelm. Mais je vous écorcherai vifs si un seul de ces tonneaux prend l'eau. Je n'ai pas besogné tout le jour pour apporter du grain pourri à Develish. »

Aiguillonnés par la honte, les garçons entreprirent de construire un abri dans la forêt. Pour une fois, ils travaillèrent en équipe, conscients d'être aussi coupables les uns que les autres de n'y avoir pas pensé tout seuls. Edmund déblaya le terrain sous quatre jeunes hêtres dont les branches étaient suffisamment souples pour être pliées. En élaguant celles du bas à la hache, il put les attacher à celles de la cime pour former la base plus ou moins carrée d'un toit. Ian et Olyver allèrent couper des rameaux d'osier le long de la rivière avant de les tresser et de former un cadre à poser sur la charpente improvisée, pendant que Peter et Joshua ramassaient des fougères, des roseaux et des joncs en guise de chaume.

Lorsque l'obscurité se fit, Joshua tendit le doigt vers des étincelles qui jaillissaient vers le ciel au-dessus des arbres, à l'ouest. « Thaddeus a mis le feu à Athelhelm, annonça-t-il.

— Nous ne sommes pas aveugles, rétorqua Ian avec irritation.

— Pourquoi est-ce qu'il ne nous a pas emmenés ?

— Parce qu'il savait qu'il serait plus rapide et plus efficace sans nous, répondit Olyver en donnant des coups de pied dans les flèches qu'ils avaient passé la matinée à empenner et à équiper de pointes de fer. On les a faites pour rien. Il est bien plus commode pour lui de rester sur le dos de Killer et de balancer des torches embrasées sur les toits. Il est à l'abri des rats s'il est à cheval. »

Accroupi sur un tonneau, Peter tordit un autre brin d'osier dans le toit en claie qu'ils étaient en train de tresser. « Il est plus rapide et efficace tout seul. Alors que nous, nous le retenons, c'est tout.

— Parle pour toi, protesta Edmund en essayant de faire du feu avec la boîte à briquet trouvée dans l'auberge pour qu'ils aient un peu de lumière.

— C'est ce que je fais. Ce n'est pas grâce à moi que le mur de la forge est tombé. Thaddeus aurait pu y parvenir sans moi. Il ne m'a emmené que pour me donner l'impression de servir à quelque chose.

— Il n'aurait pas pu incendier Afpedle tout seul.

— Tu crois cela ? demanda Olyver, sarcastique. Il a bel et bien mis le feu à Athelhelm. Peter a raison. Aucun de nous ne remue le petit doigt s'il n'est pas là pour nous dire quand et comment.

— Il a préféré y aller seul parce qu'il sait qu'il reste des gens vivants dans les chaumières, répliqua Ian. Il veut nous éviter d'avoir des meurtres sur la conscience. Vous feriez mieux de lui en être reconnaissants, pour une fois.

— Tu crois que c'est pour cette raison qu'il était irrité ?

— Je le serais pour moins que cela. »

Trente et un

Develish, Dorseteshire

Hugh de Courtesmain se retira dans l'ombre quand Eleanor sortit de la salle de filage et se dirigea vers le sommet de l'escalier. Elle avait perdu l'air dément qu'il avait observé très peu de temps auparavant. Elle était même plus jolie que jamais, ses hématomes masqués par de la poudre et un soupçon de fard rouge sur les joues. Cependant, son incapacité à percevoir l'animosité de la salle ou à tirer la moindre conclusion du silence de plomb qui l'accueillit l'inquiéta. Ne comprenait-elle vraiment pas l'opinion que ces gens avaient d'elle ?

Il fallait être d'une infinie sottise, songea-t-il, pour affronter ses accusateurs de la sorte. Il avait déjà redouté que la foule ne se mette en colère si la mère cherchait à excuser sa fille, mais la rancœur de ces gens ne serait-elle pas bien plus grande encore si celle-ci prétendait se justifier elle-même ? Il doutait qu'Eleanor possédât l'humilité nécessaire pour faire acte de contrition.

Il vit Lady Anne demander à Isabella de descendre les marches avant de se tourner vers sa fille. « Où souhaitez-vous que je me tienne ? lui demanda-t-elle. En bas, avec nos gens, ou ici avec vous ?

— En bas.

— En êtes-vous certaine, Eleanor ? Avez-vous bien réfléchi à ce que vous allez dire ? » Elle esquissa un geste implorant. « Vous ne pourrez pas revenir sur votre décision. Une parole prononcée ne saurait être reprise. »

Eleanor lui jeta un regard plein d'animosité. « Ne croyez-vous pas que vous auriez dû suivre vous-même votre conseil ? Quand le seigneur de Blandeforde saura que vous avez prêché la révolte aux serfs, il vous fera traîner dans les fers jusqu'à son donjon. Quant à eux, ils partageront votre sort s'ils quittent ce domaine sans ma permission. » Elle regarda la foule avec mépris. « Avez-vous entendu ce que je viens de dire ? »

Personne ne répondit. Le seul bruit perceptible était le frottement des pieds sur le sol quand ceux du premier rang s'écartèrent pour permettre à Lady Anne de prendre place parmi eux. Hugh ne se rappelait pas avoir jamais entendu silence aussi profond que celui qui s'abattit sur la salle à l'instant où Eleanor se déclara maîtresse légitime du domaine. Elle ne présenta pas la moindre excuse à Isabella, ne faisant qu'exprimer son dédain pour l'ensemble de la classe serve et pour celle qui les avait autorisés à se croire chez eux à Develish. Mais lorsqu'elle révéla que Lady Anne venait de lui avouer avoir usurpé ses droits maternels, le silence parut s'appesantir encore.

« Êtes-vous trop niais pour comprendre ce que je vous dis ? s'écria Eleanor d'un ton agacé. Lady Anne est bréhaigne et a feint le contraire en me faisant passer pour son enfant. Elle vous a menti durant toutes ces années pour pouvoir occuper à Develish la position d'héritière de Sir Richard, en tant que mère de son enfant. Rien ne l'autorisait à exercer la moindre autorité sur le domaine ni même à agir comme ma tutrice après la mort de mon père. »

Le raclement de gorge d'un homme qui s'éclaircissait la voix lui répondit. « Vous êtes une demoiselle fort ingrate, grommela Will Thurkell en crachant des glaires par terre. Il n'y a pas beaucoup de gens prêts à accepter un enfant bâtard sous leur toit. Vous devriez tomber à genoux et remercier Milady de sa charité au lieu de la condamner parce qu'elle vous a épargné la servitude. »

Eleanor écarquilla les yeux, stupéfaite, et Hugh se demanda si elle avait imaginé un seul instant qu'on pourrait la traiter de bâtarde. « Oses-tu douter que Sir Richard était mon père ?

— Peu importe qu'il l'ait été ou non. Je ne ferai pas la courbette devant la fille d'une garce.

— Tu seras fouetté pour insolence si tu prononces à nouveau de telles paroles. »

Will émit un grognement de dérision. « Vous êtes bien prétentieuse pour une drôlesse à peine poussée. Je vous devais le respect aussi longtemps que Lady Anne vous présentait comme sa fille – ne serait-ce que par égard pour elle –, mais il ne saurait plus en être question à présent. Elle a été une meilleure mère pour vous que je n'ai été un père pour Thaddeus. Je préférerais encore ployer le genou devant le corniaud que j'ai élevé que devant une méchante bâtarde qui se donne des airs sans raison. »

Les murmures d'approbation qui s'élevèrent de la foule parurent menaçants aux oreilles de Hugh et il se demanda comment Eleanor allait réagir. Ne comprenait-elle toujours pas que privée de la protection de Lady Anne, elle s'était mise à la merci de la fureur de ces gens ? Apparemment, cela dépassait son entendement. Elle avait calqué ses attitudes sur celles de son père, et que ce fût folie ou sottise, semblait penser que l'apparition de la peste n'avait pas affecté son univers.

Elle lui inspira un soupçon de pitié quand il la vit fulminer d'être comparée à un vilain de basse extraction. Il était indéniablement malvenu qu'un cocu comme Will Thurkell compare la fille de Sir Richard de Develish avec l'enfant que sa catin de femme avait cherché à faire passer pour sien. Eleanor était la fille d'une lady, la sœur du seigneur de Foxcote, et pouvait se réclamer du prestige de ses deux parents.

« Mon père voulait un héritier, dit-elle en tendant un doigt accusateur en direction de Lady Anne, mais cette femme a été incapable de le lui donner. Elle a prétendu être ma mère pour dissimuler ses propres péchés. Pensez-vous qu'elle aurait gardé le secret sur les circonstances de ma naissance si elle avait pu donner un fils à Sir Richard ? »

Cette fois, ce fut Clara Trueblood qui intervint. « Si vous allez par là, toutes les femmes de Develish sont infécondes. Reconnaissez-vous les traits de votre père dans un de nos enfants ? Il nous a pourtant toutes forcées, jusqu'à ce que Lady Anne arrive et assume seule sa cruauté. Heureusement pour nous, sa semence manquait de vigueur. Autrement, vos demi-frères et demi-sœurs bâtards fourmilleraient dans le domaine.

— Et ils auraient tous hérité de leur père l'absence de cœur que vous manifestez, vous aussi, renchérit Martha Startout d'une petite voix étranglée. Sir Richard n'était satisfait que lorsqu'il faisait souffrir des femmes et des enfants, exactement comme vous, ma petite demoiselle.» Elle dévisagea Eleanor avec une antipathie sans fard. «J'ai toutes les raisons du monde de fêter ce jour, malgré le tort que vous avez causé à ma petite Isabella. Je suis heureuse de savoir qu'aucune goutte du sang de Lady Anne ne coule dans vos veines. Elle est trop bonne, trop aimable pour avoir produit une fille telle que vous.

— Vous n'en ploierez pas moins le genou devant moi, lança Eleanor sèchement. Faute de quoi, je ferai brûler Lady Anne comme hérétique. Croyez-vous que le seigneur de Blandeforde préférera prêter l'oreille aux jérémiades d'une paysanne plutôt que d'écouter la fille de Sir Richard ?»

Pareille menace pouvait-elle être efficace? se demanda Hugh. Avec les visages fermés de ceux qui l'entouraient, il était difficile d'en juger.

Une fois encore, les propos d'Eleanor furent accueillis en silence et elle se tourna, exaspérée, vers Lady Anne. «Je pense ce que je dis. Vous serez brûlée comme sorcière s'ils ne me rendent pas hommage. Il me suffira de répéter le sacrilège que vous avez prononcé dans l'église, et le seigneur de Blandeforde vous condamnera au bûcher. Faites donc en sorte que ces gens le comprennent.

— Ils vous comprennent parfaitement, Eleanor. Rien de ce que je pourrais dire ne rendra vos propos plus clairs.

— Dans ce cas, ils brûleront avec vous. Leur sort est entre mes mains, et non entre les vôtres.»

Avec un soupir d'ennui, Gyles Startout s'avança et se tourna pour faire face à la foule. «Nous perdons notre temps à écouter pareilles sornettes. Le seigneur de Blandeforde ne s'intéressera pas aux vociférations d'une pauvre folle. Ses terres sont vastes, et il lui faudra de longs mois avant de pouvoir établir lesquels de ses domaines vassaux ont survécu à la pestilence. Le choix qui s'offre à nous est simple. Accepter le seigneur qu'il enverra à Develish, quel qu'il soit, ou partir avant l'arrivée de ses messagers.

— Quel choix feras-tu, *toi*, Gyles ? cria une femme.

— Chercher la liberté pour ma famille au côté de Lady Anne. »

Un chœur de voix approbatrices s'éleva, les hommes criant leurs noms et hurlant : « Ma famille aussi. »

Gyles leva la main. « James Buckler vous a exposé la situation. La décision concernant le moment de notre départ pourrait nous être imposée si Thaddeus et nos fils ne reviennent pas bientôt. En rationnant soigneusement nos réserves… » Il s'interrompit, ébahi, en voyant John Trueblood se précipiter en avant et l'écarter d'une bourrade.

« Ah non ! Pas de cela ! s'exclama celui-ci en attrapant le poignet d'Eleanor et en le tordant derrière son dos alors qu'elle atteignait le pied de l'escalier. Vous avez fait suffisamment de mal pour aujourd'hui. » Il lui arracha le poinçon des doigts et le jeta au sol avant de se tourner vers Lady Anne. « Si elle souffre de folie, Milady, il s'agit d'une folie diablement dangereuse. Elle finira par tuer quelqu'un. Qu'allons-nous faire d'elle ?

— C'est à toi et aux autres chefs des serfs d'en décider, John. Elle m'a dégagée de toute responsabilité en me retirant mon rang de mère.

— Martha et Gyles exigeront qu'elle réponde des blessures infligées à Isabella.

— Ce n'est que justice. »

Eleanor chercha à se dégager de la poigne de John tout en donnant des coups de pied à Lady Anne. « Cet homme ne vaut guère mieux qu'un esclave, siffla-t-elle. Ordonnez-lui de me lâcher. »

Mais Lady Anne secoua la tête. « C'est vous qui avez choisi cette voie, Eleanor. Il vous faudra entreprendre seule le restant de votre voyage. »

Des larmes d'exaspération – et de peur ? – ourlèrent les yeux de la jeune fille. « Vous aviez tout prévu avec Thaddeus avant son départ, j'en suis certaine. »

Lady Anne hésita une fraction de seconde avant de répondre. « Vous savez mieux que quiconque que ce n'est pas exact, Eleanor. La mort de son frère Jacob ne lui a pas laissé le temps de prévoir quoi que ce soit. Auriez-vous oublié aussi aisément la tragédie qui a frappé la famille Thurkell ? Sachez que moi, je ne l'ai pas oubliée. »

Tous purent se convaincre que la teneur des paroles de Lady Anne donnait matière à réflexion à Eleanor. Elle cessa immédiatement de se débattre et commanda à John Trueblood de la reconduire à la salle de filage. Comme il ne montrait aucune intention d'obéir, elle s'adressa à Lady Anne. « Ordonnez-lui de le faire. Je ne souhaite pas rester ici.

— C'est possible, Eleanor, mais vous avez à répondre de certaines accusations et, dans la mesure où la salle de filage fait partie de *mes* appartements, j'ai déjà décidé de l'attribuer aux femmes qui ont dormi dehors jusqu'à présent. Vos possessions en seront retirées dès qu'une décision concernant votre gîte aura été prise. »

Hugh observa les expressions qui défilaient sur le visage d'Eleanor. Elles étaient aussi faciles à déchiffrer qu'un alphabet laborieusement tracé sur une ardoise d'enfant. Il entendait presque le tic-tac du pendule dans son esprit tandis qu'elle passait en revue les solutions qui s'offraient à elle. Et il ne fut pas surpris qu'elle fasse appel à la compassion de Lady Anne.

« Vous avez été ma mère de nom pendant quatorze ans. M'abandonnerez-vous à présent ?

— Vous ne m'avez pas laissé le choix, répondit Lady Anne avec douceur. Je n'ai pas le pouvoir de changer les décisions que vous avez prises. Vous devez faire comme nous tous, apprendre à vivre avec elles. »

Elle soutint le regard de John Trueblood un instant, comme pour lui déléguer son autorité, puis gravit l'escalier pour rejoindre sa chambre.

James Buckler et Adam Catchpole s'interposèrent pour empêcher Hugh de Courtesmain de s'éclipser furtivement par la porte d'entrée, à l'arrière de la foule. Ils avaient compris l'un comme l'autre qu'il cherchait à éviter d'assister à l'interrogatoire d'Eleanor, mais ne pouvaient savoir qu'il craignait qu'Isabella ne révèle le rôle qu'il avait joué en la mettant en péril. Il espérait qu'en se soustrayant aux regards, il se soustrairait également aux esprits.

«Votre présence est requise dans la cour, maître», déclara Buckler courtoisement, en faisant un signe de la tête vers le lieu où Alleyn et Gyles Startout conduisaient de force Eleanor furieuse en la tenant fermement par les bras.

Hugh passa sa langue sur ses lèvres. Il redoutait plus encore ce qu'Eleanor risquait de trahir de leurs conversations chuchotées à travers la porte de la salle de filage. Ces gens seraient sans pitié pour lui si elle leur répétait ses serments de loyauté et d'amitié. «J'ai des affaires urgentes dont je dois conférer avec le père Anselm, marmonna-t-il.

— Aucune affaire n'est si urgente qu'elle ne puisse attendre une heure, maître. Vous êtes le seul d'entre nous à avoir quelque connaissance de la loi. Chacun sait que vous avez rendu la justice à Foxcote.»

Les yeux de Hugh s'écarquillèrent d'inquiétude. Eleanor serait poussée à proférer toutes sortes de turpitudes à son endroit si on lui imposait le rôle de juge. «Vous vous trompez. Je n'entends rien au droit. Qui vous a raconté pareille billevesée?

— Sir Richard. Avant votre venue, il a fait savoir à qui voulait l'entendre que son nouveau régisseur ne tolérerait aucun vol. Il nous a vivement conseillé de tenir soigneusement le compte du moindre boisseau de grain que nous récoltions si nous ne voulions pas que vous nous fassiez châtier. Il nous a affirmé que vous placiez la vertu si haut que vous préfériez faire fouetter un homme plutôt que de le laisser nourrir sa famille affamée.»

Les termes de la lettre de Lady Beatrix à son frère revinrent à l'esprit de Hugh. «La loi concernant le refus de s'acquitter des redevances est différente des autres, répondit-il faiblement.

— Dans ce cas, vous devrez agir au mieux avec vos connaissances, lui dit Catchpole. Quelqu'un doit faire comprendre à cette insensée qu'elle ne peut pas se conduire comme elle l'a fait sans en subir les conséquences.

— Il n'est pas du ressort d'un régisseur de la juger. Seule Lady Anne en a la possibilité. Les droits des nobles à être jugés par leurs pairs sont parfaitement établis.

— Et la jeune demoiselle sera bouffie de vanité si elle peut contraindre Milady à le faire, intervint Buckler, prenant fermement le bras de Hugh pour le faire avancer. Vous jouez fort bien le rôle de régisseur quand c'est notre maîtresse qui se charge de tout l'ouvrage. Montrez-nous maintenant que vous êtes capable de l'assumer pour de bon. »

Hugh résista. « Qu'attendez-vous de moi ?

— Ce que commande votre rôle, maître. À tout le moins, la fille de Martha a droit à la justice pour les blessures qu'elle a subies aux seins et aux bras. Si elle ne l'obtient pas de vous, les gens de Develish pourront décider d'en tirer vengeance eux-mêmes… et le châtiment de Lady Eleanor sera pire que tous ceux que vous pourriez décider de lui imposer.

— Elle refusera d'entendre raison, objecta Hugh, observant la fureur de la fille parce que des paysans portaient la main sur elle. La colère l'aveugle.

— Dans ce cas, ne cherchez pas à raisonner avec elle, riposta Catchpole. Vous avez bien vu qu'elle avait enfermé Isabella. Si elle refuse de répondre aux accusations que la petite porte contre elle, vous pourrez la juger coupable de ce que vous avez vous-même observé. » Le visage de Hugh exprimait un refus opiniâtre. « Croyez-vous que Thaddeus hésiterait à agir s'il était ici ? Il n'éprouve aucune affection pour Lady Eleanor, mais ne laisserait pas la foule s'en prendre à elle. Il préférerait ordonner qu'elle soit emprisonnée un certain temps dans la cabane d'un serf. »

Hugh plissa les yeux. « Vous me semblez fort bien averti de la conduite d'un procès, maître Catchpole. Pourquoi m'imposer le rôle de juge alors que vous pouvez l'assumer vous-même ? Craignez-vous de contester l'ordre naturel de Dieu plus que vous n'êtes disposé à l'admettre ? »

Adam secoua la tête d'un air amusé. « C'est *vous* qui avez peur, maître. Vous préféreriez vous cacher plutôt que de donner à Lady Eleanor motif de vous accuser lorsque les messagers du seigneur de Blandeforde arriveront. » Il posa le doigt sur la poitrine du petit Français. « Êtes-vous une poule mouillée ou un homme ? Les colères d'une demoiselle gâtée vous effraient-elles donc à ce point ?

— Vous m'avez demandé ce que dit la loi et je vous ai répondu. Aucun de nous n'a le droit de juger Lady Eleanor. Voudriez-vous m'obliger à prétendre autre chose ?

— Certainement pas si cela vous met mal à l'aise. C'est par pure courtoisie que nous vous avons offert la possibilité de présider. » Adam fit signe à James Buckler. « Tiens-le fermement. Il sera la risée de tous si nous devons le traîner de force depuis l'église pour qu'il vienne témoigner. »

Hugh aurait plus tard maintes occasions de maudire sa sottise. C'était lui qui avait affirmé à Eleanor que le pouvoir serait entre les mains de celui qui aurait l'intelligence et la force de s'en emparer. Pourtant, lorsque l'occasion s'en était présentée, il n'avait pas eu le courage de s'en charger. Il aurait pu gagner l'admiration de tous s'il avait mené le procès d'Eleanor avec l'équité scrupuleuse qu'y mit John Trueblood. Au lieu de quoi, il n'y participa qu'avec une mauvaise grâce manifeste, visiblement réticent à prendre le moindre engagement au moment où Trueblood lui demanda de s'avancer pour porter témoignage.

La foule de serfs s'était disposée autour de la cour en un large cercle, dégageant au centre un espace où John Trueblood se tenait entre Eleanor et Isabella, l'une maîtrisée par Adam Catchpole et Alleyn Startout, l'autre soutenue par sa mère et son père. La petite servante, pâle et visiblement épuisée, avait fait son récit d'une voix calme, ne mentionnant pas les raisons pour lesquelles elle s'était rendue dans la salle de filage, décrivant seulement ce qui lui était arrivé par la suite. Elle ne prononça le nom de Hugh que pour expliquer que le régisseur et Lady Anne s'étaient portés à son secours et qu'Eleanor avait enfoncé le poinçon dans son sein pour la faire crier.

L'expression qui se dessinait sur le visage d'Eleanor révélait à Hugh qu'il ne s'en tirerait pas à aussi bon compte lorsque son tour viendrait, à moins qu'il ne lui donne de solides motifs de lui être reconnaissante. Les yeux qu'elle rivait sur le Français brûlaient d'hostilité quand James Buckler obligea Hugh à faire un pas en avant, s'exposant ainsi à son regard. Invité par Trueblood à confirmer le récit d'Isabella, Hugh secoua la tête et répondit que cela lui était impossible. Certes, il s'était rendu à la salle de filage avec Lady Anne, mais comme la chambre leur était restée fermée, il ne pouvait jurer sous serment que les propos de la servante étaient véridiques. Il n'avait même pas su qu'elle s'y trouvait avant que Lady Eleanor ne leur ouvre la porte de son plein gré.

John Trueblood fronça les sourcils. « Que je vous comprenne bien, murmura-t-il quand Hugh arriva au bout de ses réponses réticentes. Vous ne pouvez jurer qu'Isabella était prisonnière parce que la porte n'a pas de verrou et que Lady Eleanor l'a ouverte très facilement. Vous ne pouvez jurer qu'Isabella était grièvement blessée parce qu'elle a pu marcher sans difficulté pour sortir de la pièce avec Lady Anne. Vous ne pouvez jurer qu'il y avait du sang sur sa robe, parce que Lady Anne la masquait à vos regards. Et vous ne pouvez jurer que Lady Eleanor a agi avec malveillance parce que vous n'avez pas été témoin de tels actes. Est-ce exact ?

— Oui.

— Et pourtant, Isabella nous dit que vous étiez de l'autre côté de la porte quand Lady Eleanor a enfoncé le poinçon dans son sein pour la faire crier. N'est-ce pas exact ? Isabella a-t-elle menti ?

— Je ne m'en souviens pas. Il me semble que Lady Anne m'avait déjà demandé alors de m'écarter.

— On la comprend, fit l'autre brutalement. Vous ne lui étiez pas de grande utilité si vous ne perceviez aucun danger en pareille situation. Isabella nous a dit avoir craint que Lady Eleanor n'ait perdu l'esprit. Avez-vous eu la même impression quand la porte de la salle de filage s'est ouverte ?

— Je me rappelle qu'elle était un peu échevelée, mais je n'en ai tiré aucune conclusion sur sa santé mentale. »

Trueblood le congédia d'un geste de la main et se tourna vers Eleanor, l'invitant à répondre aux accusations d'emprisonnement et de blessures physiques. Elle s'était réfugiée dans un silence rétif pendant les dépositions d'Isabella et de Hugh, mais elle lâcha alors la bride à sa langue. Elle refusa de reconnaître la légitimité du tribunal et vitupéra contre ces vilains qui avaient l'audace de prétendre la juger.

« Niez-vous avoir enfermé Isabella et l'avoir blessée avec un poinçon ? lui demanda Trueblood quand elle s'interrompit enfin.

— Vous m'êtes inférieur, je ne répondrai pas à vos questions.

— Comme vous voulez. Mais comprenez-vous bien que vous n'aurez pas d'autre chance de vous défendre ? » Il pointa le menton vers l'endroit où se trouvait Hugh. « Si vous le souhaitez, je puis demander à maître de Courtesmain de plaider votre cause. Il semble éprouver quelque compassion pour votre sort.

— Il n'en est pas question. Mon mépris à son endroit est égal à celui que vous m'inspirez. Il a été bien prompt à trahir mon père… comme tous les hommes d'ici. Faites-vous le reproche de ma colère et de ma haine pour la classe serve avant de me le faire.

— Auriez-vous préféré que nous périssions tous de la pestilence, Lady Eleanor ?

— Oui.

— Vous aussi ?

— C'eût été la volonté de Dieu.

— Dans ce cas, c'est par la volonté de Dieu que votre père est mort et qu'Isabella est vivante. Ne devriez-vous pas alors accuser Dieu de vous trahir, avant de nous en accuser, nous ? Croyez-vous que vous vous trouveriez dans cette navrante situation, Milady, si le Tout-Puissant favorisait la lignée des Develish autant qu'il favorise la famille Startout ? »

Les yeux d'Eleanor, blancs et écarquillés, révélaient à chacun que telle était effectivement sa crainte. Peut-être cela expliquait-il également sa haine envers la fille de Gyles. Le monde confortable qu'elle avait connu du vivant de son père avait disparu. Elle pouvait tempêter et menacer à sa guise, le Dieu qu'elle connaissait n'avait résidé à Develish qu'aussi longtemps que son père avait vécu.

Une voix aiguë de petit garçon brisa le silence qui suivit. « Je parlerai pour Lady Eleanor, si personne d'autre ne le fait, maître Trueblood.

— Avance. »

Robert Startout se fraya un passage à travers le cercle et posa un regard dur sur celui d'Eleanor. « Désirez-vous que je le fasse ? Je vous dois cette faveur pour m'avoir évité d'être fouetté. »

À la surprise générale, elle acquiesça d'un léger signe de tête.

Il se retourna pour s'adresser à la foule. «J'ai essayé de comprendre Lady Eleanor. Moi, je serais vraiment devenu fou si mon père était mort de la pestilence et que personne ne me dise qu'il en était désolé... et encore plus fou si je découvrais que Lady Anne n'est pas ma mère. Je ne dis pas que cela lui donne le droit de piquer Isabella, mais je dis qu'elle a des raisons d'être en colère. Je serais aussi en colère, *moi.* » Il s'inclina légèrement devant John Trueblood. « C'est tout... sauf que je serais surpris qu'Isabella désire que Lady Eleanor soit punie aussi sévèrement que ma tante Martha le souhaiterait. »

Au crépuscule, Isabella se dirigea vers le bureau du régisseur où elle trouva Lady Anne qui écrivait à la lueur d'une bougie. La femme releva la tête pour sourire à la jeune fille et lui demander comment elle allait, avant de lui désigner un tabouret et de l'inviter à s'asseoir. «Je suis navrée qu'Eleanor t'ait fait du mal, Isabella. J'aurais dû te conseiller avec plus de force de l'éviter.

— Vous n'y êtes pour rien, Milady. Je savais mieux que quiconque qu'elle était mal disposée à mon égard. » Elle prit place sur le tabouret et mit les mains sur un carré de parchemin posé sur ses genoux.

« Pourquoi es-tu allée la voir ?

— Maître de Courtesmain m'en a donné l'ordre. Il m'a dit que l'instruction venait de vous. »

Lady Anne secoua la tête. « Il a menti. Je ne lui ai rien dit de tel.

— C'est bien ce que j'ai pensé, Milady, mais il a beaucoup insisté. » Elle esquissa un sourire contrit. «Je serais volontiers venue vous poser la question, mais il ne m'a pas quittée un instant. » Elle s'interrompit. «Je ne comprends toujours pas quel était son dessein en m'envoyant chez Lady Eleanor... à moins qu'il n'ait souhaité qu'elle me fasse du mal.

— Cela m'étonnerait fort, Isabella. Il a été sincèrement bouleversé quand il a vu ce qu'elle t'avait fait.

— Quel motif avait-il, alors ?

— Il voulait se mettre dans ses bonnes grâces. J'imagine qu'elle a demandé que tu viennes et qu'il espérait que s'il allait te chercher, sa diligence serait récompensée. Il ne comprend pas pourquoi j'ai exigé qu'elle quitte ma chambre et il a pensé que s'il en savait la raison, cela lui donnerait un avantage. A-t-il cherché à lui reparler après qu'elle t'a enfermée ? »

Isabella secoua la tête. « Seule Clara est venue. Lady Eleanor ne lui a pas répondu et elle m'a empêchée de m'adresser à elle.

— Où est Lady Eleanor à présent ?

— John Trueblood a ordonné qu'elle soit tenue prisonnière dans la cabane voisine de la sienne pendant quinze jours. Un jour par piqûre. C'était l'idée de mon cousin Robert. Il a parlé pour elle alors que personne ne voulait le faire, et je suis heureuse qu'il ait agi ainsi.

— Cette punition te satisfait-elle ? »

Isabella hocha la tête. « Il serait bon de la tenir à l'écart de tous les objets tranchants, Milady. Elle n'a pas toute sa raison. Elle s'est fait saigner aussi souvent que moi. Je ne souhaitais pas qu'on lui inflige un châtiment plus sévère. »

Lady Anne observa le doux visage de la fille, qui lui rappelait tant celui d'Abigail. « As-tu pitié d'elle ?

— Oui, Milady. Elle croit qu'elle n'est rien si on ne la reconnaît pas pour la fille de Sir Richard de Develish. Pour ma part, j'aurais horreur de me sentir aussi négligeable.

— Pourtant, elle ne fait rien pour gagner le respect de ses gens.

— Elle ne sait pas comment s'y prendre, Milady. Sir Richard lui a appris qu'un serf qu'on traite durement est plus prompt à mettre genou en terre qu'un serf qu'on traite avec bienveillance. Elle m'a fait jurer allégeance je ne sais combien de fois en me menaçant d'enfoncer le poinçon dans mes yeux. » La fille baissa les yeux sur le parchemin qu'elle retournait entre ses doigts.

« Y a-t-il autre chose dont tu voudrais m'aviser, Isabella ?

— J'en ai peur, Milady, mais c'est une chose que vous n'aurez nulle envie d'entendre. Vous devriez d'abord lire cette lettre que Thaddeus m'a laissée. » Elle la posa sur le bureau. « Je vous supplie de croire que ce qu'il y dit est vrai. »

Lady Anne tendit la main vers le parchemin avec quelque réticence, reconnaissant l'écriture et prenant note des sentiments exprimés dans la première ligne. *Ma gracieuse amie, Je n'ai jamais eu plus grand besoin de ta bonté et de ta sagesse...* « Tu es sûre, Isabella ? Je ne suis pas certaine que Thaddeus ait eu l'intention que je la voie.

— Si je n'y vois pas d'inconvénient, il n'en verra pas non plus, Milady. »

Lady Anne approcha la page de la bougie et parcourut les lignes.

Crois bien que j'agis de la sorte pour libérer tes frères et leurs amis d'une intrigue et non pour resserrer encore le piège autour d'eux... Protège-toi en gardant le silence sur ce dont tu as été témoin ce matin avec Lady Eleanor...

Lady Anne attendit quelques instants avant de reprendre la parole. « J'aurais dû te demander depuis longtemps ce que tu savais, mais j'ai redouté de l'entendre.

— Je préfère que vous ne l'ayez pas fait, Milady. Je n'aurais pas voulu vous mentir.

— Me le diras-tu à présent ? J'ai soupçonné immédiatement qu'Eleanor était responsable de la mort de Jacob et que les compagnons de Thaddeus y étaient mêlés d'une manière ou d'une autre. Rien de ce que tu pourras me dire ne saurait me heurter. »

Elle se trompait. Si une partie de l'histoire d'Isabella concernait effectivement la scène à laquelle elle avait assisté entre Eleanor et Thaddeus la veille de son départ, l'essentiel venait des révélations que lui avait faites Eleanor dans la salle de filage pendant les heures où elle avait tenu Isabella captive. Et c'était bien pire que tout ce qu'avait pu imaginer Lady Anne.

« A-t-elle dit la vérité ? demanda-t-elle à Isabella lorsque celle-ci eut fini.

— Je le crois, Milady. Elle s'est affamée et blessée inutilement. Elle m'a fait poser la main sur son ventre et j'ai bien senti qu'il était gonflé. Elle est si mince que pour le moment, ses robes ne sont pas encore trop étroites, mais son état sera bientôt visible. Elle a grand besoin de votre aide, me semble-t-il. »

Lady Anne resta seule dans le bureau après le départ d'Isabella, et ce ne fut que lorsque la flamme de la bougie se mit à vaciller parce que la mèche était presque intégralement consumée qu'elle songea qu'il fallait qu'elle se lève et sorte. Mais elle était trop lasse pour bouger. La vérité qu'elle aurait voulu entendre d'Isabella était le nom du père de l'enfant que portait Eleanor, mais ce n'était pas une question à laquelle la petite était en mesure de répondre.

Tout ce qu'Isabella pouvait dire était ce qu'Eleanor lui avait raconté : que Jacob Thurkell et les cinq garçons qui étaient partis avec Thaddeus l'avaient violée à tour de rôle dans l'église.

La lie de son tonneau d'hydromel avait plongé le père Anselm dans une profonde hébétude et il fallut plusieurs minutes pour que le tambourinement insistant contre sa porte pénètre son esprit embrumé. Il se serait retourné dans son lit et replongé dans le sommeil s'il n'avait reconnu la voix de Lady Anne et vu la lueur de sa lanterne à travers les fissures des planches de chêne. «J'ai besoin de vous ici, à l'église, père Anselm. Peu importe dans quel état vous êtes.»

Comme il ne répondait pas, elle recommença à frapper, un *tap-tap-tap* agaçant qui lui faisait palpiter les tempes. «Qu'y a-t-il de si important que cela ne puisse attendre le point du jour? grommela-t-il.

— Je suis troublée, mon père. Me refuserez-vous la confession sous le seul prétexte qu'il fait nuit au-dehors?»

Le vieil homme se redressa et se frotta les yeux. «Vous n'avez pas recherché l'absolution depuis que vous êtes veuve, Milady, et vous ne le faisiez précédemment que pour feindre la piété. Pourquoi devrais-je croire que vous êtes disposée aujourd'hui à faire la paix avec votre Créateur?

— Ce n'est pas à vous d'en décider, mon père. Rappelez-vous seulement que Jésus a dit qu'il y aurait de la joie dans les cieux pour chaque pécheur qui se repent.»

Elle l'entendit grogner en se mettant debout, l'entendit pisser dans son pot et marmonner de mécontentement, convaincu que ce n'était qu'un stratagème pour l'obliger à quitter la tiédeur de son lit. Quelle répugnante créature, songea Lady Anne lorsque la porte s'ouvrit et qu'une odeur nauséabonde d'urine et d'haleine avinée l'accompagnèrent jusque dans l'église. Son mari avait-il réellement cru qu'un tel homme pouvait servir d'intercesseur entre Dieu et lui? Eleanor l'avait-elle sincèrement cru, elle aussi, en venant tambouriner à sa porte et hurler son désarroi aux oreilles de tout Develish ?

Elle s'approcha de l'autel et posa sa lanterne à côté de la croix, repoussant le capuchon de sa houppelande pour révéler son visage. « Nous ne nous sommes jamais fait confiance, vous et moi, lui dit-elle. On vous a appris à croire en la religion de l'Église alors que l'on m'a appris que la parole de Dieu est écrite dans la Bible. Ce n'est pas la même chose. Jésus prêchait l'amour alors que l'Église ne prêche que la cruauté et la peur. »

Le prêtre lui jeta un regard noir. « Voilà qui ne ressemble guère à une confession, Milady. Souhaitez-vous ajouter le mensonge à tous vos autres péchés ?

— Je puis réciter quelques *mea culpa* pour vous faire plaisir, mon père, mais vous regagnerez votre lit plus rapidement si nous renonçons à ces simagrées. Dieu saura lire ce que j'ai dans le cœur sans qu'il soit besoin que vous le traduisiez pour Lui.

— Dieu ne peut rien lire dans un cœur qui est fermé. Il n'est pas plus grave péché que l'hérésie. Croyez-vous que je sois resté sourd aux propos que vous avez tenus à Lady Eleanor devant l'autel ? »

Lady Anne secoua la tête. « Pas plus qu'à tout ce qui se passe à l'intérieur de votre église. » Elle soutint son regard. « Vous me faites l'effet de choisir à votre guise les péchés que vous condamnez, mon père. Mon petit subterfuge pour vous attirer hors de votre chambre en pleine nuit serait-il plus odieux que le meurtre de Jacob ? »

L'esprit du vieillard était trop confus pour qu'il pût simuler l'ignorance. Il lui rendit son regard, mais son expression révélait que cette idée n'était pas nouvelle pour lui. Elle observa les contorsions de son visage couperosé tandis qu'il assimilait les implications de ses paroles. *Si elle sait que Jacob n'est pas mort par accident, que sait-elle d'autre ?* « Vous vous trompez certainement, gémit-il. Les propos de Thaddeus m'ont donné à entendre que le trépas de son frère était accidentel.

— Vraiment, mon père ? Dans ce cas, je vous dois des excuses. J'étais certaine que vous saviez la vérité, car si peu de ce qui se passe dans votre église et alentour échappe à votre attention. »

Le prêtre détourna les yeux. « Tout ce que je sais, Milady, c'est ce que m'a dit Thaddeus et il n'a pas fait mention de meurtre.

— Sans doute espériez-vous qu'en refusant d'entendre Eleanor en confession, vous pourriez continuer à protester de votre ignorance.

— Je ne lui ai rien refusé.

— Tout le monde à Develish sait que si. Peut-être avez-vous feint le sommeil ou l'absence quand elle vous a appelé, mais vous ne l'en avez pas moins rejetée. » Elle s'interrompit. « Je me demande pourquoi, alors que vous êtes tenu en tant que prêtre au secret de la confession et que rien ne vous aurait obligé à divulguer ses propos. Redoutiez-vous les exigences que sa détresse vous aurait imposées ? »

Il l'observa avec aversion. « Je m'étonne que vous vous souciiez qu'elle reçoive ou non l'absolution. Vous n'avez rien eu de favorable à dire de la rémission des péchés quand vous lui avez parlé devant cet autel et avez raillé la dévotion de son père pour la croix.

— Sir Richard n'avait de dévotion que pour lui-même et pour ses appétits. » Elle tendit la main vers la croix. « Il a eu de la chance que son péché ne se lise pas sur son visage. Il a conservé sa beauté malgré toutes les vilenies qu'il a commises. Tant que vous placiez cet objet entre ses mains et récitiez des prières de pénitence et de pardon, il se croyait pur jusqu'à sa transgression suivante.

— Par la grâce de la miséricorde divine, il en est ainsi pour chacun de nous.

— Pas pour des femmes comme Eva Thurkell, répliqua Lady Anne. Leur péché s'étale aux yeux de tous et retombe ensuite sur les malheureux enfants qu'elles ont eu l'infortune de porter. » Elle contempla le morceau de bois. « Où était la miséricorde divine quand la petite Mathilde de treize ans a été brisée par le viol commis par Sir Richard et s'est vue obligée de porter la responsabilité de ses forfaits à lui ? Pouvez-vous me le dire, mon père ? »

Le prêtre prit l'air gêné. « Vous employez des mots bien forts contre votre mari, mais Dieu est seul à connaître la vérité de ce qui s'est passé.

— Ne croyez pas cela. L'histoire de Mathilde a été la même que celle d'Abigail Startout cinq ans plus tard. Mon mari était un homme d'une dépravation abjecte, comme vous le savez fort bien puisque, chaque fois, vous lui pardonniez ses offenses. » Elle fouilla du regard ses yeux imbibés de boisson. « Combien d'autres forfaits vous a-t-il confiés, prétendant que l'enfant était coupable de l'avoir séduit ? »

Pour la seconde fois, il fut incapable de soutenir son regard. « Vous savez bien que je n'ai pas le droit de vous le dire.

— En effet, admit-elle lentement. Le secret de la confession est aussi commode pour vous qu'il l'était pour lui. » Elle posa la croix à plat sur l'autel et la fixa pendant quelques longues secondes. « Eleanor est grosse. Elle s'est affamée et blessée pour se défaire de l'enfant. Elle accuse les compagnons de Thaddeus de son état, affirmant qu'ils l'ont violée à tour de rôle dans la maison de Dieu. Est-ce véridique, mon père ? Si cela s'est passé, vous devez l'avoir vu. »

Le vieil homme glouglouta comme un dindon, se serrant les mains dans un geste de protestation impuissante, mais Lady Anne n'aurait su dire si c'était sous l'effet de l'annonce de la grossesse d'Eleanor ou pour nier son rôle de témoin.

« J'ai bien peur que vous ne vous trouviez dans une pénible situation, poursuivit-elle. Il est indéniable, semble-t-il, qu'Eleanor a eu des rendez-vous secrets avec de jeunes serfs en ce lieu. Elle était ici la nuit de la mort de Jacob et l'a reconnu devant Thaddeus avant son départ. Isabella se trouvait dans la même pièce qu'eux quand elle le lui a avoué. » Elle vit les yeux du prêtre s'agrandir d'inquiétude. « Si ses propos sont vrais, bien des gens se demanderont pourquoi vous n'avez pas agi pour la protéger. Pire, pourquoi vous avez laissé cette dépravation se prolonger aussi longtemps. Elle a confié à Isabella que cela fait trois fois qu'elle n'a pas eu de saignements, ce qui veut dire que ces garçons avaient commencé à abuser d'elle avant même que Sir Richard ne parte pour Bradmayne. »

Incapable de trouver ses mots tant il était bouleversé, il ne put que remuer les lèvres en silence.

« Vous pouvez être certain que toutes les femmes du domaine compteront les mois quand l'enfant viendra au monde, mon père. Pensez-vous que quelqu'un comprendra que vous n'ayez pas jugé nécessaire d'informer son père de ces actes de dépravation ? »

Il se passa la langue sur les lèvres. « Vous semblez penser que je sais des choses que j'ignore, Milady. »

Elle secoua la tête. « Voici ce que je crois, mon père. Je crois qu'il y a de nombreux secrets qu'Eleanor souhaite vous confier… mais, comme vous en savez la teneur, votre cœur tremble à l'idée de les entendre. Il est bien plus facile de prétendre être ivre mort que d'affronter l'agitation des sentiments d'Eleanor depuis la mort de Sir Richard. Elle n'a jamais été une fille facile à guider, nous le savons aussi bien l'un que l'autre, mais elle est aujourd'hui presque ingouvernable, car ses actions sont dictées par la peur de ce qui croît en son sein.

— Vous ne pouvez m'en tenir responsable, cria-t-il. C'est la faute de Thaddeus. Il n'aurait jamais dû la conduire ici après qu'elle a dévasté votre chambre. Cela lui a donné des idées. »

Lady Anne se demanda s'il avait conscience de ce qu'il avait trahi en ces trois phrases. « Bien sûr, répondit-elle calmement. Elle n'aurait pu introduire de jeunes serfs dans ma chambre, ni même dans la salle de filage, avec autant de facilité qu'ici. Elle devait avoir terriblement besoin de trouver quelqu'un à qui reprocher sa malheureuse condition. »

Un soupir s'échappa des lèvres du prêtre. « Je ne pouvais rien faire. Le péché était celui de Lady Eleanor. Les garçons lui ont permis de les fouetter en échange d'un baiser et de caresses, rien de plus. Quand je le lui ai reproché, elle a retourné le fouet contre moi et s'est mise à encourager les garçons à répandre leur semence sur le sol. J'ai jugé plus facile de feindre le sommeil que d'être témoin de sa perversité.

— Combien de temps cela a-t-il duré ?

— Un mois… jusqu'au départ des garçons avec Thaddeus. Le comportement de Lady Eleanor était d'une invraisemblable impudeur.

— L'auriez-vous admis si Thaddeus les avait gardés ici et si elle les avait accusés de viol ? » Comme il restait muet, elle poursuivit : « Il a fait de son mieux pour les protéger, mais je suis convaincue qu'Eleanor espère qu'ils ne reviendront pas, ce qui lui permettra de leur imputer toutes les fautes qu'elle veut, pourvu qu'ils confirment son récit. Peut-être l'espérez-vous également ? Votre vie sera plus paisible s'ils meurent, n'est-ce pas ? Vous pourrez continuer à prétendre avoir été sourd et aveugle aux absurdes tentatives d'Eleanor pour expliquer l'enflure de son ventre.

— Prenez-vous-en à vous-même avant de vous en prendre à moi, lâcha le prêtre sèchement. Si vous vous étiez occupée d'elle comme il convient à une mère, vous ne lui auriez pas accordé la liberté de se conduire ainsi qu'elle l'a fait.

— Dans ce cas, pourquoi ne m'en avez-vous pas parlé ? Étant mon confesseur, vous étiez certainement tenu de me réprimander de concéder pareille licence à mon enfant.

— Vous n'auriez pas mieux reçu ce discours alors qu'aujourd'hui. J'ai prié pour que cette débauche cesse et elle a cessé. »

Lady Anne sourit amèrement. « En effet, avec le meurtre de Jacob Thurkell. Votre Dieu a d'étranges manières de répondre aux prières, mon père. Lui plaît-il de soigner le mal par le mal ?

— Ses voies sont insondables.

— Voilà au moins un point sur lequel nous pouvons nous entendre. Le mystère le plus insondable étant celui de la raison pour laquelle Il a créé un monstre tel que Sir Richard. » Elle baissa à nouveau les yeux sur la croix. « Quel degré d'ignominie doit avoir atteint un homme pour coucher avec sa propre fille… et quel degré de corruption doit avoir atteint un prêtre pour l'en absoudre ? »

Les yeux du vieux misérable n'étaient plus que des fentes. « C'est votre faute, cracha-t-il. Vous avez accordé votre protection à vos chers serfs, mais n'en avez accordé aucune à l'enfant que vous disiez vôtre. »

Lorsqu'elle sortit de l'église, Lady Anne éteignit sa lanterne pour éviter qu'un des gardes, voyant sa lumière, ne soit pris de curiosité. Son cœur débordait de chagrin au point qu'elle ne put retenir ses larmes, et elle baissa la tête pour les laisser couler librement sur ses joues. Le prêtre avait raison de la dire coupable. Après la mort d'Abigail, elle avait veillé à protéger toutes les jeunes servantes de la maison contre la lubricité de son mari, mais n'avait jamais songé à en prémunir Eleanor. Pourtant, combien de fois avait-elle vu Sir Richard serrer sa fille étroitement contre lui et passer les mains sur son jeune corps svelte ? Combien de fois n'avait-elle exprimé sa désapprobation à Eleanor que pour se faire accuser de jalousie ?

Elle aurait dû se douter que Sir Richard n'aurait pas plus de scrupules à déflorer sa propre fille que Mathilde et Abigail. L'amour d'Eleanor pour son père était immense et sa confiance d'autant plus facile à manipuler. Il n'avait pu résister à l'envie de la prendre pour lui. Cela expliquait-il qu'il ait souhaité avancer la date de ses noces ? Avait-il fini par comprendre qu'une telle relation contre-nature devait prendre fin ? Ou, pire encore, avait-il su qu'Eleanor était grosse et avait-il cherché à faire passer l'enfant pour celui de Lord Peter ?

Son chagrin se mua en colère, et elle se surprit à maudire Dieu plus ouvertement que jamais. Devrait-elle donc toujours être tenue pour responsable des malheurs que provoquait Sir Richard ? Peut-être aurait-elle ouvert la bouche pour hurler des imprécations à pleins poumons si une voix ne s'était élevée par-delà le mur du cimetière.

C'était Gyles. Il portait lui aussi une lanterne, à demi fermée pour ne dispenser qu'un mince faisceau de lumière. « Tout va bien, Milady ? demanda-t-il, en élargissant le rayon pour le tourner vers elle.

— Je suis lasse, Gyles. Les événements de ce jour m'ont épuisée. »

Il entendit sa voix trembler et devina que la fatigue n'était pas la seule cause de son affliction. Il comprenait mieux que beaucoup la douleur que peut causer la perte d'une fille. « Puis-je faire quelque chose pour vous soulager, Milady ? »

Son rire bas le surprit. « Non mon ami, à moins que tu ne maîtrises l'art de remonter dans le temps. »

Trente-deux

Lady Anne resta assise à écrire dans un registre à la lueur d'une bougie jusqu'à ce qu'elle soit assurée que toute la maisonnée était endormie. Peu de ce qu'elle avait noté était véridique, car il s'agissait du manuscrit qu'elle avait prévu de laisser derrière elle à l'intention d'autrui, et il n'aurait eu aucun sens de faire connaître au seigneur de Blandeforde les projets de départ des serfs. Elle relata au contraire la journée comme si elle avait été semblable à toutes les autres – l'éducation des enfants, le dénombrement méticuleux des rations et leur préparation, la vigilance de chaque instant pour avertir tous les gens du domaine de l'approche d'inconnus.

Elle avait consigné l'attaque du seigneur de Bourne jusque dans le moindre détail, espérant sincèrement que ses hommes et lui en seraient châtiés, mais se demandait encore comment introduire la pestilence dans son récit lorsque l'heure du départ aurait sonné. Il ne semblait pas judicieux de décrire les mesures qu'ils avaient prises, Thaddeus et elle, pour tenir le mal à distance et de prétendre ensuite qu'elles avaient été sans effet. Quelle valeur aurait un tel document pour ceux qui viendraient plus tard, si la seule conclusion qu'ils pouvaient en tirer était que les hommes, aussi ingénieux fussent-ils, étaient toujours contraints, en définitive, de s'incliner devant la volonté de Dieu ?

Le sablier lui apprit qu'il était presque minuit quand elle se leva enfin et rassembla ce dont elle avait besoin. Elle prit de la tisane d'angélique, d'armoise et de menthe pouliote dans un cabinet d'angle fermé à clé, sortit une pile de linges d'un coffre puis enfila sa houppelande et chercha la lanterne. Dehors, l'air frais lui caressa le visage. Les nuages s'étaient amoncelés à l'ouest toute la journée et le vent qui avait forci annonçait la pluie. Elle songea à Thaddeus qui campait au-dehors, sans abri. Approuverait-il ce qu'elle s'apprêtait à faire, se demanda-t-elle, alors que son existence même était un rappel constant qu'elle se permettait de jouer à Dieu chaque fois qu'elle aidait une femme à éviter une naissance ?

Les hommes de Develish avaient été si prompts à écouter ses conseils sur la manière de préserver la santé de leurs épouses, et si prompts à ne pas les suivre ! Les besoins d'un homme passaient toujours avant ceux d'une femme. L'abbesse le lui avait expliqué quand elle lui avait enseigné comment provoquer un avortement et lui avait appris que mâcher des graines de carotte pouvait même éviter de devenir grosse. Lady Anne avait usé des deux méthodes pour épargner des grossesses non désirées aux femmes de Develish et aurait également purgé Mathilde si l'état de la pauvre petite n'avait pas été aussi avancé à son arrivée à Foxcote. Mère Maria elle-même n'aurait pu susciter un saignement aussi tardif sans tuer la mère en même temps que le fœtus.

Tout en se dirigeant vers les cabanes des serfs par le chemin de l'église, Lady Anne fut tentée de faire boire la teinture à Eleanor sans lui dire ce que c'était. Elle lui serait peut-être reconnaissante de cette intervention sur le moment, mais risquait d'avoir changé d'avis dans six mois, lorsqu'elle aurait oublié toutes ses craintes et comprendrait que d'autres femmes avaient dû bénéficier du savoir de Lady Anne. « Meurtrière » jaillirait de ses lèvres aussi aisément qu'« hérétique » si cela lui convenait. Cependant, après l'absence de trois menstrues, Lady Anne était consciente qu'elle allait devoir lui expliquer ce qu'était ce breuvage. Il était impossible de confondre une tisane abortive et une infusion soporifique. Il ne lui restait qu'à espérer que le récit d'Isabella était exact et qu'Eleanor n'avait pas encore manqué son quatrième saignement. Lady Anne possédait le savoir nécessaire pour défaire la fille d'une conception remontant au mois de juin, mais elle était impuissante si la fécondation était antérieure.

Prenant une profonde inspiration pour réprimer les tremblements de sa voix, elle s'arrêta devant la porte des Trueblood. « Es-tu là, John ? chuchota-t-elle en heurtant doucement les panneaux de bois. M'accorderas-tu l'autorisation de parler cinq minutes à Lady Eleanor ? »

John Trueblood sortit, toujours vêtu de son épaisse tunique de laine, comme s'il venait de regagner son logis après son tour de guet sur la muraille. « Si Milady le désire, dit-il en l'observant d'un œil curieux, mais en principe, je devrais vous enfermer avec elle, puisque tel a été le jugement.

— Dans ce cas, fais-le, acquiesça-t-elle. Je t'appellerai quand je voudrai repartir. »

Il approuva d'un signe de tête, mais la curiosité persista dans son regard tandis qu'il détachait une clé suspendue à un crochet au mur de sa cabane et se penchait pour l'insérer dans le cadenas dont était équipée la porte d'Eleanor. « Toutes ses colères l'ont épuisée, murmura-t-il, baissant les yeux vers la jeune fille endormie sur sa natte de jonc, mais méfiez-vous tout de même, Milady. Ses coups de pied ont plus de force que ceux de bien des hommes. »

Lady Anne posa la lanterne par terre pendant que John refermait le cadenas, puis elle s'agenouilla et posa la main sur la bouche de la fille. « Je suis venue vous aider, souffla-t-elle, pressant l'index sur ses lèvres en voyant les paupières d'Eleanor se relever. Il faudra parler bas si vous ne voulez pas que vos paroles soient entendues. »

Les sentiments d'Eleanor étaient difficiles à déchiffrer, son expression était plus circonspecte qu'amicale, mais elle manifesta son accord d'un signe de tête. « Allez-vous les obliger à me libérer ? » demanda-t-elle quand Lady Anne retira sa main.

Elle secoua la tête. « Si tel est votre désir, vous devrez manifester du remords pour avoir blessé Isabella, chuchota-t-elle. C'est une autre libération que je viens vous offrir. » Elle leva le flacon contenant l'infusion. « Ce breuvage vous purgera de votre enfant. Buvez-en la moitié à présent et l'autre au lever du soleil. Vous souffrirez et saignerez beaucoup, mais dans quelques jours, il n'y paraîtra plus. »

Les yeux d'Eleanor s'écarquillèrent d'étonnement.

« Vous affamer n'aura aucun effet, Eleanor. Pas plus que de vous lacérer les bras. Il vous faut de l'angélique, de l'armoise et de la menthe pouliote pour déloger le fruit de vos entrailles. Je reviendrai deux heures après le lever du jour pour vous assister. » Elle sortit les linges de sa cotte. « Utilisez-les pour étancher le flot si vous commencez à saigner avant mon retour.

— C'est Isabella qui vous l'a dit ? »

Lady Anne acquiesça. « Comme vous le souhaitiez. Autrement, vous ne lui auriez pas fait toucher votre ventre.

— Vous a-t-elle aussi dit que c'est la faute de ses frères qui m'ont violée dans l'église ?

— Oui.

— Dans ce cas, vous savez à qui en faire reproche. »

Lady Anne secoua la tête. « Votre grossesse est trop avancée, chuchota-t-elle en posant la paume sur la taille de la fille. Si vous avez manqué trois saignements, cela veut dire que vous avez conçu avant le départ de Sir Richard pour Bradmayne. Or aucun serf n'aurait osé vous forcer de son vivant… et encore moins cinq à tour de rôle. Il les aurait fait pendre à l'instant même où vous le lui auriez dit. »

La fille repoussa sèchement la main de Lady Anne. « Mon père n'a rien à voir avec cela, siffla-t-elle.

— Préférez-vous que l'enfant naisse et que toutes les femmes du domaine entreprennent le compte à rebours des mois et des semaines pour savoir qui a bien pu l'engendrer ? S'il est en bonne santé et bien constitué, ce dont je doute malheureusement, personne ne le prendra pour l'enfant d'un serf. Il aura les cheveux blonds et les yeux bleus, comme Sir Richard et vous. Pourquoi n'avez-vous pas songé à venir me parler au lieu de chercher à faire porter à des garçons naïfs la faute qu'a commise votre père ? »

Les yeux d'Eleanor s'emplirent de larmes. « Vous auriez été fâchée.

— Non sans raison. Sir Richard a aggravé tous les péchés qu'il a jamais commis en couchant avec sa propre fille.

— Au moins, il m'aimait, lui. »

Au moins, il m'aimait… Était-ce là la limite de l'entendement d'Eleanor ? Prise d'un soudain accablement, Lady Anne s'assit sur ses talons. « J'ai dit que je ne prendrai plus aucune décision pour vous, et je tiendrai parole, murmura-t-elle. Cette teinture vous permettra de vous purger, mais la décision de la boire vous incombe. » Elle secoua la tête devant l'expression d'Eleanor. « Si vous choisissez de ne pas le faire, j'espère que vous en comprenez bien les conséquences. Quand l'enfant naîtra, on vous accablera de paroles bien plus cruelles que celles que vous avez lancées à Eva Thurkell. Et croyez-moi, catin sera la plus aimable d'entre elles. »

Les larmes ruisselaient sur les joues d'Eleanor. « Et si c'est un garçon ? Il serait l'héritier dont Develish a besoin. Le seigneur de Blandeforde l'acceptera pour tel si vous prétendez que c'est vous qui l'avez enfanté. C'est ce que mon père vous aurait demandé de faire. »

En aurait-il eu l'audace, se demanda Lady Anne, sachant quelle aurait été sa colère d'apprendre son amour pervers et contre-nature pour sa fille ? Peut-être. « Lui avez-vous dit que vous étiez grosse avant son départ pour Bradmayne ? Est-ce pour cela qu'il était aussi impatient de sceller votre mariage avec Lord Peter ?

— Cette union répondait à votre souhait.

— Non, Eleanor, j'aurais préféré attendre un an de plus pour essayer de trouver un jeune homme qui fût plus à votre goût. C'est Sir Richard qui a insisté. Sans la pestilence, vous auriez été mariée avant la fin du mois d'août. J'aurais dû deviner que votre père avait commis un acte monstrueux. »

À l'évidence, Eleanor éprouvait encore le besoin de défendre son père. « Ce n'était pas monstrueux, plaida-t-elle. C'était agréable. Il m'aimait tant… et je l'aimais. » Elle regarda attentivement Lady Anne. « Il m'a dit que c'était votre faute. Si vous aviez été une meilleure épouse pour lui, il n'aurait pas agi ainsi. Il vous a fait maîtresse de son domaine, et vous ne lui avez témoigné que froideur et aversion en retour. »

Lady Anne avait entendu ces reproches si souvent qu'ils ne l'atteignaient presque plus. Elle posa le flacon sur la natte de jonc, à côté des linges. « C'est le seul secours que je puis vous donner. Si vous décidez de ne pas le boire, vous devrez affronter le monde avec courage et reconnaître honnêtement l'identité du géniteur de l'enfant, car je ne vous laisserai pas accuser les compagnons de Thaddeus. J'insisterai pour que le père Anselm répète publiquement ce qu'il m'a confié tout à l'heure, que le pire qu'ils aient fait était de répandre leur semence sur le sol. Comprenez-vous ?

— Il y a d'autres façons de m'aider, implora Eleanor en s'agrippant à la main de Lady Anne. Haïssiez-vous donc Sir Richard au point de préférer tuer son enfant au lieu de m'aider à trouver le moyen de le garder ? Êtes-vous jalouse de moi parce que je pourrais avoir un fils qui hériterait de Develish ? »

Lady Anne se dégagea. « Cessez de caresser des chimères, Eleanor. N'étant pas légitime, votre fils ne sera l'héritier de rien. Il sera dans la même position que Thaddeus. Pire même, si le moment de sa naissance fait comprendre à tous qu'il est le fruit de l'inceste. Il portera à jamais les stigmates du péché de son père… et vous aussi. La loi de Dieu ne permet pas qu'une femme soit à la fois mère et sœur de son enfant. »

La fille baissa le regard. « Je pourrais quand même dire que c'est un serf le coupable. Cela aurait parfaitement pu être le cas. Les garçons m'auraient violée s'ils l'avaient pu, et Jacob le premier. Il croyait pouvoir me menacer avec son petit couteau risible. Si vous aviez vu sa mine quand je le lui ai arraché des mains ! » Elle resta silencieuse un instant. « Si seulement Thaddeus n'avait pas raconté que c'était un accident ! J'espérais que quelqu'un d'autre trouverait le corps… et en serait si effrayé qu'il aurait couru d'un bout à l'autre du domaine en hurlant.

— Pourquoi ?

— Vous m'auriez crue si vous m'aviez découverte cachée dans un coin et si j'avais dit que j'avais tué un garçon parce qu'il m'avait forcée. »

Lady Anne observa la tête baissée d'Eleanor. « Pourquoi ne m'avez-vous pas réveillée pour me présenter cette fable, quoi qu'il en fût ?

— Je ne savais pas que Jacob était mort. Il n'aurait pas dû mourir. Je ne l'ai piqué qu'une fois.

— Thaddeus ne vous l'a pas appris quand Isabella vous a conduite dans le bureau du régisseur ?

— Non.

— Dans ce cas, il a dû deviner que c'était vous qui aviez tué Jacob. Je pense qu'il a emmené les garçons pour vous empêcher de les accuser à votre place. Peut-être aussi a-t-il soupçonné que la situation était plus grave encore après avoir parlé à Olyver et Edmund. Avez-vous dit à l'un ou l'autre que vous étiez grosse ? Auraient-ils pu s'en douter en touchant votre ventre ? »

L'émoi d'Eleanor fut sincère. « Bien sûr que *non* ! Je déteste les serfs. J'ai la nausée à la seule idée qu'ils puissent me toucher. »

Un léger sourire étira les lèvres de Lady Anne. « Et pourtant, vous seriez disposée à prétendre que c'était l'enfant d'un serf si cela vous permettait de le garder ? Pensez-vous que quiconque croira que vous pouvez aimer un enfant d'origine aussi vile ou lui prodiguer les soins d'une mère ?

— Je vous le donnerai. Personne ne doutera de votre tendresse pour l'enfant d'un serf. »

Lady Anne se releva, consciente que tous ses discours seraient vains. Il fallait que l'esprit d'Eleanor fût profondément troublé en vérité pour qu'elle imagine que l'enfant d'un serf pût hériter de Develish. « Essayez de comprendre que ce flacon de purgatif est la seule issue raisonnable, dit-elle. Je vous laisserai la lanterne afin que vous puissiez voir ce que vous faites et passerai matin et soir vérifier que tout va bien. » Elle recula d'un pas, s'apprêtant à partir, mais Eleanor la retint par l'ourlet de sa cotte.

« Pourquoi refusez-vous de me manifester la même bonté qu'à Mathilde ?

— Que voudriez-vous que je fasse d'autre que ce que je vous propose ?

— Ce que vous avez fait pour elle. Si vous racontez à tout Develish que je suis malade et que vous m'ordonnez de regagner votre chambre, personne ne contestera votre ordre. Vous pourrez dire que j'ai perdu l'esprit. » Elle essaya d'attirer Lady Anne vers elle, les yeux suppliants.

Lady Anne secoua la tête. « Le don que désirait Mathilde était celui que je vous fais et je le lui aurais offert volontiers si je l'avais cru efficace. Son malheur a été d'en être au cinquième mois lors de mon arrivée. »

Eleanor mit un instant à comprendre la portée de ces propos. « Je ne serais pas née.

— En effet… et la vie de deux femmes contraintes de jouer les mères pour vous en aurait été changée. »

Comme toujours, Eleanor interpréta ses paroles en les rapportant à elle. « Vous n'avez jamais rien vu de bon en moi, murmura-t-elle amèrement. Pourquoi avez-vous su manifester de la tendresse à Mathilde et non à moi ? »

Lady Anne s'écarta, arrachant sa cotte des doigts d'Eleanor. « Elle a eu moins de mal que vous à reconnaître mon amour », lui dit-elle avant d'annoncer à John Trueblood qu'elle était prête à partir.

Une petite silhouette se détacha de l'ombre d'un contrefort lorsque Lady Anne traversa la cour. Le volet d'une lanterne qui s'entrouvrit avant de se refermer aussitôt éclaira brièvement son visage mais, en raison des gros nuages qui voilaient la lune, elle eut du mal à l'identifier avant d'entendre la voix de Robert Startout. Il avait l'air terriblement effrayé. « Oh, Milady, Milady ! bredouilla-t-il. Mon oncle Gyles a grand besoin de vous. Il a envoyé ma mère vous chercher dans votre chambre, mais vous n'y étiez pas, et elle ne vous a trouvée nulle part. »

Elle posa la paume sur sa joue. « Je suis là, Robert. Où est ton oncle ? »

Le garçon lui prit la main et l'entraîna hâtivement en direction du fossé. « Il garde la marche du nord, Milady. Des bandits sont arrivés du sud par les collines. Mon père et Adam Catchpole disent qu'ils encerclent la vallée afin de nous attaquer de toutes parts. »

Il fallut à Lady Anne une ou deux secondes pour assimiler la portée de ses propos. Son esprit était tellement obnubilé par les malheurs d'Eleanor qu'elle ne pouvait imaginer que des problèmes plus graves pussent surgir ailleurs. Son pas vacilla. « Des bandits ?

— Oui, Milady. Mon père garde la marche est, celle qui donne sur la route, et il a aperçu un grand nombre d'hommes il y a à peine une demi-heure. Adam Catchpole aussi depuis son poste de guet sur la marche sud. » Robert poussa un soupir de soulagement en voyant une ombre se diriger vers eux. « Mon oncle vous le dira mieux que moi. »

Gyles inclina la tête devant Lady Anne et posa une main réconfortante sur l'épaule de Robert. « Ne te tracasse pas plus tôt que nécessaire, conseilla-t-il au garçon. Accepterais-tu de me servir encore de messager ? Dans ce cas, attends mon signal à côté du contrefort. Quand je sifflerai, réveille les hommes et dis-leur de me rejoindre ici. Qu'ils apportent toutes les armes qu'ils peuvent, et qu'ils fassent en sorte de trouver leur chemin sans lanternes ni chandelles. Tu m'as compris ? »

Lady Anne attendit que le garçon soit hors de portée de voix. Une panique soudaine lui étreignait le cœur au point de lui couper le souffle. « Est-ce vrai, Gyles ?

— Oui, Milady. Alleyn et Adam sont certains de ce qu'ils ont vu. Ils ont été remarquablement vigilants depuis qu'ils ont brièvement aperçu l'éclat d'une torche sur la route du sud. La lumière n'a duré qu'un instant, mais elle a révélé la présence d'une multitude d'hommes derrière elle. C'est probablement ce que nous avons toujours redouté, une armée de serfs en quête de nourriture. » Il glissa une main sous le coude de Lady Anne pour l'empêcher de tomber. « Notre plus grand secours sera la pluie. Ils ne pourront pas nous incendier si Dieu nous envoie une averse.

— Et s'Il ne le fait pas ?

— Il faudra nous battre, mais je ne suis pas certain que nos gens aient le cœur de tuer des Anglais. Je crains qu'ils n'hésitent si une voix du Dorseteshire leur demande grâce. » Il la sentit trembler d'émotion. « Soyez vaillante, Milady. Nos gens perdront courage s'ils vous voient avoir peur. »

C'était trop lui demander. « J'*ai* peur, chuchota-t-elle. Toute ma vaillance m'a abandonnée. J'ai cru pouvoir jouer le rôle du seigneur, mais je me suis leurrée. Je ne saurais assumer tous les fardeaux que cette position exige de moi. »

Gyles ne doutait pas qu'Eleanor fût cause du tourment de Milady, et il la maudit en esprit. La douleur qu'elle avait infligée à Isabella ne lui suffisait donc pas ? Fallait-il qu'elle brise également les gens de Develish en brisant leur maîtresse ? Sans se soucier de l'inconvenance de son geste, il prit Lady Anne par la taille et la serra contre lui avec toute la tendresse et l'affection qu'il manifestait à sa fille.

«Je me rappelle votre arrivée à Develish comme jeune épouse, lui dit-il avec douceur. Vous étiez à peine plus âgée que mon Isabella aujourd'hui. J'étais dans cette cour. Nous avions tous été convoqués pour assister à une flagellation, et je n'oublierai jamais votre regard quand vous êtes descendue du chariot et avez vu le malheureux que l'on fouettait. J'ai su alors que nous avions trouvé une amie. En l'espace de deux mois, ces châtiments brutaux avaient cessé et vous aviez fait en sorte d'attirer le courroux de Sir Richard sur vous-même. Manifesterez-vous moins de détermination cette nuit, face à une bande de bandits dépenaillés ? »

Lady Anne s'essuya les yeux avec l'ourlet de sa houppelande. Le dernier homme à l'avoir tenue ainsi avait été son père. Elle prit une longue inspiration frémissante et releva la tête. «Je ferai de mon mieux, Gyles. Dis-moi ce dont tu veux que je m'acquitte et je m'en acquitterai. »

Gyles n'en douta pas, car il avait toute confiance en elle. «Aidez Robert à réveiller toute la maisonnée puis barricadez-vous à l'intérieur de la demeure avec les femmes et les enfants. Nos hommes combattront plus vaillamment s'ils savent leurs familles sous votre protection. » Il plissa les yeux pour regarder au-delà du fossé, mais les nuages de pluie s'épaississaient si rapidement qu'il était impossible de distinguer la route menant au village, aussi bien que le terrain qui s'étendait de part et d'autre. «Vous ne pourrez pas savoir si nous avons réussi avant le point du jour, alors maintenez la porte barricadée et soyez intraitable sur ce point. Dans ces ténèbres, vous ne sauriez distinguer un serf du Dorseteshire d'un autre. »

Lady Anne ne discuta pas. Ils savaient aussi bien l'un que l'autre que leurs hommes ne pourraient pas mieux qu'elle reconnaître l'ami de l'ennemi. Se battre dans le noir était folie, mais comment faire autrement ? Il n'y aurait plus d'avenir pour Develish si une brèche était ouverte dans la muraille. Elle pria silencieusement pour qu'Alleyn et Adam se trompent, mais cet espoir lui-même s'évanouit quand une lumière, ténue comme une pointe d'épingle, surgit devant eux, au milieu de l'obscurité. Sa direction semblait indiquer qu'elle se trouvait à l'extrémité du village mais, sous leurs regards, elle se mit à bouger, gagnant en éclat au fur et à mesure qu'elle approchait.

« Qu'est-ce ? demanda-t-elle tout bas.

— Une torche allumée, Milady.

— Qui la porte ? »

Gyles scruta les silhouettes déformées qui tournoyaient et se mouvaient derrière la flamme vacillante et, avec un soupir, il s'écarta d'elle et détacha son arc de son épaule. Il avait trop attendu. « Ceux que nous redoutons, Milady. Ils ont encerclé la vallée plus rapidement que je ne le pensais. J'en vois cinq ou six dans ce seul groupe.

— Pourquoi nous préviennent-ils de leur présence ?

— Pour signaler aux autres, qui se trouvent dans la vallée, que l'attaque est imminente. » Gyles porta le regard vers l'ouest, cherchant des signes de mouvement à proximité des lopins paysans. Mais la nuit était impénétrable. « Partez maintenant, lui dit-il d'une voix pressante. Allez-y. Encouragez nos hommes à se battre et faites usage de votre intelligence contre ces voleurs pour assurer la sécurité de nos femmes et de nos enfants. Même assiégées à l'intérieur de la demeure, cent personnes ont largement de quoi survivre jusqu'au printemps avec les réserves qui nous restent. »

Le capuchon de sa houppelande rabattu sur son visage l'empêchait de voir l'expression de Lady Anne, mais il sentit ses doigts lui effleurer la joue. « Tu es mon ami le plus cher, chuchota-t-elle. Prends bien garde à toi cette nuit. »

Gyles s'efforça d'adopter un ton serein. « Soyez-en certaine, Milady. »

Mais en observant la flamme qui approchait, et les ombres qui se pressaient derrière elle, il se demanda s'il pourrait tenir sa promesse…

(EXTRAIT D'UN JOURNAL INTIME TENU PAR LADY ANNE)

A-t-on jamais vécu pareille nuit ? Dieu m'a tirée du désespoir pour me mener à la joie mais, malgré Sa bonté, je sens mon courage m'abandonner à nouveau. On a raison de dire que l'heure la plus sombre est celle qui précède l'aube.

Je tremble encore en songeant combien Gyles a été près de percer le cœur de Thaddeus d'une flèche, bien qu'en vérité les ombres que projetaient les flammes tourbillonnantes de la torche aient été fort étranges. Il a fallu les jeunes yeux aiguisés de Robert Startout pour reconnaître un homme à pied, bras écartés, les rênes d'un destrier épuisé dans une main, une torche dans l'autre. Je lui ai donné un penny par gratitude, mais je ne doute pas qu'il raillera impitoyablement son oncle et son père pour avoir pris le cheval pour des bandits.

Ils ne méritent pourtant aucun reproche. Nous vivons tellement repliés sur nous-mêmes que tout ce qui se situe au-delà des douves nous effraie. Les jours d'espoir, nous attendions des messagers qui viendraient nous dire que la pestilence était passée. Les jours de désespoir, nous avons craint d'être les seuls survivants.

J'aimerais pouvoir dire que Thaddeus nous a donné des raisons de croire en un avenir loin de Develish, mais le désert qu'il a décrit au-delà de nos confins est plus affreux que tout ce que j'avais pu me représenter. Imaginer un monde presque privé de vie humaine et apprendre que telle est la réalité sont choses fort différentes. Je me demande désormais ce que nous allons devenir.

La pluie qui menaçait depuis des heures est enfin arrivée, mais je n'ai jamais vu aussi violent déluge que celui qui s'abat sur notre toit et nos fenêtres. Si le jour s'est levé, les ténèbres qui s'étendent au-dehors ne font guère mine de reculer. J'entends les enfants s'agiter dans la grande salle et je crains que leurs esprits inquiets ne croient que cette nuit qui n'en finit plus ne soit la messagère de la Mort Noire.

Que ne puis-je leur assurer qu'ils se trompent.

À suivre…

La photocomposition de cet ouvrage
a été réalisée par
GRAPHIC HAINAUT
30, rue Pierre-Mathieu
59410 Anzin

Cet ouvrage a été achevé d'imprimer en août 2019
sur les presses de Normandie Roto Impression s.a.s.
61250 Lonrai (Orne)
N° d'édition : 59011/01 - N° d'impression : 1903127

Imprimé en France

FSC
www.fsc.org
MIXTE
Papier issu de
sources responsables
FSC® C003309

L'Éditeur de cet ouvrage s'engage
pour la préservation de l'environnement
et utilise du papier issu de forêts gérées de manière responsable.